Liselotte Welskopf-Henrich
Das helle Gesicht

Liselotte Welskopf-Henrich

Das helle Gesicht

Roman

Das Blut des Adlers

Rot ist das Blut des Adlers.
Rot ist das Blut des braunen Mannes.
Rot ist das Blut des weißen Mannes.
Rot ist das Blut des schwarzen Mannes.
Wir sind alle Brüder.

Der Medizinmann von Alcatraz (1970)

Ite-ska-wih, vierzehn Jahre alt, trug diesen Namen in der vierten Generation. Ihre Eltern hatte sie verloren; die Mutter war bei der Geburt gestorben, der Vater einige Jahre später erschlagen worden. Ihre Welt blieb Untschida, die Großmutter. Untschida hatte den Arm um das Mädchen Ite-ska-wih gelegt, als es acht Jahre alt war, und hatte ihm von der Frau erzählt, die als erste diesen Namen getragen hatte, mit Würde und nicht ohne Gefahren. Ihre Haut war von einem sanften hellen Braun gewesen, und manche glaubten, daß sie darum den Namen Helles Gesicht erhalten habe. Die aber mehr und Tiefergehendes wußten, konnten auch diesen Namen besser deuten: Das Antlitz Ite-ska-wihs war wie die Sonne, die das Herz wärmt und dem Auge Licht gibt.

Untschida und ihre Enkelin kauerten miteinander in einer Kellerecke. Die Luft zwischen den Wänden war dumpf; es roch nach den faulenden Abfällen und dem Branntweindunst der Straße; der Gestank kam durch die Kelleröffnung herein. Es war aber ein Vorzug dieser Kellerbehausung, daß sie der Straße zu lag und nicht nach den fensterlosen Innenhöfen des Hauses. Man konnte durch die Kelleröffnung, die nicht verglast war, auf die Straße hinausklettern und von der Straße aus durch diesen Spalt hereinkriechen. Die Straße erschien den Kellerbewohnern anziehend und abstoßend, bunt, wild, gefährlich; wenn man auf der Straße stand, den Kopf in den Nacken legte und senkrecht in die Höhe starrte, vermochte man durch den Dunst einen Streifen Himmel zu sehen. Auf dieser Straße, die man in Europa eine Gasse genannt hätte, gab es Kinder, Halbwüchsige und Erwachsene, Weiße, Schwarze und Indianer, gute und böse Menschen, Betrunkene und Nüchterne, Gangster, Banditen, Dirnen, Arbeiter. Es gab Streit, Blut und Tote. Nur reiche, gut angezogene Leute gab es nicht. Sie ekelten sich vor solchen Straßen, sie mieden sie, und sie fürchteten sie, aber sie fürchteten sie auf andere Weise als die Bewohner. Denn für die Bewohner war die Straße ihr Leben, für die gut angezogenen Leute war sie nicht einmal ein Gegenstand der Neugier; sie war nicht so berühmt wie die Slums und Ghettos von New York. Sie stank, dämmerte und moderte abgeschieden vor sich hin. Ite-ska-wih kannte die Straße und hatte Angst vor ihr. Ihre Zuflucht waren die Kellerhöhle und die Großmutter; ihr Ernährer war seit dem Tode des Vaters ihr Bruder. Er war 18 Jahre alt. Tags arbeitete er unter Tarif für 230 Dollar im Monat. Wenn die Geschwister und die Großmutter Hunger hatten, stahl er des Abends in den offenen Läden der Geschäftsstraßen. Ite-ska-wih und die Großmutter hockten in der auch am Tag düsteren Ecke und träumten. Die Großmutter hatte als Kind noch die Prärie gesehen. Das mußte ein seltsames Land sein. Dort gab es keine hohen Häuser, und darum gab es auch keine Straßen. Dort gab es wundersamen Duft von Gras und weither wehendem Wind. Still war es rings.

In der Prärie hatte einst die Frau gelebt, die als erste den Namen Ite-ska-wih erhielt. Schön war sie gewesen, ein prächtiges, besticktes Kleid aus weichem Leder hatte sie besessen. Damit ging sie zum Tanz in der Sternennacht der Prärie zusammen mit den Kriegern, Frauen und Mädchen des Stammes. Auch Ite-ska-wih, das Kellerkind der Stadt, war schon mit der Großmutter zum Tanz der Indianer gegangen. Heute wollten sie wieder miteinander dorthin gehen.

Ite-ska-wih hatte ihr Kleid zurechtgelegt. Es war nicht aus Leder gemacht, sondern aus dünnem Baumwollstoff. Das Mädchen hatte es ein wenig bestickt, mit einem Muster, das die Großmutter ihr bei anderen Indianern gezeigt hatte. Ite-ska-wih stand auf und reckte sich, während sie ihr schwarzes Haar glatt strich und das Stirnband anlegte. Sie war ebenmäßig gewachsen, mit abfallenden Schultern, mit einem Nacken, der den Kopf stolz tragen konnte. Ihre mit dem Reiz der ein wenig betonten Backenknochen gebildeten Züge waren regelmäßig. Doch ihr Körper war von Hunger gezeichnet; was sie zu essen erhielt, hatte weder Kraft noch Frische. Ihre Haut, rein und von einem sanften hellen Braun wie das ihrer Urgroßmutter, entbehrte der Sonne; ein grauer Kellerschein lag darüber. Nur die dunklen Augen waren klar geblieben. Ite-ska-wih hielt sie mit den Lidern halb bedeckt; sie gab nie einen nackten Blick frei.

Obgleich das Mädchen schmal, feingliedrig und mager war, schwanden ihre Muskeln und Sehnen, die sie als Kind zu Lebzeiten des Vaters hatte üben können, noch nicht. Sie war ein wildes Kind gewesen, Gespielin des Bruders, Gefährtin seiner Streiche, in der Horde anerkannt, auch den Jungen gewachsen, ohne Furcht unter dem Schutz und Schirm des Vaters. Mit dem gewaltsamen Tode des Vaters und dem Heranwachsen Ite-ska-wihs hatte sich das geändert. Zwar sorgte der Bruder dafür, daß sie an den Karatekursen für indianische Frauen teilnehmen konnte, um sich im äußersten Notfall zu wehren, aber auf der Straße mußte er sich als vaterloser Bruder selbst erst durchsetzen, ehe er Angreifer von seiner Schwester fernhalten konnte. Die Nahrung war sehr karg, seit der Verdienst des Vaters fehlte, die Gefahren wuchsen; Ite-ska-wih verkroch sich in der Kellerecke bei Untschida.

Es war Nachmittag. Untschida und Ite-ska-wih hatten sich festlich gekleidet und warteten nun auf den Enkel und Bruder, ihren einzigen Ernährer und Beschützer. Mit ihm zusammen wollten sie zu dem Großen Tipi gehen, wo der Tanz der Stadtindianer stattfinden würde. Von einigen wenigen vermögend gewordenen Indianern, zwei Kirchengemeinden, der Stadtgemeinde und drei weißen Gönnern war es für die Stadtindianer als eine Art Klubhaus, als ein Indian-Center, gestiftet worden. Auch städtische Busse stellte die Verwaltung zur Verfügung, um Indianer in Gruppen zu den Veranstaltungen und Indianerkinder zur Schule und zurück zu bringen. Auf diese Weise hatte Ite-ska-wih die Schule besuchen können. Aber den Weg zur Tanzveranstaltung konnte sie nicht wie andere mit dem Bus zurücklegen. Das Haus, in dessen Keller sie mit Bruder und Großmutter wohnte, befand sich in einer Seitengasse der großen, breiten, stinkenden, lärmenden und nicht weniger gefährlichen Straße, in der das Große Tipi stand. Das Große Tipi war in einem älteren, aber geräumigen Gebäude untergekommen, das lange unbenutzt geblieben war und vom Eigentümer für ein Spottgeld vermietet wurde. Spelunken für Brandy und Gogo-Girls bevorzugten niedrige, kleine Lokale.

Ite-ska-wih brauchte nur um die Ecke zu gehen, um das Große Tipi zu erreichen.

Ray war noch immer nicht nach Hause gekommen. Er arbeitete in dieser Woche in der Frühschicht und hätte schon längst dasein müssen. Vielleicht war er aber erst zu seiner Gang gelaufen. Die Gang war sein einziger Schutz. Ohne sie wäre er wahrscheinlich auch nicht mehr am Leben, dachten Ite-ska-wih und Untschida. Es gab aber eine Gefahr, von der Ray, wie Ite-ska-wih glaubte, nur mit ihr gesprochen hatte. Die Großmutter wollte er damit sicher nicht ängstigen. Es hatte sich ein neue Gang in die Gegend gezogen; rüde Burschen, alles verkommene Weiße, Ku-Klux-Klan darunter. Sie hatten an die kahlen Wände geschrieben: »We don't like coloured people« — »wir mögen kein farbiges Volk«. Sie besaßen Sportgewehre und Dynamit, also mußten sie von irgendwoher Geld erhalten. Zu Rays Gang gehörten nur arme Burschen, viele Schwarze und wenige Indianer; um des Überlebens willen hielten sie zusammen. Sie mußten jetzt beraten, wie sie sich gegen ihre neuen Feinde verhalten sollten. Vielleicht war die Beratung auf den heutigen Nachmittag angesetzt, und Ite-ska-wih hatte sich vergeblich auf den Bruder und den Tanz gefreut.

Die Großmutter nahm den großen Schal um die Schultern, das einzige gute Kleidungsstück, das sie besaß.

»In einer Stunde gehen wir und warten nicht länger auf Ray. Im Großen Tipi ist auch eine Beratung; ein Häuptling ist gekommen und wird zu uns sprechen. Er kommt aus der Prärie.«

»Auch« hatte Untschida gesagt. Also wußte sie »auch« von Rays Beratung. Die Großmutter kannte viele Indianer der Stadt, Nachbarn, Freunde, Alte und Junge, die zum Großen Tipi zu kommen pflegten; sie fürchtete sich nicht vor der Straße. Als ihr Sohn, Ite-ska-wihs Vater, an der nahe gelegenen Straßenecke erschlagen worden war und sie ihn des Morgens in seinem Blut liegend gefunden hatten, hatte Untschida nicht gezittert. Ite-ska-wih hatte sie niemals weinen sehen. Untschida haßte. Sie haßte nicht glühend, sie haßte mit einem eingetrockneten, harten, rissigen, nicht mehr auflösbaren Haß.

»Also, dann gehen wir ohne Ray«, sagte sie nach einer Stunde. »Er wird schon noch kommen. Er weiß, daß es wichtig ist. Ich habe es auch ihm gesagt.«

Nachdem die Entscheidung gefallen war, gab Ite-ska-wih sich nicht mehr mit besonderen Gedanken und Ängsten ab. Untschida hatte gesprochen, und ein Häuptling der Prärie kam.

Als Indianerin ging Ite-ska-wih mit Untschida zum Großen Tipi.

Unterwegs befand sie sich in einer Stimmung, wie sie den Menschen der Wildnis beim ersten Goldzeichen der Morgenröte am nachtgrauen Himmel und beim fernen Grollen in der schwarzlastenden Wetterwolke erfüllen kann. Ite-ska-wih hatte solche Himmelserscheinungen voller Zuversicht und voller Drohung in ihrer Straße nie erleben können. Sie erlebte die überwältigende, zum Verstummen bringende Pracht und die Gefahr, die schauern läßt, ganz in das Menschliche eingeschlossen. Während ihre Füße in der gefährlichen Straße zum Tipi liefen, schaute ihr inneres Auge den Häuptling der Prärie, der zu den Elenden, Verlassenen, vom Gestank der weißen Stadt fast Erstickten kommen wollte, und sie fühlte das Dunkle, das wider ihn heraufzog. Groß und jung war er, kühn, bereit, zu helfen und die Gefahr auf sich zu ziehen. Der

8

Atem der Prärie wehte mit ihm in die Straße herein und in das Große Tipi. Wenn er sprechen würde, sollten es Worte sein, wie sie in dieser Straße und in diesem Tipi noch nie vernommen worden waren. Wenn er den Kriegstanz mit tanzte, so konnte Ite-ska-wih die Augen schließen und hörte doch das schnelle Stampfen seiner Füße, den schrillen Gesang der Trommler und die Trommeln, die im Wirbel geschlagen wurden; sie brauchte die Augen nur zu öffnen, dann sah sie die stolze Gestalt, das braune scharfe Gesicht, den in Gelb und Blau, den Farben von Erde und Himmel gestickten Rock, die Krone aus erbeuteten Adlerfedern.

Ein neues unbekanntes Leben kam; die alten Mythen wurden Wirklichkeit. Ite-ska-wih hatte heiße Hände. Sie blieb stehen, weil Untschida sie anhielt.

»Sieh hin. Das ist er. Sein Name ist Stonehorn. Aber neben ihm steht sein Wahlsohn Hanska.«

Ite-ska-wihs Traumbild war erschienen.

Ihre Augen öffneten sich weit. Dunst, Gestank und schmutzige Fassaden schwanden für sie; sie schaute Himmel und Wiesen bis zum fernen Horizont. Davor standen der Indianer und sein Sohn, der ihm glich. Die Stadtindianer, die sich in Gruppen in der Nähe der beiden vor dem Großen Tipi eingefunden hatten, waren für Ite-ska-wih nur undeutliche Schemen des Elends.

Sie hätte später nie zu sagen gewußt, wie lange dieser Augenblick gedauert hatte; er war nach seiner Tiefe zu messen, die keine Grenze hatte, nicht nach der Länge einer Zeit, die von Weißen mit Instrumenten in Teile zerrissen wurde.

Ite-ska-wihs Bruder Ray stand neben Stonehorn und Hanska. Als das Mädchen ihn erkannte, schüttelte die Freude sie.

Da gellte ein Schrei Rays, ein gedämpfter Schuß fiel, Stonehorn brach zusammen. Ray war verschwunden, als ob das Pflaster ihn verschluckt habe. Ite-ska-wih und Hanska knieten bei dem Gestürzten. Die Gurgel war durchschossen, die Nackenwirbel waren verletzt. Das Blut sickerte auf die Straße, der Staub wurde rot. Der Sterbende konnte nicht mehr sprechen und den Kopf nicht mehr bewegen. Seine Augen waren noch lebendig. In seinem Blick lag die Klage eines Volkes, sein Großes Geheimnis und seine Kraft, nicht zu ergründen, nicht zu überwinden, und das Vetrauen auf zwei junge Menschen, die seinen Tod mit ihm zusammen erfuhren und ihn aufbewahren würden für ihr ganzes Leben und das ihrer Kinder.

Die Augen Inya-he-yukan Stonehorns brachen. Er war tot.

Über die Straße kam Ray zurück. Er hatte eine Schußwaffe in der Hand und gab sie Hanska.

»Damit hat der Killer geschossen«, sagte er und wies auf ein Fenster im 2. Stock des gegenüberliegenden Hauses. »Er lebt nicht mehr.«

Ray zeigte Hanska das Messer, mit dem er den Mörder getötet hatte.

Um den Ermordeten hatte sich ein dichter Kreis der Stadtindianer gebildet. Sie sagten nichts. Was sollten sie sagen? Sie waren ein verlorenes Volk.

»Bringt Decken«, befahl Untschida. »Damit wir Stonehorn in unser Tipi tragen können, wie es sich gebührt.«

Das geschah.

In dem Saal, in dem die Menschen froh miteinander hatten sein wollen, war nun der Tote aufgebahrt. Er lag auf zwei aneinander gerückten Tischen. Ein Toter sollte nicht auf dem Boden liegen. Die Trommler stellten ihre Trommeln auf und schlugen sie mit den Lederklöppeln, so daß die Trauer aus ihnen laut wurde.

Inya-he-yukan war tot. Auch die Rache konnte sein Leben nicht zurückrufen. Aber noch waren sein Antlitz und seine Hände durchblutet. Unruhe und Spannung schwanden daraus; Wille war noch da.

Ite-ska-wih erschrak. Ihr war plötzlich gewesen, als ob der Tote neben ihr stehe. Es war aber Hanska in seinem bescheidenen Festrock.

Er legte die beste der Decken, eine alte Büffelhaut, über seinen ermordeten Wahlvater; dann nahm er Ite-ska-wih, deren Bruder den Toten gerächt hatte, bei der Hand und führte mit ihr zum Schlag der Trommler den langsamen Tanz der Trauernden an. Alle, die im Saal waren, gingen im Kreise mit.

Als auch das getan war, berieten die Ältesten der Stadtindianer mit Sixkiller, dem Vorsteher im Großen Tipi.

Noch hatte sich kein Polizist gezeigt. Die Polizisten hielten sich nicht gern in dieser Straße auf. Von selbst würde sicherlich keiner kommen, niemand dachte daran, einen Bullen zu rufen. Wozu auch? Der Tote war gerächt, und die Kumpane des Mörders konnten kaum den Wunsch nach legalen Gerichten hegen.

Sixkiller und der Rat der Stadtindianer berieten und beschlossen, daß Hanska sagen solle, was der Tote nicht mehr sagen konnte.

Hanska trat vor; er sprach klar und einfach. Es war kein Zweifel in seinen Worten. Die erbeutete Waffe des Mörders hielt er in der Hand. Ray und Ite-ska-wih standen bei ihm. Wo es um den Kampf des Indianers für Kinder und Kindeskinder ging, konnte die Frau neben dem Manne stehen, und der Mann stand neben der Frau.

»Er wollte euch rufen, Väter und Brüder«, begann Hanska in englischer Sprache, damit ihn alle verstehen konnten. »Unsere Verträge sind vom weißen Mann gebrochen worden, unser Land ist geraubt bis auf einen kärglichen Rest. Wir stehen auf und verlangen unser Recht. Wir versammeln uns an der Biegung des Flusses, wo einst Big Foot mit Kriegern, Frauen und Kindern niedergemetzelt worden ist. Wir sollten unserer viele sein, damit unsere Stimme Kraft bekommt und gehört wird. Wir brauchen unser Land für Kinder und Kindeskinder; sie sollen besser leben im Land ihrer Väter, als ihr hier leben müßt. Joe Inya-he-yukan Stonehorn King ruft euch. Der Mörder konnte ihn aus dem Hinterhalt töten, aber seine Stimme kann er nicht ersticken. Sie ruft euch. Ich habe gesprochen.«

Sixkiller trat neben Hanska.

»Wir haben gehört. Morgen werden wir beraten, wer geht. Jetzt berate ich mit unseren Söhnen Hanska und Ray, mit Untschida und Ite-ska-wih, was sie zu tun haben. Ich habe gesprochen.«

Hanska und Ray schlugen den Toten in die Decken ein und trugen ihn, wohin Sixkiller sie wies. Untschida und Ite-ska-wih folgten. Sie blieben miteinander und mit dem Toten in einem kleinen Raum ohne Fenster.

Sixkiller hatte zuerst das Wort.

»Die Mörder warten draußen auch auf euch, Untschida und meine jungen Freunde. Das ist gewiß. Sage uns, Ray, was vorgegangen ist, damit wir richtig entscheiden können, wie ihr euch verhalten werdet.«

»Wir gehen mit Hanska«, antwortete Ray, »sofort, heute noch. Ich muß meine Gang verlassen und zu meinem Volk heimkehren; Joe Stonehorn hat mich gerufen. Das Haus drüben steckt voll von den Gangstern, die farbiges Volk nicht lieben. Es war Zufall, daß ich den Mörder allein fassen und gleich wieder verschwinden konnte. Er hatte den Platz gewechselt, um aus einem leeren Raum am günstigsten zum Schuß zu kommen. Aber nun haben sie seine Leiche längst gefunden, und sie wissen, wer allein ihn getötet haben kann.

Ich bin der Boss meiner Gang und mein Messer ist schnell.« Ray sprach so ruhig, als ob es nicht um ihn selbst gehe, und mit soviel Vertrauen, als stehe er inmitten von Vater, Mutter, Bruder, Schwester.

»Habt ihr einen Wagen da, Hanska?« fragte Sixkiller.

»Ja. Bei Freunden.«

»Es geht also darum, Hanska, wie ihr mit dem Toten zu eurem Wagen gelangen könnt, ohne daß die Killer euch abfangen. Wieviel Platz ist im Wagen? Du kannst Ray, Ite-ska-wih und Untschida nicht hier zurücklassen, das hieße, sie den Killern ausliefern.«

»Ich am Steuer, Stonehorn neben mir. Der Tote ist nicht tot. Die Frauen auf der Rückbank, eng umschlungen, Ray im Kofferraum. Wir gehören jetzt zusammen. Das ist wahr. In der Waffe sind noch fünf Schuß.« Hanska untersuchte das Spezialgewehr, das Ray ihm gegeben hatte.

»Ich sehe, der Geist und der Mut Joe Inya-he-yukan Kings sind in dir, Hanska. Ich verlasse das Große Tipi mit euch durch eine geheime Tür und bringe euch mit meinem Wagen zu deinem Wagen. Kannst du mit diesem Ding schießen, Ray?«

»Ja. Der Kofferraum bleibt etwas offen; ich schieße mit diesem Gewehr auf Verfolger. Gib her.« Ray entlud, lud, legte an, setzte ab.

Eine halbe Stunde später glitt ein alter Jaguar durch die Straßen. Es war noch immer Tag. Niemand schien auf einen überfüllten Zweisitzer zu achten, auch nicht darauf, daß der hochgewachsene Indianer auf dem Sitz festgebunden war. Der junge indianische Fahrer war gewandt; er schlüpfte mit seinem schlanken Gefährt zwischen den Straßenkreuzern in den Avenuen, zwischen Lastwagen in den Geschäftsvierteln, zwischen Fußgängern in den Slums und Vorstädten hindurch. Ray hielt seine Schußwaffe wohl verborgen.

Ite-ska-wih sah ein letztes Mal den großen schmutzigen See, den sie ein einziges Mal als Kind mit ihrer Schulklasse gesehen hatte.

Dieses Leben lag hinter ihr. Ein neues Leben begann. Es stand unter dem Schutz und dem Schatten, den der Tod eines Häuptlings darüber legte.

Hanska erinnerte sich der Straßen, durch die er mit seinem Wahlvater Joe Inya-he-yukan in die große Stadt eingefahren war. Aber als er im Rückspiegel Verfolger erkannte, wurde es schwierig für ihn, sie zu narren, ohne sich in der Stadt zu verirren. Ray sollte nach Möglichkeit nicht gezwungen sein zu schießen. Hanska wollte sich nur auf die Schnelligkeit seines Jaguar und auf seine eigene Geschicklichkeit im Fahren verlassen, die er jedoch noch nie in einer Großstadt mit Verkehrsampeln hatte üben können. Er gewann und er verlor Abstand. Endlich konnte er aus dem Gewirr der Straßen hinausgelangen, ehe die Verfolger ihn anfuhren oder ihm in die Reifen schossen. Auf der Ausfallstraße ging er auf die höchste Geschwindigkeit, die er aus seinem Wagen herausholen konnte. 60 Meilen in der Stunde waren erlaubt, 125 fuhr er. Polizei begegnete ihm nicht; er verursachte keinen Unfall. So blieb er unbehelligt. Als er den Abstand zu den Verfolgern gehörig vergrößert hatte, bremste er ab und nahm einen Seitenweg.

Der Abend sank herein. Weit reichte der Blick über flaches Land bis zu dem gelb-glühenden Horizont, der keine Grenze war, der nichts als Lockung war, denn seine Unendlichkeit würde bald auch am Himmelsrand der fernen Prärie im Sonnenfeuer des vergehenden Tages aufflammen.

Sobald es dunkel geworden war und die Sterne der mondlosen Nacht flimmerten, hielt Hanska abseits des Weges an. Er band den toten Inya-he-yukan Stonehorn los und legte ihn mit Rays Hilfe auf die Wiese zwischen Gebüsch, geschützt von der Decke aus Büffelhaut. Ray verstand und ging zu den Frauen, um Hanska mit Joe Stonehorn, seinem Wahlvater, allein zu lassen. Der Tote trug noch Krone und Schleppe aus Adlerfedern und ein spitzes zweischneidiges Messer in der Scheide. Den Schulterriemen mit zwei Pistolen hatte Hanska schon vor der Fahrt abgenommen und selbst angelegt. Diese wollte er behalten. Das Messer sollte mit dem Toten gehen; es war seine Waffe. Alle hatten davon gewußt und sie geachtet.

Als Hanska sich mit Stonehorn allein wußte, warf er sich auf den Boden, verbarg sein Gesicht an der Mutter Erde, verkrampfte seine Hände im Gras, das aus der Erde wuchs. Sein Stöhnen blieb erstickt, er biß auf Stein.

Stonehorn war tot. Nacht war über dem Land.

Hanska hatte zum zweiten Mal seinen Vater verloren. Der erste war an einer heimtückischen Krankheit gestorben, die aus der kümmerlichen Ernährung herrührte. Hanska hatte zum zweiten Mal seine Mutter verloren. Der Geist der ersten hatte sich umnachtet. Queenie Tashina, seine Wahlmutter, die schöne und sanfte, war verschwunden, ermordet und verschleppt, damit niemand den Mord beweisen könne. Hanska war entschlossen, Joe Inya-he-yukan, den Toten, zu verbergen, so, wie einst Häuptling Crazy Horse von seinen Eltern begraben und verborgen worden war. Niemand hatte ihn je gefunden; niemand hatte das Geheimnis verraten; niemand konnte den Toten schänden.

Hanska war auf einmal nicht mehr allein. Mit dem Toten zusammen hatte er Bruder, Schwester und Mutter, die große Mutter gefunden. Leise waren sie herbeigekommen, als die Sterne anzeigten, daß die Hälfte der Nacht vorüber sei. Sie saßen bei ihm, gekrümmt von Schmerz wie er um Inya-he-yukan. Sie verließen Hanska nicht, und er konnte sie nicht verlassen.

Aber ehe sie mit ihm weiter einen dornigen Weg gingen, sollten sie genauer wissen, wohin der Weg führte.

»Laßt uns noch einmal beraten«, sagte er, und er saß wieder aufrecht im Kreise der anderen, die Mordwaffe, die Ray ihm gegeben hatte, auf den Knien. »Ich habe kein Tipi mehr. In unserer Prärie wütet ein Häuptling, Mordbruder unserer weißen Feinde. Er ist ein Feigling und tötet nicht selbst. Sonst hätte Joe Inya-he-yukan ihn längst niederschießen können. Er schickt seine Killer des Nachts, auf einsamen Straßen. Er hat...« Hanska stockte. Seine Zunge wollte versagen, aber er nahm sie wieder in seine Gewalt. »Er hat meine Wahlmutter Queenie Tashina jenseits der Grenze unserer Reservation überfallen und mißhandeln lassen; sie starb in den Händen der Killer, unter den Augen ihrer kleinen Kinder. Sie hat sich gewehrt, meine kleinen Geschwister konnten flüchten. Die Tote haben die Killer verschleppt und verscharrt. Aber eines Tages werde ich sie finden. Meine jüngeren Geschwister leben jetzt verstreut bei Freunden. Mein großer Bruder Wakiya-knaskiya ist in Kalifornien und hilft einem Manne, der das Recht der Indianer vertritt. Ich bin allein.«

»Nicht mehr«, antwortete Untschida. »Du weißt, wir bleiben bei dir, wenn wir dir nicht zur Last sind.«

»Ihr kommt mit mir, wie es beschlossen ist. Wir wollen Gerechtigkeit für alle Indianer, und den Verräter und Mordhäuptling in unserem Stamm werden wir nicht länger dulden.«

Die vier Lebenden machten sich mit dem Toten auf den Weg.

Sie mußten sich fühlen wie gejagtes Wild. Jeder kleine Zwischenfall, jede Kontrolle, aus welchem nichtigen Anlaß immer, konnte sie dem Verdacht ausliefern, selbst Mörder zu sein. Im Wagen ein Erschossener, der nicht gemeldet war, im Wagen die Mordwaffe — dazu vier Indianer, ein Reservationsindianer als Tramp, drei Slumbewohner ohne Gepäck. Eine Begegnung mit der Polizei konnte nur ein einziges Ergebnis haben: Todesurteile, Zuchthausurteile.

Hanska fuhr trotzdem mit unerlaubter Geschwindigkeit. Er konnte mit einem Toten nicht unterwegs sein, bis der Körper in Verwesung überging, und je länger die Fahrt dauerte, desto größer wurden die Gefahren unerwünschter Zufälle.

Ite-ska-wih verstand das, ohne daß Worte darüber gemacht wurden. Auch war sie keinen verschwommenen Gefühlen zugänglich. Sie mußte alles, was um sie war und geschah, mit genauester Aufmerksamkeit in sich aufnehmen, denn es ging um Leben und Tod, und wenn das Leben siegte, ging es um seinen Inhalt für alle Zukunft. Nicht mehr lange würde sie Inya-he-yukan Stonehorn sehen können; sie nahm ihre Wahrnehmungen tief in sich hinein bis in jene Region der Seele, in der sie unauslöschlich werden. Der Körper des Toten lehnte zurück, der Kopf lag etwas zur Seite. Ite-ska-wih schaute wieder und immer wieder den Häuptling der Prärie, wie sie ihn zum erstenmal in ihrem Leben gesehen hatte und jetzt zum letzten Male sah. Im vorübergleitenden Licht der Scheinwerfer entgegenkommender Wagen wurde das fahle Antlitz wie ein Steinbild sichtbar, das gequälte, standhaft gebliebene, kühne, von hohem Verstand geformte Gesicht, der zynische Zug, der Leidenschaft, Liebe, Haß, Enttäuschung ein Leben lang unter die Maske der Selbstbeherrschung gezwungen hatte. Ite-ska-wih schaute auch nach Hanska am Steuer. Er war nicht Inya-he-yukans Sohn, er war sein Wahlsohn und doch oder eben darum ihm gleich und ungleich. Jünger war er, bitter schon und tief traurig, aber auch voller Kraft und ungebrochener Zuversicht. Er besaß Mut und Klugheit, Stolz und Hilfsbereitschaft; ein echter Dakota war er, groß, schlank, scharfgesichtig. Ite-ska-wih fühlte, wie die Liebe zu Hanska sie ansprang, sie mit Heftigkeit ergriff, so wie ein junger Berglöwe zupackt. Inya-he-yukan und Hanska wurden eins für sie; sie konnte sie nicht mehr trennen. Sie dachte Hanska unter dem Namen Inya-he-yukans. Nichts konnte er von ihrer Liebe wissen; vielleicht würde er niemals davon erfahren, aber sie konnte auch niemals mehr davon lassen, das war gewiß. Sie durfte jetzt mit ihm gehen. Er hatte kein Tipi, aber er vertraute ihr, das war ihr Tipi. Sie würde sein Geheimnis um Inya-he-yukan teilen und mit ihm ohne Aufhören um Inya-he-yukan trauern und seinen Willen erfüllen. Sie hatte keine Angst. Woher sollte Angst kommen in dieser Stunde? Das Entschiedene mußte getan werden.

Hanska war vielleicht nicht älter als Ray. In Großvaterzeiten hätte er aber schon an der Büffeljagd teilgenommen, er war ein Mann.

Gegen Morgen geschah es dann. Ein entgegenkommender Polizeiwagen hielt und gab das Stoppzeichen für den Jaguar. Einer der beiden Beamten kam herüber. Hanskas Falkenaugen hatten die Polizei im flachen Gelände längst erspäht. Er war auf die zugelassene Geschwindigkeit heruntergegangen und hatte Ite-ska-wih zugewinkt, sie möge Ray das Zeichen geben, den Kofferraum zu schließen. Er selbst hatte dem Toten die Decke ins Gesicht heraufgezogen. Auf das Polizeizeichen hin hatte er sofort gehalten.

»Euer Wagen?« fragte der Polizeibeamte. Er mochte sich nicht wenig wundern, daß Indianer einen ausländischen Wagen fuhren.

Hanska antwortete: »Yes.«

»Und wer ist das?«

»Chief Inya-he-yukan, mein kranker Vater.«

»Woher habt ihr den Wagen?«

»Gehört meinem Vater. Geschenk meines Großvaters. Altwagen.«

»Das kannst du wohl sagen, junger Indianer. Läuft aber noch gut. Papiere?«

»Nein.«

»Woher kommt ihr?«

»Chicago.«

»Ah. Und wohin?«

»California.«

»Warum?«

»Besserer Verdienst.«

»Ihr habt ja viel vor. Mit den Weibern?«

»Mit meiner Frau und meiner Großmutter.«

»Habt ihr Geld?«

»O yes, genug bis California.« Hanska zog seine Börse hervor und zeigte so viel von dem Reisegeld, das er mit Stonehorn zusammen mitgenommen hatte, wie er für zweckmäßig hielt.

»Wieviel Meilen sind erlaubt?«

»Sechzig die Stunde.«

»Also fahrt jetzt vernünftig.« Der Beamte, nicht feindselig gestimmt, schien mit Hanskas Antworten zufrieden. Er ging zu seinem Polizeiwagen zurück und fuhr in Richtung Osten weiter. Hanska startete nach Westen zu.

Ray öffnete den Gepäckraum wieder.

Es wurde heller Tag. Ite-ska-wih fühlte sich sehr müde. Die Glieder waren ihr und der Großmutter in der unbequemen Lage eingeschlafen. Sie schaute auf Hanskas Hände am Steuer. Er war der einzige, der fahren konnte. Ray hatte es nicht gelernt. Hanska mußte die gesamte Fahrt am Steuer durchhalten. Er schien nicht erschöpft zu sein. Noch immer fuhr er sicher und nun schon wieder mit hoher Geschwindigkeit, wenn auch noch umsichtiger als zuvor. Der Weg war ihm bekannt. In der kommenden Nacht, sagte er, wollte er sein Ziel erreichen. Wenn es die Gegend und die Umstände zuließen, würde er vorher noch eine Pause einlegen.

Der Wagen befand sich schon in der hoch gelegenen Prärie. Die Fenster waren des Toten wegen offen; der Gegenzug der Luft wehte steif und kalt herein. Ite-ska-wih spürte den Duft, von dem Untschida im Keller wie von einem Märchen erzählt hatte. Zum ersten Mal in ihrem Leben nahmen ihre Lungen reine Luft auf, köstliche, schmeichelnde, aufreizende Luft der Prärie, über die der Wind vom Nordmeer bis in den Süden dahinstrich. Das war Hanskas und Inya-he-yukan Stonehorns Heimat. Hier wurden die Lungen weit und das Blut rot.

Hanska fuhr von der Straße und hielt. Die Insassen des Wagens konnten aussteigen. Über ihnen wölbte sich der Himmel mit der Pracht der in rotgelbem Feuer sterbenden Sonne, ihre Füße fühlten Gras und Erde; ihre Ohren hörten das Brüllen von Rindern. Sie warfen sich hin, im Kreise um den Toten, der ganz mit Decken verhüllt war. Sie aßen ein wenig von dem Proviant, tranken ein wenig aus der Feldflasche, schauten immer wieder die im Abenddämmer verschwimmenden Wellen der Prärie, die sich hinzogen, bis sie in den Himmel einzuschmelzen schienen, da und dort aufgerissen von Wasser, Sturm, Winterfrost.

Im Westen, nicht mehr fern, erhob sich ein Gebirgsstock.

Das Prärieland ringsumher war Viehweide; es sah kaum anders aus, als es die großen Häuptlinge hundert Jahre zuvor noch gesehen hatten, so wild, so ganz es selbst. Da und dort weidete oder ruhte schwarzes Vieh.

Ite-ska-wih hatte noch nie freies Land gesehen. Sie wandelte sich wieder auf neue Art. In den schmutzigen, stinkenden Straßen der Stadt war ihr ein Traumbild begegnet, fern allem Bisherigen: Joe Inya-he-yukan Stonehorn und sein Sohn Hanska, ein mythisches Wunder, nicht vereinbar mit Keller und Gasse. Ihr Dasein spaltete sich wie der Baum unter einem leuchtenden Blitzstrahl. Jetzt kam es wieder zusammen, das Träumen und das Erleben. Das Frösteln, der graue Kellerschimmer wich aus dem Gesicht und von den Händen des Mädchens; die Prärie nahm nicht nur ihre Seele, sie begann ihren Körper in Besitz zu nehmen.

Was webte mit in dem Duft des Märzwindes? Mehr als der Geruch der Wiese; es kam noch ein anderer fremder, des Wunders voller Duft.

»Das ist der Wald, das sind die Schwarzen Berge«, sagte Hanska, der gesehen hatte, wie sich Ite-ska-wihs Brust dehnte und ihre Nasenflügel sich öffneten wie die von verhoffendem Wild. »Das sind die Kiefern und Tannen, das ist das Holz, das ist das Harz — das sind die Felsen und die Quellen, das ist Wasser, Ite-ska-wih, wie deine Zunge es noch nie geschmeckt und deine Haut es noch nie gefühlt hat. Dahin gehen wir zuerst, zu den Felsen, den Quellen, den Bäumen. Das ist die heilige Heimat meines Volkes, in die wir uns heute einschleichen müssen wie die Diebe. Dort soll Inya-he-yukan ruhen, verborgen in unserer Erde, die ihn einhüllt und vor der Gier der Feinde schützt, bis dieses Land wieder unser Land sein wird. Wir holen es uns zurück. Ich habe gesprochen.«

Hanska war aufgestanden und hob die Hände zu dem Himmel über der Prärie, an dem die Sterne aufzuglänzen begannen und der Mond seine dünne goldschimmernde Sichel zeigte. Ray, Ite-ska-wih und Untschida standen bei ihm. Zu ihren Füßen lag der Tote. Ihre Lippen murmelten das Gelöbnis Hanskas, das das Vermächtnis Inya-he-yukans war.

In dieser Nacht drangen sie in die Schwarzen Berge ein.

Straßen durchschnitten Wald und Fels und legten sich wie Fesseln um die Berge, die der Zivilisation nicht entkommen sollten. Die Fahrbahnen waren jetzt leer; kaum ein Wagen begegnete dem Jaguar, und keiner überholte ihn. Hanska fuhr nicht in das Naturschutzgebiet ein, sondern parkte an einer Ausweichstelle der offenen Straße, die am Berg hinaufführte.

»Von hier ab gehen wir.«

Hanska und Ray trugen den Toten. Die beiden Frauen folgten. Die Gruppe befand sich schon hoch am Berg. Die Waldhänge waren steil, von rissigen Felsen durchzogen, durch die Tannennadeln auf dem Boden glitschig; Moos und Erde waren weich und feucht. Die Gruppe begegnete den in der Dunkelheit hell schimmernden Schneeflecken, die sich bis in den März hinein hielten.

Ite-ska-wih keuchte. Die Anstrengung des Aufwärtssteigens hatte sie noch nie kennengelernt. Ihre Knie zitterten, ihr Herz schlug gegen die Rippen. Aber sie sagte kein Wort. Vielleicht war ihr die Anspannung nicht einmal bewußt. Bewußt war ihr, daß sie Hanska und dem toten Inya-he-yukan folgen durfte. Bewußt war ihr der letzte Blick des Sterbenden. Je mehr sich die Zeit und der beginnende Verfall des Körpers zwischen die Todesstunde Stonehorns und das unmittelbar drängende Geschehen legte, je weiter sich Fleisch und Blut des Ermordeten, das zum geheimen Grabe getragen wurde, aus der Wirklichkeit entfernten, desto machtvoller wirkte sein Geist, der im Gedächtnis an die überwältigende geheimnisvolle Kraft seiner Augen lebendig blieb.

Vor den Wandernden tat sich ein kleines Tal auf, das ihren Weg durchschnitt. Sie hörten schon das Plätschern des Gebirgsbaches, der es sich gegraben hatte. Da erst spürte Ite-ska-wih, daß die Zunge ihr wie vertrocknet am Gaumen klebte und der ganze Mund ihr quälend weh tat. Sie hatten es vermieden, unterwegs eine Raststätte aufzusuchen; das Wasser aus der Feldflasche war eine sehr geringe Labung gewesen. Das Mädchen lief nicht mehr, es rutschte den kurzen Hang hinunter, legte sich an das Ufer und tauchte das Gesicht in das Wasser, netzte den Nacken mit Wasser und trank. Unnennbare Wonne war es für die Durstende, Wasser zu trinken, das ungetrübt wie Kristall aus der Quelle kam, quirlendes, brandlöschendes Wasser. Sie kühlte auch die Hände darin, obgleich die Märznacht kalt genug war. Aber ihr war heiß.

Die Wandernden setzten ihren Weg fort.

Die Stelle, an der Hanska halt machte, war voller Einsamkeit und Menschenferne; Ite-ska-wih spürte sie im Wind, im Seufzen der sich beugenden Wipfel, im Schrei eines Vogels, im verborgenen Rascheln am Boden und in dem verwehten Rauschen des Baches, der über einen Felshang stürzte.

Ein verwitterter Felsbrocken war Hanskas Ziel. Er hielt an und legte mit Ray zusammen den toten Inya-he-yukan auf den Moosboden. Dann trat er zu dem abgebrochenen Felsen, lehnte sich halb daran und strich darüber wie über den Rücken eines alten stummen Freundes.

»Du wirst Inya-he-yukan bewachen«, sagte er.

Die Morgenhelle drang in die Nacht ein. Nebel wurden licht, die Nadeln der Bäume, das Polster des Mooses gewannen ihr Grün, der Wind stürmte scharf und sehr kalt. Vögel flatterten auf.

Hanska arbeitete mit Ray an einem kleineren Stein, der halb unter dem gewaltigen Felsbrocken verborgen, halb in die Erde eingewachsen war. Es dauerte lange, bis sie ihn herausheben konnten. Eine dunkle Höhlung gähnte ihnen entgegen.

Hanska nestelte seine Pfeife los, entzündete sie, rauchte sie an und bot dem Großen Geheimnis mit gemessener Würde die sechs Züge, dem Himmel und der Erde und allen vier Winden. Es war die Weihe für den Toten.

Dann wandte er sich der Höhlung zu, die nur Dunkelheit zeigte. Nichts war darin zu erkennen.

»Das«, erklärte er seinen Begleitern, »ist der verborgene Eingang. Die Höhle geht durch den gazen Berg, vielfach verästelt wie ein mehrzweigiger Baum. Den unteren Eingang kannten unsere Vorfahren, und die weißen Männer kennen ihn auch. Sie haben eine Treppe bis in die Tiefe gebaut und nehmen Geld, wenn sie den Touristen den Anfang der Höhle und einen kleinen Teich zeigen, an dem weiße Molche leben. Doch sie sind nie in der Höhle in die Höhe gestiegen. Was nicht genug Geld bringt, tun sie nicht. Aber mein Wahlvater Inya-he-yukan kannte den oberen Eingang, vor dem wir stehen. Er hat mir die Geheimnisse gezeigt, die ihn jetzt in ihren Schutz aufnehmen werden. Die Höhle ist gewaltig. Zu Zeiten unserer Ahnen hat hier noch die Große Bärin gewohnt. Ihr Geist wird über dem toten Häuptling Inya-he-yukan wachen.«

Hanska und Ray trafen ihre Vorbereitungen. Hanska stieg als erster ein und trug den in die Büffelhautdecke fest verschnürten Toten am Kopfende; Ray folgte, mühsam das Fußende haltend. Als dritte kam Ite-ska-wih mit; sie hatte die Hände frei und sicherte Ray an einem ledernen Lasso. Die beiden jungen Männer trauten ihr viel zu.

Untschida blieb am Eingang, den sie mit dem kleineren Stein vorläufig wieder verschloß. Sie hielt Wache.

Das Lassoende war Ite-ska-wih unter den Armen um die Brust geschlungen. Sie war ganz ungeübt, aber geschickt und ohne Furcht. Mit Händen und Füßen stemmte sie sich von einem kleinen Halt zum anderen; Hanska gab Anweisungen an besonders schwierigen Stellen. Sehen konnte man nichts. Nach einer lang erscheinenden Zeit wurde der Höhlengang ebener, etwas weiter, leichter zu begehen.

»Wundert euch nicht«, erklärte Hanska. »Hier liegen sehr alte Knochen aus der Beute der Großen Bärin. Sie sind noch immer nicht verwest.«

Ite-ska-wihs Füße in den Mokassins tasteten vorsichtig. Die drei ruhten aus, damit das Mädchen leichter Atem schöpfen konnte. Zwar war es so dunkel, daß sie einander nicht sahen, aber Hanska hatte jetzt, in der Sicherheit und Stille des Berginnern, Ite-ska-wihs hastigen Atem gehört.

»Hier«, sagte er, »hier, wo wir nun mit Inya-he-yukan, dem Toten, und seinem Geiste sind, hat einst unser Ahne, Inya-he-yukan der Alte, Rücken an Rücken mit der Großen Bärin geschlafen, ehe er zu seinen Zelten heimkehrte.«

Ite-ska-wih fühlte sich eingezaubert in die Mythen, in die Geschichte und in das Land ihres Volkes, als habe sie immer dazu gehört. Vor der Straße hatte sie Angst gehabt, aber im Berg, in der Finsternis und bei den Gebeinen war sie ruhig mit Hanska und Ray und dem Geiste Inya-he-yukan Stonehorns.

Die drei wanderten mit dem Toten weiter.

Die kaum vernehmbaren Geräusche, die ihre Schritte verursachten, gewannen eine andere Klangfarbe. Die Luft veränderte sich; sie wurde frostig. Die Füße spürten noch den Felsboden; aber die Hände suchten nach Halt.

Hanska rief: »Inya — — hee — — yukaan!«

Der Fels rief zurück: ». . . yukaan!«

Eine mächtige Felshalle befand sich inmitten der verborgenen Höhlengänge. Hanska tastete und rief sich mit Ray und Ite-ska-wih zur Mitte des Höhlenraumes voran.

»Ich suche sie jetzt«, sagte er in einem Ton, der benommen klang. »Sie muß noch immer dasein.« Er ging umher. Dabei sprach er beschwörend vor sich hin, Ite-ska-wih und Ray beteten miteinander. Es war gut, wenn man einander vernahm, denn sehen konnte ja keiner den andern.

»Hier«, sprach Hanska endlich lauter, so daß seine Stimme wieder im Raume hallte. »Hier. Sie ist dageblieben, seit sie starb und seit ich sie mit meinem Wahlvater Inya-he-yukan Stonehorn besuchen durfte.«

Er rief Ray und Ite-ska-wih heran. Mit Glück und Schauer fühlten sie das weiche lockige Fell eines ungeheuren Tieres.

»Laßt uns ihr ein Lied singen.«

Hanska sang ein Bärenlied, das Lied vom Leben und Sterben der Großen Bärin, die ein weißer Mann mit der Kugel verwundet hatte, die in ihren Berg gekommen war, um zu sterben, ehe die weißen Männer sie mit ihren Messern schlachteten und sie häuteten und sie fraßen und ihr Junges töteten. Sterbend war sie Inya-he-yukan dem Alten begegnet und hatte ihm ihr Junges gegeben, das er auf seine Schulter nahm, damit es weiter lebe. Unterpfand für das Leben der Söhne und Töchter der Großen Bärin. Nach der Art der roten Männer sang Hanska das Lied oft und oft, und er hatte Ray und Ite-ska-wih erklärt, was er sang. Sie verstanden seine Sprache nicht, aber die Laute nahmen sie auf und sangen endlich mit Hanska zusammen das Gedenklied für die Große Bärin, für Inya-he-yukan den Alten und für Inya-he-yukan den Jungen, Hanskas Wahlvater, der im Tode zu der Großen Bärin heimgekehrt war.

Der Gesang füllte die Felsenhalle.

»Hier wird er ruhen«, sprach Hanska, als er sein Lied geendet hatte.

Sie legten den Toten im Schmuck der Adlerfedern, die ihm gebührten, in seinem Festrock, auf dem Himmel und Erde abgezeichnet waren, mit seiner Waffe, die viele geschützt hatte, eingeschlagen in die Büffelhaut, zu der Großen Bärin. Verborgenheit, Finsternis, die unerklärliche Natur dieser Felsenhalle würden ihn im Tode beschützen, wie sie die Bärin hundert Jahre vor Verwesung und vor dem Frevel der Feinde beschützt hatten und weiter beschützen würden.

Hanska schlug die Büffelhaut ein letztes Mal auf. Er selbst, Ite-ska-wih und Ray legten nacheinander die Hand voll Ehrfurcht auf das Antlitz des Toten; sie spürten seine Stirn, seine Augen, seine eingefallenen Wangen, seinen Mund; sie sahen ihn nicht mehr, sie würden ihn nicht mehr sprechen hören, aber in ihnen selbst lebte er weiter. Joe Inya-he-yukan Stonehorn konnte niemals sterben.

Er und die Große Bärin ruhten beieinander, und nicht einmal die Fäulnis konnte den Häuptling benagen.

Sie schrien laut miteinander vor Gram und vor Gewißheit des Lebens. Hier im Berg konnten sie schreien und jauchzen. Kein Feind hörte sie. Keiner konnte sie bedrohen. Hanska nahm Ite-ska-wih in seine Arme, wie ein Mann tat, der eine Frau liebte und sie beschützen wollte. Er hatte keine Decke, die er um das Mädchen schlagen konnte, wie es Sitte war. Seine Arme waren ihre Decke. Ein seliger Schrecken lief durch ihren jungen mageren, erschöpften Körper: Hanska liebte sie.

Der alte Mann, der den Namen Bill Krause trug und dessen Haarboden wie ein Stoppelfeld wirkte, saß auf der Bank vor seinem einsamen Haus und schaute über den weiß gestrichenen Zaun seines Gärtchens hinweg den buschbewachsenen Hang hinauf. Es war seine Gewohnheit, des Abends hier zu sitzen; er hatte sich auch daran gewöhnt, daß sein Adoptivsohn, der Indianerjunge aus den Slums von New City, in dieser stillen und behaglichen Stunde bei ihm saß und sich aus der Heimat von Willi Krause erzählen ließ. Vor Jahren waren es die Märchen von Zwergen und Riesen gewesen, die der kleine Bub hören wollte, und die beiden hatten den Gartenzwerg in Krauses Gärtchen angesprochen, um selbst weiter auszuspinnen, was ein Zwerg in alten Zeiten alles erlebt haben könne. Unterdessen war der Junge ein siebzehnjähriger Bursche geworden und erzählte seinem Vater Krause aus der Geschichte der Indianer, über die er bei der Familie King mehr erfuhr als in der Schule.

Aber an diesem Abend war den beiden nicht nach Erzählen zumute. Es hatte sie viel Mühe gekostet, die King-Kinder, die bei ihnen geblieben waren, in den Schlaf zu singen, so liebevoll wie eine Mutter. Endlich waren sie eingeschlummert, der Vierjährige, die Sechsjährige und der Achtjährige.

Bill Krause aber und sein Adoptivsohn dachten an Joe Inya-he-yukan Stonehorn King, der mit seinem Wahlsohn Hanska eine große Reise unternommen hatte, um mehr Freunde und Verbündete für den Kampf zu gewinnen, der in diesen Tagen begonnen hatte. Einige junge Männer und Mädchen von anderen Reservationen und von Indian Centers der Städte waren schon gekommen. Joe Inya-he-yukan und Hanska, hieß es, waren weiter nach Chicago unterwegs.

Wären sie nur daheim geblieben!

Die Mutter, Queenie Tashina King, war ermordet und an einem unbekannten Ort verscharrt worden. Das hatte Joe Inya-he-yukan noch erlebt. Fünf ihrer Kinder, die Queenie mit im Wagen gehabt hatte, um sie nach Kanada in Sicherheit zu bringen, waren nach dem Tode der Mutter zu Fuß zu Krause geflüchtet. Die Zwillinge Harry und Mary, zehn Jahre alt, hatten Ziel und Weg gewußt.

Bill Krause konnte die Stunde, in der die Kinder bei ihm ankamen, nicht aus seinem Denken und Fühlen hinausschieben, nicht im Wachen und nicht im Schlafen. Sie war immer da. Mit ihr verband sich jetzt diese zweite Stunde, als die Beauftragten des Superintendent der Reservation die Zwillinge Harry und Mary King von Bill Krause wegholten, um sie, wie sie sagten, in geeignete Internate für Indianerkinder zu bringen, und zwar getrennt. Diese Kinder müßten völlig neu erzogen, umerzogen und überhaupt in Sicherheit gebracht werden.

Der alte Krause hatte beim Abschied geweint. Die beiden Kinder hatten nicht geweint. Ihre Mienen waren erschreckend starr gewesen, als sie sich abführen ließen wie Gefangene in Feindeshand.

Die drei jüngeren waren bei Krause geblieben. »Vorläufig — bis auf weiteres ...«, hatten die Beauftragten gesagt. Jeden Tag konnten »Beauftragte« erscheinen, die auch sie verschleppten.

So war »die Rechtslage«, hatten die Beauftragten gesagt.

Bill Krause starrte den buschbewachsenen Hang hinauf. Was sollte er Joe King sagen, wenn dieser mit Hanska zurückkehrte? Er hoffte auf die Rückkehr Joes, der seine drei verbliebenen Kinder beschützen würde, und er fürchtete sich davor, Joe sagen zu müssen, daß Harry und Mary weggeführt worden waren und Bill Krause dazu geschwiegen hatte.

Oft glaubte er seitdem, von der fernen Straße her das Geräusch des Wagens zu hören, der Joe und Hanska zurückbrachte. Doch bis jetzt hatte er sich immer getäuscht.

Joe King würde seine Kinder Harry und Mary zurückholen. Er war der Mann, der sich auch gegen den Superintendent durchsetzen konnte.

Krause nahm beide Hände vor das Gesicht. O Gott, warum hast du das alles zugelassen? Muß das sein? Ich bin alt geworden. Meine Frau ist gestorben. Mein Sohn ist gefallen. Muß ich noch einmal mitansehen, wie Menschen sich morden? Es ist wahr, die Indianer sind im Recht. Aber müssen sie darum kämpfen? Wenn ein kleiner

Mann sich den Mächtigen fügt, lebt er ungeschorener. Aber sage das einer Joe Inya-he-yukan King! Seine Zynikerfalten würden sich nur tiefer legen, und er würde sich abwenden von Bill Krause, den er für einen Spießer hielt, wenn er auch freund mit ihm war und seine Schußwaffen bei ihm reparieren ließ. Joe King hatte keine Macht, doch ein kleiner Mann war er nicht, würde er auch niemals werden. Eher sterben. Da lag der Haken.

Der Märzabend ging zur Nacht über. Die Sterne blinkten auf. Die Mondsichel leuchtete. Der buschbewachsene Hang wurde finster — schwarz; er lag im Mondschatten. Der Wind strich über die Büsche, und hoch oben am Berg rauschte er in den Wipfeln der Tannen. Verlassen lagen die Straße, die am Berg hinaufführte, und der kleine Seitenweg zu Krauses Haus.

Bill Krause erhob sich und ging mit seinem Sohn zusammen in die Werkstatt neben seinem Haus. Er brachte die Petroleumlampe zum Brennen und besah sich wieder einmal die Gewehre, die er wie kostbare Museumsstücke aufbewahrte. Sie hingen gut plaziert an der Wand, und er erzählte seinem Sohn unerschöpfliche Geschichten davon. Eines sollte in der Schlacht am Little Bighorn gebraucht worden sein, als die verbündeten Stämme der Dakota und der Cheyenne General Custers Truppe vernichteten und ihn selbst töteten. Fast ein Jahrhundert war das her, aber die Indianer feierten jetzt noch jedes Jahr drei Nächte lang ihren Sieg, so wie die amerikanische Armee noch jedes Jahr eine Parade zu Ehren General Custers abhielt. Von den Häuptlingen, die die Indianer in der Schlacht angeführt und sie überlebt hatten, war nach dem Friedensschluß kaum ein einziger eines natürlichen Todes gestorben. An Leuten, die eine Schlacht gewonnen, aber den Krieg verloren hatten, wußte man sich zu rächen. Bill Krause seufzte und lauschte wieder einmal, ob nicht doch noch ein Wagen kam, ein Wagen, der Joe Inya-he-yukan zurückbrachte. Als es totenstill blieb, legten er und sein Adoptivsohn sich zu Bett. Ein geladenes Gewehr lag quer in den Haken über der Tür. Ein zweites hatten Krause und sein Sohn an der Lagerstatt, auf der sie miteinander schliefen, zur Hand. Es war das Gastbett, das Joe Inya-he-yukan und Queenie King bei ihren Besuchen bei dem Büchsenmacher stets benutzt hatten. Krause mußte lange daran denken und sank erst um Mitternacht in einen traumgequälten Schlaf, nur um bald wieder aufzuwachen. »Beauftragte« zwar hatte er des Nachts nicht zu erwarten; ihre Dienststunden waren des Tags von 9 a.m. bis 9 p.m. anberaumt. Aber die Killer zogen für ihr Handwerk die Nacht vor. Krause wohnte einsam und fürchtete sich. Seit 40 Jahren wohnte er hier, und zum erstenmal fürchtete er sich. Was für Unmenschen waren es, die eine gute junge Mutter ermordet hatten. Die Frau des verhaßten Joe Inya-heyukan. Eine Indianerin. Krause war ein Weißer. Aber wer konnte sich heute noch sicher fühlen, wenn er die kindlichen Zeugen des Mordes beherbergte? Ein Säugling, das jüngste Kind, war nicht bei Queenie im Wagen gewesen, sondern schon tags zuvor zu Joes kinderreicher Schwester gebracht worden, die in einer der Slum-Hütten in dem nahen New City wohnte. Ob Krause alle Kinder dorthin bringen sollte? Es gab bei Margret aber keinen Platz mehr.

Bill Krause wälzte sich hin und her. Er lauschte wieder. Nichts war da, nichts als die unheimlich gewordene Stille, die sich wie ein Raubtier lautlos auf die Brust legte und das Herz abdrückte.

Krause wollte sich zum Schlafen zwingen, aber er konnte das Grübeln nicht lassen. Sein Gehirn arbeitete und tat weh. Wer außer Joes Schwester Margret kam als Pflegemutter für die Kinder in Frage? Freunde des King-Clans, wie Hugh Mahan, Bob, Robert, Gerald, Percival, befanden sich bei den Aufständischen, die von der Militärpolizei umzingelt waren. Bobs Frau Melitta hatte selbst vier Pflegekinder. Irene-Oiseda? Sie war Leiterin des behördlich eingerichteten Indianermuseums in New City geworden; Krause mochte sie nicht in Schwierigkeiten hineinzuziehen, wenn sie auch wahrscheinlich bereit gewesen wäre, sie auf sich zu nehmen. Monture und seine Frau Grace hatten sich vollkommen der Werbung für die Bewegung der Indianer verschrieben und waren in diesen entscheidenden Wochen im ganzen Lande unterwegs. Die beiden Morningstars, senior und junior, dem Stammesrat angehörig, hielten sich aus allem heraus. Richter Crazy Eagle war blind; er konnte sich gegen keinen Angriff wehren. Hetkala, Hugh Mahans Mutter, wohnte einsam und allein, seit ihr Sohn und dessen beide trotzige Pflegesöhne zu den Aufständischen gegangen waren. Sie hatte zudem Iliff, den kleinen Boy, zu hüten, und hielt eine heimliche Zufluchtsstation für die Frauen und Mädchen offen, die sich mit Lebensmitteln und Medikamenten für die Aufständischen durch den Ring der Militärpolizei schlichen. Nirgends tat sich eine Möglichkeit für Joes und Queenies kleine Kinder auf. Darum hatte ja Joe bei Krause nachgefragt, und Bill Krause hatte sich bereit erklärt,

Queenie mit fünf Kindern vorübergehend aufzunehmen, bis sie nach Kanada zu den dortigen Verwandten weiterfuhren. Haus und Werkstatt zusammen boten Platz genug. Auf der Fahrt Queenies zu Krause war das Furchtbare geschehen. Ein gerichtliches Nachspiel gab es nicht. Die Tote war verschwunden. In der Mörderbande hatte sich nach dem Bericht der Zwillinge auch ein Stammespolizist befunden, der schon lange im Verdacht stand, im Auftrag des Killerhäuptlings in der Killerbande mitzumachen; er wurde gedeckt, er, der Killerchief, und der Mörder selbst, Louis White Horse. Dieser Aussagen wegen hatten die Zwillinge sofort weg und damit zum Schweigen gebracht werden müssen. Die noch jüngeren Kinder kamen als Zeugen kaum in Frage.

Wenn Krause nur hätte nachweisen können, daß die Kleineren bei ihm ordentlich versorgt waren. Eine Frau müßte er haben, doch eine nach Krauses Sinn war nicht leicht zu finden; er maß jede an dem Idealbild seiner verstorbenen Elizabeth.

Bill Krause konnte nicht mehr schlafen.

Auch sein Pflegesohn war wieder wach geworden. »Es kann ja nicht mehr lange dauern«, sagte er, »bis Joe Inya-he-yukan und Hanska zurückkommen. Joe wird Rat wissen.«

Ein Kind schrie im Schreckenstraum. Die anderen zuckten und fuhren aus dem Schlaf. Bill und sein Sohn setzten sich zu ihren Schützlingen und erzählten ihnen leise, daß ihr Vater Joe Inya-he-yukan Stonehorn und ihr großer Bruder Hanska bald zurückkommen und eine weitere Schar von Helfern mitbringen würden.

Stärker und kälter wehte und seufzte draußen der Morgenwind, der mit dem ersten Schimmern der Dämmerung einsetzte. Auf der Straße fuhr ein Wagen aufwärts. Krause erkannte ihn an seinem Motorgeräusch. Es war der Lieferwagen des Hotels oben am Berg, des einzigen Hotels an diesem Gebirgsstock, für Ausflügler und Touristen angelegt. Jetzt stand es leer, und der Lieferwagen kam nur selten.

Der Tag verging ohne Ereignis.

Aber am Abend, als die Sonne die Grenze zwischen Himmel und Erde brennen ließ, ehe sie selbst versank, kam eine Gruppe von vier Menschen durch den Busch den Hang abwärts. Sie kannten die verborgenen Pfade, die Bill Krause zu benutzen pflegte, wenn er den Weg abkürzen oder nicht gesehen werden wollte. Hanska führte die Gruppe. Er wußte sich schon von Krause beobachtet. Das schien ihm beruhigend. Krause war also daheim.

Mit kräftigen Schritten nahm Hanska die letzte Strecke und gelangte mit einem Sprung über einen kurzen Steilhang bis zu Krauses weißgestrichenem Gartentor. Da Krause sich noch immer im Haus befand und nur durchs Werkstattfenster nach seinen herankommenden Gästen Ausschau hielt, öffnete sich Hanska selbst Zaun- und Werkstattür. In dem Innenraum stand er Bill Krause allein gegenüber.

»Hay! Hanska. Hochwillkommen!«

«Hay, Krause.«

Jeder der beiden hatte ein schweres Geheimnis. Jeder suchte nach den Worten, um es mitzuteilen. Jeder wunderte sich, daß der andere nicht weitersprach.

»Wann wird Joe kommen?« fragte Krause schließlich.

»Er ist mit uns, aber kommen wird er niemals mehr zu dir, Bill Krause.«

Der alte Handwerker dachte über diese Worte schwerfällig nach, und je länger er nachdachte, desto unheilträchtiger wirkten sie auf ihn. Er schaute auf das Sportgewehr, das Hanska bei sich trug, eine moderne teure Konstruktion.

»Zeig mal. Wo hast du denn das her?«

Hanska gab Krause die Waffe.

»Es ist daraus geschossen worden.«

»Ja. Auf Joe Inya-he-yukan.«

Bill Krause fragte nur noch mit den Augen, Hanska antwortete mit einem einzigen Blick.

Nach langem Schweigen, das sich schützend und bergend um das Entsetzen des alten Mannes und die neu aufgerissene Wunde in dem jungen Manne legte, wandten sich beide den drei zögernd Eintretenden zu: Ite-ska-wih, Untschida und Ray. Abgehärmt sahen sie aus.

»Also gehen wir jetzt zu den Kindern und essen miteinander zu Abend«, sagte Krause mit einer Stimme, die ihm nur schwer gehorchen wollte. »Kommt mit ins Haus hinüber.«

Als alle Brot und Fleisch zu sich genommen hatten, ohne daß dabei gesprochen wurde, gingen vier Becher mit Wasser um, aus denen alle tranken. Zum Schluß des einfachen Mahles sagte Hanska: »Hört zu, Kinder. Euer Vater Joe Inya-he-yukan Stonehorn King war mit mir in der großen Stadt Chicago. Nun geht er allein noch einen weitenWeg. Wir aber warten, bis wir eines Tages diesen Weg auch gehen und ihm an seinem Ziele wieder begegnen werden. Hoje! Ich habe gesprochen.«

Die Kinder hatten mit großen, prüfenden Augen zugehört. Sie fragten nichts.

Alle standen auf. Untschida räumte mit Bill Krauses Sohn zusammen das Geschirr weg und nahm sich der Kinder an.

Bill Krause, Hanska, Ray und Ite-ska-wih setzten sich zusammen in die Werkstatt zur Petroleumlampe.

»Hast du Reservemunition zu deinem neuen Gun?« fragte Krause. »Ist ein verdammt teures Präzisionsgewehr.«

»Habe keine.«

»Besorg' ich also. Dir würden sie das heute sowieso nicht mehr verkaufen.«

»Ich habe Geld.«

»Auch nicht für Geld. Aber du kriegst das. Was habt ihr jetzt vor?«

Hanska spürte, wie sich etwas in ihm änderte. Er wurde ein anderer. Inya-he-yukan Stonehorns Schutz und Rat hatte er nicht mehr. Zwar konnte er immer sich selbst fragen: Wie würde Stonehorn entscheiden? Und er konnte sich die Antwort geben. Er mußte die Antwort für sich selbst und für die anderen wissen. Sie hingen alle an ihm, die Kinder, Ite-ska-wih, Ray, Untschida. Er konnte nicht mehr Schutz und Rat suchen; er mußte Schutz und Rat geben. Er war ein anderer geworden.

»Wo sind unsere Zwillinge, Harry und Mary?«

Krause war froh, daß Hanska hart und kurz fragte.

»Im Auftrag des Superintendent auf Antrag des Chief-President getrennt in Boarding-schools verschleppt.«

»In welche, Krause?«

»Weiß nicht.«

»Ich schreibe an meinen Bruder Wakiya, der bei einem Lawyer in California arbeitet. Der Lawyer muß an den Superintendent schreiben. Wir wollen unsere Geschwister wieder haben.«

»Gut, Hanska, gut. Aber wo wollt ihr sie unterbringen?«

»Das beraten wir noch, Krause.«

»Ich habe mir Tag und Nacht den Kopf zerwühlt. Ich weiß nicht, wohin mit all den Kindern. Bei mir sind sie nicht mehr sicher.«

Hanska dachte nach.

»Du mußt nämlich wissen«, sagte Krause in Hanskas Gedanken

hinein, »daß euch eure Ranch weggenommen worden ist. Das hat euer Killer-Chief gemacht. Das Land war euch vom Stamm zu Recht gegeben. Sie haben es euch weggenommen, und sie haben es einem weißen Rancher gegeben, nachdem Queenie verschwunden war und du mit Joe zusammen auf Reisen gegangen bist. Einem großen weißen Pferderancher, der euer Ranchland und auch das ehemalige der Mac Leans gepachtet hat, die ja weggezogen sind.«

Hanskas Lippen spielten, ohne daß er einen Ton hervorbrachte.

»Das meiste von eurem Vieh hattet ihr ja heimlich zum Knee getrieben für die Verpflegung der Aufständischen. Den Rest haben jetzt die weißen Rancher.«

»Unsere Pferde? Der Schecke, die Appalousa-Stute, der alte Braune...« Hanska sah Krause nicht an, als er auf die Antwort wartete. Er hatte Angst vor der Antwort.

»Ah ja, die Pferde. Die haben sich wie die Teufel aufgeführt. Der alte Morning Star hat sie übernommen. Er hält sich aus allem raus, aber die Pferde, die hat er doch in Obhut. Die kriegst du eines Tages wieder, Hanska, wenn du nachweist, daß du sie halten kannst.«

»Ich bin Stammesangehöriger. Etwas Land werden sie mir zurückgeben müssen.«

»Falls sie dich nicht einsperren. Wenn du wieder zu den Aufständischen gehst!«

»Ja«, sagte Hanska nur. »Sie sind gründlich. Sie lassen nichts aus. Aber meine Geschwister und unsere besten Pferde will ich wieder haben. In unseren Kindern lebt unser Stamm, hat Inya-he-yukan gesagt.«

»Weißt du einen Rat?«

»Laß mich weiter nachdenken. Bei wem von allen denen, die uns lieben, können sie sicher sein und Indianer bleiben...« Hanska schaute von einem zum andern.

»Ich weiß nicht«, wiederholte Krause verzweifelt, »ich weiß nicht.«

»Einiges weiß ich aber schon.« Hanska sprach sehr bestimmt. Die Hiobsbotschaften ließen ihn nur härter werden. »Meine drei kleinen Geschwister hier bringe ich nach Kanada zu unseren Verwandten in den Woodhills. Das Baby kann bei Margret bleiben. Für die Zwillinge müssen wir ein Tipi vorbereiten für den Tag, an dem sie zurückkehren.«

»Das ist schwer, Hanska.« In Krause stiegen alle Bedenken, die er schon durchdacht hatte, wieder heftiger auf.

»Es muß aber sein, Krause. Ich schreibe heute noch an Wakiya-knaskiya — hast du Papier?«

»Papier und was zum Schreiben.« Der Handwerker suchte und fand, was er sehr selten benutzte. »Ich geb' den Brief dann drunten in New City auf.«

»Ich mach' das«, bemerkte sein Sohn. »Ich nehm' unsern Wagen.«

Untschidas Verbleib war noch nicht entschieden.

Hanska schaute sie lange an. »Ich glaube«, meinte er dann, »ich glaube, Untschida, du mußt schweigen und legal auftreten. Wir werden sehen. Ich schreibe den Brief, wir schlafen ein paar Stunden; ich hole unsern Wagen und bringe die Kinder nach Kanada. Ite-ska-wih nehme ich mit. Kannst du Ray und Untschida noch für ein paar Tage hier behalten, Krause? Sie haben eigenes Geld. Sixkiller hat uns etwas mitgegeben.«

Krause machte eine Bewegung, als wische er das Geldangebot vom Tisch. »Die beiden sind fremd. Sie bleiben, solange du willst. Untschida führt mir in der Zeit das Haus. Ray ist ihr Enkel. Keine Gefahr.«

»Gut, Krause.«

»Siebzehn Jahre und schon wie ein Häuptling — das bist du, Hanska. Wahlsohn Inya-he-yukans. Aber verstehe, du hast jetzt Verantwortung wie ein Hausvater. Geh nie wieder in den Ring, Hanska, und schleuse keinen anderen mehr dorthin ein. Es ist aussichtslos.«

»Nicht für den Sohn Inya-he-yukan Stonehorns. Ich habe gesprochen.« Hanska stand bei seinen Worten langsam auf.

Alle gingen noch einmal vor das Haus und schauten in das Prärieland hinein, über die Stadt zu Füßen der Berge hinweg. Die Neonlichter leuchteten auf. Der Nachthimmel war von Wolken verhangen. Die Prärie rings lag im Dunkeln. Es war Zeit, schlafen zu gehen.

Obgleich Krause sich um den jungen Hanska ob seines Wagemuts große Sorgen machte, fühlte er sich auf seinem Lager ruhiger als in der vergangenen Nacht. Die Verantwortung lastete nicht mehr auf ihm. Es war einer da, der sich auskannte und zu bestimmen verstand. Ein siebzehnjähriger Boy! Die alten Zeiten kamen wieder, in denen ein Vierzehnjähriger sich schon selbst durchschlug. Ja, die alten Zeiten kamen wieder, die Zeiten des blutigen

Grenzerkrieges in diesem Land vor hundert Jahren. Jetzt waren sie wieder da. Weil die ganz Besiegten nach ihrem Recht schrien.

Krause gehörte nicht zu ihnen. Er war ein Weißer. Ein guter Weißer, das mußte wohl jeder zugeben. Er half den Kindern.

Bill Krause schlief ein.

In der Morgenfrühe aßen noch einmal alle zusammen, stumm und feierlich. Krauses Sohn hatte Proviant für die scheidenden Gäste zusammengepackt, auch ein paar Decken und Kleidungsstücke, und den eigenen Wagen fahrfertig gemacht.

Hanska schrieb den Brief und machte sich auf, um den Jaguar heranzuholen. Hanska hatte sich mit Bedacht entschlossen, am Tag zu fahren, nicht bei Nacht. Neben ihm saß Ite-ska-wih; sie hatte den Vierjährigen auf dem Schoß. Auf der Rückbank drängten sich das Mädchen und der achtjährige Bub, immerhin wesentlich bequemer als zuvor Ite-ska-wih und Untschida. Der Jaguar mußte auffallen; daß er mit Familie besetzt war, konnte ihn aber vertrauenswürdig erscheinen lassen. Nach gängiger Auffassung der Polizei liebten Prärie-Indianer es, in alten Wagen umherzuvagabundieren. Die aufregenden Ereignisse, die sich jetzt abspielten und von Presse, Radio, Television erwähnt wurden, mußten allerdings die Aufmerksamkeit der Polizei auf Indianer lenken, die möglicherweise zu den Aufständischen unterwegs waren. Aber Hanska fuhr nicht zu ihnen hin, sondern von ihnen weg in nördliche Richtung.

Trotzdem wurde er gestoppt und kontrolliert.

Es spielte sich an der Eingangssperre zu dem Naturschutzgebiet in den Black Hills ab. Im Unterschied zu den vergangenen Jahren war hier nicht nur der Wächter postiert, sondern mit ihm auch zwei Polizisten. Hanska wußte warum. Es wurde befürchtet, daß die Dakota versuchen würden, die Black Hills zu besetzen, die der Kern ihres ehemaligen Stammesgebietes und ihnen beim Friedensschluß von 1868 vertraglich zugesichert worden waren.

Ein Polizist trat an den Wagen heran. Er war nicht so menschenfreundlich gestimmt wie jene ersten Kontrollposten auf der langen Fahrt, aber er gehörte auch gewiß nicht zu den Killern auf der Reservation.

»Indianerpaß?«

»Ja.«

»Zeig her.«

Hanska hatte den Indianerpaß seines Wahlvaters bei sich, der zur freien Bewegung in USA und Kanada berechtigte.

Der Polizist verglich Photographie und Aussehen.

Hanska und Ite-ska-wih waren abgemagert; sie hatten dunkle Ringe um die Augen, ihre Wangen waren eingefallen. Ihr Ausdruck war ernst; Hanska wirkte finster, Ite-ska-wih schwermütig. Sie sahen beide wesentlich älter aus, als sie waren. Das Geburtsdatum seines Wahlvaters konnte in diesen Tagen für Hanska gelten. 30 Jahre — ja, mochte sein.

»Wohin?«

»Zu unseren Verwandten nach Kanada.«

»Warum?«

»Damit die Kinder erst mal zur Ruhe kommen. Schule haben sie dort.«

Die Kinder selbst und Ite-ska-wih blieben regungslos wie Tiere, die der Aufmerksamkeit des Jägers zu entgehen versuchen.

»Immer ab mit euch!«

Hanska konnte weiterfahren.

Die Märzluft und die Erde waren feucht und kühl, voller Kraft des Werdenden, noch Unsichtbaren. Die Knospen der Sträucher, der Laub- und der Nadelbäume waren wie über Nacht dicker geworden, sie reiften zum Aufspringen heran. Aus dem Boden keimte neues Gras. Ite-ska-wih beobachtete einen fliehenden Hirsch. In der frühen Jahreszeit kamen noch kaum Touristen. Das Wild bewegte sich unbesorgt und war überrascht, wenn Besucher auftauchten. Das junge Mädchen schaute dem jungen Tier nach, folgte mit dem Blick dessen Sprüngen in ihrer übermütigen Leichtigkeit. Sie hörte zum erstenmal in ihrem Leben das dumpfe Brüllen, das durch die Glieder ging: den Ruf der Büffel. Über Hanskas Züge huschte ein schüchternes Lächeln und erlosch wieder. Er fuhr die Straße hinauf zu dem begrasten Plateau, auf dem die Büffel weideten und lagerten, die mächtigen Tiere im dunklen Fell, das die Hörner fast verbarg. Hanska mußte sich bezwingen, um nicht zu weinen; er dachte an Erzählungen von dem Tag, an dem Inya-he-yukan der Jüngere und Inya-he-yukan der Alte die Büffel wieder in die Stammesprärie gebracht, und an den Tag, an dem sie auf Befehl der Verwaltung abermals daraus vertrieben worden waren. Damals war Hanska als Bub mitgeritten; der Riß, den es in ihm gegeben hatte, war nie ganz vernarbt. Den Leitstier der King-Herde hatte Joe

Inya-he-yukan in jener Nacht erschießen müssen, er hätte sich nicht treiben lassen. In der Haut dieses Stieres ruhte er jetzt im Berg; er hatte sich gewünscht, daß sie ihn einmal in sein Grab begleiten möge. Queenie Tashina hatte sie gegerbt, Joe Inya-he-yukan sie selbst bemalt.

Hanska hielt an, ließ aussteigen und setzte sich mit Ite-ska-wih und den Kindern zusammen. Er erzählte ihnen inmitten der Berge, der Tiere und der Pflanzen von allem, an was er selbst dachte, wie Joe Ina-he-yukan King ihn und seinen Bruder Wakiya nach Kanada zu den Verwandten mitgenommen hatte und auch zu den Blackfeet und ihrem Jagdgebiet, zu Adler, Bären und Elchen. Viel gab es zu erzählen; er konnte nicht alles auf einmal berichten. Die Reise war ja noch lang.

Ite-ska-wih hatte ebenso wie die Kinder gelauscht. Sie dachte nicht in Worten; sie dachte in Bildern, farbkräftigen Träumen. Zwar wußte sie Worte zu meistern, wenn sie lange überlegte, aber sie sprach doch nur selten. Im Keller in der Stadt hatte sie oft tage- und wochenlang geschwiegen; in der Schule hatte sie nur selten geantwortet und nur, wenn sie ganz sicher war, denn sie fürchtete Spott und Tadel; sie war ja nichts als ein dürres Indianerkind aus den Slums. Aber die Großmutter wußte zu erzählen, und Ite-ska-wih kannte viele Sagen und Mythen, von denen sie nur niemals selbst sprach. Sie kannte sie, als ob sie sie selbst erlebt hätte, und neu erlebte sie Wald und Prärie und Hanska, den Sohn der Prärie, und sie wußte sich eins, so, als ob es nie anders hätte sein können, mit den Bergen und ihrem Innern; dem Reiche der Großen Bärin, in dem Inya-he-yukan geborgen lag, während sein Geist zu den Ewigen Jagdgründen wanderte.

Hanska legte den Arm um Ite-ska-wihs Schultern.

Sie war 14 Jahre; sie konnte schon eine Frau werden. Hanska war 17 Jahre, aber er hatte kein Tipi für Ite-ska-wih; er mußte eins schaffen, so, wie Inya-he-yukan ein Tipi für Queenie Tashina geschaffen hatte, als er mit leeren Händen auf die Reservation zurückgekehrt war. Wenn Hanska den zwanzigsten Winter erlebte, konnte es so weit sein, daß Ite-ska-wih seine Frau wurde und ihm Kinder gebar. Er mußte noch warten, und Ite-ska-wih wartete auf ihn.

Der Fels war schön, der Baum war schön, die Erde war schön, das Gras war schön. Die Büffel brüllten einander zu. Aus einem Erdloch kam ein Präriehund heraus, machte Männchen und äugte.

Die weißen Wolken und die grauen Wolken spielten am Himmel und jagten sich. Das war das Reich der Dakota; sie wollten es wieder besitzen und pflegen. Das Lächeln auf Hanskas Gesicht wurde kräftiger und währte länger. Nicht nur sein Mund lächelte; seine Augen leuchteten; Ite-ska-wih lächelte mit ihm. Die Kinder schmiegten sich an die beiden, an ihre älteren Geschwister.

Die Büffel waren verstummt. Sie weideten. Vögel sangen ihre Liebeslieder. Von den Berggipfeln, die noch den Winterschnee trugen, kam die Luft herunter zu Mensch und Tier, unbeschwert von Staub, erfüllt vom Duft des Waldes und der Quellen.

Man brach auf. Die Zeit war kostbar.

Eines Morgens wurde das Ziel erreicht. Naß und verschmutzt stand der Jaguar im rieselnden Regen vor einem Ranchhaus im waldigen Hügelgelände.

Vater Beaver, der das Geräusch des Motors gehört hatte und den Wagen kannte, kam heraus, um Hanska und seine Begleiter zu begrüßen. Er bat alle in sein Haus herein. Großvater und Großmutter, steinalt, Vater und Mutter, Frau und zahlreiche Kinder erschienen und freuten sich herzlich, Hanska wiederzusehen. Mit seinem Wahlvater Joe Inya-he-yukan und seinem Bruder Wakiya war er als Kind schon hier gewesen und hatte auf einem Jagdausflug Gefahren tapfer bestanden.

Hanska erklärte kurz, wen er mitbrachte. Ite-ska-wih fühlte sich froh und beklommen, in leisem Widerstreit der Gefühle. Sie befand sich bei einer stattlichen Familie in einem stattlichen Haus auf einer stattlichen Ranch. Unterwegs hatte sie schon Vieh gesehen, das auch nach dem langen Winter noch ausreichend ernährt aussah. Die Pferde der Familie befanden sich im Corral nicht weit vom Haus.

Die drei Kinder hielten sich zu Ite-ska-wih, aber wenn sie sprachen, sprachen sie Dakota, und Ite-ska-wih verstand sie nur durch Zeichen. Zunächst gab es auch nicht viel zu sagen. Man war den größten Teil der Nacht durchgefahren und sank schlafensmüde auf die Lager, die Mutter Beaver herrichtete.

Hanska blieb aber noch auf und berichtete Vater Beaver mit sehr kurzen Worten, was geschehen war. Nur, wo sich der tote Inya-he-yukan befand, verschwieg er. Er bat um Asyl für die drei Kinder; er selbst und Ite-ska-wih wollten bald zurückfahren.

Beaver hörte bedrückt zu. Alle hatten Joe Inya-he-yukan geliebt und seine Kühnheit bewundert; der Mord an seiner Frau Queenie Tashina erschien unfaßlich grausam, von gemeinster Gesinnung. Sanftmütig war sie gewesen; schön und geheimnisvoll wie das Mondlicht, voll Liebe zu Joe und ihren Kindern.

»Warum habt ihr diesen Killerchief gewählt?« fragte Beaver zum Schluß des Gesprächs. Er sprach englisch. »Wir haben euch nie verstanden. Ihr seid doch Sioux-Dakota. War Wasescha nicht ein guter Chief-President für euch?«

»Er war es.« Hanska fühlte sich sehr beschämt. »Er war zu gut in den Augen der Weißen. Sie waren auch aufgeschreckt durch das, was auf der Insel Alcatraz geschehen ist; Indianer haben sich verbündet; sie haben gewagt, ihre Rechte zu fordern. Und wenn sie auch die Insel aufgeben mußten, ihr Recht geben sie nicht mehr auf. Die Weißen haben gefürchtet, daß die Dakota sich neu erheben könnten. Darum haben sie Richard in ihrem College nach ihrem Sinne modelliert; er haßt sein eigenes Volk. Als er fit war für die Pläne der Weißen, haben sie ihm als einem Ratsmann erlaubt, einige Familien zu bestechen, mit Renten, für die sie ihr Land gaben, und viele in Schrecken zu versetzen; er ließ Bomben werfen und ihre Häuser niederbrennen. Der Rest des Stammes hat ihn gewählt; sie haben die offene Wahl erzwungen und terrorisiert, nicht frei wählen lassen wie zu Väterzeiten. Selbst Joe Inya-he-yukan konnte die Gewalt und die Angst nicht verhindern. Nun rächt sich Richard an allen seinen Gegnern. Niemand ist mehr seines Lebens sicher, nicht einmal die Frauen und Kinder. Zwei Kinder sind ermordet worden. Richard hat sich eine Killergang organisiert. Die beiden Stammespolizisten machen mit, dazu ein paar gekaufte Profis. Auch dergleichen hat es in alten Zeiten nicht gegeben.«

Nun war Vater Beaver getroffen. »Doch, Hanska, Unrecht hat es gegeben, nach der großen Niederlage vor fast hundert Wintern. Zwist im Stamm zur Zeit der Urgroßväter. Auch gegen Sitting Bull hat der Superintendent Laughlin die Stammespolizei schicken können.«

»Aber das wird jetzt anders werden, Vater Beaver. Wir haben Verbündete. Der Killerchief wird abgesetzt. Hau.«

»Möchte es euch besser gelingen als Alcatraz. Wir sprechen morgen weiter, Hanska. Ich denke auch, du solltest zumindest Ite-ska-wih hier lassen, wenn du nicht selbst bei uns bleiben willst. Unser

Tipi steht für euch beide offen und für Joes Kinder. Du bist ein tüchtiger Viehhirt, und schon mit 12 Jahren hast du einen Rodeopreis gewonnen. Wir freuen uns, wenn du da bleibst. Morgen werden wir miteinander beraten, Hanska. Hau.«

Hanska gab keine Antwort; sie wurde so schnell auch nicht erwartet. Vater Beavers Einladung war ein Schock für ihn. Aus den Woodhills waren zwei junge Männer zu den Aufständischen gestoßen. Hanska hatte noch mehr Brüder für den großen Kampf gewinnen wollen.

Er ging in das als Schlafraum dienende Zimmer und legte sich zu dem achtjährigen Jungen, der mit offenen Augen auf ihn gewartet hatte. Die beiden jüngeren Kinder schlummerten an den Schultern von Ite-ska-wih. Das Mädchen lächelte im Schlaf; sie schien Wunderbares zu träumen.

Der Morgen, der nach dieser Nacht heraufdämmerte, brachte so recht einen Tag zur Welt, »der die Augen krank macht«, wie die Dakota seit alters zu sagen pflegten. Der Wind peitschte den Sprühregen; die Märzluft reizte und griff an.

Hanska schlief kaum. Er war als erster, noch im Dunkeln, auf und schon lange bei den Pferden, als Vater Beaver auftauchte. Beaver war ein großer, breitschultriger Mann mit einem etwas breiteren, mehr gerundeten Gesicht als die Langschädel der Familie King. Er hatte den dem berufsmäßigen Reiter eigenen Gang. Als Fünfzigjähriger war er noch immer der Chef-Cowboy auf seiner eigenen Ranch; seine zahlreichen Kinder erkannten seine Autorität bedingungslos an.

»Wir können hier miteinander sprechen«, sagte er in der Dakotasprache zu Hanska, als die beiden allein miteinander waren. »Ich habe nachgedacht. Dein Wahlvater und deine Wahlmutter sind ermordet worden. Unser Stamm hat Schweres und Schmähliches unter dem Killerchief zu leiden. Die Watschitschun haben uns angelogen und betrogen und Hunderte von Verträgen mit uns gebrochen. Inya-he-yukan der Alte hat uns davon viel erzählt; er hat unsere Väter aus eurer Reservation befreit und hierher geführt in ein glücklicheres Leben. Nun willst du mit deinem Mädel und den Kindern von hier wieder weg, zurück in das Elend?«

»Zurück zu denen, die alle unsere Stämme aus dem Elend befreien werden.«

»Sie können euch alle zusammenschießen, wenn sie nur wollen.«

»Sie werden nicht wagen, das zu wollen. Und wenn — wir sind auch bereit zu sterben.«

»Das war einst die Sprache von Tashunka-witko und Tatanka-yotanka. Sie sind gefallen. Ermordet.«

»Es ist auch meine Sprache. Unsere Sprache.«

»Ich höre Joe Inya-he-yukan aus deinem Munde. Hanska — ich will dich nicht auf deinem Wege aufhalten. Ich kann dich nicht aufhalten, das weiß ich. Unsere beiden jungen Männer, die zu euch geeilt sind, als ein Mann namens Ken Mitchum sie rief, haben wir ziehen lassen. Aber ich bitte dich, Hanska, um eines: Du und dein älterer Bruder Wakiya waren mit Joe Inya-he-yukan bei uns, als ihr zu den Bergen der Adler gezogen seid. Damals bist du, ein Kind noch, sehr verzweifelt und verwirrt gewesen, weil die Watschitschun dich in ihrem Schulgefängnis gequält hatten. Der Geheimnismann vom Stamme der Siksikau hat dir den Weg gewiesen und dir gesagt, daß eine Bärenseele in dir wohnt, du wurdest ruhig und sicher, Mahto.«

»Und ich brauchte nicht mehr in das Schulgefängnis zurückzukehren — dies erschien allen wie ein Wunder.«

»Du hast dem Geheimnismann geglaubt. Bist du bereit, ihn jetzt anzuhören? Für deinen schnellen Wagen ist der Weg nicht weit.«

»Denken Collins und der Medizinmann wie du, Vater Beaver?«

»Nicht ganz.«

»So fahre ich heute mittag ab, um sie zu sehen und anzuhören. Ite-ska-wih nehme ich mit und den ältesten Bub, den Achtjährigen.«

»Du willst Ite-ska-wih zur Frau nehmen?«

»Eines Tages — ja.«

»Du hast gut gewählt. Sie trägt den Namen ihrer Urgroßmutter. Bei uns ist der Ursprung ihres Geschlechts. Sie ist uns also nicht fremd. Sie kehrt zurück.«

»Zu unserer Lebensweise. Ja.«

Als Ite-ska-wih mit ihrem achtjährigen Schützling zu Hanska in den Wagen stieg, war ihr wie neugeboren zumute. Der Himmel klarte auf. Die nasse Prärie, das nasse Laub glänzten. Das Vieh sonnte sich.

»Beinahe dreihundert Rinder«, erklärte Hanska. »Das ist hier eine mittlere Ranch.«

Einsame Wiesen glitten am Auge vorbei. Die unbefestigten Straßen waren aufgeweicht, aber ohne besondere Schwierigkeiten befahrbar. Hanska konnte mit Wagen und Weg spielen. Ite-ska-wih beobachtete, verborgen und scheu, wie Hanskas Züge aufklarten wie der Märzhimmel. Der Kummer, der ihn bedrückt haben mußte, schien zu schwinden. Ite-ska-wih wußte nichts von dem, was Hanska mit Vater Beaver gesprochen hatte. Es war ihrem Gefühl überlassen, ihre Stimmung mit der Hanskas im Einklang schwingen zu lassen. Sie fuhr mit ihm zusammen wieder einem neuen Erleben entgegen. Sie fuhr mit ihm durch die Prärie, durch das Land des Indianers, ganz gleich, wer jetzt darüber zu herrschen meinte. Wie groß war dieses Land, wie weit, wie wunderbar die Mutter Erde, wer durfte sie zerreißen, beschmutzen, berauben? Niemand. Es war Frevel, aber hier in der Unendlichkeit der braunen, auf den Frühling hoffenden Wiesen war er noch nicht geschehen.

Über Ite-ska-wihs Antlitz lag ein heller Schimmer des Sonnenspiels. Der Bub auf der Rückbank rührte sich. Die entsetzenerregenden Eindrücke, die ihn lange stumm und sein Gefühl starr gemacht hatten, wurden gnädig überdeckt von der Hoffnung in der Natur und der Erwartung großen Geschehens. Vom Lande der Adler, der Bären und der Elche hatte der Junge daheim schon viel gehört. Er dachte daran, wie Mutter Queenie Tashina und Vater Joe Inya-he-yukan in dem großen Tipi neben dem Blockhaus davon erzählt hatten, seine Eltern waren ihm dabei kein bloßes Erinnern. Sie begleiteten ihn jetzt auf seinem Weg in das noch Unbekannte.

Am Horizont erschienen blendend glitzernde Streifen; ihre Konturen wurden deutlicher; es waren die noch vom Schnee bedeckten Gipfel des Felsengebirges, zu dem die Prärien langsam aufstiegen. Der Wind wurde noch kälter. Als die Sonne blutig rot leuchtete, begann er zu pfeifen und in die Haut zu schneiden.

An einem Parkplatz war Hanska vorbeigefahren. Auf diesem Parkplatz war ein junger Kri-Indianer ermordet worden, nur, weil er und sein Freund gewagt hatten, da zu parken, wo weiße Rowdies das Revier beherrschten. Das Gedenken daran lud nicht dazu ein, haltzumachen. Joe Inya-he-yukan hatte den Ermordeten kurz vorher kennengelernt und wußte, wer der Mörder war; er hatte nie vergessen, daß er ihn eines Tages bestrafen wollte.

»Die Killer«, sagte Hanska. Mehr sagte er über den Mord nicht. Über das, was er dabei dachte, brauchte niemand im Zweifel zu sein. Er fügte jedoch hinzu: »Aber Vater Beaver schweigt und will weiter schweigen.«

Am folgenden Tag gelangte der Jaguar zur Ranch der Familie Collins. Sie war bei weitem größer als die der Beavers. Ringsumher auf den ausgedehnten Wiesen weideten 700 Rinder und eine Herde noch ganz verspielter Bucking Horses. In den Ställen grunzten Schweine.

Auch Collins und seine Frau Evelyn hatten den Jaguar schon von weitem erkannt. Sie waren zu Pferd bei ihren Herden unterwegs gewesen und galoppierten zur Straße herbei, um Hanska, das Mädchen und den Jungen zu begrüßen. Selbstverständlich wurde der Sohn Inya-he-yukans Gast seiner Freunde aus dem Stamm der Blood-Blackfeet und mit ihm Ite-ska-wih und das Kind.

Ite-ska-wih war sehr verwirrt. In der großen Stadt, in der sich ihr Leben bis dahin abgespielt hatte, gab es viele sehr arme Indianer, einige mit mäßigem Einkommen und vier reiche, von denen zwei für das Indian Center gespendet hatten. Zum Tanz kamen diese aber nicht, außer dem einen Mal, als ihre Spende gefeiert wurde. In Ite-ska-wihs Bewußtsein waren die sehr armen Indianer ihre Brüder und Schwestern, die reichen führten ein Leben für sich. Nun aber begegnete sie in der Prärie, die ein Traum für sie gewesen war, Hunderten von Rindern, die Indianern gehörten, prächtigen Pferden, die Indianern gehörten, stolzen Männern und stolzen Frauen, die Indianer waren und viele Kinder satt machen konnten wie einst in den alten Zeiten, von denen Untschida erzählt hatte. Auch wenn Hanska von seinem Tipi sprach, das er nun verloren hatte, so war es ein großes Tipi gewesen mit bequemen Sitz- und Lagerstätten, mit Bärenfell, Büffelhaut, Büffelhörnern, selbst erbeuteten Adlerfedern und einem Elchgeweih; mit viel Fleisch am Spieß, wenn Gäste kamen; auf der Weide befanden sich schwarze, kraftstrotzende Rinder und übermütige Pferde. Mutter Queenie Tashina war eine berühmte Malerin, und wenn sie wollte, vermochte sie Bilder teuer zu verkaufen. Auch hier konnten viele Kinder wohnen und satt werden, eigene Kinder und Wahlkinder. Die stolzen Männer und Frauen aber waren nicht wie die reichen Indianer in der Stadt. Sie hatten Ite-ska-wih, die ein armes Kind war, wie ihre Tochter begrüßt und Hanska, der alles verloren hatte, wie ihren Sohn.

Inya-he-yukan stand für Ite-ska-wih außerhalb dieses Kreises. Sie sah ihn immer wieder so, wie sie ihn zum erstenmal gesehen hatte, als den Häuptling der Prärie, der die Söhne und Töchter zum Kampf aufrief, und sie sah ihn als den unvergänglichen Toten und

Bruder der Großen Bärin, dem Hanska und sie für immer verpflichtet waren. Zu ihm gehörten Queenie Tashina, die die Killer getötet hatten, gehörten seine verwaisten Kinder, der ermordete Kri, Inyahe-yukans kämpfende Freunde, die Bwohner der hungrigen Tipi der Prärie. Sie alle, Tote und Lebende, waren Teil seines Zeltes. So träumte, fühlte und dachte Ite-ska-wih, aber sie spürte auch, daß sich eine Kluft geöffnet hatte zwischen diesen und jenen Indianern. Hanska schaute finster und verbissen drein wie ein Mann, der einen wütenden Bullen auf sich zukommen sieht und dessen Füße von aufgeweichtem Morast festgehalten werden.

Im Hause Collins war gut sein. Schon nach den ersten Worten, mit denen Hanska das Wichtigste mitteilte, wurde er, der Siebzehnjährige, wie ein Mann behandelt, der Verantwortung für sich und andere trägt und Entscheidungen treffen muß. Als man des Abends zusammen saß, zögerte er nicht, seine Aussprache mit Vater Beaver ausführlich und sehr ernst wiederzugeben.

Collins rauchte. Seine Frau Evelyn, aus altem Häuptlingsgeschlecht, klug und auch ihrem Mann gegenüber sehr selbstbewußt, hatte Ite-ska-wih zu sich herangeholt, damit sie dem Gespräch zuhören konnte.

»Was erwartest du von uns, Hanska?« fragte Collins nach einer gemessenen Pause.

»Ich weiß, was ich tun werde, Vater Collins; Joe Inya-he-yukan hat gesprochen. Aber ich möchte verschiedene Ratschläge anhören, damit ich verschiedene Menschen für unseren Kampf gewinnen kann.«

Collins lächelte. »Nicht schlecht. Ich denke, euer Kampf findet im Land der Dakota-Oglala statt; ihr habt einen Killerchief gewählt und müßt alles tun, um ihn abzusetzen oder abzuwählen. Die Verträge mit euch sind gebrochen. Ihr habt schlechtes Land als Reservation erhalten; die Hälfte davon hat man euch später noch abgenommen, und auf der Hälfte hiervon sitzen weiße Rancher ohne Zustimmung der Ratsversammlung. Washington haßt euch, das Volk von Little Bighorn und von Crazy Horse. Am liebsten würden sie von euch nicht einmal den Namen übrig lassen. Ich denke also, hier wird ein Kampf eures Stammes gekämpft. Wir aber, obgleich die Tiger der Prärie genannt, haben keine Schlachten gegen die Weißen geschlagen, wir können uns nicht rühmen, sie besiegt zu haben. Wir haben die Lehre aus den Niederlagen gezogen, mit denen euer Kampf und der der Apachen endete; wir haben nachgegeben, wenn auch unsere Jugend zornig über uns war. Aber wir haben unsere Traditionen gewahrt, unsere alten Häuptlingsgeschlechter und unsere klugen Berater erhalten. Wir haben einige große Ranches, Land für unsere Jugend, und wir sorgen für unsere Alten. Wir können auch in dem nahen Städtchen verdienen, ohne unser Reservationsland zu verlassen. Wir führen einen stillen Kampf. Unsere Lage ist nicht die eure. Darum kann ich dir nicht raten, Hanska, Inya-he-yukans Wahlsohn.«

Hanska senkte die Augen.

Evelyn Collins schaute auf Ite-ska-wih, deren magere Wangen brannten. Sie bedeutete ihrem Mann, daß sie auch sprechen wolle.

»Evelyn hat stets ihre eigene Meinung«, sagte Collins.

»Hanska, willst du nicht mit unserem Geheimnismann beraten? Der damals Inya-he-yukan, als er in den Sumpf geraten war, von seinen schweren Verletzungen heilte, und der dich, Bärenseele, richtig erkannt hat?«

»Ich will. Ich will auch noch einmal mit dem Geiste meines Wahlvaters Inya-he-yukan sprechen auf dem gleichen Wege, den er mit meinem Bruder Wakiya und mir gemacht hat, als wir noch Knaben waren, und den unser Ahn Inya-he-yukan der Alte vor mehr als hundert Wintern mit seinem Freunde Stark wie ein Hirsch, einem Sohn aus eurem Stamm, gegangen ist. Ich will mehr darüber erfahren, warum unsere Stämme nicht gemeinsam kämpfen wollen.«

Nun senkte Collins die Augen, sagte aber: »Ihr werdet also den Weg in unserem Jagdgebiet, im Lande der Adler, der Bären, der Elche gehen, und ihr werdet mit unserem Geheimnismann sprechen. Hau.«

Die Fahrt begann am Morgen im ersten Schimmern der Dämmerung. Die Wiesen waren naß, das Vieh unzufrieden, aber die Schneehäupter der Berge lagen frei unter hohen Wolken; Sonnengold flutete darüber; sie rückten näher und wuchsen für das Auge höher, gewaltiger, ein neues fremdes Revier. Ite-ska-wih tauchte ein in die Wunder ihrer grenzenlosen Heimat, in den Zauber der Mutter Erde.

Als es Abend wurde, saßen Hanska, Ite-ska-wih und der Bub vor dem kleinen Jagdzelt, das Collins ihnen mitgegeben hatte. Es war vor dem Bach aufgestellt, den Evelyn beschrieben hatte. Das Wasser klickerte über den roterdigen Grund, einziges Geräusch in der vollkommenen Stille. Die goldgelb brennende Sonne haschte nach ihrem Spiegelbild im durchsichtigen Gewässer. Der Bub sammelte Kiesel. Ite-ska-wih und Hanska erhoben sich und gingen noch am Ufer auf und ab, bis die Helle schwand und die Schatten der Nacht Handbreit um Handbreit herankrochen, bis sie das Licht verschlungen hatten. Die Sonne starb. Die Gipfel wurden schwarz. In der großen Stille rührten sich geheimnisvolles Knacken, verborgenes Rascheln.

Die drei gingen in das Zelt, Ite-ska-wih nahm den Buben zu sich; der Schlaf überfiel die jungen Menschen mit sanfter Gewalt.

Hanska kannte noch den Pfad in die ansteigenden Bergwälder. Ite-ska-wih und der Bub folgten ihm. Bald verlor sich der Pfad ganz; es blieben nur noch Spuren für den Kundigen. Hanska hatte das Beil in der Hand, um Weg zu schaffen. Starke Zweige bog er zurück. Die Füße fühlten die weiche feuchte Erde, die verholzten Wurzeln und die Steine, an denen sie Halt fanden. Hanska nahm Rücksicht. Er ging nur so schnell, wie das Mädchen und der Bub ihm ohne große Anstrengung folgen konnten. Die drei liefen, stiegen, kletterten uferaufwärts. Die große Stille wurde Musik durch den Gesang der Vögel und das Lied des Baches, das er seit aber Tausenden von Jahren für sich selbst rauschte. Wind und Wasser, Berge und Bäume waren die Gefährten der Wandernden.

Nach vieler Mühe gelangten sie an einen köstlichen Platz. Der Bach hatte in seinem Bett aus Fels gegraben. Von Stufe zu Stufe sprühte er in kleinen Wasserfällen herab und bildete regenbogenfarbene Schleier, grün, rot, blau. An einer breiten Stufe, auf der sich etwas Sand angesammelt hatte und über die die Fährte eines Wildwechsels führte, machte Hanska halt. Er erklärte Ite-ska-wih und dem Jungen die breite Elchspur.

Es war ein guter Rastplatz. Alle drei zogen die Schuhe aus und wateten in dem eiskalten Wasser, um sich zu erfrischen. Selbst in der märzkalten Luft war ihnen der Schweiß ausgebrochen im schnellen Aufstieg. Nun ruhten sie aus, atmeten Duft bis tief in die Lungen und ließen ihren Gedanken freien Lauf. Sie sagten dabei kein Wort zueinander, denn ein jeder dachte für sich.

Ite-ska-wih war die einzige der drei Wanderer, die die Stadt als Lebenskreis kannte, nicht nur als durcheilender Besucher. Jetzt, mitten in der Freiheit, packte sie das Grauen, fiel es sie an wie ein Luchs, der seine Beute im Nacken schlägt. Die Stadt war gewachsen und gewachsen, seit sie denken konnte; ihr Schmutz und ihr Gestank, ihr Lärm und ihre Hast breiteten sich aus und hielten die Menschen gefangen. Wann würde sie bis hierher kommen, wo Mutter Erde noch ihr Reich hatte? Wann würde sie herankriechen, wie die Schatten am vergangenen Abend herangekrochen waren, und wieder Duft und Grün, Quellwasser und Fels verschlingen, mit ihrem Staub bedecken und begraben? Ite-ska-wih fürchtete sich vor dem Feind, der hinter ihr herschleichen konnte. Die Stadt war selbst ein Killer. Aus dem Nährboden der Stadt erwuchsen die Killermenschen und kamen schon in die Prärie. Ite-ska-wih schüttelte es, wie ein Frost den Menschen schüttelt. Der Bub war der erste, der nach langem Schweigen den Mund auftat.

»Ist Mutter Tashina auch hier gewesen?« fragte er leise.

»Ja.« Hanska antwortete. »Hier hat unsere Mutter mit Joe Inya-he-yukan gerastet. Der Bach hat ihr Bild aufgenommen und ihr einen Fisch gegeben, die Bäume haben Schatten für sie geworfen, die Sonne hat sie geneckt. Sie war glücklich und konnte lachen. Ich denke, sie ist bei uns und freut sich mit uns. Ihre Liebe und unsere Liebe konnten die Killer nicht töten. Wir sind die Stärkeren.«

»Bleiben wir hier, Hanska, oder gehen wir wieder nach Hause?«

Hanska hätte antworten können: Wir haben kein Tipi mehr. Aber er fragte: »Was möchtest du denn?«

»Hierbleiben, Hanska.«

Hanska erinnerte sich an seine eigene Kindheit. Verzweifelt hatte er »hier« bleiben und nicht zurück in das Schulgefängnis gehen wollen. Aber dann hatte er Mut gefunden und Hilfe.

»Wir werden tun, was unsere Mutter Queenie Tashina und unser Vater Joe Inya-he-yukan sich von uns wünschen würden. Nur dann bleiben sie bei uns. Hau.«

Es war der Augenblick, in dem Hanska wußte, daß sein Entschluß, in den Kampf zu gehen, trotz aller Versuchungen fest blieb.

»Ja«, sagte Ite-ska-wih, die seine Gedanken gelesen hatte. Der Frost wich von ihr. »Dann habe ich dich lieb, Hanska.«

Sie scheute sich nicht, offen zu sprechen, ein Wort, so einfach wie das Gras, das grün wuchs und niemals anders.

Hanska lächelte. Sein Lächeln war gut, darum war es schön. Er stand auf, suchte am Ufer, fand den Überhang, den er nicht verges-

44

sen hatte, und griff in das Loch darunter, in dem Forellen zu stehen
pflegten. Mit einer jungen, noch kleinen Forelle kam er zurück. Sie
hatte Angst und wollte ihm entkommen.

»So jung und so klein«, sagte das Mädchen.

»Ja, zu klein für drei — die nicht gerade am Verhungern sind.
Inya-he-yukan hatte damals eine sehr große mit bemoostem Rük-
ken gefangen, und wir haben sie gebraten und gegessen. Aber diese
soll leben, die kleine, wie der große Elch, den Inya-he-yukan der
Alte und der Junge einmal gesehen und nicht geschossen haben,
weil er zu prächtig war.«

Hanska ließ den nach Luft ringenden Fisch wieder ins klare Wasser gleiten, und die Forelle schoß den Bach hinunter. Ite-ska-wih
und der Bub freuten sich. Es war wie ein gutes Zeichen. Die drei
machten sich auf den Rückweg. Sie waren in ihrem Innern still, wiederum klar und einander durchsichtig; sie wollten nun keinen Tag
mehr verlieren.

Als sie zu ihrem ersten Lagerplatz am rotgrundigen Bach zurück-
kamen, staunten sie über drei grasende Pferde und ein Tipi, das neben ihrem kleinen Jagdzelt und ihrem Wagen stand. Es war sorgfältig und reich bemalt wie ein Zelt eines Häuptlings oder Geheimnismannes. Hanska gab dem Mädchen und dem Buben ein Zeichen,
mit ihm zu warten, bis der Herr des Tipi selbst öffnen werde.

Der Zeltspalt tat sich auf, und der Geheimnismann, den Hanska
kannte, trat mit einem jungen Manne zusammen heraus. Hanska
grüßte ehrerbietig und wurde eingeladen, mit seinen Begleitern in
das Zelt zu kommen.

Ite-ska-wih hatte noch nie einem »Medizinmann« gegenüberge-
standen. Sie erschrak vor diesem Mann ebenso, wie Hanska als
Kind vor ihm erschrocken war, denn seine Augen waren anders als
die anderer Menschen, glänzend, durchdringend und undurch-
dringlich.

In der Mitte des Zeltes brannte ein gedecktes Feuer. Die Ankömmlinge hatten kaum Rauch aus der Öffnung an der Zeltspitze
aufsteigen sehen. Aber sie sahen und rochen jetzt das röstende
Fleisch am Spieß über der glühenden Asche. Der Boden war mit
Fellen bedeckt; an den Zeltstangen hingen präparierte Tierbälge
und eine kleine Trommel.

Der junge Mann nahm das Fleisch vom Spieß und teilte die
Stücke aus; die Gäste aßen hungrig und fühlten sich in der Wärme

allmählich heimisch. Der Geheimnismann rauchte eine Pfeife. Es dauerte lange, bis er ein Gespräch begann.

»Du hast dich entschieden, Hanska, ich erkenne es, und ich habe gewußt, daß du Ochguchodskina und dein Volk nicht verraten wirst.« Der Zauberer sprach englisch, da ihn seine Gäste sonst nicht hätten verstehen können; sie kannten die Sprache der Siksikau nicht. Nur den Namen Inya-he-yukan ›Stein hat Hörner‹ hatte er in seine eigene Sprache übersetzt.

»Stonehorn«, fuhr er fort, »war ein Mann der Geheimnisse, so stark wie ich. Seine Augen erkannten die Menschen und wurden von ihnen nicht erkundet. Er vermochte vieles, was die weißen Männer nie verstehen werden. Er wußte, was den Söhnen der Prärie droht. Er wußte, daß wir kämpfen müssen. Rot ist euer Blut, meine Kinder, rot wie das Blut des Adlers. Laßt uns einander erkennen, Siksikau, Dakota, Cheyenne, Navajo, Hopi — alle unsere Stämme — wir sind Brüder. Du weißt es, Hanska. Dein Wahlvater besaß den Gürtel, auf dem es geschrieben stand.«

»Ich weiß.«

»So geht hin und kämpft, ehe wir alle miteinander untergehen, die Tapferen und die Feigen, die Gequälten und die Ungestörten, die Reichen und die Armen, die Stürmenden und die Zaudernden. Der weiße Mann will nicht ruhen, ehe er uns alle vernichtet hat, ich sehe es. Auch Stonehorn hat es gesehen. Collins hat seine Augen noch geschlossen. Darum bin ich hierher zu dir gekommen, Hanska. Willst du einen jungen Mann von uns mitnehmen in unseren Kampf?«

»Ja!« Hanska sprang auf.

»Hier, du siehst ihn. Er ist mein Schüler und hat schon viel gelernt. Über ihn gebieten nicht Collins und nicht der Rat der Siksikau. Über ihn gebietet die Kraft der Geheimnisse. Er will mit dir gehen. Er hat sich geprüft in harten Proben. Ich habe ihn geprüft. Er ist gut. Ich habe gesprochen.«

»Hau.«

Hanska und der junge Geheimnismann traten zueinander und gaben sich die Hand auf eine besondere Weise, die gleich einem Schwur war.

Rote Krähe war sein Name.

»Seid Brüder«, schloß der alte Geheimnismann, »wie es Inya-he-yukan, der alte Dakota, und Stark wie ein Hirsch, der Siksikau, einst gewesen sind.«

Der Geheimnismann schürte das Feuer ein wenig und schob ein paar trockene Äste tiefer in die Glut.

Der Funkenschein im düsteren Zelt, die leichte Wärme in der kalten Nacht, die gemeinsamen Gedanken verbanden die Menschen und lösten ihre Gefühle. Hanska und Rote Krähe hatten sich nebeneinander gesetzt. Der Geheimnismann rauchte noch eine Pfeife und begann noch einmal zu sprechen.

»Hanska, du trägst bis heute nur einen Kindernamen. Du hast aber mehr verdient. Als du zum erstenmal zu mir kamst, sagte ich dir: Du hast eine junge Bärenseele. Trage jetzt den Namen Mahto und zeige dich dessen nicht unwürdig. Die Große Bärin ist auch deine Urahne. Hau.«

»Hau, großer Vater. Ich werde durch den Sonnentanz gehen.«

»Tue es. Du aber, Ite-ska-wih, denke daran, daß auch eine Frau Geheimnisse einsehen und bewahren und Wunden heilen kann. Ich sage dir, du wirst eine Geheimnisfrau.«

»Ja, mein großer Vater.«

»So laßt uns nun schweigen und zum Großen Geheimnis beten. Wenn der Schlaf kommt, wird er uns neue Kräfte schenken. Mit dem ersten Strahl der Sonne brecht ihr auf.« Der Medizinmann rief den kleinen Buben zu sich. »Vergiß auch du nie, was du in unserer Nacht heute gehört und gesehen hast.« Er strich dem Kind über das Haar, einmal, zweimal, dreimal, und der Bub fühlte die weiche Ruhe, die ihn zum Schlaf umfing.

Hanska träumte im alten großen Zelt; der Wind rauschte durch die Wipfel bis in seinen Schlaf hinein. Ite-ska-wih träumte an seiner Seite, das Wasser über roterdigem Grund sang ihr ein Lied. Hanska Mahto würde ihr Gatte sein; Rote Krähe, der schwere Proben bestanden, und Ray, der Inya-he-yukan an seinem Mörder gerächt hatte, waren seine zuverlässigen und mutigen Brüder, Ite-ska-wih aber wurde ihre Geheimnisfrau, die Kräuter kannte und Wunden heilte.

Sie stand da und wartete, Ena-ina-yin »steht eben da« nannten die Menschen sie wieder, wie sie sie einst genannt hatten, als sie viele Jahre da gestanden und auf ihren Sohn gewartet hatte. Aber sie stand nicht mehr bei ihrem alten Blockhaus und bei dem Sumpfloch des eingebrochenen Brunnenschachtes, in dem zwei ihrer Kinder umgekommen waren. Sie stand nicht mehr unter Bäumen.

Die Wiesen waren baumlos. Kahl stieg der Berg auf, der sie begrenzte. Er war Vorläufer des »schlechten Landes«, in dem es seit Jahrhunderten kein Leben mehr gab.

Aber dieser eine kahle Berg der unfruchtbaren, zerrissenen, brüchigen, gelb- und roterdigen Berge und Täler speiste noch eine Quelle, deren Wasser an einem Blockhaus als Bach vorbeiplätscherte und die einem großen Baum, auch einigem Gesträuch Feuchtigkeit gab. Eine Gruppe Biber hatte diesen Platz ausgekundschaftet, sich daran niedergelassen und auch schon zu bauen begonnen. Vor zwei Frauen, die mit einem Kind in dem Blockhaus wohnten, brauchten sie sich nicht zu fürchten.

Ena-ina-yin stand mit dem Buben Iliff in Sonne und Wind auf der Wiese und ließ ihn die Biber beobachten. Sie erzählte ihm das Märchen vom Steinknaben, der steinhart, selbst unverletzlich, gegen alle großen Tiere gewütet und sie gemordet hatte. Bären, Wölfe, Büffel waren in großen Herden gegen ihn gezogen, um seinem Treiben ein Ende zu setzen, aber sie alle unterlagen dem Steinknaben, der sich eine Erdburg gebaut hatte und seine Pfeile treffsicher versandte.

Iliff war traurig. Er war ein schwächlicher Bub geblieben, klug, aber leicht zu erschrecken. Die Wirkung der Jahre, die er als Waise im Internat, von seinen Geschwistern Tatokala und Gerald getrennt, bis zu seinem Selbstmordversuch hatte verbringen müssen, war nicht mehr auszugleichen.

»Er hat sie getötet«, sagte er jetzt leise, »wie ein Killer. Hat niemand den Tieren geholfen?«

»Niemand«, antwortete Ena-ina-yin, »aber die Tiere haben sich selbst geholfen.«

»Wie? Wie haben sie es gemacht?«

»Das will ich dir erzählen, Iliff. Sieh den Bibern zu, wie geschickt sie bauen, und schau dir ihre klugen Gesichter an. Als der Steinknabe wie ein Killer die großen Tiere mordete, begann ein alter Biber zu sprechen. Er sagte: Die großen Tiere werden getötet; das Wasser unseres Baches ist rot von ihrem Blut. Wir Kleinen müssen uns selbst schützen und den Großen helfen.«

»Aber wie?« fragte Iliff in die Pause hinein. »Wie sollten die Kleinen den Großen helfen?«

»Der alte Biber wußte es, Kind. Die kleinen Tiere müssen sich zusammentun, sagte der weise Biber. Biber, Dachse, Präriehunde und alle anderen, die graben können. Ich rufe euch! sagte er. Kommt und helft! Und sie kamen alle, aus der Prärie und aus den Bergen, von den Flüssen und von den Seen. Heimlich gruben sie unterirdische Gänge in die Burg des Steinknaben und leiteten das Wasser der Flüsse und Bäche hinein.«

Iliffs Wangen wurden heiß. »Und dann?«

»Dem Steinknaben wurde unheimlich zumute. Er spürte, wie die Wälle seiner Burg unter ihm wegsanken und wie das Wasser unter seinen Füßen gurgelte. Er sank ein, tiefer und tiefer, bis er sich nicht mehr rühren konnte. Nun war er nicht nur steinhart, er wurde ganz zu Stein. Keinen Finger, keinen Zeh konnte er mehr bewegen. So mußte er festgebannt stehen.«

»Wie lange?«

»Für immer und ewig; Erde und Wasser verschlangen ihn. Denke darüber nach, Iliff, und sei immer gut zu den Bibern.«

»Hau.«

Es ging gegen Abend. Ena-ina-yin wollte mit dem Jungen in das Blockhaus zurückgehen. Vielleicht schlich sich in dieser Nacht einer aus dem Ring heraus und kam, um Lebensmittel zu holen — oder vielleicht schlich sich Tatokala in der Dunkelheit hinein, um den Eingeschlossenen Medikamente zu bringen, und gelangte auf einem anderen Schleichweg wieder heraus. Das Blockhaus am kahlen Berg, in dem Ena-ina-yin jetzt wohnte, war eine Geheimstation für den Verkehr mit den Aufständischen. Sie hielt stets Kaffee bereit für Erschöpfte und für Wagemutige. Ihre eigene Blockhütte beim Sumpfloch war deshalb verwüstet worden. Die alte Frau, die die Obdachlose aufgenommen hatte, war die Mutter eines Malers und angehenden Geheimnismannes, aber sein weißes Zelt neben dem Blockhaus stand leer; er war auf Reisen gegangen. Die Killer hatten die alte Frau und die Blockhütte bisher nicht beachtet. Doch vielleicht änderte sich das jetzt, nachdem Ena-ina-yin eingezogen war, die Mutter Waseschas. Die alte Frau und Ena hatten ihre Guns zu Hause und stets zu Hand. Sie besaßen halbwilde wachsame Hunde und vier wachsame Pferde.

Eben, als Ena-ina-yin mit Iliff ins Haus eintreten wollte, wurden die Hunde unruhig. Der Leithund spitzte die Ohren und knurrte leise und sehr böse. Ena-ina-yin verschwand mit dem Buben schnell im Haus, verschloß die Tür leise, nahm ihr Gun aus den Haken, in denen es über der Tür lag. Die Alte folgte sofort ihrem Beispiel; Iliff legte sich auf den Boden unter einer Wandbank, wie er für solche Fälle gelehrt worden war.

Auch wer scharfe Ohren hatte, konnte noch nichts hören.

Aber auf einmal tauchten sie in den Wiesen auf, eine Menge Leute waren es.

Die Frauen legten die Gewehre an ihren Platz zurück und öffneten. Sie freuten sich. Iliff kroch sofort aus seinem Versteck hervor und freute sich mit. Hanska kam! Die Ankömmlinge waren müde; man merkte es ihnen an, wenn sie es auch nicht zeigen wollten. Die alte Frau schürte schon den Herd, um Kaffee zu kochen. Ena-ina-yin setzte sich mit den Gästen auf die Wandbank an den großen derben Tisch.

Hanska schaute Ena-ina-yin aus den Augenwinkeln an.

»Hübsch versteckt, Hetkala«, sagte er auf englisch, um auch von Ite-ska-wih, Rote Krähe und Ray verstanden zu werden. »Hab' dich doch endlich gefunden. War bei Morning Star und unseren Pferden. Der weiß von dir.«

Als Hanska den Namen Hetkala gebrauchte, huschte ein Lächeln über die Züge der Frau, schnell und schwach wie ein Irrlicht im Dunkel. Hetkala hieß Eichhörnchen; es war ihr Name als junges Mädchen gewesen; sie hatte ihn wieder erhalten und wieder angenommen, als ihr Sohn Wasescha nach 17 Jahren gequälten Daseins in der Fremde zurückgekommen war. Nun war er wieder fortgegangen, zu den Aufständischen. Aus Hanskas Mund mochte sie ihren Namen Hetkala gern hören.

Die beiden Frauen und ihre Gäste tranken den minderwertigen Kaffee, den Indianer bezahlen konnten, und fühlten sich erfrischt, da sie kein anregenderes Getränk kannten. Vielleicht fühlten sie sich auch nur besser, weil ihr Durst gestillt war.

Ena-Hetkala und die Alte schwiegen und warteten, ob Hanska sprechen wolle. Es war düster in dem Blockhaus mit den kleinen Fenstern; die Nacht nistete sich hier früher ein als in dem noch golddurchwirkten Dämmer der Weite draußen. Das Herdfeuer kroch in sich zusammen; da und dort glühte noch ein Funke am harten Holz.

Hanska begann zu sprechen. Er tat es mit wenigen zusammengepreßten Worten, denn jedes schmerzte. Ite-ska-wih hörte ihm zu und sah dabei ihre Umgebung nicht mehr. Sie erlebte noch einmal, was er berichtete, und erst, als sie den Aufstieg durch den Wald hinter sich gebracht, der jungen Forelle das Leben gerettet und mit dem bedrohlich scheinenden Geheimnismann im Tipi gegessen hatten und als Rote Krähe mitgekommen war, wurde ihr wieder freier zumute. Der Abschied von den Kindern, die bei Vater Beaver blieben, war schwer gewesen, obgleich jeder wußte, daß er nach Kräften für sie sorgen werde bis zu den besseren Tagen, die kommen sollten. Untschida, bei dem stoppelhaarigen alten Krause, war selig, daß alle unversehrt zurückkehrten. Sie sollte noch bei dem gutwilligen Handwerker bleiben; ein Stützpunkt mehr konnte bis auf weiteres nicht schaden.

Hanska zog einen Brief hervor. Er kam von seinem Bruder Wakiya-knaskiya aus California.

»Unsere Zwillinge«, sagte er, »Harry und Mary. Wir müssen sie befreien. Vormund ist jetzt der Großvater, schreibt Wakiya, Queenies Vater, der alte Halkett. Er ist ein zuverlässiger, verbissener Mann, nicht bei den Aufständischen. Das ist jetzt sogar gut, denn darum wird man ihm die Kinder leichter geben. Er muß beantragen, daß sie die Zwillinge wieder herbringen. Das wird ein hartes Stück Arbeit, ich meine, daß Halkett einen Antrag schreibt. Eher wirft er einen Stier ins Gras, als einen Antrag zu schreiben, sagten wir immer unter uns. Doch er muß es tun. Bei seiner Ranch ist keine Schule in der Nähe. Die Zwillinge müssen also wieder in ein Internat. Aber zusammen und auf unserer Reservation. Darüber spreche ich mit Lehrer Balle Das ist das nächste Stück Arbeit. Er soll die Zwillinge betreuen in dem kleinen Internat bei der Tagesschule, da, wo er Lehrer ist und wo auch Wasescha Lehrer war. Die Direktorin, Frau Holland, ist Indianerin und gut. Bis jetzt weiß keiner, daß sie zu uns hält. Bei dieser Schule ist auch der Indianer Ron Warrior als Erzieher in der Vorschulklasse. Die Zwillinge kennen ihn und mögen ihn. Er ist Waseschas Freund. Auch mit ihm will ich sprechen. Alles das muß ich selbst tun, denn ich bin nun wie ein Vater für meine jüngeren Geschwister. Ich will aber auch in den Ring hinein zu meinen kämpfenden Brüdern. Hetkala, gibst du mir eines von deinen Pferden? Ein Pferd ist schnell; ein Pferd läuft, wo kein Wagen mehr fahren kann; ein Pferd fällt nicht auf. Ich will keine Appalousa haben und keinen Schecken — die kennt hier jeder; sie bleiben bei Morning Star. Ich will den alten Braunen nicht haben, er lahmt zu leicht. Deine Fuchsstute brauch' ich, Hetkala.«

»Du hast sie, Hanska.«

»Ich reite zuerst einmal allein. Ray und Rote Krähe und Ite-ska-wih können noch bei euch bleiben?«

»Können sie«, antworteten die beiden Frauen wie aus einem Munde.

»Krause hat Ray viel Munition gegeben, und Ray kann schießen — oh, wirklich gut. Ein solches Gun habt ihr noch nie gesehen. Nicht einmal die Military police hat so etwas. Rote Krähe hat schwere Proben bestanden. Ihn bricht keiner nieder. Ite-ska-wih soll reiten lernen, schleichen lernen, soll unsere Sprache lernen und die Kräuter unterscheiden. Rote Krähe weiß, wie man Wunden behandelt. Er wird es ihr erklären. Wenn ich bei Halkett und Ball gewesen bin, komme ich noch einmal hierher. Kommt einer zu euch, der die Schleichwege in den Ring kennt, so, wie sie jetzt sind, so haltet ihn fest, damit er mir erklären kann, wie ich zu gehen habe.«

»Tatokala wird das sein, denken wir.«

»Sehr gut.«

Hetkala schien noch etwas sagen zu wollen. Hanska bat sie mit einem aufmerksamen Blick, es zu tun.

»Hüte dich vor Halkett, Hanska. Er ist der Großvater von Queenies Kindern. Aber er war ein Feind von Inya-he-yukan Stonehorn geworden. Zuletzt hatten sich Stonehorn und Halkett so verfeindet, daß Queenie die Kinder zu Krause bringen wollte, vielleicht von dort aus noch weiter nach Kanada zu den Verwandten. Halkett will den Aufstand nicht. Er würde die Kinder wohl am liebsten im fernen Internat lassen.«

»Kann sein, Hetkala. Aber Halkett muß den Antrag unterschreiben, sonst können wir die Zwillinge nicht befreien.«

»Willst du ihm sagen, wohin du die Kleinen gebracht hast? Er könnte dich anzeigen, daß du die Kinder entführt habest.«

»Wir werden sehen.«

Es wurde Zeit, schlafen zu gehen. Die Schlafgestelle blieben den beiden alten Frauen vorbehalten; allen anderen dienten Wandbank, Boden, Decken. Iliff schlüpfte zu Ite-ska-wih, der schon seine kindliche Liebe gehörte. Bis ihm die Augen zufielen, erzählte er ihr noch die Sage vom Steinknaben. Ite-ska-wih fühlte sich von dem Zutrauen des Kindes gestärkt. Die Einigkeit, die im Blockhaus zwischen den Menschen herrschte, vertrieb die Furcht und umgab die Menschen mit der gleichen Sicherheit, die ihnen die dicken Balken gewährten, aus denen das Haus gebaut war. Dies war kein Reservationshaus aus Brettern, es war ein wahrhaftiges Blockhaus, dessen Wände keine Kugel durchschlagen konnte. Das Holz der Kiefern der Prärie war alt und sehr hart, gewohnt, den Winterstürmen zu trotzen und die Bewohner vor Eiskälte zu schützen.

Das letzte Knistern des Herdfeuers verstummte. Draußen pfiff der Wind. Die Hunde bellten wütend und vertrieben so einen Kojote — oder war es vielleicht ein großer Wolf? Die Biber waren in ihrem Wasserbau sicher.

Ite-ska-wih horchte noch auf Hanskas Flüstern mit Rote Krähe, dann auf seinen Atem, der im Schlafe ruhig und gleichmäßig wurde. Endlich schlief sie selbst ein.

Kurz vor dem Aufwachen am Morgen träumte sie, was sie nun alles lernen durfte; Hanskas Sprache sprechen, zu den Eingeschlossenen schleichen, ein tolles Pferd reiten im Galopp über die Prärie.

Von Schießen hatte Hanska nicht gesprochen. Aber das mußte eine Verteidigerin des Blockhauses ja wohl auch können. Nur durfte sie jetzt keinen Lärm mit Schießversuchen machen.

Das Haus war sehr alt. Es gehörte noch zu jenen Blockhäusern, die sich die Stammesangehörigen gebaut hatten, als sie vor einem Jahrhundert in die Reservation eingetrieben worden waren und gezwungen wurden, seßhaft zu leben. Es war ein großes Haus und mußte einst einer großen Familie gehört haben. Ite-ska-wih träumte von Inya-he-yukan, dessen Haus jetzt der Berg war.

Als sie erwachte, regnete es draußen; der Wind trieb die Tropfen zu Strähnen über die Wiesen und machte sie auf das Dach trommeln. Hetkala hatte Mühe, das Feuer in Gang zu bringen, denn der Wind drückte durch den Abzug die Luft in das Haus hinunter. Endlich war es so weit, sie konnte das Bohnengemüse vom Vortag aufwärmen. Die Morgenmahlzeit verlief in Schweigen. Man nahm sich nicht viel Zeit dafür. Eine Schüssel, aus der alle zulangten, war bald leer.

Hanska sattelte die Fuchsstute. Es machte Ite-ska-wih Freude zuzusehen, wie er mit dem Tier und dem Sattel umging. Hanska nahm verstohlen das Bild Ite-ska-wihs in sich auf. Er meinte, sie so noch nie gesehen zu haben. Vielleicht waren es die merkwürdigen Eindrücke ihres jungen Lebens, die sie formten und immer wieder neu formten. Sie war aufgewachsen zwischen der Trockenheit einer ungeliebten Schule, den Sorgen und der Geheimnisatmosphäre der Großmutter im düsteren, stinkenden Keller. Alle ihre noch nicht er-

stickte junge Sehnsucht war hineingeflossen in das Bild des Prärie-
häuptlings, der plötzlich erschienen war, all ihr Grauen vor der
Welt in den Moment des Mordes. Sie hatte sich nicht zerknicken
lassen. Sie hatte ungeahnte Wunder erlebt, den Berg der Bärin, das
Tal des kleinen Fisches, das Zelt des Geheimnismannes, verwoben
wieder in das Entsetzen um das Schicksal der verwaisten Kinder,
um den Tod ihrer Mutter. Nun stand sie in Hanskas Kreis, der
stark schien wie ein Kiefernstamm der Prärie. Sie war schön, und
sie war ein Geheimnis geworden. Hanska nahm ihr Bild mit. In ihrem hellen Gesicht wirkten ihre Augen noch dunkler.

Hanska hatte sich aufgeschwungen. Er trieb das Pferd mit einem
Ruck zum Galopp und entschwand über die weiten Wiesen. Ein
Prärietal verschluckte ihn endlich, entzog ihn allen Blicken.

»Was ist schöner?« fragte Iliff. »Ein Pferd oder ein Auto?«

»Ein Pferd«, sagte Ite-ska-wih.

Der Hufschlag war längst verklungen.

Der Regen hielt an. Hanska war froh, daß er reiten konnte und
nicht fahren mußte. Die Wege wurden Matsch, die Wiesen glitschig. Die Halkettranch, Queenie Tashinas Heimathaus, war weit
entfernt. Hanska kam erst um die Mittagszeit dort an. Oft war er als
kleiner und als heranwachsender Bub bei den Großeltern gewesen,
selbst in den Zeiten, in denen es starke Spannungen zwischen Inya-
he-yukan Stonehorn und Vater Halkett gegeben hatte, der dem unruhigen Geist seines Schwiegersohns stets mißtraute und seine Lieb-
lingstochter Tashina, die gute Schülerin, die anerkannte Malerin,
lieber einem sehr ruhigen Rancher zur Frau gegeben hätte.

Aber Tashina hatte Inya-he-yukan geliebt.

Nun war sie tot.

Hanska sah schon das Haus, aus Brettern, doppelwandig, das
Schutzdach auf vier Pfählen, unter dem man auch bei Regen hand-
werkliche Arbeiten ausführen konnte, das Gemüsegärtchen, das
noch brach lag, und den Brunnen. Vieh und Pferde waren auf der
Weide. Hanska hatte schon Henry getroffen, Halketts ältesten
Sohn, Queenies Bruder. Er war einige Jahre älter als Hanska, aber
stets gedrückt von der väterlichen Autorität, weniger selbständig erzogen als Stonehorns Kinder. Als er Hanska freudig begrüßt, dann
aber von dessen Vorhaben erfahren hatte, war seine Stimmung sogleich ins Regengraue umgeschlagen.

»Was redest du! Tashina? Sie ist nicht tot.«

»War sie etwa bei euch, Henry?« In Hanska stieg eine unvernünftige jähe Hoffnung auf.

»Nein, nein. Sie ist doch verreist.«

»Wohin denn?«

»Zu den Verwandten nach Kanada. Hier war sie nicht mehr sicher.«

»So, zu den Verwandten. Und die Kinder?«

»Es ist alles durcheinander, Hanska. Die Zwillinge sind jetzt im Internat, das ist gut, da sind sie sicher und lernen etwas. Die drei jüngsten — das wissen wir nicht. Deshalb ist Vater ganz außer sich. Geh vorsichtig mit ihm um.«

Mit diesen Mitteilungen beschwert, war Hanska vollends zur Ranch geritten. Er saß ab. Das Pferd, das er noch nicht genügend kannte, ließ er nicht frei auf die Wiese, sondern hängte es an.

Er klopfte und trat ein.

Die Stube war viel kleiner als die im Blockhaus, aber sie wirkte nicht eng, denn es befand sich alles an seinem Platz, Ordnung beherrschte den ganzen Raum. Vater Halkett stand in der Mitte, seine Frau saß im Hintergrund.

»Was willst du?«

»Willst du mich anhören, Vater Halkett?«

»Nein. Du bist auch einer von denen gewesen und wieder geworden. Ich habe dich herreiten sehen, und ich bin entschlossen, dir zu sagen, was ich dir sagen muß. Dein Vater war krank, deine Mutter war eine Säuferin geworden und verrückt. Du bist auch verrückt. Queenie hat dich nicht ändern können. Stonehorns Wahlsohn bist du, Wahlsohn dieses Gangsters. Du kannst wieder gehen. Ich brauche dich in meinem Hause nicht.«

Die alte Frau im Hintergrund, Queenies Mutter, weinte leise.

»Vater Halkett, wißt ihr wirklich nicht, daß Queenie ermordet wurde?«

»Schweig mit dieser Lüge. Unser Kind lebt. Stonehorn hat es verschleppt. Geh, reite fort, und komme nie wieder.«

Halkett hatte nicht im Jähzorn gesprochen. Grimmig, verbissen hatte er ausgebrütet, womit er Hanska beleidigen und vertreiben könne. Er ist selbst wie von Sinnen, dachte Hanska. Er sagte kein Wort mehr. Schmerz und Zorn drängten ihm das Blut in Kopf und Herz zusammen. Er brachte die Lippen nicht mehr auseinander, und nachdem seine Wangen rot geworden waren, wurde sein Gesicht jetzt grau.

Er wandte sich um und ritt fort.

Nachdem Hanska die Halkettranch verlassen hatte, fragte er sich, wo er die Nacht verbringen könne. Es regnete noch immer, Schneeflocken begannen sich unter die Tropfen zu mischen. Ein Jagdzelt hatte er nicht dabei; den Ritt bis zur Schulsiedlung konnte er an diesem Tag der Fuchsstute nicht mehr zumuten, ohne sie sehr zu überanstrengen. Den alten Halkett bat er jetzt nicht um ein frisches Pferd, Henry aber würde nicht wagen, ihm ohne Wissen des Vaters eines zu geben.

Als Hanska Henry begegnete, brachte er noch kein Wort hervor. Henry sah ihm an, warum und schwieg auch. Hanskas Gedanken spielten über den Sohn der Halketts weg, der ihm doch nicht helfen konnte. Wenn er ein anderes Pferd gehabt hätte — ja dann. Darum ging es.

Warum holte er sich nicht ein anderes Pferd? Seine Gedanken fanden plötzlich Halt. Bis zur Agentursiedlung machte es noch die Fuchsstute. In der Agentursiedlung wohnte Morning Star senior; bei Morning Star standen der Scheckhengst, die Appalousastute und der alte Braune. Die Stute wollte er eines Tages zu Hetkala bringen, denn dort hatten sie einen Appalousahengst. Mit den beiden Appalousas konnte man eine Pferderanch anfangen — den Scheckhengst noch dazu und mit einem Rodeopreis eine Scheckenstute kaufen — der alte Braune aß das Gnadenbrot und trug auf eine sanfte und ergebene Weise Ite-ska-wih und ihre Kinder über die Erde mit ihren Bäumen und grünenden Wiesen.

Das war die Zukunft in einem befreiten Land.

Hanskas Wangen durchbluteten sich wieder.

Der alte Morning Star hatte ihn schon einmal in sein Haus gelassen. Nur sollte es niemand bemerken. Vielleicht war Yvonne, die Frau des jungen Morning Star, weniger ängstlich. Früher jedenfalls hatte sie gewußt, worum es ging. Bei ihr wollte er die Fuchsstute stehen lassen, die kaum einer kannte.

Hanska feuerte sein Tier zu einem leichten Galopp an. Wiesen waren gutes Gelände für Pferdehufe. Übrigens hatte er Stonehorns beide Pistolen, voll geladen, am Schulterriemen unter der Jacke. Es war nicht ratsam, ihm an den Kragen zu gehen oder eine Waffe auf ihn zu richten. Stonehorns Wahlsohn hatte gelernt, schnell zu zielen und sicher zu treffen.

Des Abends langte Hanska in der Nähe der Agentursiedlung an. Er hatte sich entschlossen, in der Dämmerung, von Regen und Nebelschleiern fast unsichtbar gemacht, ohne Zögern in die Siedlung einzureiten und bei Morning Star junior und Yvonne halt zu machen. Er hängte sein Pferd an einem der dafür vorgesehenen Ringe an der Seitenwand an und klopfte an ein Schiebefenster.

Yvonne schob es um einen handbreiten Spalt nach oben auf.

»Hanska!« Sie flüsterte.

»Kann ich eine Nacht bei euch schlafen?«

»Komm herein. Ich mache dir auf.«

Sie zog das Fenster leise herunter und öffnete ebenso leise die Tür. Hanska trat in den Raum ein, in dem eben zwei Kinder in einer kleinen Badewanne pantschten; ein drittes stand daneben. Morning Star junior selbst war zu Hause und lächelte ein Willkommen.

»Wir geben deinem Pferd Futter«, war das erste, was er sagte. Das war auch zweifellos das Nötigste.

Hanska konnte sich setzen. Eine schwache elektrische Birne versandte ihren Schein. Yvonne fütterte die Stute und machte einen Teller Bohnen warm. Das war hier überall die Nahrung eines arbeitslosen Indianers.

Hanska aß. Die Kinder hatten sich unterdessen abgetrocknet, angezogen, das Wasser ausgegossen, die Wanne weggeräumt und waren auf dem Weg in ihr gemeinsames Bett.

Sobald die Erwachsenen unter sich waren, fragte Morning Star: »Was hast du vor, Hanska?«

»Die Fuchsstute möchte ich hierlassen und mit dem Schecken zur Schulsiedlung reiten. Morgen früh muß ich dort sein, ehe die Lehrer aufstehen.«

»Zu wem willst du?«

»Zu Ball oder Warrior. Sie sollen unsere Zwillinge hier ins Internat holen.«

»Ins Internat hier? Soll nicht Großvater Halkett sie zu sich nehmen?«

»Ich war dort. Er will nicht.«

Der Nachklang des Unfriedens erschien wieder auf Hanskas Miene.

»Aber«, meinte Yvonne, »wenn der Großvater nicht will . . .«

»Muß der Superintendent wollen und seine Schuldezernentin Miss Bilkins.«

»Du hast ja viel vor.«

»Muß ich wohl. Hau.«

Morning Star drehte sich eine Zigarette, Hanska brachte seine Pfeife in Gang. Es wurde nicht mehr viel geredet. Über die Lage der Aufständischen sprach man nicht. Hanska wußte, daß Morning Star nichts von ihnen hören mochte. Mehr als persönliche Freundlichkeit durfte er hier nicht erwarten. Aber auch das mußte er in seiner Lage schätzen. Er hatte drei Stunden Ruhe, und das Pferd blieb gut versorgt.

Immer noch im Regen, wieder von Nebel und Finsternis getarnt, erschien Hanska noch vor Mitternacht bei dem alten Morning Star. Yvonne hatte ihn schon angekündigt.

»Mit dem Schecken kannst du jetzt par force reiten«, meinte Morning Star senior mit einem halben Lächeln, als er Hanskas Anliegen verstanden hatte. »Der Hengst hat zu lange gestanden. Er läßt sich nicht satteln. Tobt wie ein Rodeopferd.«

»War er ja auch mal.«

»Den ersten Rodeoritt Joe Stonehorns mit dem Schecken hättest du sehen sollen; damals hat er den ersten Preis gemacht und das Pferd gekauft — — schade, daß jetzt alles so kommen mußte.«

Morning Star senior schleppte den Sattel herbei. Hanska hatte unterdessen den Hengst begrüßt. Das Tier erkannte ihn sofort und legte seine weichen Nüstern an Hanskas Wange. Es begann zu schnauben und zu stampfen, Hanska ging das Herz auf, aber es zog sich alles wieder in ihm zusammen, wenn er daran dachte, wie sein Wahlvater den Hengst auf der Büffelweide geritten hatte.

Er grüßte Morning Star zum Abschied. Das Tier tänzelte und warf den Kopf, als Hanska aufsaß. Er ritt die nebelverhangene Hauptstraße am alten und am neuen Supermarkt, an der Superintendentur, am Büro des Killer-President, am Indianer-Café, an der Tankstelle vorbei in die Prärie hinaus. Da gab er dem Hengst den Kopf frei, legte ihm die Hand zwischen die Ohren und stieß einen schrillen Schrei aus. Der Hengst wurde zum Mustang der Prärie. Er stob dahin; immer mehr Land blieb hinter ihm. Wind und Regen klatschten Reiter und Pferd ins Gesicht.

Hanska ritt stundenlang; dieses Pferd hatte großartige Kräfte. Sein Reiter fühlte sich freier und freier, immer zuversichtlicher, es war, als ob Erde und Mustang ihm ihre Kraft mitteilten.

Ebenso triefend naß wie sein Pferd gelangte er in die Nähe der Schulsiedlung. Er sprang ab, streichelte den Hengst, sagte freundlich: »Bleibe da — bleib da!« und schlich sich zu Fuß an die Schulsiedlung heran. Da war die Schule, die er jahrelang besucht hatte, dieser Backsteinbau, da war der traurige künstliche Tümpel, an dem Wakiya mit Tishunka-wasit-win gestanden hatte, ehe das Mädchen in den Tod ging, da war auch der Pausenspielplatz mit den Turngeräten, an denen Hanska immer der Beste gewesen war, da stand die Gruppe der kleinen schmucken Lehrerhäuser und unter ihnen Lehrer Balls Haus. Lehrer Ball pflegte nachts ein Fenster offen zu lassen.

Ja, wirklich, ein Fenster war offen. Ball ließ ohne Scheu den Nebel hereinziehen zusammen mit der Frische einer Märznacht in der Prärie. Hanska stieg lautlos ein. Das Regenwasser lief von Stiefeln und Anzug auf den Parkettboden. Er befand sich im Arbeitszimmer; die Tür zum Schlafzimmer stand offen. Hanska wartete und sammelte sich. Er durfte Ball nicht erschrecken.

»Hallo, Sir!« sagte er in gewöhnlicher Stimmlage, wie in einem Gespräch.

»Mann, o Mann«, antwortete Ball, aber er schien nicht erwacht zu sein, sondern nur im Traum zu sprechen.

»Hallo, ja, Sir, ich bin's, Hanska.«

Ball drehte sich auf die andere Seite; plötzlich wurde er wach und sah einen ganz eingeregneten jungen Mann in der Zwischentür stehen. Er knipste die Taschenlampe an, betrachtete Hanska ein paar Sekunden, erkannte ihn, setzte sich auf und winkte dem überraschenden Eindringling, die Zwischentür zu schließen und an sein Bett zu kommen. Lehrer Ball kannte seine indianischen Schüler; auch die Schulentlassenen vertrauten ihm noch. Innerhalb der Lehrerschaft war er Senior, allgemein beliebt und hoch angesehen.

»Krause war bei mir, Hanska. Was er weiß, weiß ich auch. Wie kann ich euch helfen? Setz dich her, wir müssen das besprechen.«

Hanska setzte sich auf einen Hocker am Bett und atmete tief.

»Halkett hilft uns nicht. Ich war dort.«

»Er ist verbittert und ganz verstört. Wo sind deine drei kleinen Geschwister? Das hat mir Krause nicht gesagt.«

»Zu Besuch bei den Verwandten in Kanada. Einfach auf Besuch. Meine Mutter wollte vermutlich alle fünf dorthin bringen; Krause wäre nur Zwischenstation gewesen.«

»Ah, gut. Das läßt sich aufrechterhalten. Also keine Entführung.«

»Nein.«

»Um die armen Zwillinge steht es schlimm.« Ball war in der Stimmung, offen zu sprechen. Wenn es um Kinder ging, übersprang er die Schranken der Lehrerdisziplin. »Sie haben Harry und Mary getrennt in die schlechtesten Internate gebracht, wo die Kinder niederknien sollen und geschlagen werden — und was man ihnen sonst antun kann. Man will die beiden zum Schweigen bringen. Queenie sei nicht tot, ist die Version des Killerchiefs.«

»Ich weiß. Halkett glaubt daran.«

»Wir müssen die Tote finden. Ihr Blut haben wir schon.«

»Meiner Mutter Blut? Sir!«

»Krause und Ron Warrior haben schnell gehandelt. Krause hat dir nicht davon erzählt? Harrys Kleider waren mit Blut bespritzt; er hat versucht, seiner Mutter zu helfen, und kann froh sein, daß er selbst noch lebt. Ein mutiger Junge. Auf Marys Kleid waren nur geringe Spuren. Krause hat den beiden sofort neue Kleider gekauft und die alten verborgen. Ron Warrior hat er davon wissen lassen. Ron, das weißt du sicher, war früher beim CIA; er hat den Dienst in Frieden quittiert unter der Bedingung, daß er in unserer Einöde Erzieher der Vorschulklasse wird. Er hat jedenfalls Erfahrungen. Die blutbefleckten Kleider befinden sich in Kalifornien bei den Rechtsanwälten.«

»So können wir die Mörder anzeigen!«

»Sobald wir die Tote gefunden haben. Das Blut könnte ja auch von einem nicht tödlichen Unfall Queenies stammen; wir müßten außerdem beweisen, daß es das ihre ist.«

Hanska spürte, wie er nach der Anspannung zusammenfiel.

»Ich habe Zeugen für Kindesmißhandlungen in den beiden Internaten. Ob Halkett nun will oder nicht, Frau Holland wird den Superintendent zwingen, Harry und Mary in unser Internat hier zu holen und, sobald Platz ist, auch die drei Kleinen. Wir sorgen schon dafür, daß sich die Killer nicht an unsere Internatskinder heranwagen. Ich werde zum Vormund bestellt. Halkett bringen wir dazu, ja zu sagen. Ich kann noch mit ihm reden, eher als du. Übrigens bist auch du noch nicht mündig.«

»Sir, halten Sie mich nicht auf.«

»Ich weiß, Hanska, daß ich das nicht kann, obgleich ich es um mein Leben gern täte. Entweder du bist mit Stonehorn zusammen verreist und für uns noch nicht zurückgekommen oder . . . Habt ihr einen Totenschein für Stonehorn?«

»Nein, den bekommen wir in Chicago nicht.«

»Also lebt er noch, und wir reden ganz unnütz. Er ist euer Vater und Pflegevater. Solange er unauffindbar bleibt und nicht für tot erklärt wird, kann man ihn nur vertreten. Das gleiche gilt für Queenie. Der Superintendent wird die Kinder in unser Internat einweisen. Du, Hanska, — du bist mit Stonehorn verschollen.«

»Im Ring. Hau.«

»Illegal.«

»Nein. Aus unserem Recht. Nur das gilt für mich.«

Ball seufzte tief. »Ich wünsche euch das Beste. Aber ihr habt keine reale Chance, keine andere, als Opfer zu bringen und Opfer zu werden.«

»Auch das. Inya-he-yukan Stonehorn King hat gesprochen. Der Killerchief wird abgesetzt, und das Recht des Indianers auf sein Land wird nach den Verträgen wiederhergestellt. Wir bekommen die Black Hills und Bad Lands zurück.«

»Gott gebe es. — Wie kommst du jetzt weg?«

»Mit meinem Scheckhengst.«

Hanska verschwand, wie er gekommen war. Er fand seinen Schecken, der im Regen nasses Gras fraß, sofort aufhörte, als er Hanska bemerkte, und zur Begrüßung laut schnaubte.

Hanska war zuversichtlicher als zuvor, und doch war sein Fühlen zerrissen. Ein Indianer hatte ihn aus dem Haus gewiesen; ein Weißer wollte ihm helfen. Die Welt verdrehte sich; es tat weh.

Der Schecke war unermüdlich. Er wurde noch schneller. Hanska war eine leichte Last und ein einfühlsamer Reiter. Während er auf dem Schecken über das Land flog und in der Stille nur die Hufschläge hörte, wußte er schon, daß er die drei Pferde nicht trennen und daß er den Schecken nicht bei Morning Star verkommen lassen konnte. Sie mußten alle mit. Zu Ite-ska-wih. Ihre hellen Wangen, ihr schwarzes Haar und ihre Augen, in die er hineinschaute wie in das dunkle Wasser grundloser Seen, waren immer bei ihm.

Hanska wählte mit seinem Hengst die kürzeste Strecke von der Schul- zur Agentursiedlung. Dieser Weg führte an seiner Heimatranch im Tal der Weißen Felsen vorüber. Hanska ritt nicht auf der Straße, die den Pferdehufen weh getan hätte. Eine plattgetretene graue Schlange pflegte Wakiya sie zu nennen. Hanska ritt über die

Weiden, die er kannte, wie nur Joe Stonehorn sie gekannt hatte. Das Vieh aber war ihm fremd. Es gehörte den neuen Besitzern, den Räubern, den Weißen, den Verbündeten des Killerchiefs. Wäre er nicht in solcher Eile gewesen, er hätte zwei oder drei Kühe mitgetrieben, neuen Proviant für die im Ring. Aber die Zeit war jetzt noch kostbarer. Er schaute an dem Talhang hinauf, an dem ein neues Haus stand, dahinter aber, noch etwas höher, das hundertjährige kleine Blockhaus der Kings, heute vielleicht mit Heu oder Geräten gefüllt — doch Hanska träumte von den zwei breiten Wandbänken, über Eck angebracht, auf denen die Familie schlief —, vom schweren Holztisch, vom Ofen, der auch als Herd diente, von den Gewehren, von dem Munitionskistchen in der Ecke, vom Kniehalfter und vom Lasso, die an der Wand hingen. Inya-he-yukan war für ihn da, im Nebel sichtbar werdend und schwindend.

Hanska mußte weiter. Aber eines Tages wollte er hierher zurückkehren. Dann würde er den Seitenweg, den Stonehorn von der Straße zum Blockhaus hinauf schräg über den Hang angelegt hatte, hinaufreiten zum Haus.

Aus seinem Traum schreckte ihn ein Gedanke auf.

Er querte die Straße, ritt den Seitenweg hinauf bis zu einem hübschen roten Ranchhaus, einem jener komfortablen Holzhäuser, die man sich selbst aufstellen konnte, und meldete sich an der Tür. Es war alles sehr schnell gegangen. Die neuen Bewohner kamen nicht dazu, auf den Indianer, der ungebeten das Gelände betrat, zu schießen, wie das jetzt üblich geworden war.

Eine Frau öffnete sogar.

Hanska fragte sehr höflich, ob in dem alten Haus da droben nicht noch der schwarze Cowboyhut — gesticktes Band darum mit dem Donnervogelmotiv — hänge, dazu ein schwarzer Kordanzug, Kniehalfter und Lasso. Er solle die Sachen abholen.

Hanska machte offenbar einen guten Eindruck. Einen echten »Aufständischen« hatten die Hausbewohner wohl noch nicht zu Gesicht bekommen; sie stellten sich einen roten Feind blutrünstig und nicht gemessen höflich vor. Die Frau wandte sich um und fragte etwas in das Haus hinein. Ein Mann kam vor, musterte Hanska und den prächtigen, ohne Zweifel teuren Hengst, nickte überzeugt und ging mit dem Besucher zusammen hinauf.

Als er die schwere Tür aufmachte, sah Hanska, was er vermutet hatte. Die Blockhütte der Kings war ein Geräteschuppen geworden.

Er trat ein, sah sich um und nahm sich, was seinem Wahlvater gehört und was jetzt offenbar ein Cowboy für sich reserviert hatte: den schwarzen Cowboyhut, den Kniehalfter, das Lasso, die Stiefel, auch Hemd, Kordhose und -jacke. Von den Kleidern der Mutter und der Kinder war nichts mehr da; sie hatten sich zuletzt in dem hellgelben Haus befunden, das abgetragen worden war. Der neue Eigentümer deutete mit einer Handbewegung an, daß Hanska das Gewünschte mitnehmen solle. Der Besucher entdeckte in diesem letzten Augenblick noch eine Puppe und hob sie auf. Es war Marys Spielzeug gewesen.

»Sie sind also zu der Stammes-Zivilpolizei gegangen?« fragte der neue Eigentümer, der die Pistolen unter der Jacke ahnen mochte. »Wenn Sie wollen, können Sie später mit Ihrem Pferd bei mir als Cowboy eintreten.«

»Mein Pferd ist wirklich nicht schlecht. Ihr Vieh auch nicht. Im Augenblick kann ich aber noch nicht kommen.«

»Verstehe. Wie heißen Sie?«

»Bighorn.« Das war nicht einmal gelogen; Bighorn war Hanskas Familienname; er war als Waisenkind Stonehorn nur in Pflege gegeben.

»Bighorn? Gute Familie. Ja, gehört zu den guten Familien. Arm, aber gut.«

Hanska wußte, was gemeint war.

Er konnte ungehindert weiterreiten, den Cowboyhut Stonehorns auf dem Kopf. Es war erstaunlich, welchen Respekt die Killerbande des Chief-President bei weißen Ranchern genoß, die sich von den Killern vor den Aufständischen beschützt fühlten. Unterwegs kleidete sich Hanska ganz um und rollte seine eigenen Sachen in die Decke ein. Im Widerstreit von angriffslustigem Vergnügen und schmerzvollem Gedenken malte er sich die Wirkung aus, die es haben konnte, wenn »Stonehorn« bei Morning Star vorritt. Der Wind konnte den Nebel noch immer nicht auflösen, die Schwaden zogen langsam dahin und nahmen die Sicht auf 20 Meter.

Morning Star senior war bestürzt, als »Stonehorn« bei ihm auftauchte. Aber als Hanska sein viel jüngeres Gesicht zeigte, wurde er ruhiger.

»Ich habe nichts gesehen. Yvonne, komm her, rede du mit ihm.«

Yvonne und Hanska lächelten verstohlen.

»Yvonne«, bat Hanska, »ich habe eine schwere Aufgabe für dich.

Du mußt mir die Appalousastute und den Braunen bei Vater Morning Star herauslassen. Weiter nichts. Ich hole sie mir dann mit dem Scheckhengst. Wenn sie den schnuppern und hören, laufen sie sofort hinterher, sie sind seine Herde. Hilfst du mir?«

»Ich helfe dir, Hanska. Vater geht zum Stammesrat. Die Sitzungen werden jetzt stundenweise bezahlt, deshalb dauern sie immer sehr lange. Ich gehe gleich und mache die Pferde los. Ach, Hanska, wie gern würde ich ganz bei euch sein!« Yvonne unterbrach sich. »Die zwei Pferde sind dann eben ausgebrochen«, fuhr sie fort. »Wer kann dafür? Übrigens wird bei den Killern Angst und Schrekken sein, wenn sie hören, Stonehorn sei wieder da.«

»Ich hoffe es, Yvonne.«

Hanska zog den Hut in die Stirn, sprang auf, sprengte rings durch die Siedlung und tauchte bei dem Haus Morning Star senior auf. Drei Pferde irrten schon ohne Geschirr auf der Straße umher. Als Hanska den Hengst steigen ließ und sein wildes Wiehern die Bewohner rings aufschreckte, fanden sich die Appalousastute und der Braune, sogar Hetkalas Fuchs sofort bei ihm ein. Wie in einem Stampedo brauste die kleine Herde unter der Führung Hanskas und seines Hengstes aus der Siedlung hinaus; es schien, als ob der Nebel einen Spuk in seine grauen Schleier verwickle und auflöse.

In den Räumen des Stammesrates waren die Beratenden bei dem Geräusch des Hufgetrampels aufgeschreckt. Das dicke Gesicht des Killer-President war blaß geworden.

»Ich will ein Präriehund sein, wenn das nicht Joe Stonehorn und die King-Pferde gewesen sind«, meinte Vater Morning Star, der ans Fenster getreten war. »Aber vielleicht sind es auch nur Gespenster.«

»Kriminelle Gespensterfamilie!« Der President war am Bersten, ein bis zum äußersten mit Zorn aufgefüllter Sack.

Die Beratenden schwiegen. Keiner hatte Lust, sich in einen neuen King-Skandal einzulassen, und wenn es auch nur mit Vermutungen war.

Hanska aber, der mit einem geliehenen Pferd ausgeritten war, kam mit vier Pferden zurück zu Ite-ska-wih, zu dem kahlen Berg, dem Bach, den Bibern, zu Hetkala und ihrer alten Freundin, zu Iliff, der tanzte und sprang vor Freude. »Unsere Pferde!« rief er. »Unsere! Die King-Pferde!«

Hanska hörte das gern.

Er war hungrig nach dem nächtlichen Ritt, aber er kümmerte sich zuerst um die nassen, verschwitzten, müden Tiere.

Ite-ska-wih kam zu ihm. Er beobachtete aufmerksam, wie sie sich verhielt. Sie fürchtete sich nicht vor den Pferden. Dem braven Braunen strich sie den Hals; er war erschöpft und zärtlich. Auf den Scheckhengst und die Appalousastute wartete sie. Die beiden kamen vorsichtig heran, die Stute schnaubte freundlich. Der Appalousahengst, der Platzhengst, schnaubte wütend und forderte den älteren Scheckhengst, den Neuankömmling, zum Kampf heraus. Die beiden stiegen und schlugen mit den Vorderhufen gegeneinander. Die Fuchsstute und die Appalousastute lauerten neugierig, wer Sieger sein werde. Aber keiner wurde über den anderen Herr.

Der Kampf, prächtig und gefährlich, währte lange.

Endlich ließen die Hengste voneinander ab. Mit schlagenden Flanken, mit großen dunklen Schweißflecken im Fell, standen sie da.

Von Zufall oder Absicht geleitet, stand die Appalousastute bei dem Appalousahengst, die Fuchsstute aber bei dem Schecken.

Die Pferdegemüter wurden ruhiger.

In der Sonne, die den Nebel vertrieb, begannen die Tiere allmählich zu weiden.

Hanska lachte Ite-ska-wih zu. Das Mädchen hatte wieder einmal eine Probe bestanden. Er konnte sie ohne Sorge auf die Pferdeweide gehen lassen, sie hatte einen Pferdezauber.

Am schweren Holztisch, bei Bohnen, Brot und Kaffee fanden sich alle zusammen. Hanska trug noch den Cowboyhut und Stonehorns Kleider. Alle waren glücklich, ihn wieder zu haben; alle freuten sich darauf, zu hören, was er erlebt und erfahren habe, aber keiner fragte. Sobald Hanska sprechen wollte, würde er es tun. Er wollte aber erst schlafen und warf sich stillschweigend auf die Wandbank. Die Kleider, die er trug, waren ja trocken.

Ite-ska-wih ging unterdessen noch einmal auf die Wiesen hinaus zu den Pferden. Die Tiere standen am Bachufer und soffen, sie hoben die triefenden Mäuler, spitzten die Ohren und schauten nach ihr. Sie begriff, daß der Scheckhengst nur darum nicht über den Jüngeren gesiegt hatte, weil er durch den vorangegangenen Gewaltritt ermüdet war. Sobald seine Kräfte sich erholten, würde er sich noch einmal mit ihm messen, und wahrscheinlich war er dann der stärkere, imstande, den Appalousa vom Platz zu vertreiben. Das aber durfte nicht geschehen.

Ite-ska-wih merkte, daß sie nicht mehr allein war. Rote Krähe und Ray hatten sich samt Iliff bei ihr eingefunden.

»Wenn die Stuten rossig werden, müssen wir aufpassen. Für drei Hengste haben wir nicht Stuten genug«, sagte Rote Krähe. »Jetzt betreiben die Hengste aber erst Kampfspiele. Macht euch noch keine Sorgen.«

Ite-ska-wih hatte aufmerksam zugehört. Immer, wenn sie Rote Krähes Stimme hörte, sog sie sie mit Bedacht ins Ohr ein und prüfte sie, ganz gleich, welche Worte er gerade sprach. Rote Krähe war anders als andere, dem alten Zaubermann der Siksikau ähnlich. Seine Augen waren von einem besonderen Glanz überzogen. Sie fürchtete sich vor ihm, so wie sie sich mit Hanska zusammen vor dem alten Geheimnismann gefürchtet hatte, aber sie fühlte sich zugleich von Rote Krähe angezogen. Ein Schauer lief durch ihre Nerven bis zu den Fingerspitzen, obgleich Rote Krähe nur eine ganz einfache, ganz natürliche Tatsache erwähnt hatte, die für eine richtige Pferdehaltung wichtig werden konnte. Seine Stimme hatte einen verdeckt gedämpften, nicht einen offenen Klang wie die Hanskas. Ite-ska-wih spürte ein Geheimnis, mit dem sie noch nicht fertig wurde. Dieser Siksikau hatte einen ungewöhnlich schmalen Langschädel; seine Hautfarbe war dunkelbraun. Die Haare trug er anders geordnet als ein Dakota. Ray schien sich neben Rote Krähe noch wie verloren zu fühlen. Das, was er ausgezeichnet konnte, nämlich schießen, kam hier nicht zur Geltung, denn es zeigte sich kein Feind, und so gut wie Ite-ska-wih wußte er, daß er nicht mit dem Krachen von Probeschüssen die Killer herbeiziehen durfte.

Ray wandte sich an seine Schwester: »Wir müssen bald reiten lernen, das ist jetzt das wichtigste für uns!«

»Wichtiger als Auto fahren«, bekräftigte Iliff.

Ite-ska-wih bemerkte, wie Rote Krähe sie und Ray prüfend ansah.

»Ich will es versuchen«, sagte sie. »Die Pferde sind müde und aufgeregt — also nur ein paar Schritte.«

Rote Krähe nickte nur beifällig. Iliff schaffte Zaumzeug herbei; Rote Krähe holte den Braunen; sie zeigten dem Mädchen, wie das Pferd gesattelt wurde.

Leicht schwang sich Ite-ska-wih in den Sattel. Als sie sicher saß, schaute sie in die gespannten und freudigen Gesichter der anderen und darüber in die Weite des Landes. Sie spürte den Wind im Gesicht. Auf dem Rücken eines Pferdes über der Prärie wie die Generationen ihrer Ahnen, wie ihre neue Familie, wie Inya-he-yukan und Hanska! Ihr Herz schlug hoch.

Als der Braune, von Iliff geführt, im Schritt ging, war ihr zuerst wieder unsicher zumute. Es war doch gut, daß Hanska ihren ersten Reitversuch nicht beobachtete.

Iliff erklärte ihr, wie man das Pferd leiten mußte. Rote Krähe befestigte ein Lasso am Sattel, und sie hieß den Braunen im Kreise traben. Ite-ska-wih mußte sich dem Rhythmus des Pferdes anpassen.

»Das genügt für den Anfang — der Braune ist müde.«

Rote Krähe brachte das Pferd zum Stehen, und Ite-ska-wih stieg ab.

Die jungen Menschen auf der Pferdwiese und in der Blockhütte fühlten sich alle wie Geschwister. Für die gleiche Sache, für die Freiheit des Indianers, waren sie bereit, alles Leben zu wagen, und kein Zweifel beschlich sie rücklings. Aber sie waren auch sehr verschieden nach Charakter und nach der Lebenserfahrung, die sich einem jungen Menschen schon tief und unverlierbar einprägte. Sie fühlten, wie sie erst durch ihre gemeinsamen Erlebnisse zusammenwachsen konnten.

Als die Pferde ruhig blieben, gingen die jungen Leute und Iliff miteinander in das Blockhaus. Ite-ska-wih fing unter Anleitung von Hetkala eine Stickerei mit Stachelschweinsborsten auf Leder an und mühte sich sehr damit. Ray und Rote Krähe hockten in einer anderen Ecke. Rote Krähe war begierig, sich von Ray aus dem Leben eines Indianers in der großen Stadt berichten zu lassen, vom Großen Tipi in der schmutzigen Straße, vom Keller, von der Gang, von der Arbeit, vom armseliger Lohn, von Untschida, die die Kinder inmitten des Elends die Weisheit der Prärie gelehrt hatte, und er wurde nicht müde, von Joe Inya-he-yukan Stonehorns Erscheinen, dem letzten Blick seiner zwingenden Augen und von seinem Tod zu hören.

Hanska schlug die Lider auf, er hatte nicht mehr geschlafen.

»Inya-he-yukan hatte dreißig Winter gesehen. Er war ein Häuptling und ein Geheimnismann«, schloß er das Gespräch.

Das Warten auf Tatokala, auf eine Botschaft von den Aufständischen, dehnte sich dahin. Es wollte schon Abend werden. Hetkala machte Feuer im Herd.

67

Das Warten war wie eine lederne Fessel. Es ließ keine freie Bewegung der Gedanken und des Gefühls aufkommen. Das Gehör war ins Lauschen eingespannt. Kam Tatokala, die Botin aus dem Ring der Eingeschlossenen? Kam vielleicht ein anderer Bote? War jemand abgefangen worden? Erschossen worden? Es war zwecklos, darüber zu reden, da niemand etwas wissen konnte. Überflüssige Worte zu machen, war keiner gewohnt.

Rote Krähe hatte sich jetzt erstaunlicherweise zu Hetkalas alter Freundin gesetzt. Sie hieß Dorothy, so viel wußten schon alle. Das große Haus gehörte ihr, das wußten sie auch. Das weiße Segeltuchzelt draußen gehörte ihrem Sohn, der irgendwo unterwegs war. Rote Krähe hatte sich dieses Tipi immer wieder und von allen Seiten besehen, ohne es zu berühren oder etwa heimlich zu betreten. Dorothys Sohn sollte, so hatte Rote Krähe von Hanska gehört, ein Geheimnismann sein. Sein Zelt aber war nicht alt, es war neu; es war nicht aus Büffelleder hergestellt, sondern aus maschinegewebtem Stoff, und nicht selbst gefällte und zubereitete Stangen trugen es; es stand nicht auf der Erde, sondern auf einem Kasten, der die Bodenfeuchtigkeit abfing. Alles und jedes an diesem Zelt trug die Merkmale von der Hand der weißen Männer. Die Zeltwände waren nicht bemalt; kein Zauberzeichen hütete die Geheimnisse, die dieses Tipi etwa enthalten konnte. Es war alles sehr merkwürdig. Doch die alte Dorothy hatte ehrliche Augen, einen offenen Blick. Rote Krähe hielt sie nicht für eine Verräterin. Er wollte aber, wenn dies möglich war, mehr über ihren Sohn ergründen.

Es erwies sich als schwierig, Dorothy zum Reden zu bringen. Seit die Gäste in ihr Haus eingezogen waren, hatte sie sich immer freundlich und hilfsbereit gezeigt, sobald sie um irgend etwas gebeten wurde, im übrigen aber blieb sie abseits und hatte noch keine drei Worte gesprochen, wenn sie nicht gefragt wurde.

Zu den besondere Fähigkeiten von Rote Krähe gehörte es, daß er in Menschen hineinschauen konnte. Er wußte, daß Dorothy andere Menschen scheute, vielleicht weil sie sich schämte, vielleicht weil sie sich oder ihren Sohn unverstanden oder verachtet glaubte. Ihr Gesicht verriet, daß sie keine Vollblut-Indianerin sein konnte; ihre Backenknochen waren flach. Das Amulett, das sie trug, zeigte das Symbol des Sternes, aber eines Sternes mit 14 Zacken, den es nicht gab.

Ein Geheimnismann der Dakota hätte seiner Mutter sagen müssen, daß es keinen Stern mit 14 Zacken gab. Warum hatte er sie das nicht gelehrt?

Rote Krähe erzählte der alten Dorothy sehr leise von seinem eigenen Stamm, seinem eigenen Land; er berichtete ihr sogar etwas aus seiner Lehre bei dem Geheimnismann der Siksikau — was er selbst Hanska gegenüber noch nie getan hatte und was doch nur den äußeren Kreis der Vorbereitung auf die Geheimnisse betraf. Da begann sich der Stein, zu dem Dorothys Gemüt geworden zu sein schien, zu spalten, und sie sagte zu dem und jenem, was Rote Krähe sie wissen ließ, auch von sich aus dies und jenes, und was sie sagte, wurde immer bedeutsamer. Ihr Sohn war ein Mann, der in die Sonne gesehen und den Sonnentanz bestanden hatte.

»Bei Crow Dog?« fragte Rote Krähe sehr schnell.

»Er hat ihn nicht angenommen«, antwortete Dorothy, unwillkürlich ebenfalls rasch, unüberlegt rasch. Sie war überrumpelt. Da sie sich dessen selbst bewußt wurde, stand sie auf und half Hetkala beim Kochen.

Rote Krähe wußte durch Hanska, daß Crow Dog der Geheimnismann der Aufständischen war. Er hatte Dorothys Sohn nicht als Schüler angenommen. Warum nicht? Rote Krähe bat Hanska mit einem Blick, noch einmal mit ihm hinauszugehen. Es regnete nicht mehr, aber es war schon dunkel, und die Winde fauchten um den kahlen Berg. Rote Krähe brachte seine Frage vor.

»Ihr Sohn ist ein zerrissener Mann«, erklärte Hanska. »Er hat in die Sonne gesehen, das ist wahr. Er hat sogar zwei Tage hindurch in die Sonne gesehen, ohne das Augenlicht zu verlieren, das hat es seit Menschengedenken nicht mehr gegeben. Er hat auch den Sonnentanz bestanden, aber er hat ihn allein bestanden, einsam, nicht mit den anderen jungen Männern zusammen. Er hat ihn nicht um unseres Stammes willen bestanden, sondern nur, weil er die Geheimnisse erfahren möchte. Wenn sie sich ihm auftun, wird er sie den Weißen verraten und bei ihnen ein gesuchter Mann sein. Unser Mann ist er nicht geworden. Er verdient viel Geld mit Bildern und nutzt es nur für sich allein, legt Lockenwellen in seine Haare und setzt sich in die Gasthäuser der Weißen, läßt sich dort gut bedienen. Daran hat auch Dorothy schuld. Warum hat sie ihn nicht besser erzogen? Sie schämt sich, und es gibt viele unter uns, die auch sie verachten. Wollte er doch die Biber töten und ihre Felle in der Sonne trocknen.«

»Würde sie uns verraten?«

»Sie nicht. Nein, sie nicht. Aber wenn er zurückkäme, müßten wir uns hüten. Hau.«

Rote Krähe sagte nichts weiter zu dieser Sorge. Aber seine Haltung veränderte sich auf einmal, als ob er aus seiner Umgebung hinausginge, als ob er, obgleich gegenwärtig, doch abwesend sei. Er hob die Arme zum wolkenverdunkelten Nachthimmel, an dem nur drei Sterne Raum hatten, um zu der ihnen fernen Erde zu leuchten. Er schaute zu ihnen hinauf.

Hanska wußte, daß sein Freund betete, und es mochte sein, daß er etwas erschaute. Hanska rührte sich nicht. Er lauschte auf den Wind. Als Rote Krähe wieder zu sich kam, ließ er die Arme sinken und gestand seine Vision: »Hanska, es ist Böses im Gange. Tatokala wird nicht kommen. Ich sehe böse Gedanken und böse Taten. Wir müssen gehen, auch wenn uns niemand führt. Laß uns gehen.«

Hanska erschrak, obgleich er nur gehört hatte, was in ihm selbst als schlimme Ahnung umging.

»Laß es uns versuchen, Bruder Krähe. Aber ich nehme dich und ich nehme Ite-ska-wih mit. Ray wird die Frauen und Iliff behüten. Er versteht mit Waffen umzugehen und hat Munition; er hat Karate gelernt, er hat den Schutz eines festen Blockhauses. Kein Killer kann ihn überwältigen. Wenn es uns gelingt, lebend in den Ring hineinzukommen, wird Ite-ska-wih auch wieder hinausschleichen können. Hetkala kommt mit uns, um die Pferde zu halten, bis Ite-ska-wih zu ihr zurückkehrt.« Hanska entfaltete diesen Plan nicht von ungefähr. Er hatte schon viele Stunden darüber nachgedacht, was getan werden könne, wenn Tatokala nicht kam und auch kein anderer Bote auftauchte.

Da Hanska und Rote Krähe entschlossen waren, widersprach niemand im Blockhaus. Die Vorbereitungen wurden getroffen.

Hetkala berichtete während des Aufbruchs noch einige Erfahrungen aus ihrem letzten Botengang zu den Aufständischen.

»Die Langmesser«, sagte sie und meinte damit die Militärpolizei, »haben viele Lücken geschlossen und den Ring um unsere Brüder noch enger gezogen. Sie stellen sich auch jede Nacht ein wenig anders auf, so daß wir nie sicher sind, wo sie lauern. Du mußt anführen, Hanska. Der Wahlsohn Stonehorns hat wohl gelernt, Feinde zu entdecken und sie zu narren wie ein alter erfahrener Präriewolf den Jäger.«

Hanska nickte.

Ite-ska-wih packte Proviant zusammen, für jeden einen Beutel voll, den man über die Schulter nehmen konnte.

Sie war sehr ruhig. Es ging in den Kampf.

Hanska ritt den Schecken, Rote Krähe den Appalousa-Hengst, Ite-ska-wih die Appalousa-Stute, Hetkala die Fuchsstute. Zuerst hielt sich Hanska bei Ite-ska-wih. Er freute sich daran, wie sie lernte, mit dem Pferd umzugehen, und über ihre anmutige Haltung. Später schwärmten die Reiter in einer losen Gruppe durch die Nacht, um weniger aufzufallen. Die Gruppe ritt im Schritt, wenn sie nicht gehört werden wollte; sie ging zum Galopp über, sobald sie sich sicher fühlte. Die Straßen mied sie ganz.

Gegen Morgen versteckten sie sich in einem kleinen mit Kiefern bestandenen Tal. Hier sollte Hetkala mit den Pferden bleiben. Des Abends wollten die anderen zu Fuß gehen. In der Gegend des Big-foot-Trail wollten sie weiter wandern, in jener Richtung, in der Häuptling Bigfoot Männer, Frauen und Kinder vor fast einem Jahr-hundert geführt hatte, damals, als die Watschitschun, die Geister, die Milahanska, die Langmesser, das Land geraubt und die Män-ner, die Frauen, die Kinder der Stammesgruppe Bigfoot nieder-gemetzelt hatten. Hetkala träumte des Nachts nach den erschrecken-den Berichten ihrer Großeltern noch von den Schreien der Kinder, die aus ihren Verstecken hervorgelockt und erschossen wurden. Oben auf dem Hügel war das große Grab der Ermordeten. Oben auf dem Hügel stand die kleine Holzkirche, die über das geraubte Land und über das große Grab mit ihrem Weiß leuchtete.

Dort hatten sich jetzt die »Aufständischen« gesammelt, die nach dem Recht der Menschen mit brauner Haut schrien, die die ameri-kanische Erde besiedelt und mit Ehrfurcht vor ihr als erste bewohn-bar gemacht hatten. Sie verlangten nicht viel, nicht mehr als ihr Recht; nur daß die Verträge, die man nach fast vier Jahrhunderten Kampf endlich mit ihnen geschlossen hatte, wiederhergestellt und eingehalten wurden und daß der Killerchief sein Amt aufgeben müsse. Auf dem Hügel wollten sie aushalten, wollten der Kälte, den Entbehrungen trotzen, bis dem Indianer sein Recht wurde. Die kleine weiße Kirche war Unterkunft für sie geworden. In der Nacht, wenn der Mond nicht schien und die Wolken die Sterne ver-düsterten, sah auch die Kirche dunkel aus.

Hanska führte. Er kannte sich aus. Der Hügel war von einer flachen Talsenke umgeben; es war ein guter Platz, um sich zu verteidigen, die Senke war aber auch ein der Sicht ausgesetzter Platz, von Freund und Feind leicht zu überblicken. Das weite Prärietal stieg ringsumher zu Bodenwellen auf, die vom Feind besetzt waren. Das Gras der Wiesen war kurz. Gebüsch und Bäume gab es wenig. Es hieß somit, günstige Nächte auszuwählen, wolkige, finstere Nächte. Es hieß, auf dem Bauche kriechen wie eine Schlange, etwa einen Strauch vor sich herschieben, Meter für Meter, mit Pausen; es hieß, die Augen überall haben, jeden Schatten erkennen, der einen Menschen, daher einen Feind andeutete. Wenn man durch den Belagerungsring der Feinde hindurchgelangt war, war das Ziel noch nicht erreicht, denn zwischen dem Ring der Militärpolizei und dem Lager der »Aufständischen« auf dem Hügel befand sich das freie Gelände der Talsenke.

Immer wieder wagten Frauen den gefährlichen Weg, um den Eingeschlossenen Nahrung und Medikamente zu bringen. Es gab nicht nur Hunger, es gab auch Kranke und Verletzte unter ihnen. Aber sie wollten nicht aufgeben, bis ihnen ihr Recht zugesagt wurde.

Hanska kroch ein kleines Stück allein als Kundschafter voran. Er trug den schwarzen Kordanzug Inya-he-yukans und die schwarzen Stiefel. So war er der Nacht am besten angepaßt.

Er horchte. Sein Gehör war so scharf wie das eines Wolfes. Die Belagerer verhielten sich ruhig, aber nicht so still, daß ein geübtes Ohr nicht ein Laufen, eine Wachablösung, eine geflüsterte Parole aufgefangen hätte. Ein Teil der Belagerer dachte offenbar ans Schlafen, und die Wachen für die weiteren Nachtstunden bezogen ihre Plätze.

Hanska war zu der Stelle geschlichen, an der er vier Wochen früher den Ring der Feinde mit Inya-he-yukan zusammen zweimal durchschlichen hatte, einmal auf dem Weg hinein zu den Aufständischen, einmal zurück, um auf die große Reise zu gehen und mehr Mitkämpfer zu werben.

Hier — ja — hier hingen noch die beiden entlaubten Büsche, wie sie im Herbst über die Prärie zu wirbeln pflegten; sie waren von Hanska und Inya-he-yukan als Deckung genommen und wieder zurückgebracht worden und waren an einem festsitzenden Strauch verhakt. Hanska gab die losen Sträucher Ite-ska-wih und Rote Krähe, die hinter ihm her kamen. Er spannte alle Sinne an, auch den Geruchssinn, um Feinde in der Nähe zu wittern. Es schien, daß die von Inya-he-yukan ausgemachte Stelle auch jetzt kaum bewacht wurde. Doch auf einmal fiel es einer Patrouille ein, diesen Weg zu nehmen und nicht weit von Hanska anzuhalten. Er rührte sich nicht, lag da wie ein Stein und atmete unhörbar.

Noch schauten die zwei Mann über die Senke weg nach dem Hügel der Belagerten. Hanska vergrub das Gesicht im Gras, damit auch seine Augen möglichst nicht zu sehen waren; sein loses schwarzes Haar konnte in der Dunkelheit wie Gras wirken.

Zwei Schüsse fielen, einer von seiten der Belagerer, ein Antwortschuß von der Seite der Belagerten. Die Aufmerksamkeit der Patrouille war von der nächsten Umgebung abgelenkt. Sobald sie weiterging, wollte er mit seinen Begleitern sofort durch den Ring hindurch.

Die beiden Polizisten setzten sich eben in Bewegung, als sie schon wieder stockten. Es erklang ein schwer definierbarer Laut, dann leuchtete auf dem Hügel ein Feuerschein auf. Die beiden gestikulierten, riefen und liefen zu irgendeinem Ziel rasch fort.

Das war der Moment. Hanska wand sich geschwind am Boden voran; Ite-ska-wih und Rote Krähe folgten, Ite-ska-wih nicht mit derselben Sicherheit und Gewandtheit, aber doch geschickt genug, ihren Strauch als Tarnung vor sich herschiebend.

Der Feuerschein vergrößerte sich schnell.

Die kleine Kirche brannte. Das alte trockene Holz knisterte und krachte im Feuer; in der stillen Prärienacht war das Geräusch weithin zu hören. Die Flammen loderten hoch und immer höher. Als eine Fackel stand die kleine Kirche in der Nacht; der Turm war die zum Himmel reichende, glutrot flimmernde Spitze.

Niemand achtete auf die Stelle, an der Hanska mit Ite-ska-wih und Rote Krähe weiter wollte; sie konnten sich fast ungehindert bewegen. Rufe ertönten, auch ein paar scheinbar ziellose Schüsse. Das Feuer in der Nacht beschäftigte alle.

Hanska, das Mädchen und Krähe nutzten den Moment mit aller Kraft und Zuversicht auf das Gelingen ihrs Vorhabens. Aber es schauderte sie auch. Denn das Feuer verzehrte die größte und beste der Unterkünfte für die Belagerten. Schutzlos war nun die Mehrzahl von ihnen der Kälte, der Nässe, den Märzstürmen ausgesetzt. Das Feuer konnte nicht gelöscht werden. Das Wasser dafür fehlte den Eingeschlossenen. Ohne Hemmung fraßen die Flammen sich weiter. Die Funken stoben schwefelgelb und blutrot, sie tanzten Wirbeltänze in der Nacht und sanken; die Balken flammten, glühten, verkohlten schwarz wie die Nacht. Die lohende Fackel, der Turm, brach zusammen. Das Knistern und Knacken wurde vom Getöse des Berstens übertönt.

Ite-ska-wih erreichte mit Hanska und Krähe zusammen die Belagerten, die die brennende Kirche in weitem Kreise umringten. Sie hockten und lagen am Boden, wollten nicht von dem Feuerlicht erreicht werden, in dem sie ein allzu gutes Ziel für den Feind abgaben. Keiner sprach. Was sich vor ihren Augen und Ohren vollzog, war Wunder und Schauer. Wie seit Jahrhunderttausenden das Feuer unheimlich und großartig, verderbenbringend und lebenerhaltend auf Menschen gewirkt hat, so stand jetzt die Flamme wieder vor ihnen, und sie standen ohnmächtig davor. Ite-ska-wih hatte, ebenso wie ihre Brüder, in der Schule gelernt, daß ein Feuer kein Zauber, sondern ein chemischer Prozeß sei, den man verstehen und regeln könne; sie glaubten, das verstanden zu haben, aber wenn sie jetzt in die Glut schauten, in der die kleine weiße Kirche versank, in der sie zu Asche wurde, zu einem grauen Etwas, das sich mit der feuchten Erde vermählen und bald verschwunden sein würde, so wußten sie nichts mehr von Schulbank, Lehrer, Stock und Formeln, auch nicht von Ofen, Herd und leise knisterndem Holzfeuer im Tipi, sondern nur noch von etwas, was geheim war, groß und drohend, Vater Feuer über der Mutter Erde. Die Belagerten dankten dem Regen, der Gras und Erde naß gemacht hatte; das Feuer fraß nicht weiter und konnte nicht zu einem der Präriebrände werden, die mit ihrem chemischen Prozeß alle Lebewesen entsetzt in die Flucht trieben und Menschen und Tiere, Gras und Baum zu Kohle machten. Das Haus am Bach, Hetkala mit den Pferden, jenes kleine Blockhaus der Kings im Tal der Weißen Felsen blieben unberührt in Nebel und feuchtem Wind, unsichtbar in der Dunkelheit, nicht bedroht.

Allmählich näherte sich einer der Umstehenden nach dem andern der Brandstelle, fischte sich glühendes Holz heraus und machte sich aus schwindenden Vorräten eine ersehnte kleine warme Mahlzeit.

Hanska hatte Wasescha entdeckt, den indianischen Lehrer und letzten Häuptling vor dem Killerchief, Vetter und Freund Inya-heyukans, neben ihm seine Frau Tatokala. Bei ihnen packten er selbst, Ite-ska-wih und Krähe im Freien aus, was sie in ihren Beuteln für die Belagerten mitgebracht hatten. Unterdessen verglühten die Balken, und nur hin und wieder schoß noch eine Feuergarbe hervor.

Wasescha, ein großer Mensch von auffallender Familienähnlichkeit mit Joe Stonehorn, verteilte sogleich Medikamente für die Kranken, Verbandszeug für Verletzte, Bohnen, Speck und Brot für die Hungernden. Es war viel zu wenig, und doch war es mehr als eine Gabe, die man brauchte; es war Bruderliebe, Aufrechtbleiben, es gab Mut.

Tatokala, deren magere, sorgengequälte, aber unnachgiebig wirkende Züge einmal in einem Feuergeflacker sichtbar wurden, umarmte Ite-ska-wih lange, fest, beinahe heftig. Helles Gesicht hatte Medikamente und Kräuter mitgebracht für Gerald, Tatokalas Bruder, der von schweren Herzanfällen gequält wurde. In seiner Gefängniszeit hatte er sich dieses Leiden zugezogen; bei Hetkala und auf der King-Ranch hatte es sich gebessert, nun warf es ihn wieder nieder. Aber nichts hatte ihn davon abbringen können, mit in den Ring zu gehen, und wenn es ihn das Leben kosten würde. Er wollte bei seinem Volk sein, wenn es sein Recht verlangte.

Ite-ska-wih war noch benommen. Sie ging, als ob sie nicht sie selbst sei, mit Hanska, Krähe, Wasescha und Tatokala zwischen den Belagerten umher. Es war ein Geschwirr um sie von leisem Sprechen, hin und wieder einem Ruf, einem Bewegen in langsamen und schnelleren Schritten. Man ordnete sich neu, da die Kirche als Unterkunft verloren war. Es gab sonst nicht viel brauchbare Herberge.

Ite-ska-wih hatte verstanden, daß am nächsten Tag eine Beratung stattfinden sollte. Die Männer waren bereit, auf den Geheimnismann Crow Dog zu hören.

Waseschas, Tatokalas und Geralds Behausung war ein Hüttchen aus Wellblech und Brettern. Sie nahmen die drei Ankömmlinge für den Rest der Nacht bei sich auf. Die Wolken am Himmel verzogen sich im aufspringenden Wind; es wurde noch kälter als in den vergangenen Märznächten. Die Sterne glänzten klar, ehe sie im ersten Morgendunst erloschen. Tatokala schlug ihre Decke mit um Ite-ska-wih. Das Mädchen zitterte in Frostschauern, die von innen kamen. Es war fast über ihre Kraft gegangen bei dem Durchschleichen des Belagerungsringes; es war eine ungewohnte Aufgabe gewesen, auf die sie nur kurz vorbereitet worden war. Jeder Fehler, den sie etwa machte, hätte nicht nur sie selbst, sondern auch

Hanska und Krähe in Lebensgefahr gebracht. Nachdem alles geglückt war, fiel sie in sich zusammen, ohne jedoch Schlaf zu finden. Die Erinnerung an den Augenblick, in dem die Entdeckung durch die Patrouille gedroht hatte, und an den Anblick des Feuers, die Begegnung mit den Belagerten, das Wissen, nun im innersten Kreis des Widerstands sein zu dürfen zusammen mit Hanska-Mahto und Rote Krähe, ließen ihre Nerven immer wieder aufwogen wie Wellen unter dem Wind.

Sie war bei den Aufrechten, bei den Männern, die sich von keiner Furcht überwältigen ließen, sie war bei dem Geiste Inya-he-yukan Stonehorns, unter seinen Augen; ein Kind der Großen Bärin war sie geworden und die künftige Frau des jungen Mannes mit der Bärenseele.

Hanska schlief schon. Rote Krähe lag still mit offenen Augen. Gerald war ruhig geworden nach seinem beinahe tödlichen Anfall. Wasescha fühlte von Zeit zu Zeit nach dem Herzschlag des Kranken. Über Ite-ska-wih begann sich die beste Decke zu legen, die Decke der Ruhe, die Decke der Gewißheit, daß sie da sei, wo sie hingehörte. Einen Tag hatte sie Zeit, bei denen zu bleiben, die sie mit Hanska zusammen gesucht hatte. In der nächsten Nacht sollte sie sich mit Tatokala und zwei jungen Frauen namens Alice und Melitta Thunderston zusammen hinausschleichen, um mit neuem Proviant wiederzukommen. Die Rinderherde, die die Belagerten in der ersten wirren und dadurch leichteren Zeit zu sich hereingetrieben hatten, war längst geschlachtet und aufgegessen.

Ite-ska-wih schlief ein.

Sie schlief nicht lange. Als sie erwachte, hörte sie einen unerwarteten Ton. Wasescha hatte sein kleines Radio angestellt. Alle zusammen lauschten. Der Zorn machte sie noch wacher. Es wurde im Lande verbreitet, daß die Belagerten die Kirche selbst in Brand gesteckt hätten. Brandstifter waren sie, Kirchenschänder. Sie gehörten hinter Gefängnismauern.

»Die andern haben es getan«, Tatokala war sehr bitter. »Wenn wir nur erst sagen könnten wie.«

Wasescha eilte hinaus, um zu besprechen, auf welche Weise man den Verleumdungen am raschesten begegnen könne.

Unterdessen waren einige Männer dabei, Schutt zu räumen. Der Keller der Kirche bestand noch. Er war jetzt nach oben offen. Der Himmel schaute hinein, kalter Wind fing sich darin. Aber man konnte da Schutz finden, wenn geschossen wurde oder wenn man aus anderen Gründen vom Feind nicht gesehen und nicht gezählt werden wollte. Draußen brauchten sie nie zu wissen, wieviel Frauen und Mädchen des Nachts wieder als Boten den Ring durchbrochen hatten.

Fremde, Ungeübte kamen längst nicht mehr durch die Absperrung. Aber die Ätherwellen ließen sich auf ihren Wegen weder von Geweben noch von automatischen Maschinengewehren behindern.

Was sie für einen Aufwand treiben, um uns abzusperren, die Watschitschun und Milahanska, dachte Ite-ska-wih. Diese zwei Wörter Dakota hatte sie mit einigen anderen Wörtern zusammen schon gelernt. Was für einen Aufwand! So viel schwer bewaffnete Polizei. Als ob sie Räuber und Mörder gefangenhalten müßten. Wir aber wollen nur unser Recht und die Verträge, die sie beschworen haben. Wir bleiben hier, bis sie eingestanden haben, daß wir im Recht und die alten Verträge heilig sind. Aber was ist solchen Menschen überhaupt heilig? Sie sind auch nicht anders als die schlimmsten Gangster in der großen Stadt. Vielleicht fällt es ihnen eines Tages ein, uns zusammenzuschießen, wie sie unsere Ahnen zusammengeschossen haben. Hanska sagt, diese Zeiten sind vorbei. Einen Massenmord vor den Augen der ganzen Welt gibt es nicht. Wer weiß? Aber dann möchte ich im Ring bei Hanska sein, nicht draußen. Nur nicht zusehen müssen, eher mit sterben.

Ite-ska-wih traf sich mit Tatokala und Alice in dem offenen Kirchenkeller. Sie hockten eng gedrängt beieinander, um zu besprechen, wie sie in der kommenden Nacht vorgehen wollten. Ihr geplanter Gang war noch wichtiger geworden, da bei dem Kirchenbrand Vorräte zugrunde gegangen waren.

»Es ist aber sicher, daß sie jetzt noch schärfer auf uns aufpassen werden. Sie wollen uns niederzwingen«, sagte Alice. »Wie wollen wir uns einteilen? Ich denke, wir gehen getrennt, damit sie uns nicht alle auf einmal fassen können.«

»Ite-ska-wih, findest du den Weg zurück, den du gekommen bist — allein?« fragte Tatokala.

»Ich finde ihn. Es ist ein guter Schlupf. Inya-he-yukan Stonehorn hat ihn ausfindig gemacht.«

Die beiden anderen schauten freundschaftlich auf Helles Gesicht, als sie den Namen Stonehorn fast andächtig nannte. »Du hast ihn gesehen?«

»Ich habe ihn sterben sehen.« Ite-ska-wih bedeckte das Gesicht. Auch die beiden andern schwiegen lange. Ite-ska-wih schien ihnen mehr zu sein, als sie selbst waren, nicht aus eigenem Verdienst oder eigener Kraft, sondern weil sie den Blick des Sterbenden bewahren durfte.

»Nun ist diese Kirche weg«, sagte Ite-ska-wih auf einmal. »Gestern war sie noch da.«

»Die Kirche ist nicht wichtig, wie die Weißen uns glauben machen wollen«, sagte Alice. »Ihr Holz brennt auch.«

»Zu Asche«, antwortete Tatokala nachdenklich. »Aber die bösen Taten der Watschitschun brennen ohne Unterlaß, auch wenn sie sie mit Asche bedecken möchten. Sie haben sie nicht wiedergutgemacht.«

»Sie wollen nichts wiedergutmachen, weil sie zu habgierig sind«, sagte Alice zornig.

»Die Kirchen haben uns aber auch Geld gegeben, um einige unserer Gefangenen freizukaufen. Wasescha hat es mir gesagt. Die Christen sind nicht alle schlecht. Wie denkst du, Ite-ska-wih?«

Ite-ska-wih überlegte lange, was sie auf Tatokalas Frage antworten solle. Sie kannte nur wenige Menschen und wußte nicht viel von der Welt. Wie sollte sie etwas Rechtes sagen? In der großen Stadt waren einmal zwei junge Männer in Ite-ska-wihs Keller gekommen. Sie hatten etwas zu essen gebracht, auch Eintrittskarten für ein großes Sportfest für Ray, und hatten manches erzählt, was Ite-ska-wih nicht verstand. Aber daß sie Christen sein wollten, hatte das Mädchen aus ihren Worten entnommen. Der eine von ihnen war später totgeschlagen worden, weil er einen jungen Burschen aus einer Gang hatte herausholen wollen.

»Es sind nicht alle schlecht«, bezeugte Ite-ska-wih. »Aber die Macht haben die Schlechten. Die anderen werden eher totgeschlagen.«

Die drei blieben noch eine Weile zusammen, dann machten sie sich auf, um überall zu helfen, wo sie gebraucht wurden.

Ite-ska-wih blühte auf. Es war eisig kalt im Wind, aber es wurde ihr warm um das Herz, weil alle, so verschieden sie auch waren und dachten, das Gemeinsame fühlten und wollten. Die zweifelnden, von Furcht um den Ausgang des Vorhabens angefressenen Männer und Burschen hatten sich längst wieder hinausgeschlichen. Wer jetzt noch da war, der stand fest. Ite-ska-wih begann sich so kräftig zu fühlen wie noch nie. Hin und wieder begegnete sie Hanska-Mahto. Die beiden grüßten sich mit den Augen.

Rote Krähe saß bei Gerald. Er wirkte mit seiner großen Ruhe auf den Kranken ein, der im Schlaf lächelte.

Der Tag senkte sich zum Abend. Die Sonne wurde schwach; die Himmelsgrenze glänzte gelb. Ite-ska-wih, Tatokala und Alice machten sich für ihren gefährlichen nächtlichen Gang fertig. Hanska beobachtete schon seit zwei Stunden genau, was sich von den Vorgängen bei den Belagerern an der Stelle erraten ließ, an der sich Ite-ska-wih hinauswagen wollte.

»Was wirst du sagen, wenn sie dich abfangen?« fragte er Helles Gesicht.

»Daß ich Sehnsucht hatte, meinen Liebsten zu sehen.«

Hanska lächelte — wurde aber wieder sehr ernst. »Wenn dich einer anpackt?«

»Im Großen Tipi haben auch wir Mädchen Karate gelernt. Die Polizei vermutet das nicht. Einen kann ich überraschen und wegjagen. Dann muß ich flüchten.«

»Ja, Ite-ska-wih.«

Hanska hatte eine Decke umgeschlagen. Er öffnete sie und nahm Ite-ska-wih darunter an seine Brust. Das war seine indianische Art, dem Mädchen seine Liebe zu zeigen. Sie legte den Kopf an seine Schulter und wußte für diesen Augenblick nichts anderes mehr, als daß sie Hanskas eigen sein würde.

Eines Tages, eines Nachts, wenn die Tapferen gesiegt hatten.

Die äußeren Umstände waren für einen heimlichen Gang in dieser Nacht weniger günstig als in der vergangenen. Der Wind wollte keine Wolken mehr bringen; die Sterne leuchteten klar, der Mond zog auf. Es war, als ob Himmel und Prärie sich in ihrer nächtlichen Pracht zeigen wollten. Aber wer nicht mit Bewunderung, ja Ehrfurcht vor der Größe des Außerirdischen beschäftigt war, sondern eine sehr genau festgelegte Aufgabe zu lösen hatte, bei der er keinen Lichtstrahl gebrauchen konnte, hegte gespannte, unzufriedene Gefühle.

Ite-ska-wih lauerte, wie der Mondschatten in den Bodenwellen sein Spiel weitertreiben würde. Hanska lag neben ihr am Boden und beobachtete mit ihr. Das Mädchen und die beiden Frauen waren auf drei Richtungen verteilt; an der vierten Seite stifteten ein paar

Männer Unruhe, die die Aufmerksamkeit der Belagerer auf sich ziehen sollte.

Ite-ska-wih faßte als erstes Ziel den entblätterten Strauch ins Auge, mit dem sie in den Ring hereingekommen war. Als Hanska ihr das Zeichen gab, begann sie sich am Boden entlang zu winden. Die Ablenkungsmanöver wurden mit zwei Schüssen verstärkt.

Ite-ska-wih erreichte den Strauch und begann sehr langsam und vorsichtig damit weiterzukriechen. Da diese Sträucher von jedem Luftzug weitergewirbelt wurden, konnte es niemandem auffallen, wenn sie den Ort veränderten.

Ite-ska-wih hatte ihren Gang mit mutig bezwungener Angst begonnen. Mit jedem Meter, den sie unentdeckt vorankam, wurde sie sicherer, obgleich die Gefahr wuchs, je näher sie dem Belagerungsring kam. Sie wollte durch, sie mußte durch, sie würde durchkommen.

Ite-ska-wih kam aus dem offenen Gebüsch hinaus in den Schutz der Gesträuchgruppe, die sie kannte. Sie horchte, aber sie hörte nur das Klopfen des eigenen Herzens.

Also weiter.

Das Ablenkungsmanöver schien Erfolg zu haben. Ite-ska-wih fühlte sich unbeobachtet.

Hatte sie die letzten Posten schon hinter sich?

Sie blieb liegen, um alle ihre Sinne spielen zu lassen.

Nichts.

Sie verhakte den losen Strauch.

Da stand er im Nachtschatten vor ihr, die Maschinenpistole bereit. Es gab kein Ausweichen mehr.

»Hallo, Miss Indian!«

Ite-ska-wih war aufgesprungen und versuchte, einfach weiterzugehen.

»Stop.« Die Maschinenpistole war auf sie gerichtet. Sie hatte einen Sergeant vor sich.

»Hallo!« rief sie so laut, wie ihr die Stimme noch gehorchen wollte. »Was wollen Sie? Mädchen einfangen? Schämen sollten Sie sich.«

»Nicht so ganz, kleine Miss. Was tun Sie hier in der Nacht bei den Soldaten?«

»Soldaten? Ist hier Krieg? Bad boys seid ihr, schlechte Kerle! Ist das eine Arbeit für einen Amerikaner? Herumliegen, ein paar Indianer aushungern, Frauen fangen, in die Luft ballern — laßt mich laufen und geht nach Hause. Das ist besser.«

Der Sergeant lachte.

»Nettes Mädchen mit scharfer Zunge! Warst du bei deinem Liebsten? Lauf, lauf! Aber komm nie wieder! Es könnten hier ein paar Appetit auf dich haben.«

Ite-ska-wih zögerte eine Sekunde. Wenn sie ihm den Rücken drehte, konnte er sie von hinten erschießen.

Sie wagte es und lief. Sie rannte, sie stolperte, sie fiel, sie war wieder auf.

Wie sie bis zu Hetkala und den Pferden gekommen war, wußte sie später selbst nicht mehr. Aber sie erinnerte sich, wie Hetkala sie in die Arme nahm und vorsichtig zu Boden legte, bis ihr keuchendes Atmen sich beruhigte, wie sie bald wieder aufstand und auf den Schecken kletterte.

Der Hengst warf sie nicht ab, was ein leichtes für ihn gewesen wäre, aber er ging mit seiner Reiterin durch, und sie konnte nur versuchen, oben zu bleiben, wenn sie das Pferd nicht verlieren wollte. Sie verlor die Steigbügel, die nicht auf die für sie passende Länge eingestellt waren, und hing schließlich vor der Brust des Hengstes, die Arme und Beine um seinen Hals geschlungen. Die Gegend, durch die das Tier raste, war ihr in ihrer Lage und zudem in der Nacht kaum bewußt. Krampfhaft hielt sie sich am Hals fest.

Einmal hielt der Hengst an. Ite-ska-wih erkletterte wieder seinen Rücken. Sie begriff, daß sie sich auf einer ansteigenden Wiese neben einem alten kleinen Blockhaus befanden; der Blick ging von da über ein Tal zu Hängen, die im Licht der Mondsichel weiß schimmerten. Männerstimmen brüllten, Reiter mit Lassos erschienen wie Nachtgespenster. Der Hengst stieg und stieß einen schauderhaften Schrei aus, als ob er von Wölfen angegriffen werde. Dann trieb er sein Kampfspiel mit den Verfolgern. Die Männer schrien, das Mädchen solle anhalten oder abspringen, aber Ite-ska-wih klammerte sich mit der Kraft der Verzweiflung an der Mähne fest.

Der Hengst wagte den Durchbruch durch den Ring seiner Verfolger. Er sprang den Hang hinunter wie ein wilder Mustang, gelangte auch an den schnellsten seiner Feinde vorbei und verschwand in den Schatten der Nacht. Das Gepolter seiner Hufe verklang für die von der King-Ranch. Ite-ska-wih wußte nicht, wohin er nun mit ihr galoppieren würde. Doch als es heller Morgen war und sie schweißüberströmt, halb ohnmächtig, aber die Hände noch immer an der Mähne verkrampft auf einem fröhlich trabenden Pferd hing, erkannte sie den kahlen Berg und die anderen Tiere.

Sie ließ los und fiel ins Gras. Der Hengst tänzelte um sie herum, ohne sie mit seinen Hufen zu treten, und begrüßte die Stuten, nicht ohne dem Appalousa zu bedeuten, daß er sich nicht etwa wegen seines Anfangserfolges vermessen benehmen solle. Die Hunde umbellten den Schecken. Ite-ska-wih kam irgendwie auf die Füße und ließ sich von Ray in das Blockhaus führen. Hetkala wickelte sie in Decken und machte ihr Kaffee.

Ite-ska-wih zitterte und röchelte. Aber nachmittags hatte sie sich so weit erholt, daß sie leise und langsam berichten konnte. Alle saßen um sie herum und lauschten.

»Er ist zu der ehemaligen King-Ranch gelaufen und hat Inya-he-yukan gesucht«, erklärte Hetkala. »Er wird ihn nie mehr finden.«

Der Frau kamen die Tränen.

Aber sie überwand sich, wie auch Inya-he-yukan es erwartet hätte, sie lächelte, und endlich lachten alle gemeinsam herzlich, wenn sie daran dachten, wie Ite-ska-wih den Sergeant gescholten und mit dem tollsten Pferd im ganzen Stamm glücklich zurückgekommen war.

Das Mädchen konnte jetzt ein paar Löffel essen. Dann sank sie in einen todesähnlichen Schlaf bis zum nächsten Morgen.

An den folgenden Tagen ging jeder seiner Beschäftigung nach. Hetkala suchte die Kräuter, die als erste aus dem Boden sprossen. Ihre alte Freundin Dorothy kochte und nähte ein Geistertanzgewand; es war das zweite, ein erstes lag schon fertig da. Ite-ska-wih ahnte, daß die beiden Kultgewänder für Rote Krähe und Hanska bestimmt waren. Das Mädchen war noch immer erschöpft, obgleich sie es nicht zugeben wollte. Sie saß still auf der Bank und stickte mit Stachelschweinsborsten ein Stirnband; sie ging auch zu den Pferden, sprach mit ihnen und mit den wachsamen Hunden. Sogar der alte Biber kannte sie und schaute aus dem Bau, wenn sie am Bachufer stand und die kalte Aprilluft einsog.

Ray schien überhaupt nicht mehr zu schlafen. Nachts hielt er Wache, das Sportgewehr griffbereit. Die Killer mordeten nachts; tagsüber wagten sie sich kaum hervor. Eine Ausnahme machten dabei die indianischen Polizisten in Uniform, die der Amtsgewalt des Killerchief unterstanden und bei den nächtlichen Mordzügen auf

Befehl teilnahmen. Der eine davon, hieß es, wolle seit Queenies Tod nicht mehr gehorchen. Der Killerchief habe ihm drohen lassen, seinen Sohn zu töten, wenn er abspringe. Falls es ihm noch gelinge, werde er mit seinem Sohn die Reservation verlassen. Diese Nachricht hatte Ray mitgebracht. Keiner wußte, woher er sie hatte. Er schwieg darüber. Aber oft machte er tagsüber Streifzüge. Mit Pferden hatte er nichts im Sinn; er konnte auch keinen Wagen steuern. Doch er hatte sich sehr rasch daran gewöhnt, lange Strecken im leichten Dauerlauf zurückzulegen. In der großen Stadt war er von früh bis spät auf den Beinen gewesen, bei der Arbeit als Verlader und in seiner freien Zeit mit der Gang. Er hatte kräftige Muskeln, zudem tat der Wiesenboden seinen Füßen wohler als das Stadtpflaster.

Einmal hatte er sich als Anhalter bis zu Krause gewagt und brachte von dort ein kleines japanisches Radio mit. Die Frauen lauschten. Hin und wieder wurde erwähnt, daß die Aufständischen noch immer nicht aufgegeben hätten. Ray hatte erfahren, daß Tatokala und Alice glücklich durch die Absperrung durchgekommen waren. In einer Woche sollte Ite-ska-wih sich wieder mit ihnen treffen. Ray brachte schon Vorräte mit, die seine Schwester den Belagerten bringen konnte.

Oft schauten die Frauen fragend und bewundernd auf ihn, aber sie sprachen ihre Fragen nicht aus. Ray war vergnügt, rauchte eine Zigarette oder summte und pfiff vor sich hin. Er war auf seine Weise sehr erfolgreich, und vielleicht wußte er von größeren Plänen, ohne sie anzudeuten. Wie man organisierte, sich wehrte, beobachtete, erfuhr, was andere vorhatten, das alles hatte er in der Stadt gelernt. Im übrigen war Yvonne eine patente junge Frau.

Ite-ska-wih war die einzige unter den Blockhausbewohnern, die zu den Belagerten schleichen durfte. Sie träumte von Hanska-Mahto und von dem Sieg des Indianers über die Ungerechtigkeit der Watschitschun.

Endlich kam der Tag.

Am Abend zuvor berieten die Frauen und Ray alle Einzelheiten. Es gab eine Schwierigkeit. Dorothy wollte durchaus, daß Hanska und Krähe die Geistertanzgewänder erhielten. »Sie haben darum gebeten«, sagte sie immer wieder.

»Dann gehe ich mit«, entschied Hetkala. »Ich war schon einmal da droben.«

Die anderen stimmten zu. Ite-ska-wih war es lieb.

Die beiden wählten diesmal den braven Braunen und die Fuchsstute, um sich den Anmarsch zu verkürzen. Iliff saß bei Ite-ska-wih mit auf. Man ritt mit Sattel einen mäßigen Trab; Hetkala hatte auf einen frühzeitigen Aufbruch gedrängt.

Als die Frau und das Mädchen den ihnen bekannten Rastplatz erreicht hatten, schickten sie Iliff mit den Pferden wieder nach Hause, denn sie wußten nicht, ob sie selbst heimwärts den gleichen Weg nehmen konnten.

Als sie allein waren und die Sonne schon ermattet zum Horizont niedersank, überkam beide ein schwerer Ernst. Seit Wochen hielten die Belagerten aus als Vorhut aller jener Indianer, die unermeßliches Unrecht wiedergutgemacht sehen wollten, zum wenigsten in den engen Grenzen der vor einem Jahrhundert abgeschlossenen Verträge. Immer wieder sagten sie es, immer wieder. Immer wieder dachte es Ite-ska-wih, und sie dachte sich immer tiefer hinein. Als die ersten Amerikaner, jederzeit zur Verteidigung des großen Landes Amerika bereit — wie sie mehr als einmal bewiesen hatten —, wollten sie frei auf dem ihnen verbliebenen Boden siedeln ohne Vormunde im Nacken, die sie wie »Wilde« und unerzogene Kinder behandelten, wollten ihre Kinder frei heranbilden zu Menschen, die miteinander, nicht gegeneinander lebten, die die Mutter Erde liebten und ehrten, sie nicht verschmutzten, nicht die Tiere töteten und die Wälder ausrotteten. Ein Vorbild für Menschen wollten sie auf ihrem Boden werden und sie vor dem Untergang in Selbstsucht und Zerstörung bewahren. So hatten Untschida und Hanska das Mädchen gelehrt. Würden die weißen Menschen, deren Blut auch rot war, endlich sich selbst erkennen und dem Indianer Leben, Freiheit und Recht lassen? Jeden Tag, jede Nacht warteten die Belagerten auf eine Antwort auf ihre Fragen. Noch immer war nichts erfolgt als recht kärglicher Bericht und gehässige Verleumdungen. Der Ring der Belagerer aber zog sich enger und enger zusammen; die Vorräte der Belagerten wurden weniger und weniger. Die Watschitschun, die Milahanska planten nichts anderes, als die Tapferen zum Aufgeben zu zwingen, und die ganze Welt schaute zu, schwieg oder sprach machtlose Worte.

Die Indianer waren einsam, und sie waren uneinig. Ite-ska-wih wußte es. Nicht alle Indianer waren so, wie Untschida ihr in langen düsteren Kellerstunden erzählt hatte, wie der Häuptling der Prärie,

Inya-he-yukan Stonehorn, ihr erschienen war und wie sie Hanska-Mahto und Rote Krähe kennengelernt hatte. Die Indianer waren ein kleiner Haufen; in diesem kleinen Haufen lebte ein noch kleinerer, der wußte, worum es ging, und sein Leben dafür einzusetzen bereit war.

Hetkalas Sohn Wasescha war im Ring und Ite-ska-wihs künftiger Mann war im Ring. Die beiden Frauen gehörten zusammen, und sie gehörten zu den Belagerten.

»Gehen wir«, sagte Hetkala und nahm den Beutel über die Schulter. Ite-ska-wih war bereit und folgte der Älteren in deren Spur.

Das Mädchen wunderte sich, wie schnell die Alte lief und wie gewandt sie Deckung suchte, am Boden kroch, den Busch handhabte, der ein wenig Schutz vor Feindsicht bot, wie sie ihren eigenen Körper zu einem knorrigen alten Baum, ihr Haar zu Grasbüscheln werden ließ. Hetkala kannte alle Kunstgriffe wie ein Mann und Jäger. Ite-ska-wih aber durfte sich auch über sich selbst wundern, wieviel sie schon gelernt hatte, als sie die Strecke, die einst Stonehorn ausgewählt hatte, nun zum drittenmal ging. Es kam nicht mehr vor, daß sie einen Zweig zum Rascheln brachte wie in jenem Augenblick, als der Sergeant vor ihr auftauchte.

Der Ring hatte sich zusammengezogen, die Zwischenräume waren noch enger geworden.

Es fielen ein paar Schüsse hinüber und herüber. Eine Kugel pfiff von hinten über Ite-ska-wih weg. Hetkala und sie waren schon durch den Belagererring hindurch und hatten das gefährlichste Stück, das freie Gelände zwischen den Feinden, zu durchqueren. Ite-ska-wih dachte nur an ihre Aufgabe. Sie hatte keine Zeit für Angst oder Zweifel.

Der Mond hatte zugenommen, aber am Himmel zogen Wolken auf und verdeckten Mond und Sterne. Die Nacht wurde schwarz wie das Gefieder eines Raben. Es regnete dünne Tropfen in dichten Strähnen. Die beiden Frauen gebrauchten keine übermäßige Vorsicht mehr. Sie kamen jetzt rasch vorwärts wie zwei gescheuchte Schlangen.

Wiederum fielen vereinzelt Schüsse.

Als Hetkala und Ite-ska-wih die Vorposten der Belagerten erreichten, nahmen Hanska und Rote Krähe sie in Empfang.

Ite-ska-wih fühlte Hanskas kräftige Hände, die sie in eine Mulde hereinzogen. Er steckte ihr ein Stückchen Brot in den Mund und nahm sie unter eine Decke.

Sie war da. Sie war bei ihm.

Unversehrt.

Leises dumpfes Trommeln füllte ihr Gehör aus; sie wurde sich dessen erst jetzt bewußt — oder hatte es eben erst begonnen?

Hanska und Krähe führten die beiden Frauen wieder zu Waseschas gebrechlicher Hütte. Auf dem Weg dahin erkannten Ite-ska-wih und Hetkala trotz Regen und Finsternis, daß etwas im Gange war. Es fanden Vorbereitungen statt, nicht nur organisatorische Einteilungen, sondern Vorbereitungen im Innern, im Geist des Menschen selbst; die Trommeln führten ihre gedämpfte Sprache, eine dumpfe geheimnisvolle Sprache, die sich mit dem Dunkel der Nacht verband. Das Dunkel selbst sprach, und Ite-ska-wih konnte es verstehen, obwohl sie nicht in Worten hätte ausdrücken können, was sie hörte. Was das Dunkel offenbarte, konnte man nur singen. Ite-ska-wih vernahm leisen Gesang zu den Trommeln. In ihm war Kraft verborgen. Er konnte lauter werden, wenn die Stunde dafür kam, und die Trommeln konnten dröhnen, sobald sie dazu aufgerufen wurden. Aufgewühlt vom Singen der Menschen und der Trommeln, beklommen von den abgeschirmten Tönen unter sacht geführten Klöppeln aus kaum geöffneten Lippen, ließ Ite-ska-wih ihre Füße über die nasse Wiese laufen; sie hielt sich mit Hetkala zusammen dicht hinter Hanska.

In der Hütte fanden sie Tatokala, die schon vor einer Stunde durch den Ring hindurchgekommen war. Wasescha war draußen bei denen, die trommelten und sangen. Ite-ska-wih packte den Beutel aus, den sie mitgebracht hatte: Lebensmittel und Medikamente, das Übliche, das Nötigste. Sie legte beiseite, was für den herzkranken Gerald bestimmt war. Tatokala griff zögernd danach, oder war es mehr eine traurige Bewegung —. »Er ist tot«, sagte sie und legte die Medikamente zu allem anderen. »Eingeschlafen. Nun wandert er den weiten Weg.«

Ite-ska-wih trauerte mit Tatokala, die den Bruder verloren hatte. Die beiden und Iliff waren Waisenkinder. Auch Helles Gesicht war ein Waisenkind. Sie fühlten miteinander.

Wasescha kam zurück. Hetkala legte die beiden Geistertanzgewänder, die sie angefertigt hatte, zurecht. »Für Hanska und Rote Krähe.«

»Gut, Hetkala. Morgen tanzen wir den Geistertanz, denn die Not des Indianers ist wieder groß. Sie haben vor, uns ein Ultimatum zu stellen. Wir sollen aufgeben, oder sie schießen uns alle zusammen. Es heißt, sie werden uns das Ultimatum tatsächlich stellen. Wir wollen vorbereitet sein. Sie wollen uns ermorden wie sie Bigfoot, seine Männer, Frauen und Kinder vor einem Jahrhundert ermordet haben. Wir liegen hier an ihrem Grab. Sie sind nicht vergessen.«

»Wir ergeben uns nicht«, sagte Hanska. Er sagte es ganz einfach, so einfach, wie er dachte und empfand.

Rote Krähe schlüpfte herein, und je nachdem sich Platz fand für Hanskas Freunde, ließen sich Bob mit dem runden Gesicht, das jetzt von Hunger eingefallen war, Robert der Trotzige, Cowboy Percival und Bert, einst Alices Mitschüler, sehen. Hanska verteilte, was da war, auch zum Weitergeben.

»Glaubt ihr, sie tun es?« fragte Bob.

»Mag sein, sie tun es aus Blutdurst«, antwortete Wasescha. »Kann auch sein, sie tun es nicht — aus Feigheit. Wir sind bewaffnet und zielen besser.«

»Du denkst nicht, daß sie sich schämen, es ein zweitesmal zu tun?«

»Nein, Bob, das denke ich nicht.«

»Aber heute wüßten mehr Menschen von ihrer Untat.«

»Das schon. Doch verstehen sie ausgezeichnet zu lügen. Wenn man sie hört, so haben wir dann einen blutigen Ausfall gemacht, und sie mußten sich wehren.«

»So sind die Watschitschun«, sagte Hanska. »Sie haben meine Wahlmutter ermordet und behauptet, sie lebe noch. Sie haben meinen Wahlvater aus dem Hinterhalt erschossen.«

Rote Krähe hatte jedem der Sprecher aufmerksam in die Augen und auf die Lippen gesehen. Endlich glaubte er, daß die, die hier gesprochen hatten, die Forderung der Feinde abweisen würden. Iteska-wih hatte keinen Herzschlag lang daran gezweifelt. Sie fühlte einen hohen Stolz und in aller Not eine festgefügte Freude; es gab sich so, daß sie bei Hanska im Ring war, eingeschlossen von den Feinden, aber auch geschlossen in sich selbst und zusammengeschlossen mit ihm.

Da niemand anderes mehr etwas sagen wollte, brachte Rote Kähe seine Mitteilung vor, wegen der er gekommen war: »Ich soll euch sagen, daß sie Verstärkung bekommen haben. Wir wissen noch nicht, wann unsere Frauen wieder hinausgelangen können.«

»Alice?« fragte Ite-ska-wih.

»Alice ist auch wieder da.«

Der Schall der Trommeln draußen schwoll an, wallte und wogte rings um die kleine Hütte. Ite-ska-wih und Hetkala hörten ihn noch im Traum.

Der Nachttraum wurde mit der Dämmerung zum Tagtraum.

Ite-ska-wih befand sich in einer merkwürdigen Bindung von Berechnen und Träumen. Da war das einzelne, das man ordnen, zählen, gewichten konnte, das Sichtbare, Greifbare, Harte, Bunte; von alledem abgelöst war das die Wurzeln umfassende, Geheimnisse bergende, alles zeugende Dunkel der Erde und das Feuerlicht der Sonne. Was man nicht greifen, nicht hantieren konnte, schwang in dem Trommelklang; es führte zu dem Wissen der Ahnen, zu der Gewißheit vom Leben des Indianers; die Berechnungen sagten, daß die Indianer an Zahl geringer und schlechter bewaffnet seien als ihre Feinde, daß sie auf verlorenem Posten kämpften, aber die Trommeln straften die Berechnungen Lügen. Die Trommeln und das Singen waren stärker, der Indianer lebte.

Es war kalt. Der Wind flog mit großen Schwingen über die Prärie; jeder seiner Flugschläge trieb Eiskörner wider die Menschen und über das matte braune Gras. Allmählich ging der Hagel in Sprühregen über. Zwischen die Belagerten und die Belagerer schlichen sich Nebelbänke ein und lagerten sich rings in der Talsenke.

Die Nacht verging, und die Tagesstunden liefen dahin, ohne daß etwas geschah. Nichts verlautete.

Die Männer bereiteten sich auf den Kulttanz vor, den die Weißen einen Geistertanz nannten. Es wollten aber keine Geister tanzen, sondern Menschen, die mit dem Großen Geheimnis und ihren ermordeten Ahnen eins waren. Ite-ska-wih wußte noch nicht viel davon; sie wollte aber mit denen beten, die in den Tanz gingen. Tatokala und Alice sagten ihr, daß sie bei ihr und Hetkala bleiben würden.

Gegen Abend hörte der Regen auf, aber der Wind heulte noch immer. Wolken sammelten sich und trennten sich wieder, wenn die dahinwehende Luft sie anpfiff. Der Abendstern glühte am Himmel; er leitete die Nacht ein.

Das Feuergold des Himmels bei Sonnenuntergang zeigte sich nur in einem schmalen Streifen am Horizont und verschwand rasch. Es wurde dunkel.

Die Männer holten ihre Kulthemden hervor. Manche besaßen sie noch in weißem Leder, die meisten nur noch in Baumwollstoff. Auf dem Hügel am Großen Grabe sammelten sich Angehörige mehrerer Stämme, die seit Wochen miteinander aushielten und auch die kommende große Prüfung gemeinsam bestehen wollten.

Tatokala erklärte Ite-ska-wih leise, welche der Männer aus anderen Stämmen gekommen waren. Selbst ein Yaqui aus Mexiko war unter ihnen. Ite-ska-wih machte Tatokala darauf aufmerksam, daß sie unter den vielen Männern drei aus der Stadt, aus dem Großen Tipi erkannt hatte, und sie konnte Tatokala sagen, daß auch ein junger Mann von der Bärenbande aus Kanada hier sein müsse. Das wußte Tatokala bereits.

Die Männer kamen mit langsam abgemessenen Schritten und stellten sich im großen Kreis zum Tanze auf. Sie trugen nur weiße Westen und mit Kultzeichen versehene Röcke; auf Kälte und Wind achteten sie nicht.

Die Trommeln schlugen an. Die Männer begannen im Rhythmus zu stampfen und zu singen. Sie sangen ohne Unterlaß vom Leben des Indianers und des Büffels; die Trommeln hörten nicht mehr auf zu dröhnen. Ite-ska-wih hatte indianische Tänze im Großen Tipi miterlebt. Aber zum erstenmal erlebte sie einen vom Glauben und Hoffen durchdrungenen Tanz in der freien nächtlichen Prärie, unter dem grenzenlosen Himmel, im Licht von Mond und Sternen, im weither kommenden Wind, auf dem Boden, auf dem der Indianer und der Büffel noch in der Zeit der Urgroßväter und Urgroßmütter miteinander gelebt hatten, auf dem Boden, auf dem das Gras noch grünte wie eh und je. Leise betete und sang sie mit. Immer mächtiger durchflutete sie das mächtige Dröhnen der Trommeln und die Zuversicht des gemeinsamen Gesanges. Es zog sie in die Höhe. Sie stand mit den anderen Frauen zusammen auf. Der Rhythmus packte ihren Atem und ihre Glieder. Ihre Füße stampften mit. Ihre Stimme sang das Lied, das mit seinen Tönen ihren ganzen Körper schwingen ließ, mit seinen Worten sie gefangennahm, so daß sie seiner einfachen Größe und Gewißheit erlag und in ihr und um sie nichts mehr war als Kraft und Hoffnung und die Gemeinschaft mit den Lebenden und den Toten. Sie wußte nicht mehr, wie der Mond wanderte, wie die Stunden liefen, wie irgendwo fern ein Rind brüllte und ein Kojote heulte. Sie wußte nichts mehr von den Belagerern, aus deren Reihen kein Ton kam. Sie war nicht mehr Ite-ska-wih allein, abgegrenzt, für sich denkend und fühlend; sie verfloß mit den anderen zu einem Strom in den großen Wellen des Singens und Dröhnens, des Mutes und der Gewißheit. Der Indianer lebte; er würde weiterleben und nicht sterben.

Ite-ska-wih und die anderen Frauen reihten sich in den großen Kreis ein. Auch sie wurden nicht müde und spürten die Kälte, den Hunger und die Erschöpfung nicht. Sie sangen in dem Wind, der ihnen den Atem gab, sie stampften auf der Erde, die ihre Mutter war. Sie fühlten Unvergänglichkeit, nicht dahinrinnende Stunden.

Als die Sonne wie von neuem rotem Blut gefüllt am Horizont heraufzog, war Ite-ska-wih betäubt. Sie hörte noch die Trommeln, als sie schon schwiegen; ihre Lippen sangen noch das Lied, als sie sich nicht mehr bewegten; ihre Augen schauten noch den Indianer, als sie schon von den Lidern bedeckt waren; ihre Füße zuckten im Rhythmus und spürten ewige Erde, während sie Ite-ska-wih nicht mehr trugen. Sie begriff nichts als Freiheit und Sieg, während die Belagerer sehr laut wurden und von rings her verkündeten, daß die Aufständischen sich bis zum Abend ergeben müßten oder sie würden zusammengeschossen.

Ite-ska-wih war in eine Decke eingeschlagen. Hanska saß bei ihr. Es wurde heller Tag.

Ite-ska-wih schaute Hanska an. Ihre Augen hatten einen ungewöhnlichen Glanz; ihre Hände waren warm, ihre Wangen heiß. Sie richtete sich auf, legte den Kopf in den Nacken, um die Weite der braunen Prärie und des blauen Himmels recht zu sehen. Sie dehnte die Brust und hob die Schultern. Wie schön war sie! Sie fühlte selbst, wie ihr Blut pulste. Hanska-Mahto stand neben ihr, hoch gewachsen, aufrecht und unnachgiebig. Das Geschrei der Feinde glitt von ihm ab; es konnte kaum die Nerven seiner Haut berühren. Er lächelte das Leben an, das Leben des Indianers, Ite-ska-wih, die er liebte.

Sie gingen miteinander umher. Um sie herum saßen, standen, gingen die Menschen, die sich von der langen Nacht des Tanzes gekräftigt fühlten. Keiner fror, keiner hungerte, keiner fürchtete sich. Mochten die Feinde reden, mochten sie drohen. Sie konnten nicht einen erschrecken oder beugen, weder Mann noch Frau.

Wasescha hatte sein kleines Radio in Gang gesetzt und ließ den amerikanischen Militärsender krächzen.

Das Ultimatum lief.

Der Sender gab im Lande und weit darüber hinaus bis in andere Erdteile bekannt, daß die Aufständischen nicht nachgaben.

Sie verlangten die Rechte des Indianers und wollten eher sterben als am Boden kriechen.

Die Zeit lief.

Es wurde Mittag.

Ite-ska-wih und Hanska standen in der Sonne beieinander. Die Strahlen spielten um sie, spiegelten sich in ihren dunklen Augen, machten das Braun ihrer Haut kraftvoller, trieben ihr Blut schneller an. Wie schön war Mahto! Ebenmäßig gewachsen, kraftvoll. Seine Bewegungen hatten einen harmonischen Rhythmus so wie sein Körper ein harmonisches Maß. Ite-ska-wih sehnte sich nach ihm. Ihr Körper brannte. Vielleicht starben sie beide, wenn der Abend kam. Es war ihnen vergönnt, miteinander zu leben und miteinander zu sterben. Nichts konnte sie trennen.

Sie wollten eins sein. Das war die Seligkeit, ehe sie vielleicht Abschied nehmen mußten, um den weiten Weg zu wandern.

Sie fanden einen Wiesenfleck, eine Mulde nicht fern des Großen Grabes. An diesem Grabe wollten sie neues Leben pflanzen. Sie umarmten sich, sie fühlten einander, nichts war mehr zwischen ihnen. Sie schlossen die Augen und erlebten das nicht Nennbare in überwältigender Kraft und Zuversicht.

Die schreienden, drohenden Feinde waren zum Lachen. Sie würden nicht wagen, zu schießen, zu morden, das Blut so vieler Menschen zu vergießen. Das Kind, das am Großen Grabe auf der Erde des Indianers und unter seinem Himmel gezeugt war, würde leben. Hanska-Mahto und Ite-ska-wih waren sehr jung. Sie würden es heranwachsen sehen. Mit einem sanften ruhigen Lächeln gingen sie zu den Kampfgefährten zurück.

Man brauchte nicht viel zu reden, da es keine Zweifel gab, sondern nur das trotzige Warten. Die Männer legten sich ihre Waffen zurecht. Wenn die Belagerer das Gemetzel beginnen würden, wollten sie nicht kampflos sterben.

Der Sender sprach davon, daß die Aufständischen sich dem Ultimatum immer noch nicht gefügt hatten. Die ganze Welt konnte es hören, wenn sie nur wollte.

In der Agentursiedlung vernahmen gewiß viele die Meldungen, voran die Morning Stars und auch der dicke Killerchief. In den Woodmountains konnte Beaver mithören, bei den Siksikau Collins, im nahen Busch lauschten Krause und Untschida, in der Schulsiedlung Lehrer Ball und Rektorin Holland.

Untschida und Ray sind ganz mit uns, dachte Ite-ska-wih. Sie hassen und sie fürchten sich nicht.

Die andern sind alle besorgt. Ich bin froh, daß ich mir ihre Sorgen nicht anhören muß. Niemals werde ich sie mir anhören müssen. Denn wir können nur siegen für uns und alle Indianer oder sterben. Wir werden aber siegen.

Wenn Hanska-Mahto auf Ite-ska-wih schaute, und er schaute immer auf sie, so sah er ein Glück, ohne Sprünge und Risse, das zu einem Menschen geworden war.

Es wurde später und später. Die Eingeschlossenen gaben keine Nachricht mehr an die Belagerer.

Sie hatten nein gesagt.

Ihr Schweigen jetzt verstärkte dieses Nein. Sie hatten nichts weiter zu sagen. Wasescha, Hanska, Bob, Robert, Percival und die vier Frauen Ite-ska-wih, Tatokala, Alice und Hetkala hatten sich zusammengefunden. Wasescha ließ noch immer sein Radio berichten.

Das Ende der Frist kam sehr nahe.

Es war da.

Vollkommene Ruhe herrschte.

Der Wind wehte unhörbar, das Gras zeigte sich ohne Laut. Ein Hund, der einem Wolf glich, drängte sich zu Hetkala und heulte vor Freude auf. Er hatte sich durchgeschlichen und sie gefunden. Sein Aufheulen ließ die Stille noch bedrängender wirken.

Es erfolgte keine weitere Aufforderung, sich zu ergeben. Es gab keine Frist mehr.

Noch war kein Schuß gefallen.

Die Menschen warteten und schwiegen.

Sie schwiegen und warteten.

Der Abend wurde dunkler, der Wind steifer, die Wolken zogen schneller. Was planten die Feinde?

Die Männer lagen rings um die Hügelkuppe im Gras, mit diesem oder jenem Gegenstand oder einem Strauch getarnt. Jeder machte sich seine Gedanken, auf welche Weise die Feinde ihren Angriff vortragen würden.

Es erfolgte nichts. Eine Stunde nach der andern verrann. Die Nacht hatte ihren schwärzesten Mantel über das Land gelegt. Wolken waren wieder herbeigekommen und versperrten dem Mond, dem Sternenlicht den Weg zur Erde.

Hanska-Mahto, in Stonehorns Kleidern ganz schwarz, gab Wasescha ein Zeichen. Er wollte sich hinausschleichen, um die Lage zu erkunden. Lautlos verschwand er in der Finsternis, nach wenigen Metern sogar für seine Freunde nicht mehr erkennbar.

Das Radio krächzte Musik vor sich hin.

Die Feinde ließen sich Zeit. Es kamen keine Rufe und keine Schüsse von ihnen.

Die meisten der Männer schliefen eine kurze Spanne und wechselten einander in der Wache ab. Nachdem die auf eine bestimmte Stunde zielende Hochspannung ausgesetzt hatte, spürten sie ihre Erschöpfung, froren und waren hungrig.

Kurz vor der Morgendämmerung kehrte Hanska zurück.

»Sie wissen selbst nicht, was sie jetzt wollen«, flüsterte er Wasescha zu. »Sie haben nicht damit gerechnet, daß wir standhaft bleiben.« Er lachte kurz vor sich hin, mit einem zynischen Beiklang, der an seinen Wahlvater Inya-he-yukan erinnerte.

Rote Krähe, der sich abseits gehalten hatte, kam herbei. »Sie werden auf neue Befehle warten. Ich denke, sie rufen Washington an, und dort müssen sie beraten und sich einfallen lassen, was sie noch gegen uns unternehmen können, nachdem sie nicht geschossen haben. Der Augenblick, in dem sie uns zusammenschießen konnten, ist vorbei. Diese Niederlage müssen sie einstecken. Alle Welt weiß nun, daß sie geblufft haben.«

Ite-ska-wih freute sich. Auch Collins, Beaver, Ball und Krause konnten sich jetzt freuen, wenn es ihnen gefiel, sich darüber zu freuen, daß sie unrecht behalten hatten. Die Belagerten lebten. Sie blieben Sieger über die Milahanska und ihre automatischen Maschinenpistolen, die nicht losgegangen waren.

Die junge Frau griff in das Dämmerlicht, das einen indianischen Morgen einleitete. Sie wollte etwas fassen, aber es war zu groß. Sie konnte es nicht greifen, nicht begreifen. Die Milahanska hatten nicht gewagt zu schießen. Die Zeiten, in denen sie Bigfoot hatten ermorden können, waren vorbei. Am Grabe der Seinen standen die Lebenden.

Es war an den Watschitschun, nachzugeben und das Recht der Verträge Recht sein zu lassen. Sie mußten kommen und bitten.

»Verhandeln«, sagte Wasescha.

Verhandeln war ein schwaches Wort. Vielleicht konnte man es dennoch gebrauchen.

Der Hunger biß in die Eingeweide. Ite-ska-wih, Hetkala, Tato-kala und Alice machten sich nach einem sehr stillen Tag des Abends wieder auf, um hinauszuschleichen und Lebensmittel zu holen. Sie waren dabei nicht unvorsichtig, aber einen Teil ihres Gefahrenbewußtseins hatten sie verloren. Was wollten diese uniformierten Männer noch, wenn sie nicht schießen durften?

Ite-ska-wih und Hetkala wählten wieder den gewohnten Schleichweg. Wäre es besser gewesen, einen neuen zu versuchen? Vielleicht. Aber auf dem alten Schlupf kannten sie sich sehr genau aus; er war bereits Routine geworden. Sie hatten nicht mehr auf alle Kleinigkeiten des Geländes zu achten, sondern nur auf das Verhalten der Menschen. Das allerdings gab jetzt besondere Probleme auf, denn der Ring hatte sich zusammengezogen, war enger geworden.

Doch fanden die beiden Frauen keine neuen Hindernisse. Ite-ska-wih durchzuckte dabei ein erschreckender Gedanke. Hielten die Feinde die mühsamen Schleichgänge der Frauen vielleicht für so wenig wirksam, daß sie sich nicht mehr viel darum kümmerten? Wußten sie, daß droben um das Große Grab Hunger herrschte? Wollten sie dem Hunger den Sieg überlassen? Zwei Monate hielten die Aufständischen schon aus. Die Viehherde war längst verzehrt; das sagte sich Ite-ska-wih wieder und wieder. Die Rationen, die die Frauen brachten, waren auf die Dauer zu klein.

Weg mit diesen Gedanken! Es gab Gefangene, die sich zu Tode hungerten, um zu protestieren. Ite-ska-wih wußte das. Sollten die Kämpfer um das Recht kleinmütig sein, jetzt, da sie gemeinsam einen Sieg errungen hatten?

Nicht von fern.

Hetkala und Helles Gesicht waren durch die Reihen der Feinde hindurchgelangt. Sie liefen schnell wie Gemsen zu dem Kieferngrund. Zu ihrem Erstaunen rannte Hetkalas Wolfshund hinter ihnen her. Sie hatten nicht bemerkt, daß er mitgeschlichen war

Noch größer war ihre Überraschung, als sie bei den Kiefern Iliff und ihre beiden Pferde fanden.

»Iliff? Wie kommst du hierher?«

»Das war ganz einfach, Mutter.« Iliff, ein Waisenkind, nannte Hetkala Mutter. »Ray hat gerechnet. Es ist die erste Nacht, in der sie wieder heraus können, hat er gesagt. Du mußt hinreiten. Ihr seht, ich bin hergeritten.«

»Ja, du bist ein gutes Kind.«

Auf die Fuchsstute waren zwei Säcke aufgeladen. Iliff erklärte: »Das sind Kleider für euch. Ihr seid ja naß vom vielen Regen und schmutzig von der feuchten Erde. In dem anderen Sack sind Brot und Bohnen und solche Büchsen mit Fleisch, das nicht schlecht wird. Ray hat das alles besorgt. Ihr braucht nicht zum kahlen Berg zu kommen. Ich habe auch Decken dabei. Ihr könnt hier den Tag über schlafen, und wenn es dunkel wird, geht ihr wieder hinein in den Ring. So hat Ray gesagt.«

Die Frauen lächelten und lobten Iliff und Ray. Hart war es allerdings, im Freien zu schlafen. Das Wetter im April gab keine Ruhe, es war wie ein Scherzgeist, der die Menschen narrte. Ite-ska-wih hustete trocken. Der Husten tat ihr weh, aber sie sagte davon nichts. Hetkala schlug sich mit ihr zusammen in die beiden Decken ein, während Iliff mit den zwei Pferden wieder nach Hause ritt. Der Wolfshund blieb da. Er legte sich zu Füßen der Frauen und wärmte sie ein wenig.

Gegen Abend machten sich die Frauen wieder auf. Der Hund folgte ihnen im Abstand. Als es dunkel wurde, sahen sie ihn nicht mehr. Sein graues Fell hob sich von der nächtlichen Umgebung nicht ab.

Die beiden kamen zu der Stelle, an der die kahlen Büsche verstaut waren, mit denen sie sich zu tarnen pflegten. Da lag der Hund; er spitzte die Ohren und bewegte die Pfoten, ohne aufzustehen. Ein kluges Tier war er; klug wie seine feindlichen Brüder, die Wölfe. Auf einmal knurrte er leise, heiser, böse. Er mußte etwas gewittert haben. Ite-ska-wih und Hetkala zogen sich ein wenig zurück.

Eine Patrouille kam, blieb stehen, schaute sich um, ohne die Frauen zu entdecken. Genau wie damals, als Hanska mich führte, dachte Ite-ska-wih. Die beiden Polizisten wechselten ein paar Worte miteinander, während der eine die kahlen Büsche aufhob und in die Luft warf.

»Die liegen immer da«, bemerkte er dabei. »Da kreuzt wohl das Weibervolk. Die Schweinerei hat ja nun bald ein Ende.«

Die beiden Männer gingen weiter; die Frauen konnten nicht verstehen, was sie sonst noch sagten.

Sie warteten, bis sie sich sicher fühlten. Dann krochen sie vorwärts. Die Säcke, die sie mitzuschleppen hatten, waren diesmal besonders schwer. Ray und die Helfer, die er gefunden haben mußte, waren sehr eifrig gewesen.

Ite-ska-wih und Hetkala fühlten sich übermüdet, als sie bei Wasescha und Tatokala in dem Hüttchen aus Blech und Brettern anlangten. Die Freude über den Inhalt ihrer Säcke war bei den Belagerten sehr groß, doch die beiden Frauen genossen sie nicht mit. Sie waren erschöpft. Hanska fühlte nach Ite-ska-wihs Herzschlag und strich sanft über ihre ausgekühlte Brust. Tatokala kochte Kaffee; Ite-ska-wih nippte an dem Becher.

»Warum hat es bald ein Ende?« flüsterte sie vor sich hin. »Warum?«

Wasescha horchte auf. Was meinte Ite-ska-wih mit solchen Worten? »Sie werden mit uns verhandeln«, sagte er laut und bestimmt. »Sie haben es uns wissen lassen. Hau.«

Ite-ska-wih legte den Kopf zur Seite; sie schien einzuschlafen oder das Bewußtsein zu verlieren. Hanska bettete sie wärmer und weicher und wachte bei ihr, bis Hetkala ihn ablöste.

Am Morgen schaute Ite-ska-wih verwundert um sich, bis sie begriff, wo sie war. Es fauchte kein Wind um das Hüttchen, es trommelte kein Regen darauf; durch die Ritzen schimmerte freundliche Helligkeit. Hetkala saß bei ihr und bot ihr Kräuter, die sie kauen konnte und die ihr wohltaten. Der Husten klang milder.

Draußen waren die Männer lebhaft; sie liefen schnell umher, sprachen und riefen.

»Ite-ska-wih«, sagte Hetkala und lächelte dabei froh und gut. »Wir haben gewonnen. Niemand von uns braucht mehr zu sterben. Sie verhandeln mit uns über die Verträge. Wir werden unser Recht haben.«

Ite-ska-wih schaute in Hetkalas Augen. Sie sagte nichts, aber in ihrem blaß und mager gewordenen Gesicht stand die Frage, ob sie denn nun träume oder wache. Hatte Hetkala wahrhaftig gesagt: »Wir haben gewonnen«? Wir Kleinen, wir wenigen, wir Schwachen ... haben gewonnen? Unsere tapferen, aufrechten, hungernden Männer sind zugleich die Klugen und Siegreichen gewesen? Sie haben alles gewagt; die Tommeln wurden geschlagen, wir alle haben gesungen vom Leben des Indianers. Nun leben wir. Unsere Erde wird wieder unser sein.

Ite-ska-wih richtete sich auf. Ihre Lippen hatten sich geöffnet, aber sie konnte noch kein Wort formen.

Wasescha, Hanska-Mahto, Rote Krähe kamen herein. Sie bestätigten die gute Botschaft. Am nächsten Tag schon konnten die Anführer der Indianer mit den Bevollmächtigten des Großen Vaters in Washington sprechen.

Gewonnen.

Ite-ska-wih hielt es nicht mehr zwischen Blech und Brettern. Sie stand auf und lief vor die Hütte, um Himmel und Prärie zu sehen, um alle die Männer zu sehen, die aus vielen Stämmen gekommen waren und gesiegt hatten. Nach mehr als zwei Monden der Gefahr, der Schüsse, der Krankheit, des Hungers, des Todes waren sie frei. Sie hatten mutig und richtig gehandelt und konnten die Sache der Freiheit des Indianers vertreten. Daß sie nicht zusammengeschossen worden waren, das war der erste Sieg gewesen. Daß die Mächtigen mit ihnen verhandelten, das war der zweite.

War noch ein dritter Sieg notwendig?

Ite-ska-wih genoß den zweiten. Sie selbst bemerkte nicht mehr, daß sie noch hustete; sie hatte so viel anderes wahrzunehmen. Man brauchte sich ja nun nicht mehr zu verstecken und vor überraschenden Geschossen zu hüten. Man konnte frei umhergehen und sich umschauen. Ite-ska-wih entdeckte die drei Männer, die dem Rufe Inya-he-yukans gefolgt und aus der großen Stadt in die Prärie gekommen waren, um für das Recht der Indianer einzustehen. Alice hatte sie hereingeschleust. Sie schmunzelten jetzt; sie freuten sich, Ite-ska-wih wieder zu begegnen. Der junge Mann aus den Woodmountains, aus Vater Beavers Sippe, fand Ite-ska-wih; auch er frohlockte; sein Gesicht, seine Hände, seine Füße, alles an ihm war in Bewegung und drückte bewegte Freude aus. Ein großes Hallo gab es, als Morningstar junior mit Yvonne samt Vater Krause auftauchte.

Der Zugang zur Hügelkuppe war also für die, die Bescheid wußten, schon recht frei, unbehindert.

»Ihr seid hier!« rief Hanska. Ite-ska-wih bemerkte, daß ihr Mann die schwarzen Kleider Inya-he-yukans abgelegt hatte und wieder wie gewohnt umherlief. Ray mußte ihm die Jeans und das bunte Hemd durch Hetkala geschickt haben.

Hanska wollte vor allem wissen, ob Nachricht über die Zwillinge gekommen sei. Krause senkte den Kopf. »Scheint noch nicht entschieden zu sein. Aber Ball bemüht sich, und jetzt wird ja alles leichter! Alles wird leichter.Der Präsident der USA verhandelt mit euch. Niemand darf euch mehr als Verbrecher ansehen! Jetzt sind in aller Augen die anderen die Verbrecher geworden!«

Wie gut, dachte Ite-ska-wih, wie gut ist es. Sieger für das Recht zu sein. Sie freute sich von ganzem Herzen mit Hanska-Mahto zusammen. Der einzige, der mit verdüstertem Gesicht abseits stand, war Rote Krähe. Das Braun seiner Haut konnte an diesem Tage nicht dunkler sein als an anderen Tagen, und doch wirkte es finster.

Ite-ska-wih rang mit diesem Eindruck. Was mochte Rote Krähe denken? Was wußte er? Was fürchtete er? Er war ein Zaubermann.

Im Lager auf der Kuppe verbreitete sich die Nachricht, daß mit den großen Indianerführern schon verhandelt werde. Am kommenden Tag konnte bereits ein Abkommen unterzeichnet werden, hieß es.

»Laßt euch nicht übers Ohr hauen«, murmelte Krause.

Nahrungsmittel kamen noch am selben Tag reichlicher herein.

Der eine und der andere dachten bereits daran, wieder nach Hause zu wandern. Das große Ziel schien erreicht. Die Parole, daß man erst einmal die Agentursiedlung aufsuchen könne, zu Fuß oder als Mitfahrer in einem Wagen oder als zweiter auf einem Pferderücken, machte sich breit. Aber sowohl die Neugier, die großen Indianerführer und die Leute aus Washington zu sehen, als auch der Gedanke, während der Verhandlungen noch beisammen zu bleiben, hielt viele davon ab, das Lager auf der Kuppe bei dem Großen Grabe zu verlassen.

Wasescha war pausenlos unterwegs, um falsche Parolen abzuwehren. Nein, die Militärpolizei war noch nicht abgezogen; sie konnte jeden Augenblick wieder in Aktion treten und scharf schießen. Nein, die Vorbesprechungen zu den Verhandlungen hatten noch nicht zu irgendeinem Resultat geführt. Nein, es war nicht richtig, jetzt schon auseinanderzulaufen. Grundfalsch war es.

Hanska-Mahto, Percival, Bob, Robert unterstützten Wasescha nach Kräften. Sie trafen auf recht verschiedene Meinungen.

Rote Krähe ging einsam umher. Er sprach mit niemandem, aber unter halb gesenkten Lidern beobachtete er jedermann. Er wußte genau, wer an dem entscheidenden Tage des Geistertanzes auf der Kuppe am Großen Grabe gewesen war. Er wußte darum auch genau, wer jetzt hinzugekommen war. Diesen galt sein unmerklich lauernder Blick. Auf einige Meter Entfernung, selbst unbeobachtet, belauschte er Gespräche und fing Gesprächsfetzen auf.

Neben Ite-ska-wih war Hanska der einzige, dem das Verhalten von Rote Krähe auffiel. Er trennte sich darum von seinen alten Freunden, auch von Wasescha, und gab dem Siksikau die Gelegenheit, ihn unauffällig zu treffen und unbelauscht zu sprechen.

»Kennst du die Killer?« fragte Rote Krähe.

»Nicht alle. Zwei sind aber da, die ich kenne. Sie haben die Gelegenheit benutzt und sich eingeschlichen.«

»Du siehst, was sie tun.«

»Ja. Feststellen, wer aus unserem Stamm hier ist.«

»Wozu?«

»Um uns später des Nachts Fallen zu stellen. Aber das wird ihnen schwerfallen, denn wir haben Augen und Ohren, und der Killerchief wird abgesetzt; das ist eine unserer Hauptbedingungen. Sie bekommen keinen Mordlohn mehr.«

»Es scheint aber, daß sie damit noch rechnen. Welches sind die beiden Killer, die du erkannt hast?«

Hanska ging durch die Menge der Umstehenden und bezeichnete die beiden für Rote Krähe mit unauffälligen Handzeichen. Dann traf er sich wieder mit dem Siksikau, der sich in der Nähe aufgehalten hatte.

»Es sind aber mehr als diese zwei«, sagte Krähe. »Ich habe beobachtet, mit wem sie zusammenarbeiten. Folge mir. Ich werde sie dir zeigen.«

Hanska ließ Rote Krähe nicht aus den Augen, scherzte dabei mit Ite-ska-wih, die sich ihrer Aufgabe bewußt war und tapfer die Fröhliche spielte, während das Trauern vor den Männern, die vielleicht Queenie-Tashina ermordet hatten, wie eine Würgehand nach ihr greifen wollte.

Rote Krähe konnte auf dem Wege auf stumme Weise fünf Verdächtige bezeichnen, von denen drei dem Stamm angehörten.

»Es ist schlechtes Volk«, sagte Hanska, als er mit Ite-ska-wih zusammen Rote Krähe wieder sprechen konnte, ohne daß dies bemerkt wurde. »Sie nehmen Geld, weil sie saufen. Ihre Ranches bestehen nicht mehr. Der eine baut sich keine ordentliche Blockhütte und haust in Wellblech. Die beiden anderen haben Holzhäuser von der Verwaltung erhalten. Ja, es kann sein, daß sie beim Killerchief mitarbeiten. Die beiden Fremden habe ich bisher nicht auf unserer Reservation gesehen.«

»Bleibt wachsam, Mahto.«

»Ho-je! Du bist klüger als ich, Rote Krähe.«

»Nicht klüger, Mahto. Mißtrauischer, wie unser Geheimnismann mich das gelehrt hat.«

»Du handelst und sprichst, wie Inya-he-yukan gehandelt und gesprochen hätte. Ich werde Wasescha, Bob und Robert warnen.«

»Ite-ska-wih soll sich verbergen. Es ist nicht gut, wenn sie auffällt. Sie ist nicht vom Stamm. Man kann sie fortjagen.«

»Wir heiraten.«

Rote Krähe sagte dazu nichts. Es war wohl genug geredet.

Die Stunden liefen, als ob sie die Richtung verloren hätten. Es wurde dies und jenes besprochen, dies und jenes erwartet; der eine blieb bei diesen, der andere bei jenen stehen und rauchte eine Zigarette. Die Frauen hatten sich in Waseschas Hütte zusammengefunden. Hetkala kochte eine ausreichende Mahlzeit, lange entbehrte Stärkung. Die Gedanken blieben stumm; man brauchte sie nicht auszutauschen, da sie die gleichen waren. Es sollte jetzt verhandelt werden. Warum? Worüber? Es gab nichts zu verhandeln. Das Recht der Verträge und die Absetzung des Killerchiefs hatte der Große Vater in Washington anzuerkennen. Dafür standen hier alle gerade.

Standen sie noch alle?

Es wurde Nachmittag. Die Luft wehte sehr kühl durch die Ritzen herein. Wasescha und Hanska zeigten sich wieder.

Die Frauen hatten den Eindruck, daß die beiden Männer etwas Wichtiges mitzuteilen hatten; sie lauschten.

»Es wäre jetzt besser«, sagte Wasescha, »wenn nur diejenigen Männer hier bleiben, die zu dem Großen Grabe gezogen sind und ihre Stimme für das Recht der Verträge und gegen den Killerchief erhoben haben. Wir bleiben, bis die Verträge bestätigt und der Killerchief abgesetzt ist. Ihr Frauen könnt uns weiterhin helfen, wenn es nötig ist. Ich glaube nicht, daß es nötig sein wird. Wir haben neue Vorräte hereingebracht, und das hier wird nicht mehr lange dauern. Es ist aber besser, wenn ihr Frauen wieder geht. Noch ist Ruhe und niemand wird daran gehindert, diese Stätte zu verlassen. Ihr geht heute nacht alle nach Hause. Hanska und Bob begleiten euch und kehren dann zu uns zurück, falls wir noch nicht abschließen konnten.«

»Ho-je!« antwortete Hetkala als älteste von allen. Dabei schaute sie fest auf ihren Sohn Wasescha, den sie nun wieder verlassen mußte, und wer konnte wissen, was geschehen würde? Die Watschitschun waren ein heimtückisches Volk.

In Ite-ska-wih zerrten die Gefühle hin und her. Mit Hanska-Mahto zusammen konnte sie hinausgehen aus dem Ring, und vielleicht waren sie beide einen ganzen Tag zusammen im Blockhaus am kahlen Berg. Aber sie gingen hinaus, während noch verhandelt wurde. Warum nur, warum? Es mußte wohl ein dritter Sieg kommen, bis der Indianer endlich frei und seines Rechtes gewiß war.

Da keine Pferde auf die kleine Gruppe warten würden, mußten voraussichtlich alle zu Fuß laufen, und es würde eine weite Wanderung werden, bis man nach Hause kam. Vielleicht berichtet dann im Blockhaus Rays Radio schon, der neue gute Vertrag zur Wiederherstellung der alten zerbrochenen Verträge sei bereits abgeschlossen, der Killerchief abgesetzt und angeklagt. Es war, als ob die Trommeln wieder klangen, leise, entfernt, als ob die Füße wieder stampften und das Lied vom Leben des Indianers und des Büffels durch die Nacht schwinge.

Hanska, Ite-ska-wih und Hetkala mußten sich von Tatokala, Alice und Bob unterwegs trennen. Die Wege führten auseinander. Jeder hoffte, daß man sich bald bei einem großen Fest wiedersehen könne. Jeder spürte den verborgenen Zweifel wie ein böses Nagetier im Innern.

Hanska und die beiden Frauen horchten auf, als sie nach langer anstrengender Fußwanderung Pferdegalopp und lautes Hundegebell vernahmen. Sie hielten an. Das Galoppgeräusch kam näher und näher. Iliff erschien auf der Fuchsstute; er führte den braven Braunen und den Appalousahengst am Zügel mit. Der graue Wolfshund lief den Frauen wie toll entgegen.

Iliff lachte, als er die Pferde endlich zum Stehen gebracht hatte. Dreimal mußte er sie im Kreise laufen lassen, ehe ihm das gelang. Ein schwächlicher Junge mit drei solchen Pferden, das war wahrhaftig kein Spaß. Aber Iliff kannte die Seele der Tiere.

»Du bist ein kleiner Zaubermann«, sagte Hetkala sehr freundlich. »Woher hast du denn gewußt, daß wir jetzt und hier des Weges kommen?«

Iliff war erstaunt. »Großmutter Hetkala, habt ihr gar nicht gemerkt, daß der Graue mit euch aus dem Ring gekommen ist? Er ist euch vorausgelaufen und hat uns erzählt, daß du kommst. Da bin ich losgeritten. Ray meinte, das solle ich tun.«

»Gut ist das gegangen! Tüchtig, Iliff!«

Die beiden Frauen stiegen auf; es kam ihnen auf einmal vor, als ob sie eben dieses letzte Stück nicht mehr hätten gehen können. Hanska begann einen Dauerlauf, nicht langsamer als die bald trabenden, bald galoppierenden Pferde.

Der Empfang im Blockhaus erfüllte alle mit Freude, Mensch und Tier. Vom Herd her duftete es. Die alte Dorothy hatte angeschürt und einen Kessel Fleischbrühe aufgesetzt. Diese Schüssel miteinander auszulöffeln, waren alle noch imstande. Dann schliefen Hetkala und Ite-ska-wih auf der Wandbank sofort ein, während Hanska für Ray und Dorothy noch einen kurzen Bericht von den Ereignissen gab.

Ray hatte sein Radio leise angestellt, um keine Nachricht zu versäumen.

»Die werden euch übers Ohr hauen«, meinte er voller Unglauben gegenüber den Watschitschun und ihrem Großen Vater in Washington, voller Unsicherheit, ob die indianischen Führer allen Ränken gewachsen sein würden.

»Es kommen unsere besten Männer«, wehrte Hanska-Mahto ab.

Das Gespräch wollte nicht weiterlaufen. Hanska ließ sich auf den Boden gleiten, die Augen fielen ihm zu.

In den folgenden Tagen stellte sich das Warten wieder ein, diese schlecht riechende Sphäre inmitten der kaltfrischen Vorfrühlingsluft. Man konnte darüber schweigen, aber man konnte sie nicht vertreiben. Sie schlich sich in die Ohren ein und trübte das Gehör, das nichts anderem mehr offen blieb als der Frage: »Was werden sie erreichen?«; sie legte sich wie Schleier vor die Augen, deren Kraft, in die Weite zu sehen, wie in einem Nebel stecken blieb, der jede andere Frage ausschloß.

Dabei waren jedoch alle tätig und das mit voller Absicht. Hanska ritt die Pferde der Reihe nach, spielend gewandt, mit der Leichtigkeit eines Reiters, der als Kind gelernt hatte, auf einem elastischen Pferderücken oben zu bleiben. Ray machte unter Hanskas Anleitung die ersten ernsthaften Versuche, sich von dem braven Braunen tragen zu lassen. Ite-ska-wih sah zu, und wenn sie sich in diesen Tagen überhaupt freuen konnte, dann beim Anblick von Hanskas Reitkunst und den prächtigen Pferden. Hetkala und Dorothy arbeiteten im Blockhaus. In der Hundemeute bekläfften sich die Tiere gegenseitig.

Eines Abends kam der Augenblick, in dem alle Blockhausbewohner zusammensaßen und auf die heisere Stimme des Radios hörten.

Draußen fiel Nieselregen, windlos, lautlos. Über der Prärie lagerte Dunkelheit. Der letzte gelbe Schimmer am Horizont war schon geschwunden, die Nacht war grenzenlos geworden.

Die Nachricht hieß: Ein Abkommen ist geschlossen worden. Die Aufständischen ziehen ab.

Das war alles. Eine verschwommene Nachricht.

Keiner sagte etwas dazu.

Ite-ska-wih fühlte, wie ihr Herz gegen die Rippen schlug. Sie vermied es, Hanska-Mahto drängend anzuschauen, denn sie wußte, wie es in ihm aussah, als er die ungewisse, schleimige Mitteilung vernahm.

Alle Gedanken richteten sich darauf, wann Rote Krähe zurückkommen und Genaues berichten würde.

Hanska mochte nicht länger warten. Noch in der Nacht machte er sich auf zu dem Hügel und dem Großen Grabe, zu seinen Freunden, die dort noch ausgeharrt hatten und nun abzogen. Falls Rote Krähe schon auf dem Rückweg war, mußte er ihm begegnen.

In dem versteckten Kieferngrund trafen sich die beiden.

Hanska fragte zunächst nicht, und Rote Krähe begann nicht gleich zu sprechen. Sie setzten sich auf eine sturmentwurzelte Kiefer, um etwas zu rasten, und sie warteten beide wiederum, Hanska auf das, was er hören werde, Rote Krähe darauf, daß er selbst ein Wort hervorbringen könne.

Sie saßen da mit gebeugtem Nacken, die Arme auf die Knie gestützt, die Hände zusammengelegt. Die feuchte Nebelluft atmeten sie in langsamen Zügen ein und aus.

»Also sprich«, bat Hanska endlich.

Rote Krähe entschloß sich dazu.

»Eure Regierung hat zugesagt, daß sie eure Forderungen aufgrund der hundertjährigen Verträge, eure Rechtsansprüche auf viel Land und auf viel Freiheit prüfen werde. Wann sie eure Vertragsrechte geprüft haben und wie sie dann entscheiden wird, das steht in den Sternen geschrieben, nicht in dem Dokument.«

Hanska quittierte die Mitteilung mit einem neuen langen Schweigen.

»Das haben sie gegengezeichnet«, sagte er dann, »und jetzt sind sie abgezogen. Alle? Auch Wasescha?«

»Ja. Es war nichts mehr zu machen.«

Eine zweite Frage stand in der Dunkelheit, bis Rote Krähe sie beantwortete, ohne daß sie ausgesprochen worden war.

»Der Killerchief bleibt bis zur nächsten Wahl. Dann könnt ihr ihn abwählen — falls euch das gelingt.«

Hanska-Mahto streckte seine rechte Hand aus; Rote Krähe ergriff sie. So gelobten sich die beiden Freunde, daß sie einander treu bleiben und vom Kampf nicht ablassen wollten. Weitere Worte wären jetzt nicht mehr gewesen als flüchtig verwehender Wind.

Die beiden ruhten kurze Zeit und strebten dann im Dauerlauf zum kahlen Berg. Ebenso wie Hanska war Rote Krähe im Reiten und Laufen gleich geübt; sie hatten Beinmuskeln wie Athleten. Hanska fühlte nach den Pistolen unter seiner Jacke; diese eine Bewegung verriet alle seine Gedanken.

Ite-ska-wih war zu jener Stunde aus dem Blockhaus hinausgegangen. Sie wurde von den Pferden auf der Weide mit Schnauben begrüßt; die Hunde waren um sie her. Aber der Wind und die Wolken blieben dem Menschen feindlich. Die Luft zog steif daher und stieß immer wieder in heftigen Böen gegen die Hindernisse, gegen Berg, Baum und Blockhaus. Aus den Schluchten und rissigen Höhen der nahen Bad Lands heulte es, seufzte es, pfiff es. Der Bach am kahlen Berg war angeschwollen, sein Wasser überspülte die Ufer. Ite-ska-wih ging ein Stück aufwärts und schaute nach den kunstvollen Biberbauten. Sie waren unbeschädigt, aber die Biber arbeiteten jetzt nicht. Den einzelnen Kalikobaum freilich hatten sie mit ihren scharfen Zähnen schon zuvor angenagt, bis er gestürzt war und sie ihn nun für ihre Bauten hatten nutzen können. Gut war das für die Biber, schade war es um den Baum, der so viele Jahre gebraucht hatte, um im unwirtlichen Gelände groß zu werden. Ite-ska-wih dachte an das Märchen vom Steinknaben, das Hetkala dem Jungen Iliff schon dreimal hatte erzählen müssen; immer wieder wollte er es hören. Biber hatten die Seele des Menschen, hatte Hetkala gesagt. Man durfte sie nicht stören.

Ihr Kleinen, ihr Klugen, wir stören euch nicht. Könnt ihr uns noch einen Rat geben? Es ist dunkel um uns. Versprechungen haben uns die Mächtigen gemacht; listig haben sie unsere besten Männer in Wortfallen gelockt. Die Männer, die dem Hunger und der blutigen Drohung getrotzt hatten, waren von feinen, schleimigen

Schlingen gebunden wie von tödlichen Spinnenfäden. Sie gingen auseinander. Die Regierungsspinne hatte die Kraft aus ihnen herausgesaugt.

Ite-ska-wih hatte im Blockhaus eine zweite Meldung des krächzenden Radios gehört und es unter diesem Eindruck verlassen. Sie wußte, wie es stand. Ihr Leben im Keller in der großen Stadt, an der feindseligen Straße hatte sie geprägt; das Mißtrauen und die Angst kamen aus allen Winkeln in ihr wieder hervor und überwältigten sie. Inya-he-yukan, großer toter Häuptling, weißt du in deinem Berggrab, was geschieht? Du bist verraten. Hättest du deine Stimme erheben können, unsere Männer wären nicht überlistet worden. Warum haben sie deinen Wahlsohn Hanska-Mahto zum Blockhaus weggeschickt, als die Entscheidung bevorstand? Warum haben sie das getan? Er ist noch jung, aber er würde mit deiner Stimme gesprochen haben, Inya-he-yukan. Verraten sind wir jetzt alle, übertölpelt. Der Killerchief wird bleiben und Jagd auf uns machen.

Warum zeigst du dich nicht, alter Biber? Weißt auch du keinen Rat mehr für uns?

Ite-ska-wih stand am rauschenden Bach, von den Windböen gebogen und geschüttelt wie ein noch junger Baum. Die Dunkelheit rings machte alles zu Gespenstern. In der nächtlichen Kälte glühte sie. Hanska! Mahto! Du Bär, wo bist du? Sie werden dich verfolgen, weil du im Ring warst. Der Killerchief regiert. Du wirst deine Waffen ziehen, einer gegen viele, und sie werden dich töten. Ich trage dein Kind unter meinem Herzen. Es wächst in die Welt des Unrechts hinein. Wofür sind wir Indianer geboren? Wären wir nie geboren worden!

Ite-ska-wih brach der Schweiß am ganzen Körper aus. Ihre Schläfen waren heiß. Sie konnte die Richtung, in der sie ging, und die Hindernisse im Wiesenboden nicht mehr erkennen. Sie trat fehl und stürzte. Als sie sich aufrichten wollte, gelang ihr das nicht. Sie blieb hilflos liegen, hörte den Bach rauschen und den Wind mit hohlem Geheule durch die Schluchten der Bad Lands irren.

Den werdenden Tag nahm sie nur verschwommen wahr. Der Bach war schmutzig, er riß viel Erde mit und sah gelb aus. Die Biber hatten sich verkrochen. Ihre Bauten, durch den gefällten Baum verstärkt, konnten den Gewalten standhalten.

Ite-ska-wih faßte ein nasses Grasbüschel, als könne es ihr Kühlung und Halt geben. Ihre Pulse hämmerten. Ihre Stimme hatte keine Kraft mehr. Den Namen »Mahto« formte sie nur noch aus verkrampfter Kehle und konnte den Ton nicht hören.

Sie lag lange so, am Rande des Lebens, am Eingang des Todes. Hanska-Mahto fand sie endlich. Er strich über ihr Haar. Vorsichtig legte er sie auf den Rücken und hielt seine Wange an ihr Gesicht, um auch den letzten Hauch eines Atemzuges noch zu spüren.

»Ite-ska-wih!«

Sie öffnete die Augen, schaute auf Hanska, erkannte ihn. Aber ihre Züge verzerrten sich nur in Angst.

»Die Killer kommen, Hanska. Der Killerchief regiert.«

Sie klammerte sich an seine Arme. Ihr Atem ging kurz und jäh.

»Sie kommen — die Stadt kommt — es stinkt, Hanska, wir erstikken, wir sind verraten.«

Sie wand sich mit ungeahnter Kraft, er konnte sie kaum festhalten.

»Sie schießen, Hanska, sie töten die Pferde und die Biber, sie morden dich und dein Kind. Sie vergiften die Wasser. Sie machen Stein aus der Erde . . .«

Ite-ska-wih hatte sich aufgesetzt. Sie riß die Augen weit auf, in ihrem Blick spiegelte sich nur noch das Grauen.

Hanska packte sie mit aller Kraft, hob sie auf und trug sie in die Blockhütte.

Hetkala und Dorothy warfen all Decken, die sie rasch greifen konnten, auf die Lagerstatt der Frauen.

Hanska bettete Ite-ska-wih. Sie fror, ihre Hände und Füße fühlten sich todeskalt an. Dorothy begann einen Stein auf dem Herd zu wärmen. Hetkala hatte der Kranken die durchnäßte Kleidung abgezogen. Es war nicht möglich, ihr warmes Getränk einzuflößen. Ihr Kopf war zur Seite gesunken. Sie rührte sich nicht mehr. Aber ihre Lippen zuckten immer wieder, als ob sie schreien wolle und doch nicht vermöge, einen Ton hervorzubringen. Der Frost in ihrem Körper schlug von neuem in hohes Fieber um. Jeden Augenblick konnte der Tod sie aus den Armen der Lebenden wegreißen.

Die schwere Blocktür wurde geöffnet. Rote Krähe, der auch auf der Suche nach Ite-ska-wih unterwegs gewesen war, kam herein.

Er ging leise ein paar Schritte bis in die Nähe von Ite-ska-wihs Lager. Ohne ganz heranzutreten, blieb er stehen. Hanska und die beiden Frauen wandten sich ihm langsam zu und gaben ihm einen Platz frei. Aber er nutzte die Möglichkeit nicht, sondern stand da, als sei er in Holz verwandelt. Iliff hockte in einer Ecke und starrte auf den Geheimnismann. Das Blockhaus hatte nur einen einzigen großen Raum.

Der Siksikau vermochte sich nicht zu bewegen. Seine Gedanken und sein Fühlen lähmten ihn. Er brachte nur eine einzige Frage hervor. »Wo hast du sie gefunden, Mahto?«

»Bei den Bibern.«

Alle erwarteten, daß Rote Krähe, der junge Geheimnismann, Kranke heilen könne, besser sogar als Hetkala, die Geheimnisse kannte, aber keine strenge Schulung besaß. Rote Krähe erschrak, als er wahrnahm, wie alle auf ihn schauten, ihm Raum gaben und auf ihn hofften. Er hatte noch nie selbständig einen Kranken behandelt, sondern immer nur seinem Lehrmeister geholfen, mochte es um Knochenbrüche, Lungenentzündungen oder Rheumatismus gegangen sein. Er wußte, wie schwer es war, einen Kranken gesund zu machen. Vielleicht hatte Hetkala einige Kräuter zur Hand, die auch er kannte. Aber mit Kräutern allein konnte er Ite-ska-wih nicht helfen. Ihre Krankheit saß tiefer. Ihre Seele war krank. Er hatte es schon gewußt, als sie mit Hanska aus dem Belagerungsring fortgeschickt wurde. Er hatte ihre Augen gesehen und ihre Lippen, ihre Hände, ihre Schultern gesehen, ihre Stimme gehört. Ihre Seele war zerschunden. Mißtrauen und Hoffnungslosigkeit schlugen sie so, wie ein grausamer Reiter ein edles Pferd schlägt. Rote Krähe sah sie auch wieder vor sich, wie er sie am Eingang zum Tal des jungen Fisches gesehen hatte mit ihren von Blutwärme blühenden Wangen und Lippen, ihrem Blick der großen Freude auf dem Boden von großem Leid um die Toten, ihrem leisen Beben der Liebe zu Hanska, die sie als etwas Neues und Glückseliges erfuhr.

Der junge Siksikau hatte nie vor sich selbst zugeben wollen, daß auch er Ite-ska-wih liebte, das Mädchen, das zu einer Geheimnisfrau heranwuchs. Das Mädchen, das aus dem stinkenden Keller der Stadt kam und zu einem Grashalm, einer Blüte, einer sprühenden Quelle werden konnte.

Er liebte Ite-ska-wih.

Da lag sie, mit blauen Lippen, zusammengefallen, sterbend. Der weiße Mann stand in ihrem Alptraum vor ihr, riesengroß, unüberwindlich, höhnisch lachend über das Volk das in der Falle saß. Sie spürte keine Kraft mehr gegen ihn, auch nicht bei Hanska-Mahto. Hanska nahm ihr nicht die Angst. Sie hatte Angst um ihn.

Der junge Geheimnismann trat vor, bis zu Ite-ska-wihs Lager.

»Bei den Bibern habt ihr sie gefunden«, sagte er.

Er schämte sich vor den anderen und vor sich selbst, daß seine Geheimniskraft versagt hatte. Er hatte nicht gewußt, wo er Ite-ska-wih suchen mußte. Hanska-Mahto hatte es gewußt, der Mann mit der Bärenseele hatte sie gefunden.

Hanska liebte Ite-ska-wih. Sie trug den Samen seines Kindes in sich. Er hatte gewußt, wo er sie finden konnte.

Aber gesund machen konnte er sie nicht.

Das konnten nur die Biber, zu denen sie gegangen war.

Vom Zauber der Biber aber wußte Rote Krähe, der junge Geheimnismann.

Die Biber waren die Kleinen, Klugen, gut Versteckten, der Listen Kundigen. Von ihnen kam die Kraft, den großen Steinmännern zu widerstehen. Rote Krähe hatte die Legende vom Steinknaben bei Hetkala gehört und gut begriffen.

Eine große Versuchung überkam ihn. Er spürte, wie sie in ihm keimte, wie sie wuchs und groß wurde, ohne daß er es verhindern konnte.

Er beugte sich zu Ite-ska-wih herab und atmete sie an. Sie öffnete ihre Augen, sie hatten einen geheimnisvollen, sonderbaren Glanz.

»Der Biber hilft dir; der Biber hilft uns«, sagte er zu der Kranken. »Warte auf den Biber. Stirb nicht. Warte auf den Biber. Er kommt und spricht zu dir. Er spricht zu uns. Hau.«

Ite-ska-wih ließ ihre Augen offen stehen. Ihre Augenlider zuckten nicht; ihre Augäpfel blieben unbeweglich, in ihren Pupillen spiegelte sich nur das Bild des dunkelhäutigen Siksikau; seine Kraft und Leidenschaft drang aus seinem Blick in sie ein.

Rote Krähe richtete sich wieder auf. Mit einem kleinen Wink schickte er die Frauen weg. Sie liefen in die ferne Ecke zu Iliff und hockten sich dort ins Dämmer des Raumes.

Der Siksikau trat zu Mahto heran.

Die Versuchung hatte ganz von ihm Besitz genommen. Er mußte es tun. Keine Scham konnte mehr in ihm aufkommen. Er war es, er allein, der Ite-ska-wih zu retten vermochte. Sie gehörte ihm. Niemand liebte sie mehr als der Mann, der Rote Krähe hieß. Nur ein einziger Weg blieb Hanska, um zu beweisen, daß er doch der Stärkere sei. Es würde sich zeigen, ob er imstande war, diesen Weg zu gehen.

»Mahto«, sagte der junge Geheimnismann. »Ich kann Ite-ska-wih retten. Ich kann es. Aber ich werde es nur zu tun vermögen, wenn du sie mir gibst. Ganz und für immer gibst. Hau. Hast du mich verstanden? Mir ganz und für immer gibst. So kannst du mir und allen guten Geistern beweisen, daß du sie nicht um deinetwillen liebst, nicht, weil du deine Freude mit ihr haben möchtest, sondern daß du sie um ihretwillen liebst und nichts mehr wünschen kannst, als daß das Leben in ihr bleibt. Du mußt dich entscheiden.«

Hanska blieb die Antwort schuldig. Ein Schlag hatte ihn getroffen. Er konnte nicht mehr denken. Er konnte Ite-ska-wih nicht mehr sehen, auch nicht den Geheimnismann. Farben ohne Grenzen schwammen ihm vor den Augen.

»Ich warte«, sagte sein Freund Rote Krähe.

Sein Freund?

Hanska war zumute, als ob ein Messer, genau aufs Herz gezielt, langsam, aber nicht aufzuhalten, in ihn eindringe.

Er hatte Ite-ska-wih gefunden. Er allein. Kein anderer. Er liebte Ite-ska-wih, wie er sein eigenes Leben liebte. Er liebte sie mehr als sein eigenes Leben. Sie hatte Inya-he-yukan gesehen, im Leben und im Tode. Sie war ihm gefolgt. Sie trug den Samen seines Kindes und wollte es gebären. Sie war sein.

Aber bald würde er nur noch die entschlafene Ite-ska-wih sein nennen können. Er vermochte ihr keine Kraft mehr zu geben. Sie vertraute seiner Kraft und seinen Waffen nicht. Erst für den Geheimnismann hatte sie die Augen wieder geöffnet.

Das Blut pochte in ihm. Er hätte seinen Freund erschlagen können.

Aber er blieb stehen, wie selbst von einem Beil getroffen, vielleicht würde er zurückschlagen, und der Siksikau blieb auf der Strecke, oder er würde selbst tot hinstürzen, weil es nicht zu ertragen war, was der andere von ihm verlangte.

Die verschwommenen Farben grenzten sich allmählich wieder voneinander ab. Er sah Ite-ska-wih. Er selbst konnte sie nicht retten. Das Nervenfieber schüttelte sie.

Hanska trat einen Schritt zurück.

»So nimm sie«, sagte er. »Ich liebe ihr Leben. Ihres, nicht das meine.«

Er ging von Ite-ska-wihs Lager weg, ließ sich am dunkelsten Platz des Blockhauses nieder und schlug eine Decke über Kopf und Schultern, so daß er nichts mehr von seiner Umgebung wahrnahm.

Der Siksikau fixierte Ite-ska-wih. »Warte«, befahl er wieder. »Warte! Der Biber sendet dir seine Kraft.«

Er suchte, ohne sich noch um die Kranke zu kümmern, fand ein ledernes Lasso und ein Beutelchen und verschwand damit aus dem Hause. Er hatte vor sich selbst Angst und vor dem, was er tun mußte.

Das Unwetter hatte sich gelegt. Zu spüren waren nur noch seine Nachwehen, der abflauende Wind, der dünne Sprühregen; zu sehen waren blaue Himmelsflecke zwischen grau-weißen Wolken, die sich in großen Wasserlachen spiegelten. Vögel zwitscherten schon wieder. Der Bach zog sich in sein Bett zwischen den Ufern zurück.

Rote Krähe ging am Ufer aufwärts. Ite-ska-wihs Spuren waren fast ganz verwischt; eine einzige Abzeichnung ihres Fußes auf einem Sandfleck bemerkte er.

Sobald er den Biberbau in der Nähe wußte, ohne ihn zu sehen, legte er sich zu Boden und schlich wie ein Jäger. Die sehr wachsamen Tiere durften ihn nicht bemerken.

Aber er bemerkte sie. Sie waren eifrig mit dem Zerteilen und Einbauen der Reste des gefällten Baumes beschäftigt.

Mit unendlicher Geduld, einen kleinen Strauch vor sich herschiebend, gelangte er auf Griffweite an den Bau.

Der alte Biber war nun doch aufgestört. Er äugte, und gleich würde er in seinem Bau auf Nimmerwiedersehen verschwinden. Dann mußte man eine Biberfalle aufstellen, die aber nicht vorhanden war, oder den Bau zerstören und die Tiere erschießen, was Rote Krähe niemals tun würde. Es blieb nur eine einzige Möglichkeit, eine Möglichkeit, die Weiße nicht kannten. Er schnellte sich ab wie eine große Raubkatze, fiel auf den Biber und packte ihn mit Knien und Händen; das Lasso hatte er um den Nacken geschlungen. Der Biber wehrte sich wütend. Er war glatt wie ein Fisch, stark und gewandt. Er kratzte und er biß mit seinen langen Nagezähnen. Er riß Rote Krähe große Wunden. Das Blut des Mannes floß. Er wußte nichts davon. Er wollte den Biber fesseln; nichts anderes konnte ihn beschäftigen.

Der Kampf währte lange. Alle anderen Biber waren längst im Bau verschwunden. Sie beobachteten heimlich, was geschah, aber Rote Krähe wußte davon nichts. Er rang mit dem Alten, dem Herrn des Biberbaues.

Manchmal glaubte er ihn zu haben, aber wenn er ihn fesseln

wollte, entglitt er ihm wieder. Er war viel schwerer festzuhalten als ein Mensch. Endlich hatte er ihn lassoumschlungen in seiner Gewalt. Er blutete am ganzen Körper, sein Kopf war zerkratzt, seine Schultern aufgerissen, seine Arme zerbissen. Ein Finger fehlte ihm an der rechten Hand. Er hechelte wie ein gehetzter Hund.

Der Biber lag, unbeschädigt, gefesselt, vor ihm im Gras, ganz still, aber lauernd auf jede Möglichkeit, sich zu befreien.

Rote Krähe suchte die Säcke an den Hinterschenkeln; sie waren prall gefüllt mit dem Saft, der heilende Medizin war. Heilende Medizin blieb dieser Saft für Ite-ska-wih aber nur, wenn der alte Biber nicht dafür starb.

Rote Krähe hatte dem Tier das Lasso straff durch das Maul gezogen; viel anderer fester Halt war an diesem Körper nicht zu finden. Er machte sein Messer und das lederne Beutelchen bereit. Unterdessen schnellte das Tier mit seinem starken breiten Schwanz weiter. Der Indianer sah sich um. Der Stumpf des Kalikobaumes bot eine Möglichkeit, den Biber mit dem freien Ende des Lassos anzubinden. Er ritzte mit dem Messer eine Rille rings ins Holz, schleifte das Tier zu dem Baumstumpf und machte es da fest. Dann gelang es ihm, gegen den fortgesetzten Widerstand des Tieres an den beiden Geilsäcken je einen kleinen Schnitt anzubringen und etwas von dem heilenden dicken Saft in sein Lederbeutelchen zu drücken. Als er das geschafft hatte, machte er den Biber los, der ihn dabei noch einmal tüchtig biß und dann sofort in seinem Bau verschwand.

Rote Krähe atmete auf.

Um seine Kratz- und Bißwunden kümmerte er sich nicht. Sie konnten von selbst verharschen. Der kleine Finger an der rechten Hand würde ihm sein Leben lang fehlen. Dieser Verlust und die Narben sollten ihm eine Erinnerung bleiben. Er machte sich auf den Rückweg, nicht mehr schleichend, sondern mit großen Sprüngen. Vor der Tür des Blockhauses blieb er für kurze Zeit stehen und sammelte seine Gedanken.

Er wußte nicht, ob Ite-ska-wih lebend auf ihn gewartet hatte.

Langsam, behutsam öffnete er die Tür.

Ite-ska-wih hatte sich auf ihrem Lager ausgestreckt. Sie schaute ihm nicht entgegen, sie schaute zum Blockhausdach hinauf und rührte sich nicht. Aber sie lebte; ihr Pulsschlag hatte nicht ausgesetzt.

»Ich war bei dem alten Biber«, sagte Rote Krähe deutlich und streng. »Er hat mir von seiner Medizin für dich gegeben, Ite-ska-wih. Achte den alten Biber und lebe.« Er schlug die Decke, mit der die Kranke bis über den Hals bedeckt war, zurück und begann, ihre Halsschlagader mit dem wenigen breiartigen Saft, den er besaß, langsam und tief einwirkend einzureiben. Er hatte Geduld. Seine Hände waren nicht nur kraftvoll, sondern auch weich und einfühlsam; sie waren die eines Arztes. Ite-ska-wih wandte Rote Krähe den Blick zu und tat einen Atemzug, der sie nicht mehr zu schmerzen schien. Die schlaff gewordenen Muskeln kräftigten sich; sie belebten sich wie unter einem leichten elektrischen Strom.

Ite-ska-wihs Leben kehrte wieder.

Rote Krähe blieb noch lange bei ihr und bestrich alle ihre Pulse. Als sie die Glieder rühren und lächeln konnte, sprach sie auch die ersten Worte eines wiederum neuen Lebens.

»Grüßt mir den alten Biber. Ich will wieder leben, das Leben, das er mir wiedergeschenkt hat. Ich will standhafter werden, als ich es war.«

»Das wirst du dem alten Biber eines Tages selbst sagen, Ite-ska-wih.«

Sie antwortete nicht; sie strich mit ihrer mageren Hand über das Fell, auf dem sie lag. Es war eine sanfte, sehr ruhige Bewegung. Man konnte den Eindruck haben, daß sie dem Fell wohl tat, und sie war wohltuend für die Menschen, die nicht mehr um Ite-ska-wihs Leben zu fürchten brauchten. Dorothy brachte der jungen Frau einen Becher Kaffee, sie trank gern davon. Hetkala streichelte die Hand, die das Fell gestreichelt hatte. Rote Krähe wusch das Blut ab, das an seinem Körper angetrocknet war. Hanska saß noch immer abseits, mit verdecktem Haupt. Die großen Fragen konnte niemand mit einem Wort berühren.

Nach ein paar Stunden Stille rührte es sich an der Tür. Hanska nahm die Decke von Kopf und Schultern und horchte mit den andern zusammen. Ray trat ein.

»Was sitzt ihr hier herum und paßt nicht auf«, sagte er, kaum daß er die Tür hinter sich geschlossen hatte. »Die Killer sind schon unterwegs. Sie haben Percival überfallen, als er des Nachts allein zur Whirlwind-Ranch unterwegs war. Sie haben ihn zusammengeschlagen und verunstaltet. Sie werden hierher kommen. Ist Ite-ska-wih wirklich krank?«

»Nicht mehr«, antwortete Rote Krähe, »aber sie ist noch schwach.«

»Das gibt sich. Sie soll sich zusammenreißen. Zieh dich an, Ite-ska-wih, und träume nicht länger. Du bist nicht im Keller bei Untschida und kannst dir nicht alte Geschichten erzählen lassen. Los! Wir müssen alle bereit sein.«

Ite-ska-wih gehorchte. Hetkala half ihr.

Hanska stellte Ray. »Welche Killer werden hierher kommen? Wie viele? Wo sind sie jetzt?«

»Zwei sind es. Der Säufer und der Kurze, zwei von eurem Stamm. Gut bewaffnet. Sie kommen mit dem Auto. Richtung hierher. In einer halben Stunde können sie dasein. Willst du dich mit ihnen einlassen? Oder verteidigen wir das Blockhaus?«

»Das greifen sie nicht an. Sie sind feige Kojoten und überfallen nachts auf den Straßen Frauen und einzelne Männer. Ich verpasse ihnen einen Denkzettel für Percival; sie sollen sich in unserer Gegend hier nicht mehr sehen lassen. Gebt ihr nur hier auf euch acht. Hau.«

Hanska war wieder ganz er selbst. Nach Ite-ska-wih und Rote Krähe hatte er sich nicht umgesehen.

»Okay«, sagte Ray. »Hanska, du bist der Boss. Mir macht das Spaß hier. Endlich kann man selber wieder etwas tun. Nur Worte auf dem Hügel, das hatte ich schon satt.«

»Halte deine Zunge im Zaum, Ray. Wir sind keine Gangster.«

Hanska war bei seinen Worten in die schwarze Kleidung Inyahe-yukans gefahren, hatte den Schulterhalfter mit den beiden voll geladenen Pistolen umgeschnallt, setzte den Cowboyhut auf und nahm das Lasso. So verließ er das Haus, holte sich den Jaguar und fuhr auf dem unbefestigten Prärieweg, über die Pferdeweide fort vom kahlen Berg.

Dabei machte er absichtlich Motorlärm, der in der vollkommenen Stille der einsamen Wiesen wohl über eine Unzahl von Meilen zu hören sein mußte.

Was mochten die Killer beim kahlen Berg suchen? Das Blockhaus sicherlich nicht. Aber zum Beispiel die Pferde verjagen oder erschießen, das würde ihnen Freude machen. Noch mehr mußte es sie reizen, des Nachts ein einzelnes Auto zu verfolgen, das, wie sie vermuten konnten, von einem Aufrührer gefahren wurde. Damit rechnete Hanska-Mahto.

Er ließ seinen Jaguar von Zeit zu Zeit stottern und den Motor knurrende Laute von sich geben.

Nach etwa 20 Minuten konnte er feststellen, daß er sich nicht verrechnet hatte. Ein Wagen kam hinter ihm her. Das konnten nur die beiden sein, die Ray beobachtet hatte.

Hanska hielt und stieg aus. Er öffnete die Motorhaube und tat, als suche er einen Schaden. Dabei duckte er sich so, daß er kaum angeschossen werden konnte, und öffnete die Jacke, um seine Pistole schnell greifen zu können.

Seine Verfolger kamen heran, stiegen auch aus und schlenderten herbei. Sie stellten sich rechts und links von Hanska auf, bereit, ihn anzupacken.

»Nur zu«, sagte er. »Ihr werdet ja sehen, ihr Killerkojoten, was dann vor sich geht.«

Er hatte schon bemerkt, daß seine Feinde darauf verzichteten, es auf ein Handgemenge ankommen zu lassen. Sie hatten die Hände am Pistolengriff. Hanska zog schneller und sprang dabei einen Schritt zurück.

Er hatte beide vor den Läufen.

»Also dann, Killerkojoten, werft die Revolver weg, aber schnell, und keine falsche Bewegung! Ich habe einigermaßen schießen gelernt.«

Hanska hatte in jeder Hand eine Pistole. Wie sein Wahlvater konnte auch er mit beiden Händen gleich gut zielen.

Der Säufer und der Kurze schienen nicht genau zu wissen, mit wem sie es zu tun hatten. War das nun Stonehorn oder nicht? Hatten sie sich mit dem Falschen eingelassen? Wenn das Stonehorn war, blieb ihnen nicht die geringste Chance, das wußten sie. Er galt als ein Schütze, der sein Ziel nie verfehlte und der schnellste von allen war.

Sie warfen die Waffen in weitem Bogen weg.

»Mach keinen Blödsinn«, sagte der Kurze zu dem vermeintlichen Inya-he-yukan. »Was ist denn in dich gefahren! Man wird ja noch ein' helfen dürfen, der 'ne Panne hat. Oder nicht?«

»Darf man eben nicht, wenn man ein Killerkojote ist. Ihr Schweine, was habt ihr mit Percival gemacht? Ich sollte euch niederknallen.«

Hanska beobachtete die Angst der beiden. Aber er wollte nicht töten. Der Killerchief sollte ihn nicht als Mörder anzeigen können.

»Ihr dreht euch jetzt um und geht langsam zu eurem Wagen. Versucht aber nicht einzusteigen, wenn ihr noch einige Zeit leben wollt. Vor eurem Wagen bleibt ihr stehen. Habt ihr bißchen Brandy mit?«

Die beiden atmeten auf, lachten heiser.

»Zwei große Flaschen, Bruder! Laß uns Versöhnung saufen.«

»Wo sind die Flaschen?«

»Im Wagen — vorne.«

»Also geht.«

Hanska folgte den beiden; die Pistolen hielt er auf ihre Nacken gerichtet. Als er mit ihnen bei dem Wagen angekommen war, befahl er dem Kurzen, stehenzubleiben, dem Säufer aber, die Flaschen herauszuholen.

. »Denk daran, du Kojote, daß ich dich auch durch die Scheibe treffen kann. Kugelsicher ist die nicht; so weit seid ihr noch nicht gekommen.«

Der Säufer gehorchte wieder, offenbar diesmal nicht ungern. Er glaubte wohl, nun könne nichts mehr schiefgehen. Gutwillig und ohne jeglichen Versuch, die Situation für einen Handstreich auszunutzen, stellte er die Flaschen bei Hanska ab.

»Okay, ihr Kojoten. Jetzt könnt ihr eure Messer ziehen und eure beiden Vorderreifen gründlich zerschneiden.«

»Bist du . . .«

»Ganz bei Sinnen, meine Herren. Los! Ihr wißt: Ich schieße euch nicht nur an. Wenn ich abdrücke, liegt ihr da und steht nicht mehr auf.«

Grimmig machten sich die beiden Killer an die Arbeit. Hanska achtete darauf, daß sie tatsächlich sehr gründlich vorgenommen wurde. Er schickte die beiden noch zu den Hinterreifen und zu dem Reservereifen und wartete mit eiserner Geduld, bis alles zu seiner Zufriedenheit ausgeführt war.

»So«, meinte er. »Nun kommt und sauft eure Flaschen aus. Jeder seine, jeder eine ganze. Das hattet ihr doch vor. Ja?«

»Wahnsinn!« schrien beide.

»Laßt es euch gut bekommen.«

Mit zwei Pistolen, die für zielsicher gehalten wurden, ließ sich viel erreichen. Hanska gab nicht nach, bis die Literflaschen geleert waren.

Er beobachtete die Wirkung. Die beiden fielen um. Die Menge

hatte gereicht. Beide waren nicht nur sternhagelvoll. Sie waren bewußtlos. Aber, dachte Hanska, sie werden es vermutlich überleben. Er gab seine Pistolen wieder in die Halftertaschen, holte sich die Revolver der beiden Killer von der Wiese, ihre Gewehre aus dem Wagen. Dann lud er die beiden in ihren Wagen ein und kettete diesen an den seinen. Das Gefährt lief auf den zerschnittenen Reifen sehr holprig, aber es lief.

Hanska fuhr zur Agentursiedlung. Sobald er sich überzeugt hatte, daß der Säufer und der Kurze noch nicht aufwachen würden, gab er ihnen Revolver und Messer zurück. In der Siedlung stellte er den Killerwagen auf offener Straße vor dem Amtssitz des Superintendent ab und gab dem Wächter Bescheid, daß er besagtes Fahrzeug aus Freundlichkeit aus der Prärie abgeschleppt habe. Entgelt verlange er nicht.

Einige grinsende Neugierige hatten sich schon eingefunden.

Die beiden geleerten Literflaschen lagen im Wagen neben den Besoffenen, die auch alle ihre Waffen bei sich hatten.

Hanska fuhr davon.

»Das war Stonehorn!« hörte er noch rufen.

In Hanska-Matho sträubte sich alles dagegen, sogleich zum kahlen Berg zurückzukehren und dort Rote Krähe und Ite-ska-wih wiederzusehen. Er war wieder er selbst, aber mit diesen beiden war er noch nicht fertig. Er lenkte daher in eine andere Richtung. Die Straßen waren leer, ihm selbst war nach einer Geschwindigkeit in Art gestreckten Galopps zumute, so drehte er auf und fuhr 120 Meilen die Stunde. In diesem Tempo gelangte er aus der Reservation hinaus bis nach New City, in das er gemäßigter einfuhr. Ziel war die Hütte seiner Tante Margret, der Schwester seines Wahlvaters, bei der das jüngste Kind der Familie untergebracht war. Sie wohnte noch immer in der Bretterhütte ohne Wasserleitung auf dem kleinen Grundstück inmitten von anderen kleinen Grundstücken und Bretterbuden, die von einigen Indianerfamilien nicht verlassen wurden. Die Mehrzahl der hier ansässigen Indianer war in benachbarte für sie erbaute Miethäuser eingezogen und arbeitete in der Fabrik. Auch der neue Häuserblock bildete eine Art Ghetto, in dem sich kein Weißer niederließ, aber die möglichen Lebensgewohnheiten dort waren dem einstigen Blockhaus oder Zelt noch fremder als die Hütten.

Margret pflegte freundlich zu strahlen, wenn sie Verwandtenbesuch erhielt, und so war es auch jetzt, als Hanska bei ihr eintrat. Verwunderung, fast Schreck beim Anblick eines großen schlanken Mannes in schwarzer Kleidung, ihrem Bruder dadurch ähnlich, verflogen, sobald sie ihren Besucher erkannte. Die Kinder waren alle zutraulich; Hanska war ihnen kein Unbekannter. Er setzte sich auf die Bettkante und nahm seinen jüngsten Bruder auf die Knie.

»Neues?« fragte er Margret.

»Das gibt's nicht für Indianer. Verfolgt, betrogen, betrogen, verfolgt. Aber die Kinder lernen in der Schule ganz gut. Nur nicht Geschichte, weil da alles erlogen wird.«

»Dein Mann?«

»Die Fabrik mag er nicht. Ist ja nicht besser als ein Gefängnis. Er geht wieder zum Holzfällen. Da sieht er wenigstens den Himmel, der für alle da ist. Wo hast denn du Inya-he-yukans Anzug her?«

»Hab' ich mir aus unserem alten kleinen Blockhaus herausgeben lassen. Ich hab' mir aber rasch ein Paar Jeans und das Hemd und die Jacke da gekauft, damit ich hier schon wechseln kann. Bei Russell natürlich gekauft, der schweigt.«

»Ach, du spielst Stonehorn, wenn's dir gerade paßt? Gut.«

Margret lachte leise, mit Tränen in den Augen, als sie die Kleider ihres toten Bruders in die Hand nahm. Auf einmal vergrub sie ihr Gesicht in der Jacke und stöhnte laut. Die Geschwister hatten sich sehr geliebt und in einem schwierigen Leben immer zusammengehalten.

Margret nahm sich wieder zusammen. »Wo willst du jetzt hin, Hanska?«

»Rasch mal zu Krause.«

Hanska machte sich auf. Während er die Serpentinenstraße aufwärts durch den Busch fuhr, dachte er an seine Wahlmutter Queenie-Tashina. Er machte an der Stelle halt, wo sie ermordet worden war. Die Zwillinge hatten Krause die Örtlichkeit ziemlich genau beschrieben. Hanska fuhr den Wagen zur Seite, stieg aus und ging durch den Busch. Es war mühsam. Das Gesträuch war dicht und hart. Wenn die Ermordete hier irgendwo verscharrt worden war, so mußten sich noch Spuren finden. Aber vielleicht hatten die Mörder die Leiche in ihrem Wagen über eine weite Strecke verschleppt, und nur der Zufall konnte helfen, sie zu finden.

In Krauses Werkstatt saß Hanska auf dem Werkstattisch und ließ die Füße hängen. Der Bub saß neben ihm; er hatte sehr wohl die Pistolen unter der billigen, dünnen Jacke erkannt.

»Stonehorn hatte noch eine dritte im Kniehalfter«, sagte er. »Habt ihr die nicht mehr?«

»Nein, die nicht, aber die Halfter.«

Krause hantierte mit seinen Museumsstücken herum, wie er stets zu tun pflegte, wenn er verlegen war. »Ja. Na ja, Hanska. Und was nun?«

»Wir müssen dafür arbeiten, daß der Killerchief abgewählt wird.«

»Beim nächsten Wahltermin — übers Jahr. Das hättet ihr gleich haben können.«

»Übers Jahr. So ist's. Bis dahin haben wir die Killer auf dem Hals und den heimlichen Bürgerkrieg.«

»Wo wohnt ihr denn?«

»Bei Dorothy.«

»Ihr Enkel Arthur ist mal wieder auf dem Heimweg. Auf den ist kein Verlaß. Medizinmann und modischer Geck und Maler auch noch. Seltsame Figur. Wasescha will das Haus seiner Mutter Hetkala wieder aufbauen, er nimmt mich auf. Oder ich werde Cowboy bei einem Watschitschun und ziehe in unser altes, kleines schwarzes Blockhaus.«

»Ich nehme euch auch mal auf, wenn es sein muß. Untschida ist eine tüchtige Frau. Komm, wir gehen hinüber ins Haus und essen etwas.«

Hanska war das nicht lieb, aber er wollte nicht ablehnen. Als er Untschida begrüßte, zog wie in einem schnellen Traum alles wieder an ihm vorüber, was er mit ihr und Ite-ska-wih gemeinsam erlebt hatte.

Nun war es so gekommen, daß er seine Frau hergeben mußte.

Er aß den Teller Fleisch auf, ohne daß es ihm sonderlich schmeckte. Von den Zwillingen wußte Krause nichts Neues. Die Bemühungen von Lehrer Ball hatten noch keinen entscheidenden Erfolg gebracht.

Krause fragte aber: »Wie ist das, Hanska, du brauchst doch Geld. Willst du ein Pferd verkaufen?«

»Ich reiß' mir nicht gern das Herz aus dem Leib.«

»Moment. Da hast du dreitausend. Wenn du verkaufen solltest, bin ich zuerst dran.«

»Auch beim Rückzahlen, Krause. Hau.«

Hanska-Mahto fuhr mit Spitzengeschwindigkeit zurück. Sein Wagen war nach den allgemeinen Vorstellungen des Landes, in dem er lebte, recht alt, aber er war gut gepflegt und gut gefahren und nahm es noch mit vielen anderen auf. Hanska wählte den Weg durch die Agentursiedlung, tankte dort voll und ließ auch seine Reservekanister füllen. Aus den Augenwinkeln musterte er das Killerauto, von dem die zerschnittenen Reifen abgezogen und noch nicht wieder ersetzt waren; es stand auf den Felgen. Der Tankwart kicherte, als er Hanskas Blickrichtung bemerkte.

»Die beiden liegen im Hospital«, sagte er. »Diesmal war's doch zu viel. Stonehorn soll sie hergeschleppt haben. Er scheint ja wieder dazusein.« Der Tankwart schüttelte den Kopf, wahrscheinlich, weil er an die zerschnittenen Reifen und den Zustand des Killerwagens überhaupt dachte. Er hatte nicht nur eine Tankstelle, sondern auch eine Reparaturwerkstatt.

Hanska zahlte, grüßte und fuhr noch bei Morning Star junior vor. Die Stimmung war gedrückt.

»Wie geht es Percival?« erkundigte er sich.

»Du kannst ihn sehen«, sagte Yvonne. »Er liegt bei uns. Whirlwind, der große Rancher, will von einem Cowboy, der bei den Aufständischen war, nichts mehr wissen. Dem Hospital traut Percival nicht mehr. Es untersteht formal der Verwaltung, praktisch dem Killerchief. Du kannst Percival sehen, aber erschrick nicht.«

Hanska ging hinüber in den kleinen Raum, in dem Percival im Halbdunkel lag. Kopf und Arme waren über und über verbunden.

»Doc Eivie hilft noch, wo er kann«, erzählte Yvonne. »Sie wollen ihn aber nicht mehr auf der Reservation dulden.«

Percivals dunkle Augen schauten aus den weißen Verbänden heraus auf Hanska. Er konnte nur mit Mühe sprechen.

»Dank dir«, sagte er. »Der Säufer und der Kurze sind es gewesen. Wie du das wohl mit denen gemacht hast?«

»Erzähl' ich, sobald du wieder auf bist, Percival.«

Hanska-Mahto startete. Er wollte Bob und Melitta besuchen, nach Wasescha und Tatokala fragen, wenn möglich Lehrer Ball noch einmal persönlich treffen. Dafür waren zwei Tage zu rechnen, denn sie alle wohnten nicht in der Agentursiedlung. Die Ranches lagen weit verstreut. Bei der Ansiedlung vor einem Jahrhundert hatten die Sieger die Indianer meist nicht in Gruppen, sondern in einzelnen Familien ansässig gemacht, so wie es ihre eigene Siedlungsweise in der Prärie gewesen war. Für das Zusammenleben und Zusammenhalten, das die Indianer seit alters gewohnt waren, erwies sich diese Siedlungsweise als recht hinderlich; sie besuchten einander, sooft sie konnten, die Weißen schalten sie dann Vagabunden.

Bei Bob und Melitta, die Hanska zuerst aufsuchte, traf er noch ein unzerstörtes Haus; die vier Pflegekinder waren alle da; vom Vieh war nichts abhanden gekommen. Erstaunlich schien das. Bob hatte sich vor Jahren geweigert, Soldat zu werden, und war dafür ins Gefängnis gegangen. Er hatte an dem Aufruhr teilgenommen. Trotzdem blieben er und seine Frau bis jetzt ungeschoren.

Hanska saß bei den beiden. Ihre Ranch lag derjenigen benachbart, in der er als Wahlsohn Inya-he-yukans und Tashinas aufgewachsen war.

»Du magst dich wohl wundern, daß sie uns in Ruhe lassen«, erklärte Bob. »Ich hab' ein stilles Abkommen mit unserem weißen Nachbarn getroffen, der sich eure Ranch unter den Nagel gerissen hat. Ich sorg' dafür, daß ihm weniger Vieh gestohlen und weniger Zäune eingerissen und weniger Reifen angestochen werden als anderen Weißen auf unserer Reservation. Als Gegenleistung sorgt er dafür, daß der Killerchief uns nicht verfolgt. So ist's. Ich sag' dir das ehrlich, Hanska. Ich vertrage mich mit dem Räuber. Es ist eine Schande, aber es ist wahr. Du könntest bei ihm Cowboy werden und deine Pferde dabei gut unterbringen. Er redet immer wieder von einem jungen Mann und einem Scheckhengst, die ihm beide gefallen haben.«

»Was machen Wasescha und Tatokala?«

»Sie bauen wieder bei dem versumpften Brunnen. Das alte Zelt Hetkalas haben sie wieder gefunden. Es waren nur die Stangen zerbrochen. Sie haben es aufgestellt. Darin leben sie zunächst einmal. Von Arbeitslosenunterstützung. Sie leben gefährlich, denn Wasescha ist unser Chief-President vor dem Killer gewesen und hat bei uns Aufständischen eine große Rolle gespielt; das weißt du ja. Übrigens hört man weiter nichts, als daß der Große Vater in Washington die Rechtskraft der alten Verträge prüfen läßt.«

»Was hätten wir noch tun sollen, damit sie gleich anerkannt werden?«

»Wir, die da droben gewesen sind, haben alles getan, was möglich war. Hanska, wir waren zusammen und haben der Welt gezeigt, daß wir noch immer da sind. Gut. Wir werden unsere Kinder als Indianer erziehen.«

Hanska sah Melitta an, daß sie ihr erstes Kind erwartete. Der Gedanke an sein eigenes Kind, das er in neun Monaten hatte begrüßen wollen, schmerzte ihn sehr; die Wunde war aufgerissen. Er verabschiedete sich aus der Idylle.

Zu Ball wollte er nicht mehr fahren. Unruhe überfiel ihn plötzlich wie ein wirrer Wind. Er mußte zu seinen Pferden; in diesen Zeiten konnte er sie nicht noch länger ohne Schutz und Wartung lassen.

Er hätte denken mögen: Ich muß zu Ite-ska-wih. Aber er rang diesen Gedanken nieder und erstickte ihn mit aller Gewalt. Er hatte auf sie verzichtet, um ihr Leben zu retten. Ein Mann sprach nur einmal.

Unterdessen lebte Ite-ska-wih im Blockhaus am kahlen Berg. Sie versorgte die Hunde, sie sorgte für die Pferde, sie besuchte die Biber, die sehr scheu geworden waren. Sie half Dorothy, sie machte mit Hetkala weiter die schönen schwierigen Stickereiarbeiten. Von ihrer Krankheit war kein deutliches Zeichen zurückgeblieben.

Sie dachte von früh bis spät an Hanska-Mahto. Von der Abmachung zwischen Rote Krähe und Hanska wußte sie noch immer nichts. Sie spürte nur, wie der Siksikau manchmal einen Ansatz machte, ihr etwas zu sagen, und dann doch wieder schwieg.

Ite-ska-wih war in diesen Tagen still geworden. Es lag wie ein ihr selbst nicht enträtselbarer luftleerer Raum zwischen ihr und allen andern, ausgenommen ihren Bruder Ray. Ray hatte nach Spuren gesucht und viel von dem Geschehen erraten können: Die Killer und Hanska waren einander begegnet; Hanska hatte den Killerwagen mit zerstörten Reifen abgeschleppt, also war er der Sieger geblieben. Kein anderer hätte den im Lande ungewohnten englischen Jaguar so gewandt gefahren. Er war Sieger und kam wieder. Man mußte nun auf ihn warten.

»Warte also ruhig«, sagte Ray zu seiner Schwester auf der Pferdeweide, »und bilde dir nie mehr ein, daß Hanska mit unsern Feinden nicht fertig wird. Fange mir nicht mehr mit solchem feigen Traumgefasel an. Weißt du überhaupt, was du damit angerichtet hast?«

Ite-ska-wih schaute ihren Bruder nur fragend an.

»Der Siksikau will dich nach Kanada mitnehmen. Hast du dich etwa in ihn verliebt? Ich meine, weil er dich aus deiner eingebildeten Krankheit retten konnte mit seiner Bibermedizin?«

Ite-ska-wih schüttelte nur den Kopf.

»Also gut. Du hast dich nicht in den Krähenvogel verliebt. Dann mögen die beiden das miteinander ausmachen.«

Ray begab sich wieder einmal auf eine seiner Touren. Er war ein ruheloser Geist. Auch Rote Krähe litt es kaum beim Blockhaus. Er ging immer wieder auf Jagd nach kleinem Getier und half die Küche versorgen. Ite-ska-wih blieb bei der Appalousastute, deren qualvolle und abenteuerliche Geschichte sie inzwischen erfahren hatte. Sie dachte über die Worte des Bruders nach. Schlimmes hatte sie bewirkt mit ihrer Angst und ihrem grenzenlosen Gram. Sie hatte Hanska und seiner Bärenseele nicht mehr vertraut. Die Medizin des alten Biber hatte sie aus ihrer Krankheit befreit. Der alte Biber hatte das getan, und er hatte dabei gelitten. Auch Rote Krähe hatte dabei gelitten; die tiefsten seiner Wunden waren noch immer nicht verheilt; seine Augen lagen wie eingegraben in den Höhlen. Hanska glaubte vielleicht, daß Ite-ska-wih ihn nicht mehr liebe. Das Kind unter ihrem Herzen aber war sein Kind und das lebende Zeugnis dafür, daß sie sein war.

Ite-ska-wih mochte noch nicht in die Hütte zurückgehen. Sie wurde mit dem, was sie durch Ray erfahren hatte, nicht fertig.

Als sie nach einer Stunde einen Motor brummen hörte, wußte sie, daß es nicht der des Jaguar war. Nicht Hanska-Mahto kam. Es mußte ein Fremder sein. Sie versteckte sich hinter der Stute, um zu beobachten, ehe sie selbst beobachtet wurde.

Was kam, war ein einfacher Ford, wie Ite-ska-wih ihn von der großen Stadt her kannte. Am Steuer saß ein fremdartiger Mensch. Als er anhielt und ausstieg, konnte Ite-ska-wih ihn genauer sehen. Er mochte etwa 50 Jahre alt sein. Sein schwarzglänzendes Haar war in Wellen gelegt; seine Haut hatte das echte Indianerbraun. Seine Kleidung war nicht die der Hirten, auch nicht die der Lehrer oder Verwaltungsbeamten. Er hatte sich auffälliger angezogen, bunter, ausgewählter. In der Hand hielt er eine Flinte in einer kostbaren Lederumhüllung.

Das konnte nur Arthur sein, Dorothys Enkel.

Ite-ska-wih schaute zu, wie er in das Blockhaus hineinging. Sie hoffte, daß er sie nicht bemerkt habe. Sie wollte noch lange allein mit sich bleiben. Nach einiger Zeit wurde Ite-ska-wih aber von Dorothy gerufen. Das war ungewöhnlich. Die beiden alten Frauen ließen den jungen Leuten vollständige Freiheit, wann und wie sie kommen und gehen wollten. Nur des Nachts war stets mindestens einer der jungen Männer da und hatte seine Waffen bereit; das war die einzige Regel, die galt.

Dorothy mußte also einen gewichtigen Grund haben, Ite-ska-wih jetzt ins Haus zu holen. Die junge Frau folgte dem Ruf sofort.

In dem Blockhaus stand sie Arthur gegenüber. Er hatte gegessen; Hetkala brachte eben Schüssel und Becher weg. Merkwürdigerweise hielt er seine Jagdflinte in der Lederhülle in der Hand und hatte seinen Rock an, als ob er schon wieder aufbruchsbereit sei und irgend etwas zu unternehmen plane. Er ging aber nicht weg, sondern setzte sich an eine Bankecke, von der aus er Ite-ska-wih von Kopf bis Fuß mustern konnte.

»Du bist also Ite-ska-wih.« Er sprach die junge Frau englisch an. Sein Tonfall war mehr als achtungsvoll, er klang anerkennend. Sie vermutete nach seinen Worten und seinem Verhalten, daß er sie draußen auf der Wiese doch schon gesehen und sich bei Dorothy nach den Gästen im Hause erkundigt hatte.

»Ja, ich bin Ite-ska-wih.«

»Du wohnst mit deinem Bruder und mit zwei Fremden hier bei uns.«

»Ja.«

»Ihr habt an dem Aufstand teilgenommen. Das ist nicht gut. Du kannst das nicht beurteilen, aber ich werde es dir erklären. Wir sollten an die Geheimnisse denken, nicht an die Waffen und die Politik.«

Ite-ska-wih schwieg.

Er ließ die Erscheinung der sehr jungen Frau offenbar mit wachsender Bewunderung auf sich einwirken.

»Du bist schön, Ite-ska-wih«, sagte er nach einer sehr langen, die Nerven anspannenden Pause. »Das ist nicht wichtig. Du hast schon Geheimnisse erlebt. Das leuchtet durch dein Gesicht hindurch. Ich werde dich malen, als eine indianische Frau, die von Wakantanka, dem Großen Geheimnis, weiß.«

Ite-ska-wih gab keine Antwort. Sie war nicht sicher, ob Arthur die fremden Gäste im Haus seiner Großmutter dulden wollte. In der Zeit, in der er sie malte, mußte er aber wohl Gastfreundschaft üben. Deshalb widersprach sie nicht.

»Morgen können wir beginnen, Ite-ska-wih. Wie wirst du von den Weißen genannt?«

»Mara.«

»Ich will dich Mara nennen. Morgen beginnen wir. Die Bilder von dir formen sich schon für mein inneres Auge zu einem einzigen Bild, aus dem alles spricht.«

Aus seinen Phantasien glitt Arthur plötzlich zu seinen Leibesinteressen zurück. Er lief hinaus zu seinem Wagen und kam mit einer Büchse Nescafé zurück, die er Dorothy gab. Er ließ sich von ihr einen sehr starken Mokka machen. Ite-ska-wih ging zur Seite und arbeitete am anderen Tischende an ihrer Stickerei weiter.

Arthur lächelte.

»Vielleicht so«, sagte er. »Vielleicht male ich dich so. Was für ein Muster stickst du?«

»Das Tipi.«

»Wir werden über sein Geheimnis sprechen, während ich dich male. Ich bin ein Geheimnismann.«

»Das habe ich gehört.« Ite-ska-wih benutzte den Moment der Antwort, um in seine Augen zu sehen. Sie hatten den sonderbaren Glanz der Medizinmannesaugen. Aber sein Mund war von einer unruhigen Beweglichkeit; seine Lippen verzogen sich rasch von einem Ausdruck zum andern. Seine sturzartige Redeweise gewann Ite-ska-wihs Vertrauen nicht. Kaum war er aus dem Wagen gestiegen und hatte im Blockhaus Bohnen gegessen, da überfiel er schon seine wortkarge Gesprächspartnerin mit seinen Ideen. Indianisch war das nicht, auch nicht die Art eines echten Geheimnismannes. Hetkala schien dies ebenso zu fühlen wie Ite-ska-wih. Aber in Dorothys Haltung lag nichts als Bewunderung für den Enkel, der Maler und Geheimnismann geworden war.

»Ich bin durch den Sonnentanz gegangen und habe zwei Tage lang in die Sonne gesehen, ohne blind zu werden. Du wirst das verstehen lernen, Mara; ihr alle werdet von der vergeblichen Meuterei ablassen. Dann könnt ihr in diesem Hause wohnen bleiben.«

Ite-ska-wih senkte den Kopf noch tiefer über ihre Stickerei. Arthur spielte mit seiner Jagdflinte herum.

»Heute gehe ich durch die Wiesen. Morgen arbeite ich wieder. Hier kann ich wieder arbeiten, ja. Hier bin ich zu Hause.«

Arthurs Redeschwall brach ab.

Seine Züge wurden ruhiger.

Hier ist er zu Hause, dachte Ite-ska-wih. Hier ist er als Bub über die Wiesen gelaufen, hat mit Hunden und Pferden gespielt, am

Bach Kiesel aufgelesen, sich über die klugen Biber gewundert und sich vor den unheimlich zerrissenen unfruchtbaren Bad Lands gescheut. Hier war er bei Mutter Erde unter dem großen Vater Himmel in der stillen Weite. Woher mag die Unruhe und der Zwiespalt in ihn eingezogen sein? Sein Medizinmann-Lehrer hat ihn nicht davor beschützen, nicht davon befreien können. Ite-ska-wih begann Mitleid mit Arthur zu empfinden. Vielleicht erzählten sie mehr von ihm und seinem Schicksal. Es wäre gut gewesen, mehr von ihm zu erfahren, denn er konnte Ite-ska-wih, Hanska, Ray und Rote Krähe das Obdach weiterhin gewähren oder sie vertreiben.

Arthur reckte sich auf; er schien nun wirklich das Haus verlassen zu wollen. Die Jagdflinte nahm er wieder sachgerecht zur Hand. Sein Ausdruck, eben noch milde-wehmütig, schlug ins Düstere um. Er wird alle Plätze aufsuchen wollen, die zu seiner Heimat gehören, dachte Ite-ska-wih, während Arthur das Haus verließ und die Tür hinter sich zuschlug.

»Er darf sie nicht erschießen!« schrie Iliff gellend auf. »Ihr müßt ihnen helfen!«

Dorothy legte erschrocken die Hand auf den Mund, um Iliff Schweigen zu bedeuten. Hetkala blickte beunruhigt auf Ite-ska-wih.

Die junge Frau legte die Stickerei sorgfältig zusammen und ging zu Iliff hin.

»Iliff«, sagte sie sehr ruhig und sanft, »sage mir, wen Arthur nicht erschießen soll?«

»Die Biber! Ite-ska-wih, er will die Biber ermorden, weil sie den Baum gefällt haben! Dorothy hat es ihm gesagt. Er will sie bestrafen. Ite-ska-wih, er darf es nicht tun!«

»Vielleicht wird er es nicht tun, Iliff, vielleicht wird er es gar nicht mehr tun wollen, nicht wahr, wenn ich für die Biber bitte.«

Ite-ska-wih verschwand schnell wie ein Wiesel aus dem Blockhaus.

Arthur hatte Vorsprung vor der jungen Frau. Aber seine Spur verriet, daß er nur mäßig schnell ging und eine bequeme Route zu Bach und Biberbau wählte. Ite-ska-wih rannte querfeldein; sie hetzte aufwärts, bis sie keuchend bei den Biberbauten anlangte. Die Tiere verschwanden schnell in ihrem Bau.

Arthur war noch nicht da.

Ite-ska-wih blieb stehen, schaute über das weite Land und wartete gelassen auf den Jäger Arthur.

Sie war entschlossen, jede Gefahr auf sich zu nehmen, um die Biber zu retten. Die Biber, das waren die klugen Kleinen, die den Steinknaben endlich besiegt hatten. Die Biber hatten eine Menschenseele. Der alte Biber hatte ihr seine Medizin gegeben, so daß sie wieder gesund werden konnte.

Da Ite-ska-wih ganz entschlossen war, blieb sie auch ganz ruhig. Arthur kam am Bachufer herauf. Er hatte die Hülle von seiner Jagdflinte abgenommen. Als er Ite-ska-wih am Ufer stehen sah, hob er den Kopf. Ein Gewirr noch nicht zur Entscheidung findender Empfindungen spielte in seiner Miene. Er mußte Iliffs Aufschrei noch gehört haben. Dennoch hatte er an seinem Vorhaben festgehalten.

»Da bist du, Mara!« sagte er, erstaunt, ärgerlich, bewundernd, als er die junge Frau erreichte. »Ich werde sie töten. Sie haben den Baum vernichtet, diesen Baum! Den Kalikobaum. Er war unseren Vorfahren heilig. Er gibt seine Zweige für den Sonnentanz. Ich habe diesen Baum gekannt, seit ich als Kind laufen lernte und mit der Großmutter bachaufwärts ging. Es wachsen nicht viele Bäume hier. Ich habe diesen Baum geliebt. Die Biber haben mir mit ihren Zähnen das Herz angenagt. Ich werde sie töten. Hau. Du verstehst das.« Arthur sprach mit seiner sanften Stimme. Ite-ska-wih, die er für ein Mädchen halten mußte, hatte ihm auf den ersten Blick gefallen. Er mochte sich freuen, sie hier allein in der Einsamkeit wiederzutreffen.

Ite-ska-wih stand an der gleichen Uferseite des Baches, an der Arthur heraufgekommen war, etwa fünf Meter entfernt von ihm. Sie antwortete nicht sogleich.

»Du hast den Baum geliebt, Arthur«, sagte sie endlich. »Er ist tot. Du trauerst um ihn. Das verstehe ich. Ich liebe den alten Biber; er lebt. Bitte, töte ihn nicht. Ich bitte dich darum.«

»Mara, dies ist kein Spiel.« Arthur machte seine ernste gewichtige Stimme. »Das ist ein Gericht. Die Biber sterben alle für ihre Untat.«

»Ich mit ihnen, Arthur.«

»Rede nicht irre, Mara!« Arthur war über die Art des Widerstandes, auf den er traf, erschrocken und erzürnt.

»Arthur, dies ist wirklich kein Spiel. Du willst Biber töten, die den Menschen gleich sind. Sie leben so, wie Wakantanka es ihnen gegeben hat zu leben. Samen des Baumes liegen noch vom Herbst umher. Wir können sie pflanzen, und ein neuer Baum wird wachsen. Tote Biber aber gebären nicht mehr. Töte sie nicht, Arthur. Nichts Strafwürdiges haben sie getan.«

»Geh weg. Du brauchst nicht mitanzusehen, wie ich sie töte. Eine weichmütige Frau bist du. Dies aber ist ein Gericht.«

»Arthur, weißt du, ob das Gericht nicht über dich selbst kommen wird? Du hast vor, unrecht zu tun. Denke an den Steinknaben. Die Biber, das sind wir selbst.«

Der Bach rauschte. Wind wehte über den Hang. Ite-ska-wihs schlichte, schöne Gestalt hob sich gegen Wiese und Himmel ab. Dieses Bild und die unerwartete Gegenwehr, auf die er traf, reizten Arthur immer heftiger auf.

»Ich habe vor, mich nicht länger um dein Geschwätz zu kümmern. Du bist nicht hierher gelaufen, um mich zu treffen. Du bist nur hierher gelaufen, um mir die Biber zu verscheuchen. Geh weg!«

»Arthur, ich bleibe hier. Laß uns Frieden halten.«

»Was heißt ›uns‹? Ich bin nicht deinesgleichen. Ich bin mehr als du. Das begreifst du wohl nicht, hübsches Gesicht. Geh weg! Ich sage es dir zum letzten Mal. Es bekommt dir schlecht, wenn du mir trotzt, du samt deinen Aufrührern.«

»Was willst du mir tun, Arthur, wenn ich dich noch einmal bitte, die Biber nicht zu töten?«

»Das wirst du ja sehen, freches Ding.«

Der Jäger Arthur hob den Lauf seiner Waffe; er wollte anlegen. Vielleicht wollte er nur drohen. Vielleicht wollte er handeln. Die Biber waren in ihrem Bau. Sein Ziel konnte nur Ite-ska-wih sein. Sie trat zwei Schritte auf ihn zu.

»Tue es nicht, Arthur.«

In dem Manne, der sich selbst leicht die Zügel schießen ließ, quoll der Jähzorn auf. Sein Gesicht wurde dunkel vom aufschießenden Blut. Er drehte die Waffe um, er wollte Ite-ska-wih mit dem Kolben schlagen.

Sie hatte sich im gleichen Augenblick zur Gegenwehr gefaßt. Sie griff an. Mit einem Karatemanöver brachte sie ihn zu hartem Sturz. Die Flinte flog in den Bach und war fürs erste unbrauchbar.

Arthur stand nicht ohne Mühe auf. Er war nicht mehr bei Sinnen. Zum zweitenmal wollte er auf Ite-ska-wih losgehen.

Da glaubte er ein Phantom vor sich zu sehen. Neben der jungen Frau standen zwei große junge Männer. Sie sagten nichts. Stumm standen sie da, aufrecht, drohend. Nichts rührte sich an ihnen; auch die Augen blieben starr.

Arthur prallte zurück.

Er wischte sich über die Augen, um das Phantom auszulöschen. Aber es blieb.

»Verrückt«, brachte er hervor. »Wo kommt ihr her? Wer seid ihr? Was wollt ihr?«

»Die Schutzgeister der Biber«, sagte Ite-ska-wih leise. Zuerst war sie ebenso erschreckt gewesen wie Arthur, als rechts und links von ihr plötzlich je ein großer Indianer stand. Aber gleich darauf wußte sie die Biber und sich selbst in guter Hut.

»Geheimnismann Arthur«, sagte der Siksikau mit schwerem Ernst, der seine Stimme mehr noch als seine Worte zur Drohung machte, »du wolltest morden und die Geheimnisse nicht achten. Die Sache des Bibers aber ist größer als dein kleiner Geist unter einem künstlich gelockten Skalp. Geh in dich und störe die Biber nie mehr. Sonst würdest du sterben. Ich sage dir, du wirst sehr krank, wenn du mordest. Hau.«

Arthur wich zurück.

Das stumme Ringen dauerte lang.

Dann brach der Widerstand Arthurs zusammen wie ein Stamm im Sturm, wenn er schon seit langem gespalten ist.

Er rannte davon, bachabwärts zum Blockhaus, um dort Schutz vor der Erscheinung des stärkeren Geheimnismannes zu finden.

Ite-ska-wih, Hanska und Rote Krähe blieben allein. Es wäre an der Zeit gewesen, eine Pfeife zu rauchen, aber die beiden jungen Männer hatten, als sie nach Hause gekommen waren, das Blockhaus windschnell wieder verlassen und nicht an ihre Pfeife denken können. Dorothy und Hetkala hatten ihnen berichtet, was geschehen war und was sie befürchteten. Arthur und Ite-ska-wih waren zu den Bibern unterwegs mit einander ganz widerstrebenden Absichten.

Das Ende hatten Hanska und Krähe dann selbst erlebt und mit herbeigeführt.

Hanska holte die Flinte aus dem Bach. Alle drei setzten sich zusammen in die Wiese, in einiger Entfernung vom Bachufer, um die Biber nicht zu stören.

»Er wird nie wieder hierher kommen«, nahm Hanska den Faden zu einem Gespräch auf.

»Nie wieder«, bestätigte Rote Krähe und ließ seine eigene Erregung dabei langsam und mühsam abklingen. Ein Zauberspruch wie dieser, mit dem er Arthur bezwungen hatte, kostete ihn viel Kraft.

»Übrigens wäre Ite-ska-wih auch ohne uns mit ihm fertig geworden.«

Hanska nickte mehrmals vor sich hin.

»Denke ich auch, Rote Krähe. Aber sie hätte ihn nicht so bezwingen können, daß er nie wieder kommt, es sei denn, sie hätte ihn getötet. Doch du bist ein Geheimnismann.«

»Ich habe Macht, aber keine Allmacht. Nach dem, was zwischen uns und Dorothys Enkel Arthur geschehen ist, werden wir nicht mehr in Dorothys Haus bleiben können.«

»Kaum.«

»Ich gehe zurück zu den Siksikau.«

»Ich bleibe hier in unserer Prärie«, entschied sich Hanska. Er wollte nicht bei Vater Beaver leben.

Die beiden jungen Männer sprachen nicht von einem plötzlich gefaßten Entschluß. Sie hatten längst viele Möglichkeiten erwogen.

Ite-ska-wih hatte dazu noch nichts gesagt. Sie spürte aber, daß die beiden Männer auf ein Wort von ihr warteten.

»Sprich«, sagten sie beide, als sie zögerte.

»Ihr habt gesprochen, Ray hat es mir gesagt. Ich gehe aber zu Untschida zurück.«

Helles Gesicht richtete ihre Worte weder an Hanska noch an Rote Krähe. Sie sprach vor sich hin, für sich selbst, entschlossen und verschlossen.

»Nicht ehe du entschieden hast«, erwiderte der Siksikau.

»Ich habe entschieden.«

»Hanska-Mahto hat groß gedacht. Er liebt dich sehr, mehr als sich selbst. Das weiß ich jetzt. Weißt du es auch, Ite-ska-wih? Er wollte dich hergeben, dich mir geben, um dein Leben zu retten.«

Die junge Frau schaute Hanska an, als ob es an ihm sei zu antworten.

»Es war schwer für mich, Ite-ska-wih. Rote Krähe hat mich hart geprüft.«

»Mein Bruder Hanska hat die Probe bestanden. Er liebt dich mehr als sich selbst, Ite-ska-wih. Du liebst ihn. Ich gehe zu meinem Stamm zurück. Hau.«

»Hanska, ich bin nie etwas anderes gewesen als deine Frau. Hoje! Das bleibe ich auch bei Untschida.«

»Bleibe es bei mir, Ite-ska-wih.«

Helles Gesicht dachte lange nach.

»Ich bleibe, Hanska. Aber glaube nie wieder, ich würde mein Leben damit kaufen, daß ich die Frau eines anderen Mannes werde. Du, Rote Krähe, hast große Macht, das ist wahr. Mißbrauche sie nie wieder. Sage uns, ob wir dich wieder an unserer Seite sehen, wenn Indianer zusammenstehen müssen?«

»Ja, Ite-ska-wih. Die Stunde wird kommen. Sie rechnen jetzt und brüten, wie sie uns ganz vernichten können. Ich sehe sie. Seit fünfhundert Sommern und Wintern haben sie nichts anderes im Sinn. Aber wir leben. Sie werden noch einmal fünfhundert Sommer und Winter ihre Pläne schmieden. Wir werden aber auch dann noch nicht gestorben sein, oder sie gehen mit uns zusammen unter. Ich habe gesprochen.«

Rote Krähe und Hanska gaben sich die Hand, auf die besondere Art, die Freundschaft besiegelt. Hanska nahm Ite-ska-wih in die Arme, wie er schon zweimal getan hatte, als Entscheidungen reif waren. Das drittemal war die Bestimmung für das ganze Leben unverbrüchlich; auch kein Zauber konnte sie mehr trennen.

Aus dem Bau im Bach spitzte der alte Biber hervor, lugte munter und begann, seinen Damm weiter zu verstärken.

Die drei gingen miteinander bachabwärts zum Blockhaus.

Hanska und Krähe beachteten die Spuren, die der flüchtende Arthur in der Wiese zurückgelassen hatte. Er war im feuchten Gras zweimal ausgerutscht und gestürzt. Er war gerannt wie ein Verfolgter, der keiner ruhigen Überlegung mehr fähig ist.

Auf dem Wiesenweg vor dem Blockhaus war kein Wagen mehr zu sehen. Das weiße Zelt lag zerstört am Boden. Die tief eingeprägten Radspuren zeigten an, daß Arthur in schnellerem Tempo weggefahren war, als es auf einem solchen Wege gut tat.

In das Haus einzutreten fiel den dreien schwer. Hanska griff nach der Klinke und öffnete.

Die alte Dorothy saß auf der Wandbank; sie hatte die Arme auf den Tisch gelegt und verbarg ihr Gesicht. Hetkala saß bei ihr, stumm, die Hände im Schoß. Iliff hockte in seiner Ecke, blaß, Schweiß an den Schläfen. Zu seinen Füßen lag der graue Wolfshund, der sonst nicht im Hause geduldet wurde. Ray stand am Herd und trank die letzten Tropfen Kaffee aus einem Becher.

»Ja, es ist soweit«, begrüßte er die Eintretenden. »Arthur ist auf und davon. Für immer. Wir können wohl kaum bleiben.«

»Für immer, ja«, wiederholte Ite-ska-wih, in ihrer Stimme klang ein Schauer mit.

»Er spinnt, hat Angst vor einem Fluch. Was habt ihr bloß mit ihm gemacht. Dorothy ist verzweifelt.«

Rote Krähe packte wortlos seine paar Sachen zusammen.

»Soll ich dich fahren?« fragte Hanska.

»Ich laufe. Lebt wohl.«

Rote Krähe drückte die schwere Tür hinter sich zu.

Hetkala stand auf, ging zu Ite-ska-wih, die noch mitten im Raum stand, legte den Arm um ihre Schultern und führte sie hinaus. Mit einer leichten Kopfbewegung bedeutete sie Hanska und Ray mitzukommen.

Draußen suchte sie einen Platz am Fuß des Berges, an dem sich gut lagern ließ und von dem aus der Blick in die Weite gehen konnte. Es war ein Platz zum Grübeln, zum Beraten und Entscheiden und zum Beobachten, ob sich etwas Feindseliges nähere. Neues Gras sprießte hier schon aus dem Boden, die Abendsonne schickte ihre Strahlen ungehindert, der Wind wurde von einer Bodenwelle abgewehrt. Der Wunsch, daß einer sprechen möge, richtete sich an Hanska. Er aber bat Hetkala zu sagen, was sie denke. Keiner wußte, wem sie recht und wem sie unrecht geben würde. Doch mußte das ohne langes Hin und Her und ohne Wenn und Aber auf der Stelle ausgesprochen werden. Dorothy saß verlassen in ihrem Haus. Sie durfte nicht lange allein bleiben, während die andern miteinander sprachen.

»Arthur wollte den Bibern unrecht tun.« Hetkala sprach mit Nachdruck; sie wollte keine andere Meinung hören. »Er hat auch Dorothy unrecht getan, als er für immer davonlief.«

»Wie konnte er so werden?« fragte Ite-ska-wih, ungewiß, ob es ihr zukam, sich jetzt schon einzumischen.

Hetkala überlegte; sie hatte diese Frage nicht als erste Frage erwartet. Sie wollte aber gründlich antworten.

»Er ist eines der Opfer«, versuchte sie schließlich zu erklären. »Er ist hier Kind gewesen. Er hat die Erde, das Gras, die Bäume, die Tiere geliebt. In der Schule hat er sehr gut gelernt, aber nichts Gutes. Er hörte, daß Indianer primitive Banditen seien, die erzogen werden müßten. Er wußte nicht, ob er trotzen oder sich schämen solle. Er schwankte hin und her. Da er gut malen konnte, kam er auf eine Kunstschule, fern von hier in der Stadt. Seine Lehrer verstanden ihn nicht. Er bewunderte einen großen indianischen Maler, der nur Indianisches malte. So lebte er wieder im Zwiespalt. Er fürchtete die Watschitschun, ihren Hochmut und ihren Spott; er beugte sich, aber er wollte sie auch zur Achtung zwingen. Er wurde ein Geheimnismann in Watschitschunkleidern mit Lockenhaaren. Es zerriß ihn; in seinem Innern hat er Wunden, die eitern und stinken. Sein Geist verwirrt sich. Er ist nicht der einzige von unseren Brüdern und Schwestern, dem es so erging und ergeht. Ich habe große Sorge um ihn.«

»Wir können nicht mit ihm leben«, sagte Hanska. »Wir werden gehen. Aber was wird aus Dorothy? Bleibst du bei ihr?«

»Ich gehe zu meinem Sohn Wasescha und meiner Tochter Tatokala, die in unserem alten Tipi leben.«

»Was wird aus Dorothy?« fragte nun auch Ite-ska-wih. »Wir haben ihr den Enkel genommen. Sie hat sonst niemanden.«

»Doch.« Hetkala lächelte ein wenig, unsicher, freundlich, sicherer werdend. »Ich denke, es gibt jemand unter uns, der bei ihr bleiben und ihr helfen kann. Wißt ihr das nicht?«

»Nein«, gestand Hanska.

»Aber Ray weiß es.« Hetkala richtete das Wort an ihn.

Ray wurde verlegen. »Du hast recht. Dorothy mag mich, weil ich noch wie ein Weißer daherrede, nicht im Ring war und gar nichts von einem Geheimnismann an mir habe. Ich kann mich mit ihr vertragen. Sie ist als eine Halbweiße geboren und wird nie etwas anderes werden. Ich bin ein Halbweißer geworden in den Straßen der großen Stadt, aber ich kann wieder ein Indianer werden, als der ich geboren bin. Inya-he-yukan hat mich angesehen, ehe er starb. Er hat mich gerufen, ich bin gekommen, ich bleibe. Ich kann bei Dorothy leben, aber nicht mit ihr allein. Ich werde mir eine zweite Großmutter dazuholen, meine Untschida. Sie kann etwas Besseres tun als für Krause Steaks braten. Sie kann Menschen beschützen.«

»Willst du dir nicht ein Mädchen dazuholen?« forschte Hetkala freimütig.

»Wenn ich eines finde, das so gut, aber vernünftiger ist als meine aufgeregte Schwester Ite-ska-wih — dann ja. Ich habe aber noch keines von der Sorte entdeckt.«

»Entschieden«, sprach Hanska. »Ray, du bleibst hier und holst auch Untschida zu Dorothy. Ihr drei seid dem Killerchief nicht verdächtig; selbst Dorothy ist nicht mehr verdächtig, nachdem sie uns Aufrührer hinausgeworfen hat. Den Killern, falls sie doch kommen sollten, seid ihr gewachsen. Du bist ein kaltblütiger Schütze, Ray, und Untschida hat schießen gelernt. Hau.«

»Und du selbst, Hanska?«

»Das frage ich dich, Hetkala.«

»Du kommst zu mir und meinem Sohn Wasescha, Hanska, du mit Ite-ska-wih. Ich bin gewiß, daß ihr bei uns leben könnt, ihr und eure Pferde. Aber träumst du nicht vom alten dunklen Blockhaus Inya-he-yukans?«

»Ja, ich träume. Wann ich aufwache, weiß ich noch nicht.«

Die Beratenden verstanden, daß alles Nötige und Bedeutsame gesagt war. Die Nacht begann hereinzubrechen. Sie erhoben sich wie von selbst und gingen zurück in das Blockhaus zu Dorothy. Es war jetzt leichter, zu ihr zu gehen, als zuvor.

Als sie durch die schwere Tür in das Haus eintraten, stand Dorothy am Herd und schürte das Feuer. Ray ging zum Bach, um Wasser zu holen.

Auf solche Weise verlief der Abend, und wer nicht gewußt hätte, was vorgegangen war, hätte sich nur über das zerstörte weiße Zelt draußen auf der Wiese gewundert. Dorothy hatte bemerkt, daß Rote Krähe gegangen war. Die Gegenwart der anderen Gäste schien sie mit Resignation hinzunehmen. Niemand sprach sie an; ihr Kummer verlangte nicht nach Worten. Als die beiden alten Frauen auf der Lagerstatt einschlafen wollten und nicht konnten, spürte Hetkala, daß Dorothys Gesicht von Tränen naß war.

Am folgenden Tag fuhr Hanska bei Sonnenaufgang Ray zu Krause und kam mit Ray und Untschida schon zur Mittagszeit wieder. Hetkala hatte unterdessen mit Dorothy über die gemeinsamen Pläne gesprochen. Diese hatte genickt und betrachtete jetzt unauffällig die fremde, hoch gewachsene Frau. Das Gesicht Untschidas war von Kummer in tiefe, hart gewordene Falten gelegt. Sie war mager, ihr graues Haar war dünn, ihre Hände waren abgearbeitet, von der braunen Haut wie von Leder überzogen. Die Adern traten dick hervor. Das alles nahm Dorothy mit einem Blick auf, ohne es wichtig zu nehmen. Was sie aber wie mit einer Fessel festhielt, das war der Ausdruck dieses alten Gesichts, das, was durch es hindurchschien. Sie erinnerte sich daran, was Arthur zu Ite-ska-wih gesagt hatte: Du bist schön, das ist unwichtig. Aber die Geheimnisse scheinen durch dich hindurch. Die alte hagere Untschida war ehrwürdig. Dorothy mochte sie bei sich haben. Diese Frau konnte Halt geben, denn sie hatte Schmerzen erlebt und trug sie. Ihr Sohn war erschlagen worden; sie hatte ihn des Morgens in seinem Blut auf der Straße gefunden. Ray hatte davon zu Dorothy gesprochen. Das waren Worte gewesen, die sie jetzt verstehen konnte.

Man nahm eine Mahlzeit gemeinsam ein. Dann machten sich die Gäste auf den Weg; Iliff nahmen sie mit. Sie wußten, daß sie Untschida und Ray bei Dorothy würden besuchen dürfen. Aber Rote Krähe sollte nie wieder zum kahlen Berg kommen.

In der folgenden Zeit hätten Hetkala, Hanska und Ite-ska-wih so glücklich sein können, wie es ihre Vorfahren gewesen waren, wenn die Familie ein großes, prächtiges Zelt aufstellte. Sie waren wirklich glücklich, aber nicht in der Weise ihrer Vorfahren; ihr Glück war nur ein heller Schein auf einem schwarzen Grund. Dennoch atmeten sie es ein wie unverfälschte, erfrischende Luft. Wasescha hatte in mühseliger Arbeit zwölf lange, kräftige, aber nicht zu schwere Stangen gesucht und geschnitten, Tatokala hatte sie an der Spitze gebündelt; Hanska legte das bemalte Büffelleder darum, das die Killer hatten liegen lassen. Gemeinsam begannen die künftigen Bewohner, das Tipi mit ihren wenigen Habseligkeiten einzurichten. Bis dahin hatten Wasescha und Tatokala in einem kleinen, von Bob und Melitta geliehenen Zelt gehaust.

Tatokala und Ite-ska-wih sammelten Feuerholz, Wasescha und Hanska brachten das Zeltfeuer in einer kreisrunden flachen Vertiefung in der Mitte des Zeltes in Gang. Die kleinen Flammen züngelten an den Zweigen, die Wasescha langsam ins Feuer schob. Der Rauch zog durch die Luftklappe an der Zeltspitze ab und konnte aufmerksamen Feinden verraten, daß an diesem Platz wieder gewohnt wurde. Vor dem Zelt lag der graue Wolfshund. Die Pferde grasten noch. Die Männer rauchten, die drei Frauen stickten mit gefärbten Stachelschweinsborsten.

Oiseda, Leiterin des Indianermuseums in New City, würde gute traditionelle Handarbeiten zum Verkauf annehmen, auch Frau Holland, Schuldirektorin, kaufte ausgezeichnet ausgeführte Stickereien als Muster für die Schülerarbeiten an. Missis Whirlwind, die Frau des großen indianischen Ranchers, prangte gern mit echten indianischen Handarbeiten. Für ein Medaillon wurden 25 bis 35 Dollar bezahlt. Der Verkauf von zwei Medaillons im Monat konnte eine Familie vor dem ärgsten Hunger bewahren.

Wasescha und Tatokala sahen abgemagert aus; zwei Monate der größten Entbehrungen hinterließen ihre Spuren. Hanska und Iteska-wih hatten bei Großmutter Dorothy schon ein wenig zugelegt.

Als die Stille um das Zeltfeuer lange genug gewährt hatte, um jeden zu einem gewissen Abschluß seiner Gedanken und Gefühle kommen zu lassen, und die Nachrichten aus dem krächzenden kleinen Radio nichts erheblich Neues gebracht hatten, nahm Wasescha das Wort.

»Es kommt jetzt das harte Jahr, das wir ertragen müssen, bis wir den Killerchief abwählen können. Habt ihr das schon alle bedacht? Manchen von uns kostet dieses Jahr noch das Leben. Der Killerchief wird sich an allen rächen, die gegen ihn aufgestanden sind und weiter gegen ihn arbeiten werden.«

»Aber wir halten still, ja, ja.« Hanskas erbitterte Stimmung ging in Ironie über.

»Vielleicht kommen wir auf einem neuen Weg weiter, Hanska. Ich war bei dem jungen Pedro — ihr wißt, er ist der Sohn einer tapferen Familie unseres Stammes. Er hat sein Versprechen wahr gemacht; er übernimmt den legal organisierten Kampf für die Bürgerrechte auf unserer Reservation. Damit haben wir das Bündnis mit den Bürgerrechtlern in unserem ganzen großen Land.«

»Du glaubst viel, Wasescha. Das war sonst nicht deine Art.«

»Zuviel, meinst du? Wir werden sehen.«

Da alle anderen im Kreis schwiegen, fügte Wasescha selbst noch hinzu: »Schwierig wird es sein, für uns Männer Arbeit zu finden. Viele haben keine Arbeit. Aufständische wird man nicht bevorzugen!«

»So ist es, Wasescha. Es hat aber keiner von uns Lust, bei Mississ Carson um Wohlfahrtsgelder der Verwaltung zu bitten.«

»Richtig, Hanska. Was werden wir also tun?«

»Lehrer wirst du nicht mehr, Wasescha, solange der Killerchief regiert; Schreiber in den Büros auch nicht. Cowboy wird nicht einmal Percival bleiben, der diese Arbeit versteht. Ich kann mich zu den Rodeos melden, die im Sommer beginnen, und den einen oder anderen Preis gewinnen. Da fragt keiner nach ›aufständisch gewesen‹ oder nicht. Alles in allem werden unsere paar Dollars übers Jahr reichen, wenn ich nicht zuviel Auto fahre. Das Gras für die Pferde ist bei dir umsonst, Wasescha. Im Winter werden sie eben mager wie die ganze Natur, und Krause muß meinen Kredit verlängern.«

»Du sagst, was wahr ist«, antwortet Wasescha. »Wer geht nun für uns einkaufen in die Agentursiedlung? Wir müssen auch an das einfache Leben denken.«

»Ich gehe einkaufen«, erklärte Hetkala. »Manchmal nehme ich Ite-ska-wih mit, damit die Leute sich an das neue Gesicht gewöhnen und nichts mehr dabei finden. Sie spricht gut englisch. Das ist jetzt ein Vorteil für sie bei so manchen hier. Ihre Vorfahren sind von unserem Stamm. Darum sind ihr die andern gewogen. Sie war im Ring. Darum sind ihr die dritten feind.«

Sobald eine weitere Pfeife ausgeraucht war und die Frauen ein Teilmuster fertig gestickt hatten, suchte man die Nachtlager auf. Es hatte abends stark geregnet. Reisig und ein paar Decken gaben Schutz gegen die Feuchtigkeit des Bodens.

Ite-ska-wih wärmte sich in Hanskas Armen.

Die Wochen gingen dahin. Es wurde Frühsommer. Das Gras schoß kräftig in die Höhe, die Kiefern trieben grüne Spitzen, der Boden wurde trockener, die Sonne wärmte. Die Vögel sangen. Hin und wieder ließ sich ein Raubvogel sehen. Hanska rührte die beiden schwierigen seiner Pferde, Ite-ska-wih den guten alten Braunen.

Eines Tages ritt Hanska mit Ite-ska-wih nach New City, um sich bei den Rodeomanagern sehen zu lassen. Da er als vorzüglicher Reiter bekannt war, gab es für seine Voranmeldung keine Schwierigkeiten. Er zahlte die Teilnehmergebühr ein. Die Gelegenheit, in New City bei einem der Zentren der allgemeinen indianischen Widerstandsbewegung vorzusprechen, versäumte er nicht. Die Aussichten, mit den Verhandlungen über eine Wiederherstellung der alten Verträge zu einem guten Ende zu kommen, waren nur gering, so erfuhr er. Eiliger hatten es die Mächtigen der Watschitschun, Prozesse wegen Brandstiftung und Raub gegen Teilnehmer an dem Protest vorzubereiten.

Ite-ska-wih ging in das Indianermuseum zu Irene-Oiseda. Die Ausstellungsräume waren sehr beschränkt, da ein Hochwasser das Gebäude beschädigt hatte und die Reparaturarbeiten nicht voran kamen; in Washington machte man kein Geld dafür locker. Statt dessen wurden Pläne für einen Mammut-Neubau in Auftrag gegeben. Der Stamm sollte Gelegenheit erhalten, sich mit Tänzen und

Handarbeiten zu präsentieren. Was für ein Geschwätz, dachte Ite-ska-wih, was für ein lügenhaftes Geschwätz, während die Killer bei uns unterwegs sind.

Oiseda, die früher eine Kunsthandwerksschule auf der Reservation geleitet hatte, war Witwe. Ihr Mann war nach seiner Dienstzeit als Ranger in Vietnam dem Wahnsinn verfallen und hatte sich durch Selbstmord davon erlöst. Sie zog ihr Kind nach indianischer Tradition auf und hielt im stillen die Verbindung zu ihren alten Freunden aufrecht. Queenie-Tashinas Tod hatte ihr mühsam gehaltenes Gleichgewicht mit einem rohen Schlag erschüttert; es war in Stücken, sie konnte es nicht kleben; ihre Gedanken wanderten immer wieder zu den verwaisten Kindern, denen sie in ihrer Stellung nicht helfen konnte.

Ite-ska-wih, von der sie gehört hatte, begrüßte sie herzlich. Die vorgelegte Arbeit betrachtete sie kritisch genau; ihre Miene wurde dabei heller und heller wie ein anbrechender Tag.

»Woher hast du das Muster?«

»Hanska hat es mir gezeichnet; er sagte, seine Wahlmutter habe es einmal entworfen. Es sei der siebenstufige Berg. Die Watschitschun sind auf dem Gipfel und müssen absteigen. Wir aber haben große Mühe, die erste Stufe wieder zu erklimmen.«

»Du weißt es, Ite-ska-wih! Sorgfältig hast du gearbeitet, mit geschickten Händen. Dieses Medaillon kaufe ich für mich selbst, zum Gedenken an Queenie-Tashina. Hättest du sie nur kennenlernen dürfen.«

Oiseda brach ab. Ihre Stimme hatte bei den letzten Worten geklungen, als werde sie gepreßt und erstickt. Sie umarmte Ite-ska-wih. Die junge Frau schaute Oiseda mit ihren großen, traurig gewordenen Augen an.

»Wir haben so viel gehofft«, sagte sie. »Nun müssen wir viel tragen. Aber wir geben nicht auf. Vielleicht hilft uns jetzt Pedro weiter.«

»Ihr habt nichts vergeblich getan. Einen neuen Samen habt ihr in viele Menschen gelegt, auch in Pedro. Ich kenne ihn. Er hat sich nur sehr schwer entschlossen, eine solche Funktion zu übernehmen, aber nachdem er ja gesagt hat, wird er seine Schüchternheit ablegen und für Recht und Frieden auf unserer Reservation einstehen.«

Oiseda gab Ite-ska-wih einen Sack voll Lebensmittel mit. »Für euch und jeden, der es braucht.«

Sie versuchte noch, Ite-ska-wih zu einem zweiten Übernachten bei Margret in den Slums zu überreden, denn die Dunkelheit sei jetzt gefährlich wie ein böses Tier für alle, die im Ring gewesen seien. Aber Ite-ska-wih lächelte und vertraute auf Hanska.

Hanska und eine junge Frau ritten in Trab und Galopp die lange Strecke zurück. Hanska hatte seine Pistolen dabei. Er horchte und hielt Umschau während desRittes; keinen Augenblick unterbrach er seine Aufmerksamket.

Bei einer auf halbem Wege von fast allen Passanten aufgesuchten Wirtschaft an einer Straßenkreuzung machte er mit Ite-ska-wih Halt und ging mit ihr hinein, scheinbar, um eine Flasche Cocacola mit ihr zusammen zu trinken; in Wahrheit, um etwaige Neuigkeiten zu erfahren. Es gab ein paar lange Tische und ein Stehbüfett zum Verzehr; Getränke, Hamburger und Hot Dogs. Hanska und Ite-ska-wih befanden sich nach ihrem Eintreten zu ihrer eigenen Überraschung sofort in einer Menge aufgeregter, diskutierender, schreiender Menschen. Hanska, der das Stimmengewirr leichter entflechten konnte, begriff, daß ein neuer Mord geschehen sein müßte. Pedro, der bescheidene junge Mann, der sich bereit erklärt hatte, auch unter der fortdauernden Herrschaft des Killerchief die Bürgerrechte der Reservationsbewohner zu vertreten, war nicht mehr.

Er war außerhalb der Reservation zu Tode gekommen. Wie, das schien noch keiner recht zu wissen. Aber die Polizei selbst sollte beteiligt sein.

Hanska und Ite-ska-wih waren tief betroffen. Da ihnen das Wirtshausgeschrei keine zuverlässigen Informationen vermittelte, wollten sie schon das Lokal verlassen, in dem es zu einer Schießerei zu kommen drohte. Eine einzelne kräftige Stimme, die das Stimmengewirr überdröhnte, ließ sie zögern und aufhorchen: »Er hatte keine Waffen bei sich! Mord war das! Mord!«

Hanska und Ite-ska-wih schauten nach dem Sprecher. Sie beide erkannten Robert, den trotzigen Cowboy Inya-he-yukans, der vor Jahren nach Kanada gegangen, aber wiedergekommen war, da ihn das Heimweh trieb. Er war einer der Aufständischen und Hanskas Freund. Hanska machte kehrt und mit ihm Ite-ska-wih. Sie drängten sich zu Robert durch, der sich über die Unterstützung freute. Die Gegenpartei formierte sich; die tätliche Auseinandersetzung begann.

Zwei Mann wollten Robert von hinten packen; sie hatten dabei nicht mit Hanska gerechnet, der den einen mit dem Fuß zu Fall brachte, den zweiten am Kragen zurückriß, während Robert sich einen dritten Gegner mit einem Faustschlag vom Leibe hielt. Robert hatte Bärenkräfte und war imstande, ein Rind an den Hörnern zu packen und ins Gras zu werfen. Rücken an Rücken mit Hanska hatte er rasch freien Raum um sich. Auch Ite-ska-wih hatte sich erfolgreich gewehrt.

Der Wirt verlangte Ruhe.

Die Rowdies schienen unschlüssig. In diesem Augenblick, in dem Vernunft Aussicht hatte, sich durchzusetzen, krachte ein Revolverschuß. Kaum einer wußte, von wem oder auf wen er abgegeben worden war, aber er wurde das Signal, die Waffen herauszureißen. Hanska hielt seine beiden Pistolen schon schußbereit, den Finger am Abzug, und da er freien Raum um sich hatte, war er im Vorteil.

»Steckt ein und laßt uns durch«, rief er, sehr ruhig und mit dem Nachdruck, der keinen Zweifel ließ, daß er Ernst machen würde. Er hatte 24 Schuß, ohne neu zu laden.

Das Geschrei rings wallte wieder auf, sank aber rasch zum Gemurmel ab. Der Wirt konnte eine Gasse schaffen. Hanska hielt seine Waffen im Anschlag, bis er mit Robert und Ite-ska-wih das Lokal verlassen hatte und alle drei zu Pferd saßen.

Die Tiere gingen sofort in gestreckten Galopp über, der Schecke voran.

Hinter ihnen verklangen Wutschreie und Drohungen. Einige schienen ihre Wagen zu starten.

Sobald sich die kleine Gruppe auf Wegen, die nicht befahrbar waren, in Sicherheit glauben konnte, hielt sie auf Hanskas Zeichen an, um zu Pferde kurz zu beraten.

»So trifft man sich«, sagte Robert, noch sehr erregt. »So geht das aber nicht weiter. Wir müssen wieder bessere Verbindung halten. In drei Tagen treffen wir uns bei euch, bei Wasescha. Ihr wohnt am verstecktesten. Also gut, ja?«

»Ja.«

»Pedro ist schamlos ermordet worden. Unsere Killerpolizei hat ihn des Nachts außerhalb der Reservation abgefangen, ihn aus dem Wagen gezerrt, erschossen und verscharrt. Die Spuren sind eindeutig. Wir verlangen den Toten zur Beerdigung. Wir gehen in die Black Hills und führen dort Krieg. Wenn wir ihr Touristengeschäft stören, werden die Herren wohl klein beigeben. Die Black Hills gehören uns, und wenn die Herren die Verträge nicht einhalten, helfen wir uns selbst. Es reicht jetzt.«

»In drei Tagen beraten wir, Robert.«

»Es ist beschlossene Sache, Hanska. Ich reite jetzt zu unseren Freunden, um überall wissen zu lassen, daß in drei Tagen bei Wasescha die Weisungen ausgegeben werden. Hau.«

Robert brauste davon; der Galopp seines Tieres verklang in der Nacht. Hanska und Ite-ska-wih ritten weiter heimwärts. Sie blieben unbehelligt und langten wohlbehalten beim Zelt an, wo sie schon in Spannung und nicht ohne Sorge erwartet worden waren. Die Einwohnerschaft des Tipi hatte sich um Waseschas und Tatokalas beide Kinder, einen Jungen und ein kleines Mädchen, vermehrt. Die alte Frau, der sie in Obhut gegeben waren, hatte sie durch ihren Mann zurückbringen lassen. Mit den Kindern zusammen wohnten nun acht Personen im Zelt, darunter nur zwei waffenfähige Männer.

Sobald die Kinder schliefen, setzten sich die Erwachsenen zur Beratung zusammen. Hanska und Ite-ska-wih berichteten die Hiobsbotschaft von Pedros Tod.

Hanska beobachtete dabei sehr genau Waseschas Mienenspiel.

Die auffallende Familienähnlichkeit Waseschas mit seinem Vetter Inya-he-yukan kam ihm dabei wieder einmal zum Bewußtsein. Die beiden waren zu Lebzeiten Inya-he-yukans leicht zu verwechseln gewesen nach Gestalt und Gesichtsschnitt. Sie hatten zwei sehr verschiedene Möglichkeiten repräsentiert, die ein so angelegter Mensch verwirklichen konnte: Inya-he-yukan, Reiter, Meisterschütze, Rinder- und Büffelhirt, Rodeosieger, in seiner Jugend aus Haß auf die Watschitschun ein Bandit, Mitte zwanzig, aber schon ein erfolgreicher Rancher, ein Vater für eigene und verwaiste Kinder, Mann einer der schönsten, sanftesten und hoch angesehenen Frauen des Stammes — Wasescha, von den Eltern weggerissen, in einem fernen grausam-strengen Internat erzogen, Collegeschüler, Lehrer in steter Opposition, gewählter Häuptling, Mann der begabten, scharf urteilenden Tatokala, auch Taga, die Bittere, genannt.

Was würde er über Hanskas Bericht denken und was sagen?

Er trug schwer an dem Mißerfolg eines Unternehmens, das er voll und ganz unterstützt hatte, das verstand Hanska so gut wie Ite-ska-wih. Sein Selbstbewußtsein war durch die brutale Erziehung immer gequetscht, immer wundgereizt, immer durch eine unzugängliche Haltung geschützt gewesen.

Hanska und auch Ite-ska-wih spürten, daß in Wasescha jetzt etwas wühlte, was nicht leicht umgrenzt werden konnte. Ite-ska-wih ging plötzlich auf, daß Wasescha vor seiner Collegezeit jener Karatelehrer am Großen Tipi gewesen sein mußte, von dem sie viel gehört, den sie aber nicht mehr selbst erlebt hatte.

»Sie kommen also in drei Tagen zu uns hierher«, sagte Wasescha endlich. Mehr sagte er nicht.

»Robert ist sehr aufgeregt losgeritten«, bemerkte Hanska noch einmal. Aber er erhielt keine Antwort mehr.

Wasescha blieb noch bei der verglimmenden Asche der Feuerstelle sitzen, als die anderen schliefen oder mit geschlossenen Augen so taten, als seien sie eingeschlafen.

Des Morgens rief Wasescha die Erwachsenen im Zelt wieder zusammen.

»Jetzt ist er zu weit gegangen, der Killerchief«, erklärte er. »Ich habe darüber nachgedacht. Die Bürgerrechte sind nicht nur eine indianische Angelegenheit; sie sind eine Sache des ganzen Landes, der ganzen Welt. Wenn unsere Freunde übermorgen hier zusammenkommen, werde ich ihnen sagen, daß wir gemeinsam in die Agentursiedlung zum Superintendent gehen und Klage erheben. Er muß mit dem Gericht zusammen veranlassen, daß Pedro exhumiert und der Mord gerichtlich gesühnt wird. Hau.«

»Wir sollten heute oder spätestens morgen unsere Freunde in der Zentrale von New City über Roberts Absichten verständigen und sie dort besprechen«, meinte Hanska.

»Wer geht hin?« fragte Wasescha. Er hustete. Seine Stimme klang heiser.

»Ich«, antwortete Ite-ska-wih. »Mich könnt ihr hier am leichtesten entbehren. Hanska fährt mich vor Sonnenaufgang in die Agentursiedlung zu dem kleinen indianischen Supermarket. Die Frau, die dort verkauft, ist eine Weiße, aber sie wird mir helfen. Der Lieferwagen kommt um 7 Uhr früh und fährt um 8 Uhr nach New City zurück. Der nimmt mich mit. Oiseda hilft mir weiter.«

Niemand stimmte gern zu. Doch Wasescha mußte bleiben, wo die von neuem Aufständischen ihn aufsuchen konnten. Hanska wollte Robert zu allen Freunden nachreiten, denn Robert war ein Feuerkopf, ungehemmt, und Hanska bedauerte schon, daß er ihm nicht sofort gefolgt war. Tatokala hatte die Absicht, einige Familien aufzusuchen, in denen die Männer fehlten. Hetkala mußte für die Kinder im Tipi sorgen. Blieb Ite-ska-wih — wenn sie den Mut hatte. Sie hatte den Mut. Klugheit genug traute ihr jeder zu, obgleich sie erst vierzehn war. Hanska überwand seine Sorge und erklärte sich einverstanden.

Nach Mitternacht schon machte er sich mit Ite-ska-wih auf. Er fuhr sie bis in die Nähe der Agentursiedlung und beobachtete noch, wie sie dort unbehelligt in die Hauptstraße einbog. Dann schlug er seinen eigenen Weg ein.

Ite-ska-wih war bei dem Gang, den sie jetzt unternahm, auf sich selbst gestellt; sie war von dem besonderen Gefühl belebt, das eine Aufgabe, eine Gefahr und persönliche Verantwortung verleihen. Sie hatte sich schon allein mehrmals durch den Belagerungsring geschlichen und war allein zu den Bibern gegangen, um sie zu beschützen; ihr Selbsbewußtsein war erwacht und stärker geworden, als es sich im Keller bei Großmutter und Bruder hatte entwickeln können. Hanska hatte ihr vertraut, sogar viel zugemutet; das war nicht ohne Wirkung geblieben. Dabei sah sie die drohenden Gefahren und auch die Grenzen ihrer Kraft recht deutlich und wirklich, ohne darum zurückzuschrecken; darin war der Siksikau ihr Lehrer geworden.

Heute hatte sie noch mehr zu leisten als bei ihren bisherigen Lebensprüfungen. Für ihre und Hanskas Freunde, für den Stamm hing etwas davon ab, ob sie sich überlegt verhielt und Führern des allgemeinen indianischen Widerstandes Informationen geben und Rat bei ihnen einholen konnte. Sie war nicht nur eine sehr junge Ehefrau, sondern auch ein sehr junger Bote und das in einer Situation, die einem zum Zerreißen gespannten Bogen glich. Durch Roberts Vorgehen war Wasescha eine Schlüsselstellung der unmittelbaren Beratung und Entscheidung zugeschoben, aber es gab nicht genügend Unterstützung für ihn, wenn er, erfolglos und vereinsamt, einer Schar wild entschlossener junger Männer gegenüberstehen würde.

Ite-ska-wih spürte an diesem Tage selbst, daß sie schön war; niemand brauchte es ihr zu sagen. Zwar hatte sie ein Kleid aus billigem Stoff an, aber die blaue Farbe stand gut zu ihrer sanftbraunen Haut. Sie hatte das Tipimuster, wenn auch nur mit Perlen, in rot und weiß um den runden Halsauschnitt, auf den Gürtel und um die weiten Ärmel gestickt, auch auf das Stirnband, das ihre offenen langen Haare hielt. Ihre Füße in Mokassins gingen leicht und lautlos. Als sie in den kleinen Supermarket eintrat, der dank seiner indianischen Kunden die Konkurrenz gegen den unnütz umfangreichen, von der Verwaltung erbauten Supermarket nebenan noch immer aushielt, schaute die Inhaberin etwas überrascht, aber so unauffällig, wie es sich gehört, auf die junge Frau.

Ite-ska-wih kaufte etwas Brot. Sie war zu dieser frühen Zeit die einzige Kundin in dem Laden, der schon um 6 Uhr geöffnet hatte.

»Allein heute?« fragte die Ladeninhaberin beim Zahlen.

»Ich muß nach New City zum Museum. Vielleicht bekomme ich Stachelschweinsborsten. Sie sind so schwer zu haben.«

»Wissen Sie schon, wie Sie nach New City kommen können?«

»Vielleicht nimmt mich ein LKW mit.«

»Aber natürlich, der unsere. Gehen Sie nur schon auf den Hof hinten. In einer Viertelstunde fährt er.«

»Danke Ihnen sehr.«

Ite-ska-wih folgte dem Rat; der Fahrer, ein älterer Mann, Indianer, war sofort bereit, sie einsteigen zu lassen.

Die Fahrt dauerte fast drei Stunden. Der Fahrer blieb schweigsam. Der Wagen beendete seine Fahrt bei der Großmarkthalle der Stadt; Ite-ska-wih hatte noch eine weite Strecke bis zum Museum zu laufen. Es hatte gerade geöffnet, als sie ankam. Oiseda ließ sie sofort in ihr Dienstzimmer ein.

»Schreckliche Vorgänge«, begann sie unvermittelt. »Hast du eine Nachricht für mich?«

Ite-ska-wih berichtete kurz.

»Um Gottes willen, sie werden doch nicht die Touristen in den Black Hills überfallen. Ich muß sofort mit unserer Zentrale telefonieren, damit du dort vorsprechen kannst. Soviel ich weiß, kommt einer unserer großen führenden Männer heute — du mußt ihm das vortragen.«

Oiseda erfuhr, daß es in etwa zwei Stunden für Ite-ska-wih Zweck habe, sich sehen zu lassen.

Irene-Oiseda konnte lange nicht zur Ruhe kommen. Pedro war eine neue Hoffnung gewesen; nun dieser Schlag. Aber endlich ließ sie sich doch für Ite-ska-wihs Absicht gewinnen, ihren Botschaftsgang nebenbei für den Erwerb von Stachelschweinsborsten zu nutzen, mit denen die wertvollen Stickereien nach alter Manier ausgeführt wurden. Stachelschweine gab es im Naturschutzpark der Black Hills, der sie jedoch nicht an Privatpersonen, sondern nur an Institutionen abgab. Museen, Schulen erhielten sie.

»Frau Holland, der Schuldirektorin, hat deine Arbeit sehr gut gefallen. Sie kann Stachelschweinsborsten für dich ankaufen, und du kopierst ihr weitere schöne, alte Muster, genau stilgerecht. Wie wäre es damit? Inya-he-yukan und Tashina hatten eine kleine Stachelschweinszucht für meine Kunsthandwerksschule begonnen — das ist alles zerstört, alles. Aber mit Hilfe von Frau Holland könnten wir wieder etwas anfangen.«

»Wie gern.«

»Also gut. In vierzehn Tagen, denke ich. Komm, wir trinken eine Tasse Kaffee.«

Ite-ska-wih war um die Erfrischung froh.

»Hast du dich schon in der Stadt umgesehen?«

»Ganz wenig. Die beiden Waffengeschäfte sind geschlossen. Wir sollen wohl keine Munition mehr bekommen.«

Oiseda tat einen seufzend klingenden Atemzug. »Kind — ich meine zum Beispiel das Naturkundemuseum. Du hast zwei Stunden Zeit.«

»Ich kann noch Tante Margret besuchen; dort ist Hanskas kleinster Bruder.«

»Richtig. Oder du ruhst dich bei uns hier aus.«

»Danke. Ich bin nicht müde.«

Ite-ska-wih verabschiedete sich.

Sie verließ das Museum, ging aber nicht weg, sondern setzte sich an der fensterlosen Hinterfront des Museums ins Gras und schaute nach den Ausläufern der Black Hills. Das Museum war von einer kleinen Gartenanlage umgeben, von der Straße etwas abgerückt, die einstöckigen Häuser rings ließen den Blick frei.

Ite-ska-wih fand an diesem Platz Ruhe genug, um in sich hineinzugehen. Sie wollte nicht abgelenkt werden, nicht solche Worte wie Kaffee und Naturkunde hören, nicht solche Nebensächlichkeiten an sich heranschwemmen lassen, die auch mit Oisedas Wesen nicht zusammenklingen konnten; sie wollte träumen. Die Schwarzen Berge, die ihr Blick erreichte, waren die alte Heimat des Stammes, von Sagen umgeben, mit dem Glauben an die Ahnmutter, die Große Bärin, verbunden, Grabmal Inya-he-yukans. Ite-ska-wih war ganz bei dem großen Toten, dem ermordeten Häuptling der Prärie,

Hanskas Wahlvater. Sie hatte ihn noch lebend im Schmuck der Adlerfedern gesehen. Sie trennte sich nicht von ihm, bis die Sonne anzeigte, daß wieder eine Stunde vergangen war und Ite-ska-wih sich aufzumachen hatte.

Das weiße Holzhaus kannte sie schon; sie war mit Hanska dort gewesen, als sie zum erstenmal New City und das Museum aufsuchte. So fand sie den Weg dahin ohne Schwierigkeiten. Als sie ankam, brauchte sie nicht um Einlaß zu bitten. Vor dem Hause, auf einem Holzbalken im Gras, saß der Mann, den sie suchte. Er stützte die Arme auf die Knie und hielt den Kopf gesenkt. Sie hatte ihn noch nie gesehen, auch kein Bild von ihm und erkannte ihn doch sofort und ohne jeden Zweifel. Er trug das schwarze Haar gescheitelt, in zwei Zöpfe geflochten, um den Hals die Kette mit dem altindianischen Medaillon. Sonst hatte er keinerlei Symbole oder Auszeichnungen angelegt. Seine Kleidung bestand aus dem bunten Hemd und der Arbeitshose, wie Hirten und Arbeiter sie trugen.

Auch im Sitzen wirkte er sehr groß. Er war breitschultrig und kräftig. Sein braunhäutiges Gesicht war klar, ernst; körperliche, geistige, seelische Belastungen hatten darauf gewirkt. Er war mehr als einmal durch den Sonnentanz gegangen und mehr als einmal angeschossen worden. Er lebte noch; er hatte einen guten Schutzgeist. So hatte Hanska ihr gesagt.

Daß Ite-ska-wih ihn gerade an diesem entscheidenden Tage traf, gehörte zu den Geheimnissen.

Er schien Ite-ska-wih nicht zu beachten, und doch wußte sie, daß er sie ebenso bemerkte und erkannte wie sie ihn. Man mußte ihm auf Oisedas Ankündigung hin gesagt haben, daß sie kam. Sie blieb stillschweigend in seiner Nähe stehen. Er hob den Kopf und bat sie mit einem Blick, zu ihm heranzukommen und sich zu setzen. Sie ließ sich neben ihm auf dem Balken nieder. Er richtete die Schultern auf und schaute nun freundlich auf sie herunter.

»Also sprich«, sagte er. Er hatte einen Klang in der Stimme, der kräftig war wie seine ganze Erscheinung.

Ite-ska-wah berichtete erst stockend, allmählich sprach sie sich frei. Sie schloß mit der Mitteilung, daß Robert junge Männer sammeln wolle, um in den Black Hills die Touristen zu verfolgen, bis die Polizei den ermordeten Pedro wieder ausgegraben und auf die Reservation gebracht habe. Die Mörder müßten bestraft, der Mord gesühnt werden. Von jetzt an gerechnet in zwei Tagen wollten die Rächer unter Führung Roberts bei Wasescha im Zelt zusammenkommen, um die letzten Beschlüsse zu besprechen. Sie hatten Waffen.

»Und nun haben sie dich geschickt?« Der Frager sagte es nicht mit Ironie; er sprach mit Achtung.

»Wasescha und Hanska haben mich geschickt. Wir sind so wenige, und sie haben nicht gewußt, daß du hier bist.«

»Wasescha und Hanska — Inya-he-yukans Wahlsohn. Gute Namen. Was werdet ihr endgültig beschließen?«

»Das wissen wir erst, wenn wir deinen Rat gehört haben.«

Der Mann schloß die Lippen fest und dachte nach.

»Drei Dinge muß ich dir sagen«, fing er dann an. »Ich denke, du bist verständig und wirst sie weitergeben. Das erste ist: Mit dem Gewehr können wir nicht siegen. Wir sind wenige arme Leute, wohnen ganz verstreut und haben keine Rüstungsfabriken. Das zweite: Wir können nicht streiken, denn die meisten von uns sind keine Fabrikarbeiter. Die meisten sind arbeitslos. Das dritte: Wir sind aus dem Ring auseinandergelaufen; wir müssen wieder zusammenfinden. Zusammen müssen wir verlangen, daß der tote Pedro ausgegraben, auf die Reservation gebracht und sein Tod untersucht wird. Bei seinem Begräbnis sind wir alle dabei. Der Killerchief hat mir verboten, die Reservation zu betreten. Aber ich werde kommen.«

Auch Ite-ska-wih dachte nach und erinnerte sich an alles, was Wasescha und Hanska ihr aufgetragen hatten. »Wer soll für uns sprechen, wenn wir unser Verlangen vortragen?«

»Ihr wählt eine Gruppe der Sprecher.«

»Und was sagen sie?«

»Drohungen sprecht ihr nicht aus; ihr laßt sie nur verdeckt umlaufen. Offen werden wir um unser Recht klagen, das wir auch nach den Gesetzen der Weißen haben. Meine Freunde sind verständigt. Du bist ja nicht die erste, die zu mir kommt, Ite-ska-wih.«

Als Helles Gesicht nicht antwortete, sondern wartete, ergänzte er: »Wendet euch an die Morning Stars. Jetzt sind sie dabei.«

»Die Killer morden weiter. Müssen wir uns nicht wehren?«

»Mit Guns? Ja, aber nur gegen die Killer, wenn sie angreifen.«

»Munition für uns?«

Der Mann lächelte. »Zäh bist du. Ich höre Wasescha und Hanska. Aber hier erhalten wir keine Munition mehr. Aus anderen

Bundesstaaten ist der Bezug für uns gesperrt. Wir kommen dann eben ins Gefängnis. Spart mit jedem Schuß.«

Das Gespräch endete in einem langen Schweigen. Der Mann nahm sich die Zeit, mit Ite-ska-wih zusammen noch auf dem Vierkantholz zu sitzen und das Nachdenken ausklingen zu lassen.

Schließlich erhob er sich, nickte Ite-ska-wih zu und ging in das Haus. Er war so wortkarg, wie Wasescha ihn geschildert hatte. Sie fühlte sich sicher bei ihm; auf diesen Mann war Verlaß. Wasescha und Hanska sollten so rasch wie möglich seine Worte erfahren. Selbst auf die Reservation zu kommen, hatte der Killerchief ihm verboten. Aber bei Pedros Begräbnis wollte er dasein. Pedro, der Mann des Bürgerrechts, war Stellvertreter für die vielen Ermordeten, denen ihr Recht nicht wurde.

Ite-ska-wih war nicht niedergeschlagen. Aber es war ihr zumute, als habe sie mit den Wahrheiten, die sie gehört hatte, eine bittere Frucht gegessen, die stärkende Medizin war. Sie stellte sich darauf ein. Ihre eigenen drei Punkte waren: Zuerst mußten alle, die noch Indianer waren, wieder enger und fester zusammenrücken. Das zweite war, für das Recht des Indianers mehr Freunde zu gewinnen, die nicht nur redeten, sondern wenigstens ihr eigenes Gesetz nach Recht und Gesetz anwandten und einen Killer als Mörder bestraften. Das dritte war, Munition zu sparen und sie sich heimlich zu beschaffen, um zu überleben. Ite-ska-wih hätte gern mit dem letzten angefangen. Aber da war die einzige Hoffnung, die sie kannte, Krause, und Krause wohnte weit weg — wenn man zu Fuß gehen mußte. So viel Zeit konnte sie an diesem Tag nicht aufwenden. Sie mußte sich nach einem Wagen oder einem Reiter umsehen, der sie zurückbrachte. Margret besaß einen alten Ford, den ihr Inya-heyukan geschenkt hatte, und Ite-ska-wih hatte ein paar Dollars bei sich, mit denen sie das Benzin bezahlen konnte. Sie machte sich zu den Slum-Hütten auf. Für die Kinder kaufte sie ein Tütchen Nüsse.

Sie wurde von Margret mit gewohnter gastlicher Heiterkeit empfangen, die auch Ite-ska-wih nun schon als eine Maske zu durchschauen begann, die ein Leben voller Kummer und Last deckte. Ite-ska-wih, die in den Stadt-Slums aufgewachsen war, kannte sich im Armeleute-Leben aus und hatte mit Margret gleich eine natürliche Verbindung gehabt. Die Hütte mit den Fensterchen, durch die etwas von Prärieluft hereinwehte, erschien ihr zudem hundertmal besser als der stinkende Keller in einer stinkenden Straße.

Was den Wagen anberaf, so hatte Margret allerdings Bedenken.

»Mein Mann ist nicht da. Ich fahr' schlecht; es reicht grad bis zum Braunen. Meinem George geb' ich den Wagen nicht für die Fahrt zu Waseschas Zelt. Der Weg ist zu einsam. Warum hat dir denn Hanska kein Pferd gelassen?«

»Er wollte nicht, daß ich allein unterwegs bin. Wegen der Killer.«

»Es ist wahr; mit denen ist es noch viel schlimmer geworden, seit die Aufständischen aufgegeben haben. Der Chief rächt sich. Pedro ermorden! Das ist eine ruchlose Tat. Dunkle und blutige Gründe, sagten sie früher einmal zu dieser Gegend. Wir haben sie wieder.«

»Ja.«

»Hast du keine Freunde in der Agentursiedlung?«

»Doch. Yvonne Morning Star.«

»Also gut. Bis dahin kann George dich fahren. Die Fahrprüfung hat er in der Schule gemacht. Er ist ja schon vierzehn.«

Margret schickte zwei der Kinder los; sie sollten George suchen. »Er steckt doch wieder im Organisationshaus«, sagte sie dabei, »heute sicher.«

Die Kinder verschwanden im Dauerlauf; George kam in noch schnellerem Tempo zu Hause an. Nichtsdestoweniger hatten die Wege Zeit gekostet. George machte den Wagen fertig und startete. Ite-ska-wih saß neben ihm.

»Sieh zu, George«, warnte die Mutter noch durchs Fenster, »daß du die Nacht über in der Siedlung bleibst. Nachts sind die Killer unterwegs. Bye!«

Der alte Ford tat noch seine Pflicht und ratterte die asphaltierte Straße in Richtung Reservation und Agentursiedlung.

Als das Gasthaus an der Straßenkreuzung passiert und die Reservationsgrenze erreicht war, sagte George zum erstenmal etwas zu seiner Mitfahrerin.

»Ich gehör' nämlich auch zu denen.«

»Ja?«

»Ich mein', denen der Killerchief verboten hat, auf die Reservation zu kommen. Wenn sie mich kriegen, ist's aus mit mir. Wir fahren von jetzt ab nicht die Straße, sondern im Bogen herum; das letzte Stück kannst du laufen, ist dann nicht mehr weit.«

»Gut«, meinte Ite-ska-wih nur. Sie empfand nicht einmal Angst. Es tat ihr wohl, daß George sie selbstverständlich mit zu »denen« rechnete, die Freunde waren.

Da in New City viel Zeit verlorengegangen war, gerieten George und Helles Gesicht bei ihrer Fahrt in die Abenddämmerung hinein. Mit den Seitenwegen, die er fahren mußte, kannte sich George gut aus; er fuhr sie sicher nicht zum erstenmal. Das Steuer handhabte er gewandt. Ite-ska-wih wunderte sich nicht darüber. Er war vierzehn wie sie selbst. Mit vierzehn war man erwachsen, wenn das Leben einen genügend gebeutelt hatte und man mit zwölf bereits zum Schulabgänger geworden war.

George hielt bei einer Baumgruppe.

»Steig schnell aus und husche geradeaus. Da kommst du zur Siedlung, ziemlich genau zu Yvonne. Bye!«

»Danke.«

Ite-ska-wih folgte der Beschreibung. Sie fand einen Pfad, der ihr die Richtung wies.

Was George gesagt hatte, stimmte. Als sie zwanzig Minuten gerannt war, stand sie im nächtlichen Dunkel hinter Yvonnes Haus.

Sie nahm sich zehn Atemzüge Zeit, um ihr Keuchen abklingen zu lassen, und schlenderte dann zum Hauseingang. Dreimal Klopfen war das Zeichen. Morning Star junior öffnete selbst und ließ den Gast sofort ein. Yvonne begrüßte Ite-ska-wih herzlich.

»Wie hast du es geschafft?«

»Mit Margrets Auto. Hinten herum.«

»Sehr gut. Hanska war schon da. Er kommt nachher wieder.«

»Woher weiß er . . .?«

»Er hat eben den sechsten Sinn. Wo solltest du denn auch sonst landen. Hast du den Führer von uns Indianern gesprochen?«

»Ja.«

»Davon erzählst du, sobald Hanska hier ist.«

Yvonne brachte einen Teller Abendessen. Ite-ska-wih mußte sich Mühe geben, zu trinken und zu essen. Der schnelle Lauf am Ende eines langen Tages hatte sie mitgenommen.

»Wie geht es Percival?« fragte sie, als Yvonne abräumte.

Yvonne antwortete mit einer müde-verzweifelten Handbewegung. Ite-ska-wih ließ ihre Frage wortlos weiterwirken.

Yvonne entschloß sich, etwas zu sagen. »Die Wunde ist fast verheilt. Aber ein Auge ist verloren, und er ist entstellt. Wir haben kein Geld für eine Schönheitsoperation von fünftausend Dollar Arzthonorar aufwärts. So trägt er seine Verbände weiter. Er ist jetzt daheim, bei den Eltern. Ohne Arbeit.«

Ite-ska-wih begann jenen Haß zu empfinden, der von Untschida Besitz genommen hatte, den Haß der Wehrlosen, Mißhandelten.

»Er muß eine Frau finden«, schloß Yvonne. »Vielleicht Margrets älteste Tochter. Die beiden lieben sich. Sie wird ihn nicht verlassen. Aber er braucht Zeit, bis er sich ihr zeigt — so, wie er jetzt aussieht.«

Ite-ska-wih konnte sich auf die Bank legen. Ohne es zu wollen, schlief sie ein. Doch wurde sie sofort wach, als die Tür ging. Hanska kam. Er freute sich, und sie freute sich auch auf stille Weise.

Man setzte sich zusammen.

Ite-ska-wih gab alles, was sie gehört hatte, wörtlich wieder, auch, daß die Morning Stars jetzt »dabei« seien.

»Das ist wahr«, sagten beide. »Es ist nicht mehr zu ertragen. Auch Vater denkt so.«

»Wen wählen wir?« fragte Hanska. »Wer geht zum Superintendent und verlangt Pedros Exhumierung? Wenn kein Verfahren stattfindet, gehen unsere jungen Leute wirklich in die Black Hills und verschießen ihre letzte Munition.«

»Meinen Vater Morning Star wählen wir, der schon jahrelang im Stammesrat arbeitet und dreimal zur Wahl als Chief-President aufgestellt war — den großen indianischen Rancher Whirlwind — und Wasescha, Lehrer und gewesener Chief-President.«

»Whirlwind macht mit?«

»Weil er Angst hat, daß es sonst ein schauerliches Blutvergießen gibt.«

»Hau. Habt ihr etwas von Robert gehört? Ich habe ihn nirgends treffen können. Er muß aber so schnell wie möglich erfahren, was wir vorhaben.«

»Nichts gehört. Uns Morning Stars traut er auch noch nicht.«

»Ich bin hinterhergeritten, zu allen, die er sicher aufsuchen wollte ... aber nichts war zu erfahren. Sie taten alle so, als sei er gar nicht dagewesen. Ich weiß nicht, was er vielleicht anrichtet. Wir müssen bis morgen warten. Dann kommen sie ja zu uns.«

Hanska und Ite-ska-wih richteten sich darauf ein, bei Morning Star junior zu schlafen. Der Schecke und die Appalousastute waren bei Morning Star senior eingestellt.

Am folgenden Morgen begannen Hanska und Ite-ska-wih ihren Plan einer unbeobachteten Heimkehr zu Waseschas Tipi auszuführren. Ite-ska-wih war um sechs Uhr früh bei dem kleinen indianischen Supermarket und kaufte einiges Notwendige.

»Stachelschweinsborsten bekommen?« fragte die Ladeninhaberin wieder beim Zahlen, denn das war die Gelegenheit, bei der sie ein paar Worte mit ihren Kunden sprechen und Neuigkeiten einziehen und verbreiten konnte.

»Noch nicht. Aber ich habe gute Aussicht.«

»Also o.k.«

»Ja.«

»Kommen Sie denn sicher nach Hause?«

»Bei Tage immer.«

Ite-ska-wi machte sich mit ihrem Einkauf im Plastik-Beutel zu Fuß auf den Weg.

Sie war eine Stunde gegangen, da hörte sie das leise zwitschernde Pfeifen, das sie erwartet hatte, und traf Hanska mit den beiden Pferden. Er saß auf der Appalousa-Stute und gab Ite-ska-wih den Schecken, der für seine junge, leichte und zärtliche Reiterin schon sehr eingenommen war.

Es ging im Galopp voran, durch Kiefernbestände und Wiesen, durch flache Bäche, die um diese Jahreszeit reichlich Wasser führten. Hanska machte Umwege, um Siedlungen wie in Schlangenwindungen zu umgehen.

Auf einmal erkannten beide gleichzeitig in einiger Entfernung ein gesatteltes Pferd ohne Reiter, einen schönen Apfelschimmel. Hanska stoppte sein Tier, und sofort blieb auch der Schecke stehen.

Hanska beobachtete kurze Zeit; er schien sehr überrascht, wenn nicht erschrocken zu sein, und bedeutete Ite-ska-wih, sich still zu verhalten.

Der Apfelschimmel, ein Hengst, hob den Kopf, sog Luft in die Nüstern ein und wendete in Richtung der beiden Tiere, die Hanska und Ite-ska-wih ritten. Hanska ließ einen von der King-Ranch her gewohnten Lockruf hören, wie ihn Ite-ska-wih schon mehrfach von ihm vernommen hatte, und der Apfelschimmel kam heran. Hanska konnte den Zügel greifen.

»Roberts Pferd. Von Inya-he-yukans Ranch. Es kennt unsere Tiere. Wie kommt es ledig hierher?«

Hanska konnte seine eigene Frage nicht beantworten. Soweit er die Spuren zu überblicken vermochte, liefen sie ziellos, wie auf Suche, dahin und dorthin. Sie zurückzuverfolgen, konnte viele Stunden, sogar Tage kosten. Diese Zeit jetzt aufzuwenden war nicht möglich.

Hanska trieb seinen Schecken an; zusammen mit dem aufgefundenen Tier ritten er und Ite-ska-wih im Galopp auf dem gewundenen Wege weiter zu Waseschas Tipi. Es war noch Vormittag, als sie dort ankamen.

Sie schauten in die Runde, wer anwesend sei. Wasescha und die Frauen waren da.

»Irgendein Zeichen von Robert?« fragte Hanska sofort.

Kopfschütteln war die Antwort.

»Ihr habt ja gesehen, daß ich sein Pferd mitbringe. Es lief ledig umher. Halben Wegs zwischen hier und der Agentur. Er hatte also einen Grund, auf Pferd, Sattel und Lasso zu verzichten. Aber welchen? Überall, wo ich ihn vermuten konnte, ist er nicht gewesen oder läßt sich verleugnen.«

Die Sorge, die diese Nachricht hervorrufen mußte, teilten alle. Worte darüber zu machen war zwecklos.

Ite-ska-wih unterrichtete Wasescha über alles, was sie in New City gehört hatte.

»Ich stimme für solchen Rat und Plan, hau«, sagte Wasescha. »Doch bis wir soweit sind, bleibt die Gefahr noch groß.«

»Yvonne holt mir noch Munition für mein Gewehr«, gestand Hanska. »Von Krause. Aber dann ist vorläufig Schluß. Mit Munition sparen müssen, das war der Engpaß für unsere Vorfahren Darum haben sie verloren. Ich dachte, die in New City könnten mehr für uns tun, auch mit Geld. Das Geld geht wohl für die Rechtsanwälte drauf. Die sind teuer.«

»Hanska, sollen unsere Brüder ohne Verteidigung ins Gefängnis gehen? Brandstiftung, weil die Kirche niedergebrannt ist, Raub, weil wir den Souvenirladen beim Großen Grabe, der uns heiligen Stätte, beseitigt haben, Mord, weil wir zurückgeschossen haben, wenn auf uns geschossen wurde, alles, was sie nur erdenken können, werfen sie uns vor.«

»Weiß ich, weiß ich. Aber ich weiß nicht, was wichtiger ist, vor Gericht streiten, oder hier und jetzt, am Ort mit der Tat. Weißt du es?«

»Nein.«

»Bin froh, daß du das zugibst, Wasescha.«

Man wartete wieder einmal. Warten ließ sich schwer lernen. Immer wieder hieß es von neuem, sich selbst bezwingen.

Der Tag kam, den Robert für die Beratung mit seinen jungen Freunden bei Wasescha festgelegt hatte. Der Tag verstrich. Nichts rührte sich.

Hanska machte sich Selbstvorwürfe. »Hätte ich wenigstens die Pferdespur verfolgt!«

Es wurde Abend. Im Tipi wartete man noch immer.

In der Nacht wählte Ite-ska-wih stillschweigend den schlechtesten Schlafplatz des Zeltes, am Eingang, durch den der kühle Nachtwind hereinzog. Hanska legte sich zu ihr. Er hatte Inya-he-yukans schwarzen Anzug angelegt, die Halfter mit den Pistolen umgeschnallt, das Sportgewehr zur Hand. Wasescha, der mit Tato-kala im Hintergrund des Tipi sein Schlaflager hatte, tastete von Zeit zu Zeit nach seinem Jagdgewehr. Alle blieben halbwach, innerlich unruhig. Iliff schmiegte sich an Hetkala, er träumte schlecht.

Noch vor Mitternacht war draußen ein schwacher Laut zu hören. Die Zeltbewohner fuhren auf und lauschten. Hetkala fachte das gedeckte Zeltfeuer ein wenig an. Zum zweitenmal erklang ein Laut, diesmal noch angstvoller.

»Eine Frau«, sage Hanska und glitt auch schon aus dem Tipi hinaus. Wasescha nahm sofort den Platz am Zelteingang ein. Tatokala, die mit einem Revolver bewaffnet war, und Ite-ska-wih verließen wie Hanska das Zelt, folgten ihm aber nicht, sondern blieben am Boden liegen und lauschten. Ein dritter Wehlaut war zu hören.

»Das ist am Sumpfloch. Komm!« Tatokala zog Ite-ska-wih mit.

Hanska war verschwunden. Er hatte ein Geräusch vernommen, das er für das Knacken dürrer Zweige unter einem unachtsamen Mannestritt hielt. Dem wollte er nachgehen. Sein Wahlvater hatte ihn alle traditionellen Künste eines indianischen Jägers und Kriegers gelehrt; er bewegte sich unhörbar und ohne sich eine Blöße zu geben. Je weiter er in der Richtung vordrang, in der er das Geräusch gehört zu haben glaubte, desto sicherer wurde er. Ein Flüstern drang hin und wieder zu ihm. Worte konnte er nicht verstehen. Er unterschied aber zwei Männerstimmen. Die beiden, die er noch nicht verstehen und nicht sehen konnte, kamen näher.

Hanska verbarg sich sehr gut und wartete.

Endlich hatte er zwei Männer vor sich. Auch im matten Schein der Mondsichel erkannte er sie. Killer. Ein Indianer und ein Weißer. Er nahm seine Pistolen zur Hand. Das Rascheln eines davonhuschenden Tieres machte die beiden Männer stutzig. Sie horchten.

»Unsinn«, sagte dann der eine. »Die sind im Zelt versammelt. Hinein können wir nicht. Der Hanska zieht und schießt sofort. Das Weib ist im Sumpf ersoffen. Alles klar, wir können ihm wenigstens ein Pferd erschießen.«

»Denkst du. Damit er den Schuß hört und uns auf die Spur kommt.«

In diesem Augenblick schlugen Hetkalas Hunde an. Das wütende Gebell des Wolfshundes war herauszuhören. Die Meute drohte mit dumpf-heiserem Angriffsknurren.

Die beiden Männer zogen sich zurück. Hanska folgte ihnen unbemerkt auf einer relativ langen Strecke. Sie erreichten schließlich ihren Wagen auf einer Nebenstraße. Unmittelbar vor ihrem Wagen stand ein zweiter leerer Wagen, ein Dienstauto. Hanska schrak zusammen, denn dieses Dienstauto kannte er. Es war der Wagen Margot Crazy Eagles, der Frau des blinden indianischen Richters Ed Crazy Eagle. Sie war beim Hospital angestellt und kam den Aufgaben einer Gemeindeschwester nach. Ihre Besuchstouren pflegte sie allein zu machen; niemand hatte auf den Gedanken kommen können, daß die Killer ihr gefährlich werden würden. Doch in diesem Moment sah es anders aus. Der leere Wagen – der Hilferuf – die zynische Bemerkung, daß eine Frau im Sumpf ertrunken sei ...

Hanska schnellte sich mit langen Sätzen bis zu den beiden Männern, ehe sie einsteigen konnten. Er rief sie an. »Killer, Kojoten!«

Sie drehten sich um, schauten zurück, sahen im Mondlichtflimmern die schwarze Jacke, den schwarzen Cowboyhut. Sie versuchten, ihre Revolver zu ziehen; der eine schrie noch: »Stonehorn!«

Hanska schoß zuerst.

Unterdessen waren Tatokala, die die Umgebung genauestens kannte, und Ite-ska-wih in die Nähe des Sumpfloches gekommen, das sich vor langer Zeit aus einem unsachgemäß angelegten Brunnen gebildet hatte und in dem zwei Kinder Hetkalas umgekommen waren. Niemand aus dem Zelt konnte daran vorbeigehen, ohne daran zu denken. Der Platz war unübersichtlich. Tatokala und Ite-ska-wih brachen durch das Gesträuch, das sich um die sumpfige Stelle angesiedelt hatte. Als Tatokala die letzten Zweige beiseite bog, war eine Frau zu sehen, die mit den Beinen bereits eingesunken war und sich nur noch mühsam am Gesträuch festklammerte.

Sie mußte es sein, von der der Wehelaut gekommen war. Jetzt blieb sie stumm.

»Wir kommen, dir zu helfen«, sagte Tatokala, nicht laut, aber doch so vernehmlich, daß die Frau die Worte verstehen mußte.

Sie schien sich über die angebotene Hilfe nicht zu freuen.

»Flieht!« antwortete sie recht leise. »Flieht. Die Killer sind da . . .«

»Ja. Aber wir helfen jetzt dir. Hilf mit.«

Die beiden jungen Frauen brachen Zweige und legten sie auf die Sumpfstrecke; sie legten sich zu Boden und bildeten miteinander eine Schlange. Ite-ska-wih hielt Tatokalas Füße. So gelang es ihnen, unter eigener Lebensgefahr der Versinkenden herauszuhelfen.

Sie stützten die Erschöpfte rechts und links und führten sie langsam in Richtung des Tipi.

»Keine Angst«, sagte Ite-ska-wih. »Hanska ist den Killern auf der Spur.«

»Wer bist du?« fragte Tatokala die Frau.

»Margot Crazy Eagle.«

»Ich habe dich nicht erkannt, Margot, obgleich wir uns kennen. Ich bin Tatokala. In Waseschas Zelt bist du willkommen und sicher, Margot.«

Die kleine Gruppe kam nur langsam voran, da Margots Beine vom Sumpfboden gequetscht waren und sie kaum laufen konnte.

Die Hunde hatten aufgehört zu bellen. Es war still geworden. Die drei Frauen nahmen nichts wahr, bis Hanska hinter ihnen stand. Er hob Margot auf und trug sie ins Tipi.

Tatokala und Hetkala setzten sich zu ihr.

Hanska und Ite-ska-wih berichteten Wasescha.

»Du hast geschossen, Hanska.«

»Ich weiß nicht. Das weiß nur die Nacht. Es gibt keine Toten, nur zwei leere Wagen. Die Killer und Inya-he-yukan Stonehorn waren unterwegs.«

Wasescha schwieg dazu.

Auch als Margot zu Bewußtsein kam, wurde sie nicht ausgefragt. Sie kam von selbst zu wacher Ruhe im Kreis der Freunde und begann zu sprechen.

»Zwei Killer. Sie haben mich mit ihrem Wagen verfolgt. Sobald sie mich eingeholt hatten, bin ich zu Fuß geflüchtet. Ich wollte zu eurem Zelt, aber ich verlief mich, und ich glaube, die beiden haben mich auch absichtlich in die Irre gejagt, bis ich in das Sumpfloch geriet. Ich täuschte sie. Sie haben geglaubt, daß ich schnell versinke. Ich habe gewartet, bis sie gingen. Dann habe ich gerufen. Aber ich war schon bis über die Knie eingesunken ...«

Margot war erschöpft, schloß wieder die Augen, kam aber von neuem zu sich.

»Was haben sie gegen dich?« fragte Wasescha. »Es ist nicht zu verstehen, daß sie dich ermorden wollten.«

»Es ist zu verstehen. Sie haben wieder einmal einen Toten ins Hospital gebracht — gefoltert, verstümmelt, geschändet, ermordet. Sie wollten die Leiche des Nachts verschwinden lassen. Die dort im Hospital helfen ihnen. Ich habe den Toten gesehen und die Mörder. Ich wollte nicht mehr schweigen. Sie drohten mir. Als ich heimfahren wollte, nahmen sie mich aufs Korn, ich floh ...«

»Margot! Wer ist der Tote gewesen?«

»Robert —« Margot zitterte, es schüttelte sie, das Flackern des Zeltfeuers glitt über ihr Gesicht, sie war bleich wie eine Tote.

»Robert Yellow Cloud.«

»Die Mörder sind bestraft«, sagte Hanska. »Niemand macht sie mehr lebendig.«

»Auch Robert nicht ...«

»Sie werden die beiden Toten finden —« mahnte Hetkala, nicht ohne Furcht.

»Sie werden sie niemals finden.«

Hanska ging vor das Zelt, setzte sich auf den Prärieboden und schaute zu den Sternen des Sommerhimmels. Zum erstenmal in seinem Leben hatte er Menschen getötet. Hätte er alle Killer töten können, er würde es getan haben. Auch in ihm wuchs der Haß. Er bemerkte kaum, wie Ite-ska-wih sich neben ihn gesetzt hatte. Sie war eins mit ihm.

Im Zelt bemühten sich Hetkala und Tatokala um Margot. Sie wuschen ihre vom Sumpf beschmutzten Beine und trockneten ihren Rock am Zeltfeuer.

»Ich muß nach Hause«, sagte sie, hart zu sich selbst. »Mein Mann ist blind. Die Kinder warten.«

»Die Sommernacht ist kurz«, antwortete Wasescha. »Schon schwinden die Sterne. Wir bringen dich zu deinem Auto. Du fährst selbst heim. Du bist eben aufgehalten worden, als du noch nach Iliff sehen wolltest. Weiter nichts.«

Margot nickte.

»Du fährst langsam. Ich folge dir zu Pferd. Das fällt nicht auf, und du bist sicher.«

Margot nickte wieder. Von dem, was in dieser Nacht vorgegangen war, würde kein Gericht erfahren.

»Eines möchte ich noch von dir wissen, Margot. Was ist im Hospital aus den beiden betrunkenen Killern geworden, an deren Wagen die Reifen zerschnitten waren?«

Margot dachte nach. Die Ereignisse der letzten Stunden machten ihr das Nachdenken und Erinnern schwer. Schließlich kam ihr eine Vorstellung zum Bewußtsein.

»Ja — die — Trunkenbolde. Sie sind an Alkoholvergiftung gestorben. Vier Killer sind jetzt tot.«

»Und von uns?«

»Mehr — ich weiß nicht — aber mehr.«

Margot nahm ein wenig zu essen und zu trinken. Sie begann ihre Schwäche zu überwinden, eher durch Willenskraft als aufgrund ihres körperlichen Zustandes. Sie rieb selbst ihre Beine und Füße, um den Blutumlauf wieder in rascheren Fluß zu bringen.

Als sie selbständig gehen konnte, machte sie sich mit Wasescha zusammen auf. Sie verabschiedete sich mit stummem Dank von allen anderen.

Wasescha nahm Margot mit aufs Pferd; so war die Entfernung rasch zu überwinden. Ohne besondere Schwierigkeiten erreichte Margot mit Wasescha die Nebenstraße, auf der die beiden Wagen unberührt standen.

Von den beiden erschossenen Killern war keine Spur zu finden; auch keine Blutspur ließ sich entdecken.

Margot stieg ein. Ihre Hände führten das Steuer jetzt sicher. Sie dachte nicht mehr an das Geschehene. Sie dachte an den wartenden blinden Ed Crazy Eagle und an die Kinder.

Waseschas Sorgen kreisten um Hanska-Mahto und alle jene jungen Männer, die auf Roberts Weisungen gewartet hatten, um in die Black Hills zu ziehen und dort mit dem Gewehr in der Hand Pedros Ermordung zu rächen. Er konnte nicht noch mehr Blutvergießen zulassen. Die Mehrheit im Stamm hatte zwar nicht Wasescha wiedergewählt; bedroht von Killern und Bomben, verführt von schändlichen Versprechungen hatte sich diese Mehrzahl entschlossen, dem Killerchief die Stimme zu geben. Wasescha war entmachtet und fühlte sich doch verantwortlich; ein erheblicher Teil des Stammes hielt zu ihm und anderen Männern seines Schlages. Der Killerchief war kein Indianer mehr; er war auf seinem College ein Rassist geworden. Er wollte sein eigenes Volk als Volk auslöschen, wollte die Menschen dazu veranlassen, auf ihr Ranchland zu verzichten und von Rente zu leben, in Häusern, die von der Verwaltung für sie gebaut wurden und in denen sie arbeitslos dahinvegetierten, während ihre Kinder auswandern mußten. Es war systematischer Volksmord, und wer sich dem nicht fügte, der sollte umgebracht werden. Der selbstbewußte Teil der Jugend geriet immer weiter in inneren Aufruhr, nachdem der allgemeine Protest gescheitert war. Dem Kampf gegen den Killerchief mußte ein neues Zeichen gesetzt werden. Die Stammesangehörigen, die den Belagerungsring ohne faßbares Ergebnis verlassen hatten, mußten sich zu einer neuen Aktion finden, das war richtig und notwendig, zu einer Aktion für Pedro gegen den Killerchief. Robert war ermordet, Wasescha mußte für Pedro aufrufen.

Er ritt zu Morning Star senior, um ihn und Whirlwind sofort, ganz ohne Verzug zu einem gemeinsamen Schritt bei dem Superintendent zu bewegen. Das war er Pedro, Robert und Hanska schuldig. Man konnte nicht warten, bis eine Wahl der Dreiervertretung stattfand. Eine öffentliche Wahl vorzunehmen war organisatorisch ohnehin nicht möglich. Eine geheime Umfrage würde Verrätern bekannt, da sie viel zuviel Zeit in Anspruch nahm.

Wasescha trat bei Morning Star senior ein, um sein Anliegen durchzusetzen.

Hanska war während dieser Zeit verpflichtet, das Zelt, die Frauen und die Pferde zu bewachen. Da kein Angriff erfolgte, war er zur Untätigkeit verdammt. Um so willkommener war ihm, daß Ray auftauchte. Wie gewohnt, erschien er zu Fuß im Dauerlauf. Er begrüßte noch außerhalb des Tipi Hanska und Ite-ska-wih bei den Pferden.

»Hoy! Seid ihr etwa noch allein?«

»Allein«, erwiderte Ite-ska-wih, da Hanska offenbar zunächst nichts sagen wollte.

»Wann kommen denn Robert und die andern zur Beratung? Sie sollten schon dasein.«

»Robert kommt nie mehr.«

»Robert . . .?«

»So wie du denkst.«

»Das ist . . . wie . . .?«

»Von hinten erschossen. Tot.«

»Robert.« Rays Stimme sank ab. »Der also auch. Und nun?«

»Gerächt. Mehr nicht«, antwortete jetzt Hanska. »Zu wenig.«

Die beiden jungen Männer standen rechts und links der Appalousastute und sprachen über den Pferderücken hinweg miteinander.

»Zu wenig, ja!« rief Ray. »Wann bildet ihr endlich eine Gang? Wie oft soll ich dir das noch sagen? Eine, die mit den Killern aufräumt. Wollt ihr noch warten, bis ihr endlich alle abserviert seid? Waschlappen seid ihr. Eingezogene Kojotenschwänze! Wasescha! Wer hat Robert gerächt?«

»Zweifelst du daran?«

»Nein. Wenn aber einer mit vieren fertig wird, sollten wir wohl alle zusammen mit den übrigen fertig werden. Robert hat mir Bescheid gesagt. Das war mein Mann. Die Schweine!«

»Dir allein Bescheid gesagt oder auch anderen?«

»Zuerst mir.«

»Und du?«

»Ich frage dich, Hanska, weil du mein Boss bist.«

»Wasescha ist fortgeritten. Er wird eine Nachricht mitbringen.«

»Sicher?«

»Wenn er lebend zurückkehrt, ja. Tags greifen sie ihn vermutlich nicht an.«

»Feine Sicherheit habt ihr, feine. Einer der Killer hat übrigens schlapp gemacht; der ist abgehauen samt seinem Sohn.«

»Der große Polizist etwa?«

»Ja, der große. Er mag nicht mehr. Sie haben ihm sagen lassen, daß sie seinen Sohn umbringen, wenn er nicht pariert. Da ist er verschwunden. Mit dem Jungen.«

»Hast du ihn gesprochen?«

»Ich nicht. Bob.«

»Er hätte etwas von meiner Mutter wissen können.«

»Weiß er. Aber er sagt nichts. Hat verdammte Angst. Sogar außerhalb der Reservation.«

Hanska bat Ray in das Zelt herein. Die Burschen rauchten beide eine Zigarette.

»Bob gibt übrigens keine Ruhe«, erzählte Ray. »Du sollst Cowboy bei Rufus Myer werden. Er gibt vielleicht auf. Dann ist es besser, du sitzt schon im alten Blockhaus.«

»Unter einem neuen Chief-President? Dann — ja. Wie denkt denn der alte Bighorn jetzt, der Nachbar im Tal?«

»Gar nichts denkt er. Er säuft weiter, der Kriegsinvalide mit den neun Kindern.«

»Du weißt immer alles, Ray. Wie kommt das nur zustande?«

»Ich habe in Chicago gelernt, mein lieber Hanska. Nicht für die Schule, nicht fürs Leben — fürs Überleben.«

»O.k., Ray. Du wartest also mit mir auf Waseschas Nachricht.«

»Könnte ich sie nicht holen?«

»Wenn's zu lange dauert, ja.«

Ite-ska-wih freute sich über den Besuch ihres Bruders auf eine halb verborgene Weise, mit der Sehnsucht, getreue, tapfere Menschen um sich zu haben, zuverlässige Freunde wie Hanska.

Sie begann dabei zu fühlen, wie schwer es war, standhaft dem Rate zu folgen, den die Gruppe im Stamm, die noch eine wahrhafte Stammesgruppe war, durch die Botin Ite-ska-wih von dem erfahrenen Manne in New City erhalten hatte. Ehe sie von Roberts Ermordung und von der Morddrohung gegen Margot etwas gewußt hatte, war es leichter gewesen, diesen Rat hochzuhalten. Ite-ska-wih war in der großen Stadt aufgewachsen, wo sie gelernt hatte, daß jedem Mord an einem Gangmitglied die Blutrache folgte, und wo ihr Bruder Ray unerbittlich nach diesem Grundsatz gehandelt und sich Achtung verschafft hatte, als er eines Tages den Mörder seines Vaters tötete.

Die Polizei der großen Stadt hatte sich von jener Straße ferngehalten, und die Polizei der Prärie würde jetzt von der Rache an den Killern nichts erfahren; niemand würde auch nur nachforschen, so wenig wie nach Robert und seinem schrecklichen Tod. Das Hospital schwieg, der Sumpf schwieg auch. Es war Krieg im Stamm, geheimer Bürgerkrieg, grausiger, weil er geheim geführt wurde.

Pedros Tod mußte aufgedeckt werden, mit Pedros Tod mußte sich etwas ändern. Ite-ska-wih wollte mit Hanska bei denen sein, die etwas änderten. Neuer Mut war nötig. Ite-ska-wih wollte ihn aufbringen.

Am Abend kam Wasescha zurück.

Er brachte gute Nachrichten.

Der Superintendent, oberster Beamter der durch Regierungsgewalt eingesetzten Reservationsverwaltung, den er mit Morning Star und Whirlwind zusammen aufgesucht hatte, war mit den Methoden, mit denen der Killerchief seine Ziele durchsetzen wollte, nicht in allem einverstanden. Er hatte auf die Vorstellungen der drei angesehenen Männer die polizeiliche Untersuchung der Umstände von Pedros Tod, die Exhumierung und Untersuchung der Leiche und die Beerdigung auf der Reservation sofort angeordnet. Der Killerchief hatte allerdings jegliche Ansammlung von Personen, die nicht zum engsten Familienkreis gehörten, bei der Beerdigung verboten. Man würde ja sehen, ob er dieses Verbot durchsetzen konnte. Entscheidend war, daß zum erstenmal ein Mord in diesem Bürgerkrieg offiziell zur Kenntnis genommen wurde und aufgedeckt werden mußte.

»Ist der lange Indianerpolizist deshalb verschwunden?« fragte Ray. »Weil es jetzt ans Aufdecken geht?«

»Nein, Ray. Dieser Mann hatte noch einen Rest Gewissen.«

»So was gibt's bei uns Indianern also auch.« Ray sagte das Wasescha nicht ins Gesicht, er murmelte die Worte nur nebenher. Aber Ite-ska-wih hatte sie gehört.

»Von was für Indianern sprichst du, Ray? Von denen, die noch Indianer sind? Von dir selber, von mir, von Hanska, von Wasescha, von Hetkala?«

»Eine Medizinfrau muß es wissen.« Es war wieder eine der spöttischen Formulierungen Rays, aber es stand Ernst dahinter. Er wunderte sich über seine Schwester und gelangte, für ihn selbst überraschend, zu der Frage, wie es um ihn selbst stehe. Hatte er wirklich noch dergleichen, was man Gewissen nennen konnte? Allerdings. Er hatte immer gewußt, wo er hingehörte. Jetzt gehörte er zu denen, die von den Killern und ihrem Chief gehaßt und verfolgt wurden. Ein Gewissen zu haben war einfach, war ganz natürlich und war zugleich gefährlich, wie das meiste, was gut und recht war. Der Mord an Inya-he-yukan Stonehorn hatte gerächt werden müssen, da die Polizei die Tat nie verfolgt und bestraft hätte. Der Mord an Robert mußte gerächt werden, da das Hospital die Untat vertuschte. Wo kein Recht war, setzte die Rache das Recht. Klar und einfach war das und gewissenhaft gedacht. Wenn das Recht gelten sollte, mußten genügend mutige Menschen das Recht wollen. Man würde ja sehen. So pflegte sich Wasescha auszudrücken, und Ray nahm die Redewendung an. Ja, man würde sehen. Einen Versuch war das Recht wohl noch wert.

Ray betrachtete seine Schwester stillschweigend. Sie war gewachsen. Sie war aufrechter geworden, ruhiger, mutiger, größer in einem anschaulichen Sinne, weil sie die Schultern zurücknahm und den Kopf zu heben pflegte, wenn sie sprach und wenn sie einen Gedanken zu Ende führte. Er konnte sich an ihr messen; sie war ein Maßstab geworden. Drei Jahre jünger und schon sein Maßstab.

Das hing mit Inya-he-yukan zusammen und mit den Ereignissen, in die er sterbend die Geschwister hineingerissen hatte. Die Wurzel, aus der das hatte wachsen können, war Untschida. Seit Ray im Haus am kahlen Berg mit ihr zusammen lebte, sprach er öfter mit ihr als früher im Keller. Damals war sie Ite-ska-wihs Untschida gewesen; jetzt war sie die seine.

»Also«, sagte Ray am Ende seines langen Gedankenganges zu Wasescha und Hanska, »wenn es euch recht ist, so reite ich jetzt zu den jungen Männern, zu denen Robert reiten wollte. Er hat mir ihre Namen gegeben und die Parole. Es war, als ob er etwas von seinem Tode ahnte. Ich werde diesen jungen Männern aber sagen, daß wir alle dabei sind, wenn Pedro auf unserer Reservation begraben wird. Er vertritt unsere Toten. Wir ehren alle unsere Toten in ihm. Ich denke nicht, daß einer von uns viel Worte machen wird. Wir werden stumm dastehen wie ein Mahnmal. Angst wird sich an den Killerchief heranschleichen, wenn er uns sieht.«

Hanska horchte auf. Er selbst hatte bei den erbitterten jungen Männern kein offenes Ohr gefunden. Ray war es, der die Parole wußte.

Ite-ska-wih öffnete dreimal die Lippen, ehe sie ein Wort hervorbrachte. Dann sagte sie: »Wie redest du denn auf einmal, Ray?«

»So, wie ich denke in Inya-he-yukans Spuren.«

Wasescha nickte.

Hanska gab Ray den Braunen.

»Reite!« sagte er.

Wasescha, Hanska und Ite-ska-wih schauten dem Fortreitenden nach, bis er verschwunden war.

Wie ist das gekommen, dachte Helles Gesicht. Das hat der große Mann bewirkt, der in seinen Jeans vor dem weiß gestrichenen Holzhaus auf dem Balken gesessen und kurze schwergewichtige Worte gesprochen hat. Diese Worte hatten es in sich, daß sie sich teilen können, dahin und dorthin gehen und dabei nirgends an Gewicht verlieren. Sie haben sich auf Waseschas Nacken gelegt, auf den meinen, auf Hanskas und auf Rays wie eine Last und wie eine Kraft.

Ray ging jetzt einen Weg, der von Gefahren wie von Wölfen umlauert war. Er verstand von der Stammessprache erst sehr wenig und konnte sich mit den jungen Männern nur englisch verständigen, was sie zwar in der Schule alle gelernt hatten, aber doch nur in sehr verschiedenem Grade, und das ihnen nicht so vertrauenerwekkend im Ohr klang wie die Muttersprache. Er war sicherlich den meisten schon als Roberts Freund bekannt, sonst wäre Robert nicht zu ihm als erstem geritten, hätte nicht ihn als ersten informiert, nicht ihn schon eingesetzt, um die Aufgabe weiterzuführen, wenn er selbst starb.

Die Gefahr, daß sich unter dem Einfluß der von den Watschitschun hervorgebrachten, vom Killerchief übernommenen Killermanieren eine indianische Killergang bildete, bestand. Es hing jetzt an Ray, diesem ehemaligen Stadtgangster, ob die Gefahr gebannt wurde, ehe sie überhand nahm. Sehr merkwürdig war es.

Ite-ska-wih war in Gedanken bei ihrem Bruder. Sie wurde aus diesen sorgenden Gedanken herausgerissen, als Wasescha sie ansprach.

»Roberts Frau Joan muß erfahren, daß sie ihren Mann in diesem Leben nie wiedersehen wird. Natürlich müssen wir ihr sagen, daß Roberts Pferd uns zugelaufen ist. Es gehört jetzt Joan. Vielleicht kannst du mit ihr reden, Ite-ska-wih; sie muß erfahren, wie es hier aussieht und was wir vorhaben. Sie ist eine Weiße, aus Kanada. Vielleicht kannst du am besten mit ihr reden, weil du unter Weißen gelebt und weil du mit Hanska zusammen Robert zuletzt gesehen hast.«

»Joan ist also nicht mit den Kindern in Kanada bei ihren Eltern geblieben?«

»Das ist eine lange Geschichte.« Wasescha ging mit Ite-ska-wih ein paar Schritte auf der Pferdeweide hin und her. Er glich Inya-he-yukan wie ein Zwilling, auch ohne Verkleidung, und Ite-ska-wih stand stets, wenn er sich an sie wandte, unter dem Eindruck, daß Inya-he-yukan zu ihr spreche. Wasescha schien die jugendlichen Geschwister in besonderem Maße zu schätzen, sie wie ein älterer Bruder zu lieben; vielleicht tat ihm deren Achtung und bereitwilliges Mitgehen wohl. Er wurde nach dem Mißerfolg des großen Unternehmens von vielen gering geachtet und konnte sich bei dem, was er vorhatte, erst auf wenige stützen. Zu diesen wenigen gehörten Hanska, Ray und Ite-ska-wih. Sie rückten in die erste Stelle seines Vertrauens.

»Es ist eine lange Geschichte«, wiederholte er. »Aber du mußt sie kennen, wenn du mit Joan sprechen willst. Joans Vater ist ein einfacher ehrgeiziger Farmer in Kanada; Land hat er gratis bekommen mit der Verpflichtung, es jedes Jahr um zehn Prozent zu verbessern, eine harte Bedingung, die ihn, seine Frau und seine vielen Kinder zum Schuften von früh bis spät verdammt hat. Joan hat zusätzlich als Rodeoreiterin gearbeitet und viele Preise gewonnen, im Schnelligkeits- und Slalomwettbewerb. Sie interessierte sich für Inya-he-yukans Pferde, dabei lernte sie Robert kennen; sie haben geheiratet. Robert blieb Buffaloboy bei Inya-he-yukan. Als er zu dem ungerechten Krieg der weißen Männer eingezogen werden sollte und der Superintendent verlangte, daß die Büffel fortgebracht würden, weil sie zu gefährlich seien, ging er nach Kanada und arbeitete als Waldbrandbekämpfer. Er ist unserem Aufruf zum großen Protest gefolgt und war mit uns im Ring. Joan hat nicht mitgemacht; sie ist mit den Kindern bei ihrem Vater in Kanada geblieben. Jetzt aber ist sie hergekommen aus dem Norden, um nach ihrem Mann zu suchen, von dem sie lange keine Nachricht erhalten hat. Die beiden haben sich sehr geliebt. Ich habe gehört, daß Joan an mehreren Stellen nach Robert gefragt hat. Vermutlich hält sie sich im Augenblick in der Agentursiedlung auf. Vielleicht weiß deine Informantin im kleinen Supermarket von ihr, oder Yvonne hat inzwischen etwas erfahren. Wir alle haben Joan gern gehabt, auch Inya-he-yukan, und es hat uns nicht gestört, daß sie eine Weiße ist. Aber in der Zeit des großen Protestes hat sich zwischen ihr und uns ein Riß aufgetan, auch zwischen ihr und Robert. Sie wollte ihn für sich haben, für eine Farm. Ich sage dir das, Ite-ska-wih, weil ich dich bitte, mit ihr zu sprechen. Wer mit einem andern spricht, der muß wie der andere werden können, nur dann können seine Worte in den andern eindringen. Hau.«

»Ich verstehe, Wasescha. Aber schwer ist es, was du mir aufträgst.«

»Ich weiß wohl. Doch ist es nicht schwerer als das, was Ray jetzt für uns tut. Ihr beide seid Dakotablut; ihr sollt als Mitglieder unseres Stammes anerkannt werden, sobald wir den Killerchief abgewählt haben. Hau.«

Ite-ska-wih bemerkte dazu nichts. Die Anerkennung war sehr groß für sie; sie mußte sie erst befühlen, umgreifen, bis sie sie ganz abmessen konnte.

»Welches Pferd nimmst du?« fragte Wasescha.

»Keines. Ich laufe.«

Ite-ska-wih machte sich bereit für den Weg zur Agentursiedlung. Hetkala packte ihr ein wenig Proviant ein.

An ihrem Ziel angelangt, nahm Ite-ska-wih Brot und Kaffee in ihren Einkaufskorb und fragte beim Zahlen: »Haben Sie zufällig etwas gehört, wo man den Cowboy Robert treffen könnte?«

»Robert? Der war doch da droben bei den Aufständischen. Seitdem geistert er umher. Wollen Sie etwas von ihm? Ich meine, ich will ja nicht neugierig sein, wahrhaftig nicht. Nur wenn ich Ihnen helfen könnte — und hier bei mir läßt sich ja fast jeder mal sehen.«

»Vielleicht. Roberts Pferd, der Apfelschimmel, ist uns zugelaufen, mit Sattel und Zaumzeug — das möchten wir ihn wissen lassen. Er sucht doch bestimmt das wertvolle Tier.«

»Robert sein Pferd? Und ob er das suchen wird! Was ist denn da wieder passiert. Es gibt keine Ruhe mehr. Wenn —, oh, seine Frau ist doch aus Kanada gekommen und sucht ihn auch. Falls sie wieder einkaufen kommt, sage ich ihr Bescheid.«

»Wo wohnt denn Joan? Ich könnte sie ja aufsuchen.«

»Ja, wo — bei Rufus Myer hat sie mal übernachtet; sie dachte doch, die Kings, bei denen Robert angestellt war, haben die Ranch noch — also ich denke, da ist sie auch erst mal geblieben. Haben Sie den Wagen da? Oder ein Pferd?«

»Bin zu Fuß.«

»Das ist schlecht. Sonst hätte ich gesagt, fragen Sie doch einfach mal bei Myer nach. Vielleicht hat er sie eingeladen — vielleicht spekuliert er, daß sie mal seine Pferde reitet — sie ist ja berühmt als Rodeoreiterin.«

»Danke für die Auskunft und den Rat. Ein Pferd bekomme ich schon irgendwo geliehen.«

Ite-ska-wih eilte zu Yvonne, erklärte mit wenigen Worten die Situation und erhielt einen zuverlässigen schnellen Schecken.

Das Reiten machte ihr schon Freude. Sie fühlte sich sicher im Sattel, und das Tier zeigte sich gutwillig, da es die sanft bestimmende Hand am Zügel fühlte.

Der Ritt führte in ein von Hügelzügen begleitetes Prärietal. Rechter Hand fielen die Hänge steil ab. Die Wiesen waren abgebrochen; das weiße Gestein leuchtete in der Sonne. Linker Hand erblickte Ite-ska-wih nach geraumer Zeit den Seitenweg, der am Hang schräg aufwärts zu einem Ranchhaus führte; ein Stück weiter oben stand das alte, dunkle, kleine Blockhaus, von dem Hanska gesprochen hatte.

Ite-ska-wih lenkte zu dem Ranchhaus Rufus Myers hinauf. Aber sie gehörte mit ihrem Fühlen und Denken nicht zu diesem Haus. Sie gehörte zu dem Weg, den sie hinaufritt; Inya-he-yukan hatte ihn gebaut und ihn oft benutzt. Sie gehörte zu den Wiesen, auf denen Inya-he-yukans Pferde, Rinder und Büffel geweidet hatten. Sie gehörte zu dem alten kleinen, dunklen Blockhaus, in dem Inya-he-yukan Stonehorn King geboren war und gelebt hatte und in das Hanska als Wahlsohn aufgenommen worden war. Von solchen Gedanken und Träumen umsponnen, ritt sie den Weg hinauf, als wäre sie eine Tochter der Kings.

Die Wiesen grünten, der Sommertag war hell, die weißen Felshänge auf der anderen Talseite flimmerten im Licht. Nicht weit von der Ranch war der Friedhof zu sehen, von dem Hanska ihr erzählt hatte. Der leise, warme Wind spielte um ein indianisches Häuptlingsgrab. Da ruhte Inya-he-yukan der Alte. Der indianische gekrümmte Szepterstab mit einem Bündel Adlerfedern ehrte ihn.

Ite-ska-wih war oben angelangt. Sie fühlte sich noch wie benommen, als sie absaß und das Pferd am Zügel zu der Tür des Ranchhauses führte. Sie klopfte nicht, gab überhaupt kein besonderes Zeichen ihrer Anwesenheit, sondern wartete. Man mußte sie ja sehen. Daß die Familie Rufus Myer nicht zu jenen brutalen oder ängstlichen gehörte, die jeden unvermutet auf ihrem Ranchland auftauchenden Indianer abschossen, wie vor Jahren der junge friedliche Jerome abgeschossen worden war, hatte Hanska Ite-ska-wih schon wissen lassen.

Aus dem Haus drangen Geräusche von Schritten und Stimmen. Die Tür wurde geöffnet, und ein grauhaariger schwergewichtiger Mann kam heraus; er war als Rancher gut angezogen, ganz in Leder, und trug die üblichen hohen Schaftstiefel. Sein Gesicht war nicht nur das eines alten Mannes, es wirkte mit dem Kinnbart altväterisch. Die Augen unter den zusammengewachsenen Brauen zwinkerten Ite-ska-wih zu.

»Hallo, die junge indianische Lady! Spricht englisch?«

Die Anrede »Lady« galt Ite-ska-wih zum erstenmal in ihrem Leben; sie hörte sie mit Erstaunen; als Indianerin in dem billigen Kleid hatte sie eine solche achtungsvolle Form nicht erwartet. Sie war sich in diesem Augenblick nicht des Stolzes ihrer Haltung und eindrucksvollen Harmonie bewußt, die aus ihren Träumen von Inya-he-yukan hervorgegangen waren, und wenn sie sich auch als eine King fühlte, so richtete sich ihre Aufmerksamkeit doch nicht auf ihre eigene Person, sondern auf ihr Gegenüber. Unter den gegebenen mörderischen Verhältnissen auf der Reservation hatte sie einen erstaunlich freundlichen Empfang gefunden.

»Ja, Sir, spricht englisch.«

»Well. Was kann ich für Sie tun?«

»Ich suche Joan, die Rodeoreiterin.«

»Und wer sind Sie?«

»Mara. Aber Joan kennt mich nicht.«

»Was wollen Sie von ihr?«

»Mitteilen, daß uns der Grauschimmel ihres Mannes mit Sattel und Zaumzeug zugelaufen ist.«

»Hay! Kommen Sie sofort herein. Das muß Joan erfahren. Ihren Schecken hängen Sie dort an.«

Ite-ska-wih tat das und folgte der Aufforderung, das Haus zu betreten. Im Vorraum blieb sie stehen.

»Joan!« rief der Alte. »Hier weiß eine indianische Lady etwas von deinem Mann.«

»Ja. Bitte, kann ich Sie sprechen?«

Eine hübsche junge Frau mit dunkelbraunem Haar und hellbräunlichem Teint erschien. Sie konnte von Franzosen, Spaniern oder Italienern abstammen, vielleicht in der zweiten oder dritten Generation.

»Sie wissen etwas . . .?«

»Von Roberts Grauschimmel.«

Ite-ska-wih durfte ein Zimmer betreten und sich an den Tisch setzen.

»Bitte erzählen Sie.«

Ite-ska-wih berichtete, wie sie mit Hanska zusammen das entlaufene Pferd gefunden habe.

»Das ist merkwürdig! Mit Hanska zusammen? Hanska King?«

»Hanska Bighorn-King.«

»Ach endlich. Ich muß ihn sprechen. Aber wo ist das Pferd?«

»Bei Waseschas und Tatokalas Tipi, wo auch Hanska und ich wohnen. Holen Sie es!«

»Natürlich. Sagen Sie — Sie haben also das Pferd. Wo ist Robert, mein Mann?«

»Das wissen wir nicht.«

»Wo kann er sein? Er läßt doch nicht sein Pferd ledig herumlaufen. Wurde er erschossen?«

»Das kann ich nicht sagen.«

»Haben Sie gesucht?«

»Ja. Wir alle.«

»Ihn nicht gefunden?«

»Nein.«

»Was für eine Hölle ist diese Reservation geworden. Sie werden aussagen, wo und wie Ihnen dieses Pferd zugelaufen ist?«

»Ja.«

»Wo ist Stonehorn King?«

»Entschwunden.«

»Wie . . . verschwunden, wollen Sie sagen.«

»Sie können auch verschwunden sagen.«

»Großer Gott.« Joan stützte den Kopf in beide Hände. »Was geht hier vor.«

»Totaler Irrsinn geht hier vor«, sagte der Alte und rief anschließend in die Küche die durch ein Schiebefenster mit dem Wohnraum verbunden war, man solle Kaffee bringen. »Wie erklären Sie sich denn diesen allgemeinen Tobsuchtszustand, junge rote Lady?« fragte er dann im Diskussionston.

Ite-ska-wih überlegte die Antwort und erwiderte schließlich mit einer Gegenfrage. »Haben Sie sich darüber nicht bei dem Chief-President Auskunft geholt?«

»Miss Mara, ich laufe doch nicht zu einer Behörde, noch dazu zu einer indianischen. Ich nicht. Das habe ich niemals getan. Mein Großvater ist noch mit dem Gun hierher gekommen.«

»Ich war dort«, sagte Joan, »bei dem Chief-President. Er urteilt sehr schlecht über die hier lebenden Indianer; er hat sogar gewagt, meinen Mann zu beleidigen, den ich suche. Er hat sehr gemeine Worte gebraucht. Warum habt ihr einen solchen Mann gewählt?«

»Er hat Killer eingesetzt und Plastikbomben auf Häuser werfen lassen — und er hat seinen Anhängern Renten versprochen. Die einen hatten Angst, die andern ließen sich bestechen. Nur die Minderheit widerstand.«

»Jedenfalls seid ihr selbst schuld!« dröhnte der Alte. »Und mit Gerüchten über Killer ist es auch nicht getan. Können Sie mir einen nennen?«

Ite-ska-wih schaute den Graubart lange mit großen Augen an. So lange, daß unterdessen der Sohn des Alten, Besitzer der Ranch, eintrat und sich dazusetzte. Er brachte seine Pfeife zum Brennen, ein

Zeichen, daß ihn das Gespräch interessierte und er mit einer längeren Dauer rechnete.

»Ja, können Sie mir einen einzigen Killer nennen?«

»Der Superintendent hat angeordnet, daß die Polizei den Mord an Pedro aufzuklären hat. Das ist das erstemal, daß sie einen Mord in diesem Bürgerkrieg aufklären muß. Vielleicht finden sie dann endlich einen oder zwei der Killer.«

»Sie reden sehr sachverständig, Miss Mara. Was Sie da sagen, ist doch nicht auf Ihrem Mist gewachsen.«

»O nein, Sir, auf unserer Erde ist es gewachsen.«

»So, so. Der Geist des Aufstands scheint mir immer noch umzugehen. Stimmt's?«

»Der Geist des Rechts, Sir.«

»Liebe Miss, die Indianer haben keine Rechte; sie nutzen unsere Gnade, denn wir sind nun mal die totalen Sieger, und die Indianer sind die totalen Verlierer. Warum wollten sie auch nicht arbeiten, kein Feld bebauen, keine Industrie entwickeln – nichts als jagen und herumvagabundieren. Wollen Sie mir das einmal erklären?«

»Wasescha würde Ihnen auf diese Frage besser antworten können als ich, Sir.«

»Aha, nun geht es mit den Redensarten nicht weiter.«

»Ich weiß nicht, ob Sie mein Volk mit Ihrer Frage beleidigen wollten. Ich hatte nur die Absicht zu sagen, daß ich in den Schulen der Weißen nicht genug von Indianer-Geschichte gelernt habe, um Ihnen zu antworten. Aber Wasescha war Collegestudent; er hat mehr Möglichkeiten gehabt. Ich kann nur nach einzelnem urteilen, was ich gesehen und gehört habe. War die King-Ranch, die Sie übernommen haben, in schlechtem Zustand?«

»Genau richtig«, rief der Sohn. »Diese Ranch war gut geführt. Der ganze Rassismus, von beiden Seiten, ist überhaupt unsinnig. Die Tüchtigen sollten sich zusammentun und die Taugenichtse ausschalten.«

»Machen Sie das in Ihrem Volk so, Sir?«

»Finden Sie etwa, daß wir das nicht so machen?«

»Ja, Sir.«

»Und woher haben Sie diese Erfahrung?«

»Aus Chicago.«

»Chicago? Donnerwetter. Wir leben aber in der Prärie. Da gelten andere Gesetze.«

»Ja, Sir. Zum Beispiel auch indianische. Wir müssen sie wiederherstellen. Auch die Weißen müssen die Verträge wiederherstellen.«

»Das schlagt euch mal aus dem Kopf. Die Prärien, die in unserer Hand sind, kriegt ihr niemals wieder. Das ist die Ausgangsbasis aller Verhandlungen.«

»Und die Prärie, die noch nicht in Ihrer Hand ist, wollen Sie uns die auch noch nehmen?«

»Was heißt nehmen? Wieso nehmen? Wir können doch auf Ihrem Land Pachtverträge mit Ihrer Reservationsregierung abschließen, oder nicht?«

»Sie haben abgeschlossen.«

»Na also.«

»Stonehorn King ist nicht für tot erklärt, Queenie King auch nicht. Die unmündigen Kinder werden heranwachsen. Was dann?«

»Kleine juristisch gebildete Lady! Steckt da ein Collegestudent und Lehrer dahinter? Wie hieß er doch?«

»Wasescha. In Ihrer Sprache Hugh Mahan.«

»Hugh Mahan!« rief Joan. »Ihn kenne ich natürlich. Er wohnt also noch am alten Platz. Ein hochintelligenter und tüchtiger Mann.«

»Sage ich doch«, wiederholte Myer junior. »Rassismus ist Blödsinn. Die Tüchtigen müssen sich zusammentun. Ich und Bob, mit uns beiden funktioniert alles. Wenn sich ein King wiedersehen lassen sollte, wird man sich auch einigen können. Indianer sind Amerikaner, wir sind Amerikaner. In diesem Sinne! Junge Lady, sorgen Sie dafür, daß Joan den Grauschimmel zurückerhält. Nehmen Sie sie mit zu dem Grauschimmel, sobald alle etwas Vernünftiges gegessen haben.«

Eine kräftige Mahlzeit wurde aufgetragen. Ite-ska-wih nahm nicht viel. Familie Myer sollte nicht den Eindruck haben, daß hungrige Indianer fressen. Als abgegessen war, fragte Myer junior: »Da Sie sich auskennen, liebe Lady, wissen Sie vielleicht auch, wer der Cowboy ist, der den hervorragenden Scheckhengst besitzt?«

»Das ist Hanska Bighorn. Mein Mann.«

»Ihr Mann — ?«

»Ja, Sir.«

»Sie müssen ihn herschaffen. Das ist ja eine ausgezeichnete Chance.«

»Für wen, Sir?«

»Für mich natürlich und für ihn natürlich auch.«

»Ich werde meinem Mann davon sagen. Er ist aber ein Wahlsohn der Kings und glaubt an das Große Geheimnis und an das Lebensrecht des Indianers.«

»Mir doch egal. Hauptsache, er macht aus meinen Pferden ausgezeichnete Pferde. Sie können mit ihm zusammen hier wohnen.«

»Zum Beispiel in dem alten kleinen Blockhaus?«

»In dem Geräteschuppen? Na bitte, wenn Ihnen das Spaß macht?«

»Und wir bekommen eine Pacht an Weideland für unsere Pferde?«

»Nun höre sich das einer an. Da wollen die Leute behaupten, Indianer seien nicht geschäftstüchtig. Wie viele Pferde besitzen Sie denn?«

»Im Augenblick drei. Den Scheckhengst, eine Appalousastute und einen Braunen.«

»Und was ist mit dem Schecken, mit dem Sie hergeritten sind?«

»Geliehen.«

»Ach so. Also Hauptsache, Ihr Mann läßt mal mit sich reden.«

Ite-ska-wih und Joan machten sich auf den Weg. Joan hatte ihren Wagen aus Kanada dabei, ein kleines Sportcoupé, das sie bis zur Agentursiedlung so langsam laufen ließ, daß der Schecke mitkam. Sie brachten das Tier zu Yvonne zurück, bei der sie auch übernachten konnten, und brachen in der Frühe des nächsten Tages miteinander mit dem Wagen auf.

Joan blieb unterwegs still. Sie fragte nichts, aber der Ausdruck ihrer Augen, die hin und wieder zuckenden Mundwinkel, der Klang der Stimme, wenn sie das Notwendigste sagte, ließen ahnen, wie sie sich quälte. Auch Ite-ska-wih war schweigsam. Das Geheimnis um Robert, das sie kannte, bedrückte sie wie ein schwerer Stein auf dem Nacken. Die beiden jungen Frauen fuhren bis zu dem Platz, zu dem man mit dem Wagen vordringen konnte, ließen ihn neben dem Jaguar stehen und gingen zu Fuß zu Waseschas Tipi.

In dem Zelt rösteten ein paar Fleischstreifen am Spieß. Iliff war aus der Schule zurück; er hatte sich ein Buch mit Landschaftsbildern aus aller Welt vorgenommen und zog sich damit in den Hintergrund zurück. Hetkala und Wasescha empfingen die Ankömmlinge freudig; Hanska, sagten sie, sei bei den Pferden. Es litt Joan daher nicht im Tipi. Alle zusammen gingen zu der Weide, auch Iliff entschloß sich mitzukommen. In dem offenen Gelände erkannte Joan schon aus weiter Entfernung den Grauschimmel.

Als sie ihn erreicht hatte, streichelte sie seinen Hals; das Tier war ihr zugetan. Ite-ska-wih trat zu Joan.

Joans Schmerz zerriß plötzlich ihre Fassung.

»Sie haben ihn ermordet! Ihr wißt es. Warum wollt ihr die Mörder decken? Ist das Indianerart? Feige seid ihr, mitschuldig!«

Ite-ska-wih senkte die Lider, sie bedeckte die Augen, weil sie sich schämte, für sich schämte und für andere schämte. In Wahrheit mußte sie sich für Margot schämen, die in Todesangst um sich selbst, um ihre Kinder und um ihren blinden Mann schwieg. Mußte, durfte sie sich für diese Frau schämen? Schämen mußte sie sich dafür, daß es Killer gab, aber diese Killer waren tot. Schämen mußte sie sich für das große Schweigen über dem Verbrechen. Das Schweigen sollte an Pedros Grab gebrochen werden.

»An Pedros Grab werden unsere Jungen zu sprechen beginnen«, sagte sie laut und hob ihr Antlitz.

Aber als sie das Entsetzen in Joans Zügen erkannte, die begriff, daß ihr Mann nicht mehr am Leben war, sickerten ihr die Tränen über die Wangen; sie wurde totenblaß.

Joan hatte sich nicht mehr in der Gewalt. Sie schrie nicht mehr auf, wie sie es zuerst getan hatte. Ihr Körper verkrampfte sich. Ihre Arme wurden starr; man hätte ihre herabhängenden, zur Faust geschlossenen Hände nicht mehr öffnen können, ohne die Finger zu brechen. Ihr Blick richtete sich nicht mehr auf Ite-ska-wih, sondern ins Nichts. Sie vermochte nicht mehr zu sprechen. Daß der Grauschimmel zu ihr herankam und seine weichen Nüstern an ihre Wange legte, schien sie nicht zu spüren. Ite-ska-wih strich sanft wie ein Lufthauch Joans Nacken. Wasescha und Hetkala standen umher, ohne Hilfe zu wissen. Sie konnten Margot und Hanska nicht preisgeben.

Ite-ska-wih versuchte nicht, sang- und klanglos Wortetrost zu spenden. Sie spürte nur von den Nerven ihrer Fingerspitzen her die Nerven in Joans Nacken, die sich erstarrt anfühlten und vom Mittelpunkt aus alle Nerven in allen Gliedern starr werden ließen, so daß die Gefahr bestand, sie würden auch das Herz lahmlegen.

Ite-ska-wih begann zu singen, fast unhörbar, so daß ihr Lied wie das heimliche Lied der Gräser klang, die mit dem Wind ihre Geheimnisse flüsterten. Sie strich ohne Unterlaß Joans Nackenhaut, die zu zucken und zu vibrieren begann. Der schmerzhafte Krampf begann nachzulassen, doch nur sehr langsam; manchmal schien es, als ob sich alles wieder versteifen wollte, aber Ite-ska-wih ließ das feinnervige Einfließen ihrer Ruhe, die schwer errungen war, weiter wirken. Niemand störte sie mit einem unnützen Wort oder einer fahrlässigen Bewegung.

Endlich rührte sich Joan. Ihr Kopf sank nach vorn. Sie verlor die Kraft zu stehen. Wasescha fing sie auf und trug sie von der Weide heim in das Tipi. Der Grauschimmel kam mit. Niemand hinderte ihn. Er blieb vor dem Zelteingang stehen.

Hetkala bettete Joan auf ihre eigene Lagerstatt. Joan öffnete die Augen und schaute auf Ite-ska-wih, die neben dem Deckenlager kniete. Sie wollte deren Blick festhalten, und Ite-ska-wih schenkte der Todtraurigen das aus der Tiefe aufbrechende Licht, das sonnenwarme, das helle, das ihr den Namen Ite-ska-wih eingebracht hatte. Joan nahm es in sich auf wie eine heilende Kraft.

»Verzeih«, sagte sie schließlich, so leise, daß nur Ite-ska-wih sie verstehen konnte. »Es ist nicht eure Schuld. Ich werde Roberts Kinder so aufziehen, wie er es von mir erwartet.«

Joan schluchzte, sie heulte auf, es schüttelte sie. Müde werdend, ausgeschöpft, verlor sie endlich das Bewußtsein und sank in einen Schlaf, der ihr nur Kraft geben konnte, in neuer Wachheit neuen Schmerz zu empfinden. Robert war tot. Sie hatte ihn allein gehen lassen. Sie war nicht bei ihm gewesen, als er aufgestanden war für das Recht und gegen das Unrecht. Er war allein gestorben, ermordet — verblutet — wer wußte es?

Sie rief nach ihm.

Irgend etwas antwortete ihr. Sie wußte sich ganz bei ihrem Mann.

Es war darüber Abend und Nacht geworden.

Am frühen Morgen war Joan wieder eine andere, man hätte auch sagen können, wieder die alte geworden, wenn das der Wahrheit entsprochen hätte. Sie war in einer armen, arbeitsamen, kinderreichen Familie aufgewachsen. Gegolten hatte das Wort des Vaters, den sie liebte und dem sie helfen wollte. Müdigkeit und Sentimentalität galten nicht. Sie konnte reiten und sie mußte reiten und Preise heimbringen. Sie tat es. Robert war der Gegensatz zu ihr; nicht eifrig, nicht diszipliniert, nicht berechnend geworden, um Geld zu verdienen. Er war ein Vollblut, voller Kraft und Übermut, voller ungehemmter Liebe und ungehemmtem Haß. Wenn er einen Stier bezwingen wollte, träumte er zuvor von ihm. Sie liebte ihn unbändig, wie einen Gott, der ihr begegnete. Dennoch war sie ihm nicht in den Ring gefolgt, sondern mit den Kindern in Kanada geblieben. Es hatte sich ein schmerzhafter Riß in ihr selbst aufgetan, den sie nicht schließen, den sie nur verbergen konnte.

Die Joan, die am frühen Morgen ihr Lager verließ, ging mit Iteska-wih zu dem Grauschimmel, um zu Myers Ranch zu reiten. Den Wagen wollte sie bei Gelegenheit holen; die Bewohner von Waseschas Tipi durften ihn bis dahin benutzen. Aber diese Joan verbarg etwas. Sie verbarg mehr als den Riß in ihr selbst. Sie verbarg ihre Gewißheit, daß Robert tot war. Ermordet war. Nach außen hin war sie Missis Joan Yellow Cloud, Mutter zweier Kinder, angestellt bei Rufus Myer als Pferdetrainerin und Rodeoreiterin, eine ernst zu nehmende junge Frau, die es verstand, ein Lächeln festzuhalten, wenn das von ihr erwartet wurde, und die sich auf das Wiedersehen mit ihrem Mann freute. Niemand konnte wissen, was Joan unter der Maske dachte, fühlte, plante. Ite-ska-wih ließ Joan mit einem Blick wissen, daß sie sich darüber nicht täuschte, und sie bat auf die gleiche stumme Weise um Großmut und Überlegung.

Joan umarmte das junge Sonnengesicht. Dann sprang sie auf; der Grauschimmel ging sofort in den stürmischen Galopp über, der ihm entsprach und seinem Reiter Robert entsprochen hätte.

Die Tage reihten sich aneinander. Wasescha plante, mit Hilfe seiner Freunde das Blockhaus seiner Mutter wiederaufzubauen, er begann, Bäume zu fällen. Aber er mußte die Arbeit häufig unterbrechen. Nach dem Erfolg seiner Aktion mit Morning Star und Whirlwind beim Superintendent wurde er des öfteren um Rat gefragt und zu Besprechungen eingeladen. Sein Ansehen wuchs wieder. Auf der Reservation spielte sich eine äußere Ruhe ein, die von allen angenommen und von allen für unsicher, wenn nicht für Lug und Trug gehalten wurde. Die Freunde Roberts rührten sich nicht; sie sagten wenig; was sie überhaupt sagten, klang höhnisch. Auf Rufus Myers Ranch trainierte Joan den Grauschimmel. Jeder Morgen, an dem sie das Tier begrüßte, war für sie eine neue Wunde. Ob es wahr sein mochte oder nicht, aus dem Sattelzeug spürte sie noch den Duft von Roberts Körper. War sie weit draußen, allein in der Prärie, schluchzte sie. Sie war immer schlank gewesen, jetzt wurde sie schmal. Margot war ihr einmal in der Agentursiedlung begegnet, seitdem füllten sich Margots Träume mit Grauen; sie sah den entstellten Körper Roberts wieder.

Wasescha erhielt hin und wieder eine zuverlässige Nachricht über den Stand der Ermittlungen in bezug auf Pedros Tod. Der Verdacht verstärkte sich, daß die Polizei selbst einen Mord begangen habe. Was Wasescha offiziell erfuhr, kam als vielfältig ausgeschmücktes Gerücht Ite-ska-wih zu Ohren, wenn Ray im Gespräch mit ihr etwas von seinen Geheimnissen durchblicken ließ oder die Besitzerin des kleinen Supermarkets an der Kasse Nachrichten ausplauderte.

Der Superintendent hatte dafür gesorgt, daß der Fall Pedro von den weißen Polizeiinstanzen untersucht wurde. Die dem Killerchief hörigen Stammespolizisten hatten, so hörte man, zugeben müssen, daß sie Pedros Wagen außerhalb der Reservation gestoppt, ihn aus dem Wagen herausgeholt und sofort niedergeschossen hatten. Sie beriefen sich darauf, daß der Killerchief Pedro ausdrücklich verboten hätte, die Reservation zu verlassen.

»Konnte er ihm das verbieten?« fragte Ite-ska-wih Wasescha.

»Er konnte es nicht. Seit fünfzig Jahren dürfen wir die Reservationsgrenze überschreiten. Das ist Bundesgesetz der weißen Männer, die die Reservationen eingerichtet haben. Vorher allerdings wurden wir erschossen, wenn wir die Reservation zu verlassen suchten.«

»Und Tokei-ihto, den wir auch Inya-he-yukan den Alten nennen?«

»Brachte es bei Nacht und Nebel zustande und war schon in den Wäldern der Black Hills mit seiner Gruppe, als seine Feinde aufwachten. Das ist ein Jahrhundert her. Damals war der Westen noch wildes Land.«

»Pedro wurde also nicht nach Recht und Gesetz gestellt, sondern ermordet.«

»Ermordet als unbewaffneter Mann und verscharrt.«

»Werden wir den Toten zu uns zurückholen?«

»Ich denke. Das können sie uns nicht verwehren. Ich bin Mitglied des Stammesrates und unterstütze den Antrag, der an den Superintendent gegangen ist.«

Drei Tage nach diesem Gespräch ereignete sich Verwunderliches. Ite-ska-wih befand sich gerade an dem Platz, an dem der Jaguar geparkt war, die Pferde weideten und die Hunde sich herumtrieben. Tatokala war bei ihr; die beiden jungen Frauen berieten, ob sie bald wieder einmal nach New City gehen und bei Oiseda Handarbeiten abliefern wollten. Sie unterbrachen das Gespräch und horchten auf. Ein Wagen kam in langsamem Tempo durch das unwegsame Gelände näher.

Die beiden jungen Frauen gingen hinter die nächsten Bäume, um nicht gesehen zu werden, ehe sie nicht selbst die Fremden erspäht hatten.

Der fremde Wagen hielt, die Hunde bellten, der Scheckhengst stampfte und legte die Ohren zurück; die Appalousastute folgte seinem Beispiel.

Die beiden Insassen des Dienstwagens, eine beleibte Weiße und ein gesetzter indianischer Mann, zogen es vor, zunächst sitzen zu bleiben. Tatokala und Ite-ska-wih kamen hinter den Bäumen hervor. Sie nahmen sich dabei genug Zeit, die Ankömmlinge zu mustern.

»Die Frau heißt Carson und kommt vom Wohlfahrtsamt«, sagte Tatokala zu Ite-ska-wih leise, aber doch nicht so leise, daß es versteckt wirken konnte. »Den Mann kenne ich nicht.«

Während Tatokala zu der sich öffnenden Wagentür ging, brachte Ite-ska-wih die Hunde und die Pferde zur Ruhe.

»Julia«, rief die freundlich wirkende Beleibte, »gut, daß wir Sie hier treffen. Sie können uns geleiten, ja?«

»Ja, Missis Carson.«

»Wer ist denn das schöne junge Mädchen? Doch nicht etwa die geheimnisvolle Mara?«

»Eben diese, Missis Carson.«

»Wie ich sehe, hat man mir nicht zuviel erzählt. Ihre Kusine?«

»So ungefähr. Ja, so kann man es ausdrücken. Hanska Bighorns Verlobte.«

»Nett, Sie kennenzulernen, Mara. — Also hier müssen wir aussteigen und zu Fuß weiterlaufen?«

»Wohin möchten Sie, Missis Carson?«

»Zu Hugh Mahan natürlich. Haben Sie etwas anderes erwartet? Wir haben eine sehr gute Nachricht für Mahan. Sie beide führen uns also?«

»Wollen Sie reiten? Das geht.«

»Auf diesen Pferden? Lieber Himmel, Julia, Sie machen sich über mich lustig! Nein, nein, wir laufen. Nicht wahr, Mister White Horse?«

Ite-ska-wih wurde aufmerksam. White Horse? Nun, vielleicht war er aus der Familie White Horse, aber sicherlich nicht jener alte Chief mit dem verschmitzten und untertänigen Gemüt, der den Whisky lieferte und zwei Jahrzehnte hindurch immer wieder gewählt worden war, bis Wasescha ihn abgelöst hatte. Wasescha hatte traurige und lustige Geschichten von diesem ehemaligen Chief-president erzählt, der ganz anders aussehen mußte als der Mann, der jetzt mit Missis Carson zusammen gekommen war.

Die Wagentür klappte zu. Man machte sich zu Fuß auf den Weg, der den Gästen lang erschien. Die Hunde kamen mit. Der Graue hatte etwas gegen den Mann namens White Horse, während er sich gegenüber Missis Carson zutraulich zeigte.

Aus einiger Entfernung ließen sich Axthiebe hören. Wasescha und Hanska arbeiteten an dem neuen Blockhaus.

Sobald die Gäste in ihrem Gesichtskreis auftauchten, hörten die beiden Männer mit der Arbeit auf und schauten ihnen zurückhaltend-erwartungsvoll entgegen. Sie waren beide barfuß, trugen nichts als die blauen Jeans.

Wasescha entschloß sich, die Axt in die Linke zu nehmen, zwei Schritte näher zu kommen und Missis Carson höflich zu begrüßen.

»Mister Mahan! Ausgezeichnet. Wo kann man sich denn hier hinsetzen?«

»Ins Gras, Missis, auf den Balken dort, oder wenn Sie eine längere Unterredung wünschen, ins Zelt.«

»Mahan, Sie bleiben doch ein Zyniker und werden Ihrem Vetter Joe King immer ähnlicher. Also sagen wir — ins Zelt, wenn Sie gestatten. Wie ist das übrigens mit Joe? Kommt er nun bald zurück?«

»So bald wie Queenie, seine Frau.«

Frau Carson hielt mitten im Gehen an, einen Fuß noch in der Luft. »Sie sprechen in Rätseln, Mahan.«

»Die Wirklichkeit bietet sie uns, Missis Carson.«

»Hören wir damit lieber auf. Wir bringen Ihnen eine phantastische Nachricht, Mahan.« Mississ Carson ging weiter zum Zelt und bemühte sich, möglichst gewandt hineinzuschlüpfen, während Tatokala den Spalt offen und den Eingangsvorhang zur Seite hielt.

»Ah. Gemütlich. Schattig. Duft des röstenden Fleisches.« Mississ

Carson ließ sich mit ihrem Begleiter in der Nähe der Feuerstelle nieder. Hetkala hatte sich zurückgezogen.

Wasescha blieb noch stehen. Tatokala und Ite-ska-wih hockten sich zu Hetkala in den Zelthintergrund. Hanska arbeitete draußen weiter. Mississ Carson steckte sich eine Zigarette an. Der fremde Indianer machte sich breit. Er hatte ein vierschrötiges Gesicht und dicke Schenkel. Ite-ska-wih gewann den Eindruck, daß er und Wasescha sich kannten. So feindselig kalt konnten sich nur Menschen messen, die einander schon kennengelernt hatten. Wasescha hatte noch immer die Axt in der Hand. Sein linker Mundwinkel zog sich herab, eine Ausdrucksweise für Verachtung, die auch Inya-he-yukan eigen gewesen war. Hanska hatte gelegentlich davon erzählt.

Mississ Carson ließ sich von der gespannten Atmosphäre zwischen den beiden Männern nicht beeindrucken.

»Es ist eine Schande«, sagte sie zu Mahan gewandt, »daß man Ihrer Mutter das Haus zerstört hat. So kann man Meinungsverschiedenheiten nicht austragen. Das Zerstören des Zeltes galt zwar früher in Ihrem Stamm als eine Strafe für Übeltäter, wurde aber nur auf Ratsbeschluß ausgeführt. Wissen Sie, wer die Rowdies gewesen sind, die hier getobt haben?«

»Meine Mutter Hetkala hat den Anführer erkannt.« Mahan nahm die Axt aus der linken in die rechte Hand, eine Geste von symbolischer, aber ohne jede praktische Bedeutung, da er geborener Linkshänder war, der beide Hände gleich gut geübt hatte.

»Und der Anführer war?«

»Mister White Horse weiß das am besten.«

»Und der war, Mister White Horse?«

»Schamlose Lüge«, sagte der Vierschrötige.

Mississ Carsons Augen wurden kugelrund; sie wiegte den Kopf und strich über das blondierte, gut ondulierte Haar.

»Ich habe viele Talente«, sagte sie und spitzte die Lippen ein wenig. »Am häufigsten zeige ich das eine: in Fettnäpfchen zu treten. Sie verzeihen mir allseits. Mister White Horse und ich sind gekommen, um Ihnen, Mister Mahan, ein Angebot zu übermitteln. Sie können in der Verwaltung im Rahmen des Wohnungsbeschaffungsprogramms ein Einfamilien-Holzhaus von der üblichen Bauart erhalten oder eine der Wohnungen in unseren neuen Wohnblocks. Das letztere ist natürlich empfehlenswerter, denn da haben Sie Licht- und Wasseranschluß.«

»Was Sie nicht sagen, Missis Carson.« Wasescha verließ seinen Standplatz nicht.

»Mister White Horse kann es Ihnen bestätigen. Er hat die Verwaltung der neuen Wohnhäuser.«

»Der Mietkasernen, in die die Leute ziehen, die ihr Land aufgeben und auf Rente zugrunde gehen mögen. Das bieten Sie mir im Ernst an?«

»Aber Mahan! Was sucht ein Mann mit Ihren Fähigkeiten bei diesem Sumpfloch hier inmitten von einigen Vierfüßlern?«

»Einen Rest indianischer Erde und meine Freiheit.«

»Habe gar nicht gewußt, daß Sie so ein Romantiker geblieben sind.«

»Missis Carson, Sie leben schon lange auf unserer Reservation. Haben Sie noch immer nicht begriffen, worum der Kampf geht? Darum: ob wir ein Volk mit seinem Land bleiben oder ein trüber Haufen arbeitsloser Rentner werden, dessen Kinder auswandern!«

»Mahan, ich streite mich nicht mit Ihnen, weil ich dabei den kürzeren ziehe. Sie sind mir ein zu gewandter Fechter. Lassen wir die Rente und das Mietshaus. Ein Einfamilien-Holzhaus lehnen Sie doch nicht ab? Wer in aller Welt erhält Häuser geschenkt außer Ihr Indianer?«

»Was heißt ›geschenkt‹, Missis Carson? Bezahlt mit unserem eigenen Geld, über das der Stamm nicht selbst verfügen darf.«

»Also wollen Sie oder wollen Sie nicht?!« rief White Horse.

»Mit Ihnen rede ich nicht. — Missis Carson, Sie sind auf eine ungewöhnliche Weise hier erschienen und machen ein überraschendes Angebot. Ich habe kein Haus beantragt, ich baue mir selbst eines, so wie mein Urgroßvater es auch getan hat. Was soll das Fertighaus? Wollen Sie mich damit bestechen?«

»Mahan, immer dieses unbegründete Mißtrauen. Mit welcher Absicht sollten wir Sie denn bestechen?«

»Natürlich, um mein Wohlverhalten im Sinne der Verwaltung und unseres Killerchiefs zu erreichen.«

»Mahan, bitte nicht dieses gräßliche Wort. Es sind doch alles unglückliche Einzelfälle.«

»An der Schnur aufgereiht, ergeben sie eine eindrucksvolle Kette.«

»Hören wir auf. Ihr Vetter Inya-he-yukan hatte auch ein Haus von der Verwaltung angenommen. Er dürfte in Ihren Augen unverdächtig sein.«

»Gewiß. Hat angenommen — und jetzt sind seine Kinder heimatlos. Das Haus ist wieder abtransportiert. Die Zeiten ändern sich. Der Indianer hat sich gerührt, er muß vernichtet werden. Nicht wahr?«

»Leute mit solcher Gesinnung«, rief White Horse, »unbelehrbare Aufrührer erhalten von uns allerdings keine Häuser. Lassen Sie Ihre Finger weg von dieser Versammlung für Pedro, die Sie planen. Sie ist verboten. Nehmen Sie das Haus und leben Sie endlich still und bescheiden. Ich rate Ihnen gut.«

»Nun muß ich doch mit Ihnen reden, White Horse. Sie haben es erreicht. Sie raten schlecht. Sie gehören zur Killerbande, ich sage Ihnen das auf den Kopf zu, und Sie verlassen jetzt sofort mein Zelt und begeben sich geradeswegs zurück zum Büro des Killerchief, aus dem Sie gekommen sind. Sie werden mein Tipi nie mehr betreten. Ich habe gesprochen.«

White Horse wollte sich eine Antwort überlegen, aber Wasescha hatte die Axt schlagbereit gefaßt; Mississ Carson hatte schon verstanden und sich erhoben. Sie strich ihr Kleid zurecht und schritt mit Würde dem Zeltausgang zu.

»Bye, bye, Mahan«, sagte sie noch im Hinausschlüpfen. White Horse folgte ihr stumm, zornglühend.

Hanska draußen beobachtete die beiden und folgte ihnen unauffällig, bis er festgestellt hatte, daß sie ihren Wagen erreichten und in Richtung der Agentursiedlung davonfuhren.

Im Zelt Waseschas machte man sich keine Gedanken darüber, was die Besucher bezweckt hatten; die Absicht war nur allzu klar gewesen. Wohl aber schüttelte Hetkala den Kopf, wenn sie darüber nachdachte, warum sich wohl Mississ Carson zu diesem Experiment hergegeben und sich nicht gescheut hatte, in Begleitung des White Horse zu erscheinen, der früher einmal Ratsmann gewesen, gefördert von seinem Verwandten Jimmy White Horse, das letzte Mal aber nicht mehr gewählt worden war. An seine Stelle im Rat war Wasescha getreten, der die Häuptlingsfunktion verloren hatte.

»Carson war doch früher nicht so dumm«, sagte Hetkala vor sich hin.

Kate Carson hatte sich in der Agentursiedlung nicht unhöflich, aber sehr rasch von ihrem Begleiter verabschiedet und saß des Abends nach alter Gewohnheit mit ihrer Kollegin Eve Bilkins zusammen zu Tee, Schnitzel und Salat. Die ältlich gewordene Witwe Carson, Wohlfahrtsdezernentin, und das ältlich gewordene Fräulein Bilkins, dessen Ressort das Schulwesen war, pflegten sich gegenseitig durch freundschaftliches Verhalten das Beamtenleben auf der Reservation erträglicher zu machen.

»Wir haben hier schon viel erlebt, Eve, aber jetzt kocht der Kessel doch wahrhaftig über.«

»Kate, Sie sind es gewesen, die mich immer davon abgehalten hat wegzugehen.«

»Wie sollte ich es ohne Sie aushalten.«

»Weiß nicht. Aber was war denn nun wieder los?«

Eve hatte beobachtet, daß Kate eine ihr unzuträgliche Menge Zucker in den Tee genommen hatte, stets ein Zeichen dafür, daß ihr Seelenleben in Unordnung gebracht worden war.

»Was los war? Mahan erklärt, die Axt in der Hand, daß White Horse zu den Killern gehöre. Prächtig, nicht?«

»Das Haus nimmt er also nicht?«

»Denkt nicht daran. Aber wenn Louis White Horse noch einmal versucht, Mahans Tipi zu betreten, geschieht der nächste Mord.«

Eve Bilkins überlegte, aß das Schnitzel auf ihrem Teller vollends auf und bemerkte dann: »Wieso Mord? Schlimmstenfalls Totschlag und bestenfalls Selbstverteidigung.«

»Eve, früher waren Sie nicht so unterkühlt.«

»Kate, ich habe viel größere Sorgen als Hugh Mahan und seine Axt. Lassen Sie doch diese von Unvernunft geschlagenen Erwachsenen sich gegenseitig umbringen. Es ist nicht mein Ressort. Aber was soll ich jetzt mit den Kindern machen! Ball gibt keine Ruhe. Byron Bighorn gibt keine Ruhe, das Rechtsanwaltsbüro, in dem er arbeitet, gibt keine Ruhe, der Superintendent schiebt, wie üblich, die Sache mir zu, der Chief-President wütet.«

»Sie haben also Angst, Eve.«

»Sie etwa nicht, Kate? Warum sind Sie nicht allein zu Hugh Mahan gefahren und haben ihm das Hausangebot gemacht? Das wäre aussichtsreicher gewesen. Sie gelten bei unseren Wilden noch als wohlwollend. Aber selbst Sie trauen sich nicht mehr allein durch unsere traute Prärie. Im Schutze eines Killers waren Sie vor den Killern sicher.«

»Man bringt doch keine Beamten um, Eve.«

»Nein, bis jetzt nicht. Aber vielleicht die Kinder.«

»Was für Kinder? Nun rücken Sie doch heraus.«

»Queenie Kings Kinder Harry und Mary, die Zwillinge. Verstellen Sie sich nicht, Kate. Sie kennen doch die Geschichte.«

»Die schrecklichen Gerüchte.«

»Ball will die Kinder in unser kleines Internat hier haben, diese letzte Insel des Friedens, und er will sich zu ihrem Vormund bestellen lassen. Er wird damit die Verwaltung in diesen Teufelskreis der gegenseitigen Beschuldigungen hereinziehen! Verrückt.«

»Die Alternative?«

»Ein öffentlicher Riesenskandal, geschürt von einem Rechtsanwaltsbüro.«

»Fein, Eve, fein. Ist Großvater Halkett kein Ausweg?«

»Nein, meine Liebe, eine Straßensperre ist er, sozusagen.«

»So laß uns noch einmal den Tee aufgießen.«

Das Getränk duftete; sein köstliches Braun war durchsichtig bis auf den Grund. Eve nippte und nahm ein Stück Käsegebäck.

»Kate, im Ernst, ich bin nahe daran, nachzugeben. Falls die Familie King-Bighorn irgendein Zeichen guten Willens und der Friedfertigkeit gibt.«

»Zum Beispiel?«

»Rufus Myer will Hanska Bighorn durchaus als Cowboy haben und diese Mara dazu in Kauf nehmen. Wenn das klappen sollte — Bob ist zudem ein guter Nachbar . . .«

»Kein schlechter Gedanke. Eine neue Insel des Friedens. Aber Hanska und Mahan sind sehr befreundet. Die Axt im Hause . . . erspart den Revolver.«

Eve seufzte und nahm viel Zitrone in den Tee, um ihn auf mundgerechte Temperatur abzukühlen.

»Eve, reden Sie doch erst einmal mit Mara. Sie kommt aus Chicago; ist vermutlich weniger mit Reservations-Ressentiments belastet. Vielleicht ist über sie bei Hanska etwas zu erreichen.«

So kam es, daß Ite-ska-wih eine Vorladung auf das Büro der Schulverwaltung erhielt, die ihr auf dem Postamt der Agentursiedlung ausgehändigt wurde. Wasescha hatte dort eine Box; der Beamte wußte bereits, daß Mara zu diesem Familienkreis rechnete; wenn auch inoffiziell. Der Name Mara Mahan/Bighorn war allerdings nichts als offizielle Phantasie, aber für den Beamten doch eindeutig genug, um auszuliefern.

Ite-ska-wih trug den Brief verschlossen nach Hause und öffnete
ihn erst im Tipi. Das Schreiben war höflich abgefaßt. Ite-ska-wih
wurde gebeten, sich zu einer Rücksprache bei Miss Bilkins innerhalb einer Woche einzufinden, Sprechstunde täglich von 10 bis 12
a.m.

»Nun soll es dir an den Kragen gehen«, sagte Hanska. »Irgend
etwas führen sie im Schild.«

»Noch bist du freie Indianerin, nicht reservationszugehörig. Du
brauchst dich zu gar nichts zwingen zu lassen«, bemerkte Ray, der
wieder einmal zu Besuch gekommen war.

»Schulverwaltung ist auffällig«, meinte Wasescha. »Wieso Schulverwaltung? Du müßtest erst auf der Reservation eingebürgert werden — Zustimmung des Superintendenten und des Killerchiefs sind
dafür erforderlich. Diese Leute wählen einen Schleichweg, um zu
irgendeinem verdächtigen Ziel zu gelangen.«

»Wer geht mit mir?« fragte Ite-ska-wih.

»Ich natürlich«, entschied Hanska.

Das Unternehmen wurde für den nächsten Tag angesetzt.
Hanska wählte den Jaguar, und zum Erstaunen der Zeltbewohner
zog er Inya-he-yukans schwarze Cowboykleidung an, deren Jacke
so gearbeitet war, daß sie die beiden Pistolen im Halfter gut deckte.
Die Möglichkeit, sich auf diese Weise zu verkleiden und als Inya-
he-yukan zu erscheinen, gab er damit auf.

»Warum das?« fragte Wasescha.

»Sowieso schon bekannt, daß ich mir das Ding bei Rufus Myer
aus dem dunklen Blockhaus geholt habe. Außerdem eine Erinnerung. Inya-he-yukan ist einmal mit mir, dem damals kleinen
Hanska, zu Miss Bilkins gegangen, um mich vor der Wiedereinlie-
ferung ins Internat zu beschützen. War ein bißchen schwierig, aber
es hat funktioniert. Mal sehen, was wir euch heute abend zu berichten haben werden.«

»Du bist zu allem entschlossen?«

»Allerdings. Wenn sie mir Ite-ska-wih auf irgendeine Weise rau-
ben wollen . . . na dann.«

Hanska und Ite-ska-wih machten sich auf. Die Fußwegstrecke
nahmen sie mit schnellem Schritt. Im Jaguar fühlten sie sich geborgen; große Erinnerungen lebten darin. Die schwarze Kleidung war
einst Inya-he-yukans bester Anzug gewesen. In ihr war er zum
Stamm zurückgekehrt. Jahrelang hatte er sie getragen: bei seinem

ersten Rodeo in New City, seinem Rodeosieg in Calgary, seinem Gang zu Miss Bilkins, um das Kind Hanska zu retten. Sie sah an vielen Stellen abgewetzt, aber nicht schäbig aus, und Hanska hatte die Figur, um sie zu tragen.

In der Agentursiedlung parkte er vor dem einstöckigen Verwaltungsgebäude auf einem der für Gäste und Besucher vorgesehenen Plätze. Ite-ska-wih folgte ihm mit einer gewissen Beklemmung in das Haus, in dem Miss Bilkins ihr, von Amtsgewalt gestützt, entgegentreten wollte.

Es war 10 a.m. Im Korridor warteten schon einige Frage- und Antragsteller. Diesen und jenen grüßte Hanska mit den Augen. In einer halben Stunde war es soweit.

Ite-ska-wih trat in das Dienstzimmer von Miss Bilkins ein; Hanska folgte ihr unmittelbar.

Miss Bilkins beherrschte sich, aber sie konnte vor sich selbst nicht leugnen, daß sie beim Anblick des schwarzen Cowboys erschrak. Erinnerungen an zahlreiche Auseinandersetzungen mit Joe King, auch an solche, bei denen es um seine Frau Queenie gegangen war, wurden mit einem Schlag in ihr wach. Sie beugte sich über ein Blatt Papier und machte ein paar Notizen, um sich dabei zu sammeln. Den schwarzen Cowboy, der nicht vorgeladen war, hinauszuweisen kam nicht in Frage, denn gerade ihn wollte sie in ihre Pläne einordnen.

»Miss Mara . . . Mara, wie ist Ihr Familienname?«

»Okute.«

»Sie sind keine Bighorn?«

»Nein. Verwandte der Kings in der weiblichen Linie.«

»Oh . . . in der kanadischen Linie?«

»Ja, Miss Bilkins.«

»Fein. Wie alt sind Sie?«

»Vierzehn. In vier Wochen werde ich fünfzehn.«

Ite-ska-wih und Hanska standen vor der Schranke, durch die die Besucher von Miss Bilkins getrennt wurden. Eine Schranke hatte es immer gegeben; sie schützte die Diensttuenden vor den ihnen anvertrauten Wilden. Hanska erinnerte sich sehr wohl daran. Der Unterschied gegenüber früher lag nur darin, daß das Holz neu und hell poliert war, wie überhaupt das gesamte Dienstgebäude, einst sehr bescheiden in Brettern ausgeführt, jetzt im neuen Glanz von roten Backsteinen und weiß gestrichenen Holzteilen erstanden war.

Miss Bilkins hatte eine Pause eingelegt, denn es fiel ihr etwas auf. War dieses Kind etwa schwanger? Sie sprach aber zunächst nicht von ihren Wahrnehmungen und Vermutungen, sondern fragte weiter.

»Sie haben die Schule besucht?«

»Acht Jahre.«

»Warum nicht... ach so, ja, Sie sind erst vierzehn. Also acht Jahre, ganz in Ordnung. Sie haben gute Zeugnisse? Ihre Aussprache des Englischen ist nicht schlecht.«

Miss Bilkins ordnete diese hübsche junge Indianerin, ihre sichere Haltung in den Typ »der neue Indianer« ein. Früher war es schwieriger gewesen, von Indianern Antworten zu erhalten, die in einem Büro als präzise gelten konnten. Früher war es aber auch leichter gewesen, Indianern gegenüber als patriarchalische Macht aufzutreten. Verflogen war die gottgewollte, fortschrittsgläubige Autorität, geblieben waren nur die Amtsgewalt und die Schranke.

»Meine Zeugnisse liegen in Chicago.«

»Was tun Sie hier?«

»Ich bin auf Besuch bei meinem Verlobten Hanska Bighorn.«

»Mit Erlaubnis Ihrer Eltern?«

»Meine Eltern sind tot. Mit Erlaubnis meiner Großmutter.«

»Diese Erlaubnis könnten Sie, wenn nötig, auch schriftlich beibringen?«

»Ja.«

»Soweit also o.k. Wer kommt für Ihren Unterhalt hier auf?«

»Mister Hanska Bighorn.«

»Ah. Mister Bighorn.« Miss Bilkins wandte sich dem schwarzen Cowboy zu. »Haben Sie Arbeit?«

»Genug. Aber keine bezahlte.«

Der helle Stimmklang der Antworten Ite-ska-wihs wurde jetzt von dem dunklen Hanskas abgelöst.

»Sie wohnen bei Mister Hugh Mahan. Sie sind sein Gast?«

»Ja, aber ich besitze auch selbst Mittel für meinen Unterhalt. Ich brauche keine Wohlfahrtsunterstützung.«

»Auf die Dauer selbständig?«

»Ich bin achtzehn geworden und habe als Reservationsangehöriger das Recht auf Land.«

»Land! Wozu?«

»Pferderanch.«

»Sie haben mit zwölf Jahren schon einen Rodeopreis gewonnen. Das war eine Sensation. Sie könnten Cowboy auf einer großen Ranch werden. Wie wäre es damit?«

»Ich werde kein Knecht.«

»Jugendlicher Überschwang. Aber lassen wir das erst einmal. Ihre Verlobte Mara könnte hier die Schule weiter besuchen und in vier Jahren das Baccalaureat machen. Wie wäre es damit?«

»Das ist ihre Sache.«

»Sie haben moderne Auffassungen über die Stellung der Frau. Ihre Pflegemutter Queenie King hat auch das Baccalaureat gemacht. Also Sie Cowboy bei Rufus Myer, Ihre Frau — ich darf Mara Okute wohl Ihre Frau nennen? — als Reservationsangehörige eine gute Schülerin in unserem Internat, das wäre die Lösung. Wir brauchen dann nichts weiter als ein Gesundheitszeugnis für Miss Okute und eine Sondergenehmigung für eine so frühe Heirat. Das läßt sich arrangieren.«

»Bitte nichts zu überstürzen, Miss Bilkins. Ich werde Pferderancher auf eigenem Land, auf der bisherigen King-Ranch, mit dem Mittelpunkt des alten Blockhauses.«

»Die King-Ranch ist an Rufus Myer übergegangen, Mister Bighorn.«

»Faktisch; aber nicht von Rechts wegen. Es gibt keine Todeserklärung, weder für Joe noch für Queenie.«

»Das sind Sachen des Gerichtes und der Ökonomie, nicht die meinen. Sie müßten sich also mit Mister Myer einigen. Eine Formsache. Wenn Sie nur beide willens sind zusammenzuarbeiten.«

»Man wird sehen.«

»Miss Okute geht mit Anweisung des Gesundheitsdienstes zunächst einmal zum Hospital, um die Sache mit dem Gesundheitszeugnis in Ordnung zu bringen.«

»Nein.«

»Wieso nein?«

»Weil wir unser Kind nicht ermorden lassen.«

Ite-ska-wih legte bei Hanskas Worten unwillkürlich beide Hände vor ihren Leib, als wolle sie ihr Kind beschützen. Ihr Ausdruck veränderte sich. Unter gesenkten Lidern dachte sie an die köstlichsten Stunden ihres Lebens, als sie mit Hanska im Ring der freien Indianer war, die für ihr Recht aufstanden, und als sie ihr Kind von ihm empfing. Als sie die Augen wieder ganz öffnete, glaubte Miss Bilkins einen grünen Schimmer der Feindseligkeit zu sehen wie den aus den Augen einer gereizten Tiermutter.

Sie lehnte sich zurück.

»Ich verstehe überhaupt nicht, Mister Bighorn, was nun wieder in Ihrem Kopf vorgeht. Außerdem ist das Gesundheitszeugnis Sache Ihrer Verlobten, nicht die Ihre.«

»Das Kind ist auch mein Kind. Aber fragen Sie doch Mara.«

Die Tonart wurde auf beiden Seiten scharf.

»Haben Sie beide kein Vertrauen zu unserem ausgezeichneten Hospital?«

»Nicht mehr. Es ist eine Mordanstalt geworden, angeklagt vor der ganzen Welt. Sie haben Hunderte unserer jungen Frauen gegen ihren Willen unfruchtbar gemacht.«

»Im allgemein wohlverstandenen Interesse, im Sinne einer vernünftigen Bevölkerungspolitik.«

»Ausrottungspolitik.«

»Mister Bighorn, ohne Gesundheitszeugnis erhält Mara Okute die Reservationsangehörigkeit nicht.«

»Dann eben nicht.«

». . . und sie muß die Reservation verlassen.«

»In Kanada ist sie jederzeit willkommen. Ich aber bleibe hier, um die Zustände zu ändern. Hau.«

Miss Bilkins sah schwarz, sie sah den schwarzen Cowboy. Ihre ausgeklügelten Absichten landeten genau da, wo sie zerschellen mußten. Wahrscheinlich hatte der Bursche die Pistolen unter der Jacke. Sie konnte nicht etwa die Polizei holen, um Mara Okute einfach abführen zu lassen. Bighorn war zweifellos zu allem entschlossen und zog schneller als jeder Polizist. Auch darin glich er, wie sie annahm, seinem Wahlvater.

»Nun nehmen Sie doch Vernunft an, Bighorn! Eine vierzehnjährige Mutter! Ohne ärztliche Fürsorge. Das können Sie nicht verantworten.«

»Eine vierzehnjährige Indianerin.«

Miss Bilkins spielte mit ihren Notizen. Sie pflegte viele Fehler im Umgang mit Indianern zu machen, aber eine Absicht, die sie einmal gefaßt hatte, aufzugeben war nicht ihre Sache.

»Also machen Sie selbst einen vernünftigen Vorschlag, Bighorn.«

»Ganz einfach. Ich verlange so viel Land, wie jedem Stammesmitglied zusteht. Ich möchte genau das Land haben, auf dem die Familie King seit drei Generationen wohnt und wirtschaftet. Das Land mit dem dunklen Blockhaus. Was Joe King darüber hinaus gepachtet hatte, das mag Myer vorläufig haben, bis diese Sache endgültig geregelt wird. Da ich wenige Pferde habe, kann ich bei Myer noch mit aushelfen. Joan Yellow Cloud ist dort angestellt. Mit der läßt sich arbeiten. Mara Okute wird als Fremde bei Myer angestellt; dafür braucht sie kein Gesundheitszeugnis. Sie wohnt bei mir im Blockhaus und arbeitet mit. Ich habe gesprochen.«

Miss Bilkins lächelte, nicht ohne Anerkennung. »Ja, dann sehen Sie mal zu, wie Sie Rufus Myer für solche Ideen gewinnen können. Ich gebe Ihnen vier Wochen Zeit.«

»Ich Ihnen auch, Miss Bilkins. Sie müssen Ihren Kollegen von der Ökonomie überzeugen. Wenn Rufus Myer das nicht selbst tut. Ich gebe Ihnen noch einen Tip: Der versoffene Invalide Patrick Bighorn mit seinen neun Kindern läßt sein Land verkommen und lebt von Wohlfahrtsunterstützung. Er ist Myers Nachbar. Vielleicht ist er eher geneigt, etwas Land für etwas Rente abzutreten, als zum Beispiel ich. Ich trage die Verantwortung für Joe Kings Kinder, die ihr Land vorfinden sollen, sobald sie mündig werden.«

»Schlau sind Sie, Hanska. Wir sehen uns also wieder.«

Die Sprechstundenzeit war noch nicht abgelaufen. Die wartenden Besucher wurden hereingebeten. Hanska und Ite-ska-wih gingen.

»Jetzt zu Bob«, sagte Hanska.

Eve Bilkins traf sich mit Kate Carson in der Mittagspause. Die beiden Damen wechselten im Dienstwagen die Straßenseite, um an diesem Tage bei Mississ Carson den Lunch zu nehmen, der aus Schinken und Salat bestand.

»Nun?« fragte Kate.

»Der schwarze Cowboy! Es ist unglaublich, wie sich die Kingsche Mentalität fortpflanzt. Informiert ist er auch. Offenbar von Hugh Mahan beraten und geschult. Aber ich hoffe, ich habe ihn jetzt im Netz der Legalität. Falls Rufus Myer mitmacht.« Eve berichtete von Hanskas Plan.

»Nicht schlecht, Eve. Auf diese Weise könnte Myer sich auch legalisieren. Pachtland kann man übertragen, aber das Familienstammland sollte tatsächlich der Familie King verbleiben, zu der Hanska rechnet. Er wird auch die Kinder nicht benachteiligen.«

»Die Zwillinge! Ihretwegen veranstalte ich doch diesen ganzen Zirkus. Der Junge, Harry, ist in einem Internat ›mit militärischer Disziplin‹ gelandet, in dem Hugh Mahan seine Schulzeit verbringen mußte. Mahan setzt schon alle denkbaren Greuelmärchen über Prügelmethoden und anderes in Umlauf. Der Junge ist widersetzlich, hat Nachrichten hinausgeschmuggelt und einen Fluchtversuch gemacht. Kings Blut! Es muß so rasch wie möglich etwas geschehen. Wer kann denn Rufus Myer überreden, daß er die neue Version mitmacht?«

»Hanska und Mara selbst.«

»Glauben Sie?«

»Aber sicher. Das bißchen Familienstammland kann Myer leicht entbehren, und damit bindet er einen der tüchtigsten Cowboys fest an sich.«

»Kate, mit Ihrem Optimismus sind Sie ein wahrer Engel.«

»Wollen Sie Hanska von der Teilnahme an der Pedro-Demonstration abbringen?«

»Nein — nach Ihren Erfahrungen, liebe Kate, die Sie mit Mahan gemacht haben, schlage ich dieses Thema gar nicht erst an. Es ist in meinem Fall nicht wichtig. Hanska und Mara werden mit dabei stehen, wenn der Sarg in die Erde gegeben wird — weiter nichts. Darüber kann man hinwegsehen. Mit Mahan ist das etwas anderes. Er hat Ansehen, ist ehemaliger Chief, zieht andere mit, spricht vielleicht.«

»Hanska zieht etwa niemand mit? Eve, ich muß Ihnen sagen, daß er ein ganz gefährlicher Bursche ist; er hat auch Ansehen, unter der Jugend nämlich, die ihm die tollsten Stücke zuschreibt.«

»Kate, machen Sie mich nicht irre an meinem Erfolg. Ich habe ihn in den Fängen der Legalität, diesen schwarzen Cowboy.«

»Es gibt Pferde, die sogar ein Lasso zerreißen. Ich warne Sie, Eve.«

»Sie sind übervorsichtig geworden, Kate. Ich rufe jetzt Lehrer Ball an, er wird mir weiterhelfen. Unser Chief-President muß in diesem Fall parieren. Er treibt überhaupt eine viel zu eigenmächtige Politik. Das muß aufhören, denn er blamiert die Reservationsverwaltung.«

»Unser Killerchief?«

»Kate, werden Sie nicht frivol!«

Hanska und Ite-ska-wih hielten sich in der Agentursiedlung nicht länger auf, auch nicht, um gute Bekannte zu besuchen. Sie hatten etwas Proviant dabei, kein Bäckerbrot der Watschitschun, sondern pulverisiertes Trockenfleisch mit der Beigabe von getrockneten Beeren, eine Handvoll für jeden genügte. Hetkala hatte es ihnen für den schweren Tag als traditionelle indianische Nahrung mitgegeben.

Hanska tankte noch, bemerkte dabei zwar, beachtete aber nicht den Blick des Tankwarts, mit dem dieser dem schwarzen Cowboy zuzwinkern wollte. Er fuhr schnell in die Prärie hinaus. Die Straße war einer der wenigen asphaltierten Verbindungswege.

Ite-ska-wih nahm das Wesen der Landschaft in sich auf, die weitreichenden grasigen Bodenwellen, den Duft der welkenden Blüten und reifenden Samen. Es war ihr, als ob sie alles zum erstenmal sehe, und in Wahrheit, meinte sie, sah sie es auch zum erstenmal, denn dieses Stück Land hier ringsum sollte nun ihre Heimat werden. Bisher war sie mit Hanska gewandert, zu den Black Hills und nach Kanada, zu dem Haus am kahlen Berg und den Bibern, zu Waseschas waldigem Versteck. Jetzt aber ging es zu dem kleinen dunklen Blockhaus. Für Ite-ska-wih war es gewiß, daß sie dort wohnen und ihr Kind gebären würde, ebenso wie Inya-he-yukans Mutter, die aus Kanada hierher gekommen war, ihren Sohn in diesem alten Blockhaus geboren hatte. Daneben sollte des alten Inya-he-yukan prächtiges Zelt aufgeschlagen werden, dessen Planen Hanska zwischen dem Gerümpel im Blockhaus hatte liegen sehen. Indianisches Leben würde sich auftun, um eines Tages Joe und Queenie Kings Kinder zu empfangen.

Es konnte noch Wirren und Schwierigkeiten geben, aber das Schicksal hatte gesprochen, und Ite-ska-wih wußte, wo sie mit Hanska, ihrem eigenen Kind und Inya-he-yukans Kindern künftig hingehören würde. Leicht würden sie es nicht haben auf dem kleinen eigenen Fleck inmitten der weißen Landräuber, eingekreist, abhängig. Aber wann hatte es ein Indianer je leicht gehabt? Weil sie es schwer hatten, darum gehörten sie zu Inya-he-yukans Volk. Einen solchen Gedanken hatte er selbst einmal ausgesprochen. Hanska bewahrte die Worte seines Wahlvaters und teilte das Wissen davon mit Ite-ska-wih.

Das Brüllen, mit dem Rinder sich riefen, kündigte an, daß man in die Gegend der Viehranches kam.

Hanska umfuhr Myers Pachtgelände und kam mit seinem Wagen am Spätnachmittag zu Bobs kleinem Ranchhaus, bei dem eine Menge Kinder spielten, kleine und große, eigene und fremde. Melitta saß auf der Terrasse, die Bob zu ebener Erde an das Haus angebaut hatte. Indianerhäuser wurden ohne solche landesübliche Terrassen geliefert.

Ite-ska-wih setzte sich mit Melitta zusammen. Bob und Hanska ritten im anbrechenden Abenddämmer noch einmal auf die Weiden. Man fiel nicht mit Fragen und Antworten übereinander her wie in einem Büro, in dem die Sprechzeiten durch Dienststunden eingegrenzt und die Menschen durch Schranken voneinander getrennt waren. Denken und Fühlen konnten ausklingen wie der Tag.

Als die Kinder sich müde gespielt und satt gegessen hatten und freiwillig schlafen gingen, brachte Melitta für ihre Gäste eine Abendmahlzeit von Rindfleisch und Brühe auf den Tisch, für Hanska und Ite-ska-wih ein seltener Genuß. Die Kraftbrühe belebte alle. Hanska ließ Ite-ska-wih berichten. Er hörte aufmerksam zu und war zufrieden, daß sie alles, was gesprochen worden war, sehr genau wiedergab.

»Und nun?« fragte Bob.

»Nun sollst du auskundschaften«, sagte Hanska, »ob sich Myer dazu bewegen läßt, für Joe Inya-he-yukans Kinder das Stückchen Land herauszurücken, das der Familie King zusteht und das er gegen alles Recht und Gesetz vereinnahmt hat. Ich verwalte es dann, bis Harry groß ist.«

Während Hanska sprach, hatte Ite-ska-wih nach der Tür geschaut, über der in zwei großen Haken das Gun lag, das gewiß schußfertig war. Bob hatte die Blickrichtung bemerkt, und da er Zeit zum Überlegen gewinnen wollte, antwortete er zunächst nicht auf Hanskas Vorschlag, sondern auf Ite-ska-wihs nicht ausgesprochene Frage.

»Braucht man wieder. Ich bin auch schon gewarnt worden. Der Killerchief speit Gift und Galle, weil die Sache mit Pedro aufgerollt worden ist und der Superintendent unsere Versammlung beim Begräbnis nicht verbietet, das heißt, daß er nicht wieder Militärpolizei gegen uns einsetzt. Fünf Killer des Chief sind abgegangen; einer, der Polizist, ist mit seinem Sohn aus der Reservation ausgewandert, zwei sind an Alkoholvergiftung gestorben, zwei spurlos verschwunden. Wenn solche Leute wie der Chief Mißerfolg haben, wüten sie wie der Stier, der rot sieht. Wasescha soll sich in acht nehmen. Ich denke, er ist der nächste auf der Abschußliste. – Moment übrigens.«

Bob stand auf, ging in den zweiten Teil des Hauses und kam mit einem alten Gewehr zurück.

»Da, Hanska, es gehört dir, das Gewehr deines Vaters. Mit Rays Sportgewehr läßt es sich freilich nicht vergleichen, es ist uralt, aber schießen kannst du immer noch damit, hier noch das Päckchen Munition dazu. Ich habe das Zeug von Myer bekommen, aus dem alten Blockhaus. Er hat mir auch einen Lockvogel für dich mitgegeben: Inya-he-yukans altes Zelt. Es ist Gold wert! Morgen früh nehmen wir die Planen auseinander. Du kannst dann Myer bestätigen, daß du dieses Tipi wieder erhalten hast. Bei der Gelegenheit kommst du mit ihm ins Gespräch. Er will durchaus mit dir selbst reden.«

»Der Alte oder der Junge?«

»Beide. Die stehen immer Rücken an Rücken, als wenn sie zusammengewachsen wären. Nur der Enkel geht seine eigenen Wege und ist frech. Übrigens mußten sie ihren Senior-Cowboy rauswerfen – den, meine ich, den sie für die Einrichtung der Ranch hier angenommen hatten. Der Vorige wollte nicht auf Indianerland arbeiten; er haßte das ›farbige Pack‹. Diesen aber mußten sie fortjagen, weil er gestohlen hat. Sie suchen also dringend ein bis zwei zuverlässige Leute; Joan haben sie bis auf weiteres als Cowgirl, sie läßt vielleicht ihre Kinder herkommen. Der zweite wärst du, Hanska.«

»Ich mache ihm den guten Nachbarn, wenn's mir auch schwerfällt, aber den Cowboy ohne Land mache ich ihm nicht.«

»Es sind keine reichen Leute, waren kleine Rancher, wie sie von den großen Ranchers niederkonkurriert und ruiniert werden. Haben sich sozusagen hierher geflüchtet, wo die Pacht so billig ist.«

»Und wo man uns ruinieren und niederkonkurrieren kann. Aber da wird sich der Myer-Clan irren. Die Kings haben ja auch noch Joes Büffel im Hintergrund.«

»Ja, ja, ihr werdet euch behaupten. Aber nun laß uns nach den Zeltplanen sehen.«

Ite-ska-wih hatte gelauscht und alles, was Bob berichtete, unmittelbar in Menschengestalt, in Stimmen, in Gesten umgesetzt. Aber jetzt verschwand Familie Rufus Myer und selbst das alte Blockhaus aus ihrem Vorstellungskreis. Nur das Zelt Inya-he-yukans des Alten bestand in ihrer Einbildungskraft, das große Häuptlingszelt mit den vielen hohen Fichtenstangen, den schweren Büffelhautplanen, die jedem Unwetter standhielten, im Winter wärmten, im Sommer die Hitze abhielten; das Tipi mit der Windklappe an der Spitze und dem leise knisternden Feuer im Innern, das Tipi, das von alten Geheimniszeichen geschützt war. Darin hatte Mattotaupa mit seiner Familie gewohnt, sein Sohn Harka war darin aufgewachsen; dieses Tipi war die Heimat gewesen, die er auf dem schweren Zug nach Kanada mitgenommen und das ihn dort beschützt hatte, damit war er zurückgekehrt und hatte es seinem Wahlsohn Inya-he-yukan dem Jüngeren als Erbe hinterlassen. Mit der Luft und dem Duft dieses Tipis wehte seinen Bewohnern ein Hauch der freien Prärie und indianischen Glaubens und Mutes zu. Ite-ska-wih stand ehrfürchtig vor dem großen Lederpacken. Neben ihr stand Hanska; er legte den Arm um ihre Schultern.

»Willst du jetzt aufrollen?« fragte Bob.

»Nein. Nein. Ich muß es erst verwinden. Morgen, Bob.«

In Hanskas Stimme klang etwas mit, was Ite-ska-wih wie ein Schlag traf. Aber ihr Gefühl verbot ihr zu fragen.

Alle gingen schlafen. Ite-ska-wih und Hanska lagen, in eine Decke gewickelt, am Boden. Es war ihnen warm und weich genug; sie schlummerten ein und träumten Gutes.

Die Sommernächte waren kurz. Hanska und Ite-ska-wih wachten früh auf, eilten hinaus und schauten die blutrote Sonne am Horizont der gilbenden Prärie, sie hörten die Rinder, sie fühlten den Morgenwind, der frisch und kühl wehte und sie vollends wach machte.

»Jetzt ist es Zeit«, entschied Hanska. Sie gingen miteinander zurück ins Haus in den Raum, in dem am vergangenen Abend der Lederballen gelegen hatte.

Bob war dabei, die bemalten Lederplanen auszubreiten.

Ite-ska-wih schauerte zusammen.

»Es sind es also nicht«, sagte Bob mit einer Stimme, aus der der Klang herausgezogen war. »Ich wußte es schon am Abend.«

Hanska widersprach nicht. Er war verlegen und traurig.

»Das echte Zelt hat der diebische Cowboy gestohlen«, erklärte Bob stockend. »Myer hat ihn gezwungen, Ersatz herbeizuschaffen. Den seht ihr hier. Allerdings . . .«

»Sag nichts weiter«, bat Hanska.

Ite-ska-wih stand wie ein Stein da. Ihre lebendigen Träume wa-

ren erstarrt, erstorben. Sie mußten erst wie... ...
wandeln und fortwehen zu jenen Bergen u... ...
Wind rauschte und unter deren Wurzen ...
kan ruhte, fern allen gierigen schmutzigen H...
Gesicht war in den vergangenen Monaten hä...
den. Ein bitterer Zug kam hinzu. Schon als Kind ...
Inya-he-yukans geliebt, das er nun nie mehr eher wü...

Ite-ska-wih erinnerte sich der Worte des Siksiksau Rote... ...e.
Ein guter Geist begleitete sie, ein persönlicher Schutzgeist, mit dem
sie reden konnte, der sie nie verlassen würde. Sie sprach mit ihm
und bat ihn, ihr die Kraft zu geben, durch die sie für eine Stunde
mit ihm eins werden und sich selbst als ihr eigener Schutzgeist betrachten konnte.

Lang, so schien es ihr, hatte sie nichts von diesem Lui des alten
Inya-he-yukan gewußt. Dann war es in ihr Träumen und Fühlen
hereingerückt durch Hanskas und Waescha Erzählungen in dessen
sen Zelt, und plötzlich hatte es wie Wirklichkeit vor ihr gestanden;
sie war darin gewesen, es schützte sie. Aber schon schwand es wieder, von diebischen Händen fortgezerrt, und sie stand in Kälte und
Hitze, die sie bedrängten. Nie mehr konnte sie den Duft dieses alten Leders riechen, nie mehr die Häute jener Büffel streicheln, deren Herden noch frei über die Prärien gezogen waren. Nicht mehr.
Nie mehr. Sie mußte das ertragen. So sagte sie ihrem Schutzgeist
am Ende des Gespräches. Sie mußte Hanska zur Seite stehen gleich
dessen Schutzgeist. Er hatte mehr verloren als einen Traum, er
hatte das indianische Heim seiner Kindheit verloren. Es blieb das
dunkle Blockhaus übrig, letzter Zeuge alles dessen, was Inya-he-
yukan der Alte und der Junge mit ihren Frauen, Kindern und Wahl-
kindern nach der großen Niederlage erlebt und erlitten hatten.

»Hanska, wir gehen in das Blockhaus«, sagte Ite-ska-wih, ohne
recht zu wissen, wie sie dazu gekommen war den Mund aufzutun.
»Hart wird es sein, aber du bist nicht aus weichem Holz ge-
schnitzt.«

»Du auch nicht, Sonnengesicht.«

Hanska wandte sich Bob zu, der herangetreten war. »Das farben-
beschmierte Ledergelumpe hier kannst du deinen Kindern zum
Spielen geben. Ich werde mich nach neuen Büffelhäuten umsehen
und auch nach neuen Adlerfedern für Inya-he-yukans des Alten
Grab. Die Federn von jenem Adler, der Inya-he-yukan, mein

Wahlvater, geschossen hat und die sein Grab schmücken, werde ich so verwahren, daß mir kein Dieb darankommt. Hau.«

Bob nickte und seufzte.

»Du, Bob, kannst nichts dafür, ich aber muß trotz allem zu Myer, damit wir Harry und Mary leichter befreien können. Komm, Ite-ska-wih, wir fahren sofort, ehe es mich reut.«

Der Weg war nicht weit. Der Jaguar fuhr schon am frühen Vormittag den Wiesenweg zum Ranchhaus hinauf. Großvater und Vater Myer standen vor der Tür und empfingen die Gäste.

»Also doch! Kommt herein.«

Hanska und Ite-ska-wih folgten in das Zimmer, das sie schon kannten. Sie waren entschlossen zu tun, was notwendig schien, um Harry und Mary zu retten, aber sie freuten sich nicht. Der Verlust des alten Zeltes hatte sie wie ein Schlag in den Nacken getroffen. Man setzte sich an den Tisch, der auch für zwölf Personen Platz gehabt hätte. Die Männer griffen zu den Zigaretten. Mutter Myer brachte Kaffee.

»Habe schon etwas läuten hören von Ihren Plänen, Bighorn«, nahm der Großvater den Gesprächsfaden auf. »Also das alte Blockhaus — hatten wir schon zugesagt. Aber dann wollen Sie gleich eine Pferdegroßranch auf unserem Pachtland aufbauen?«

»Ihre Ranch, Mister Myer, zu einer ansehnlichen Pferderanch werden zu lassen in der und für die Pachtzeit, dabei werde ich Ihnen helfen. Aber für Joe Kings Kinder will ich rings um das Blockhaus ein Stück eigenes Land, das ich vorläufig verwalte. Das Familienland ist das; es steht jedem Stammesangehörigen zu.«

»Und damit vereinnahmen Sie uns gleich mit? Nein, mein Lieber.«

Hanska drückte die Zigarette aus und trank einen Schluck Kaffee. »Sie jedenfalls, Mister Myer, haben uns, die Kings und die Bighorns, erst einmal vereinnahmt, hinterrücks und widerrechtlich.«

Das Gesicht des Großvaters lief rot an. Ehe sein Zorn aber ausbrechen konnte, hatte Hanska schon weitergesprochen.

»Ich bleibe bescheiden und ganz in den Grenzen des Rechts. Ich will für die Kinder und für mich weiter nichts als Land für eine und eine halbe Kuh.«

»Spaßvogel. Wie berechnen Sie die halbe?«

»Die müssen Ihre Vorfahren einmal berechnet haben, Mister Myer, als sie uns besiegt hatten und hierher setzten. Eine und eine halbe Kuh pro Familie.«

»So. So. Wieviel Pferde denken Sie auf diese Weise zu ernähren?«

»Ernähren nicht, Mister Myer, das muß ich anders regeln. Halten. Drei Pferde zur Zeit.«

»Sie haben Nebeneinnahmen?«

»Sicher. Aus einem Zuchthengst und einer Zuchtstute und aus der Arbeit bei Ihnen.«

»Dreihundert Dollar pro Monat und eine Mahlzeit pro Tag für Sie und Ihre Frau. Dafür erwarten wir eine volle Leistung.«

»Im Rahmen der guten Nachbarschaftshilfe, bis Ihre Ranch in Schuß kommt und meine Wiese auch. Dann reden wir weiter.«

»Sie wollen also arbeiten?«

»Ich bin's gewohnt, mit Pferden zu arbeiten. Auch mit Büffeln. Das ist Leidenschaft, Mister Myer. Aber was meine Frau anbelangt, so muß sie bei Ihnen angestellt werden. Als Teilarbeitskraft. Für fünfzig Dollar im Monat zum Beispiel. Einverstanden? Sie kann mir helfen.«

»Meinethalben. Aber die fünfzig Dollar ziehe ich von Ihren dreihundert ab.«

»Großzügig wie immer. Wichtig ist mir der gesonderte Arbeitsvertrag, damit Mara auf der Reservation bleiben kann.«

»Der Sinn der Rede ist dunkel, aber ich mache mit, da Miss Bilkins mich drängt. Also zweihundertundfünfzig und fünfzig Dollar. Und das Land für eine und eine halbe Kuh.«

»Genau. Das Land bekomme ich vom Stamm für die Kinder. Sie müssen nur als Pächter zurücktreten.«

»Wann fangen Sie bei uns an?«

»Morgen, hoffe ich, wenn bis dahin das Stückchen Land frei gegeben ist.«

»Wer macht das?«

»Der alte Mister Haverman. Ökonomie. Er wird die Sache mit dem Stamm regeln.«

»Fahren wir gleich.«

»O.k.«

Der Großvater holte seinen Wagen. Ite-ska-wih begrüßte unterdessen Joan. Man machte sich dann ohne weiteren Verzug auf den Weg zur Agentursiedlung.

Unterwegs sagte Ite-ska-wih zu Hanska, der am Steuer des Jaguar saß: »Es sind ihnen zwei Pferde gestohlen worden. Bob und

Joan schaffen die Aufsicht nicht, auch nicht mit Myers zusammen. Joan hat den Jungen, den Enkel, im Verdacht, der sich Geld machen will, weil er sehr knapp gehalten wird. Wir werden zu tun haben.«

»Nicht zuwenig.«

Nachmittags langten die beiden Wagen vor Havermans Büro an; die Besucher wurden noch eingelassen, obgleich die Dienstzeit schon ablief.

Haverman, der müde Herzkranke, strahlte.

»Ein Lichtblick! Eine Einigung! Können wir die Sache gleich aufsetzen? Ich habe schon einen Entwurf.«

Der Entwurf war brauchbar. Hanska und Myer senior unterzeichneten.

»Was wird der Chief dazu sagen?« fragte Hanska.

»Gar nichts. Wir fragen ihn nicht.«

»Aber den künftigen Chief-President werden Sie fragen.«

Haverman schaute Hanska von der Seite an, doch er bemerkte nichts zu dessen Einwurf, mit dem die Stammesrechte betont wurden.

Da die Regelung überraschend schnell erfolgt war, konnten Hanska und Ite-ska-wih noch bei Tageslicht ans Heimfahren denken. Tagfahrten waren angesichts des Killerunwesens ratsamer als Nachtfahrten. Sie wollten zu Hause in Waseschas Tipi übernachten, mit ihm noch alles besprechen und ihre Habseligkeiten zusammenpacken. Sie merkten, daß ihnen der Abschied aus dem gastlichen Zelt, von den Menschen, denen sie voll vertrauten, die ihres Stammes waren, von denen sie schon viel gehört und gelernt hatten, schwerfallen würde. Gewohnheitsmäßig tankte Hanska noch einmal, ließ auch die Reservekanister füllen, ehe er die Agentursiedlung verließe. Der Tankwart verzögerte nichts, beeilte sich aber auch nicht und entschloß sich endlich zu einer scheinbar nebensächlichen Bemerkung, die Hanska und Ite-ska-wih jäh auffahren ließ.

»Louis White Horse ist durchgefahren. Die wollen Hugh Mahan einen Besuch abstatten. So haben sie geredet.«

»Was heißt ›die‹?«

»Ja, die sind zu dritt.«

Hanska dankte mit erhobener Hand, zahlte, startete und ging auf Höchstgeschwindigkeit, sobald die Siedlung hinter ihm lag. Ite-ska-wihs Wangen und Schläfen glühten. Hanska war nicht der Gedanke gekommen, sie in der Siedlung abzusetzen, obgleich es jetzt gefährlich wurde. Bei der Einfahrt in den Seitenweg, der zu dem Weidegelände und dem Parkplatz Waseschas führte, erkannte das junge Paar die frischen Reifenspuren eines Wagens, der hier eingebogen war. Hanska folgte mit unverminderter Geschwindigkeit. Am Parkplatz stand der Ford des Louis White Horse. Hanska sprang heraus, zog das Messer, das er wie jeder Hirte bei sich trug, und stach in einen Vorderreifen. White Horse sollte ihm nicht so leicht entkommen.

Mit Sätzen, die man nach Schnelligkeit und Lautlosigkeit sehr wohl denen einer Raubkatze vergleichen konnte, glitt er in Deckung zwischen Bäumen und Gebüsch hindurch zu Waseschas Tipi. Ite-ska-wih folgte ihm, so rasch sie vermochte. Mit ihren langen, schlanken Beinen war sie schnell genug, um den dahinhuschenden Hanska nicht ganz aus den Augen zu verlieren. Das Tipi kam ins Blickfeld der beiden. Nahe seinem Eingangsschlitz standen zwei Männer; sie hatten sich mit gezogenen Revolvern so postiert, daß sie jeden, der das Zelt verließ, sofort niederschießen konnten, selbst aber außerhalb der Schußlinie standen. Die näherkommenden Hanska und Ite-ska-wih hatten sie in ihrer auf das Zelt gerichteten gespannten Aufmerksamkeit offenbar noch nicht bemerkt. Da Hanska anhielt, erreichte ihn Ite-ska-wih.

»Du den Schwarzhaarigen im Sprung von hinten mit Karate. Ich den Blonden«, flüsterte Hanska ihr zu.

Da krachte ein Gewehrschuß im Tipi.

Hanska gab Ite-ska-wih das Zeichen; sie führte seine Anweisung aus. Der Indianer, unvorbereitet, stürzte zu Boden. Der Revolver entfiel ihm dabei. Ite-ska-wih nahm ihn auf, während Hanska dem Blonden schon die Waffe aus der Hand geschossen hatte und in das Tipi stürzte. Er hatte nicht wissen können, was ihn dort erwartete.

Wasescha stand im Hintergrund, schützend vor Hetkala, Tatokala und den Kindern, die am Boden kauerten. Louis White Horse lag auf den Decken; er war tot, sein Schädel war durch einen Schuß in die Stirn aus dem schweren Jagdgewehr zerschmettert.

Hier gab es im Augenblick keine Gefahr mehr.

Hanska glitt mit Wasescha zusammen aus dem Zelt hinaus, um Ite-ska-wih beizustehen. Sie hatte die Revolver der Angreifer aufgelesen. Der Indianer war mit der Stirn auf einem Stein aufgeschlagen, der die Planenspannung des Zeltes mit hielt; er war offenbar bewußtlos. Karategriffe galten nicht umsonst gleich Pistolenschüssen. Der Blonde mit der blutenden, nicht mehr brauchbaren rechten Hand suchte Ite-ska-wih zu fangen, aber sie war behender als er.

Hanska dirigierte ihn mit der Pistole und zwang ihn, sich von Wasescha mit dem Lasso, das Tatokala aus dem Zelt brachte, sachgerecht fesseln zu lassen. Auch der bewußtlose Indianer wurde gebunden.

Die beiden Gefangenen blieben unter Ite-ska-wih und Tatokalas Aufsicht außerhalb des Zeltes liegen. Hanska und Wasescha gingen wieder in das Tipi hinein.

»Der Bursche hat dich bedroht, Wasescha?«

»Ich hatte ihm verboten, je wieder mein Zelt zu betreten; das weißt du, Hanska. Er tat es doch, in Mordabsicht. Als er hereinkam, hatte er den entsicherten Revolver schon in der Hand. Ich war dennoch schneller als er; ich hatte die Geräusche draußen schon gehört.«

»O.k. Was jetzt?«

Wasescha schien sehr ruhig.

»Ich stelle mich und rufe Polizei und Gericht sofort an den Tatort hier zur Feststellung.«

»Damit sie dich legal umbringen?«

»Ich stelle mich, Hanska.«

»Du hast in Notwehr gehandelt. Klarer Fall.«

»Wenn man die Tatsache anerkennen will.«

»Wir sind deine Zeugen.«

»In den Augen der Justiz verdächtige Zeugen.«

»Vielleicht auch nicht. Cowboy und Cowgirl von Rufus Myer. Wir haben die Verträge in der Tasche. Du willst dich also durchaus stellen?«

»Ja, Hanska. Angesichts der kommenden Versammlung am Grabe Pedros tun wir nichts Gesetzwidriges, denn wir verlangen, daß das Gesetz wieder gilt. Hau.«

»Ho-je, Wasescha.«

Hanska und Wasescha gingen zu den Wagen. Tatokala kam mit. Sie sollte Nachricht zum Tipi bringen, falls Wasescha und Hanska von der Polizei festgenommen wurden. Hanska montierte an dem Ford des White Horse den Reservereifen. Wasescha setzte sich an das Steuer, Tatokala stieg zu ihm ein. Hanska nahm seinen Jaguar.

Ite-ska-wih blieb bei Hetkala und den Kindern. Hanska hatte ihr die eine seiner beiden Pistolen überlassen, aus der er nicht geschossen hatte.

Es war dunkel geworden. In den Bäumen pfiff und sauste der Nachtwind. Ite-ska-wih holte die Pferde und die Hunde beim Tipi zusammen. Der Graue war verletzt. Die Killer hatten ihn wohl töten wollen, aber er war ihnen entkommen. Müde vom Blutverlust, legte er sich vor den Zelteingang; Ite-ska-wih streichelte ihn und brachte ihm Wasser.

Hetkala hatte das Zeltfeuer angefacht. Die Glut ließ ihr rötlichgelbes Licht an den Lederwänden umherhuschen. Iliff setzte sich zwischen Hetkala und Ite-ska-wih. Er lehnte sich an die junge Frau; bei ihr suchte er Schutz und Sicherheit. Sie lächelte ihm schmerzlich-freundlich zu. Hetkalas Züge waren vergrämt. Ihr einziger Sohn, so dachte sie, war in Gefahr, als Mörder hingerichtet zu werden. Sie hatte seine beiden kleinen Kinder in den Armen. Ite-ska-wih ersparte sich alle tröstenden Worte, die an Hetkala abgeglitten wären. Sie sang leise; die Ruhe und Liebe des Liedes, das Vertrauen in die Geheimnisse schwebten und webten durch das dämmrige Zelt. Iliffs Kopf und Schultern glitten in Ite-ska-wihs Schoß; er schlief ein. Hetkala begann das Gebet leise mitzusingen. Draußen stampften die Pferde. Der Graue knurrte im Traum. Endlich überwältigte Ite-ska-wih der Schlummer. Hetkala, die aufrecht sitzen blieb, stützte sie. Die junge Frau lächelte im Schlaf. Sie träumte von ihrem Kind, das behütet in ihrem Leib ruhte und wuchs und dem der Kampf an diesem Tage nicht geschadet hatte.

Bei Tagesgrauen wurde Ite-ska-wih wach. Sie briet Mehlklößchen in Fett. Iliff, der Schulferien hatte, holte Wasser. Man nahm zusammen die karge geschmacklose Mahlzeit; verwöhnt war in diesem Zelt keiner. Das eingetrocknete Blut auf der einen der Häute, die den Boden deckten, erinnerte an die Ereignisse des vergangenen Abends. Der Graue kam herein, roch an der Decke und knurrte wieder. Niemand störte ihn, als er sich in das Zelt legte.

Wir müssen Ray hierher holen, dachte Ite-ska-wih. Die beiden Großmütter im Haus am kahlen Berg sind kaum in Gefahr. Gefahr ist hier in Waseschas Tipi für die Zeugen der Vorgänge vom vergangenen Tag.

Hanska würde das bedenken.

Heute sollten er und Ite-ska-wih die Arbeit bei Rufus Myer aufnehmen. Sie mußten ihre geringe Habe ins Blockhaus und den Schecken auf die Weide bringen, die eine und eine halbe Kuh ernähren konnte. Der Braune und die Appalousastute mochten erst einmal bei Hetkala bleiben.

Ite-ska-wih empfand nicht das, was die Watschitschun als Nervosität bezeichnet hätten. Sie wartete ab. Wichtig war, daß sie ruhig blieb, zu genauer Erinnerung und Überlegung fähig.

»Wir sind im Recht«, sagte sie zu Iliff und Hetkala. »Wasescha mußte schießen.«

Die Stunden liefen ereignislos dahin. Ite-ska-wih machte bei den Pferden draußen eine Runde.

Um die Mittagszeit wurden die Tiere aufmerksam. Ite-ska-wih betrachtete Hanskas Pistole, lud durch, legte an und sicherte wieder. Sie kannte sich schlecht aus mit dieser Waffe und brachte sie lieber ins Tipi zurück.

Der Schecke stampfte, tanzte, schnaubte freudig. Das war das sichere Zeichen, daß Hanska kam. Ite-ska-wih eilte ihm entgegen.

»Hanska! Wasescha! Tatokala!« rief sie laut, damit Hetkala und die Kinder sie hören konnten.

Die Zeltbewohner waren alle zur Stelle, als die beiden eigenen Wagen und das Polizeiauto anlangten. Zwei Polizisten und eine Gerichtsperson stiegen aus.

Hanska, Wasescha und Tatokala gingen mit ihnen in das Tipi hinein, während der Gefesselte laut und anhaltend schimpfte.

Wasescha und die Zeugen gaben kurz gefaßt Auskunft. Die Polizei nahm die Angaben und das Resultat der Vorgänge am Tatort auf; der Untersuchungsrichter machte sich schon Notizen.

»Sie kommen erst mal alle wieder mit«, hieß es dann.

Als Wasescha mit den anderen am Abend zu seinem Tipi zurückkehrte, konnte er Hetkala eine Botschaft bringen, die nicht schlecht klang. »Sie werden mich des Mordes oder des Totschlags anklagen, und zwar wird der Killerchief in New City vor einem weißen Gericht die Beschuldigung vorbringen, daß ich einen seiner Leute erschossen hätte. Bis dahin bin ich auf Kaution frei. Sehr sonderbar. Hanska stellt eintausend Dollar Bürgschaft für mich aus dem Geld, das Krause ihm geliehen hat.«

»Kunststück«, sagte Hanska. »Du läufst nicht davon, und also erhalte ich das Geld eines Tages zurück. Aber auf das Urteil bin ich gespannt. Die erste Dummheit hat der Killerchief schon gemacht.«

»Die wäre?«

»Daß er sich überhaupt hineinhängt. Er stellt sich bloß mit seinem Killer White Horse. Überdies hast du nur dein Hausrecht ausgeübt und White Horse sogar noch vorher gewarnt. Du mußt freigesprochen werden. Haftbefehl gegen dich lag nicht vor, nicht einmal eine Anzeige. Es gab keinen legalen Grund, bei dir einzudringen.«

»Freispruch kann ich verlangen. Wahrscheinlich ist er nicht. Denkt an die ungerechten Prozesse, die gegen unsere großen indianischen Führer im Gang sind.«

»Die vergessen wir nicht, Wasescha. Aber die Wege der Watschitschun sind krumm und seltsam verschlungen. Gegen unseren Killerchief ist man zur Zeit ungnädig gestimmt. Jedenfalls bist du hier und kannst deine Familie beschützen. So rasch werden sie nicht wieder mit dir anbinden.«

»Kaum. Macht euch also auf, Hanska und Iteska-wih, damit ihr heute noch bei Rufus Myer erscheint.«

»Ho-je!«

Ite-ska-wih schwang sich auf den Schecken, der auch das gepackte Bündel Habseligkeiten trug. Hanska lief in großen Sätzen mit, bis der Jaguar erreicht war. Er ging ans Steuer, Ite-ska-wih setzte sich zu ihm, und der Schecke lief an der Lasso-Leine in scharfem Trab und leichtem Galopp mit.

Der Ton, in dem das junge Paar auf Myers Ranch empfangen wurde, war nicht mehr der gleiche, in dem die Verhandlungen geführt worden waren. Myer senior erschien und gab Anweisungen. Der Schecke strebte mit Gewalt in seinen alten Korral, den er wiedererkannte; mit den drei Pferden, die sich darin befanden, dachte er sich keineswegs zu vertragen, ehe nicht seine absolute Herrschaft gesichert war. Hanska sprang über den Zaun zu den Pferden hinein und hatte eine Stunde zu tun, bis die Ruhe hergestellt war und der Schecke seinen Willen durchgesetzt hatte.

»So geht es künftig nicht«, sagte er zu Myer senior und wischte sich mit der Hand den Schweiß von der Stirn. »Der Korral befindet sich auf meinem Land; zu dem Schecken werden nur Stuten gegeben, die er decken darf. Wem dann die Füllen gehören, darüber reden wir noch.«

»Yes, Sir. Sieh an, der junge Herr! Hat grade das Baccalaureat abgelegt.«

»Auch das, weil ich eine Klasse übersprungen habe. Aber ich denke, wir bleiben bei der Sache, Sir. Wann und wo bekommen wir unser Essen?«

»Im Sommer um 9 p.m. Sie essen mit uns am Tisch.«

»O.k.«

Hanska ging zu Ite-ska-wih in das Blockhaus. Sie hatte sich auf die breite Wandbank gelegt, die übereck an zwei Seiten des Hauses entlang führte und vier Menschen mit drei oder vier Kindern als Schlafplatz dienen konnte, wenn jeder sich mit wenig Raum beschied. Jetzt lagen noch Werkzeuge und Gerümpel darauf; Ite-ska-wih hatte nur so viel beiseite geschoben, daß sie sich hinlegen konnte. Sie war erschöpft und sah blaß aus.

Hanska zog sich um, so daß aus dem schwarzen Cowboy ein Hirte in blauen Jeans und kariertem Hemd wurde. Er kämmte sein dichtes Haar und flocht es in zwei Zöpfe nach Indianerart. So setzte er sich zu Ite-ska-wih.

»Wir haben eine Stunde Zeit, dann wird drüben gegessen. Bleib solange liegen. Ich hole unterdessen Wasser. Die Pumpe auf dem Hügel oben geht noch, aber die Leitung zu uns hier ist schadhaft. Den Hahn können wir nicht mehr aufdrehen. Wir leben wieder wie in den alten Siedlerzeiten.«

»So wie Wasescha.«

Hanska untersuchte den eisernen Ofen, der in der Mitte des Raumes stand. Das Abzugsrohr, das durch das Dach führte, war verschoben; er richtete es wieder. In einer Ecke entdeckte er drei Kochtöpfe. Er kannte sie. Zwei Wassereimer fanden sich auch an. Ite-ska-wih blieb liegen, bis Hanska mit den gefüllten Eimern zurückkam. Sie war die kurze Ruhe ihrem Kind schuldig.

»Als Inya-he-yukan noch der junge Joe war und Queenie heiratete, mußte man viel weiter um Wasser laufen, wohl eine gute Stunde«, erzählte Hanska. »Die Pumpe hat Stonehorn erst installieren lassen; er hatte einmal vierzigtausend Dollar als Belohnung erhalten für die Auffindung von zwei Vermißten.«

»Vielleicht findest du die gestohlenen Pferde wieder, Hanska.«

»Wenn Myer mich beauftragt. Aber vierzigtausend Dollar erhalte ich dafür nicht. Höchstens den Taglohn.«

Ite-ska-wih und Hanska wuschen sich und erfrischten sich damit. Es wurde Zeit, zum Essen zu gehen.

Sie erschienen pünktlich an dem großen Familientisch. Der

Großvater präsidierte. Rechts und links von ihm saßen Myer junior, Frau Myer, der Enkelsohn, eine Hauswirtschafterin und Joan. Hanska und Ite-ska-wih nahmen die anschließenden Plätze, an denen ihre Löffel lagen. Frau Myer teilte aus einer großen Schüssel das Essen in die Schalen aus.

Nach altväterischer Sitte aß man schweigend. Wo eine Schüssel leer wurde, schöpfte Frau Myer nach. Sie machte den Eindruck einer arbeitsamen, strengen, harten Frau. Für sie mochte das Scherzwort gelten: »Du stehst mit einem Fuß auf dem glühenden Holz«, sagte die Farmersfrau zu ihrer Tochter. — »Mit welchem, Mama?« — So, dachte Ite-ska-wih, hätte Frau Myer auch antworten können.

Dem Großvater schmeckte es. Auch der Vater schien zufrieden. Über die Züge des Enkelsohnes huschten Grimassen.

Hanska beobachtete ihn. Er mochte Anfang Zwanzig sein, ein paar Jahre älter als Hanska. Ein Wechsel von Unzufriedenheit, Spott, Spaß, Erfolgslaune bestimmte sein Mienenspiel. Dabei schien er eher weich als hart. Zwei Generationen sehr selbstbewußter Männer drückten auf ihn, und die Mutter, die er hatte, war kein Ausgleich an verständnisvoller Zärtlichkeit.

Es war abgegessen. Der Großvater trank einen Krug Bier.

»Also, wer findet nun die gestohlenen Pferde?« fragte er mit seiner vollklingenden Baßstimme.

Verlegene Stille folgte.

»Hay, Philip«, rief der bärtige Alte seinen Enkel an, »du hattest in der Nacht die Weide.«

»Frag doch die Indianer. Die Indianerpolizei!«

»Ich will kein Geschwätz hören, Philip, sondern eine Antwort.«

»Hast du ja. Jeder weiß doch, wo das Diebsgesindel steckt.«

Ite-ska-wih und Hanska wurde es heiß. Hanska hielt noch an sich.

»Warum suchst du nicht, Philip?« fragte der Großvater ungerührt weiter.

»Hab' ich schon. Wo willst du denn einen Gaul finden, den die Roten längst über alle Berge gebracht haben?«

»Dazu hast du ihnen also Zeit gelassen, du Gammler.«

»Laß doch deinen neuen Cowboy suchen. Der kennt sich bei seinen roten Brüdern aus.«

Hanska brach sein Schweigen.

»Pferde stiehlt man im Krieg. Leben Sie im Krieg mit meinen Stammesgenossen?«

Philip wandte sich ihm zu. »Ich meine also wirklich, du könntest sie finden, Cowboy.«

Hanska stand auf. »Ich meine also wirklich, du könntest sie gestohlen haben, Philip Myer.«

»Drecksmaul«, schrie Philip. »Come on.«

Hanska ging langsam um den großen Tisch, bis er in Reichweite von Philip stand.

»Da bin ich. Ich schätze aber, du läßt die Hände weg von mir und bindest deine Zunge an. Wenn es darauf zugeht, daß wir uns schlagen, bist du sofort am Boden. Du hast keinen schnellen, harten Schlag gelernt, das sehe ich deinem Gesicht und deinen Händen an. Wenn du aber lernen willst, könnte noch etwas aus dir werden.«

Philip ließ einen Moment den Mund offenstehen.

»Nun höre dir diesen Cowboy an, Pa. Kommt aus der Mottenkiste da oben und spielt den Schuldirektor.«

»Hanska«, dröhnte der Großvater, »du suchst die Pferde. Basta.«

»Gilt als Arbeit?«

»Gilt für zwei Wochen Arbeit, wenn du sie findest!«

»Einverstanden.«

Die Tischrunde löste sich auf.

Ite-ska-wih, Joan und Hanska gingen durch die Sommernacht miteinander zum alten Blockhaus hinauf. Joan wiederholte ausführlich die paar Hinweise, die sie Hanska schon gegeben hatte. Sie war auf bestimmte Vorgänge aufmerksam geworden und hatte sich Spuren angesehen. Sie hielt Philip für den Dieb.

»Ich reite sofort nach New City«, entschied Hanska. »Gestohlene Pferde verschiebt ein Weißer nur dorthin. Wenn man dem Großvater glauben kann, sind es seine wertvollsten Tiere. Davon muß Krader, der Pferdehändler, wissen.«

Hanska verwandelte sich wieder in den schwarzen Cowboy, nahm sich einen kleinen Beutel Proviant und Geld und eilte zum Korral, um sich den Schecken zu holen. Reiter und Pferd würden ohne Nachtruhe auskommen.

Joan blieb die Nacht über bei Ite-ska-wih im Blockhaus. Die beiden Frauen räumten die Wandbank vollends auf und breiteten die Decken darauf. Sie legten sich übereck auf die Bank, so daß sie einander sehen konnten, sich aber nicht störten. Es blieb dunkel im Raum. Nur durch die beiden Schiebefensterchen drang ein Mond- und Sternenschimmer ein. So war es gut, mit offenen Augen zu träumen, hin und wieder ein Wort zu sagen. Ite-ska-wih berichtete Joan von dem Angriff auf Wasescha und den anschließenden Vorgängen. Während sie ihre Gedanken und Empfindungen ausschüttete, wurde sie ruhiger. Auch Joan sprach offen. Sie kam nicht von dem Gedanken los, daß der vermißte Robert ermordet worden sei, und quälte sich mit der Ungewißheit.

Der Raum, das Blockhaus, der Geruch des alten Holzes ließen endlich Erinnerungen wach werden, von denen Joan erzählte. Sie hatte Inya-he-yukan Stonehorn gekannt und seine Pferde geritten. Ite-ska-wih trank die Bewunderung, die Joan für Inya-he-yukan, den Häuptling, empfunden hatte und empfand, durstig tief in sich hinein. Sie begann sich im Blockhaus heimisch zu fühlen. Auf diesen Brettern, auf denen sie jetzt lag, hatten Joe und Queenie gelegen. In diesem Hause hatten sie gelebt, geliebt und gelitten; in diesem Haus lebten sie noch. Alles rings atmete noch ihre Seele. Selbst das Gerümpel versteckte noch Andenken an sie. Hanska aber wuchs zu einem wahren Sohn Stonehorn Kings heran. Er trug nicht nur seine Kleider. Joan lächelte im Halbschlaf. »Joe ist auch einmal nach New City gegangen, um seine gestohlenen Pferde zu suchen. Es war ein wildes Erlebnis. Möge Hanska es leichter haben. Auf der richtigen Fährte ist er sicher.«

Nach Mitternacht schlummerten die beiden Frauen ein. Um 4 a.m. wurde es hell; Sonnenstrahlen fielen schräg durch eines der Schiebefenster auf den eisernen Ofen, den festen Tisch, zu Ite-ska-wih auf die Wandbank.

Joan sprang auf.

»Komm, Ite-ska-wih. Wir machen uns das Frühstück in meiner Kammer drüben. Da gibt es fließendes Wasser.«

Die beiden liefen hinunter zum Ranchhaus und schlüpften über die schmale Stiege hinauf in das Zimmerchen mit dem Ausguckfenster.

Wasser lief in das Becken. Kaffee, Brot, Butter schmeckten.

Das Tagewerk begann. Joan nahm Ite-ska-wih mit auf die Weide. Rings dehnten sich die grünen und die schon gilbenden Wiesen. Auf der anderen Seite des Tals leuchtete das weiße Gestein abgebrochener Wiesenhänge.

Ite-ska-wih atmete die Morgenluft. Sie war eine stolze Indianerin. Mit der Glückseligkeit vollen Vertrauens dachte sie an Hanska, der seinen Mann stand. Joan schaute mit unausgesprochener Bewunderung auf sie und freute sich, diese Gefährtin zur Freundin zu gewinnen. In dem Sommermorgen flossen Hoffnungen und der beste Teil der Erinnerungen zusammen. Die beiden Frauen aber vergaßen nicht, daß es nicht nur einen, sondern vier Winde gab; Winde waren zärtlich und tödlich.

Ite-ska-wih schaute ein paarmal zu dem fern gerückten Blockhaus hinüber. »Ich mag es«, dachte sie, und auf einmal merkte sie, daß sie die Worte laut gesagt hatte.

»Ihr gehört dazu, du und Hanska«, antwortete Joan, als ob sie angesprochen sei. »Ich möchte nicht jeden in diesem Haus sehen, aber euch mag ich dorthinein träumen.«

Joan trieb ihr Pferd an, das Roberts Pferd gewesen war, Ite-ska-wihs Fuchs aus dem Bestand der Familie Myer folgte.

Der Tag verlief auf Myers und auf der King-Bighorn-Ranch ohne weitere hervorstechende Ereignisse. Es wurde Sonntag. Iteska-wih nutzte den arbeitsfreien Tag, um mit Joan zusammen zur Schulsiedlung zu reiten und Lehrer Ball aufzusuchen. Er hatte durch die Verwaltung schon von den neuen Abmachungen gehört und freute sich, die beiden Frauen in seinem Junggesellenheim zu begrüßen, das mit den Jahren eher ein »Altgesellenheim« wurde, wie er zu sagen pflegte.

Er briet Steaks so vorzüglich, wie man dieses Nationalgericht in Amerika gewohnt war, richtete den Salat bei Tisch an und hatte das Mineralwasser nicht vergessen. Joan lehnte es nicht ab, die angebotene Zigarette zu rauchen. Ball machte Pläne.

»Übernächsten Sonnabend wird Pedro in der heimatlichen Erde begraben. Der ganze Stamm wird dasein, davon bin ich überzeugt, auch ein paar der großen Indianerführer werden kommen und vielleicht noch dieser oder jener von außerhalb, der mit im Ring gewesen ist. Alle gegen den Willen unseres Chiefs, unter Mißachtung seines ausdrücklichen Verbots.«

»Wann wird der Prozeß gegen Hugh Mahan stattfinden?« erkundigte sich Joan. »Vorher oder nachher?«

»Nachher. Mahan nimmt noch an der Feierlichkeit teil. Wenn sie eindrucksvoll und würdig verläuft, können sie ihm nicht viel anhaben, nichts verdrehen. Er hat in Notwehr gehandelt.«

»Wann holen Sie Harry und Mary?«

»Ich werde erst jetzt die endgültige Erlaubnis erhalten. Hanska hat viel dazu beigetragen. Vormund soll ich werden. Die beiden

Kinder kommen in unser kleines Internat hier, das Bobs Mutter betreut. Sie gehen in meine Klasse. Sonntags können sie euch besuchen.«

Ite-ska-wih strahlte auf.

Balls Ausdruck veränderte sich; er wurde traurig.

»Die Kinder sind nicht mehr die gleichen. Das Geschehen war zu grauenvoll für sie, das Verstummen zu quälend, die Behandlung im Internat zu demütigend. Es wird lange dauern, bis sie wieder zu sich selbst kommen, wenn überhaupt je. Harry ist so verbittert, daß er selbst zum Mörder werden könnte. Vielleicht vermögen Hanska und du, Mara, ihn wieder für das Leben zu gewinnen; Hanska hat als Kind selbst viel durchgemacht, er kann sich einfühlen. Schade, daß er nicht mitgekommen ist.«

Ite-ska-wih erzählte.

»Myers sind sehr gute Leute, aber sie haben zuviel Pech. Zwei ausgezeichnete Pferde abhanden gekommen! Dabei sind sie schon mit Schulden belastet. Sie haben viele Pferde angekauft, wollen hoch hinaus.«

Während so in der Schulsiedlung von Hanska die Rede war, befand er selbst sich in New City. Er hatte mit voller Absicht seinen Schecken mitgenommen, der bei allen, die an Pferden und Pferdehandel interessiert waren, anziehend wirkte und zur Gesprächsbereitschaft führte. Es war ihm schon gelungen, an vielen Stellen herumzuhorchen und immer Erstaunlicheres zu erfahren. Jetzt saß er wieder in der Gastwirtschaft des Elisha Field, in der er nach einem Besuch bei Joe Inya-he-yukans Schwester Margret in den Slums mit seinen Nachforschungen begonnen hatte. In der Stadt war bekannt, daß der flachgesichtige Wirt ein Doppelleben führte als legaler Bierwirt und als Teilhaber dunkler Geschäfte.

Hanska bestellte sich eine Coca-Cola und einen »Hot Dog«, ein warmes Würstchen.

Der Wirt kannte natürlich die schwarze Kleidung, die Hanska angelegt hatte, und benutzte eine Pause, um sich an dessen Tisch niederzulassen, nicht so, als ob er sich da etwa lange aufhalten wolle, aber mit einem Sitz übereck auf einem halb abgerückten Stuhl doch zu einem kurzen Nachrichtenaustausch offensichtlich bereit.

»Bist du jetzt nicht bei Myers?«

»Halb und halb.«

»Also doch. Sag mal — warum müssen die denn verkaufen? Steht es schon so schlecht?«

»Beileibe nicht. Bauen auf. Das kostet was. Aber vielleicht haben sie die beiden Pferde zu billig abgegeben.«

»Kann mir ja auch egal sein.«

»Jedenfalls, Elisha, hast du ein gutes Geschäft gemacht. Warum hat denn Krader nicht zugegriffen? Ist er nicht flüssig?«

»Krader? Und ob. Aber auch vorsichtig.«

»Ah so, er wollte kein Diebesgut.«

»Mann, halt den Mund! Was heißt ›Diebesgut‹. Philip gehört zur Familie, und den schriftlichen Verkaufsauftrag hat er mir gegeben.«

»Den möchte ich sehen.«

»Hab' keinen Anlaß, ihn dir zu zeigen.«

»Die Pferde auch nicht. Sind ja schon bei Sam.«

Elisha war verblüfft, stand auf und bediente an einem anderen Tisch weiter.

Hanska legte das Geld neben seinen abgegessenen Teller und verließ das Lokal.

Er war zu Fuß. Seinen Schecken hatte er bei Margret gelassen. Dort, in den Slums, hatte er auch erfahren, daß Elisha die Pferde bei dem Schwarzhändler Sam untergestellt hatte. Bezahlt waren dreihundert Dollar pro Pferd, ein lächerlicher Preis für solche Tiere.

Hanska ritt in der nächtlichen Dunkelheit zu Sam. In der Brusttasche hatte er einen Schein, den er sich nach dem Gespräch mit Elisha vorsichtshalber selbst ausgeschrieben hatte.

Sam wohnte in einer Bretterbude auf einem ausgedehnten Vorstadtgelände, auf dem sich Gerümpel, Autoersatzteile, Sättel und andere Handelsgegenstände befanden, auch drei Geräteschuppen und ein kleiner Stall. Noch war es nicht Schlafenszeit. Hanska stöberte Sam auf, der um diese späte Stunde allein auf dem Platz zu sein und sich um jene Dinge zu kümmern pflegte, für die das Licht des Tages nicht die zuträgliche Atmosphäre war. Der Händler mochte um die vierzig sein; seine Schultern waren etwas vorgesunken, sein magerer Hals trug einen Geierkopf. Die Hände waren sehr kräftig, schmutzig wie die eines Handwerkers bei schmieriger Arbeit.

Hanska hielt auf seinem Schecken bei dem Mann.

»Hör zu, Sam. Ganz kurz. Elisha nutzt dich als Hehler aus. Die Bescheinigung, die er hat, ist gefälscht. Ich gebe dir einen Schein, daß die gestohlenen Pferde wieder zu Myers zurückgebracht werden. Elisha kann dann mit Myers über das Geld verhandeln. Verstanden? Okay.«

Hanska zog mit der Linken, hielt sich die Rechte frei und lenkte sein Tier mit den Schenkeln. Die Füße hatte er schon aus den Steigbügeln genommen, um ganz beweglich zu sein. Er trieb Sam zu dem Stall. Dort sprang er ab.

»Keine Dummheiten, Sam, sondern die Pferde. Aber schnell.«

»Joe, ruinier' mich nicht. Was hast du davon!«

Sam hatte sich täuschen lassen. Er glaubte, Inya-he-yukan Stonehorn vor sich zu haben. Dessen Ruf machte die Sache für Hanska leichter.

»Was ich davon habe? Die Pferde! Vorwärts.«

Der Handstreich gelang.

Sam blieb mit der Bestätigung, daß die Pferde für Myer abgeholt seien, zurück und malte sich die Szene aus, die Elisha ihm machen würde. Warum hatte dieser Idiot auch dem Indianer gesagt, wo sich die Tiere befanden.

Hanska ritt seinen Schecken und führte die beiden Pferde mit, die widerstandslos folgten. Sam schoß nicht hinter ihm her. Er war ein geübter Schütze und Raufbold, aber ein Feuergefecht mit Joe Inya-he-yukan schien ihm doch zu riskant.

In scharfem Trab brachte Hanska seine Beute nach Hause. Das Geräusch des Hufschlags von drei Pferden war eine köstliche Musik in seinen Ohren.

Armer Philip, dachte er. Nicht nur Dieb, sondern auch Urkundenfälscher.

Die Sterne am weiten Himmel schwanden, als Hanska das Ranchgelände erreichte. Die Dämmerung schlich herauf und verbreitete ihr farbloses Licht, das noch nichts von dem kommenden Purpur der Sonne ahnen ließ. Die Gräser waren mit Tau bedeckt und beugten sich leicht in dem Wind, der von weither weithin strich. Die Pferde auf den Weiden begannen schon zu grasen.

Hanska ritt bis zu dem alten Blockhaus. Er huschte hinein, um Ite-ska-wih guten Morgen zu wünschen, und fand zu seiner Überraschung auch den zweiten Teil der Bank belegt. Man begrüßte sich mit frohem Gelächer. Joan und Ite-ska-wih fuhren in die Kleider und eilten hinaus, um das Wunder leibhaftig zu sehen; die gestohlenen Pferde waren wieder da.

»Zaubermann du!« rief Joan.

Hanska lächelte; Ite-ska-wih leuchtete vor Freude.

Die Ausrufe wurden im Ranchhaus gehört. Großvater und Vater Myer erschienen.

»Wahrhaftig!« sagten der Alte und der Sohn. Mehr brachten sie noch nicht heraus.

»Ich bringe sie gleich auf die Weide und meinen Schecken in den Korral«, schlug Hanska vor.

Bei Tagesanbruch sprachen alle dem reichhaltigen Frühstück kräftig zu. Die frische Milch kam von einer der beiden Kühe, die sich Myers als Milchkühe in ihrer kleinen Herde hielten; das dunkle Brot buken sie im selbstgebauten Backofen, weil sie nicht nur Weizenbrot essen mochten.

Die Tischgenossen waren aber nicht vollzählig. Philip fehlte. Das konnte viele Gründe haben. Vielleicht verschlief er.

Nach dem Frühstück kam die zu erwartende Frage.

»Wo hast du sie gefunden?«

»Bei Sam.«

Niemand von den Zuhörern wußte, wer Sam sei. Hanska erklärte.

»Dieser Hehler hat sie sofort herausgerückt?«

»Er hat meine Bescheinigung, daß sie zu euch gebracht werden.«

»Wird sich der Bursche melden?«

»Vielleicht. Vielleicht auch nicht. Vielleicht meldet sich Elisha Field. Wer weiß.«

»Du hast die Polizei nicht eingeschaltet? Wir hatten Anzeige erstattet.«

»Die weiß doch nichts, und wenn, dann tut sie nichts.«

»Das haben wir allerdings bemerkt.«

Frau Myer räumte mit Joan und Ite-ska-wih zusammen ab. Die drei Männer blieben unter sich. Der Großvater gab noch kein Zeichen zum Aufbruch; man rauchte.

Der Alte öffnete ein paarmal den Mund, als ob er etwas sagen wollte, schloß die Lippen aber ebensooft wieder, bis er sich endlich zu einer zweiten Frage entschloß.

»Philip hast du nicht getroffen?«

»Hab' ihn nicht gesehen.«

»Er ist verschwunden, seit du weggeritten bist.«

»Ihn kann ich nicht suchen. Ein Mensch ist beweglicher als ein Pferd.«

»Wahr.«

Der Großvater drückte seine Zigarette aus und erhob sich, mit ihm standen die beiden anderen auf, um sich an die Arbeit zu begeben.

»Übrigens«, murmelte der Alte noch im Hinausgehen, »etwas sollst du für gute Arbeit haben. Wenn das Gras bei dir nicht reicht, kannst du deinen Schecken und von mir aus auch die Appalousa und den Braunen, soweit nötig, bei uns mit weiden lassen.«

»Sehr gut, Großvater Myer.«

»Hast du Geld für Zusatzfutter, Hafer?«

»Verdiene ich mir. In drei Wochen findet der Rodeo statt, bei dem ich mitmache. Ich habe schon eingezahlt.«

»Wofür?«

»Bronc mit und ohne Sattel und Kälberfangen im Team. Das letzte muß ich freilich absagen. Mein Partner Robert fehlt mir, und Russell, der immer mit Joe zusammengearbeitet hat, ist zu langsam geworden.«

»Reitest du deine Pferde?«

»Mietpferde. Die meinen sind keine Rodeogäule mehr. Das haben sie hinter sich. Der Schecke war einmal ›das Pferd des Jahres‹, das sämtliche Reiter abgeworfen hat; die Appalousastute hat zwei Reiter zuschanden gemacht.«

Großvater und Vater pfiffen Luft durch die Lippen. Der neue Cowboy und Nachbar und seine Pferde gefielen ihnen.

Ein paar Stunden später, auf der Weide, richtete Joan es so ein, daß sie Hanska allein sprechen konnte.

»Familienunglück«, sagte sie. »Großer Krach mit Philip, weil er sich nicht erboten hat, mit dir zu reiten. Er hat seine Sachen gepackt und ist ohne Abschied ausgezogen.«

»Hat allen Grund«, bemerkte Hanska nur.

Joan sah ihn erstaunt an, fragte aber nicht weiter.

Der Tag von Pedros Begräbnis in der heimatlichen Erde stand nahe bevor. Die Wochentage liefen dem Sonnabend zu.

Hanska war zu dem Geheimnismann der widerstandsentschlossenen Indianer gegangen, um in das Leib und Seele reinigende Schwitzzelt zu gehen und an anderen kultischen Zeremonien teilzunehmen, die der Vorbereitung des großen stummen Protestes dienten. Alle engen Freunde des ermordeten Robert würden dabei sein. Hanska trug dem Geheimnismann auch seine Bitte vor, im August zu dem Sonnentanz zugelassen zu werden.

Ite-ska-wih blieb in dieser Zeit im dunklen Blockhaus. Joan leistete ihr in den einsamen Nächten wieder Gesellschaft. In den Abendstunden, wohl auch eine Stunde vor Sonnenaufgang, gingen die beiden Frauen miteinander weg, um auf dem nahe gelegenen Friedhof am Grabe des alten Inya-he-yukan zu beten. Joan wußte von vielen Gräbern hier zu erzählen, auch von dem Tishunka-wasit-wins, dem von Wakiya-knaskiya geliebten Mädchen, das Selbstmord begangen hatte, um ihr Volk aufzurütteln, und von Jerome, den ein weißer Rancher hier erschossen hatte, nur weil er sein Ranchgelände betrat. Das Beten, Sinnen und Schauen bei diesen Gräbern weitete Gedanken und Fühlen bis in das Unendliche der mit dem Himmel verschwimmenden Prärie und hin zu allem Kleinen, Unscheinbaren, dem Grashalm und dem Käfer. Mit ihnen zusammen waren die Toten, die Brüder und Schwestern, die Ahnen lebendig.

Am Sonntagmorgen entschlossen sich Joan und Ite-ska-wih, ebenso wie die Familie Myer zur Agenturkirche zu fahren. Die indianische Kapelle, der kleine Holzbau, war verschlossen, der indianische Priester tat hier nur noch selten Dienst. Joan und Ite-ska-wih gehörten zu den ersten der ankommenden Kirchgänger, sahen Bob und Melitta kommen, auch die Häupter der angesehenen Familien, unter ihnen Whirlwind und Morning Star; sie sahen die Lehrer und Internatsschüler, die in geschlossener Gruppe ihre Plätze einnahmen. Ite-ska-wih erblickte zum erstenmal den Killerchief, seine breite große Figur, sein dickes Gesicht, den hochmütigen, erbarmungslosen Ausdruck um Augen und Mund. Sie erkannte auch jenen Killer, den Indianer, den sie vor Waseschas Zelt mit einem Karategriff niedergeworfen hatte. Wasescha, Hanska, Ray und die Gruppe der jungen Freunde des ermordeten Robert waren nicht gekommen. Sie befanden sich bei dem Geheimnismann. Aber kurz vor Beginn des Gottesdienstes erschienen noch Untschida, Dorothy und Hetkala und nahmen auf der letzten Bank Platz.

Der alte Priester war Weißer. In seiner Predigt sagte er, was seine indianischen Gemeindemitglieder verstehen konnten und immer wieder hören wollten. Er erzählte von den Verfolgungen, denen das kleine Volk Israel ausgesetzt war, von den Sünden, mit denen es sich selbst schuldig machte, und von seiner wunderbaren Errettung. Die Zuhörer dachten an ihr eigenes Volk.

Ite-ska-wih blieb unruhig. Sie konnte schwer verstehen, wie Morning Star und der Killerchief, Bob und der indianische Killer vor den gleichen Gott treten konnten, ohne sich vorher zu reinigen. Die Opfer der Killer mußten schreien. Ite-ska-wih schloß die Augen; sie öffnete die Ohren und hörte sie; sie hörte die lauten Schreie Gefolterter und die lautlosen Schreie der Tapfersten unter ihnen, wie Robert. Schweiß stand ihr auf der Stirn. Ihr Gesicht leuchtete nicht mehr wie die Sonne, die ihr den Namen gegeben hatte. Ihre Augen waren schwarz wie eine Drohung, die sich plötzlich auftut gleich einer Spalte in der Erde; ihre Wangen wurden farblos wie das letzte Dämmern vor gefahrenbergender Nacht. Jemand drehte sich nach ihr um. Sie fiel ihn mit ihrem Blick an, denn es war der Killer. Selbst verblüfft und erschreckt, machte er durch eine Bewegung mit dem Fuß ein Geräusch, das die Stille beim priesterlichen Gebet störte. Die Unruhe zog Wellen wie ein Stein, der in ruhiges Wasser fällt. Der Killerchief hatte Angst; er sah sich um, ob ihn jemand bedrohe. Er begegnete dem Willen, der von Ite-ska-wih ausging, und war verwirrt.

Das Gebet war zu Ende gesprochen.

Ite-ska-wih schaute den Killerchief noch immer an. Alle ihre Kraft ging in den Blick hinein, mit dem sie ihn festhielt, so wie die Sonnenstrahlen nach ihrem Glauben den bösen Menschen festhalten konnten, der sich nicht zu reinigen noch loszureißen vermochte.

Der Chief fuhr sich mit der Hand über die Augen, als ob er eine Vision wegwischen wolle.

Ite-ska-wih formte wieder ein Wort, ohne zu wissen, daß sie es laut sagte, aber es war für alle, die in ihrer Nähe knieten oder saßen, vernehmlich.

»Ro — bert —«, sagte sie dem Killerchief ins Gesicht.

Er starrte sie an, ohne in diesem Augenblick einer Handlung fähig zu sein. Von der rückwärtigen Bankreihe erklang ein leises bitteres Weinen. Das war Margot Crazy Eagle, die die Hände vor das Gesicht geschlagen hatte. Joan blieb regungslos wie in jener Stunde, als sie begriff, Robert sei tot.

Die Orgel begann mit dem Ende des Gottesdienstes ihre brausenden Töne zu den sich öffnenden Türen zu schwingen.

»Großer Gott«, sagte eine Stimme. »Großer Gott. Robert.«

Jemand zog den Killerchief weiter; er sollte die Kirche verlassen. Beinahe willenlos folgte er der Mahnung.

Ite-ska-wih sank auf der Bank zusammen, bis Joan und Untschida sie sacht hinausführten.

»Ich habe ihn gesehen«, flüsterte sie vor sich hin. »Er war da. Sein Blut war da.«

Nicht alle Besucher des Gottesdienstes hatten begriffen, was vorgegangen war. Ber, die unzugängliche Ranchersfrau Myer, legte den Arm um Joan. »Dein Robert«, sagte sie, »wir werden ihm ein Kreuz setzen, damit er Ruhe findet.«

Joan schaute zu Margot hinüber, die mit tief gesenktem Gesicht ihren blinden Mann hinausführte.

»Sie weiß es also«, sagte Joan. »Aber Gott helfe mir und Robert, wir werden nicht die Mörder über sie und ihre Kinder herbeiziehen.«

Als die Kirchgänger wieder daheim anlangten, ging Joan mit Iteska-wih in das Blockhaus. Sie warf sich auf die Bank, vergrub das Gesicht, und zum erstenmal seit Roberts Tod schluchzte sie ohne Hemmung und ohne Aufhören.

Unter solchen Vorzeichen verging die Woche, der Tag des Begräbnisses kam heran.

Großvater und Vater Myer maulten, da ihr indianischer Nachbar und Cowboy ohne Angabe von Gründen der Arbeit fern blieb, auch nicht zum Essen oder Schlafen erschien. Sie begannen zu begreifen, daß ihre eigene Welt- und Lebensauffassung von der Hanskas doch meilenweit entfernt war. Nicht, daß die Routinearbeit mit den Pferden gelitten hätte. Bob ließ sich häufiger als sonst sehen, und Joan und Ite-ska-wih taten ein übriges. Es ging um das Prinzip, um die Ordnung; er hätte sich ja wenigstens entschuldigen können. Man mußte diese Woche des Versäumnisses wohl doch von seinem Lohn abziehen.

In der Dämmerung des Sonnabends war Hanska wieder da. Er ging mit zum Essen, als ob nichts gewesen sei. Auch Familie Myer sagte kein Wort. Das Gesicht des Indianers hatte einen merkwürdigen Ausdruck; er wirkte nicht ansprechbar. Sobald die Schüsseln leer waren, verließ er mit Ite-ska-wih den Tisch.

Die beiden gingen miteinander den Hang hinauf. Die Weiten und Tiefen des Himmels waren von Sternen erfüllt. Der Mond ging als Sichel am Himmel hin. Die Gestirne flimmerten, hartholzige, kurzwüchsige Kiefern zeichneten ihr Geäst im Nachtleuchten ab. Schatten lagen schwarz auf der Prärie.

Hanska und Ite-ska-wih wußten, daß sie die Wiesen aufwärts gingen, über die Inya-he-yukan und Tashina oft miteinander gegangen waren. Oben auf dem Hügelkamm ließen sie sich nieder. Grillen zirpten. Schlangen verbargen sich. Hanska legte den Arm um Ite-ska-wihs Schultern.

Sanfte Kühle hatte die stechende Hitze des Sommertages abgelöst und schmeichelte den Menschen und den Tieren.

»Wir sind gerüstet.« Hanska sprach in dem leisen Ton, der in die Stille der Nacht hineinfließen konnte. »Sie kommen alle.«

»Wir sind dabei, Hanska.«

Die beiden jungen Menschen liefen den Hang wieder abwärts zu dem Blockhaus, das Zeuge von hundert Jahren Geschichte war und den Atem von Inya-he-yukan und Tashina in sich barg. Hanska und Ite-ska-wih glaubten ihn noch zu spüren, während sie miteinander auf der harten Bank unter wenigen Decken den Schlaf begrüßten.

Es hatte sich die Frage aufgetan, ob man zur Versammlung reiten oder mit dem Wagen dorthin fahren solle. Eine unausgesprochene Erinnerung ließ Hanska an den Schecken und die Appalousastute denken. Es war einst ein prächtiger Anblick gewesen, wenn Joe Inya-he-yukan an der Spitze seines Clans, alle zu Pferde, zu einem gemeinsamen Ziel ritt und die Hufe im Galopp über die Wiesen donnerten.

Hanska entschied sich für die Mustangs. Ja, Mustang konnte man noch sagen. Wild genug waren sie.

Er selbst war indianisch gekleidet, so, wie er Inya-he-yukan auf dessen Todesgang begleitet hatte. Auch Ite-ska-wih trug ihr Indianerkleid. Sie ritt die Appalousastute, das einst grausam geschundene, unbeugsame Pferd, Hanska saß auf dem Schecken, Joan auf Roberts Grauschimmel.

Der Galoppritt vor Sonnenaufgang setzte ein. Frisch wehte die Luft, griff in die Haare der Reiter, in die Mähnen der Pferde.

Der zentrale Friedhof, dem es zuging, lag außerhalb der Agentursiedlung auf freiem Höhengelände. Die Reiter waren Stunden unterwegs. Sie ritten nicht auf der gepflasterten Straße, dieser grauen, plattgetretenen Schlange, wie Wakiya-knaskiya als Kind gesagt hatte, sondern stets über die Prärie. So sahen sie erst, als sie dem Friedhof schon nahe kamen, die große Menge der Menschen, die aus allen Himmelsrichtungen zusammenströmten. Sie kamen zu Fuß, zu Pferd und mit Wagen. Viele trugen ihre symbolträchtige traditionelle Kleidung, manche die Federkrone, die ihnen zukam. Alle Mienen in den braunhäutigen Gesichtern waren entschlossen und verschlossen. Hier gab es keine Angst und kein Zurückweichen. Nichts war zu hören als Geräusche der Wagen, Hufschlag, ein Wiehern. Die Menschen schwiegen; selbst die Kinder waren stumm. Das Schweigen, das über der großen Menge lag, hatte Kraft in sich; es war unheimlich. Die Killer und ihr Chief ließen sich nicht sehen. Kein Polizist war gekommen.

Freunde, Verwandte und Bekannte erkannten einander, begrüßten sich aber noch nicht; das sollte später geschehen.

Hanska sah seinen Bruder Wakiya-knaskiya und dessen Frau Elwe aus San Francisco. Ite-ska-wih erkannte Rote Krähe; aus dem Norden war er gekommen. Auch er mußte von der Versammlung gehört haben. Weit im Lande hatte sich die Nachricht verbreitet. Wasescha, Hetkala, Ray, Untschida, Dorothy hatten die Wege zu Fuß gemacht und standen jetzt bei Ite-ska-wih und Joan. Oiseda war aus New City herbeigeeilt. Whirlwinds herangewachsene Kinder waren zu sehen. Lehrer Ball und der indianische Lehrer Ron Warrior wagten es teilzunehmen. Krause stand bei ihnen. Margot hatte ihren blinden Mann hergeführt.

Hanska und die beiden Morning Stars hielten mit anderen zusammen Wache bei dem hochgewachsenen Manne, einem der Führer der indianischen Widerstandsbewegung, der besonders gefährdet war. Ite-ska-wih kannte ihn; mit ihm hatte sie in New City gesprochen.

Ein mächtiges, ruhiges Gefühl der Sicherheit und Standhaftigkeit überkam Ite-ska-wih. Die Zahl derer, die der Ungerechtigkeit entgegentraten, war größer geworden. Bosheit und Mord hatten den Mut des Widerstandes im stillen geschürt. Unmerklich war er aufgewacht und gewachsen, da die Unterdrückung jeden einzelnen Tag und Nacht bedrohte. Heute, am Grabe Pedros, trat der verschwiegene Zorn vor aller Augen hervor, und einer gab dem andern Halt. Pedro, der vor kurzem noch unbekannte junge Mann war ihnen zum Symbol geworden für das Recht des Menschen, das er hatte vertreten wollen. Alle Verbote des Killerchiefs waren wesenlos geworden. Der Sommermorgen leuchtete über der Prärie und ihren Kindern.

Der Sarg, der den toten Pedro barg, wurde herbeigetragen. Die

Grube, in die er versenkt werden sollte, war schon ausgehoben. Der alte Priester sprach den Segen; der Sarg, von Indianern gehalten, ging hinunter in die Mutter Erde, die ihn beschützen würde. Das war nicht altindianische Sitte; ehedem waren die Toten auf Gerüsten oder auf Bäumen beigesetzt worden, damit sie vor Raubtieren sicher blieben. Diese Sorge gab es jetzt nicht mehr. Auf der Reservation lebten nicht mehr Wolf und Kojote, nur mörderische Menschen, die sich aber an dieses Grab nicht heranwagen würden.

Die Erdbrocken fielen hinab auf den Sarg; ihr leises Poltern war das einzige Geräusch in der großen Stille um den Toten.

Mutter, Geschwister, Großmutter legten Kränze, aber irgendeine unbeobachtete indianische Hand pflanzte nach Stammessitte einen Stab mit wehenden Bändern in den Farben des Regenbogens. Das war Ite-ska-wih gewesen.

Still und stumm wie die Erde selbst standen ihre Kinder rings eine geziemende Zeit und verbanden ihre unsichtbaren Gedanken und Gefühle zu einem unzerreißbaren Gewebe.

Langsam, sehr sacht gingen sie dann auseinander und nahmen mit, was sie erlebt hatten.

Hanska, Ite-ska-wih und Joan fanden sich mit Rote Krähe, Bob, Melitta, Wasescha, Tatokala, Hetkala, Ray, Untschida, Oiseda mit Wakiya und Elwe, auch mit Ball, Ron Warrior, Krause, endlich mit den Morning Stars und allen zuhörigen Kindern zusammen. Da so viele Menschen kaum in einem der kleinen Indianerhäuser Platz hatten und die Sommersonne auch im Freien wärmte, verabredete man als Treffpunkt eines ruhigen und würdigen Ausklangs die Wiese um das alte dunkle Blockhaus. Ehedem hätte man den Kreis im großen alten Zelte Inya-he-yukans versammeln können, doch das war schändlich gestohlen.

Familie Myer mochte sich wundern, vielleicht auch beunruhigt sein, als der große Zug der Gäste ihres Nachbarn bei sinkender Sonne den Weg über den Hang heraufkam und sich beim Blockhaus zusammenfand. Sie hatten die Fenster geschlossen und kamen nicht heraus.

Die Sommernacht lud zum Lagern ein; die Indianer ließen sich im Grase nieder. Ite-ska-wih und Joan hatten vorgesorgt; sie brachten den Gästen Brot und Wasser. Nur langsam kam ein Austausch der Gedanken und Nachrichten in Gang. Man hatte Zeit. Die Kinder spielten, was ihnen einfiel. Die Pferde grasten und lagerten sich.

Jeder im Kreise war für sich einen Gedankenweg gelaufen, an dessen Ende er den andern traf.

»Eine große Sache war das.« Der alte Morning Star sprach mit dem ihm eigenen Nachdruck; in jedes Wort setzte er eine eigene Betonung.

»Groß, aber nur für unsern Stamm«, antwortete Hanska langsam, als kein anderer das Wort ergriff.

»Nicht nur«, widersprach Wasescha nach einer Pause. »Sieh dir Rote Krähe an und vergiß unseren großen Häuptling nicht, den sie ermorden möchten und nicht zu ermorden wagten.«

»Dennoch ging es eben um euren Stamm und das nicht zufällig«, sagte Rote Krähe, da sein Name gefallen war. »Ihr seid der Kern des Widerstandes. Hier in dieser Prärie sind wir miteinander im Ring gewesen. Hier schien alles zusammenzubrechen und im Blut zu ersticken. Hier sind wir wieder aufgestanden.«

»Sind eure Ziele nicht bescheidener geworden und euer Erfolg nur im kleineren Kreis größer?« fragte Ron Warrior, der merkwürdige Lehrer, der als Geheimagent die ganze Welt gesehen hatte und als Erzieher der Vorschulkinder ein stilles Leben führte.

»Das könnte man wohl sagen«, gab Hetkala zu.

»Wenn ich nachdenke«, meinte Hanska, »scheint es mir so: Unser Ziel ist das Recht des Menschen, unser Recht als indianische Menschen. Wir haben heute nur ein Stück, nur einen Zipfel dieses Rechts verteidigt am Grabe eines Ermordeten, stellvertretend für viele Ermordete, nur in unserem eigenen Stamm. Aber wir alle sind gekommen, das ist neu, das ist mehr, das ist ein Anfang, etwas, was wachsen und gewaltig werden kann. Inya-he-yukan sagt heute zu uns: Ho-je! Steht nicht still.«

»Laßt es uns so verstehen«, schloß Wasescha.

Es wurde spät und später. Die beiden Lehrer und Krause machten sich auf den Heimweg. Beim ersten morgendlichen Verblassen der Sterne brachen auch die übrigen auf. Joan ging in ihre Dachkammer im Ranchhaus. Sie wollte allein sein. Wakiya-knaskiya, Elwe, Untschida und Rote Krähe blieben noch im Blockhaus zusammen. Die breite Wandbank bot Platz; Rote Krähe legte sich auf den Boden.

Wakiya-knaskiya und Elwe waren umsponnen von Erinnerungen im Heimathaus der Kinder und Wahlkinder Inya-he-yukans. Wakiya zitterte am ganzen Körper. Elwe strich sanft über seine Schultern. Sie ängstigte sich um ihn und durfte diese Angst in ihrem Bewußtsein doch nicht aufkommen lassen, denn sie war es, die Wakiya Ruhe geben sollte, wenn das noch möglich war, ehe der epileptische Anfall kam.

Wakiya war ein hochempfindliches, phantasiereiches Kind gewesen. Die Erwartung, daß die toten indianischen Krieger und die Büffel wiederkommen würden, hatte ihn durch des kranken Vaters Worte ganz erfüllt. Sie waren nicht wiedergekommen, auch nicht durch das Gebet des alten blinden Geheimnismannes in der Mondnacht. Der Schock hatte bei dem Kinde Wakiya die Epilepsie ausbrechen lassen. Er war Inya-he-yukan begegnet, der sein Traumbild wurde, und Inya-he-yukan liebte den überwachen Jungen und nahm ihn zu sich. Wakiya blühte auf; die Epilepsie schien sich zu verlieren, bis sie eines Tages bei einer Überbelastung der Nerven wiederkam. Seitdem war sie ihm geblieben, und er schwankte zwischen psychischen Höchstleistungen und schweren Zusammenbrüchen. Das Mädchen Tishunka-wasit-win, das er mit jugendlicher Inbrunst geliebt hatte, war den Weg des freiwilligen Todes gegangen. Elwe war sanft und liebevoll; er mochte sie, aber eine Tishunka-wasit-win war sie nicht.

Wakiya hatte trotz seines Leidens, ebenso wie Hanska, vorzeitig das Baccalaureat gemacht und erhielt die Zulassung zu einem College, um Jura zu studieren. Er wollte seinem Volke auf diese Weise helfen. Ein Rechtsanwaltsbüro nahm ihn als Hilfskraft auf, so daß er sich nebenbei etwas verdienen konnte; ein Stipendium erhielt er nicht. Er hatte durch die Verbindung mit den Rechtsanwälten den verschleppten Kindern Joes und Queenies helfen können. Jetzt hatte er die Versammlung durchgestanden.

Wakiya sah hager und sehr bleich aus. Ite-ska-wih war es im Tageslicht aufgefallen. In den vergangenen Monaten hatten ihm die Rechtsanwälte nahegelegt, sich eine ruhigere und weniger zeitraubende Beschäftigung zu suchen. Ein College-Stipendium gab ihm die Verwaltung nach wie vor nicht. Während des Kampfes um Harry und Mary, verfolgt von der schauerlichen Vorstellung des Mordes an Queenie Tashina, hatten sich seine Anfälle verschlimmert und waren wieder häufiger geworden. Im Büro verursachten sie einen Skandal.

Wakiya wickelte sich in die Decke, er fror. Im Wachtraum sah er Inya-he-yukan, dessen unergründliche Augen.

»Ein Dichter kann ich werden und Bäume pflanzen, meinte Inya-he-yukan«, Wakiya sagte es vor sich hin, während sein ganzer Körper schauerte. Elwe war froh, daß er noch sprechen konnte.

»Es ist wahr«, antwortete sie ihm. »So hat er gesagt.«

Ite-ska-wih war aufgestanden und leise herangekommen. Sie legte die Hände auf Elwe und auf Wakiya.

»Wenn er es gesagt hat, so wird es wahr«, flüsterte sie. In der ersten Morgenhelle sah sie Wakiyas verfallenes Gesicht und den Schweiß auf seiner Stirn. »Widerstehe nicht, Wakiya, wenn der Geist dich schütteln will, laß ihn, er wird nicht Herr über dich. Denn du bleibst jetzt bei uns, bei deinem Bruder Hanska in der Heimat. Du wirst dichten und pflanzen. Unserer Mutter Tashinas lieber Gemüsegarten ist ganz verwüstet. Du wirst ihn wieder pflegen, und sie wird sich freuen, wenn wir die Bohnen von den Stauden essen.«

»Woher weißt du es?« fragte Wakiya, halb abwesend, mit einem müden Lächeln in seinen kranken Zügen.

»In unserem dunklen Tipi wohnen wieder gute Gedanken. Hier sind Inya-he-yukan und Tashina nicht tot.«

Ite-ska-wih strich Wakiya über die Stirn. Das Zittern in seinem Körper ließ nach; er streckte sich erschöpft und schlief im Arm Elwes ein. Ite-ska-wih schlüpfte wieder bei Hanska unter die Decke.

»Gut, du Sonnengesicht«, sagte er. »Dieses Blockhaus ist immer voll Menschen gewesen. Zuletzt waren wir unserer neun. So wollte es Inya-he-kan, der auch uns Kinder aufnahm. Den Brüdern und Schwestern helfen ist Indianerart. Hau.«

Nachdem alle am Sonntagmorgen erwacht waren und noch ein Frühmahl miteinander gegessen hatten, dachte Rote Krähe an den Abschied. Er schien aber noch etwas auf dem Herzen zu haben. Hanska nahm ihn mit zu den Pferden.

»Du weißt, daß ich noch sprechen will?« fragte der Siksikau.

»Ja. Deine Gedanken sind in meine Gedanken eingegangen.«

»Es geht um Untschida. Untschida hat die Biber noch einmal verteidigt und hat mit einem furchtbaren Fluch dafür gesorgt, daß sie ungestört weiter leben und arbeiten können. Sie haben Menschenseelen und tun Gutes, sie stauen das Wasser für unser trockenes Land. Aber Dorothy ist nun nicht mehr freundlich zu Untschida. Ihr solltet Untschida zu euch holen. Sie gehört zu Ite-ska-wih. Das sind zwei Geheimnisfrauen, eine alte und eine junge.«

»Und Ray?«

»Er sollte kein Großmutterkind bleiben und nicht machen, was er will. Das ist nicht gut für ihn. Bob will ihn aufnehmen, damit er in der Nähe von Untschida und Ite-ska-wih bleibt.«

»Hau. Du bist schon ziemlich lange hier, ohne daß wir dich gesehen haben?«

»Ein paar Nächte, bei Wasescha. Das Haus am kahlen Berg mochte ich nicht mehr als einmal besuchen; aber Ray kam zu mir.«

Hanska lächelte vor sich hin.

»Was lachst du, Hanska? Diesmal kann ich deine Gedanken nicht mitdenken.«

»Ich lachte freundlich über die weißen Männer und Frauen im Ranchhaus. Sie werden sehr bestürzt sein, wenn auf einmal nicht zwei, sondern fünf Indianer in unserer Blockhütte wohnen, und wenn wir Ite-ska-wihs Kind begrüßen dürfen, sogar sechs! Arbeit und Essen bekommen wir allerdings von denen drüben nur für zwei. Sie werden uns obendrein barbarisch und unmoralisch heißen.«

Hanska hatte mit der letzten Vermutung so unrecht nicht.

Nach dem gemeinsamen Sonntag-Abendessen, bei dem es Steaks und Bier für alle gab, eröffnete der Großvater gewohnheitsmäßig das abschließende Kurzgespräch.

»Wieviel seid ihr denn nun?« fragte er Hanska. »Es wimmelt ja nur so von Gästen bei euch. Reisen sie morgen alle ab?«

»Keineswegs, Großvater. Die drei, die jetzt noch hier sind, bleiben.«

»Was heißt ›bleiben‹?«

»Überhaupt.«

»Wer ernährt sie?«

»Das ist wohl unsere Sache.«

»So. So. Meinethalben. Gut. Aber zwei Ehepaare, eine alte Frau — und dann kommt noch ein Kind — in einem kleinen Raum — ich weiß nicht, ob ich mir das ruhig mitansehen darf.«

»Es ist nicht deine Sache, Großvater.« Hanska wurde schärfer.

»Ton wie Philip nimmst du an, Cowboy. Ich verbitte mir das, verstanden? Von Moral und Sauberkeit habt ihr wohl keine Ahnung. Wir sind doch sehr verschieden, wir Weiße und ihr Indianer.«

»Das dürfte wahr sein. Unsereins hilft bis zu den Grenzen seiner Kraft.«

»Ruiniert sich und andere dabei. So geht es also nicht.«

»Mein Haus ist meine Burg, pflegt ihr Weißen zu sagen. Respektiere das, Großvater. Es kommt mir niemand in meine Blockhütte, dem ich das nicht erlaubt habe.«

»Willst du auch gleich schießen wie Mahan? Feine Sippschaft hat sich da bei mir eingenistet.«

»Nicht bei Ihnen, Großvater. Es ist unser Land. Wenn ich aber nicht mehr bei Ihnen helfen darf, müssen Sie es mir sagen.«

Ite-ska-wih meldete sich zu Wort.

Der Großvater zog die Brauen hoch.

»Die junge Lady möchte auch noch etwas sagen? Dann mal zu!«

»Ja, Großvater. Wir haben den kranken Bruder Hanskas und seine Frau aufgenommen und meine Großmutter. Ist das wirklich unrecht? Wir leben auch so noch viel besser als die weißhäutigen Menschen in den Slums eurer Städte. Wir haben zwei Bankseiten und den Boden, auf dem wir indianische Schlafgestelle aufstellen können, wenn wir wollen. Wir haben Fenster und Tür, und es wird so viel reine Prärieluft zu uns hereinkommen, wie wir nur wünschen. Wir laufen zur Pumpe hinauf, um uns zu waschen, da die Wasserleitung zu uns nicht repariert wird; kaltes, frisches Wasser ist gesund. Mein Kind braucht einmal nur die Tür aufzumachen, und schon hat es den hellen Himmel über sich und Mutter Erde mit ihrem Gras unter den Füßen. Als ich noch in der Straße der großen Stadt wohnte, stank es in den Räumen der Menschen, von denen wohl zehn in einer Kammer oder im Keller hausten, und es stank draußen auf der Straße; den Himmel konnten wir nicht sehen, und Gras gab es nicht. Hier bei uns ist es schöner, Großvater. Der Kranke und die Großmutter werden mit uns zusammen glücklich sein.«

»Krank auch noch. Was hat er denn?«

»Epilepsie, Großvater.«

»Um Gottes willen.«

»Nicht ansteckend, Großvater. Er arbeitet ja auch nicht bei Ihnen.«

»Wer dich hört, fühlt sich eingeölt und aufgeweicht von Kopf bis Fuß. Also meinen Segen. Und sieh zu, daß du es schaffst.«

»O ja, Großvater. Ich habe einen guten Schutzgeist.«

»Schutzengel heißt das. Also dann! Euer Toilettenhäuschen habt ihr ja bis jetzt sauber gehalten.«

Hanska schmunzelte, halb versöhnt. »Sie haben es ausgekundschaftet, Großvater? Heimlich, so daß ich Sie nicht einmal erschießen konnte?«

»Eben das, Joe. Ich werde dich jetzt Joe nennen. Das ist meiner Zunge angepaßter. Bleib mir aber nie wieder sieben Tage weg, ohne mir Bescheid zu sagen.«

»Die Arbeit wurde getan, und ich bin wiedergekommen. Die beiden wiedergefundenen Pferde waren Ihnen doch zwei Wochen wert.«

»Ja, ja. Es geht aber um die ausdrückliche Ordnung. Davon kann ich nicht weg. Unordnung zieht mir die Haut ab.«

»Die weiße Haut. Eine Schlange, Großvater, die sich häutet, wird aber jünger und glänzender. Man kann das freilich nicht immer tun, zum Beispiel nicht hier und jetzt. Alles zu seiner Zeit.«

»Gott allein in Ewigkeit. Das nächste Mal läßt du mir bitte Bescheid sagen.«

Das Wort »bitte« hatte Hanska vom Großvater zum erstenmal gehört.

Es gab zwei Kommentare zu diesem abendlichen Gespräch.

Frau Myer, die wortkarge, bemerkte zu ihrem Mann: »Die echten Indianer hängen zusammen wie die Kletten; sie machen eher sich selbst kaputt als einen Verwandten. Dagegen kannst du nichts ausrichten. Jetzt haben wir das Wespennest mitten in der Ranch, und Joe, der etwas taugt, wird von den andern ausgesaugt. Ich wette, daß er den ganzen Tag über nichts mehr essen wird als unsere Mahlzeit.«

»Reicht ja auch für einen jungen gesunden Mann.«

»Mag sein.« Frau Myer nahm sich aber vor, Hanska-Joe jedesmal einen Schlag extra in die Schüssel zu geben. Ihr eigener Sohn war als ein Dieb davongelaufen. Sie brauchte Ersatz für ihre Art der mütterlichen Fürsorge.

Während Hanska und Ite-ska-wih nach dem Essen den nun schon gewohnten Weg durch die Wiesen, am Korral vorbei, zum Blockhaus hinaufgingen, sagte Ite-ska-wih: »Meinst du nicht, Hanska, daß wir uns ein gutes Zelt verschaffen sollten? Wenn Harry und Mary ja eines Tages doch aus dem Internat zu uns kommen und auch die drei Kleinen aus Kanada zu uns zurückkehren?«

»Richtig. Der Clan braucht außer dem Blockhaus ein winterfestes Zelt. Ich kümmere mich darum, Ite-ska-wih. Zwei Büffelfelle zum

Lagern, wie Inya-he-yukan es schon abgemacht hat. Schließlich gehören die Büffel bei Kingsley uns. Wegen der Zeltplanen fragen wir oben in Kanada nach. Vor dem nächsten Winter fahren wir noch einmal hinauf. Wenn dann aber der Frost klirrt, hast du unser Kind im Arm, Ite-ska-wih.«

»Ja, Hanska. Mein Herz klopft hell.«

Der eindrucksvolle Verlauf der Versammlung, die allgemeine Teilnahme hatten die Stimmung im Lande verändert. Kaum einer glaubte noch, daß der Killerchief beim nächsten Wahltermin, der in dreiviertel Jahren bevorstand, wiedergewählt werden könnte. Es häuften sich die Fälle, in denen der Superintendent anders entschied als der Chief-President und die staatlichen Machtmittel nicht für die Spezialinteressen des brutalen Dicken einsetzte. Mit großer Spannung und entgegengesetzten Wünschen warteten die feindlichen Gruppen im Stamm auf den Ausgang des Prozesses gegen Wasescha. Der Killerchief hatte bei dem Gericht in New City eine Vorverhandlung veranlaßt, in der entschieden werden sollte, ob ein Prozeß wegen Mordes eröffnet werden würde. Als Zeugen waren von der Anklage die beiden Killer benannt, die vor dem Zelt gestanden und überlebt hatten; von der Verteidigung waren Hanska, Ite-ska-wih, Hetkala und Tatokala geladen.

Der Termin war drei Wochen nach der Versammlung anberaumt.

Am letzten Wochenende davor kam Wasescha, den die Weißen Hugh Mahan nannten, in das kleine Blockhaus zu seinen beiden wichtigen Zeugen.

Äußerlich erschien er sehr ruhig.

Wakiya-knaskiya schaute ihn unverwandt an. Er hatte als Vierzehnjähriger einen Mordprozeß gegen Inya-he-yukan als Zeuge miterlebt. Es war um den Todesschuß Inya-he-yukans gegen den weißen Nachbarrancher Mac Lean gegangen, der auf Wakiya angelegt hatte, als dieser sein Gelände in friedlicher Absicht betrat. Daß Inya-he-yukan nicht auf dem elektrischen Stuhl starb, sondern freigesprochen wurde, war wie ein Wunder erschienen, zu danken dem Charakter und Freimut einer einzigen Frau unter den Geschworenen und einem ehrgeizigen und geschickten Rechtsanwalt, der von den Indianerbünden gewonnen worden war. Noch im Nachklang zitterten alle Nerven Wakiyas wie hart gespielte Saiten. Die immer wieder verblüffende körperlich Ähnlichkeit zwischen Inya-he-yu-kan und seinem Vetter Wasescha steigerte für Wakiya die identifizierende Vorstellung von der Gefahr des Prozesses für den Angeklagten.

Wasescha fühlte den Blick Wakiyas so stark, daß er seine Aufmerksamkeit diesem zuwandte, obgleich er als Zeuge nicht in Frage kam und mit dem Prozeß, wie es schien, überhaupt nichts zu tun hatte.

Aber Wakiya war am vergangenen Abend in der Agentursiedlung gewesen und wies jetzt den Brief vor, den er vom dortigen Postamt mitgebracht hatte.

»Hier, lies!« bat er Wasescha.

Während Wasescha las, verfärbte sich sein Gesicht. Die harten und mageren Züge wurden blutleer.

»Das allerdings«, sagte er, ohne seine Stimme schwanken zu lassen, »das wird schwer halten.«

»Ich habe vorbereitet«, antwortete Wakiya, »nachdem ich solche Nachrichten über Missis Carson erhielt. Ihr wißt, ich war dort, um meine Wohlfahrtsunterstützung zu beantragen, auf die ich ein Recht habe. Dabei zog ich sie ins Gespräch. Sie ist nicht als Zeugin geladen, obgleich das sehr wichtig wäre. Darüber ärgert sie sich, weil sie eine selbstbewußte Beamtin ist und weil Mahan-Wasescha ihr leid tut. Sie erzählt auch gern. So hat sie mir angedeutet, was unsere Feinde planen. Die Versammlung war ein erfolgreicher Schlag gegen die Killerpartei. Aber sie geben nicht auf, wie wir hofften. Sie holen zu einem Gegenschlag aus. Waseschas Prozeß soll ihnen die Gelegenheit dazu geben. Uns wollen sie als die Killer brandmarken, Wasescha als einen führenden Mörder.«

»Sollte ihnen das nicht doch schwerfallen?« rief Hanska aufgebracht. »Die Lügner!«

»Sie sind raffiniert, Hanska. Irgendeiner, der ihnen hilft, muß raffiniert sein. Sie verlassen sich darauf, daß wir die Killerfunktion von Louis White Horse und seinen beiden Kumpanen nicht nachweisen können. Wasescha-Mahan habe Louis aus persönlichem Haß bedroht und niedergeschossen, als er den Zelteingang, nur um Einlaß bittend, berührte. Von gezogenem Revolver sei nicht die Rede; das seien Phantasien eines Rowdys wie Hanska und eines Kindes wie Ite-ska-wih. Diese Version wird verbreitet und auch dem Richter der Vorverhandlung, der mit seiner Vorentscheidung die Geschworenen natürlich beeinflußt, schon suggeriert. Dein Rechtsanwalt, Wasescha, ist selbst unsicher geworden, wahrscheinlich von der anderen Seite beeinflußt — wie schätzt du ihn ein, Wasescha?«

»Gar nicht. Er geht mir aus dem Weg. Ich muß ihm nachlaufen, ihn aufspüren. Deshalb bin ich auf dem Wege nach New City.«

»Er möchte sein Mandat am liebsten niederlegen. Dann, Wasescha, bist du verloren. Hast du dir diesen Rechtsanwalt nicht vorher genauer angesehen?«

»Pflichtverteidiger. Hatte kaum Gelegenheit.«

Wakiyas Nachrichten trafen die Anwesenden unversehens und schmerzhaft wie Messerstiche in den Rücken. Sie waren sehr zuversichtlich gewesen.

»Du hast aber etwas vorbereitet«, sagte Ite-ska-wih leise, flehend zu Wakiya.

»Ich habe es versucht.« Alle wunderten sich über die feste, unverrückbare Art, in der der Epileptiker mitten in der nervösen Erregung zu sprechen vermochte.

»Ich habe an die Rechtsanwälte telegraphiert, bei denen ich gearbeitet habe. Der jüngste von ihnen ist schon in New City und kommt heute noch hierher, wenn wir ihn abholen. Er ist es auch, der mir in der Sache Harry und Mary geholfen hat. Du mußt ihn als zweiten Rechtsanwalt nehmen, Wasescha. Er kann etwas. Was er zu brauchen scheint, ist der Nachweis, daß Louis und seine Kumpane Killer waren beziehungsweise sind.«

»Das eben wird schwer halten, obgleich alle es wissen«, sagte Wasescha nüchtern. »Die Morde sind immer nachts in der Einsamkeit geschehen, und die Leichen sind verschwunden. Eine gute Verbrecherorganisation des Killerchiefs.«

Ite-ska-wih hob den Kopf, sehr schnell, als ob ein Gedanke plötzlich in ihrem Hirn aufgeleuchtet habe. »Der Polizist ... der Polizist muß es sagen können. Der Polizist, der fortgegangen ist, weil er vom Killerchief bedroht wurde, als er nicht mehr mitmachen wollte.«

»Er weiß es natürlich, aber er sagt aus Angst nicht aus.«

»Wasescha, man muß es versuchen. Hanska, können wir noch rechtzeitig zu ihm gelangen, wenn wir den Jaguar ...«

»Rasen lassen, meinst du? Nun, ich bin bereit.«

»Den Rechtsanwalt hole ich«, entschloß sich Wasescha. »Und

noch eins, ehe ihr euch soviel Mühe um mich macht. Ich habe mein Hausrecht in zulässiger Weise gewahrt. Wird das nichts gelten?«

»Nicht viel«, erwiderte Wakiya. »Du warst im Zelt. Es gab keine Tür, die mit Gewalt geöffnet wurde, kein wildes Rütteln. Nur die friedliche Berührung des Vorhangs am Zelteingang mit der Bitte um Einlaß — so sagen sie.«

»Er lag im Zelt. Die Polizei und ein rechtschaffenes Mitglied des Stammesgerichts haben den Tatort besichtigt. Werden sie etwa lügen?«

Hanska verschwand schon aus dem Blockhaus, um den Wagen fahrfertig zu machen.

Ite-ska-wih packte Proviant ein. Das Einverständnis mit Hanska, daß sie mitfahren würde, hatte sich ohne Worte ergeben.

»Eine bessere Anwältin als Ite-ska-wih kann Wasescha nicht finden.« Wakiya vermochte zu lächeln; flüchtig, aber so schön, wie die Hoffnung ist.

Wasescha fuhr nach New City, Hanska der Agentursiedlung zu. Den ersten Teil der Strecke hatten sie gemeinsam.

»Ich muß meinen Schulfreund Norris Patton aufsuchen, den Gärtner der Agentur«, erklärte Hanska Ite-ska-wih unterwegs. »Er kennt den Polizisten. Sie sind beide sehr kirchlich.«

»Den Namen habe ich noch nie von dir gehört.«

»Wir waren auseinander — damals, als ich mit den andern zusammen in den Ring gegangen bin. Aber er ist eine ehrliche Haut. Vielleicht hilft er uns. Wenn er uns wenigstens die Adresse nennt und die jetzige Beschäftigung des ehemaligen Polizisten. In der Versammlung ist Norris gewesen.«

»Hältst du etwas von der Kirche, Hanska?«

»Nein. Sie hat uns viel Unrecht getan und tut es heute noch da und dort. Dann zahlt sie Bußgeld für die Prozesse unserer berühmten Führer. Für einen unbekannten Mann wie Wasescha tut sie nichts. Es kann aber sein, daß Norris sich darauf besinnt, ein Christ zu sein, hilfsbereit, ebenso wie der Polizist sich darauf besonnen hat, daß Christen nicht morden sollen. Wir werden ja sehen.«

»So wie du habe ich auch einmal zu Tatokala gesprochen.«

Norris Patton, 19 Jahre alt, war noch nicht verheiratet; natürlich noch nicht verheiratet, konnte man sagen, denn eine frühere Heirat war eine seltene Ausnahme. Er wohnte bei seiner Familie nahe der

Agentur in der Indianersiedlung, für die die Verwaltung die Häuschen stellte und die auch mit der Verwaltung genehmen Familien belegt waren. Heute, am Sonnabend, blieben manche zu Hause, viele würden sich aufmachen, um Verwandte zu besuchen. Aber da es noch immer recht früh am Tage war, konnten Hanska und Ite-ska-wih hoffen, Norris daheim anzutreffen.

Sie hatten sich nicht verrechnet.

Ein Jaguar, der in die Siedlung einfuhr, wurde selbstverständlich beobachtet, und so hatte Norris seine Überraschung bereits innerlich verarbeitet, als Hanska vor dem schmucken Häuschen hielt. Er empfing die Ankömmlinge mit sichtlicher Freude, in Erinnerung an vergangene Schulzeiten, als beide Anhänger ihres Lehrers Hugh Mahan und des von der Jugend bewunderten Inya-he-yukan gewesen waren.

Man ließ sich in der guten Stube nieder; die Eltern Patton erschienen auch. Der unvermeidliche dünne Kaffee wurde angeboten. Hanska berichtete von seinem Umzug in die alte Blockhütte, auch daß die Kings nun wieder ihr Familien-Stammland besaßen und wie er und Ite-ska-wih bei Myers mithalfen in guter Arbeitsgemeinschaft mit Joan Howell.

Es wirkte alles gelöst und vertrauenerweckend; die Eltern waren zufrieden. Norris erzählte von seiner Tätigkeit als Gärtner. So jung schon war er hauptamtlicher Gärtner der Superintendentur und der anschließenden Amtsgebäude geworden. Der Vater hatte Gicht und konnte nicht mehr, wie er wollte.

Da das Gespräch im Geleis zu laufen schien und scheinbar nicht mehr viel Neues zu sagen blieb, verabschiedeten sich die Eltern und gingen zu den Nachbarn.

Die Jungen blieben unter sich.

»Ich will nicht länger mit Worten herumspielen«, sagte Hanska aufrichig, »sondern dir berichten, Norris, was uns zu dir treibt. Wir haben wieder Sorgen um Wasescha-Mahan, wie so oft schon in unsrer Schulzeit, als der Lehrer Hugh Mahan, den wir liebten, schikaniert wurde. Wir nannten ihn damals ›Der Mann, der die Wahrheit spricht‹. Du weißt es ja auch noch.«

»Ja, das weiß ich noch gut, und jetzt steckt er wieder in der Klemme, um nicht zu sagen, in der Falle.«

»Glaubst du das auch?«

»Nach allem, was geredet wird.«

»Jeder Amerikaner darf einen Gegner niederschießen, der ohne Erlaubnis sein Haus betritt.«

»Hanska! Erstens: ›Jeder Amerikaner‹, aber nicht jeder Indianer. Soweit sind wir noch nicht. Zweitens: ›einen Gegner‹. War Louis das? Drittens: ›sein Haus betritt‹. Louis White Horse stand vor dem Eingang.«

»Norris! Erstens: auch jeder Indianer. Das ist unser gutes Bürgerrecht. Zweitens: Louis White Horse und seine Kumpane waren Killer, also Todfeinde. Drittens: Louis wurde innerhalb des Zeltes erschossen, nicht außerhalb. Dafür gibt es Zeugen und Polizeiprotokolle.«

»Hanska! Beweise, daß die drei Killer gewesen sind. Dann ist Wasescha gerettet.«

»Norris! Du weißt genau, wie heimtückisch die Killer gearbeitet und sich getarnt haben. Es gibt aber einen, der Bescheid weiß und reden sollte, denn er hat sich von den Killern getrennt. Er ist dein Freund.«

»O Hanska.«

Norris stützte den Ellbogen auf den Tisch und legte die Stirn in die Hände.

»Norris, will dein Freund nicht ein Mann sein, der die Wahrheit spricht?«

»Hanska, Hanska. Du bedrängst mich.«

»Wieso dich?«

»Seine Adresse ist geheim.«

»Das mochte sie sein. Jetzt wird Geheimhaltung Mord an Wasescha. Begreifst du?«

»Vielleicht morde ich meinen Freund, wenn ich seine Adresse preisgebe.«

Hanska überlegte die Antwort. Er überlegte lange. Endlich sagte er: »Du mußt das ernsthaft bedenken, Norris, wirklich. Ich sehe mich solange in der Siedlung um, kenne hier noch ein paar Leute.«

»Gut, Hanska. Mir ist schwer zumute, ich bin ganz verwirrt.«

Hanska verließ den Raum.

Norris und Ite-ska-wih saßen einander gegenüber. Norris vermied es, ihr in die Augen zu blicken. Er sah nur die harmonische Gestalt, die weichen Schultern, die hellbraunen Arme und diese Hände. Ja, diese Hände. Sie waren schlank, sehr jung und bewegten sich ein wenig, als ob sie etwas glatt strichen. Er mochte ihnen zusehen. Sie konnten nicht sprechen, nicht scharfe Entgegnungen formulieren, sie verlangten keine Antwort. Sie waren sanft und schön. Ruhe ging von ihnen aus. Norris gab sich der Ruhe hin. Wenn er Ite-ska-wihs Hände sah, dachte er an Blumen. Auf einmal sah er auch ihr Gesicht, das Sonnengesicht. Blumen brauchten milde Sonne, Menschen auch. Dann konnten sie sich öffnen.

»Es ist alles anders, als Hanska denkt«, sagte er endlich. »Es ist eben anders, deshalb ist es für mich so schwer.«

»Ich höre dir zu, Norris.«

Ihre Stimme hat die Musik des Präriemorgens, dachte Norris. Das sanfte Rauschen, ein Vogelruf. Sie kann nichts Schlimmes bewirken. Er suchte nach Worten.

»James, der ehemalige Polizist, mußt du wissen, ist ein einfacher Mensch, ganz geradezu. Er ist viel älter als ich, schon in den Vierzig. Ein alter Freund. Ein väterlicher Freund. Sie haben ihn als jungen Kerl einmal zur Polizei geholt, so hatte er einen Job. Polizei, hatten sie ihm gesagt, das ist das Recht und die Ordnung; das hat ihn überzeugt, und er war sehr eifrig. Er brauchte dazu einen Glauben und eine Stütze. Am Indianer hatten sie ihn in der Schule irre gemacht. Die Stütze hat er bei der Verwaltung und bei der Kirche gefunden. Sein Glaube ist ihm ernst. Er geriet in einen schlimmen Konflikt, als der Killerchief zu regieren anfing. Schließlich ist er gegangen.«

»Nach dem Mord an Queenie.«

Norris erschrak.

Ite-ska-wih hatte ihn an Queenie Tashina King erinnert, obgleich sie anders aussah und anders war. Etwas hatte sie mit ihr gemeinsam — was mochte das nur sein?

Nach dem Mord an Queenie hatte James den Dienst quittiert. Ja, das traf zu. Wußte Ite-ska-wih mehr? Hatten die Kinder vielleicht doch Aussagen gemacht?

»Ite-ska-wih, es ist zum Verzweifeln. Die Adresse von James kann ich dir nicht sagen, denn ich habe ihm gelobt, es nicht zu tun. Mein Wort breche ich nicht.«

Norris konnte nicht mehr vermeiden, in die dunklen Augen zu schauen, zu erkennen und zu fühlen, wie die Sonne in diesem Gesicht Feuer wurde.

»Wie wäre es denn, Norris, wenn du selbst mit James sprechen würdest? Du hast einen Wagen.«

»Ite-ska-wih, du ... versteh mich doch. Du bist in einer großen Verbrecherstadt aufgewachsen. Weißt du nicht, was eine Gang ist? Eine solche Gang hat der Killerchief bei uns aufgebaut; er ist der Boss. Die Stammespolizei und ein paar bezahlte Killer sind seine Gangster geworden. Man kann keinen einzelnen herausbrechen, man muß den Boss abwählen, und das Ganze wird verschwinden. Deshalb war unsere Versammlung so richtig und so wichtig.«

»Norris — es hat doch Männer gegeben, die sich von einer Gang getrennt haben: Inya-he-yukan, Ray — nachdem er Inya-he-yukan gesehen hatte — und James. Aber James hat sich nicht ganz getrennt. Er zappelt noch im Netz. Laß es ihn zerreißen.«

»James ist kein Inya-he-yukan. Er ist ein Kirchendiener geworden, ganz bescheiden und stumm. Ich verrate ihn nicht, ich habe ihm ja Schweigen versprochen.«

»Er war dabei als Polizist, war ein Gangster geworden für das Recht und die Ordnung des Killerchief. So sagst du selbst. Wenn er unter Eid aussagt und gefragt wird, müßte er auch eigene Untaten gestehen. So ist es doch, Norris.«

»Ite-ska-wih, habt nicht auch ihr — ich meine euch, die ihr im Ring gewesen seid — habt nicht auch ihr Männer unter euch, die getötet haben?«

»Killer getötet haben, meinst du?«

»Lassen wir das. Ich will über den ›schwarzen Cowboy‹ nicht reden. Aber hättet ihr nur diesen Aufstand nicht gemacht.«

»Hättet ihr nur alle mitgemacht, Norris.«

»Es ist eine Spalte zwischen uns, Ite-ska-wih, über die wir nicht hinwegkommen.«

»Und doch, Norris, wirst du Wasescha helfen, so wie du ihm einst als Schüler helfen wolltest. Wenn du unter Eid gefragt wirst, ob wir alle von Killern geredet, nachts Angst gehabt, den und jenen im stillen als Killer verdächtigt haben, von Vermißten fürchten, daß sie ermordet seien — was wirst du dann antworten? Ja oder nein?«

»Ja.«

»Die Leute sagen, daß Wasescha den Louis White Horse einen Killer genannt und ihn davor gewarnt habe, je wieder sein Tipi zu betreten. Wie kommen sie darauf?«

»Das hat Missis Carson erzählt.«

»Sie war dabei. Glaubst du, daß sie unter Eid die Wahrheit sprechen wird?«

»Ach, warum denn nicht, Ite-ska-wih. Sie braucht sich nicht zu fürchten. Sie erreicht bald die Altersgrenze und wird pensioniert. Der Killerchief ist bei der Verwaltung unbeliebt geworden. Das habt ihr ihm eingebrockt. Der Superintendent wird Missis Carson keinen Vorwurf daraus machen, wenn sie aussagt, unter dem Regiment dieses Chief-President seien Gerüchte über Killer umgegangen und Wasescha habe Louis für einen solchen gehalten und ihm sein Haus ausdrücklich verboten.«

»Vielleicht reicht das, Norris. Bitte hilf mir, von nun an zu verbreiten, daß Hugh Mahan im Recht gewesen sei und das auch beweisen werde.«

»Es kommt mir so vor, Ite-ska-wih.«

Er schaute in das Sonnengesicht und vermied es nicht mehr, den dunklen Augen zu begegnen.

Hanska und Ite-ska-wih fuhren zur Ranch zurück. Im kleinen Blockhaus trafen sie nicht nur die Bewohner und Joan. Wasescha hatte den Anwalt aus New City mitgebracht.

Er ist noch verrückter gefahren als ich, dachte Hanska, und er hat keinen Aufenthalt gehabt.

Beim Eintreten Hanskas und Ite-ska-wihs verstummten alle, um ihren Bericht zu hören.

»Polizist, jetzt Kirchendiener James, ist kaum zu gebrauchen«, sagte Ite-ska-wih. »Er würde selbst unter Eid nicht mehr sagen, als daß er sich einen weniger anstrengenden Job gewünscht habe.«

Der Anwalt schaute mit seinen grauen kleinen Augen auf die Sprecherin. Er hatte sich in der Ecke der Bank niedergelassen und seinen Notizblock auf den schweren Holztisch gelegt. Seine Nase war groß und scharf, der Schädel schmal, die Backenknochen traten etwas hervor. Vielleicht ein Viertel Indianerblut oder spanisches Blut, dachte Ite-ska-wih und zog dabei auch das schwarze Haar und den dunklen Teint in Betracht.

»Vielleicht ist etwas damit anzufangen«, sagte dieser Doktor Rencho, »falls James Laughlin auf eindringendere Fragen die Aussage verweigert. Das weckt den erwünschten Verdacht. Seine Adresse machen wir natürlich über die Kirche ausfindig.«

»Wird es etwas gelten, daß ich Louis White Horse für einen Killer gehalten habe — unabhängig davon, ob er es nun war oder nicht — und ihm deshalb mein Haus verboten hatte?« fragte Wasescha.

»Können Sie das nachweisen?«

»Durch eine Beamtin der Reservationsverwaltung. Sie würde unter Eid aussagen, ist aber nicht geladen.«

»Würde aussagen? Ausgezeichnet. Nicht geladen? Unglaublich. Das holen wir nach. Gab es allgemein solche Killergerüchte?«

»Aber natürlich. Fragen Sie zum Beispiel den Ratsmann Morning Star, der am Aufstand nicht beteiligt gewesen ist, oder sogar den größten indianischen Rancher der Reservation, Whirlwind.«

»Oder Norris Patton, den Gärtner der Superintendentur«, fügte Hanska hinzu.

»Oder mich«, meinte Joan Howell.

»Also Zeugen genug. Ich bin unserer Sache jetzt sicher, Mister Mahan. Nur noch eins: Wie beweisen wir, daß Louis White Horse im Zelt war?«

»Zeugen: Hetkala, Tatokala — Mutter und Frau —, Hanska und Ite-ska-wih. Aber auch durch die blutige Decke im Zelt und die Blutspritzer an den Zeltplanen.«

»Das wurde untersucht?«

»Beim Abtransport des Toten durch die Polizei festgestellt und sichergestellt. Ein Mitglied des Stammesgerichts war dabei.«

»Dann noch eine Frage, Mister Mahan: Was hatten Sie denn bis jetzt für einen seltsamen Anwalt, der das alles nicht beachtet hat?«

»Einen Pflichtverteidiger, Mister Rencho. Für Reservationsindianer werden üblicherweise die Anwälte vom Superintendent ausgewählt.«

Rencho schüttelte den Kopf und zog die Stirnhaut hoch. »Ich werde mir diesen Kollegen vornehmen. Glauben Sie, daß der Superintendent in böser Absicht einen feindseligen Anwalt für Sie gewählt hat?«

»Kaum. Er hatte nicht viel Auswahl. Wer will schon einen armen Indianer verteidigen? Er wußte auch nicht, daß meine Bruderschaft den Anwalt für mich bezahlen wird — wenn ihr der Anwalt gefällt. Sie werden ihr gefallen.«

Der Anwalt lächelte. »Sie waren Ihrer Sache zu sicher und hatten sich um den Anwalt nicht gekümmert?«

»So ist es. Wie gut, daß du dich um mich gekümmert hast, Wakiya-knaskiya! Du bist umsichtiger gewesen.«

Wakiyas Züge hellten sich auf.

Die erste Nacht nach diesem Tag der Erregungen, Verhandlungen und Entscheidungen und die folgenden Tage und Nächte waren für Ite-ska-wih mit einem seltsamen Schillern von Licht und Dunkelheit erfüllt, in dem sie sich kaum zurechtfand. Sie lag zwar in Hanskas Arm mit einem Gefühl der Ruhe, das sie in den Schlaf hineinwiegte, und sie saß am Tage einige Stunden mit Untschida zusammen auf der Wandbank und arbeitete an den so schönen wie mühsamen Stickereien mit gefärbten Stachelschweinsborsten; die Arbeit ging der alten Frau noch schneller von der Hand als der jungen. Aber Ite-ska-wih dachte dabei, wenn sie ihrem drängendsten Problem ausweichen wollte, doch an nichts, was ihr Freude machte. Sie dachte vielmehr daran, daß die Biber zwar mit dem Leben davongekommen waren, aber doch hatten ausziehen müssen. Wahrscheinlich hatte der Geheimnismann und Maler, der zerrissen und nicht mehr mit sich selbst einig war, dem Zauber Rote Krähes eines Tages doch noch getrotzt und hatte sich sehen lassen. Das war nicht gut, obgleich sich Dorothy sicher darüber gefreut hatte. Es war nicht gut. Etwas Böses schlich sich damit in das Haus am kahlen Berg ein; die Biber hatten gehen müssen. Sie waren zu den Schwarzen Bergen gegangen, in denen Inya-he-yukan und die Große Bärin ruhten und vielleicht auch Tashina, die Sanfte, die dem Mond geglichen hatte. Ite-ska-wih weinte, wenn sie an das alles dachte. Sie schmiegte sich an Untschida.

Die große Frage blieb indessen eine andere. Ite-ska-wih war nicht weniger glücklich darüber als alle Hausbewohner und Freunde, daß die Sache Waseschas nun tatsächlich so gut zu stehen schien, wie jeder anfänglich vertrauensvoll angenommen hatte. Der heimliche Stachel schaute da heraus, wo es um den Zeugen James ging, der nun kaum mehr gebraucht wurde, dessen Adresse Anwalt Rencho aber glaubte herausfinden zu können, aufgrund einer Angabe von Norris, die diesem im Zutrauen zu Ite-ska-wih über die Zunge geglitten war und die sie weitergetragen hatte.

Kirchendiener. Ja, das war er.

Diese Mitteilung war ein Vertrauensbruch.

Geschehen war geschehen.

Wo steckte die Wurzel des Übels?

In der Angst. Die Angst verwirrte. War Angst indianisch?

Doch wohl nicht. Kraft zum Überwinden der Angst war indianisch. Konnte irgendeiner solche Kraft von dem langen Polizisten erwarten, der sich als Kirchendiener versteckt hielt?

Norris wollte die Angst dieses Mannes schonen. Wider Willen hatte er ihn verraten, weil er Ite-ska-wih vertraute.

Ite-ska-wih fragte Hanska, was er denn über die Vergangenheit des Langen wisse, und erfuhr viel. Inya-he-yukan und Wasescha waren mehr als einmal mit dem eifrigen Indianerpolizisten zusammengestoßen. Im Grunde hätte ihm niemand zugetraut, daß ihm eines Tages die Killerfunktion leid werden würde. Niemand zweifelte, daß er bis dahin Morddienste geleistet hatte.

Er hatte sich aber endlich losgesagt.

»Geschehen ist geschehen«, sagte Hanska eines Nachts zu Ite-ska-wih. »Laß das Grübeln. Ich sehe dir an, wie du Tag und Nacht grübelst; deine Gedanken sind nicht bei uns. Laß das Grübeln sein. Rencho wird wissen, was er tut, um Wasescha zu retten. Wasescha ist mir wichtiger als dieser James. Verstehst du?«

»Ich verstehe es, Hanska, und doch bin ich schuldig.«

»Nicht mehr als Norris. Künftig hältst du den Mund, ja?«

»Ja. Aber das ist ein Ausweichen. Darf man der Angst nachgeben?«

»Der eigenen nicht. Was mich betrifft, so würde ich freilich auch andere Feiglinge nicht schonen, nicht nur den in mir selbst verfolgen.«

»Wie du das sagst. Du weißt ja gar nicht, was feige ist, weil du es selbst nicht sein kannst.«

»Kann man nur das verstehen, was man selbst ist?« Hanska lachte leise bei seinen Worten.

Ite-ska-wih kannte dieses Lachen nun schon. »Weißt du denn, wer du selbst bist, Hanska?« fragte sie nachdenkend. »Du bist auch deine Väter und Mütter und Vorväter und Vormütter — und vielleicht dein Schutzgeist.«

»Und mein Wahlvater und meine Wahlmutter.«

»Diese am meisten, Hanska. Deshalb kannst du Feiglinge nicht leiden, nicht einmal, wenn sie sich zum Guten wenden.«

»Wenn sie kneifen, meinst du, wie das eben ihre Art ist.«

»Wie denkst du über Margot?«

»Sie hat nicht um sich selbst Angst.«

»Der Lange hat um seinen Sohn Angst.«

»Nur?«

»Der Killerchief hat den Sohn bedroht, nicht James selbst. Der Killerchief weiß, wie man Männer umbiegt, so daß sie den Kopf bis zum Boden neigen.«

»Oder bis sie fliehen. Was willst du nun machen, Ite-ska-wih?«

»Nichts, Hanska, als Angst haben, daß etwas Schlimmes aus meiner Geschwätzigkeit entsteht.«

»Hör auf mit deiner Angst, Ite-ska-wih. Sie gehört nicht hierher. Wir leben zwischen Mördern und Feiglingen, aber wir sind vom Stamm des Inya-he-yukan. Wir können Fehler machen, aber herumjammern vor uns selbst und vor den anderen, das tun wir nicht.«

»Hau, Hanska. Halte mich fest.«

Ite-ska-wih legte den Kopf auf Hanskas Schulter. Sie hörte seinen Atem und fühlte ihn beim leisen Ausdehnen und Nachgeben seiner Brust.

Da der Raum im Blockhaus nicht groß war, konnte jeder, der wach war, verstehen, was der andere sagte. Das Gespräch zwischen Hanska und Ite-ska-wih war nicht glatt und schnell verlaufen. Hanska benutzte im persönlichen Gespräch mit Ite-ska-wih jetzt schon die Stammessprache, die sie noch stockend sprach und manchmal mißverstand, wenn ihr auch von Untschida her aus Kinderzeiten ein wenig davon bekannt geworden war, meist Worte, die die beiden benutzten, wenn sie von den Bewohnern der Straße nicht verstanden werden wollten. Während Hanska und Ite-ska-wih miteinander versuchten, das Wahre in einer Wirrnis herauszufinden, hatten sich die anderen nicht gerührt. Wie in festem Schlaf lagen sie da, Untschida, Wakiya, Elwe. Doch bei Tagesanbruch, als alle ihr Lager verließen und zu der Pumpe auf dem Hügel hinaufgingen, von dem aus das Land im Lichtflimmern des Sonnenaufgangs überblickt werden konnte, fühlte Ite-ska-wih die Teilnahme Wakiyaknaskiyas. Nach dem einfachen Frühstück, das man sich aus Hanskas und Ite-ska-wihs Lohn, aus Wakiyas Wohlfahrtsunterstützung von fünfunddreißig Dollar im Monat und aus Untschidas und Ite-ska-wihs Einnahmen aus Kunsthandwerk von zusammen etwa fünfzig Dollar monatlich leisten konnte, ging Wakiya-knaskiya hinüber zu dem kleinen Friedhof. Ite-ska-wih hatte ihn dort schon ein paarmal sitzen sehen; Hanska erzählte ihr, daß Wakiya als Kind sehr oft dort am Grabe des alten Inya-he-yukan gesessen hatte, um sich in der Stille bei dem Ahnen Rat zu holen.

Wakiya schaute zu Ite-ska-wih herüber, die seinen Blick bemerken mußte. Sie ging zu ihm an das Grab des alten Inya-he-yukan, das durch den gekrümmten Stab und das Bündel Adlerfedern bezeichnet war.

Wakiya hatte sich im Gras niedergelassen; Ite-ska-wih setzte sich zu ihm. So saßen sie lange, ohne etwas zu sagen.

»Rencho ist geschickt«, fing Wakiya schließlich auf englisch an. »Hab keine Angst. Er wird es so drehen, daß nicht James, sondern der Killerchief voller Schande dasteht.«

»Wie will er das machen?«

»Das weiß ich nicht. Aber ich habe ihn darum gebeten.«

Wakiya kaute auf einem Grashalm.

Das kurze Gespräch versickerte wieder in Schweigen.

Wakiya hat also auch Angst um den bedrohten James gehabt, dachte Ite-ska-wih. Wakiya ist milder als Hanska; ich war nicht allein mit meiner Angst. Nun haben wir sie beide überwunden. Er vertraut Rencho. Ich aber weiß, daß Wasescha wichtiger ist als James Laughlin.

»Was für ein Mann und Häuptling ist Inya-he-yukan der Alte gewesen, Wakiya, daß du immer noch Rat bei ihm suchen kannst?«

»Schon als Knabe trug er viele Namen, einer war Steinhart. Er war wie ein Fels und auch wie ein Schutzgeist. Er ging seinen Kriegern voran, gerade durch. Aber er ist nicht immer so gewesen, wie ich ihn kannte. Er war so geworden. Inya-he-yukan der Jüngere war sein Wahlsohn. Gut hat er gewählt.« Wakiya pflückte den nächsten Grashalm. »Ich will dich etwas fragen, Ite-ska-wih.«

»Tue es.«

»Warum heiratet ihr nicht?«

»Wenn ich Stammesangehörige werde, Wakiya, können sie mich in ihr Hospital holen und mir mein Kind nehmen.«

»Darum.«

»Ja, darum.«

»Aber ihr seid Mann und Frau.«

»Wir sind es.«

»Wenn ihr in New City vor Gericht als Zeugen aussagen müßt, so geht am Abend vorher zu dem indianischen Priester Elk in die Indianerkirche. Er segnet euch. Er war auch am Grabe Inya-he-yukans des Alten, als dieser in die Erde gesenkt wurde, obgleich der Häuptling kein Christ war. Ich habe damals mit Elk gesprochen.«

»Ich höre gern zu, wenn du sprichst, Wakiya. Hanska soll deine Worte durch mich erfahren.«

»Hau.«

»Bist du Christ, Wakiya?«

»Auf Elks Weise. Er spricht in der Sprache unseres Stammes zu uns; er ruft nicht einen weiß gefärbten Gott, er ruft Wakantanka.«

Hanska hatte genickt, als Ite-ska-wih ihm von Wakiyas Gedanken und Vorschlag erzählte. Er hatte sehr kurz genickt, das war Ite-ska-wih nicht entgangen. Aber Indianer besitzen keine eigenen schriftlichen Aufzeichnungen über ihren Glauben; sie nehmen nicht den Stift und ziehen scharfe Trennungsstriche. Was ihnen gut und wahrhaftig erscheint, das vereinen sie in Kopf und Herz. So sah Hanska keine Schwierigkeit darin, den Glauben seines Stammes, die Ehrfurcht vor dem Großen Geheimnis, die Liebe zur Mutter Erde, das Vertrauen in seinen Schutzgeist, die gemeinsame Reinigung von schlechten Gedanken und Gefühlen zu vereinen mit dem Glauben an den richtigen Weg eines Mannes, der am Kreuz sein Leben für andere gab. Was Hanska einen Stich versetzt hatte, das verstand Ite-ska-wih sehr gut; es waren nicht Fragen der Religion gewesen, sondern die Art, wie sie nach dem Gespräch in der Nacht am Morgen noch bei Wakiya-knaskiya Rat angenommen hatte. Manchmal war Hanska für sie noch zu einfach, zu entschieden, zu morgenklar. Sie wollte aber zu seiner Haltung heranwachsen. Es war doch nicht unrecht, wenn Wakiya ihr dabei half.

Half er ihr?

Oder sie auch ihm?

Es kam dann eines Tages so, wie Wakiya-knaskiya angeregt hatte. Hanska und Ite-ska-wih gingen am Vorabend der Verhandlung gegen Wasescha in die kleine schmucklose Kirche der Indianer in den Slums von New City. Sie hatten von Margot gehört, daß auch Inya-he-yukan und Tashina einmal, in ereignisreichen Tagen, dorthin gegangen waren.

Nur wenige Slumbewohner kamen. Der große Mann unter ihnen, den anderen offenbar fremd, fiel auf. Er setzte sich in die erste Bank, so daß er den Altar vor sich und alle Besucher des Gottesdienstes im Rücken hatte. Er wollte also niemanden sehen und nicht Auge in Auge gesehen werden.

Das Kirchenlied wurde in der Stammessprache gesungen. Der indianische Priester Elk begann zu sprechen; er sprach vom Mute, zu bekennen und zu dulden, von der Schwachheit und von der Reue über die eigene Schwachheit. Der große Mann in der ersten Bank senkte den Kopf. Ite-ska-wihs Empfindungen blieben schlicht und ruhig. Sie verwandelte sich in den langen Mann, teilte seine

Schwachheit und seine Reue. Als der Dienst für Wakantanka ausklang, segnete Elk die Gemeinde und betete für die Armen, Kranken und Verfolgten, für die Fremden, die Heimat suchten, für die Mütter, die sich um ihre Kinder sorgten, für die Alten und auch für die sehr Jungen, die ihr gemeinsames Leben begannen.

Als alle sich erhoben und die Kirchenbänke mit leisen Geräuschen verließen, ging Ite-ska-wih zu dem langen Manne hin, als ob dies selbstverständlich sei, und sagte: »Du brauchst nichts zu erzählen. Du brauchst nur zu bezeugen, daß der Killerchief keine Aussagen aus dem Dienst wünscht und daß du ohne seine Erlaubnis nicht sprichst. Das ist alles. Er ist da und muß dann bekennen.«

Der Mann hielt den Schritt nicht an, schaute aber auf Ite-ska-wih herunter, mit einem Blick, dessen Erstaunen sich in Freundlichkeit löste.

»Junger Engel«, sagte er mit seiner kratzigen Polizeistimme, die er auch als Kirchendiener nicht abgelegt hatte. »Ein junger Engel.«

Ite-ska-wihs Augen glänzten. Ihr Schutzgeist hatte durch sie gesprochen, so faßte sie es auf und war froh.

Mit Hanska fuhr sie zu Margret; die Strecke war nicht weit. In der Hütte waren alle besorgt um sie. Sie konnte sich hinlegen. Hanska saß am Rand der Bettstatt. Er trug, ebenso wie Ite-ska-wih, seine Indianerkleidung.

»Zeugenbeeinflussung«, bemerkte er mit einem verschmitzten Zug um die Mundwinkel. »Gut, daß niemand außer dem Langen und mir dich gehört hat. Wie bist du auf deinen klug scheinenden Gedanken gekommen?«

»Ich habe geträumt, Hanska; mir war, als ob wir alle vor dem Richter stünden. Da half mir mein Schutzgeist beim Denken. Er erinnerte mich an einige Worte von Rencho.«

»So war das, mein Sonnengesicht.«

Ite-ska-wih und Hanska lagen zwischen einem Gewimmel von Kindern Margrets. Die Decken waren schlecht, das Lager darum härter als das auf der Wandbank in der Blockhütte. Aber das hinderte den Schlaf nicht; er kam.

Ite-ska-wih erlebte am nächsten Tag die Vorverhandlung gegen Wasescha auf eine von ihr selbst nicht erwartete Weise. Ihre eigene Vernehmung wurde ihr unwesentlich. Es gab keinen Zweifel darüber, was sich abgespielt hatte. Sie konnte die Vorgänge genau und wahrheitsgemäß schildern. Der ironische Unterton der Fragen, ob sie denn tatsächlich Karate beherrsche, machte sie weder irre noch ärgerlich. Sie antwortete mit der Gegenfrage, ob jemand sich einer Probe stellen wolle, um das Gericht zu überzeugen, vielleicht ihr damaliger Gegner, der mit dem Revolver vor Mahans Zelt gestanden hatte. Er war natürlich anwesend. Aber er wollte nicht. Auch der schwergewichtige Killerchief hielt sich zurück, sei es prinzipiell um seiner Würde willen, sei es aus der Befürchtung heraus, dieses fremdartige Mädchen werde ihn zu Boden werfen. Ite-ska-wih faßte Frage und Gegenfrage zu dem sie betreffenden Kreis der Vorgänge als ein vorweg entschiedenes Für und Wider auf und verhielt sich wie eine Neutrale, die über der Sache steht. Die Gegenpartei gab ihre Befragung bald auf. Daß die junge schlanke Zeugin guter Hoffnung war, bemerkten nur die Frauen unter den Anwesenden.

Hanskas Vernehmung verlief in schärferem Ton, aber mit dem gleichen Ergebnis. Seine Angaben enthielten keinen Widerspruch.

In Ite-ska-wih setzte die stumme Erregung erst ein, als Mississ Carson und der ehemalige Polizist Laughlin als Zeugen der Verteidigung aufgerufen wurden.

Kate Carson rauschte zum hochlehnigen Zeugenstuhl. Nicht daß sie rauschende Röcke getragen hätte, das war weder modern noch der Umgebung angemessen. Aber alle hatten die Empfindung, daß es in der luftgefilterten Atmosphäre im Saale rauschte, als eine Dezernentin der Reservationsverwaltung sich bereit machte auszusagen. Die Fragen des Anklägers, die nach denen von Rencho zugelassen wurden, beantwortete sie mit einer nochmaligen ausführlichen Schilderung ihres gemeinsamen Besuches mit Louis White Horse bei Hugh Mahan, unterließ nicht, einige ungehörige Formen im Benehmen Mahans zu rügen, dem die Verwaltung ein neues Haus zugedacht hatte, und beschrieb zurückhaltend, doch mit einem fast genüßlichen Unterton den Zusammenstoß zwischen Mahan und White Horse. Sie erklärte den Vorgang als Ausfluß einer an Sozialhysterie grenzenden Angst vor Killern in angeblich amtlichem Auftrag; Mahan habe White Horse beschuldigt, ein solcher Killer zu sein, und ihm für alle Zukunft sein Haus verboten. Diese durch Wiederholung bestätigte Schilderung verursachte eine Bewegung im Saal, die den Vorsitzenden veranlaßte, zur Ruhe zu mahnen.

Welche Anhaltspunkte es für das Entstehen derart mystifizierender Gerüchte über Killer gegeben habe, wollte der Anklagevertreter wissen.

Mississ Carson war um die Antwort nicht verlegen: Zum Beispiel das nicht aufgeklärte Verschwinden von Personen wie Queenie King, die von ihrem Pflegesohn Hanska Bighorn auch bei den Verwandten in Kanada nicht angetroffen werden konnte — das Verschwinden des Robert Yellow Cloud, dessen wertvolles Pferd gesattelt herrenlos umherlief — der Überfall auf den Cowboy Percival — das erst nachträglich aufgeklärte Verschwinden des Pedro Bissonette und anderer; die Untätigkeit der Reservationspolizei gegenüber vermuteten Verbrechen.

Kate Carson beherrschte das Spiel ihrer faltenreich gewordenen Züge, sprach in amtlich maßgebendem Ton und zögerte nicht, den President des Stammes, der solche Zustände duldete, mit einem vernichtenden Seitenblick zu bedenken. Rechtsanwalt Rencho konnte mit seiner Zeugin zufrieden sein.

Die Wirkung auf den Richter war unverkennbar, wenn auch nur durch ein Zucken seiner Wangenmuskeln und Mundwinkel und wenigen Worten, mit denen er die Vorstellung von der Unordnung indianischer Verhältnisse charakterisierte, in denen es zu Kurzschlußhandlungen kommen konnte, ja kommen mußte.

Ite-ska-wih kränkte sich über eine solche herabsetzende Beurteilung ihres Volkes, aber sie konnte den Gefühlen gedemütigten Stolzes und des Zornes über den Killerchief nicht nachhängen.

James Laughlin ging zum Zeugenstuhl.

Rencho begann zu fragen.

»Mister Laughlin, Sie sind aus dem Polizeidienst auf eigenen Wunsch ausgeschieden ...«

Der Rechtsanwalt wurde durch einen Zwischenruf unterbrochen.

»Bei Nacht und Nebel ist er aus dem Dienst davongelaufen!«

Der Richter bat sich Ruhe aus.

»... ausgeschieden«, wiederholte Rencho. »Was hat Sie dazu veranlaßt?«

Der Lange antwortete nicht gleich. Er war blaß; die Finger seiner linken Hand spielten an der Stuhllehne.

Ite-ska-wih senkte die Lider halb. Sie wollte die Eindrücke, die von ringsumher auf sie einwirken konnten, abwehren. Sie wollte nichts sehen als Laughlin, nichts hören als seine Stimme; sie wollte Laughlin werden, auf dem Zeugenstuhl sitzen und Angst haben, um ihm aus seiner Angst herauszuhelfen, bis zu einer ungehemmten freien Aussage.

»Was hat Sie dazu veranlaßt, den Dienst zu quittieren?« fragte Rencho zum zweitenmal.

»Es war zu unruhig geworden nach dem Aufstand.« Laughlin sprach mit nervösen Unterbrechungen wie ein Stotterer. »Kein geordneter Dienst mehr. Es hat mich krank gemacht.«

»Was hat Sie krank gemacht?«

»Einspruch!« rief die Gegenseite. »Die Fragen haben mit den Anklagepunkten nichts zu tun.«

»Dem Einspruch stattgegeben«, entschied der Vorsitzende. »Mister Rencho, bleiben Sie bei der Sache.«

»Euer Ehren, ich komme zum Kernpunkt. — Mister Laughlin, was hat Sie krank gemacht? Die eindeutigen nächtlichen Aufträge? Die Killeratmosphäre?«

»Man . . . man muß ja . . . nachts schlafen dürfen. Sonst träumt man tags schlecht. Ich bin zu alt und zu krank.«

»Sie wissen, daß Louis White Horse ein Killer war. Er hatte den Auftrag, des Nachts Queenie King zu folgen, sie zu erschießen.«

»Ich kann nicht aus dem Dienst plaudern, Mister Rencho. Was die Aufträge waren, das weiß der President.«

»Verbrecher zu verfolgen«, rief der Chief-President wütend, ohne gefragt zu sein.

Der Richter verwies ihm die Einmischung.

Die verkleideten Fragen und die unsicheren, ausweichenden Antworten setzten sich fort. Laughlin stotterte immer hilfloser.

Ite-ska-wih wurde unruhig. Die Halbwahrheiten und das Geplänkel von Frage und Antwort störten sie auf. Je weniger Laughlin ruhig auf dem Zeugenstuhl sitzen konnte, desto weniger vermochte sie die Ruhe zu bewahren. Es ging um Morde, um blutige niederträchtige Folterungen in der Nacht, unter denen ein Robert gestorben war, aber da saßen und standen sie und wickelten Wörter um die Wahrheit, um das Sterben von Menschen; sie schämten sich nicht, aus den Lügenfäden Gespinste zu fertigen, die Wahrheit nur halb durchsichtig zu machen. Laughlin war selbst ein Killer gewesen. Er bereute, aber er wollte nicht mit dem Leben oder der Freiheit büßen. Versteckt bleiben wollte er. Sie konnte nicht mehr mit ihm auf dem Zeugenstuhl sitzen, diese Kraft verließ sie. Sie mußte sich schämen, ihm einen schlauen Rat gegeben zu haben, den er befolgte. Ite-ska-wih wandte den Blick von ihm ab und suchte mit den Augen und mit aller ihrer Sehnsucht nach Aufrichtigkeit Wasescha, »den Mann, der die Wahrheit spricht«, wie seine Schüler ihn genannt hatten.

Da war er. Auch er trug seine indianische Kleidung. Seine Hände blieben unbeweglich, seine Miene unzugänglich. Er hatte sich dafür entschieden, den Killer Louis White Horse zu töten. Anders hätte er Mutter, Frau, Kinder und sich selbst nicht schützen können. Er stand zu seiner Tat. Es gab kein Wenn und Aber in seiner Haltung. Er glich Ínya-he-yukan in seinem Aussehen. Er war wie Inya-he-yukan in seinem Wesen. Hanska Mahto Bighorn war jünger und unerfahrener, aber ihm schon gleich an Mut und Entschiedenheit. Ite-ska-wih war Umwege gegangen durch Angst und Mitleiden, aber alle diese Umwege führten sie am Ende zu Hanska und Wasescha zurück. Sie wußte, wo sie hingehörte.

Die Vernehmung des James Laughlin war zu Ende. Er hatte für das Gericht so gut wie nichts Brauchbares ausgesagt und in seiner verängstigten Haltung an Freund und Feind doch alles verraten. Wankend ging er zu seinem Platz zurück.

Der Richter, ein älterer autoritativer Mann, war von dieser Szene offensichtlich unangenehm berührt. Er schloß die Verhandlung.

Nach einer kurzen Pause verkündete er, daß die Entscheidung, ob das Verfahren wegen Mordes oder Totschlags gegen Hugh Mahan eröffnet werden solle, in drei Wochen bekannt gegeben werde.

Mit halbem Ohr hörte Ite-ska-wih im Hinausgehen die Erklärung Renchos dazu. Der Richter wollte keinen Aufruhr im Saal hervorrufen; der Killerchief hatte seine Anhänger mitgebracht. In drei Wochen, wenn die Leidenschaften abklangen, würde in abgesicherter Büroruhe aktenkundig, daß kein Verfahren gegen Mahan zu eröffnen sei.

Nur immer ausweichen, dachte Ite-ska-wih, nur sich nicht gradeswegs stellen, nur das Ansehen des Killerchiefs nicht noch mehr ankratzen, nur Hugh Mahan nicht hinrichten und einige hundert Indianer in neue Wut versetzen. Doch die großen Führer einsperren, um den Widerstand von oben her lahmzulegen. So waren sie, aber Wasescha und Hanska waren anders; an ihnen sollten sie mit ihren Plänen zerschellen.

Im übrigen war Kate Carson kein schlechter Mensch, das mußte auch ein Indianer zugeben. Vielleicht wurde auch aus Großvater

Myer noch etwas Hochachtenswertes, aus ihm am ehesten in dieser ganzen Familie.

Kate Carson und Eve Bilkins fuhren unterdessen schon miteinander zurück zur Agentursiedlung. Kate Carson war guter Dinge, Eve Bilkins drückte ihre Seufzer nach innen. Beim gemeinsamen Dinner sagte sie: »Sie sind großartig gewesen, Kate. Aber die Verwaltung ist blamiert, der President ist blamiert, die Polizei ist blamiert. Nach der stummen Versammlung beim Grabe Pedros und dieser Verhandlung heute. Wie stehen wir da!«

»Jedenfalls nicht so wie Hugh Mahan, Eve, der als Häuptlingscharakter dasteht wie einst Joe King. Die beiden Jugendlichen Hanska und Mara haben sich ebenfalls gut geschlagen. Sachlich und unbeeinflußbar sind sie geblieben. Dem President eine Karateprobe angeboten — Mara ist einfach köstlich. Wer aber Queenie ermordet hat, das wissen wir nun. Da Louis White Horse tot ist, werden wir allerdings niemals Näheres erfahren.«

»Außer von den Kindern, wenn sie herangewachsen sind.«

»So ist es, Eve. Die Saat des Unheils wächst und gedeiht. Es bleibt uns nichts übrig, als bescheidene Blumen des Friedens und der Charakterstärke zu pflegen.«

»Kleine Blumenbeete, Kate, sehr kleine Blumenbeete. Es wäre besser, die böse Saat auszurotten, wie ich es mir zu Beginn meines Dienstes hier erträumte.«

»Damals waren Sie noch ziemlich unerträglich, Eve, ehrlich gestanden. Haben Sie nie Ihre Bibel gelesen? Man soll das Unkraut lieber stehen lassen, sonst rottet man den Weizen mit aus.«

»Ihr Häuptlingscharakter Mahan, Kate, war schon damals äußerst anmaßend, eiskalt und hat mir viel Ärger gemacht. Ein Dämpfer, sagen wir fünf Jahre für Totschlag, hätte ihm jetzt nichts geschadet. Aber er nutzt die Situation aus.«

»Vielleicht kommt es in drei Wochen zu den fünf Jahren.«

»Habe nicht den Eindruck. Laughlin war zum Schluß nichts mehr als eine Teignudel, die von den Rechtsanwälten verspeist werden konnte — wer diesen Rencho wohl bezahlt, doch nicht etwa Mahan — und Mahan hat nicht einen Weißen erschossen, sondern einen Indianer. Das ist sein Glück.«

»Gewiß. Das macht noch immer den Unterschied.«

Die Verhandlung des Vormittags war auch bei Familie Myer der Gegenstand des abendlichen Abschlußgesprächs. Hanska berichtete. Der Großvater paffte intensiver und schneller.

»Gegen diesen Mahan wird kein Verfahren eröffnet werden«, begann er. »Er hat amerikanisch gehandelt.«

Ite-ska-wih schaute mit großen Augen auf den Alten.

»Weiß unsere junge rote Lady noch immer nicht, was amerikanisch ist? Wenn ich einem Kerl mein Haus verboten habe und er kommt bewaffnet wieder, so erschieße ich ihn auf der Stelle. Wo hat es bei uns denn je etwas anderes gegeben. Ich begreife überhaupt nicht, warum so viel Gerichtstheater darum gemacht wird. Noch Fragen?« Ite-ska-wih nickte.

»Also?«

»Anführer unserer Indianerbewegung sind für kleine und unbewiesene Vergehen jahrelang ins Gefängnis geschickt worden.«

»Weil sie unamerikanisch handeln.«

Ite-ska-wih wagte, weiter zu forschen. »Was ist unamerikanisch, Großvater?«

»Unsere große amerikanische Nation in Völkerschaften aufspalten zu wollen. Das gibt es ein für allemal nicht und niemals.«

»Wir sind keine fremde Völkerschaft«, widersprach Hanska. »Wir sind die Uramerikaner. Könnt ihr das nicht verstehen?«

»Und wir, mein Junge?«

»Ihr seid später gekommen. Sagte ich schon einmal. Vierzigtausend Jahre später . . . Großvater.«

»Meinethalben vierzigtausend Jahre später. Aber in vierhundert Jahren haben wir euch überrundet.«

Auf dem Rückweg über den Wiesenhang zum Blockhaus machten sich Hanska und Ite-ska-wih ihre gemeinsamen Gedanken.

»Der Alte ist stur, aber ehrlich«, meinte Hanska. »Viele Freunde hat er nicht unter den weißen Ranchern. Wie oft hast du schon Besuch bei den Myers gesehen? Vielleicht sechs- oder siebenmal in der ganzen Zeit. Sie fraternisieren den andern zuviel mit uns Indianern. Sie arbeiten und sie reden mit uns. Die Verwaltung wird auch schon mißtrauisch, habe ich gehört. Das große Ansehen der Myers als Krone und Pionier der weißen Rasse schwindet. Es hat sich herumgesprochen, daß der Enkel nichts taugt. Wir sind nun zuwenig voll tätige Leute. Dazu die vielen Aufbauschulden; sie haben sich wirklich übernommen, wenn es nicht sehr rasch vorwärts geht.«

»Können wir uns darüber freuen oder nicht?«

»Das ist die Frage, Ite-ska-wih.«

Im Blockhaus fand das junge Ehepaar Gäste vor. Ray und Bob waren mit dem Wagen gekommen, sie befanden sich auf dem Weg zu Waseschas Tipi.

»Er soll heute nacht nicht allein sein; weiß man, was die Mörder nach ihrer Niederlage planen? Kommt ihr mit?«

»Nein.«

»Wir sind unsrer auch genug. Bye!«

Ite-ska-wih, Hanska, Untschida, Wakiya und Elwe blieben unter sich, bis Joan kam.

Es wurde nicht viel gesprochen.

Joan dachte an Robert, Hanska an Wasescha, Ite-ska-wih ließ ihre Gedanken voranlaufen. Sich im Kreise des Geschehens zurückzudrehen war fruchtlos, der Gedanke an Laughlin eine schwere Last. Er würde als Kirchendiener mit Gewissensbissen, aber ungeschoren weiterleben, daran konnte sich kaum mehr etwas ändern.

»Wer holt denn nun die Zwillinge Harry und Mary?« fragte Ite-ska-wih.

Wakiya ging auf die Frage ein. »Ihr wißt, sie sind in verschiedenen weit voneinander entfernten Internaten untergebracht. Geht Ball allein sie holen; oder begleitet ihn einer von uns?«

»Ball geht keinesfalls allein«, Hanska war überraschend aufgeregt. »Einer von uns muß mit. Du, Wakiya?«

»Bin krank.«

»Hanska?«

»Myers explodieren, wenn ich schon wieder Urlaub nehme.«

»Laß sie doch.«

»Muß es ein Bruder der Zwillinge sein?«

»Wie meinst du das?«

»Ite-ska-wih.«

»Zu überlegen. Aber ich habe noch eine ganz andere Sorge, Hanska; vielleicht kann man da vorher etwas tun.«

»Ja?«

»Percival ist für sein ganzes Leben entstellt. Whirlwind hat ihn rücksichtslos entlassen. Sein Mädchen mag ihn nicht mehr. Wenn wir ihm nicht helfen, bringt er sich um. Bald.«

»Also helfen wir ihm«, sagte Elwe, die sonst immer schweigend zuhörte.

Alle blickten auf sie.

»Ist er nicht ein guter Cowboy?« fragte Joan. »Robert hielt viel von ihm. Kann er noch reiten? Hat er noch seine Hände? Seine Augen?«

»Daran fehlt es nicht«, wußte Wakiya. Es wurde immer klarer, daß er nicht nur den ehemaligen Gemüsegarten Tashinas umgrub und gute Plätze für Bäume suchte. Er hatte viel mehr im Kopf, und er hatte Zeit, an Menschen zu denken, die von anderen vergessen wurden. Vielleicht machte ihn seine eigene Krankheit aufmerksamer, und seine Traumstunden am Grabe des alten Inya-he-yukan brachten gute Frucht. Er mußte Percival besucht haben. Er war es ja auch gewesen, der für Wasescha die Zeugin Carson beigebracht hatte. Er fuhr fort: »Die Nase, die Wangen sind zerschnitten, ein Teil der Kopfhaut abgezogen. Er schaut einen an wie eine Fratzenmaske.«

»Vielleicht wie Robert, wenn er am Leben geblieben wäre«, sagte Hanska gradeheraus; Joan hörte das mit.

»Er ist noch ein Mann«, fügte Wakiya hinzu.

»Was soll das heißen?« schrie Joan auf.

»Daß sie ihn nicht entmannen konnten, wie manche andre Opfer. Mit übermenschlicher Kraft ist er ihnen entkommen.«

»Er hat sie gesehen?«

»In der Nacht zu undeutlich. Einen hat er erkannt.«

»Das war?«

»Laughlin. Aber er schaute nur zu.«

»Nur! Der Elende. Hanska, ich reite zu Percival. Er kennt mich ja. Ite-ska-wih soll mit mir kommen, sie ist eine Geheimnisfrau. Wie wäre es übrigens mit einer Gesichtsplastik? Kann man ihm diese Aussicht machen?«

»Nein. In unserm Hospital haben sie keinen Arzt, der diese Kunst versteht. Und mindestens fünftausend Dollar für einen Spezialisten — das bezahlt keine Verwaltung einem Indianer.«

»Wir reiten morgen zu Percival. Recht so?«

»Wenn ihr euch sehr beeilt.«

»Wo wohnt er?«

»Bei seinen Eltern. Es ist nicht weit.«

Niemand hegte einen Zweifel, daß Ite-ska-wih Joan begleiten würde, obgleich sie gar nicht gefragt worden war; niemand zweifelte auch daran, daß sie die Stärke haben würde, den Anblick des Mißhandelten zu ertragen.

»Der Vater war kein Trinker«, fügte Wakiya seinen Informationen noch hinzu. »Aber jetzt ist er es geworden. Ich konnte mich nur ins Haus wagen, weil er grade weg war. Er hat in seiner Besoffenheit sogar schon Percival geschlagen.«

»Warum? Wußte er überhaupt einen Grund?«

»Weil Percival Whirlwinds Willen entgegen mit euch in den Ring gegangen sei und damit alles Unglück selbst verschuldet habe. Weil er das nicht einsehe.«

»So ist das.«

Als Joan am folgenden Morgen kam, war Ite-ska-wih schon bereit.

»Ihr bringt Percival ja dann zu uns«, sagte Hanska zum Abschied. »Ich werde wohl nicht dasein, muß mit Vater Myer Tag und Nacht auf die Weiden. Sie haben auch gegen uns irgend etwas vor. Vielleicht die Zäune durchschneiden, ein paar Pferde, auch von den unseren, wegjagen. Wie das werden soll, wenn du bald auf Rodeotournee gehst, Joan, und Vater Myer mit dir als Manager und Pferdepfleger, das weiß ich nicht. Ihr müßt aber auf Tournee gehen, die Ranch braucht Prestige, Kunden und Geld. Unsere auch.«

»Gut, daß du daran denkst.«

Als Joan mit Ite-ska-wih zu den Pferden gehen wollte, bemerkte Wakiya noch schüchtern: »Pferde anhängen könnt ihr dort nicht. Percival hat keins mehr, sein Vater hat es heimlich für Brandy verkauft. Nehmt ihr eins für ihn mit?«

»Nein«, entschied Joan. »Nicht zu prächtig, das ist nicht gut.«

Die beiden Frauen saßen auf. Joan hatte den Grauschimmel Roberts gewählt, Ite-ska-wih den guten alten Braunen.

Ite-ska-wih hatte Joan noch einmal angesehen. Sie schaute in ein zerstörtes Gesicht.

Joan hatte mit dem Tod von Robert gerechnet, aber solange sie keine absolute Gewißheit besaß, war ein verborgener Hoffnungsschimmer geblieben. Jetzt war er erloschen. Robert war tot, Hanska hatte es gesagt. Robert war gestorben, nachdem er Qualen erlitten hatte wie Percival. In der mißhandelten Gestalt von Percival würde Joan ihr ermordeter Mann entgegentreten. Ihre Nerven zogen sich wieder im Krampf zusammen wie in der Stunde, in der die erbarmungslose Wahrheit sie zum erstenmal ansprang. Sie hob ein paarmal die rechte Hand, rührte die Finger und wartete, ob das Blut zurückkehren wollte.

Endlich griff sie auch mit der Rechten wieder in den Zügel. Die Pferde galoppierten mit Lust. Die Freundschaft der beiden Frauen, die leise zu entstehen und verborgen zu wachsen begonnen hatte, wurde bei dem gemeinsamen Ritt beiden recht offenbar. Auf dem Gang, den sie angetreten hatten, mußten sie wie eins sein. Sie würden einem Trinker und einem Verzweifelten begegnen.

Das Holzhaus von Percivals Familie stand einsam in der Reservationsprärie. Es war ein von der Verwaltung gestelltes Haus, noch aus den früheren Lieferungen, ohne Doppelwände, im Sommer heiß, im Winter kalt, bei weitem nicht so widerstandsfähig wie ein Blockhaus. Die Farbe war abgeblättert. Der Grasboden rings zeigte keine Spur von Bearbeitung oder Bewässerung. Es war Hochprärie wie seit aber Tausenden von Jahren. Zwischen dem Gras hatten sich auf dem trockenen Boden Kakteen angesiedelt. Vor dem Haus weidete ein Pferd, bei dem sich ein paar Hunde herumtrieben.

Joan hielt in einer gewissen Entfernung. Die beiden pflockten die Pferde an und gingen zu Fuß zu dem Haus, Joan in ihren Reitschuhen, Ite-ska-wih in Mokassins, denn sie war ohne Sattel geritten.

Die Haustür war nur angelehnt. Aber Joan und Ite-ska-wih traten nicht einfach ein. Sie blieben vor der Tür stehen und warteten, wie die Höflichkeit es erforderte. Die kleinen Fenster waren mit Gardinen verhängt.

»Gib mir Kraft, Ite-ska-wih, wenn du sie hast.«

Ite-ska-wih drückte die Hände ineinander. »Wenig Kraft, Joan, wenig Kraft. Laughlin hat zuviel aus mir herausgesaugt, weil er immer wieder zweifelte, was recht und was unrecht sei. Aber was ich noch habe, das gebe ich dir, Joan.«

Eine Frau kam endlich heraus.

Joan nannte ihren Namen. »Joan Howell«, Ite-ska-wih sagte den ihren und fügte hinzu: »Frau des Hanska Bighorn, Wahlsohn des Inya-he-yukan.«

»Ja«, sagte die Frau gedehnt und nicht erfreut. Sie überlegte und ließ die beiden schließlich ein. Unmittelbar hinter der Haustür befand sich der größere Raum des Hauses mit Bank, Stühlen, Tisch.

Am Tisch saß ein Mann von etwa fünfzig Jahren, Percivals Vater. Die Brandyflasche hatte er vor sich, sie war angebrochen, er nahm wieder einen kräftigen Schluck. Er tat so, als ob er den fremden Frauen die Flasche anbieten wolle. Das Getränk duftete nicht schlecht; das war hochprozentiger guter Whisky, etwas anderes, als die Händler den Indianern sonst anzudrehen versuchten und was diese zwar tranken, aber ärgerlich als Pferdepisse bezeichneten. Allerdings, wenn der Alte Percivals gutes Pferd drangegeben hatte, so mochte er auch guten Whisky dafür eingetauscht haben. Einige wenige Flaschen standen noch unter der Bank.

»Das ist Joan Howell, die berühmte Rodeoreiterin«, stellte die Frau verlegen vor, offenbar unsicher, wie die Mitteilung auf ihren Mann wirken würde. »Und das ist Ite-ska-wih, die Schwiegertochter des Joe Inya-he-yukan King.«

Der Mann betrachtete die beiden Frauen jetzt eingehender. Joan und Ite-ska-wih taxierten ihn ihrerseits. Sie kannten beide das Aussehen und mögliche Verhalten von Trinkern, Ite-ska-wih aus den Slums, Joan von den Rodeotrinkereien. Nach den Andeutungen Wakiyas gehörte der Mann hier nicht zu den Gewohnheitstrinkern, die es unter den unglückseligen Verhältnissen der Reservation in nicht geringer Zahl gab. Er war einer der Nichttrinker gewesen. Das Unglück hatte ihn an den Brandy gebracht; der Alkohol war seinem Körper noch ungewohnt und mußte um so gefährlicher wirken. Vielleicht gehörte er zu denen, die betrunken ins heulende Elend versanken; wahrscheinlicher schien, daß er bösartig gereizt reagieren konnte, sobald er die Herrschaft über sich selbst verlor.

»Joan, du reiche Frau«, sagte er heiser, »wo willst du hin mit deinem vielen Geld? Wieviel Preise machst du diesen Sommer wieder? Schiebung ist doch dabei. Ite-ska-wih, die Schwiegertochter des Inya-he-yukan. Dem verdanken wir alles. Schuld ist er mit seiner Hetze! Er hat unsern Sohn geholt. Wäre der nie gegangen! Jetzt ist es aus mit ihm, und dabei streitet er noch bissig wie ein Kojote. Eines Tages schlag' ich ihn tot.«

Der Mann trank weiter aus der Brandyflasche. Bald würde er völlig betrunken sein.

»Wir besuchen Percival«, sagte Joan unhöflich energisch, recht im Tone einer Championreiterin, die gewohnt ist, ihren Willen durchzusetzen. Ite-ska-wih hatte sie so noch nie erlebt. »Auf unsrer Ranch brauchen wir einen Cowboy mehr.«

Der Mann stierte mit glasig werdenden Augen nach Joan. »Das hör' sich einer an. Braucht ihr eine Fratze, mit der ihr die Kühe scheuchen könnt?«

»Besoffene brauchen wir jedenfalls nicht. Schlaf deinen Rausch aus, Mann. Dann rede ich auch mit dir weiter. Jetzt aber gehen wir zu Percival, einst Lehrling des Inya-he-yukan, der unser bester Häuptling war. Hau.«

Joan machte schnell die drei Schritte auf die Zwischentür zu, riß sie auf, trat in den kleinen Nebenraum ein, zog Ite-ska-wih mit sich und bedeutete dieser, die Tür hinter sich zu schließen.

Sie waren bei Percival.

Er lag auf dem Boden, in Jeans, mit bloßem Oberkörper, barfuß, das Gesicht mit einer Hand bedeckend. Seine linke Schulter war blutunterlaufen und geschwollen. Das war eine neue Verletzung. Der Vater mußte auf ihn eingeschlagen haben. Percival hatte kräftige Muskeln; an Armen und Schultern waren die harten Sehnenstränge zu sehen. Auf Rodeos hatte er, ebenso wie Robert, das Steerwrestling bestanden, das Niederwerfen eines jungen Ochsen oder sogar Stieres mit den bloßen Händen. Er hätte den Betrunkenen abwehren können. Warum hatte er es nicht getan? Sein Wille war geschunden und geschwächt.

Die Frauen hörten den Trinkenden im Nebenraum rülpsen und die Frau anschreien. Sie musterten das Schiebefensterchen; notfalls konnte sich ein gewandter Mensch hindurchzwängen. Sie hatten aber beide nicht die Absicht zu flüchten, wenn sie bedroht wurden. Ihr Selbstbewußtsein, ihr Entschluß, Percival zu helfen, wie auch Hanska es von ihnen erwartete, wallte noch stärker auf, als er gegen die mögliche Gefahr brandete. Ite-ska-wih und Joan hockten sich zu Percival auf den Boden, so, daß sie von einem Eintretenden nicht überrumpelt werden konnten.

»Du kennst mich ja«, sagte Joan. »Aber ganz kennst du mich nicht, Percival. Die Killer haben meinen Robert getötet. Gefoltert wie dich und ermordet. Er konnte ihnen nicht entkommen wie du. Ich denke, daß sie ihm aufgelauert haben und ihn erst von hinten angeschossen haben. Die Leiche ist im Hospital verschwunden. Nun weißt du, Percival, wie mir selbst zumute ist.«

Joan hatte langsam gesprochen, jedes Wort abgewogen, ehe sie es laut werden ließ. Percival hatte begriffen. Er nahm die Hand vom Gesicht und schaute Joan an, als ob er die Wahrheit und Tragweite dessen, was sie sagte, prüfen wolle. Er senkte die Lider; als er sie wieder hob, hakte sich sein Blick an Ite-ska-wih fest.

»Hanskas Frau.«

Er hatte also das Gespräch, das die Frauen nebenan mit seinem Vater geführt hatten, mitgehört.

»Wir sind alle im Ring gewesen«, wagte Ite-ska-wih zu erzählen. Nicht die Enttäuschungen und Schwierigkeiten, die gefolgt waren, färbten ihren Stimmklang, sondern die nicht auslöschbaren Erinnerungen an überstandene Gefahren, an den Geistertanz, an die Stunden mit Hanska allein. Percivals Blick wanderte von der sonnestrahlenden, sehr jungen Mutter zu der gramgezeichneten Joan, mit der ihn Robert und sein Schicksal verbanden.

»Jetzt leben wir alle zusammen im alten Blockhaus des Inya-he-yukan. Wakiya wird es dir erzählt haben«, nahm Joan wieder auf.

»Ja«, sagte Percival. Man merkte seiner Stimme an, daß er nur noch selten sprach.

»Da gehörst du auch hin. Du weißt ja, wir brauchen noch einen Cowboy.«

Percivals Empfindungen schlugen um. Seine Narben, rot im blassen entstellten Gesicht, färbten sich noch tiefer.

»Geschwätz. Hört auf. Warum seid ihr überhaupt gekommen? Fort mit euch, ehe euch der Alte noch hinausprügelt.«

Er zischte. Der zischende Ton machte die Maske seines Gesichts schauerlicher.

Ite-ska-wih betete stumm um Kraft. Als Percival nichts weiter sagte, aber mit erbitterter Anstrengung darauf wartete, daß die Frauen gehen würden, als im Zimmer nebenan das Toben des Betrunkenen begann und Möbel splitterten, sagte sie leise, ruhig und wie unberührt von diesem Lärm:

»Percival, ich bin fünfzehn Sommer und unerfahren. Verzeihe Hanska, daß er mich geschickt hat, verzeih mir, daß ich gekommen bin und zu sprechen versuche. Aber ich möchte nicht nach Hause kommen, ehe ich dir Hanskas Worte ...«

Sie kam nicht weiter. Sie kam in einem doppelten Sinne nicht weiter, nicht bei Percival, dessen Narben nur heißer glühten, nicht mit ihren schüchternen Worten, die im Lärm von nebenan untergingen. Ein Schrei der Frau, der Mutter Percivals, scheuchte Ite-ska-wih auf.

»Er schlägt sie! Das soll er nicht.«

Sie kannte sich kaum mehr, sprang in die Höhe, riß die Zwischentür auf, ehe Joan sie hindern konnte.

Der Betrunkene, im vollen hemmungslosen Jähzorn, wandte sich ihr zu und hob den Arm. Sie dachte an das, was sie in Chicago gelernt hatte, und war bereit, ihn zu Boden zu bringen.

Aber ehe etwas zwischen Ite-ska-wih und dem Betrunkenen geschah, war Percival da und riß sie zurück. Er stand seinem Vater gegenüber, den nur noch die sinnentleerte Wut trieb. Percival war behindert, den linken Arm konnte er nur schwer bewegen. Er schlug mit der rechten Faust zu, drehte den leicht Betäubten um, griff ihn mit beiden Händen, schaffte ihn zur Haustür hinaus und warf ihn ins Gras.

»Da schlaf deinen Rausch aus!«

Percival kam durch die offenstehende Tür wieder herein und ging auf Ite-ska-wih zu.

»Was wolltest du denn eigentlich?«

»Karate.«

»Karate? Hanska hat ja gut gewählt.«

Percival kümmerte sich um die Mutter, die aus ihrem Entsetzen wieder zu sich kam.

»Ja«, sagte er dann, »also rede, Sonnengesicht.«

»Percival, Hanska spricht, und aus Hanska spricht Inya-he-yukan, der dein Lehrmeister war, so daß du ein guter Cowboy geworden bist. Komm zu uns. Hanska reitet jetzt Nacht um Nacht auf den Weiden umher, weil sie uns Böses wollen. Joan muß auf Rodeotournee gehen, Vater Myer sie begleiten. Bob ist nur ein guter Nachbar. Ich kann kein Lasso werfen und nicht schießen und weiß nicht, was tun, wenn eine Kuh kalbt. Wakiya ist epileptisch. Der Enkel Myer ist als Dieb und Betrüger durchgegangen. Ein Haufen Leute, die nichts können, Percival. Komm doch.«

»Bringe sie zur Vernunft, Joan«, bat Percival. »Begreift doch, wie ich aussehe.«

»Wie Robert aussah, als er starb. Komm. Wenn du weg bist, hat deine Mutter wieder Ruhe.«

»Myer stellt mich nicht ein.«

»Wer redet von Myer? Du hilfst mir, Percival. Wir legen zusammen.«

»Die reiche Frau Rodeoreiterin.« Er wollte bitter lächeln, konnte aber die Mundwinkel nicht verziehen.

»Die Witwe Roberts und sein Freund Percival.«

»Also dann. Wird ein neuer Tanz werden.«

Er suchte sein Messer, das Lasso, seine Pistole, sein Gun, etwas Werkzeug, wie es ein Cowboy immer braucht.

»Hab' noch alles«, bemerkte er, während er sein Hemd anzog,

dessen linken Ärmel er aufschlitzen mußte, schlüpfte in die Reitstiefel und setzte den Cowboyhut auf. »Als sie mich überfielen, hatte ich die Waffen nicht bei mir.«

Man ging zu den beiden Pferden.

»Du reitest Roberts Grauschimmel«, bestimmte Joan. »Er ist schwierig.«

Percival zuckte die rechte Schulter. Er ging zu dem Tier, nahm den Pflock aus dem Boden und verstaute ihn am Sattel. Sobald er sich aufgeschwungen hatte, begann ein leichtes Spiel zwischen Pferd und Reiter.

Die beiden Frauen saßen auf dem ungesattelten Braunen; sie leiteten ihn im Schritt und schauten Percival auf dem Grauschimmel zu. Nach wenigen Minuten hatten sich Reiter und Pferd geeinigt. Percival ritt eine Runde im Galopp und fand sich wieder bei den Frauen und dem Braunen ein. Er war ein Cowboy, erst zu Pferd war er ein ganzer Mensch.

»Du voran«, sagte Joan. »Roberts Tier hat nicht gern einen andern Gaul vor sich.«

Percival mäßigte das Tempo seines Pferdes, so daß der Braune ohne Mühe folgen konnte. Er hatte beide Hände am Zügel. Von den heftigen Schmerzen, die er in der Schulter spüren mußte, ließ er niemand etwas merken.

»Toll«, murmelte Percival vor sich hin. »Es ist verrückt.«

Ite-ska-wih war am ganzen Körper naß vom Schweiß der überstandenen Angst. Aber ihre Augen leuchteten, ihre Lippen lächelten, ihr Gesicht war hell.

Joan schaute nach Percival und beobachtete, wie er das Pferd lenkte. Ich gebe ihm Roberts Grauschimmel, dachte sie. Robert würde es so wollen.

Als die Reiter das alte Blockhaus erreichten, standen zur Überraschung der Frauen Hanska und Ray an dem Korral, in den sie ihre Pferde hineinzugeben hatten.

»Ihr seht, ich bin da, obgleich ich nicht dasein wollte. Es geht schon los. Wir müssen miteinander reden.«

Im Blockhaus gab es eine Festmahlzeit, die auch noch über Abend und Nacht sättigen konnte. Alle hatten zusammengelegt, Elwe hatte eingekauft. Das Fleisch duftete auf dem Herdofen im großen Topf, in dem einst Tashina Büffelfleisch gekocht hatte. An den Haken an der Wand hingen die schwarze Cowboykleidung, die Pistolen in dem Schulterhalfter, die Kniehalfter und Lassos, die Cowboyhüte. Ein Gun lag in zwei Haken über der Tür. In einer Ecke stand der schwere Munitionskasten. Alle, die sich auf der Bank um den Tisch sammelten, dachten an Inya-he-yukan und Tashina; für alle, die sie gekannt hatten, waren sie gegenwärtig als stumme und doch beredte Gäste. Man aß, kräftigte sich und schwor, daß kein Pferd gestohlen werden und kein Mensch zu Schaden kommen sollte.

Für Bob bestehe kaum Gefahr, erklärte Hanska nach dem Essen; zum Hüten seien er, Melitta und seine Pflegekinder, die wilden Jungen, jetzt in den Ferien genug. Ray komme daher auf die King-Ranch, Percival sei da. Ray mit seinem Sportgewehr, Wakiya, Elwe, Untschida sollten das Haus hüten, bei den Pferden im Korral helfen und bei den paar Kühen in der Nähe. Signale wurden ausgemacht. Ite-ska-wih werde Ball begleiten. Joan gehe auf Tournee mit Mister Myer. Für das Ranchhaus Myer mußten der Großvater und die Frau einstehen.

»Ihr tut ja, als ob es Krieg gebe«, sagte Untschida. »Ist es so?«

»Immer noch Krieg im Dunkel. Der Rest der Killer und ein paar Burschen, die von feindseligen weißen Ranchern bezahlt werden, machen gegen uns mit. Man hat ihnen Reifen zerschnitten, Zäune zerstört, Kühe weggetrieben. Wir waren es nicht, aber sie behaupten es und vielleicht glauben sie es.«

»Was sagt das Stammesgericht dazu?« fragte Joan.

»Sie sollen besser aufpassen.«

»Welche Pferde reiten wir?« wollte Ite-ska-wih wissen.

»Ich selbst den Schecken, du die Appalousastute — aber auf der großen Reise nimmt dich Ball in seinem Wagen mit —, Ray reitet den Braunen. Percival . . .«

». . . den Grauschimmel«, ergänzte Joan. »Er gehört ihm jetzt mit Sattel und Zaumzeug.«

Percival schoß das Blut in den Kopf. Da ihn die Narben dabei brannten, erinnerte er sich zum erstenmal wieder daran, wie er aussah. Aber da keiner ihn daraufhin angesehen hatte oder ansah, sondern jeder nur seine Augen gesucht und auf die paar Worte gehört hatte, die er beisteuerte, vergaß er es auch wieder. Es gab Wichtigeres, zum Beispiel, daß er es mit Viehdieben aufnehmen konnte, wenn er bewaffnet war.

Die Schlafplätze wurden wie selbstverständlich verteilt. Hanska und Ite-ska-wih, Wakiya und Elwe sowie Untschida lagen auf der breiten Wandbank übereck; Ray und Percival auf dem Boden hatten am meisten Platz.

Untschida legte Percival ihre Heilkräuter auf die Schulter, um das Blut aus den Schwellungen zu ziehen. Daß er sich nicht viel rühren sollte, konnte er selbst wissen; sie brauchte einem erwachsenen Mann keine Ratschläge zu geben. Decken hatte er genug.

Ite-ska-wih träumte Gutes in dieser Nacht. Sie vertraute Hanska immer tiefer und unverbrüchlicher; sie freute sich auf Harry und Mary; sie durfte dabei sein, wenn die Kinder befreit wurden.

Bei Sonnenaufgang traf sich alles bei der Pumpe. Gleich darauf sprang Hanska hinunter zu Myers und suchte Joan auf.

»Hast du die Familie Myer informiert, daß Percival jetzt bei uns ist?«

»Nein.«

»Dann mache ich das sofort.«

Hanska sprang die schmale Treppe zwei und drei Stufen hinunter und fand den Großvater, der schon gefrühstückt hatte.

»Großvater, wir haben uns gestern Verstärkung mitgebracht. Weißt du schon?«

»Bin nicht blind, Joe.«

»Percival. Joe Kings Lehrling, dann Whirlwind-Cowboy. Gut?«

»Soweit schon. Muß ja wohl was können. Aussehen tut er wie der Teufel.«

»Das ist Killerwerk.«

»Aha. Einer von euch Aufständischen gewesen. Wieder so einer.«

»Ja, Großvater. Er hilft uns also.«

»Joan bezahlt ihn.«

»Wie kommst du denn darauf?«

»Ganz einfach, Joe. Er reitet den Grauschimmel. Und ohne Lohn macht der euch nicht den Cowboy.«

»Braucht er auch nicht. Ist kein Verwandter. Also ihr tut nicht so, als ob sich euch der Magen umdrehe, wenn ihr ihn seht?«

»Joe, ich bin ein alter Rancher, und meine Schwiegertochter ist nicht vom Zuckerbäcker. Wir haben schon allerhand gesehen. Aber nun erzähle mal, was draußen los war.«

»Drei Pferdediebe waren unterwegs. Bißchen Luftgeknalle, kleiner Denkzettel, dann verschwanden sie. Zwei Weiße und ein Indianer.«

»Freundschaft der Völker auf allen Ebenen, Joe.«

»Verdammt noch mal. Wenn ihr nur uns ruiniert, so sollt ihr zur Hölle gehen.«

»Unsere Sprache lernst du schon, Joe.«

»Ja, sag mir das. Ich werde künftig meine Zunge besser hüten. Jetzt aber muß ich aufbrechen.«

In das Blockhaus zog das Warten ein. Warten auf Signale, Warten auf die Rückkehr der Männer, die die Herden bewachten, Lauern, ob sich ein weiterer Angriff vorbereitete.

Untschida war der Ruhepunkt und dadurch eine Mitte für die Blockhausbewohner. Sie stickte unermüdlich mit Stachelschweinsborsten, sie kochte, sie verstand, Unruhe in sich aufzunehmen und so schwinden zu lassen, wie ein stilles Wasser Steine verschluckt und die Kreise, die der Wurf zieht, wieder ausgleicht. Ite-ska-wih fand sich oft bei ihr ein, setzte sich zu ihr, legte die Hände auf den Leib und spürte mit Seligkeit, wie ihr Kind kräftiger und größer wurde und sich schon rührte. Joan war draußen. Sie gab den vier Pferden, die sie auf ihre Tournee mitnehmen wollte, im Training den letzten Schliff. Die Grazie der Bewegung von Mensch und Tier war schön anzusehen. Percival hielt auf seinem Grauschimmel, sah zu und kritisierte mit nicht zu täuschendem Sachverstand. Wakiya und Elwe suchten Plätze für Kiefernbäumchen, die sie künftig an geeigneten Stellen als Windschutz und Wassersammler pflanzen wollten. Ray verbesserte seine Reitkünste auf dem braven Braunen, schweifte umher und bedauerte im Grunde, daß sein Sportgewehr bisher keine bedeutsame Aufgabe mehr gefunden hatte. Da Hanska mit Vater Myer zusammen Tag und Nacht unterwegs war, nahmen Joan und Ite-ska-wih des Abends Percival an seiner Stelle zum Essen bei Myers mit. Da er stark abgemagert wirkte, gab Mutter Myer auch ihm wie zuvor Hanska einen Schlag mehr in die Schüssel, am Sonntag zwei Steaks. Der Großvater bedauerte, daß dieser neue Gast sehr schweigsam war und sich beim Abschluß-Tischgespräch nicht wie Hanska aus seiner Reserve herauslocken ließ.

Ein paar Tage vergingen für die Hausbewohner äußerlich ungestört; eine schwebende innere Unruhe war nicht zu vertreiben.

Das Gras dörrte; alle spärlichen Wasser dieser Prärielandschaft liefen noch spärlicher. Die Kiefern dufteten nach Harz. Pferde und Vieh standen müde umher und schauten nach Schatten aus, den sie kaum finden konnten; sie drängten sich zum Buschwerk an kleinen Rinnsalen. Auch die Menschen wurden langsamer. Nur die Stunden der Morgenfrühe vor und kurz nach Sonnenaufgang brachten noch jenen kühleren Wind, von dem sich Gras, Tier und Mensch wohltuend schmeicheln ließen.

Ite-ska-wih, Elwe und Wakiya saßen am Grabe des alten Inyahe-yukan; Ite-ska-wih lauschte in der Stille auf alles, was Wakiya von Ahnen und Eltern und auch von seinen jüngeren Geschwistern erzählte, den leiblichen Kindern von Joe Inya-he-yukan und Queenie-Tashina.

»Du wirst die Zwillinge nun bald sehen, Ite-ska-wih«, schloß er, »zehn Jahre alt, die ältesten Kinder aus der großen Liebe von Inya-he-yukan und Tashina, geschaffen nach einer Sturmnacht in der tropfenglitzernden Wiese, als Joe seine Feinde getötet hatte — geboren in unserem Hospital, das damals noch gastlich war, eine Heimstatt für Kranke bei Doc Eivie und Margot Crazy Eagle. Aufgewachsen sind sie in unserem alten Blockhaus.«

»Sie dürfen nicht bei uns wohnen.«

»Noch nicht. Es wird schwer werden. Sie werden hoffen, daß sie, die die Mutter verloren haben, den Vater daheim finden, aber er ist nicht da.«

Vom Friedhof aus konnte man die Straße im Tal beobachten. Sie war wenig befahren, aber jetzt kam ein Wagen. Wakiya entdeckte ihn zuerst.

»Lehrer Ball!«

Die drei gingen zum Blockhaus, um ihn dort zu empfangen. Lehrer Ball war nun schon vierzig, aber seine Elastizität, seine schlanke Figur, die sommerliche Wärme und die stechenden Sonnenstrahlen, die ihm Wärme und Farbe gaben, ließen ihn jünger erscheinen. Er begrüßte alle, die um das Haus und im Haus erreichbar waren, vermißte Bob und verhehlte seine Bedenken nicht, als er hörte, daß Ite-ska-wih ihn begleiten sollte.

»Du bist mir lieb, Mara, aber die Kinder kennen dich nicht. Die Fahrt wird anstrengend, vielleicht zu anstrengend für dich.«

»Wie Sie meinen, Sir«, Ite-ska-wih ließ den Kopf hängen. »Aber Bob kann jetzt nicht von den Weiden weg; Wakiya aber hat Angst vor einem Anfall.«

»Du hast keine Angst?«

»Solche Angst, wie Sie jetzt meinen, Sir, nein, die habe ich nicht.

Aber Sorge, ob ich die Kinder noch mehr vergräme oder ob sie mich mögen.«

»Mit deiner Stimme gewinnst du sie, Mara.« Ball tat es leid, daß er Ite-ska-wih verschreckt hatte. »Du bist auch schön, wie Tashina es gewesen ist. Das haben Kinder gern.«

Ite-ska-wih schämte sich, so gelobt zu werden. »Ich bin bereit«, sagte sie.

»Steig ein.«

Ball fuhr einen Dienstwagen. Er mochte ihn nicht leiden, wie er Ite-ska-wih erzählte, sein eigener Wagen sei air conditioned und schneller. »Aber die Leute, zu denen wir jetzt fahren, sind Bürokraten und empfangen mich besser, wenn ich mit dem Dienstwagen komme. Sie sind verschnupft, weil sie die Kinder wieder hergeben müssen. Wie soll ich dich vorstellen? Bist du nun eigentlich mit Hanska verheiratet?«

»Nein. Dann könnten sie mich als Reservationsangehörige sterilisieren.«

»Ach du lieber Himmel. Ihr müßt also bis zu den Neuwahlen warten.«

»Ja.«

Ball trieb den Dienstwagen an wie ein mittelmäßiges Pferd, das alles hergeben sollte. Ite-ska-wih, die Balls fürsorgliche Freundschaft spürte und wußte, daß Hanska und Wasescha ihn schätzten, lehnte sich erleichtert im bequemen Sitz zurück und schlief ein, während das gleichmäßige Motorengeräusch die fast leeren Überlandstraßen belebte. Sie wachte erst auf, als der Wagen hielt. Die Boardingschool war jedoch noch längst nicht erreicht. Ball ging mit ihr in ein Selbstbedienungsrestaurant der Greyhound-Bus-Gesellschaft; es lag am Kreuzungspunkt dreier Linien.

Ite-ska-wih konnte mit Appetit ein kleines Lunch essen. Ball begann ihr zu berichten, daß er zuerst zu dem Schulinternat fahre, in dem Mary untergebracht war. Es sei das relativ bessere, es werde dort weniger Ärger geben. Sei das Mädchen erst befreit, so würde man mit Harrys scheußlichem Schulgefängnis leichter fertig werden.

Ja, er gebrauchte die Wörter »befreit« und »scheußlich«. Ite-ska-wih war erstaunt, wie verschieden Weiße sich verhielten, selbst wenn sie gleichermaßen als Lehrer tätig waren. Sie dachte dabei plötzlich an Percivals Vater und an die Killer. Auch nicht alle Indianer waren sich gleich an Charakter. Nicht mehr. Früher hatte eine festere Gemeinschaft sie gemeinsam gut erzogen – pflegte Untschida zu sagen.

Nachmittags war das Ziel erreicht.

Diese Boardingschool hatte noch nicht eines der neuen Gebäude erhalten, aber sie sah auch nicht abschreckend aus.

Ite-ska-wih wollte im Wagen bleiben, doch Ball bat sie mitzukommen. Sie sei geeignet, einen guten Eindruck zu machen, sauber und hübsch, wie sie angezogen war. »Nach Möglichkeit nutzt du eine Gelegenheit zu zeigen, wie fließend du englisch sprichst. Bescheiden bist du von Natur.«

Ite-ska-wih lächelte ein wenig.

»Stimmt doch?«

»Wenn ich nicht zu Karate übergehe.«

»Oho! Habe davon gehört. Aber das ist hier noch nicht nötig.«

Das Tor wurde geöffnet. Es war die Zeit der Beendigung des Spielunterrichts, der in der jetzigen Ferienzeit den Schulunterricht mit gleich strenger Ordnung ersetzte. Die Kinder dieses Strafinternats durften auch in den Schulferien nicht nach Hause; sie sollten mit ihren Familien keinen Kontakt haben. Die Mädchen und Jungen kamen in streng geordneten Reihen aus den Klassen, um in den Speisesaal zu gehen.

Ball und Ite-ska-wih wurde eine Lehrerin zugeteilt, die sie zum Direktor führen sollte. Ball zuckte auf einmal zusammen und wollte schon die Hand grüßend heben, als er das eben noch unterließ. Ite-ska-wih begriff, daß der Lehrer seine ehemalige Schülerin Mary in einer der Reihen gesehen haben mußte. Aber es war nach den Internatsregeln ganz unpassend, ihr in diesem Augenblick etwa zuzuwinken. Auch das Kind hatte kein Zeichen des Wiedererkennens gegeben.

Der Direktor war verhältnismäßig jung, kaum über Dreißig. Er zeigte sich orientiert, hatte den schriftlichen Bescheid, die Überstellung Marys in das kleine Reservationsinternat betreffend, auf seinem Schreibtisch liegen und fragte nur:

»Wann wollen Sie die Schülerin mitnehmen? Sofort?«

Dieser Direktor war dienstfreudig; im vorliegenden Falle wirkte sich das günstig aus.

»Tatsächlich, sofort, das ist das zweckmäßigste.«

»Gut.«

Der Direktor gab telefonisch Bescheid, die Sachen von Mary King und die Schülerin selbst zu ihm zu bringen.

Das geschah.

Da stand sie nun, ein Köfferchen in der Hand. Sie trug schon keine Schulkleidung mehr, sondern ihr eigenes Kleid. Für ihr Alter war sie groß. Zwei dicke Zöpfe, offensichtlich etwa auf die Hälfte ihrer Länge verkürzt, fielen über den Rücken. Sie war ernst und blaß und rührte sich nicht.

»Begrüße deinen künftigen Lehrer Mister Ball!«

»Sir!« Das Mädchen machte einen Knicks, ohne eine Miene zu verziehen.

»Gib mir die Hand, Mary. Wir kennen uns ja. Ich nehme dich jetzt mit in unser eigenes Schulinternat.«

Mary tat zwei Schritte zu Ball und legte ihre Hand in die seine, noch immer, ohne ein Zeichen des Erkennens oder der Freude zu geben. Ball spürte, daß die Kinderhand kalt war. Die schwarzen Augen schauten an ihm vorbei.

Der Direktor las in Marys Akten. »Sie ist nie direkt ungehorsam, aber völlig kontaktlos, sehr verbockt. Ihre Leistungen sind recht mäßig, nur eben ausreichend zur Versetzung. Sie müssen sehen, wie Sie mit ihr fertig werden.«

»Ja. Danke für die Unterrichtung. Mara, nimm Mary mit.«

»Mary«, sagte diese leise und mit sanfter Stimme. »Wir freuen uns, daß du wieder zu uns kommst. Wir holen auch noch Harry ab.«

Durch das Kind ging ein Zittern, das nur Ite-ska-wih spürte, die den Arm um Marys Schultern gelegt hatte.

Der Inhalt von Ite-ska-wihs Worten entsprach sicherlich nicht den pädagogischen Grundsätzen des Direktors, aber Ball hatte richtig vorausberechnet: das gute Englisch bestach ihn.

»Nimm dir ein Beispiel!« sagte er zu Mary. »So spricht man englisch.«

»Ja, Sir.«

Ball konnte sich verabschieden.

Während der Wagen fuhr, kramte Ite-ska-wih und brachte die Puppe zum Vorschein, die Hanska bei seinem ersten Eindringen in das alte Blockhaus gefunden hatte. Ite-ska-wih legte sie Mary auf den Arm.

Zum erstenmal reagierte das Kind mit einer eigenen Bewegung.

Sie drückte diese Puppe an ihre Brust. Mutter Queenie-Tashina hatte sie ihr vor Jahren gearbeitet. Mary kamen die Tränen, aber ihr Weinen blieb lautlos. Als der Wagen eine Kurve scharf nahm und sie dabei unwillkürlich an Ite-ska-wih heranglitt, schmiegte sie sich mit ihrer Puppe an deren Arm und blieb so, bis sie müde einschlummerte wie Ite-ska-wih auf der Herfahrt.

Balls Lehrerherz klopfte vor Freude.

Die Strecke bis zum nächsten Ziel war so weit, daß die Fahrt durch mindestens eine Übernachtung unterbrochen werden mußte. Ball wählte eine kleine geruhsame Stadt ohne viel Industrie; in einem Motel, das am Stadtrand noch im Grünen gelegen war, bekam er zwei Zimmer, die für die Verwaltung nicht zu teuer waren.

Am nächsten Morgen wurde sehr früh aufgebrochen. Die Neonlichter erhellten noch die Straßen, als der Dienstwagen seine Fahrt begann.

Es war Nachmittag geworden, bis man in die Nähe der berüchtigten Boardingschool kam, in der Wasescha seine unglückliche Kindheit verbracht hatte. Ball suchte in der nächstgelegenen Ortschaft vorweg Quartier und fand es nach Rücksprache beim Bürgermeister in einer Familie. Er stellte Mara als Mrs. Mara Bighorn vor. Einen Zwang zum Vorzeigen eines Ausweises gab es in Amerika nicht; mochte sich die Polizei mit dem Identifizieren gesuchter Personen abmühen. Der Dienstwagen, das Auftreten Balls als typischer gesitteter Lehrer, der Hinweis des Bürgermeisters genügten der Familie im geräumigen komfortablen Holzhaus, um Ball, seine Begleiterin und Mary freundlich aufzunehmen.

Mary durfte im Hause bleiben und wurde als wohlerzogen wirkendes Indianerkind in die Familie eingeladen, während sich Ball und Ite-ska-wih im Wagen zu der Boardingschool begaben, die noch immer wie eine Barackenstadt wirkte, alt und verwittert. Bauliche Vorsichtsmaßnahmen für ihre Abschließung von der Außenwelt gab es nicht; das war in dieser abgelegenen Gegend nicht nötig.

Ball fand sich zu der Direktionsbaracke durch.

Direktor war ein gewisser Mr. Wyman.

Im Vorraum konnte Ball einen Seufzer nicht ganz unterdrücken. Er bemerkte, wie Ite-ska-wih ihn fragend anschaute.

»Auch das noch«, sagte er leise. »Wyman und ich sind sich feind wie zwei auf Kampf ausgehende Spinnen oder Stiere oder was du willst. Ein widerwärtiger Bursche, den wir in unserer Schule endlich losgeworden waren. Er ist also nach einigen Umwegen hierher zurückversetzt worden. Unser Pech. Aber wir weichen nicht. Die Anordnung, Harry King zu entlassen, muß dasein; ich habe eine Kopie. Leugnen kann er nicht.«

»So einer ist das.« Auch Ite-ska-wih war nahe am Seufzen. Aber sie überwand die Schwäche. Es würde Kampf geben.

Wyman rief herein.

»Hay, Mister Ball! Unser Wiedersehen. Diesmal haben Sie keinen Lehrer mit ungehörigem Benehmen, sondern einen zum Verbrechen tendierenden kleinen Rowdy namens Harry King zu verteidigen. Schon der Vater war mal Gangster. Da gibt es vorher noch einiges zu besprechen. Wer ist Ihre Begleiterin?«

»Missis Mara Bighorn.«

»Wozu brauchen Sie die, wenn man fragen darf?«

»Wir haben das Mädchen Mary King abgeholt.« Ball nahm sich zusammen, um nicht in ganz anderem Ton zu antworten.

»Mädchen Mary King abgeholt, so, so. Aber für unsern Fall hier brauchen wir die junge Missis Bighorn nicht. Schicken Sie sie gleich zum Wagen zurück. Wir beide werden dann rasch fertig miteinander sein.«

»Ay, Sir«, ironisierte Ball.

»Was wollen Sie überhaupt?«

»Wie Sie sagten: Harry King abholen. Sie haben die Anweisung des Bureau of Indian Affairs erhalten.«

»Vielleicht, Ball. Ich kann nachsehen.«

»Nicht nötig, Wyman. Ich habe die amtlich beglaubigte Durchschrift bei mir.«

»Schlau waren Sie immer, Ball. Aber das nützt Ihnen bei mir nichts. Auf den Boy, auf den Sie warten, wartet noch eine kräftige Tracht Prügel. Die bekommt er heute abend. Morgen früh reden wir weiter.«

»Ich nehme Harry jetzt mit.«

»Ball!« Wyman lief rot an. »Wer ist hier Direktor, Sie oder ich? Wer bestimmt?«

»Das Bureau of Indian Affairs, und das hat entschieden, wie Sie wissen.«

»Er bekommt seine Prügel, das ist auch im Sinne des Bureaus. Wir sind fertig. Morgen können Sie noch mal nachfragen.«

»So nicht, Mister Wyman, nicht mit mir. Ich bestehe darauf, Harry sofort mitzunehmen. Sie hatten seine Überstellung zu uns für heute vorzubereiten. Es ist eine Widersetzlichkeit von Ihnen gegen die hohe Behörde, wenn Sie das noch nicht getan haben. Holen Sie es sofort nach.«

»Was ich nachholen kann, werde ich Ihnen gleich zeigen. Er ist schon im Strafraum.«

»Was hat er sich zuschulden kommen lassen?«

»Er will nicht niederknien, das Schwein.«

»Vor wem? Vor Ihnen etwa?«

»Zum Strafvollzug.«

Ball trat nahe an den Direktionsschreibtisch heran. »Nehmen Sie sich in acht, Wyman.«

Wyman sprang bei diesen Worten auf und klingelte heftig. Niemand kam so schnell, wie er es wünschte. Im Zorn stürzte er zur Tür und rannte weg. Ball und Ite-ska-wih liefen hinter ihm her, auch sie rannten durch den Korridor, dann weiter draußen zu einer anderen Baracke. Der Schuldiener, der auf Wymans Klingeln hin hatte kommen sollen, begegnete den dreien, deren Verhalten er sich nicht erklären konnte. Er vermutete offenbar, daß Ball den Direktor verfolge, und nahm seinerseits die Verfolgung Balls und Ite-ska-wihs auf.

Wyman erreichte eine Baracke, die wahrscheinlich die Strafbaracke war. Er riß die Barackentür auf und eilte hinein. Ball und Ite-ska-wih waren ihm auf den Fersen; sie folgten, ehe Wyman die Barackentür hinter sich schließen konnte. Es gelang ihm aber, in den nächsten Raum zu schlüpfen. Ball und Ite-ska-wih drangen hinter ihm ein.

Sie standen vor der Szene, die Ite-ska-wih sicherlich nicht hatte sehen sollen, wenn Wyman auch ohne Scham davon gesprochen hatte.

Harry befand sich in der Mitte des Raumes, kahl geschoren, fast entblößt. Er stand aufrecht und gab dem Druck der schweren Hand in seinem Nacken noch nicht nach. Neben ihm stand ein zweiter Mann, bereit, mit einem großen Stock zuzuschlagen.

Das verblüffende Eindringen von Wyman, Ball und Ite-ska-wih verwirrte die beiden Männer, aber nicht Harry, der die Situation nutzte. Er wand sich, biß in die Hand, die ihm im Nacken gelegen hatte, so daß sie blutend zurückgezogen wurde, sprang zu dem Fenster, das nur eine einfache Glasscheibe hatte, kein Doppelglas, kein Gitter, und das so schmal war, daß nur ein sehr schlanker Kinderkörper hindurchgelangen konnte. Harry ging mit Hechtsprung hindurch. Diese Technik hatte ihn ohne Zweifel sein Vater gelehrt.

Im Raum gab es zunächst keinen Ton, keinen Entschluß. Die Männer warteten auf Wymans Entscheidung, was zu tun sei. Wyman schaute sich nach seinen Verfolgern Ball und Ite-ska-wih um, die regungslos an der Tür standen. Der Schweiß drang ihm aus dem schütter bestandenen Haarboden.

»Also, Ball, dann fangen Sie jetzt den Kojoten ein«, sagte er schließlich erschöpft. »Sie wollten ihn ja holen.«

»Wie Sie meinen, Wyman. Aber hier, unterschreiben Sie das Duplikat der Anweisung des Bureaus. Sie haben damit nochmals davon Kenntnis genommen und sie befolgt. Harry King ist entlassen. Sie haben nichts mehr mit diesem Schüler zu tun. Wir werden ihn suchen. Nun sind wir wirklich miteinander fertig.«

Wyman ging mit Ball und Ite-ska-wih in sein Büro zurück und unterschrieb. Ball zeichnete gegen auf dem Original, das sich auf einmal einfand. Auf diese Weise konnte Wyman sich noch am ehesten aus der Affäre ziehen. Wiederholte Schülerflucht hätte einen schwarzen Punkt in seiner Personalakte ergeben.

Es wurde ihm bewußt, daß Ite-ska-wih noch anwesend war.

»Jetzt aber raus!«

»Bye, Mister Wyman.«

Ball und Ite-ska-wih verließen die Baracke und gingen zu ihrem Wagen. Ball hegte im stillen die Hoffnung, Harry bei Mary zu finden. Er war nicht da.

Was jetzt?

Harry war verschwunden. Er hatte nichts weiter dabei als seine kurze Hose, hatte kein Geld, kein Messer, keinen Proviant. Es konnte nicht lange dauern, bis er aufgegriffen wurde.

»Komm, Ite-ska-wih.«

Ball fuhr in großer Eile zum Sheriff und erstattete Vermißtenanzeige. Rückführung des entlaufenen Kindes: an das Schulinternat auf der Reservation bzw. zu den verantwortlichen Verwandten, zur Zeit Hanska Bighorn.

»Harry King ist schon mal weggelaufen«, bemerkte der Sheriff. »Damals hatten wir ihn bald wieder. Aber jetzt wird er seine Erfahrungen anwenden. Ein gerissener, gewandter Bursche, kleiner Gangster. Wer den wohl geschult hat.«

Ball hätte antworten können: Joe King. Aber er zog vor, nichts zu sagen.

Mary wurde sehr traurig, als Ite-ska-wih ihr die Vorgänge erzählte. Ball beschloß, mit Ite-ska-wih und dem kleinen Mädchen noch einige Tage auszuharren und abzuwarten, ob Harry wieder aufgegriffen wurde.

Es fand sich keine Spur. Aber ein Lehrerwagen der Boardingschool war verschwunden.

Der Sheriff ließ Ball zu sich kommen. »Kann dieser zehnjährige Harry King etwa schon einen Wagen in Gang setzen?«

»Das nehme ich doch an«, bestätigte Ball in kühlem Ton.

Ohne Harry mußte die kleine Gruppe auf die Reservation zurückkehren. Im alten Blockhaus wollte sich Mary fast die Augen ausweinen. Ite-ska-wih tröstete sie: Er hatte einen Wagen und konnte den eintauschen für das, was er zunächst brauchte.

In dem Wocheninternat der Schule unter der Fürsorge von Bobs Mutter fand Mary sich zurecht; ihre schulischen Leistungen in Balls Klasse stiegen schnell auf die alte Höhe an. Aber nie fiel ein Wort über den Tod ihrer Mutter oder über ihren Zwillingsbruder Harry. Ihre Augen blieben traurig. In den jeweils drei Wochenendnächten zu Hause hatte sie ihre Puppe im Arm und schlief an der Seite Untschidas. Sie war kein fröhliches Kind mehr.

Lehrer Ball, der als verantwortlich dafür galt, daß Harry verschwunden war, tat alles Denkbare, um die Suche nach dem Jungen in Gang zu halten. Krause und Margret, sogar die kanadischen Verwandten wurden unterrichtet. Ball annoncierte in mehreren Zeitungen mit Personenbeschreibung. Er erhielt eine Fülle von Mitteilungen, denn es waren viele entlaufene Kinder unterwegs; nicht wenige Personen fühlten sich um ihre Meinung zu diesem Problem angesprochen, aber was Harry anbetraf, so war nicht eine einzige brauchbare Information bei dieser Post. Seine schlimmsten Befürchtungen sprach Ball nicht aus. Entweder, so bangte er, war der Bub tot, oder er hatte sich mit dem entführten Wagen irgendwo einer Gang angeschlossen. Daß ein Zehnjähriger bezahlteArbeit fand, hielt Ball nicht für wahrscheinlich. Hätte ich nur Hanska mitnehmen können auf diese Reise, dachte er immer wieder. Hanska hätte ihn nicht entkommen lassen.

Auf den Ranches ging das Leben weiter; die Wachsamkeit erlahmte nicht. Joan begab sich, von Vater Myer begleitet, mit vier besttrainierten Pferden auf Rodeotournee zum Damenwettbewerb. Es blieben immer noch drei entschlossene Männer, die mit ihren Waffen umzugehen verstanden, Hanska, Ray und Percival. Die Gegner gewöhnten sich daran, die Myer- und die King-Bighorn-Ranch in Ruhe zu lassen. Bei Wasescha machte der Bau des eigenen Blockhauses ungestörte Fortschritte.

Hanska konnte sich auf den Rodeo in New City vorbereiten, zu dem er sich gemeldet hatte.

Eines Abends suchte Percival Hanska unter vier Augen zu sprechen.

»Sieh dich doch mal in dem Leihstall für den Rodeo um«, bat Percival. »Mein Vater hat mein Pferd wahrscheinlich an einen Kerl von diesem Leihstall verscheuert, für ein paar Flaschen Whisky. Das Tier ist dafür viel zu schade; es soll einmal ein Zuchthengst werden, ich möchte es wiederhaben. Dann gebe ich den Grauschimmel an Joan zurück.«

»Du kannst auch zwei Pferde vertragen.«

»Schon. Aber nicht den Grauschimmel.«

Hanska horchte auf den Ton. Da mußte es etwas gegeben haben, ausgesprochen oder nicht ausgesprochen. Joan war einige Jahre älter als Percival, im Umkreis ihres Berufs war sie sehr selbstbewußt geworden.

»Also ein Rappe ist es, ein Hengst, drei Jahre. Daß sie mir den nicht noch zum Wallach machen.«

»In den Leihställen tun sie immer sehr geheimnisvoll. Ich schaue mich aber da um, hau.«

Percival schien erleichtert.

Im eigenen Interesse und mit Rücksicht auf Percivals Anliegen, das er voll und ganz nachfühlen konnte, beschloß Hanska, am Samstag und Sonntag, eine Woche vor dem Rodeo, nach New City zu fahren. Ite-ska-wih wollte er mitnehmen; er hatte Sehnsucht danach, mit ihr zusammen zu sein. Sie lachte und freute sich und wußte noch einen weiteren nützlichen Grund für die Fahrt. Untschida, sie selbst und neuerdings auch Elwe, hatten gemeinsam ein Päckchen Stachelschweinsborsten-Arbeiten für Oiseda fertiggestellt.

Der alte Jaguar fuhr besser als Balls Dienstwagen. Hanska steuerte sogleich mit Tempo zum Bretterhütten-Viertel der Indianer im Vorstadtgelände und fuhr sehr leise bei Margrets Hütte vor; es war noch früh; er wollte die Nachbarn nicht aufstören.

Als er ausstieg, huschte auf der andern Seite der Hütte etwas aus dem Fenster. Hanska hatte nicht genau erkennen könen, wer oder was, aber gewisse Erinnerungen an Balls Erzählung, kombiniert mit eigenen Spekulationen, setzten seine Glieder sofort in Bewegung. Er sprang um die Hütte herum, eilte hinter einem Wesen her, das zwischen den Hütten hindurch flüchtete, erkannte Harry, kam ihm näher und erreichte ihn schließlich mit einem mächtigen Satz. Er packte ihn; alles Winden und Wehren Harrys war vergeblich, der große Bruder war noch gewandter und stärker.

Harry gab den Widerstand auf und spuckte vor Hanska aus.

In der Hütte hatte Margret das Fenster wieder geschlossen. Hanska setzte sich auf die Bettstatt und zog Harry neben sich.

»Harry — mit deinem wahren Namen Kte Ohitaka, Tapferes Herz, und das bist du —, du brauchst nicht zurück zu Wyman, nie mehr. Das haben Wakiya, der Anwalt Rencho und Ball geschafft, sogar Miss Bilkins war auf deiner und Marys Seite. Du kannst hier bleiben. Mary ist schon wieder bei uns. Außerdem: du könntest mir helfen, vielleicht, wir müssen das besprechen. Erst frühstücken wir aber, und denk nie wieder, daß du schneller seiest als Hanska. Dazu gehört etwas mehr, so weit bist du noch nicht. In ein paar Jahren, ja, dann kannst du so weit sein.«

Ite-ska-wih hatte aus dem mitgebrachten Proviant Geeignetes auf dem Tisch ausgebreitet; Margret und die Kinder taten sich gütlich, Hanska und Ite-ska-wih machten mit, endlich griff auch Harry stillschweigend zu. Man ließ sich Zeit. Es wurde nicht hastig gegessen.

Harry betrachtete verstohlen Ite-ska-wih.

»Meine Frau, deine Tante«, erklärte Hanska. »In Chicago haben wir beide unsern Vater Inya-he-yukan getroffen. Es ist unterdessen viel geschehen, viel Unheimliches und einiges Gute. Um dir das zu erzählen und mit dir zu beraten, brauchen wir wenigstens vier Abende im Blockhaus. Deine Hände sind zwar noch kleiner und schwächer als die meinen, aber dein Kopf und mein Kopf sind gleich groß und gleich hart.«

Harry überlegte. Es arbeitete in ihm. Hanska war kein Betrüger. Das war er nicht.

»Wie soll ich dir helfen, Hanska?«

»Es ist wegen eines Pferdes. Rappe, drei Jahre alt, Hengst. Hat Percival gehörte, Percival war mit uns im Aufstand. Die Killer haben ihn niedergeschlagen, ihm das Gesicht zerschnitten und ihn halb skalpiert. Sein Vater hat ihm das Pferd weggenommen und es gegen Brandy vertauscht. Vielleicht ist der Rappe hier im Rodeo-Leihstall. Ich kann nicht hinein, sonst heißt es, ich will eine Schiebung in Gang bringen. Nächsten Sonntag reite ich nämlich, mit und ohne Sattel. Mit Leihpferden. Kannst du herausbringen, ob der Rappe im Stall ist? Percival will ihn wiederhaben. Er lebt jetzt bei uns im Blockhaus.«

»Hanska! Du reitest. Kann ich dabei sein?«

»Alle kommen. Du auch.«

»Gut. Spätestens bis morgen, denke ich, weißt du, ob der Rappe im Stall ist. Einen Cowboyhut brauche ich.«

Auf Harrys kahl geschorenem Schädel waren die ersten schwarzen Stoppeln nachgewachsen.

»Hut kriegst du von uns«, versprach Margret. »Einen zünftigen.« Sie suchte und fand den passenden aus den Beständen ihrer Söhne.

»Wir treffen uns bei Tante Margret wieder?« schlug Harry vor.

»Tun wir. Auf der Polizei sag' ich Bescheid. Du bist wieder daheim. Den Entlassungsschein für dich haben sie schon gesehen.«

Die heimliche Abrede mit Hanska, die Aufgabe, den Rappen auszukundschaften, damit auch einem geschundenen Menschen wie Percival beizustehen, endlich die Freiheit, die er damit auch weiterhin genoß, taten Harry wohl. Er war schon seit einigen Tagen bei Margret untergeschlüpft; sie hatte ihn verborgen.

»Du hast früher meinen Vater vor der Polizei versteckt, also mach es auch mit mir«, hatte er gesagt. Sie hatte geschwiegen. Eine gute Frau war sie. Den Weg von der Boardingschool bis zu Margrets Hütte hatte Harry als Bettler, Dieb und mit gelegentlichen Dienstleistungen überstanden, auch bei Krause hatte er einmal übernachtet. Der Polizei war er immer wieder entwischt. Er hatte erbärmlich gehungert, aber er hatte es geschafft. Der entführte Wagen war zu Harrys eigenem Bedauern sehr schnell zu einem Unfallwagen geworden.

In langen abgenutzten Jeans, mit guten Reitstiefeln, die Joe Inyahe-yukan einmal seinem Neffen geschenkt hatte, im karierten Hemd, den zünftigen Cowboyhut auf dem Kopf, trieb Harry sich nun im Rodeogelände umher. Es wurde schon sehr warm. Die

Stunden vergingen. Da und dort arbeiteten ein paar Leute oder liefen zur Arbeit. Der Zaun um die Arena und die Boxen wurde aufgestellt. Die Korrals für die Rinder waren bereits fertig, ebenso das Podium für die Musik und ein Teil der Tribünen. Ein paar Buden für den Verkauf von Hamburgern, Hot dogs und alkoholfreien Getränken an die erwarteten Rodeogäste wurden aufgestellt. Harry beobachtete vor allem die Stallknechte, die vorbeigingen. Auf ihn hatte bisher noch niemand geachtet; wahrscheinlich hielt man ihn für ein Kind eines der Arbeiter.

Endlich gelang es ihm, eben in dem Augenblick am Platz zu sein, als ein Pferdeknecht in den Stall ging. Harry schlüpfte hinter ihm her, ohne zunächst bemerkt zu werden.

Da standen die Rodeopferde. Die speziellen Rodeosättel wurden wohl an anderer Stelle sicherer verwahrt. Es hatte schon viel Ärger gegeben mit angeschnittenen Gurten. Der Stall war neu. Zur Zeit, als Joe Inya-he-yukan hier zum erstenmal geritten war, war dergleichen noch nicht vorhanden. New City's Rodeo war größer geworden, allerdings immer noch von nur lokaler Bedeutung.

Harry sah sich um und entdeckte den Rappen, der sofort auffiel, weil es kein zweites schwarzes Pferd im Stall gab. Er lief ungeniert zu dem Tier und glitt bis zur Krippe hin. Der Rappe stellte sich schräg und hielt den Jungen damit bei sich fest. Harry sprach leise mit ihm und durfte ihm das Fell streicheln.

Es konnte nicht ausbleiben, daß er entdeckt wurde. Der Stallknecht, ein alter Mann, der vermutlich früher Cowboy, vielleicht sogar professioneller Rodeoreiter gewesen war, lachte zornig.

»Wo kommst denn du her, du Bursche! Willst du sofort von den Pferden weg!«

Harry lief zu dem Mann. Der Rappe hatte ihn freigegeben. Die Art und Weise, wie Harry mit dem Tier fertig wurde, hatte gezeigt, daß ihm Pferde nichts Fremdes waren.

»Willst wohl auch schon Rodeo reiten, du Baby-Cowboy! Rück raus, wer hat dich geschickt, wie heißt du, wer bist du?«

»Harry King, der Sohn von Joe King.«

»Was? Von Joe, dem Calgary-Sieger?«

»Ja.«

»Donner. Aber das beweist du mir, daß du aus dieser Schule kommst. Hopp mit dir, hinauf auf den Rappen.«

Harry hatte keine Bedenken zu gehorchen. Er begab sich wieder zu dem Pferd und schwang sich auf den sattellosen Rücken. Der Rappe ging vor und zurück, soweit ihm das die Kette erlaubte, aber er bockte nicht, sondern war vermutlich begierig, aus dem Stall hinausgeritten zu werden. Harry klopfte ihm den Hals. Er wußte, daß die Tiere nur bockten, wenn ihnen ein quälender Riemen angelegt wurde, allerdings auch, wenn es ihnen bei anderen Gelegenheiten einfiel, zu dem einmal eingelernten Bocken überzugehen.

»Das ist ja . . . wie alt bist du?«

»Zehn.«

»Das ist ja . . . der schwarze Teufel geht sonst auf jeden los. Sie wollten ihn schon zum Wallach machen, weil es sonst noch ein Unglück geben kann.«

»Verlost ihr die Pferde?«

»Nein, die Mode machen wir nicht mit. Dabei wird auch geschoben. Wir teilen zu nach guter alter Manier.«

»Wer macht das?« fragte Harry, hoch zu Roß mit ein wenig Herablassung.

»Da hab' ich allerdings auch ein Wort mitzureden.«

»Dann gib den schwarzen Hengst dem Hanska Bighorn. Das wird die Sensation.«

»Hanska . . . Wer soll denn das sein? Hanska haben wir nicht. Aber . . . Bighorn, sagst du?«

»Ja. Bighorn.«

»Joe Bighorn heißt der. Glaub' auch, daß er was kann. Den Schwarzen dem Joe Bighorn. ›Die Sensation‹. Mach' ich. Aber halt den Mund. Hast du nicht Ferien?«

»Hab' ich.«

»Willst du mir die paar Tage bis zum Rodeo helfen? Geld kriegst du aber nicht.«

»Ich mach' das.«

»Dann wohnst du und ißt du solange bei mir. Mit den Reitern darfst du dich nicht abgeben.«

»O.k. Nur rasch meine Sachen holen.«

Harry rannte hinaus, durch die Stadt, zu den Slums, zu Margret. Er war außer Atem.

»Der Rappe ist da. Ich bleibe bei den Pferden, helfe bis zum Rodeo. Hanska kriegt den Rappen. Für den Ritt mit Sattel. Wird die Sensation. Sag ihm das, Tante Margret, und gib mir noch ein Hemd, bitte. Ich wohne und esse bei Rodeo-Mike.«

Harry erhielt das Gewünschte, war auch schon wieder draußen und rannte zurück, wie von Flügeln getragen nach seinem Erfolg.

Als Hanska und Ite-ska-wih gegen Abend zu Margrets Hütte zurückkehrten und Harrys Nachricht erhielten, daß der Rappe da sei, zeigte sich Hanska recht zufrieden. »Rodeo-Mike ist zuverlässig.« Ite-ska-wih freute sich mit über Harrys Erfolg.

Ohne Sorgen — wie es wenigstens schien — kehrten die beiden zu Anfang der Nacht ins Blockhaus zurück. Die innere Unruhe, die Hanska ergriffen hatte, verbarg er. Nur Wakiya-knaskiya spürte etwas davon, aber er ließ das wiederum die andern nicht merken. Warum auch. Sollte er die Freude darüber, daß Harry heimgekehrt war, stören? Mary lächelte zum erstenmal wieder und erzählte ihrer Puppe, die sie wie einen Talisman betrachtete, phantasievoll, was ein Rodeo sei. Sie wußte sehr genau Bescheid.

Nur Hanska konnte über seine innere Unruhe nicht Herr werden.

»Ihr tut alle so, als ob ich schon zwei erste Preise in der Tasche hätte«, sagte er des Nachts zu Ite-ska-wih, die an seiner Schulter lag, und er sagte es absichtlich nicht so leise, daß die andern in der Hütte es nicht hätten verstehen können.

»Du bist ein ausgezeichneter Reiter, Hanska. Mit zwölf Jahren . . .«

»Hör mir davon auf. Ich werde mitten unter erfahrenen Professionals reiten, habe aber seit Monaten kein Training gehabt. Der gute Harry meint, das werde eine Sensation, wenn ich auf dem schwarzen Pferd sitze. Ich auf dem Rappen — sagte er nicht so? Eine Sensation. Kann schon sein. Dieser Hengst kennt noch keinen Rodeo, er hat keine Routine, ist also völlig unberechenbar. Er weiß noch nicht, daß der Wettkampf nur acht Sekunden dauert, und bildet sich ein, es ginge um sein Leben. Er ist imstande, völlig Verrücktes zu tun.«

»Rodeo-Mike denkt doch offenbar auch . . .«

»Ein Spinner ist der gute Onkel geworden. Ein solches Pferd tut das Überraschendste in einer verblüffenden Situation. Es bockt und beißt, stampft auf dem Reiter herum, wenn es ihn drunten hat, oder es steht da wie aus Stein, tut überhaupt nichts — vielleicht legt es sich auch hin und ist nicht mehr hochzukriegen in der gegebenen Zeit. Das ist alles drin, Ite-ska-wih. Das Dümmste bei der Sache ist, daß ich diesmal das Geld brauche. Die Kaution für Wasescha habe ich zurück. Ich will mir aber Dorothys Appalousahengst kaufen, brauche ihn zu unserer Stute — und zwei Stuten zu dem Schecken. Wir dürfen sie ja jetzt mit auf Myers Weiden treiben. Aber Hafer muß ich zusätzlich beschaffen.«

Ite-ska-wih legte die Hand auf Hanskas Stirn. »Ich sage nichts mehr, Hanska. Ich wünsche nur noch, still und einfältig.«

»Ite-ska-wih«, fuhr Hanska, nun sehr leise, fort, »du hast noch keinen Rodeo miterlebt, deshalb erzähle ich dir das alles. Einen Mißerfolg tapfer ertragen, das ist leichter, wenn man sich schon darauf vorbereitet hat. Du mußt auch bedenken, daß wir nicht in einen ganz ehrlichen Wettkampf gehen. Nach dem Aufstand ist die Stimmung der Watschitschun gegen uns. Eine Anzahl von Bewerbern wird die Zeit machen, acht Sekunden auf dem gesattelten und zehn Sekunden auf dem ungesattelten Pferderücken bleiben. Dann entscheiden die Punkte, die der Schiedsrichter für das Verhalten des Reiters, für seine Haltung gibt; da beginnt die Willkür. Ich weiß nicht, wer Schiedsrichter sein wird.«

»Sie sind wohl nicht alle so wie Rodeo-Mike?«

»Onkel Rodeo-Mike ist ein Stück alte Zeit, wie Krause es ist und Großvater Myer. Die andern sind Businessmen, überhaupt ist jetzt der Rodeo in New City auch schon als Business aufgezogen und sonst nichts. Ich mache das jetzt noch einmal mit, aber ich überlege schon, wie wir unsern stammeseigenen Rodeo nach unseren Sitten wieder aufziehen können. Über dem großen Zwist im Stamm ist es in Vergessenheit geraten.«

»Du hast es nicht leicht, Hanska.«

»Mein Sonnengesicht. Ich werde nun viel ruhiger reiten; du weißt jetzt, wie schwierig alles ist, und du liebst mich, auch wenn ich mich nicht als Champion aufputzen kann.«

»Ich möchte noch etwas wissen, Hanska.«

»Ja?«

»Sind die Alten denn besser als die Jungen? Die Alten haben uns einst das Land weggenommen.«

»Haben sie. Aber ein paar von ihnen sind dann selbst unter die Hufe gekommen. Was ist Rodeo-Mike heute gegen die Zeiten, als er mit zwanzig Jahren Allround-champion war, alle Arten Wettbewerbe gewann? Oder der alte Krause, der ein Gun repariert, gegen den jungen Krause, der im Waffenhandel viel Geld machte? Oder Großvater Myer auf Reservationsland gegen den jungen Myer in den Zeiten, in denen ein kleiner Rancher noch frei aufsteigen konnte? Sie alle haben wenigstens einen Schlag davon abbekommen, was es heißt, abzusteigen. Das macht etwas aus. Kannst du nun schlafen?«

»Ich glaube, Hanska, ich werde gut schlafen.«

Ite-ska-wih tat einen tiefen Atemzug.

Auch die abendlichen Abschlußgespräche am Familientisch Myer füllten sich mit Rodeofragen.

Es hatte sich eingebürgert, daß Percival anstelle von Joan mitaß, nachdem Hanska wieder da war. Als Cowboy arbeitete er wie eine volle tüchtige Kraft. Solange Joan unterwegs war, bewohnte er deren Kammer und bezog auch ihren Lohn, so hatte Joan das geordnet.

Sie selbst eilte von Sieg zu Sieg der Eleganz und Sicherheit von Pferd und Reiter und konnte jeweils die als ersten Preis ausgesetzten Summen einstreichen.

»Hay, Joe!« rief der Großvater. »Wirst du dich von einem Weib beschämen lassen?«

»Wahrscheinlich ja. Das wird zum Beispiel der Rappe machen, wenn er mich abwirft.«

Percival fuhr auf. »Der . . .«

»Eben. Dein Rappe im Rodeoleihstall. Harry hat ihn dort aufgespürt. Sie wollen ihn mir geben für den Ritt ›im Sattel‹.«

»Du willst ihn haben?«

»Alles andere lieber als den.«

»Du mußt ihn aber haben. Du schindest ihn weniger als ein anderer.«

»Warum?«

»Weil du . . . und weil ich . . . Darüber sprechen wir noch. Was kostet ein solches Pferd nach dem Rodeo?«

»Zweihundert bis vierhundert Dollar, je nachdem. Als ›Pferd des Jahres‹, wenn er alle Reiter abgeworfen hat, auch tausend und mehr.«

»Ich muß ihn wiederhaben. Er ist ein Reitpferd, ein Hirtenpferd, ein Jagdpferd wie euer Schecke. Auf alles habe ich ihn dressiert, nur nicht auf die Bockerei ohne Verstand.«

»Wie bist du zu diesem Pferd gekommen?« fragte Vater Myer.

»Vier Monate habe ich bei Whirlwind dafür gearbeitet, meinen Lohn dafür gegeben, als er noch ein Fohlen war.«

»Schade, daß er kein Appalousa ist.«

Percival aß weiter. Er wollte seine Schüssel leeren. Vor allem aber wollte er am Tisch nichts mehr von dem Rappen hören.

In der Nacht um die zehnte Stunde, als Ite-ska-wih allein zum Blockhaus hinaufging, schlenderten Percival und Hanska über die trockenen Wiesen hinüber zu dem kleinen Friedhof und ließen sich beim Grab des alten Inya-he-yukan nieder, wie sonst Wakiya zu tun pflegte.

Percival zog die Knie hoch, stützte die Ellenbogen darauf und verbarg das Gesicht in den Händen, obgleich die Nachtstimmung seine entstellten Züge schon weniger sichtbar machte. Aber die Art, wie seine Finger spielten, ließ ahnen, daß er seine Narben betastete und sie ihm wieder einmal deutlich bewußt geworden waren.

»Zum Teufel mit dem . . .«, sagte er nach langem Schweigen. Er sprach englisch. Die Stammessprache zu benutzen, hatte er sich auf der Whirlwind-Ranch weitgehend abgewöhnt.

Hanska wartete. Der Nachtwind wiegte die Gräser, die Grillen zirpten, die Pferde, die ebenso wie die Menschen unter der Hitze des Tages gelitten hatten, rührten sich leise.

»So geht es nicht«, sagte Percival in die neu entstandene Stille hinein.

Hanska wartete weiter.

»Mit Joan jedenfalls nicht. Ich bin kein Charity Child. Werd's auch nicht. Mein eigenes Pferd muß ich wiederhaben.«

»Magst du den Grauschimmel nicht? Er hat seinen Reiter verloren.«

»Ich mag ihn, er mag mich. Robert war mein Freund. Joan war Roberts Frau. Soll sie das Tier reiten. Ich zieh' auch aus der Kammer aus. Habt ihr Platz für mich? Wir könnten tauschen.«

»Einen kleinen Platz haben wir. Aber aus dem Blockhaus zieht von uns keiner aus. Hast du dein Mädchen wiedergesehen?«

»Ja. Wir sind uns wieder einig. Es war nur der erste Schock bei ihr. So stabil wie deine Ite-ska-wih ist sie nicht. Aber sie ist wieder die Meine. Jung und ein bißchen lustig. Ich muß nur hier weg und auf mein eigenes Pferd.«

»Eifersüchtig ist sie also. Überleg dir das alles dreimal, Percival. Joan kann dir eine gute Gesichtsplastik bezahlen. Im Herbst fahren wir alle nach Kanada. Da wär's möglich.«

»Bezahlen? Das ist's ja. Damit ist Schluß. Robert war mein

Freund, ein großartiger Kerl. Ich bin kein Robert-Ersatzprodukt. Also gehe ich. Aber mein Pferd muß ich wieder haben. Wie mach' ich das?«

»Hast du genug Geld? Auf Abzahlung werden sie sich nicht einlassen.«

»Es ist eine Probe, verstehst du? Wenn das mit dem Pferd nächsten Sonntag okay ist, glaub' ich wieder an mich. Du reitest den Rappen. Ich sag' dir ein paar Tricks, auf die er reagiert.«

»Percival! Wenn das Pferd sich im Rodeo bewährt, bezahlst du den doppelten Preis. Mit Tricks zu schieben, das ist Unsinn in dem Fall. Meinst du nicht auch?«

»Vielleicht hast du recht. Vielleicht ist es besser, wenn alles schiefgeht. Das kann ich auch machen. Dann wird das Pferd billig.«

Hanska brachte eine Zigarette zum Brennen, um Zeit für seine Antwort zu gewinnen.

»Schlaf drüber, Percival. Noch hast du ein paar Tage Zeit zum Nachdenken. Gehen wir ins Blockhaus?«

»Geh du. Ich bleib' heut draußen. Schön ist die Nacht in den Wiesen. Im Sommer.«

Hanska sagte nichts mehr. Er erhob sich ohne Eile und ging, seine Zigarette ausrauchend, langsam zur Blockhütte, langsam, aber nicht gemütlich; gemütlich war ihm nicht zumute.

Die Blockhaustür stand offen, alle Schläfer wünschten sich die lauwarme Nachtluft. Auf der Schwelle saß Ite-ska-wih. Hanska freute sich darüber; er freute sich immer, wenn er sie sah. Sanft legte er den Arm um ihre Schultern.

Sie war aufgestanden, und da sie Lust hatte, noch ein paar Schritte zu gehen, gingen sie zusammen hinter dem Blockhaus ein wenig höher und setzten sich dann; auch von hier konnte der Blick weit über das Tal und die weißen Felsen schweifen.

»Percival hat sein Mädchen wiedergesehen«, sagte sie.

Hanska war verblüfft. »Das weißt du? Weißt du etwas über sie?«

»Elwe kennt sie. Joan tut mir leid. Es ist zwar kein schlechtes Mädchen, sagt Elwe, fünfzehn Jahre alt, kräftig, lustig. Die Burschen sind schon hinter ihr her. Sie hat Lebensmittel in den Ring gebracht. Jetzt will sie Percival wieder haben. Sie läßt nicht locker. Joan, sagt sie, habe sich nicht um Robert gekümmert, als er im Ring war. Nun spiele sie sich auf als einsame Witwe und wolle sich Percival kaufen. So seien die weißen Frauen.«

»Dieses Mädchen redet zuviel.«

»Aber Percival ist besessen, wenn er an sie denkt.«

»Besessen, ja, wahrhaftig. Ist das ein Wunder?«

»Liebe ist immer ein Wunder, ein guter Geist, Hanska. Meinst du nicht? Aber ein böser kann sich dazwischen schleichen. Du hast als Wahlsohn des Inya-he-yukan viele Rodeos miterlebt? War eines schon so verwirrt?«

»Verwirrt zuweilen schon — Sattelgurt angeschnitten, Pferde unehrlich verteilt — aber nicht zwischen uns Indianern. Der Zwist, den der Killerchief in unsern Stamm hineingetragen hat, zischt jetzt überall und streckt seine giftige Schlangenzunge heraus. Percival wollte mir schon Tricks empfehlen. Für einen guten Zweck ein trauriges Mittel. Himmel und Erde versinken rings um ihn, auch der Himmel und die Erde des Indianers. Er sieht nur noch das Pferd und das Mädchen. Alles andere ist dunkel. Könntest du ihn noch heilen, Ite-ska-wih? Er ist ein Opfer der Killer, die nicht nur sein Gesicht zerstört haben. Ein heiler Percival hätte sein Pferd, würde selbst auf dem Rodeo reiten, kaum schlechter als ich, und sein Mädchen wäre ihm sicher.«

»Ich kann jetzt nichts tun. Nicht für Percival. Du aber weißt, Hanska, wie du dich entscheidest.«

»Ich stelle mich, ich reite auf Sieg. Es ist alles klar in mir.«

Damit war das Thema Rodeo für das Blockhaus abgeschlossen. Percival zog ein, blieb aber in der gleichen Woche drei Nächte weg. Hanska trainierte nicht speziell für den Rodeo, sondern suchte sich tolle, junge Pferde zum Zureiten. Der Großvater schaute schmunzelnd zu und gab des Abends Erinnerungen zum besten. Die brodelnde Unruhe war von praktischen Aufgaben zugedeckt; sie konnte nicht mehr durchstoßen.

Es wurde Sonntag. Das Sonnenwetter hielt an. Die Organisatoren des Rodeos durften zahlreiche Besucher, damit ein großes Geschäft erwarten. Das Programm war gedruckt; die Pferde wurden darin nicht genannt. Hanska fuhr mit Ite-ska-wih nach New City, einen Tag vor der Veranstaltung, wie es für Teilnehmer üblich war und wie es auch Joe Inya-he-yukan stets gehalten hatte. Mary durfte mit; am folgenden Sonntag konnten sich die Zwillinge wiedersehen. Ite-ska-wih saß still neben ihrem Mann und ließ alles, was ihr über den kommenden Rodeo gesagt worden war, noch einmal in Phantasiebildern an sich vorüberziehen. Im Mittelpunkt ei-

278

nes großen Kreises von lassowerfenden Cowboys, Männern, die einen Stier ins Gras warfen, Reitern, die das Unglaubliche mit und ohne Sattel leisteten, stand für sie das schwarze Pferd, ein Tier ohne Arg — und doch unheilkündend, weil es verurteilt war, dem Unverstand und der Grausamkeit von Menschen zu begegnen, die einen Kampf zwischen Tier und Mensch auf die Sekunde abgezirkelt ablaufen lassen wollten. Percival, der Reiterfreund des Rappen, würde sich nicht in der Arena sehen lassen; er hatte sich nicht zu melden versucht, und seine Anmeldung wäre auch nicht angenommen worden. Daß er überhaupt zum Rodeo kommen wollte, hatte sich aus einem Ratschlag Ite-ska-wihs ergeben, die seine schmerzvolle Verlegenheit beobachtet hatte. Er hatte sein Gesicht wie ein Verletzter bis unter die Augen sachgerecht verbinden lassen; der Hut verbarg den halb kahlen, blutroten Schädel.

Der Jaguar lief auf der asphaltierten Straße auf New City zu. Ite-ska-wihs Gedanken sprangen aus der Gegenwart hinaus, um Inya-he-yukan herbeizurufen. Was würde er aus diesem Rodeo gemacht haben? Hanska war sein Wahlsohn. Auch Hanskas Hände führten Steuer und Zügel leicht und sicher, wie es von Inya-he-yukan erzählt wurde. Dachte Hanska in diesem Augenblick das gleiche? Dachte er auch an seine ermordete Mutter, die bei der Fahrt auf dieser Strecke an dem Platz gesessen hatte, an dem jetzt Ite-ska-wih saß? Sein Gesicht war ohne Lächeln.

Man war früh aufgebrochen und gelangte am hohen Vormittag nach New City. Hanska vermied die Hauptstraßen und steuerte zu Margret, wo man übernachten wollte. Die Kinder in der Hütte drängten sich um Hanska, der wie ehemals Inya-he-yukan den kleinen Vettern und Basen Tütchen mit Nüssen mitgebracht hatte. Mit Mary waren sie vertraut und freuten sich, sie wiederzusehen. Der Schimmer von Trauer, den sie nicht verlor, entfernte sie von den Kindern und zog diese zugleich als das Besondere unwiderstehlich an. Der kaum dem Säuglingsalter entwachsene kleine Bruder hing an ihrem Hals. Harry hatte sich noch nicht sehen lassen, hatte aber eine Nachricht hinterlassen, er werde am Sonntag mittag kommen; es gehe ihm gut bei Rodeo-Mike. Rex, ein ehemaliger Cowboy, später Gefängnisaufseher und jetzt im pensionsfähigen Alter, habe sich auch sehen lassen. Schiedsrichter für die Wettkämpfe zu Pferd sei der junge Mac Donald, Sohn des alten Donald. Das mochte angehen, meinte Hanska, obgleich er als launisch bekannt sei.

Hanska fuhr mit Ite-ska-wih zum Rodeogelände, um im Büro seine Anwesenheit zu bestätigen. Er wurde gleich gefragt, ob er nicht für einen ausgefallenen Teilnehmer beim einfachen Kälberfangen mit Lasso mittun wolle; da ihm das nicht viel Mühe machen konnte, zahlte er die Gebühr ein. Die beiden anderen Konkurrenzen, Pferd mit und ohne Sattel, waren schwierig, auch für den Reiter anstrengend und gefährlich. Unfälle ereigneten sich dabei sehr häufig. Hanska fragte nach dem Namen des Rodeoarztes. Im Büro war man über diesen Wunsch erstaunt, verstand ihn aber, als Eivie, der zufällig anwesend war, Hanska sogleich erkannte und herzlich begrüßte. Auf der Reservation hatte der Killerchief Doc Eivie nicht mehr geduldet. Aber in New City war der bei Indianern wohlangesehene Arzt gut am Platze.

»Wann kommt Joe endlich wieder?« forschte er.

Hanska antwortete nur mit einem langen Blick.

»Auch der? O Gott, sagen Sie, daß er noch lebt!«

»Ich sage es nicht, Doc.«

Der Arzt setzte die Brille ab und wischte sich die Augen. Hanska und Ite-ska-wih nahmen sich zusammen.

Die nächsten Stunden verliefen mit den Besuchen im Haus der Indianerbewegung und im Museum bei Oiseda. Zu Krause fuhr Hanska nicht hinauf, denn er war sicher, daß sich der alte Büchsenmacher mit seinem Sohn schon als Rodeobesucher in New City umhertrieb. Die ganze Stadt hatte, wie üblich, den Cowboylook angenommen. Wurden Cowboyhüte in dem rauhen Klima immer gern getragen, so dominierten sie jetzt absolut. Man sah viele Reitstiefel, einfache, verzierte, billige und solche aus teurem weichem Leder. Irgend etwas, wenn auch schwer zu sagen was, unterschied die zünftigen Reiter, Cowboys und Professionals von den vielen, die die Kleidung wie zur Maskerade trugen. Von den Echten waren nur wenige auf der Straße zu finden, auch nicht viele in den überfüllten Cafeterias, Steakhäusern und Restaurants. Es gab nur da und dort ein Gasthaus, wo sie sich traditionsgemäß zusammenfanden.

Hanska war Nichttrinker wie sein Wahlvater. Er hatte auch keine Lust, sich Klatsch und Gerüchte anzuhören oder seine eigene Person zur Schau zu stellen. Nachmittags schon begab er sich mit Iteska-wih wieder in sein Quartier bei Margret. Die entspannte Ruhe, die er sich wünschte, war hier zu finden. Man saß und lag umher, Hanska träumte seine Ritte, Ite-ska-wih träumte Hanska und den schwarzen Hengst, Mary, deren indianischer Name Wable-luta-win, Rotadlermädchen, lautete, träumte das Wiedersehen mit ihrem Zwillingsbruder Harry Kte Ohitaka. Margret wiegte das jüngste der Kingkinder in ihrem Arm. Die Gewißheit, daß sie ihren Bruder Joe Inya-he-yukan nie wiedersehen würde, wollte ihr das Herz fressen.

In der Nacht war es sehr still in der Hütte. Am Morgen fuhr Hanska in Tonne und Eimer Wasser vom Brunnen für alle herbei; die Kinder pantschten und lachten. Hanska legte seine Rodeoreit-kleidung an, die schmucklosen schwarzen Reitstiefel aus bestem weichem Leder, die schwarzen Hosen, das schwarz gemusterte goldgelbe Hemd, das schwarze Halstuch, den schwarzen Cowboy-hut. Inya-he-yukan hatte beim Rodeo stets schwarz getragen, dazu ein gelbes Halstuch. Die Farben stimmten überein. Gelb war die Sonnenfarbe, dem Indianer heilig; schwarz eine Farbe des Men-schen im Unterschied zu anderen Geschöpfen. Inya-he-yukan und sein Wahlsohn Hanska nahmen Wettkämpfe noch ernst; sie ordne-ten sie in das Wichtige des Lebens ein; Geschäftsinteresse war für sie nicht damit verbunden, in ihrem Bewußtsein nicht einmal, wenn sie, wie jetzt Hanska, das Geld der Preise für ihre Pferde brauchten.
Margrets Kinder sahen in Hanska ihren Vetter, Mary ihren gro-ßen Bruder; sie bewunderte ihn, denn er hatte viel vor. Ite-ska-wih übersah die große Familie; sie sah nur Hanska.
Ite-ska-wih und Mary durften im Wagen zum Rodeogelände mitfahren, die andern machten sich zu Fuß auf den Weg. Beim Ro-deogelände mußten sich Hanska und Ite-ska-wih trennen. Er ging zu den Teilnehmern, die mit Mary auf die Wiesenplätze für Besu-cher. Zwar hätte Ite-ska-wih ein Tribünenplatz zugestanden, nicht aber der ganzen Familie, und so verzichtete auch sie darauf. Mit Mary wartete sie bei dem Wagen; das Gelände zwischen den par-kenden Wagen und dem Raum für die Besucher, die auf den abfal-lenden Wiesen standen oder saßen, war ganz offen. Abrede der Fa-milie war, sich beim Wagen zu treffen.
Der erste, der auftauchte, war Harry. Er hatte den Jaguar und seine Schwester erspäht und kam mit ausgreifenden Schritten her-bei, aufrecht und strahlend, das Braun seiner Haut leuchtete, da die Sonne es belebt hatte. Bruder und Schwester standen voreinander. Sie sagten nichts, denn was sie einander sagen wollten, gehörte

nicht auf eine Rodeobesucherwiese, nicht ins Menschengewimmel. Stumm aber sprachen sie miteinander; ihre Augen waren lebendig. Ite-ska-wih störte sie nicht.

Sie beobachtete ihre Umgebung und erkannte weit entfernt Percival und sein Mädchen. Die beiden hatten Ite-ska-wih nicht entdeckt oder wollten sie nicht gesehen haben; sie kamen nicht herbei. Margret erschien nach geraumer Zeit mit der gesamten Kinderschar, Großen und Kleinen. Noch konnte man sich günstige Plätze auf der Wiese suchen. Die Jungen und Mädchen zwischen acht und fünfzehn Jahren, unter ihnen auch Harry und Mary, rannten hinunter zu dem hohen Zaun, der die Arena einschloß, und kletterten schon daran hinauf, um darüber hinweg die zu erwartenden Spiele und Kämpfe der Cowboys, Rinder und Pferde aus nächster Nähe beobachten zu können. Ite-ska-wih und Margret ließen sich auf den ihnen passend erscheinenden Aussichtsplätzen nieder, von den Kleinkindern umgeben. Noch war allerdings nichts zu sehen.

Die Würstchen- und Getränkebuden waren schon geöffnet. Bis zum Beginn der Veranstaltungen würden aber noch immer Stunden vergehen. Ite-ska-wih hatte ein Programm in der Hand. Zuerst sollten die Wettbewerbe im Fangen und Fesseln der Kälber stattfinden, eine rechte Cowboy-Berufsarbeit; Sieger würde der sein, dem es am schnellsten gelang. Es folgte das Kälberfangen im Team, in der Praxis seltener angewandt. Ein Teilnehmer mußte das Lasso über den Kopf des Tieres werfen, ein zweiter von unten gleichzeitig sein Lasso um ein Hinterbein des Kalbes; das war recht schwierig und gelang nicht oft. Die Spannungssteigerung war wohl berechnet. Nach dem Kälberfangen würde das Reiten ungesattelter bockender Pferde stattfinden — Inya-he-yukans Lieblingskunst —, als folgende Nummer das Steer-wrestling, als letzte das Reiten gesattelter bockender Pferde, für die Besucher der Höhepunkt des Tages.

Über dem Studium des Programms hatte keiner Bill Krause bemerkt, der seinen Spaß daran fand, sich leise zu nähern. Sein indianischer Pflegesohn war bereits unten am Zaun. Krause packte aus; es gab auf diese Weise ein Lunch für alle; die Zaungäste eilten herbei, griffen zu und waren auch schon wieder weg, um ihre Plätze nicht zu verlieren.

Ite-ska-wih ließ das alles an sich vorbeigleiten wie ein buntes Spiel, dem sie zuschaute, ohne innerlich daran beteiligt zu sein. Sie dachte und fühlte nur: Hanska, Hanska. Das schwarze Pferd.

Fast erschreckt war sie, als sie angesprochen wurde. Percival und sein Mädchen standen neben ihr.

Sie nahm die Wirkung in sich auf, die bei der Begegnung von Menschen das vermittelt, was »der erste Eindruck« heißt. Das Mädchen ging Percival bis zur Schulter, hatte abgerundete, leicht bewegliche Glieder, einen vollen Mund, lebhafte Augen. Sie zeigte sich in einem rot-weißen Sommerkleid, das sie sicher in New City gekauft oder geschenkt erhalten hatte; dergleichen gab es auf der Reservation nicht. Der duftige Stoff war glatt gearbeitet und zeigte ihre jungen Formen.

»Hay!« rief sie. »Mara! Du wirst heute die Frau eines Siegers sein!«

Ite-ska-wih verhielt sich wie eine Schnecke, die die Fühler einzieht.

»Meinst du, Larissa? Ich bin nicht fürs Großsprechen.«

Der Name Larissa, aus dem Italienischen, war, wer weiß woher, auf die Reservation gelangt, ebenso wie französische und spanische Namen.

»Laß gut sein, Mara. Daß Joe ein Champion ist, weiß doch jeder.« Sie gebrauchte den Namen »Joe« für Hanska, wie der Großvater und das Programm es taten. »Das gelbe Hemd steht ihm.«

»Hemd hin, Hemd her. Du meinst, er ist fertig geboren und arbeitet nicht an sich?«

»Wird man in der Stadt so ernsthaft wie du bist, Mara? Du kommst doch aus Chicago. Ich möchte mal dahin.«

»Wenn du in den Spaß dort eintauchst, erstickst du, so stinkt er. Ich liebe die Prärie.«

»Da hast du was. Das einzige sind noch die Reiter. Heute kriegen wir ein paar gute zu sehen. Auch Professionals, Shill und Archibald wieder mal bei Bronc ›sattellos‹ — beide schon ein bißchen alt — aber auch einen jungen bei ›Bronc mit Sattel‹; das soll ein schöner wilder Bursche sein.«

»Man wird ja sehen, Larissa. Vielleicht ist er nur roh und ein Aufschneider.«

»Sagt Joe das?«

»Hanska sagt gar nichts. Ich habe mir das nur eben so gedacht.«

»Du mußt es wissen, du bist eine Geheimnisfrau, Mara.«

»Aber nicht für Rodeotips, Larissa.«

»Percival und ich sind übrigens auf der Tribüne. Wir müssen uns schon mal um die Reihe kümmern, in der wir sitzen werden. Bye. Bis zum nächsten Mal. Ich hatte ja gedacht, Joe bei dir zu treffen.«

»Manchmal hilft das Denken nicht, Larissa.«

Das Mädchen lachte. »Da hast du recht.« Sie konnte reizvoll lachen. Percival hatte während des Gesprächs kein Wort hervorgebracht. Er wechselte auch keinen Blick mit Ite-ska-wih. Zusammen mit Larissa ging er weg, um auf die andere Seite der Arena zu den Tribünen zu schlendern.

»Was ist denn das für eine?« fragte Krause.

»Keine altväterische«, antwortete Ite-ska-wih. »Aber sie lebt auch. Es gibt so vielerlei, und nicht jeder paßt zu jedem.«

Margret wußte genauer Bescheid. »Der Vater ist aus den Slums ausgezogen, arbeitet in der Fabrik und hat eine Wohnung in den großen Blocks. Das Mädchen hat in der Schule ordentlich gelernt, bis sie mit den Männern anfing. Die fliegen auf sie wie die Mücken auf Blut. Sexy nennen die Watschitschun das. Larissa wurde Verkäuferin, ging aber nicht gut. Schließlich ist sie auf die Reservation zurückgegangen zu ihren Verwandten. Wir sehen sie noch oft hier.«

»Hm«, brummte Krause und strich sich über das dünne Haar, »mit dem Weiblichen kenne ich mich schlecht aus.«

Der Beginn der Veranstaltungen stand unmittelbar bevor. Die Kapelle erschien auf dem Podium und spielte ein Potpourri von Schlagern. Die Besucher ließen sich endgültig auf ihren Plätzen nieder.

Das Tor zur Arena öffnete sich; die Teilnehmer ritten in einer langen Reihe ein. Ite-ska-wih, die noch nie einen Rodeo gesehen hatte, freute sich voll jugendlicher Empfindungsstärke an dem Anblick von Reitern, die mit Pferden vertraut waren, und dem Bild der Tiere in ihrer noch ruhenden, mit sich selbst spielenden Kraft. Mit dem Anblick der Teilnehmer setzte auch sofort die Spannung auf den Ausgang der Wettkämpfe ein. Hanska hatte seinen Platz im letzten Drittel der Reihe. Die Reiter wendeten jetzt zur Front gegenüber den Tribünen, mit dem Rücken zu den Wiesen. Ite-ska-wih wunderte sich, daß Hanska den Rappen ritt.

»Was is' das nun wieder«, hörte sie neben sich Krauses Stimme. »Reitet ein Bucking Horse, das am Wettbewerb teilnimmt. Gehört sich nicht. Oder geben sie das Tier gar nicht in die Konkurrenz?«

Ite-ska-wih wünschte das, denn sie wurde das Gefühl des Unheimlichen gegenüber dem Rappen nicht los. Da sie jetzt hoffen konnte, das Tier würde nicht in den Bucking-Kampf gehen, konnte sie seine Schönheit aber unbeschwert betrachten und den Gesamtanblick von Reiter und Pferd genießen. Hanska, schwarz-gelb, paßte zu dem schwarzen Tier; seine schlanke Figur, seine lockere Haltung entsprachen den leichten eleganten Bewegungen des Hengstes. Die Reihe der Reiter hatte nach der Präsentation vor den Tribünen wieder gewendet und ritt nun an der Wiesenseite der Arena im Schritt hinaus. Ite-ska-wih konnte Hanska und sein Pferd noch einmal im Profil sehen.

»Unglaublich«, bemerkte Krause wiederum. »Da stimmt was nicht. Da is' was im Gange.«

Harry hatte die Stirn gerunzelt und den linken Mundwinkel heruntergezogen. »Rodeo-Mike war gestern schon aufgeregt wie ein Bucking Horse in der Box, dem sie die Tür nicht aufmachen«, informierte er Krause, den einzigen, der im gegebenen Kreise sachverständig war. »Ich wußt' nur nicht warum. Jetzt seh' ich auch, daß was nicht stimmt.«

An den hohen überall sichtbaren Tafeln erschienen die dem Programm entsprechenden Nummern für den ersten Wettbewerb, das Kälberfangen.

In Ite-ska-wih stieg die Unruhe wieder auf, aber sie wurde rasch verdrängt, denn das Kälberfangen nahm seinen Anfang. Die Rinder befanden sich, von den Wiesen aus gesehen, rechts der Arena. Das Kalb wurde von links hereingelassen und galoppierte sofort quer durch die Arena der Herde zu. Der Cowboy hatte es zu verfolgen und mit dem Lasso zu fangen, vom Pferd abzuspringen und das Kalb zu fesseln. Das war der Vorgang, der sich abspielte, wenn auf den Ranches den Kälbern das Brandzeichen des Eigentümers aufgedrückt wurde, und es mußte stets schnell gehen.

Unter den Teilnehmern des Wettbewerbs gab es nur einen einzigen, dem es nicht gelang, sein Kalb einzufangen. Das Tier, das vermutlich schon einmal in der Arena gewesen und gewitzt war, galoppierte nicht flüchtend vor dem Reiter her in eine aussichtslose Situation hinein, sondern machte zum allgemeinen Erstaunen und unter dem anschließenden allgemeinen, die Klugheit des Tieres anerkennenden Gelächter kehrt, gelangte an dem Pferd und dem verblüfften Cowboy vorbei und galoppierte nun hinter dem Reiter, der nicht so wendig war, der Herde zu. Dieser Teilnehmer kam nicht in die Wertung.

Bei allen anderen wurde die Zeit gemessen; es handelte sich immer um Sekunden-Unterschiede. Hanska war der letzte, und nach den vorliegenden Leistungen sollte es schwer für ihn sein, eine noch bessere Zeit herauszuschlagen. Ite-ska-wih sah ihren Mann zum erstenmal diese Arbeit tun. Sie fühlte selbst, wie sie den Mund ein wenig öffnete und wie ihre Augen rund wurden.

Hanska hatte das Kalb im ersten Drittel der Strecke in der Lassoschlinge, Abspringen und Hineilen geschah windschnell, er war schon dort, und ehe das Kalb recht wußte, wie ihm geschah, hatte er es gefesselt, ein Vorderbein und ein Hinterbein mit dem Strick verbunden. Alle anderen Zeiten waren durch Hanska weit unterboten; der Unterschied war so grotesk groß, daß ein bewunderndes Lachen durch die Zuschauermenge ging. Hanska erhielt unbestritten den ersten Preis. Ite-ska-wih stimmte in das fröhliche Lachen ein; das Herz war ihr leicht.

Harry und Mary freuten sich mehr, als sich wohl der Sieger selbst freuen konnte; ihr großer Bruder war der erste, und mit was für einem Abstand! Alle übrigen waren Tolpatsche dagegen.

»Das hätte nicht einmal Joe besser machen können«, sagte Margret.

Die folgenden Wettbewerbe waren für Ite-ska-wih und ihre Gruppe ein fesselndes Schauspiel, aber nicht das unmittelbare Miterleben mit Hanska. Erst als der Kampf der Bucking Horses einsetzte, zitterten ihre Nerven wieder wie angeschlagene Saiten. Es ging zuerst um Bronc sattellos. Die Pferde, die mitmachen sollten, befanden sich schon in den engen Boxen, von der Wiese aus gesehen linker Hand. Nach zwei mäßigen Leistungen und einem Abwurf, der den Reiter erhebliches Kreuzweh kosten mochte, kamen Shill und dann Archibald an die Reihe, zwei alterfahrene, in vorangegangenen Wettkämpfen bestens trainierte Professionals. Ihre Leistungen waren ausgeglichen und fast von gleichem Niveau; es mochte den Preisrichter Mac Donald junior einige Mühe kosten herauszufinden, welche Pluspunkte in der reiterlichen Haltung fehlten; vielleicht war Shill etwas zu selbstsicher-salopp geritten und hatte ein Pferd gehabt, das nicht besonders viel gegen ihn unternahm; das kostete ihn drei Punkte. Seinen Ärger konnte er nicht ganz verbergen; er machte eine Handbewegung, als wolle er sagen: »Na ja, wenn schon — ein junger Preisrichter versteht eben nicht viel«; hätte er Mac Donalds Miene sehen können, so hätte er gewußt, daß dieser sich durch Shills Benehmen nicht weniger verärgert fühlte. Das wiederum sollte Archibald vier Punkte kosten, nicht eben ungerechterweise, aber doch nur durch einen sehr strengen Maßstab zu rechtfertigen.

Die Zuschauer waren nicht zufrieden, einige pfiffen und reizten dadurch Mac Donald junior noch mehr. Es gab in New City nicht mehrere, sondern nur einen einzigen Preisrichter mit diktatorischer Gewalt.

Hanska kam an die Reihe. Seine Aussichten waren gestiegen, da seinen gefährlichsten Konkurrenten Punkte fehlten. Er saß, wie üblich, auf der Wand der Box, in der sich das ihm zugeteilte Pferd befand, ein vielleicht sechsjähriger Brauner, wie er taxierte, mager, sehnig, vermutlich nicht zum erstenmal in der Arena, schon wütend-nervös, da der Lederriemen das Tier störte, und im Bewußtsein, daß die Tür aufgehen mußte, damit es hinauspreschen und entweder den verhaßten Reiter abwerfen oder die zehn Sekunden durchstehen konnte, bis der Kampf zwischen Reiter und Pferd mit dem Absitzen des Reiters endete.

Zwei Reiter hielten sich in der Arena bereit, um bei einem etwaigen Unfall dem Reiter beizustehen, auf alle Fälle aber ihn nach zehn Sekunden vom bockenden Pferd zu nehmen, das Tier von dem Lederriemen zu befreien und es wegzuführen.

Das Zeichen wurde gegeben. Hanska sprang von der Bretterwand auf den Pferderücken — ein anderes Aufsteigen war nicht möglich —, die Tür wurde sofort mit einem einzigen Ruck aufgerissen, wie es sich gehörte; der Braune sprang mit einem Satz hinaus und schlug auch sofort hoch nach hinten aus, den Kopf tief zu den Vorderbeinen gesenkt. Mit diesem Manöver hatte er schon manchen Reiter in den ersten beiden Sekunden auf den Boden gelegt, aber mit Hanska gelang ihm das nicht. Die Schenkel fest anschließend, hatte sich Hanska weit zurückgebeugt und blieb oben. Der Braune stieg und schlug mit den Vorderbeinen in die Luft, aber die Klammer von Hanskas Schenkeln ließ nicht los. So mußte sich der Braune auf seine weiteren Tricks besinnen. Hanska hatte keinen Zügel zur Verfügung, sondern nur einen im Maul des Tieres befestigten Strick, den er mit einer Hand halten konnte. Der Braune wollte sich hinwerfen, was Hanska mit Mühe verhinderte. Schließlich besann er sich auf das Katzbuckeln und warf Hanska in die Luft, aber dieser Reiter landete dreimal wiederum auf dem Pferderücken.

Die Zeit war um, Hanska hatte »die Zeit gemacht«. Die beiden Helfer kamen, aber Hanska sprang — was sehr selten riskiert wurde — selbst vom bockenden Pferd, dem er im letzten Moment den Riemen noch selbst gelockert hatte. Das hatte er bei seinem Lehrmeister Inya-he-yukan geübt. Die Zuschauer bewunderten ihn, wenn der Beifall auch begrenzt blieb, da der Reiter ein Indianer war, der einzige Indianer überhaupt, der an den Wettbewerben teilnahm. Reiter und Pferd hatten eine vorzügliche Leistung geboten, schwierig, einfallsreich, korrekt, mit der Eleganz der Bewegung, die aus Kraft und Sicherheit erwuchs. Mac Donalds Laune neigte sich diesem Wettkämpfer zu; wenn er dem Indianer den einwandfrei gerechtfertigten ersten Preis gab, konnte er damit seinen Kritikern trotzen, und er tat es. Was waren schon die Namen Shill und Archibald, so oft zu Unrecht bevorzugt, gegen den Namen Mac Donald junior, Sohn jenes Mac Donald senior, der Jahre hindurch zu den Preisrichtern in Calgary gehört hatte und dessen Ruf wie ein Fels stand, den Sohn noch mit deckte?

Joe Bighorn: »Die Zeit und alle Punkte gemacht.« Das war der Sieg, so wie ihn einst Inya-he-yukan für sich verbucht hatte.

Mac Donald junior, der Erbe väterlichen Ruhms, ahnte in seiner Selbstbewertung noch nicht, daß er nur selten mehr als Preisrichter eingesetzt werden würde.

Ite-ska-wih war aufgestanden. Sie jubelte lautlos. Die Kinder jubelten laut und hell. Harry glühte im Wunsch, es Hanska einmal gleichzutun.

»Wie Joe«, sagte Margret wieder vor sich hin und hatte Tränen in den Augen.

Hanska selbst ließ sich nicht sehen. Ite-ska-wih wußte und verstand das. Er hatte noch den Wettbewerb »Bronc mit Sattel« vor sich und brauchte die Zwischenzeit zum Ausruhen. Die zehn Sekunden Kampf auf dem sattellosen Pferd waren eine Höchstleistung für Mensch und Tier gewesen, und eine nicht geringere stand bevor. Es gab kaum einen Cowboy, der sich vornahm, beide Konkurrenzen am gleichen Tag zu bestreiten, wenn es auch »all round«-Sieger gab, die im Laufe eines Sommers sich in allen Sparten als die Besten auswiesen. Aber das waren Leute, die Spezialisten waren wie Joan Howell.

Harry schloß sich auf. Hanska hatte ihm den Schlüssel dazu gegeben, ihm, Kte Ohitaka. Er wunderte sich über sich selbst, aber mit Ite-ska-wih konnte man reden; Margret konnte man zuhören lassen. Krause war zu seinen Freunden und Kunden weggegangen.

»Nun überlege dir das«, sagte Harry ernsthaft wie ein Großer und hockte sich unmittelbar neben Ite-ska-wih. »Ich will einmal Rancher werden, Pferderancher oder Büffelrancher oder beides. Mit Hanska zusammen. Gleich unserem Vater Inya-he-yukan. Ich muß also reiten können.«

»Das kannst du doch längst.«

»Seit sechs Jahren, wenn du so willst; mit vier habe ich angefangen. Aber das ist ja noch kein Reiten, was ich mache. Sieh dir Hanska genau an, dann weißt du, was reiten heißt. Also ich muß weiter lernen. Kann ich das an der Boardingschool von Missis Holland? Nein. Sie haben keine Pferde für uns. Am Weekend bin ich bei euch. Ich werde also ein Sonntagsreiter. Lächerlich. Ich muß zu euch nach Hause und in die Tagesschule gehen. Begreifst du das?«

»Begreife ich schon, aber . . .«

»Über das ›aber‹ habe ich nachgedacht. Wir wissen doch beide, Ite-ska-wih, worüber wir beide nicht reden. Ich habe also einen Plan ausgeheckt. Ich werde bei Frau Holland der gehorsamste und fleißigste Schüler sein, den sie hat. Das ist ein Wettbewerb, wie im Rodeo. Wasescha hat das auch mal so gemacht. Sogar bei Wyman! Schließlich werden alle einsehen, daß ich in die Tagesschule gehen kann. Ihr müßt mir helfen, damit ich meinen Plan ausführen kann. Okay?«

»Okay.«

»Dann kann ich jeden Abend noch auf die Weide, im Sommer auch frühmorgens. Gut?«

»Gut.«

»Ich werde dir etwas gestehen, Ite-ska-wih; du bist meine Geheimnisfrau. Ich hatte mir ein Messer besorgt und es in meiner Matratze versteckt. Eines Tages hätte ich Wyman erstochen. Ich habe nur auf den Moment gewartet.«

Ite-ska-wih verbarg das Gesicht in den Händen. »Sei froh, Ohitaka, daß du es nicht tun mußtest.«

»Ich bin froh. Es hätte mir nichts genützt, den andern Kindern auch nicht; sie hätten nur einen noch Ärgeren an die Stelle Wymans gesetzt. Die Weißen sind eben so.«

»Wie sind sie?«

»Daß sie solche bissigen Kojoten und Stinktiere für ihre Herrschaft brauchen.«

»Meinst du?«

»Ja. Aber es gibt einen anderen, den ich töten muß, den Mörder meiner Mutter.«

»Du weißt, wer es ist?«

»Ah, du glaubst mir?«

»Ich glaube dir.«

»Ich darf sprechen?«

»Erst einmal bei mir und Hanska.«

»Louis White Horse ist es gewesen. Die andern waren nur dabei. Er muß sterben. Aber die Watschitschun verfolgen ihn nicht und richten ihn nicht. Ich werde es einmal tun müssen.«

»Louis White Horse — Wasescha hat ihn erschossen.«

»Erschossen? Er ist tot?«

»Ja. Das ist eine lange Geschichte. Aber Wasescha wurde freigesprochen.«

Harry tauchte unter in Schweigen und Nachdenken. »Ich werde es alles genau erfahren müssen«, meinte er endlich. »Ihr seid meine Schwestern und Brüder und meine Mütter und Väter. Hau.«

Er legte sich ins Gras, verschränkte die Arme hinter dem Kopf und schaute in den blauen Hitzehimmel. Der Beginn der nächsten Veranstaltung, des Steer-wrestling, war noch nicht angekündigt. Die Wirte, die die Buden aufgestellt hatten, brauchten die längere Pause, um ihre Hot Dogs, Hamburger und Hähnchen abzusetzen. Getränke hatten schon nachgeliefert werden müssen; es war sehr heiß.

Dieser und jener Freund und Bekannte ließ sich noch sehen. Wakiya und Elwe waren zu Hause geblieben, da Wakiya die Anstrengung und Aufregung fürchtete. Bob war bei den Herden geblieben und hatte nur seine Pflegekinder nach New City gehen lassen; Familie Patrick Bighorn unten im Tal hatte sie mitgenommen. Wasescha hütete sein Tipi. Die Verwaltung schien kein Interesse zu haben.

»Aber doch!« rief Krause und benutzte sein Fernglas, um die Tribünen abzusuchen. »Da sind sie ja! Die beiden Unzertrennlichen, unsere Damen Carson und Bilkins, dazu Haverman vom Ökonomiedezernat — hier mein Glas, Mara, schau dir das an! Übrigens sitzt Percival einsam und allein da; seine Freundin scheint wieder mal unterwegs zu sein.«

»Ja, unterwegs zu euch!« sagte die angenehme Mädchenstimme. »Solange halte ich das bloße Herumsitzen nicht aus, ist ekelhaft langweilig. Von den Reitern läßt sich auch keiner blicken. Wo steckt dein Joe, Mara? Er war wunderbar, einfach wunderbar! Hast du ein Glück. So einen Mann! Liebe auf den ersten Blick?«

»Gibt es das, Larissa? Was meinst du?«

»Schon — ja, doch.« Larissa setzte sich, ihr Kleid sorgfältig schonend. »Als mich Percival mal mit aufs Pferd nahm — ich hatte einen sehr langen Weg zu Fuß zu machen — ja, ehrlich, da war ich sofort in ihn verschossen. Er ritt den Rappen, sah wie ein Rancher aus. Prächtiger Bursche. Ich war versessen auf ihn. Da hatte er auch noch Mumm in den Knochen. Hätte er nicht das Steer-wrestling mitmachen können? Er hat es doch schon zweimal geschafft, einmal als Bester. Aber nein, er sitzt auf der Tribüne herum und träumt und knurrt. Natürlich um das Pferd. Für mich scheint er sich weniger zu interessieren.«

»Glaube ich nicht, Larissa.«

»Du solltest es ja wissen, bist eine Geheimnisfrau. Wie machst du das, den Mann zu bezaubern?« Larissa musterte Ite-ska-wih. Diese junge Frau, dachte sie, ist sehr scheu gegen Männer; eine Traditionalistin ist sie, trotzdem redet Percival von ihr, und Hanska hat sie geheiratet. Woran das liegt? Am Geheimnisvollen liegt es, natürlich am Geheimnisvollen, am grünen Schleier über ihren schwarzen Augen, an den schweigsamen Lippen, am runden Busen, an den schlanken Händen. Kann man das nachmachen? Ja? Nein? Oder konnte Ite-ska-wihs Partner nicht Larissas Partner sein?

»Oho, da kommt ja einer. Der schöne wilde Bursche! Zu wem der wohl strebt?« Larissa leistete sich nur einen einzigen lockenden Blick, dann wendete sie sich wieder ab und verbarg sich im Spiel mit den kleinsten der Kinder. Sie spielte mit sanfter Stimme. Er mußte sie hören. Er mußte hören, wie sie den Kindern von einem tollen jungen Burschen erzählte, der Bronc sattellos ...

Da war er schon.

Er lachte sie freimütig an, beinahe frech.

»Nach dem Rodeo wird getanzt«, sagte er. »Kann ich dich dann haben?«

Er brauchte ja nicht zu wissen, daß sie auf der Tribüne als Mädchen des Percival gesessen hatte. Allerdings, daß sie eben dort saß, als er bei der Rodeoparade mit den andern zusammen zu Pferd vor der Tribüne hielt und sich dabei auch die Besucher anschaute, daß er mit ihr den ersten Blick gewechselt hatte, das war nicht zu leugnen. Bei der Familiengruppe hatte er sie wieder entdeckt, dieses anziehende Mädchen.

Sie sagte nicht gleich zu. Sie lachte verstohlen. Die ersten Fäden hatte sie schon um ihn geworfen.

Er war groß, kräftig, goldbraunlockig, sonnverbrannt. Seine Hände waren Pranken. Von dem gepackt werden . . . ihre Hautnerven vibrierten. Er mußte es spüren.

»Ich nehme mir nämlich den Rappen«, bemerkte er, scheinbar ohne Zusammenhang, aber dies gehörte durchaus in das beginnende gefährliche Spiel. »Was soll Joe mit dem Gaul? Er hat zwei erste Preise, der verdammte Mac Donald hat sie ihm gegeben. Wir wollten den beiden schon paar verpassen, ihm und dem Donald, damit die nicht noch vollends durchdrehen. Aber das später. Nach dem Rodeo. Jetzt geht es um Bronc mit Sattel. Ha! Das schwarze Pferd mach' ich dem Percival zuschanden. Er kann auf der Tribüne sitzen und zuschauen. Dann hol' ich dich, Larissa.«

Larissa fühlte einen Schauer durch ihren Körper laufen; Ite-skawih fühlte ihn schaudernd mit.

»Bis nachher!« verabschiedete sich der »junge tolle Kerl« von Larissa.

Ite-ska-wih war blaß geworden.

»Was mach' ich jetzt«, murmelte Larissa vor sich hin. »Aber ganz einfach: Percival muß mit mir tanzen gehen und . . . wie heißt er, der andere? Das Programm, Mara. Doug erscheint dann — mögen die beiden die Sache unter sich ausmachen. Percival hat nur noch Paradeverband, keine Wunden mehr. Es steht gleich auf gleich, fair.«

Krause, den es interessierte, was Doug zu prahlen hatte, war wieder einmal herbeigekommen und hatte einiges mitgehört.

»Larissa«, sagte er jetzt, »du rossige Stute, heirate den Doug. Dann kriegst du jeweils die Prügel, die du brauchst, und das wird nicht wenig sein.«

Larissa hätte die Beleidigte spielen können, aber auf diesen Gedanken kam sie nicht. Sie hatte nur gehört »heirate den Doug«; somit war Bill Krause in ihren Augen ein sehr kluger, alter Mann.

Ite-ska-wih drückte die Hände aufs Herz; es schlug schnell. Krause wurde besorgt. »Mara, was jetzt kommt, taugt nicht für dich und dein Kind. Setz dich in den Wagen, wir fahren ein Stück zurück.«

»Ich bleibe, wo Hanska ist.«

»Hab’ ich schon gefürchtet. Ich werde Doc Eivie auf alle Fälle Bescheid sagen.«

»Das schwarze Pferd, Krause. Percival liebt es. Wieso kann Doug es sich einfach nehmen? Ist das auf einmal erlaubt? Die Pferde sollen zugeteilt werden.«

»Und die Weißen beruhigt und bevorzugt werden, nachdem Mac Donald junior sie verärgert hat. Percival ist ein Indianer. Schiebung, Mara. Aber der Rappe wird ja nicht geschlachtet. Er geht in den Kampf gegen Doug. Alle Mittel sind erlaubt. Das kapiert ein solcher Hengst sofort.«

Harry biß die Zähne aufeinander. »Kojoten und Stinktiere. Ich hab’s dir gesagt, Ite-ska-wih.«

Die Frage war nun, was für ein Pferd Hanska für seinen Ritt erhalten sollte und wie die Reihenfolge eingerichtet werden würde. Noch mußte man warten, denn das Steer-wrestling begann eben erst. Im allgemeinen ein Ochse, nach der Tradition von New City aber ein junger Stier wurde auf die gleiche Weise in die Arena gejagt wie zuvor die Kälber. Es flankierten ihn zwei Reiter rechts und links, so daß er nicht ausbrechen konnte. Der eine der beiden Reiter mußte sich vom Pferd auf den Stier werfen, ihn bei den Hörnern packen, abspringen und dem Tier überraschend den Kopf drehen, so daß es sich fallen lassen mußte, um nicht das Genick zu brechen. Inya-he-yukan, Robert und Percival hatten diese schwere Kraft- und Geschicklichkeitsprobe durchgestanden. Unter den Teilnehmern, die jetzt antraten, versagte die Hälfte ganz, ein weiterer, weil er die Zeit nicht einhielt. Die übrigen teilten die Preise unter sich. Es war aufregend gewesen, dem Kampf zuzusehen, aber die Gedanken in Ite-ska-wihs Gruppe liefen weg, voraus zu Bronc mit Sattel.

An den großen Programmtafeln erschienen die Nummern. Douglas hatte den fünften Ritt, »Joe Bighorn« den letzten, den neunten. Der gesamte Rodeo war eines der kleinen lokalen Rodeos, die nicht eine Woche in Anspruch nehmen, sondern nur einen Nachmittag, und auf dem auch nicht alle möglichen Wettbewerbe gezeigt wurden; das Wagenrennen fehlte immer, an diesem Tage fand auch kein Bullreiten und kein Damenreiten statt. Bronc mit Sattel war der Höhepunkt und Abschluß.

Larissa hatte sich wieder auf der Tribüne bei Percival eingefunden. Doug sollte nicht denken, daß sie etwa auf ihn allein angewiesen sei. In dieser Richtung vermutete Ite-ska-wih Larissas Gedankengang. Wenn Bill Krause noch einmal gefragt hätte: »Was ist denn das für eine?«, so würde Ite-ska-wih nicht mehr geantwortet haben, eine aus dem Vielerlei der Menschen. Sie würde gedacht und gesagt haben: »Eine von denen, die nicht anders können als böse sein; das Gute ist ihnen nicht gegeben, weil sie immerfort an sich selbst denken müssen«.

Für Bronc mit Sattel waren von den Managern ebenso wie für Bronc sattellos zwei bekannte Professionals gewonnen worden, die die ersten beiden Ritte hatten und Maßstäbe für den Preisrichter setzen sollten. Die beiden Helfer befanden sich schon in der Arena. Das erste Pferd tobte aus der Box heraus. Sein Reiter war ihm gewachsen, parierte in seiner Haltung schnell und geschickt, machte die Zeit — acht Sekunden — und wurde von den beiden Helfern vom Pferderücken geholt. Das Tier stand friedlich in der Arena, nachdem der aufreizende Lendenriemen gelockert war. Nicht alle, aber doch die meisten möglichen Punkte hatte der Reiter gewonnen. Ähnlich verlief der zweite Ritt. Die beiden folgenden Reiter waren in ihren Leistungen sichtlich schwächer, blieben aber ebenfalls oben, es gelang den Pferden nicht, sie abzuwerfen. Man hätte den Verlauf fast ruhig nennen können.

Nr. 5, Douglas, war an der Reihe. Ite-ska-wih und ihre ganze Gruppe standen auf. Krause lief hinter Harry bis zum Arenazaun, um in nächster Nähe von allem zu sein, was sich abspielen konnte. Larissa war von der Tribüne verschwunden. Wahrscheinlich hing sie auch am Zaun — ja, Margret entdeckte sie. Percival stand in der untersten Tribünenreihe, die wenig besetzt war.

Doug saß auf der Bretterwand der Box, hängte seine langen Beine in die Box hinein. Er war leicht zu erkennen im rotkarierten Hemd, mit seiner großen Gestalt, den breiten Schultern, dem hellen Cowboyhut. Auf das Zeichen zum Beginn des Kampfes hin ließ er sich auf den Rappen herabfallen, seine Stiefel glitten rechtzeitig in die Steigbügel; er saß fest, als die Tür aufgerissen wurde und die beiden Stallknechte zu Fuß mit zwei Sätzen nach rechts und links davonstoben, um nicht unter die Hufe des wütend hervorbrechenden Hengstes zu kommen.

Der Rodeosattel von spezieller Konstruktion, schwerer und enger an den Pferdekörper anschließend als ein üblicher Reitsattel, mit besonders starkem Gurt, rutschte nicht, trotz aller heftigen Bewegungen des Tieres. Doug riß mit seinen scharfen Sporen roh in die Weichen des Hengstes, die schon bluteten. Der Rappe war steil gestiegen, hatte nach hinten hoch ausgeschlagen, aber den Reiter noch nicht abschütteln können. Von dem widerwärtigen Reiz des Lendenriemens zur Raserei getrieben, von den Schmerzen der Sporenrisse gestachelt, versuchte er in der vierten Sekunde ein Letztes: er ging mit allen vieren in die Luft, warf dabei mit katzbuckelndem Rücken den Reiter hoch, so daß dessen Füße nicht mehr in den Steigbügeln steckten, und warf sich dann, wie es den Beobachtern scheinen mußte, aus der Luft heraus zu Boden, auf den Rücken, wälzte sich mit kraftvoller selbstbefriedigender Wut, denn er spürte den gequetschten Reiter unter sich. Mit den Hufen schlug er in der Luft, »fischte er nach der Sonne«, wie es im Rodeojargon hieß, um seinen Bewegungen noch mehr Wucht zu geben.

Der Hengst ließ nicht ab. Er sprang auf und trampelte auf den gestürzten Reiter, der nicht mehr aufkam, mit seinen Hufen. Ein gräßlicher Schrei des völlig hilflos gewordenen Doug schreckte die Helfer endlich auf. Sie taten nichts. Sie hätten den Hengst mit dem Lasso einfangen oder erschießen müssen, aber keine Waffe war zur Hand, und keine Reaktion war schnell genug.

Entsetzen und Unruhe kam über die Zuschauermenge.

Außerhalb der Arena wurde herumgeschrien. Der Krankenwagen mit Doc Eivie fuhr an den Eingang heran. Die beiden berittenen Helfer bemühten sich, das Pferd einzufangen und ihm den Lendenriemen zu lösen. Aber sie kamen an den Rappen, der weiter bockte, stieg, schlug und biß, nicht heran. Einer von ihnen war selbst schon verletzt, und ihre Pferde scheuten den wütenden Hengst und gehorchten diesem mehr als ihren Reitern; statt daß diese Helfer den Rappen fangen konnten, trieb dieser sie umher, stieg und zeigte sein gefährliches Gebiß. Er wollte kämpfen, aber die beiden Gäule standen ihm nicht. Rodeo-Mike, der jetzt auch herbeigekommen war, hatte dergleichen schon bei wilden Herden, auch noch auf freien Weiden erlebt, aber noch nie in einer Arena. Er war bestürzt und zugleich mit einer sonderbaren Freude über die Sensation erfüllt, die seine mißachteten Ratschläge rechtfertigten. Der schwarze Hengst bewies seine Herrschaft wie in alten Zeiten ein Leithengst.

Das Wort vom Erschießen wurde laut. Einer der beiden

Cowboys zog. Percival hatte sich die Scheinverbände abgerissen und wollte über den Zaun, als zwei Männer ihn von hinten packten, um ihn daran zu hindern. Es kam zu einem Handgemenge. Den Augenblick, in dem sich die allgemeine Aufmerksamkeit auf den wilden Rappen, auf die Helfer und ihre scheu herumgaloppierenden, vom Hengst gescheuchten Pferde, auch auf das Handgemenge mit Percival richtete, benutzte Hanska. Er schwang sich unbeachtet über den Zaun, von dem längst alle verschwunden waren. Mit wenigen großen Sätzen war er bei dem Hengst, sprang auf die Kruppe und löste den Lendenriemen mit einem Griff.

Der Rappe hörte noch nicht auf zu bocken, doch ließen seine Bewegungen an Schnelligkeit und Erregung nach. Hanska blieb oben, ohne noch in die Steigbügel zu schlüpfen. Endlich konnte er auch das wagen. Der Rappe stand, naß von Schweiß, Schaum vor dem Maul, mit blutenden Sporenrissen. Hanska sah den Jungen, der ruhig herbeikam, den Hengst am Zügel nahm und mit ihm sprach. Das war Harry. Hanska durfte dem Tier den Hals streicheln und klopfen, er sagte ihm viele lobende Schmeichelworte in der Stammessprache. Der Hengst spitzte die Ohren; was da gesagt wurde, das hörte er gern. Ohne Schwierigkeiten ritt Hanska den Rappen aus der Arena hinaus. Unter den Besuchern herrschte Totenstille.

Doc Eivie fuhr seinen Krankenwagen zu dem regungslos am Boden liegenden Doug, der zerquetscht und zertrampelt mit eingetretenem Schädel einen entsetzenerregenden Anblick bot.

Eivie ließ ihn im Wagen bergen.

Die Helfer hatten ihre Pferde beruhigen können und ritten schnell hinaus; sie fühlten sich beschämt.

Das Handgemenge mit Percival war inzwischen weitergegangen, aber Krause, Rex und Rodeo-Mike gelang es jetzt, die drei auseinanderzubringen. Percival keuchte; die Verletzungen in seinem Gesicht behinderten auch seine Atemwege. Ein Polizist kam und führte ihn wegen ordnungswidrigen Verhaltens ab.

Die Zuschauermenge kam noch nicht zur Ruhe. Ein Teil verließ den Rodeo, ein zweiter verlangte die Fortführung der Veranstaltungen, ein dritter regte sich lautstark über die Organisatoren auf, die ungeeignete Teufelspferde in die Arena schickten.

Die Gruppe, die die Weiterführung der Wettkämpfe verlangte, setzte sich mit Hilfe der Manager schließlich durch.

Hanska war zu Ite-ska-wih gegangen. Dort saß die schluchzende

Larissa. Sie hatte versucht, sich trostsuchend an Ite-ska-wih anzu-schmiegen, aber diese war zurückgezuckt und hatte Larissa sich selbst überlassen. Margret war eben dabei, das Mädchen wegzuführen, damit es allen aus den Augen kam. Larissa hatte verspielt.

»Wie helfen wir jetzt Percival?« fragte Ite-ska-wih, ohne mit einem Wort darüber zu spechen, wie sehr die Vorgänge sie selbst erschüttert hatten.

»Krause und Rex sind schon zur Polizei unterwegs, um ihn loszueisen, damit er zu uns zurückkehren kann. Krause wird ihn begleiten, nicht aus den Augen lassen.«

»Das schwarze Pferd?«

»Habe ich schon gekauft, Ite-ska-wih.« Hanska lächelte. »Für hundertfünfzig Dollar, ein Spottpreis. Ist es dir recht? Sie wollten es erschießen oder kastrieren, stritten sich und waren froh, daß ich es nahm.«

»Das Tier ist wie ein Lamm, wenn du und Harry es führen. Ich kann es auch lieben. Es war kein Teufel, wie sie jetzt alle sagen. Es hat sich nur gewehrt.«

»Du weißt es, Ite-ska-wih. Aber für Percival, fürchte ich, war das heute zuviel. Bye! Ich muß zurück. Ich habe noch einen Ritt.« Hanska verschwand wieder.

Ite-ska-wih zitterte noch, obgleich sie sehr ruhig gesprochen hatte. Harry rannte herbei. Am liebsten hätte er Ite-ska-wih aus Freude umarmt. »Ite-ska-wih, der Schwarze hat über den Bösen gesiegt! Hast du alles gesehen? Doug hätte ihm mit seinen Sporen fast noch den Leib aufgerissen. Aber nun kommt er zu uns, ich darf ihn reiten. O Ite-ska-wih!«

Die Nummern der nächsten Ritte erschienen auf den hohen Tafeln, als ob nichts geschehen sei. Von den nur noch sehr dünn besetzten Tribünen waren die Damen Carson und Bilkins verschwunden. Aber Lehrer Ball, bisher nicht beachtet, saß dort.

Die nächsten drei Ritte verliefen glimpflich. Zwei Reiter machten die Zeit ohne glänzende Leistungen; der dritte stürzte, aber Eivie konnte keine gefährlichen Verletzungen feststellen; nach ein paar Tagen würde er das Krankenhaus wieder verlassen können.

Hanska rettete mit einem elegant wirkenden Kampf auf einem rodeotrainierten Pferd den Abschlußeindruck dieser Wettkämpfe, die das Jahr über von sich reden machen würden.

Mac Donald riskierte es, ihm zum drittenmal einen ersten Platz zu geben, unter mehr Zustimmung im Publikum als zuvor, denn man stand noch unter dem Eindruck, wie Hanska nach dem schauerlichen Ablauf von Dougs Ritt die Lage gemeistert hatte.

Krause und Rex kamen zurück, als die Zuschauermenge sich auflöste, abströmte und ihre Wagen die Straße verstopften. Auch der Parkplatz hatte sich schon fast ganz geleert. Die Gruppe fand sich beim Wagen zusammen. Krause und Rex hatten Percival mitgebracht.

»Wenn er ein Vierteljahr lang nicht mehr auffällt, ist die Sache vergessen.« Krause wandte sich an Percival unmittelbar. »Dein Rappe gehört jetzt Harry; du mußt ihn dem Waisenkind lassen. Er braucht das Pferd, verstehst du? Hanska hat es ihm gekauft. Bleib du bei deinem Grauen, sonst kannst du Robert nicht mehr in die Augen sehen.«

Krause sprach von Robert, als ob er noch lebe. Er hatte sich in seiner Einsamkeit daran gewöhnt, mit Toten wie mit Lebenden zu reden.

Da Percival in seinem zerschnittenen Gesicht die Muskeln kaum bewegen und die Miene nicht wechseln konnte, versuchte er sich ohne Worte mit der Hand verständlich zu machen. Er ballte die Faust, öffnete sie und machte eine streichelnd-abschließende Bewegung. Er war einverstanden.

Die Gruppe stand noch mit Margret und ihren Kindern bei dem Wagen, als Ball auftauchte. Hanska hatte den sattellosen Rappen am Zügel. Harry rieb das schweißnasse, struppig aussehende Fell glatt. Ein zweiter Eimer Wasser zum Saufen stand bereit.

»Wie bringt ihr dieses prächtige Geschöpf auf eure Ranch?« fragte Rex. »Gut gebaut ist er und Sehnen hat er, Mann! Braucht ihr einen Transportwagen?«

»Aber nein«, Hanska war verwundert über den Vorschlag. »Percival und Harry reiten den Hengst heimwärts. Vorher bekommt er noch zu fressen; die Kinder holen schon Hafer, den ich mir ausbedungen habe. Sattel brauchen wir nicht; gegen Sattel hat der Schwarze heute was.«

»Und ihr selbst?«

»Von New City haben wir erst mal wieder genug. Ich fahre Iteska-wih und Mary mit dem Jaguar heim zum Blockhaus. Margret und die Kinder laufen zurück zu ihrer Hütte. Hau.«

Man verabschiedete sich mit einem guten Zusammengehörigkeitsgefühl, ohne Formalitäten. Ball, der vorsichtig, in weitem Bogen, um den Hengst herumgegangen war, wagte sich jetzt in die Nähe, um Hanska zu beglückwünschen.

»Harry kann in den Ferien natürlich mit Mary zusammen daheim bleiben wie andere unserer Internatskinder auch«, sagte er so, daß Harry die Worte mithören konnte. »Die Sache mit dem Wagen des Strafinternats hat Gott sei Dank kein Nachspiel, denn es gab keinen Hinweis auf Harry.« Hanska und Ite-ska-wih atmeten auf.

Es wurde Nacht, eine sternklare Nacht, bis alle Bewohner wieder um das Blockhaus versammelt waren.

Wakiya und Elwe, Melitta und Bob, Ray, ausnahmsweise sogar Myers erschienen und standen mit den andern zusammen staunend um den Rapphengst herum.

Ite-ska-wih, Untschida, Ray, Harry und Mary packten unterdessen die Coca-Cola-Flaschen und das Fleisch aus dem Wagen aus und begannen das Festessen vorzubereiten; die Fleischbrühe duftete aus der offenen Haustür. Wie die Rodeokämpfe ausgegangen waren, wußten auch die in der Prärie Zurückgebliebenen längst durch die aufregende Life-Übertragung im Radio.

Drei erste Preise! Dazu einen dreijährigen Hengst, für hundertfünfzig Dollar, geschenkt konnte man sagen. Der Großvater konnte sich kaum fassen.

Zum nächtlichen Festessen, das bei der Sommerwärme in den Wiesen stattfinden konnte, kamen auch die Nachbarn, der Kriegsinvalide Patrick Bighorn mit seiner kinderreichen Familie, der allerdings sehr bedauerte, daß es keinen Brandy gab. Vorsichtshalber hatte er eine halbe Flasche mitgebracht. Angeregt setzte er sich zu Hanska, der mit achtzehn Jahren so viel wie ein angesehener Hausvater und Rancher geworden war, und legte ihm nahe, sich doch das Patrick-Bighorn-Gelände dazu zu pachten. Er selbst sei ein Kriegskrüppel und zu alt; die Kinder hätten keine rechte Lust, den Cowboy zu machen.

»Wovon wollt ihr leben?« fragte Hanska barsch.

»Rente, Hanska, Rente. Das ist das richtige für uns. Der Chief hat mit mir gesprochen. Wir ziehen in das große neue Haus mit ein, das er hat bauen lassen, und strengen uns nicht mehr an.«

»Das ist, was er will: uns von unserem Land vertreiben. Darum geht es ja, Patrick! Es wird dir noch leid tun, dir und auch deiner

Frau und den Kindern, wenn ihr aus unserm Tal fortgeht. Deine Kinder sind so schlecht nicht; sie haben nur ein schlechtes Beispiel. Denk noch einmal nach.«

»Entschieden ist es, Hanska, entschieden. Greif du zu. Die Pacht ist für einen Indianer sehr billig. Das Haus bleibt für den nächsten Pächter stehen. Überleg dir das. Ich leg' bei der Verwaltung ein Wort für dich ein, daß du das Gelände bekommst.«

»Wie ich dich kenne, Patrick, machst du für eine Flasche Brandy den Fürsprecher für mich. Ich überleg' mir das.«

»Überleg nicht zu lange.«

»Drei Nächte hindurch.«

Ite-ska-wih saß bei Hanska und hatte das Gespräch mit angehört. Es beschäftigte sie, was Hanska über die Patrick-Bighorn-Kinder gesagt hatte und daß der Killerchief heimtückisch mit Rentenversprechungen weiterhin das Volk von seinem Land vertrieb. Sie stand auf, suchte die Frau des Patrick Bighorn, konnte sie aber nicht finden. Schließlich fragte sie den ältesten Sohn, Tom Bighorn, von dem Hanska ihr hin und wieder dies und das erzählt hatte.

»Die Mutter ist daheim.«

»Schläft sie?«

»Glaub' ich nicht. Die arbeitet auch nachts, damit sie unsere Kleider alle in Ordnung hält. Neun Kinder, mußt du bedenken, und kein Mädchen mehr darunter — seit Patricia Selbstmord begangen hat.«

»Euer Vater will fort von hier in den neuen Wohnblock und dort mit euch zusammen nur noch auf Rente leben. Wißt ihr das?«

»Schlechter als jetzt kann's nicht werden. Wir haben eben kein Glück.«

»Kann ich hinübergehen zu eurer Mutter?«

»Geh nur.«

Ite-ska-wih machte sich nicht sofort auf den Weg ins Tal. Sie lief allein den Pfad durch die Wiesen hinauf zum Brunnen, zur Höhe und zu dem weiten Blick über die Prärie in der Nacht. Die Grillen zirpten, die Schlangen huschten. Hin und wieder war das Stampfen von Pferden zu hören; der Platzhengst und der neue witterten sich. Die Stimmen der Menschen waren nur verklingend zu hören. Ite-ska-wih war sehr müde, aber das wollte sie nicht gelten lassen. Der Nachtwind tat ihr wohl, er streichelte und machte ruhig. Die Gräser spielten mit ihm. Sie sah die Schatten von Reitern, die sich aufmachten, um auch in der Nacht auf den Weiden nach dem Rechten zu sehen: Ray, Bob, Percival.

Drunten im Tal saß nun die einsame Frau des oft betrunkenen Patrick Bighorn. Ite-ska-wih holte sich den Braunen, winkte Hanska zu und ritt hinunter in das Tal, hinüber auf die andere Seite zu den Wiesen unterhalb der weißen Felsen, zu dem Haus der Bighorns. Einst war es von der Familie Booth bewohnt gewesen, zuletzt von Mary Booth, die dann ein Büffelstier zerstampft hatte, der nicht rechtzeitig abgeschossen worden war. Nach ihrem Tode waren die Bighorns eingezogen, entfernte Verwandte von Hanska und Wakiya, von diesen aber sehr verschieden.

Ite-ska-wih hielt vor dem Haus. Es war rings nachtdunkel. Der Mond zog langsam am Himmel entlang, die Sterne glitzerten zahllos und unermeßlich fern; im Gras lagen die letzten Kühe, die die Bighorns noch besaßen. In einem Zimmer brannte Licht; der Schimmer leuchtete durch das Fenster. Ite-ska-wih machte ihren Braunen fest und klopfte an die Scheibe. Ein verhärmtes Gesicht unter grauem Haar erschien. Das Fenster wurde hochgeschoben.

»Hallo, Ite-ska-wih!«

»Mutter Bighorn. Darf ich zu dir hineinkommen?«

»Warum? Ist dein Mann besoffen?«

»Weder deiner noch meiner. Wir geben nur Coca-cola. Ich hab' dir eine Flasche und eine Schüssel Festmahlzeit mitgebracht, weil du so allein bist.«

»Komm herein.«

Die Frau öffnete. Das Haus war verhältnismäßig groß, hatte eine Diele, drei Räume und eine kleine Küche. Isaak Booth hatte einst als ein großer Rancher gegolten, war aber nach dem Tode seines Sohnes Harold Booth weggezogen.

Mutter Bighorn empfing Ite-ska-wih in der Diele, nahm ihr Schüssel und Flasche ab und führte sie in das größte der drei Zimmer.

Ite-ska-wih sah den großen schweren Tisch, Isaacs Patriarchenstuhl, einen Stuhl, der Mutter Bighorn zugehören mußte, da ihre Näharbeit dabei auf dem Tisch lag, und ein paar Hocker. Auf dem einen, am Tischende, saß einer der Söhne, ein Bursche von vielleicht 15 bis 17 Jahren, und reparierte kleines Werkzeug. Ite-ska-wih hatte ihn schon hin und wieder gesehen, wußte aber seinen Namen nicht, da man mit den Bighorn-Nachbarn selten zusammenkam. Er nahm von dem Gast keine Notiz, schien eher ärgerlich über die Störung und darüber, daß er nun beobachtet wurde. Ite-ska-wih wunderte sich. Warum war er nicht auch zum Festessen gekommen? Warum reparierte er des Nachts in der guten Stube statt tags vor dem Haus? Die Mutter stellte ihm das Essen und Trinken hin, das Ite-ska-wih von der Festmahlzeit mitgebracht hatte, aber er schob es mürrisch beiseite zum Platz der Mutter.

»Ron, das ist Ite-ska-wih von drüben.«

»Hhm.« Das klang abweisend. Aber nicht Ron hatte hier das Sagen, sondern die freundliche, abgearbeitete, von vielen Geburten erschöpfte Mutter Sarah Bighorn, die ihren Kummer über zwei Kinder, die Selbstmord begangen hatten, nie vergessen konnte. So viel wußte Ite-ska-wih. Sie setzte sich; Mutter Bighorn hatte sie darum gebeten. Ron klopfte und bohrte weiter.

»Daß du in der Nacht hierher kommst!« sagte Sarah Bighorn kopfschüttelnd. »Wir haben schon gehört, daß dein Man drei Preise gewonnen hat. Das ist viel.«

»Ich hab' mich gefreut. Das Leben in den weiten Wiesen mit den prachtvollen Pferden ist gut.«

»Ich weiß nicht. Wir kommen zu nichts. Nachher, wenn wir umgezogen sind, bekommen wir mehr Rente. Das hat der Chief versprochen. Aber die Kinder, die werden mir wohl so manches Mal wegrennen — zurück ins Tal hierher — das seh' ich kommen. Wenn sie auch nicht als ein rechter Cowboy mit dem Vieh arbeiten wollen — spielen auf der Weide wollen die Kleinen allemal.«

»Es wird sie niemand wegscheuchen.«

»Wenn ihr da seid, dann nicht. Wer weiß — ob ihr das Land nehmt — oder überhaupt bekommt. Einem Weißen würde der Chief es gleich geben.«

»Das weiß ich auch, Mutter Bighorn. Er ist der Feind seines Volkes.«

»Aber nun geh, Ite-ska-wih.« Mutter Bighorn warf einen scheuen Blick auf den mißgestimmten Ron. »Du kannst nicht so lange wegbleiben. Ich hab' mich gefreut, daß du gekommen bist. Wenn nur der Mann nicht trinken würde — dann wär' alles anders. Aber das läßt er nicht mehr.«

Ite-ska-wih wollte sich auf den Weg machen. Auf einmal überwältigte die Müdigkeit sie vollkommen. Sie konnte eben noch eine Armlehne fassen; Mutter Bighorn half ihr, in den großen Sessel zu sinken, und schon war sie eingeschlafen.

Sie wußte nicht, wie lange sie geschlafen hatte, als sie anfing, mit noch geschlossenen Augen wach zu werden. Wo war sie? Es fühlte sich alles anders an, als sie gewohnt war. Endlich schlug sie die Augen auf. Sie saß in Isaacs Patriarchenstuhl, eine Decke lag über ihren Knien. Vor ihr stand Hanska.

»Komm, Ite-ska-wih, ich trag' dich heim.«

»Es geht schon . . .«

»Besser ist, ich trag' dich heim. Der Braune läuft hinter uns her. Ja?«

Ite-ska-wih fügte sich stillschweigend. Es war gut so.

Im Blockhaus daheim schlief sie auf der Bank weiter. Sie war für einige Tage erschöpft, aber das Kind hatte keinen Schaden genommen.

In den folgenden Wochen wirkten die Ereignisse und Erlebnisse des Rodeotages mit einer, man konnte sagen, unterirdischen Kraft weiter. Es wurde kaum mehr davon gesprochen, nur das Nötigste, aber man fühlte die Veränderungen.

Percivals Haltung war zuversichtlich. Er hatte recht gehabt, das Pferd mußte gerettet werden, damit er zu sich selbst kam. Er hielt sich aufrechter, obgleich die Heilung seiner verletzten Schulter durch das rücksichtslose Handgemenge nicht eben beschleunigt worden war. Um die Überfüllung des Blockhauses auf ein angenehmeres Maß zurückzuführen, zog er wieder in Joans Kammer. Tagsüber war er viel mit Harry zusammen, nahm ihn auch mit auf die Weiden. Die beiden Freunde des Rapphengstes, der Erwachsene und das Kind, schlossen Bruderschaft. Sie ritten eines Tages zusammen zu Percivals Vaterhaus, um sich da mit dem Rappen sehen zu lassen und sich um Percivals Mutter zu kümmern. — Mary empfand es als Glück, daß Ite-ska-wih sich schonen sollte. Hanska hatte seiner jungen Frau die ganze Breite der Wandbank überlassen und legte sich auf den Boden; Mary konnte sich an Ite-ska-wih schmiegen, als ob sie wieder eine Mutter habe, bei der sie vor den wiederkehrenden Schreckensträumen beschützt war. Ray ging zurück zu Bob. Hanska hatte im Blockhaus am Boden sein breites Lager mit der angenehmen Rückenstütze, dem Dreifuß, von dem ein Fell herabhing. Harry richtete sich neben ihm ein. Die beiden sagten einander in der nächtlichen Stille, was bis dahin nicht ausgesprochen worden war. Hanska begriff, wie es in dem Kind arbeitete. Harry

Kte Ohitaka dachte an den Tod seiner Eltern. Hanska verschwieg ihm nichts mehr.

Untschida, Elwe und Wakiya nahmen auf der Wandbank den Platz übereck zu Ite-ska-wih und Mary ein.

In der Arbeit war der Gleichklang leicht hergestellt. Untschida, Ite-ska-wih und Mary waren die Kunsthandwerker, Wakiya und Elwe die Pflanzer, Hanska, Percival und Harry die Hirten. Ray konnte mit Freunden, die einst Roberts Freunde gewesen waren, über Wasescha wachen und umherstreifen als Abschreckung für alle, die Diebes- oder Mordgedanken hegen mochten.

Das friedliche Zusammensein kam auch den Tieren zugute. Der Rappe hatte seine beiden Freunde; Hanska sorgte dafür, daß der Scheckhengst sich nicht vernachlässigt fühlte und gleichwertige Gefährtinnen aus Myers Bestand erhielt. Ray hatte Dorothy noch überreden können, ihren Appalousahengst zum Decken der Appalousastute für ein Entgelt zur Verfügung zu stellen. Diese war trächtig. Ite-ska-wih ritt sie jetzt. Der Braune fand eine neue zärtliche Herrin in Elwe. Die kleine in sich gesicherte Gemeinschaft zog Gäste an, die die gute Luft der Freundschaft mit atmen wollten. Großvater Myer und Frau Myer ließen sich sehen, Wasescha, Tatokala, Hetkala machten mit den Kindern Besuch; die Morning Stars kamen. Norris Patton erneuerte seine Freundschaft mit Hanska und freute sich, auch Bob und Melitta zu treffen. Doc Eivie benutzte einen Abstecher auf die Reservation, um sich nach Ite-ska-wih zu erkundigen und Percivals Verband zu erneuern.

Ite-ska-wih dachte hin und wieder daran, wie sie sich davor gefürchtet hatte, einsam inmitten einer Ranch von Weißen zu leben. Es war anders gekommen. Der Geist Inya-he-yukans und Tashinas waltete über dem altersdunklen Blockhaus. Alle besaßen, wie die Watschitschun es in ihrer Sprache hätten ausdrücken können, einen natürlichen Empfänger in sich, der die Nachwirkung zweier ungewöhnlicher Persönlichkeiten hochempfindlich aufnahm, in der weiten Prärie ungestört von fremden Geräuschen und pestartigen Gerüchen.

Aber der friedliche indianische Kreis aus jungen Menschen stand mitten im Kampf; die Zerstörungswellen brandeten dagegen. Die endgültige, systematische Entwurzelung der Patrick-Bighorn-Familie hatte seine Mitglieder aufgeschreckt. Der Killerchief war noch am Werk. Noch immer betrieb er seine volksmörderischen Absichten. Bis zu der Möglichkeit, einen neuen Chief-President zu wählen, würden noch einige Monate vergehen. Es gab zwei Aufgaben: den Ausgang der Neuwahl, deren Stimmungsrichtung durch die große Versammlung am Grabe des Pedro Bissonette bestimmt worden war, zu sichern und zugleich zu verhüten, daß bis dahin noch viel Unheil geschah. Hanska sprach darüber in einer Abendstunde im Blockhaus, zu der auch Bob, Ray, Wasescha, Tatokala sowie die beiden Morning Stars mit Yvonne gekommen waren.

Die Meinungen unter den Freunden stießen widereinander wie die Hörner von Tieren im friedlichen Kräftemessen, ohne daß ein lautes oder hastiges Wort gesprochen wurde.

»Geschehen ist geschehen. Patrick Bighorn hat nie etwas getaugt. Saufbruder des alten Goodman.« Die Morningstars waren auf Patrick nicht gut zu sprechen.

»Was taugen die Kinder?« fragte Ray.

»Tishunka-wasit-win war edel; sie hat Selbstmord begangen, um uns zu packen und aufzurütteln, wie man Schläfer rüttelt, bis sie die Augen aufmachen.« Das sagte Julia-Tatokala.

»Mich hat sie gepackt und wach gemacht«, gestand Wasescha.

Hanska: »Du wurdest unser Mann, der die Wahrheit spricht.«

»Ja.«

»Das war groß. Denn du hast weitergewirkt wie ein starker Wind, der aufspringt und uns treibt.«

»Habe ich?«

»Ja«, klangen mehrere Stimmen zusammen.

Bob: »Aber denkt auch an Sidney Bighorn, den schlangengleichen Schuft, der sich in die Verwaltung einschlich, sein eigenes Volk quälte und Inya-he-yukan zu Tode bringen wollte.«

»Und auch mit Selbstmord endete«, ergänzte Yvonne.

»Nur weil der bürokratische Schleicher nicht so stark war wie der Killerchief. Robert hat ihn besiegt, ohne ihn anzurühren.«

Die Versammelten verständigten sich in der Stammessprache, aber das Wort »bürokratisch« nahmen sie aus dem Englischen; ihr Stamm hatte niemals ein Büro gehabt und besaß in seiner Sprache kein passendes Wort dafür.

»Tom Bighorn?« warf Wasescha in die Debatte.

Hanska wußte es: »Zur Hälfte kernig, zur Hälfte schon verfault. Wollte etwas werden und liebte schon den Brandy. Bald hielt er zu Oiseda, bald zu Sidney.«

»Kann keine Ranch leiten«, entschied der junge Morning Star.
»Kann er nicht, nein.«

»Was wollt ihr also? Wollt ihr diese Familie noch verteidigen? Sie hat selbst schon aufgegeben. Geschehen ist geschehen.«

»Was bedeutet ›diese‹ Familie? Ist die Mutter nicht gut?« verteidigte Ite-ska-wih sanft.

»Das ist sie. Aber sie gehört zu Patrick und seinen Kindern.«

Tatokala widersprach. »Sind die jüngeren Kinder alle schlecht? Kennt ihr sie? Sollen wir sie von ihrem Land vertreiben lassen?«

Yvonne: »Kann man eine indianische Familie aufspalten?«

Wasescha: »Die Bighorns sind aufgespalten. Denkt an Tishunka-wasit-win und an Sidney, sie waren wie Tag und Nacht. Der weiße Wurm sitzt im indianischen Stamm.«

Tatokala: »Wir reden und keiner weiß, was wir wollen. Wer kennt einen tüchtigen Burschen unter den Bighorns?«

»Ich«, sagte Hanska. »Den Ron meine ich. Sechzehn ist er.«

»Ja, Ron«, pflichtete Ite-ska-wih bei.

Alle wandten sich Ite-ska-wih zu. Daß Hanska die Nachbarsfamilie kannte, schien kein Wunder. Aber Ite-ska-wih, die neu Angekommene, wieviel wußte sie?

»Wenig«, sagte sie und wurde rot, weil sie sich eingemischt hatte. »Aber Ron saß bei seiner Mutter und arbeitete, während wir gefeiert haben. Er hat ein verbissenes Gesicht. Als ob ihn der besoffene Vater beiße und als ob er sich selbst beiße vor Zorn über diesen.«

»Und vor Eifersucht auf uns«, fügte Hanska hinzu. »Ite-ska-wih hat richtig gesehen. Ihr Gesicht ist so hell, daß es andere mit beleuchtet.«

Morning Star, Vater: »Was können wir mit einem Sechzehnjährigen vorwärts bringen? Er behält das Land nicht, auf das der Vater verzichtet hat.«

»Ich war siebzehn, als sie mich hier einsetzten«, widersprach Hanska.

»Wer — ›sie‹?« wollte Ray klären.

»Ihr werdet lachen! Haverman und Bilkins, die den Killerchief dazu zwangen. Nachdem ich Cowboy bei Myers wurde.«

»Sehr verzwickt«, lächelte Tatokala.

Hanska: »Können wir nicht auch schlau sein und dem Killerchief ein paar Fallen stellen? In eine davon läuft er hinein.«

»Hanska hat recht.« Wasescha Hugh Mahan begann wie ein Häuptling zu sprechen. »Morning Star und ich sind Ratsmänner. Wir beantragen im Rat, daß der Fall Patrick Bighorn aufgerollt wird. Die gesamte Politik der Landvertreibung durch den Killerchief greifen wir an. Diese Debatte ist fällig. Sie wird einige Tage dauern. Damit sind alle einverstanden, die meisten, weil sie Geld brauchen und für die Beratungsstunden bezahlt werden; Whirlwind, weil er des Killerchiefs unökonomische Unordnung hassen gelernt hat, und ein paar, weil sie unsere aufrichtigen Brüder sind. Ihr müßt euch zum Beispiel die Ranch im Bearground ansehen; sie macht sich, hat Appalousas gekauft und will uns wieder einen eigenen Platz für indianische Rodeos einrichten. Wir sollten nicht wie Blinde an den Stammeserfolgen vorbeilaufen.«

Tatokala: »Du redest zynisch über Ratsmänner und ziehst den linken Mundwinkel herunter wie Inya-he-yukan.« Auch zynisch war ein englisches Wort.

Wasescha: »Aber ich sehe klar und rede richtig. Mit der Debatte wird die Umsiedlung erst einmal aufgehalten. Patrick Bighorn wird Gift und Galle speien. Damit kommt unsere Ratsdebatte unter alle Stammesmitglieder. Die Söhne des Patrick werden mit hineingezogen. Patrick Bighorn, das wird eine Sache des Stammes.«

Morning Star, Sohn: »Der Saufbruder eine Sache des Stammes?«

Wasescha: »Seine Söhne eine Sache des Stammes.«

Yvonne: »Wie soll das enden?«

Wasescha: »Das Land muß indianisch bleiben. Wir müssen einen Helfer für Ron finden.«

Tatokala: »Wer kann das werden?«

Wasescha: »Einer, der mit seiner eigenen Ranch zu wenig zu tun hat.«

»Percival«, sagte Hanska. »Der kann das. Er ist auch erfahren genug. Er kennt die Whirlwind-Ranch.«

Ite-ska-wih: »Warum nicht Joan, wenn sie mit ihren Kindern zurückkehrt? Wie denkt ihr über sie?«

Hanska: »Sie ist ein Horse-girl, kein Cowgirl. Auf das Patrick-Land gehört Vieh. Ein paar Pferde auch, aber vor allem Vieh. Die drei könnten auch zusammenarbeiten. Das entspricht unserer Vätersitte, und sogar kleine Rancher der Watschitschun haben die Kooperation gelernt.«

Yvonne: »Ron wird einige seiner jüngeren Brüder bei sich behalten wollen. Trägt das Land drei Familien?«

Hanska: »Sie können dazu pachten, wenn sie arbeiten. Dafür sorgen Ron, Joan und Percival. Als auf diesem Land Mary Booth mit Hilfe von Inya-he-yukan arbeitete, war da eine blühende Ranch. Sogar Büffel konnten mitweiden.«

Ite-ska-wih: »Vielleicht ein Traum. Aber wenn genug Männer und Frauen ihn träumen, wird er aus einem sternerleuchteten Nachtdunkel zum hellen Tag.«

Hanska: »Wer spricht mit Ron?«

Ite-ska-wih: »Seine Mutter.«

Tatokala: »Wer spricht mit ihr?«

Hanska: »Ite-ska-wih.«

Tatokala: »Im Rat sprecht ihr, Wasescha und Morning Star.«

Wasescha: »So ist es.«

Hanska: »Wer geht zu Haverman?«

Ite-ska-wih: »Joan.«

Wasescha: »Sie ahnt noch nichts von unserem Vorhaben.«

Hanska: »Aber sie kommt bald zurück. Ite-ska-wih ist ihre Freundin.«

Ray: »Percival hat noch nichts gesagt. Da sitzt er und schweigt.«

»Sagt ja«, sprach Percival. »Ho-je!«

Morning Star, Sohn: »Wo soll der saufende Patrick bleiben?«

Wasescha: »Mit Tom in den Wohnblock ziehen. Wir können sie nicht alle retten. Der Skandal des Patrick und der Erfolg des Ron wird aber unsere Falle für den Killerchief. Sie sind das Beispiel für das, was er will, und das, was wir wollen. Hau.«

»Du hast gut gesprochen, Wasescha.« Das meinten alle.

Untschida war die einzige, die dazu noch ihr Wort sagen wollte.

»Gut gesprochen. Aber was geschehen wird, ist nicht alles gut. Mann und Frau Bighorn voneinander trennen? Darüber habt ihr noch nicht ernsthaft genug gesprochen.«

»Nötig für die kleinen Kinder. Du hast aber recht, Untschida. Nicht alles, was jetzt geschehen soll, ist gut.« Wasescha antwortete der Großen Mutter mit dem geforderten Ernst. »Wir haben in den vergangenen Wintern und Sommern vieles nicht getan, was wir hätten tun sollen. Das wußte auch Inya-he-yukan. Als wir uns endlich aufbäumten, sind die Eitergeschwüre aufgebrochen. Besser, wir hauen einen vergifteten Arm ab, als daß das Gift uns bis ins Herz dringt.«

»Ho-je, Wasescha.«

Alle hatten es in diesem Rundgespräch als selbstverständlich empfunden, daß die Frauen ebenso wie die Männer aussprachen, was sie dachten. Darüber bedurfte es keiner Debatte. Es ergab sich aus der gemeinsamen Not, aus dem gemeinsamen Kampf.

Während sich im Stamm durch den Fall Patrick Bighorn die neue Unruhe verbreitete, die Wasescha Hugh Mahan vorhergesagt und gewollt hatte, kamen gleichzeitig die fröhlichen Erwartungen auf, die sich an die Rückkehr der vielfachen Rodeosiegerin Joan Howell und ihres Begleiters und Beschützers Rufus Myer knüpften. Mit Joans Siegesruhm stieg auch das Ansehen der Myer-Ranch wieder sprungartig an; der Großvater sortierte schon die Anfragen von Interessenten für Myer-Pferde. Joan war eine Weiße. Ihr indianischer Mann galt als tot, ihre Kinder, die Mischlinge, befanden sich in Kanada bei den Großeltern. Auch die Rassisten unter den weißen Ranchern auf der Reservation wurden Joans ungeteilte Bewunderer. Die »New City News« hatten ihr Bild gebracht, das Bild einer graziösen Frau auf einem graziösen Pferd.

»Das wäre heute die richtige Frau für meinen Rufus«, sagte Frau Myer, mit einem leisen Ton der Eifersucht, während sie aus alter Gewohnheit eine Kuh für das Familienwohl melkte und das duftende Schwarzbrot, zu dem ihr der plattgesichtige Wirt Elisha von New City Mehl lieferte, aus dem Ofen holte. »Ja, das wäre sie.«

»Rede nicht so viel dummes Zeug«, bemerkte der Großvater dazu. »Hast du nicht gehört, daß Joan uns verlassen und sich das Patrick-Bighorn-Land anlachen kann? Auf sie ist kein Verlaß. Wenigstens ist der scheusalgesichtige Cowboy jetzt wieder aus ihrer Kammer ausgezogen, und sie kann herein. Den Grauschimmel hat sie ihm geschenkt. Auf den jungen Cowboy wirft die Siegesreiterin eher ein Auge als auf deinen Rufus.«

»Laß man; sie ist selbst noch jung, die Witwe«, war das einzige, was Frau Myer zur Antwort gab.

Ite-ska-wih wurde traurig, wenn sie hin und wieder ein Wort von solchen Gesprächen auffing.

Sie hatte aber einen neuen Faden eingefädelt, besser gesagt nach ihrer praktischen Vorstellungsweise: eine neue, lange gespaltene Stachelschweinsborste und hatte mit Hanska darüber gesprochen.

»Sieh«, sagte sie, »dieser plattgesichtige Elisha, von dem du mir schon viel erzählt hast, besitzt die gefälschte Vollmacht, die Myers Enkelsohn sich für den Pferdeverkauf ausgestellt hat. Solange

Elisha sie in der Hand hat, kann er Philip des Betrugs überführen und die Familie in Schande bringen. Philip wird nicht zurückkehren, er würde sich in Gefahr bringen. Er ist aber irgendwo gesehen worden. Elisha müßte die Bescheinigung hergeben und sein Geld zurückerhalten. Es ist ja nicht viel. Kann man das in Ordnung bringen?«

Da sich Hanska und Ite-ska-wih jetzt nicht mehr des Nachts vor dem Einschlafen besprechen konnten, taten sie das am frühen Sommermorgen oben bei der Pumpe, wenn sie sich wuschen und dabei lachten, ehe die andern kamen.

»Was meinst du, Sonnengesicht, wer mit dem Gauner Elisha fertig wird? Die Myers sind zu plump — stolz — ehrenhaft dazu.«

»Ray. Denkst du nicht?«

»Ray? Ja. Dem traue ich das auch zu. Gelingt es ihm, dann habe ich vielleicht diesen Philip wieder auf dem Halse. Da unsere Pferde auf Myers Wiesen weiden, würde es an netten Begegnungen gar nicht fehlen.«

»Wir brauchen aber sowieso bald mehr eigenes Land, nicht nur, um Philip aus dem Wege zu gehen. Denke an deine fünf jüngeren Geschwister, Hanska. Die Kinder wachsen heran.«

»Und wie schnell; Harry Kte Ohitaka ist schon ein halber Cowboy.«

»Was ist mit dem ehemaligen Mac-Lean-Gelände? Dahin treibt ihr jetzt die Pferde kaum.«

»Zu weitläufig für uns paar Männer.«

»Und wenn Joan und Percival und Ron erst im Tal drunten wirtschaften?«

»Hat Myer für sich kaum einen mehr.«

»Nur dich und Harry. Er braucht seinen Enkel, und wir brauchen für uns und die Kinder . . .«

»Verstehe. Du könntest Rancherin werden. Wer hat dir das alles eingeredet?«

»Wasescha.«

»Ah. Sieh an. Ich dachte schon Wakiya.«

»Nein. Er will nur Platz haben für mehr Bäume.«

»Gut, Sonnengesicht. Reden wir weiter, sobald wir nächstes Frühjahr die Fohlen haben, Appalousa und Schecken, die besten indianischen Präriepferde.«

»Eine schwarze Stute bringt keiner?«

»Noch nicht. Wird auch nicht einfach sein, eine zu finden. Der Hengst soll Araberblut in den Adern haben.«

Als Joan heimkam, fand sie auf ihrer Kammer nicht nur einen Strauß Blumen, die Frau Myer für ihren Empfang gesucht hatte — mühsam, denn die Blütezeit der Prärie war schon vorbei —, sondern bemerkte auch, wie sich jedermann für Joan Howells Zukunft interessierte und besser darüber Bescheid wußte als diese selbst.

»Dreht ihr alle durch?« fragte sie ihre Freundin Ite-ska-wih.

»Ich glaube schon. Ist doch kein Wunder nach deinen Siegen.«

»Nein, aber verständlich. Haverman macht auch schon Andeutungen. Gehen denn die Bighorns weg?«

»Nicht alle. Ron und die Mutter mit den Kleinkindern möchten dableiben. Haben sie mir gesagt.«

»Ja, bitte. Ich habe keine Ansprüche auf dieses Land.«

»Aber guten Willen mitzuarbeiten hast du. Du die Pferde, Ron die Kühe, Percival bei allem dabei.«

»Percival auch? Was ist denn in euch gefahren?«

»Waseschas Gedanke.«

»Es kommt aber nicht die Joan zu euch zurück, die ihr erwartet habt. Ich habe mich geändert.«

»Du?«

»Ja, meine Freundin Sonnengesicht. Ich habe es satt. Den Betrieb habe ich satt. Von Rodeo zu Rodeo, von Sieg zu Sieg, ich mag nicht mehr. Außerdem ist eine Jüngere aufgetaucht, die nächsten Sommer siegen wird. Sei sicher. Sie haben mir mit allen Punkten nur eine Art Abschiedsfest gegeben.«

»Du meinst?«

»Ich weiß.«

Die beiden Frauen saßen des Abends am Grabe des alten Inyahe-yukan und zupften und kauten nach Wakiyas Beispiel Gräser. Er war zu ihnen gekommen.

»Ich überschlafe das, Ite-ska-wih«, sagte Joan schließlich. »Fahrt ihr nicht bald hinauf nach Kanada?«

»Hanska hat es vor.«

»Ich will meine Kinder endlich wiedersehen. Roberts Kinder. Nehmt ihr mich mit?«

»Ja. Du kannst ja dann mit uns zurück ins Tal der weißen Felsen.«

»Kleine Prophetin.«

Wakiya sagte nichts. Er summte ein Lied vor sich hin. Deutlicher noch als Ite-ska-wih, deren Gedanken in dem Gespräch eingefangen waren, hatte er im stillen Zuhören den müden Zug erkannt, der sich um Joans Mund gelegt hatte. Er würde nicht so deutlich bleiben, das wußte Wakiya; es spielte eine augenblickliche Ermüdung mit, die wieder verging. Aber ganz konnte er nicht mehr schwinden. Sie hatte Robert verloren, und der Taumel der Siege war verflogen.

Wie Wakiya, so dachte auch Ite-ska-wih an dem Platz bei dem alten Inya-he-yukan noch nach. Die Sonne sank; ihre rote Glut verströmte am Horizont; Sommerwolken wurden golden gelb. Das ausgetrocknete Land war wie verzaubert.

»Ihr nennt mich eine Prophetin und Geheimnisfrau, so recht leichtgläubig, mit leichtem Sinn tut ihr das«, zweifelte Sonnengesicht schließlich. »Ich glaube, Rote Krähe hat damit einmal angefangen. Ja, im Tal des kleinen Fisches hat er angefangen. Aber kann ein Mensch so einfach eine Geheimnisfrau sein? Unsere Geheimnismänner machen harte Übungen und eine schwere Lehre durch, ehe sie sich Geheimnismann nennen und ihre Aufgaben ausführen dürfen. Aber wir Frauen? Ich bin so schwach, und nicht selten irre ich mich.«

»Ihr Frauen lernt durch das, was ihr hört, tut und leidet. Auch du bist noch nicht eine Geheimnisfrau, Ite-ska-wih. Du kannst es aber werden. Geheimnisse besitzt keiner; die Augen und Ohren tun sich immer weiter dafür auf, viele Sommer und Winter hindurch. Hau.«

»So mag ich es schon eher hören, Wakiya-knaskiya.«

»Ich möchte gern«, fuhr der aus seiner Schweigsamkeit herausgelockte Wakiya fort, »ich möchte euch beiden Frauen hier an dem Grabe des alten Inya-he-yukan eine Sorge vortragen. Mögt ihr mir helfen! Es geht wieder um Percival. Ihr habt ihn damals aus der Verzweiflung herausgeholt. Er kämpft um sein neues Leben, aber noch ist er in Gefahr.«

»Wie meinst du das?« wollten die beiden Frauen wissen.

»Er könnte mit dir, Joan, und mit Ron zusammen die Patrick-Bighorn-Ranch übernehmen; ihm könntet ihr die Leitung geben. Denn einer muß auf jeder Ranch sein, der nach der Beratung entscheidet. Oder nicht?«

»Aber ja«, meinte Joan. »Wir waren daheim viele Geschwister, die zusammen arbeiteten. Der Vater entschied.«

»Percival ist klug, hat einen starken Willen und Erfahrung. Dennoch bleibt er der ›scheusalgesichtige‹ Cowboy.«

»Weil er stur und verbockt ist und mein Geld nicht annehmen will!« schalt Joan zornig. »Von einer Frau nimmt er nichts und so weiter und so weiter; er ist kein Robert-Ersatzprodukt und kein scheusalgesichtiger Playboy; er ist nicht meine Wohlfahrtspuppe — ach, er ist zum Schreien uneinsichtig.«

»Das weißt du alles, Joan?«

»Und ob ich es weiß. Er hat es mir gleich ins Gesicht gesagt.«

»Das ist ja gut.« Wakiya holte sich einen neuen Grashalm. »Ich habe wieder an Rencho geschrieben, der mir schon zweimal geholfen hat, für Wasescha und für Harry. Er tut es auch für Percival.«

»Wie?« rief Joan.

»Liebst du ihn denn?« fragte Ite-ska-wih ganz leise.

Joan wurde dunkelrot. »Ich . . . ach, halte doch den Mund, Ite-ska-wih. Ich schäme mich.«

»Auch gut. So schnell vergißt du Robert nicht. Dennoch magst du seinen Freund Percival. Sprich du weiter, Wakiya-knaskiya.«

»Ja. Also Rencho kennt einen Chirurgen in California, der eine solche chirurgische Gesichtsplastik ausführen kann und es auch für einen Indianer tun würde. Er muß aber fünftausend Dollar verlangen. Das ist der Satz, zu dem er sich mit seinen Kollegen zusammen auch für die kleinste Gesichtskorrektur, nach Unfällen zum Beispiel, verpflichtet hat. Für Percival wären wahrscheinlich vier oder fünf Schnitte und Verpflanzungen nötig. Das dauert monatelang. Es kommen also Krankenhauskosten dazu, hundert Dollar pro Tag, wenn der Arzt nicht versteht, diese Kosten abzubiegen. Dafür gibt es Tricks, wenn ein berühmter Arzt will. Bleiben fünftausend Dollar. Kommst du dafür auf, Joan?«

»Ja. Wenn Percival sie nimmt.«

»Er nimmt sie natürlich nicht von dir.«

In Ite-ska-wih leuchtete das Verständnis für Wakiyas Plan auf. »Er nimmt sie aber als Kredit von dir, Wakiya, und von Rencho! Hanska hat auch dreitausend Dollar von Krause genommen. Wenn der Grauschimmel vier Jahre und ein Zuchthengst sein wird, ist er fast schon Fünftausend wert. Sicherheit genug.«

Joan nickte vor sich hin. »Ich gebe das Geld euch. Seht zu, daß ihr mit Rencho und mit Percival und mit diesem Arzt klar kommt. Wir können über California nach Kanada fahren oder über Kanada nach California. Oder nicht? Ball weiß, wo der Ferrari steckt, den Inya-he-yukan und Tashina besaßen. Recht so?«

»Gut. Sehr gut.«

Es war Nacht geworden. Am Horizont war der letzte Goldstreifen des Sonnenschimmers erloschen. Der Abendstern hatte aufgeleuchtet; das Firmament bedeckte sich mit unendlichem Sternflimmern. Das volle Gesicht des Mondes schaute auf die dunkel gewordene Erde. Ite-ska-wih erlebte den Himmel immer neu, denn in der großen Stadt hatte sie ihn allzulange nicht gesehen. Wie glücklich waren die Kinder der Prärie. Der kühle Nachtwind koste sie wieder nach der sengenden Tagesglut. Aus Joans monderhelltem Antlitz schwand die Ermüdung. Was an Müdigkeit blieb, floß hinüber in den gelösten Verzicht, der die wohlgebildeten Züge schön machte. Ite-ska-wih legte den Arm um Joans Schultern und spürte, wie zart und beweglich sie waren und wie sie sich zusammenzogen.

»Trainiert ihr beide endlich mit unserem Jaguar«, sagte Hanska in den folgenden Tagen dreimal zu Ite-ska-wih und Percival. »Ihr fahrt mit nach Kanada.«

»Wer noch?« fragte Percival.

»Die Kinder. Wer sonst.«

»Zusammen acht in einem Sportwagen?«

»In zwei.«

»Zwei?«

»Ihr werdet ja sehen.«

Joan hielt Wort. Eines Nachts surrte ein Motor leise den Wiesenweg zur Ranch herauf. Am Schiebefenster der Blockhütte drängten sich die Gesichter. Großvater Myer stand vor der Tür seines Hauses.

Der Ferrari kam. Am Steuer saß Ball.

Nicht, daß er ein Meisterfahrer gewesen wäre. Aber er schaffte den Wiesenweg und hielt am Wegende. Hanska stand schon dort. Harry sprang herbei. Die Autotür klappte. Großvater Myer setzte sich in Bewegung.

»Sieh an«, sagte er, als sich schließlich alles, was auf zwei Beinen stand, um den Wagen versammelt hatte. »Euer sagenhafter Joe King soll ja drei schnelle Wagen besessen haben.«

»Warum nicht«, gab Hanska zur Antwort. »Er konnte sie sogar fahren.«

»Also nach Kanada?« fragte Ball.

»Kommen Sie in die Blockhütte«, lud Hanska ein.

Man saß auf der Wandbank um den großen derben Tisch. Ball hatte Straßenkarten von USA und Kanada mitgebracht. Harry zeichnete Routenpläne.

»Alles falsch«, sagte Hanska. »Auf der Rückreise fahren wir über California und besuchen Rencho.«

Augen und Lippen öffneten sich in wortlosem Erstaunen.

Harry bat, etwas sagen zu dürfen. Hanska nickte.

»Was ist der Unterschied zwischen zehn und vierzehn Jahren?«

»Vier«, antwortete Mary.

»Machen die etwas aus?«

»Kommt darauf an«, meinte Hanska.

»Eben.«

»Also du meinst«, erriet Mary, »daß du mit zehn Wintern ebenso gut am Steuer sitzen könntest wie einer mit vierzehn?«

Mit vierzehn Jahren mußten die Kinder in der Schule Auto fahren gelernt haben, da anzunehmen war, daß sie doch an den elterlichen Wagen herangingen.

»Meinst du das etwa nicht, Mary?«

»Ich weiß, Harry. Ein einziges Mal hat unser Vater Inya-he-yukan dich ans Steuer des Ferrari gelassen. Aber er saß daneben, und als du aufdrehtest, hat er eingegriffen.«

Die Antwort war Harry nicht angenehm. Er mußte sich eingestehen, daß er nahe daran gewesen war, zu seinen eigenen Gunsten zu übertreiben. Das entsprach nicht der Haltung eines Indianers.

Hanska lächelte. »Wo ist denn der Ford geblieben, den du von der Boardingschool mitgenommen hattest?«

Harry schaute unter sich. »Bis zur nächsten Stadt hat er gereicht. Da hat ihn mir einer zu Schrott gefahren.«

Damit war das Zwischenspiel abgetan. Harry zog die Straßenkarte von California an sich und studierte. Hätte er sich auch gleich denken können, daß es etwas bedeutete, wenn Ball sie mitbrachte. Er hatte keinen guten Tag heute. Vater Inya-he-yukan hatte immer noch mehr gekonnt, als die Leute ihm etwa zutrauten, das war indianisch. Harry schob die Karte Wakiya hin. Der mußte von kalifornischen Straßen am meisten verstehen. Aber fuhr er mit?

»Diesmal nicht«, sagte Wakiya-knaskiya, und obgleich er sich Mühe gab, seinen Kummer über seinen Gesundheitszustand zu verbergen, gelang es ihm nicht ganz.

»Bin ich im Wege?« fragte Percival.

»Nein, du mußt den Jaguar fahren. Kannst du ja.«

Das ließ sich nicht leugnen.

Drei Tage später stand die kleine Expedition zur Abfahrt bereit. Harry und Mary hatten sich bei Hanska und Ite-ska-wih auf der Rückbank angesiedelt. Wakiya hatte schließlich Percivals Drängen doch noch nachgegeben und saß bei diesem auf dem Beifahrersitz.

Die Fahrt begann, wie es auch Inya-he-yukan und Tashina stets gehalten hatten, im ersten Morgengrauen. Dünner Nebel lagerte über dem hitzegequälten Land und kühlte mit Tau die letzten noch lebenden Gräser. Hanska, der voranfuhr, wählte wie einst sein Wahlvater bei den Herbstreisen nach Kanada nicht die direkte Route über die Agentursiedlung und New City, sondern fuhr in die Bad Lands ein, an deren Grenze der kahle Berg mit Dorothys Haus und Ranch lag. Man hielt sich nicht auf, doch Ite-ska-wih konnte nicht umhin, solange es die Geschwindigkeit des Wagens erlaubte, nach Berg, Bach und Haus zu schauen, die für ihre ersten Erlebnisse in der Prärie bedeutsam geworden waren. Wie weit lag das alles zurück und war doch wiederum so nah.

Aber alles Bewohnte verschwand schnell. Zum erstenmal in ihrem Leben tauchte Ite-ska-wih in die einsam schauerliche Machtsphäre von der Natur vollständig vernichteten Lebens ein. Keine Pflanze, kein Tier, kein Wasser existierte hier mehr zwischen Gipfeln, Steilhängen, Einschnitten, Schluchten, zwischen rotem, gelbem, bläulich schillerndem abbröckelndem Gestein, an dem weder Huf noch Fuß, noch Hand noch Wurzeln sich halten konnten. Leblos war alles; die Erde schien keine Mutter mehr zu sein. Sie zerstörte sich selbst. Seltene Reste irgendeines versteinerten Knochens verrieten, daß einstmals, vor Jahrtausenden, hier noch Leben gewesen war, sich noch etwas gerührt, noch etwas geweidet hatte. Vorbei — vorbei.

Die Geister, die Watschitschun, hatten eine Straße gebaut, eine kahle Straße zwischen unfruchtbaren Hängen und Abgründen, die die Wagen der Touristen durch das tote Land trug. Auch das Sterben der Natur, der Tod des Lebens war noch schön, weil er in seinem vollständigen Schweigen erhaben war über kleines Fühlen, kleines Denken, kleines Schwatzen. Nur der Wind war hier noch ruhelos zwischen todesruhig Gewordenem, und nur er hatte hier noch eine Stimme in der Natur. Nicht einmal Steine kollerten; nur Sand rieselte ab, roter, gelber, bläulicher.

Auch die Stadt, dachte Ite-ska-wih, ist der Tod der Natur, der Pflanzen, der Tiere, sie vergiftet die Mutter Erde. Aber erhaben ist sie nicht, denn sie kann nicht still sein.

Die Wagen verließen die Bad Lands und strebten den Black Hills zu, der bergigen Waldinsel in der Prärie, dem heiligen Stammland. Bisher hatte niemand gesprochen, und auch jetzt sprach niemand. Alles, was Großväter, Großmütter, Väter und Mütter den Kindern erzählt hatten, wurde in Gedankenbildern lebendig: die Geschichte, wie der Stamm dieses sein Land einst gefunden hatte, die Geschichte seines Lebens in Wald und Prärie, die Geschichte der Jagden, die Geschichte der Feste, die Geschichte der Zelte, die Geschichte der Kämpfe und Siege, der Kämpfe und Niederlagen, der Vertreibung, weil die Watschitschun gierig waren nach Gold und alle Verträge brachen, die Geschichte der Söhne und Töchter der Großen Bärin.

Ite-ska-wih sog den Harzduft der Kiefern ein, hörte das Klickern von Bergbächen und atmete Wind, der vom Wasser kam, ruhte mit den andern im Moos. Sie bedeckte die Augen mit den Händen, um bei Inya-he-yukan zu sein, von dem sie wußte, wo er unvergänglich ruhte, und um bei Tashina zu sein, die sie nie gesehen hatte und doch kannte und die an unbekannter Stelle in diesen Bergen verscharrt war, Inya-he-yukan nicht zu fern. Ihre Geister, die die große Straße wanderten, waren doch zugleich gegenwärtig und begegneten einander.

Harry und Mary fanden einzelne steinerne Pfeilspitzen im Geröll, so wie Hanska und Wakiya sie als Kinder zusammen mit ihrem Vater Inya-he-yukan hier gefunden hatten, glatte Jagdpfeilspitzen und Kriegspfeilspitzen mit Widerhaken, wie sie einst gebraucht worden waren.

Hanska wollte nicht an dem für Eintrittsgeld geöffneten Höhleneingang vorüberfahren, an dem um diese Jahreszeit die Touristen Schlange standen, um doch niemals die ganze Höhle besichtigen zu können, denn ihre Gänge waren bei weitem nicht alle erforscht. Er mochte auch nicht zu dem Berghotel fahren, dessen Terrasse dicht besetzt sein würde.

Er wollte Bäume, Moos, Felsen, Wasser, wispernden Wind, sonst nichts, denn das Herz schlug ihm bis zum Hals hinauf. Ite-ska-wih lehnte sich an seine Schulter, und beide sprachen sehr leise zu Kte Ohitaka und Wable Luta-win.

Irgendwo, irgendwann kamen sie an einem Bergwerk vorbei, in dem die Watschitschun noch jetzt nach Gold gruben. Der Stamm erhielt kein Staubkörnchen davon. Die Black Hills gehörten den Siegern, die alle Verträge brachen. Wehe den Besiegten, hieß es seit Jahrtausenden. Der Aufstand derer im Ring hatte dagegen nichts bewirkt. Ite-ska-wih weinte. Mary sah es nicht, aber sie spürte es, und sie liebte Ite-ska-wih dafür um so mehr.

Das Nachtlager in den Schwarzen Bergen ließ Hanska auf der Höhe, an einem weglosen einsamen moosbestandenen Platz mit alten Bäumen und wild geformten Felsblöcken aufschlagen, während die Wagen, wenn auch in Sichtweite, an tiefergelegener Stelle auf einem sonst nicht befahrenen Waldweg geparkt waren.

Ite-ska-wih wußte, wohin Hanska ging, als er mit Harry Ohitaka stillschweigend verschwunden war. Es dauerte lange, bis die beiden wiederkamen. Die Sonne stand schon hoch und sandte ihre Strahlen senkrecht zwischen Blättern und benadelten Zweigen hindurch; sie leuchtete in die Augen eines Burschen und eines Knaben, deren feierlicher abgewandter Ernst sie an diesem Tage von allen anderen schied.

Die Reise wurde erst gegen Abend fortgesetzt. Bis dahin konnten Fühlen und Denken ausschwingen, die immer neu einsetzenden Stöße von Schmerz, Verzweiflung, Bitterkeit auffangen, so fassen, daß sie in die Zukunft mitgenommen werden konnten, ohne den Menschen zu zerstören.

Die Fahrt in den ersten Nachtstunden war auf unbeleuchteten Wegen mühsam. Hanska stoppte an einem Seeufer. Das ruhig spiegelnde Wasser war kalt und tief und lud die Ermüdeten doch zu einem kurzen Bad ein, das erfrischte. Sie tauchten alle ganz unter, um auch Haarboden und Stirn die Kühle voll genießen zu lassen.

Mit dem Verlassen der Black Hills beschleunigte sich die Fahrt. Auf den meisten Straßen durfte allerdings nicht mehr als sechzig Meilen die Stunde gefahren werden, aber hin und wieder fand sich auch eine begrenzte Strecke für unbegrenzte Geschwindigkeit. Das Land, das man durchfuhr, war flach und grün, ein rechtes Viehzüchterland; hier in der alten Cowboytradition wehte kein freundliches Klima für Indianer.

Die kanadische Grenze bedeutete kein Hindernis, alle Insassen der beiden Wagen hatten einen Indianerpaß; die Kinder waren mit eingetragen.

Hanska, Harry und Mary, die die Woodmountains längst kannten, freuten sich mit wachsender Ungeduld auf die grünen Hügel mit ihren Wäldern und Wiesen, auf die Ranches der Vettern, auf ihre eigenen kleinen Geschwister. Ite-ska-wihs Freude war die Freude, die drei Kinder wiederzusehen, die sie mit Hanska hierher gebracht hatte, und das Wiedersehen der Geschwister miterleben zu dürfen.

In den Woodmountains gab es Aussichtspunkte, von denen man südwärts über das Land schauen konnte. So waren die beiden auffallenden ausländischen Wagen längst entdeckt, ehe sie vor dem Ranchhaus von Vater Beaver anhielten. Ite-ska-wih und Hanska stiegen aus, und schon schossen Harry und Mary an ihnen vorbei und schlossen die Geschwister in die Arme.

Die übrigen Ankömmlinge begrüßten sich herzlich, aber gemessen mit Familie Beaver. Über Percivals Aussehen und dessen Gründe waren die Beavers längst brieflich unterrichtet; sie gaben keinerlei Zeichen, daß ihnen etwas auffalle. Die Mahlzeiten waren bei Beavers nie karg, die Zahl der Familienmitglieder war groß; es kam auf fünf weitere Mitesser nicht an.

Ite-ska-wih blieb sehr still, denn sie erinnerte sich an alles, was über Wünsche und Unternehmungen vor wenigen Monaten hier gesprochen werden war. Damals war die Natur kalt und unwirtlich gewesen, die Hoffnung aber groß. Jetzt prangte die Sonne, die Hoffnungen aber waren beschränkt. Vater Beaver kam nicht auf ein »hättet ihr« und »wäret ihr« zu sprechen. Er freute sich mit an den neuen Erfolgen, die der King-Bighorn-Clan verwirklicht hatte, in kurzer Zeit, mit Maß und mit Härte gegen sich selbst. Das Erlebnis derer, die als Aufständische im Ring der Militärpolizei eingeschlossen gewesen waren und die Menschenrechte des Indianers vor aller Welt eingeklagt hatten, schien ihm nach wie vor fern zu bleiben; er sprach nicht davon, fragte auch nichts in dieser Richtung.

Als man nach dem Essen noch auf die Weide ging und Hanska mit Percival Vieh und Pferde besichtigte, kam die Rede schließlich auch auf das Zelt des alten Inya-he-yukan, das gestohlen worden war.

Vater und Mutter Beaver waren schmerzlich betroffen. Ihr Herz hing an den alten Stücken, die ihnen kostbar und unersetzlich waren. Inya-he-yukans Zelt! Kojoten, die es gestohlen hatten; Schande über sie. Es sollte ihnen kein Glück bringen, sondern Unheil.

»Ich kann vier große Büffelfelle, frische Felle, für ein Tipi geben«, sagte Hanska. »Es wird sicher sein bei mir. Jetzt stiehlt mir keiner mehr etwas! Die Felle ist mir Kingsley schuldig, bei dem Inya-he-yukans Büffel weiden.«

Beaver dachte nach. »Morgen reden wir darüber.«

Der Morgen nach der geruhsamen Nacht in den Woodmountains war für alle ein frohes, sonneerwärmtes Aufleben. Die Kinder rannten auf der Weide umher und spielten, gar nicht zimperlich, mit den Pferden. Wakiya und Percival, die sich auf der Fahrt näher gekommen waren, saßen beisammen. Beaver nahm Hanska und Iteska-wih mit zu einer zweiten Ranch. Sie war sehr bescheiden, das Haus klein, das Vieh gering an Zahl. Hanska wunderte sich. Wie war das gekommen?

»Wir haben viel durchgemacht«, berichtete Tschapa, der Biber, zum erstenmal. »Hunger, Krankheit, Feindschaft der Assiniboine im Kampf um die letzten Büffel. Der alte Tschetansapa, der Schwarzfalke, kam um. Seine Familie konnte sich nur schwer behaupten. Da seht ihr das kleine Anwesen. Anstelle von vier Büffelfellen würden sie sicher lieber vier Kühe nehmen, wenn du ihnen die geben kannst. Sie besitzen noch das schöne alte Zelt. Das haben sie auch in der größten Not nicht an Fremde verkauft. Du aber bist kein Fremder. Deine Frau trägt den Namen Ite-ska-wih in der vierten Generation.«

»Gibst du ihnen jetzt sogleich die vier Kühe, Tschapa, wenn du von mir vier Büffelfelle erhalten wirst?«

»Eines, Hanska, ein Büffelfell als Andenken an euch Tapfere, das würde ich mir wünschen. Glaub mir, wir haben Tag und Nacht an euch gedacht und Kummer um euch getragen. Die Enkel und Urenkel Tschetansapas haben euch bewundert, und ihre Kinder hätten heiß gewünscht, bei euch zu sein. Sie geben euch das Zelt ihres Ahnen nicht nur für vier Kühe, sie geben es gern.«

»Meinen nicht auch sie, so wie du, Tschapa, daß alles vergeblich gewesen sei?«

»Wir meinen das nicht, Hanska, so wenig wie der Kampf unserer Ahnen vergeblich war, obgleich sie geschlagen wurden. Der Geist des Getöteten und Geschlagenen steht immer wieder auf, solange er nicht versöhnt wird. Versöhnung aber begreifen die Watschitschun nicht.«

Man ging zu den Nachfahren des Schwarzfalken, der im Kampf mit den Assiniboine um die letzten Büffel vor einem Jahrhundert in einen Hinterhalt geraten und umgekommen war.

Die Planen wurden ausgebreitet. Sie waren noch von Tschetansapa selbst mit den Bildern seiner Taten bemalt worden. Stumm stand Ite-ska-wih mit Tschapa und Hanska davor. Ihr Herz klopfte bis zum Hals herauf, die Hände waren heiß. Tschetansapas altes Tipi, unverwüstliches duftendes Leder aus der Haut freilebender Präriebüffel, Schutz gegen Sturm, Kälte und Hitze, Träger der Zeichen von Tschetansapas Taten, Heim für Ite-ska-wih, die ihr Kind in diesem Zelt gebären wollte. Tschetansapa hatte zu den engsten Freunden des alten Inya-he-yukan gehört, oft mußte Inya-he-yukan in diesem Tipi zu Gast gewesen sein.

Auf dem weiteren Wege von den Waldbergen zu der kanadischen Reservation der Siksikau rumpelte hinter dem Jaguar schon ein kleiner Anhänger her, in dem sich der Ballen mit den schweren Planen befand, bewacht von Harry Kte Ohitaka, der sich diese Aufgabe nicht nehmen lassen wollte. Sein sechsjähriger Bruder saß im Wagen bei Wakiya und Percival, die beiden Jüngsten nahm Mary zu sich auf die Rückbank im Ferrari. Da die Heimfahrt über California gehen sollte, würde man auf dieser Reise die Woodmountains und Vater Beaver nicht mehr sehen.

Auf der Reservation der Siksikau und der großen Ranch der Familie Collins befand sich alles wohl, soweit sich das auf dem Land, das die Watschitschun von dem vorbeifließenden Fluß abgeschnitten hatten, mit viel Überlegung hatte erreichen lassen. Das Getreidedreschen im stammeseigenen Druschhaus war im Gange. Die Herde schlanker Pferde, deren Schicksal einmal die Rodeos sein würden, galoppierten ledig über die Collins-Wiesen. Das Vieh grüßte sich mit Brüllen. Im Stall grunzten Schweine. Das Ranchhaus war geräumig und licht; die Terrasse bot gegen Abend den angenehm kühlen Aufenthalt.

Hanska nutzte die Gelegenheit, um sich bei Collins und seiner Frau Evelyn zu diesem und jenem Rat zu holen. Wie lange liefen die Pachtverträge weißer Rancher hier? Wurde das Land rechtzeitig wieder frei für indianische Jugend, die nun aus dem Fonds ersparter Pachtgelder die landwirtschaftliche Ausrüstung erhielt? Ja? Das funktionierte weiterhin? Es war ein Vorbild. Lebte der alte Geheimnismann noch? Wie ging es Rote Krähe?

Der Alte war noch am Leben. Nein. Rote Krähe hatte nicht geheiratet. Nicht wenige Geheimnismänner lebten ehelos. Die beiden waren wieder hinaufgezogen zum »Tal des kleinen Fisches«; dort irgendwo mußte ihr Zelt zu finden sein. In Ite-ska-wih rührte sich die Erwartung auf die neue Begegnung stärker. Auch Hanska wurde unruhig und wollte sich nicht allzulange aufhalten. Am nächsten Tag schon begann die Fahrt zu dem Bergtal, dem Platz vieler Erinnerungen, die sich plötzlich wie mit blutvollem Leben erhoben.

Hanska und Percival hatten ihre Jagdgewehre dabei. Das Bergtal lag im stammeseigenen Jagdgebiet.

Abends erreichten die Wagen auf der einsamen Straße den Taleingang. Die Motoren verstummten. Die Kinder schauten und blieben leise. Anstelle des großen Zeltes, das für die Zeit der Exkursion bei Collins geblieben war, stellten Harry und Mary zwei kleine geliehene Jagdzelte auf und statteten sie mit Decken aus.

Die Luft war rein, wohltuend, feucht, erfüllt vom Duft des Wassers und der Bäume. Der durchsichtige Bach klickerte, sprühte, plätscherte über roterdiges Gestein, fing die Sonnenstrahlen, mußte sie wieder loslassen, spiegelte sie von neuem, ließ sich von ihnen bis auf den Grund durchschauen. Sein Wasser schmeckte kühl und köstlich. Das Gras war saftig-grün und kräftig; jeder Halm hatte seine Form und seine besondere Farbe im Abendlicht. Die Gäste, die die Natur hier als die ihren empfing, gingen langsam am Ufer hin und her; die Spannung wich aus ihrem Körper und ihren Gliedern. Sie fühlten sich frei, leicht wie Vogelschwingen. Hanska und Wakija begannen fröhliche Geschichten und Geschichten ernster Jagdgefahren zu erzählen, die sie hier mit Inya-he-yukan erlebt hatten. Mit Bär, Luchs, Wolf, Elch konnte man rechnen. Percival richtete ein kleines Feuer, die Flämmchen flackerten und knisterten. Sie sollten sich nicht verbergen, sie sollten unerwünschtes Getier verscheuchen.

Die Schatten wuchsen, kaum merklich, aber unversehens waren sie groß. Die Sonnenkugel hatte sich zu den Bergen herabgelassen, die das Tal einschlossen; sie verströmte ihr rotes Blut, wurde schwächer und schwächer und schwand dahin. Die Berge, eben noch wie ein Lichtzauber schwerelos thronend, wurden schwarz, schwer, drohend. Der Bach schien lauter zu rauschen. Im Walde rührte es sich von schwer abzugrenzenden Geräuschen, ein Rascheln da, ein Kratzen dort.

Ein Fauchen.

Ja, ein Fauchen.

Die Kinder wurden in die Zelte geschickt.

Ein Luchs?

Nein, nur eine Wildkatze, die auf Beute ausging. Auch sie war gefährlich, liebte es, die Augen der Beute anzuspringen und auszukratzen. Für einen Schuß ließ sie sich nicht sehen.

Die Männer wickelten sich in ihre Decken und behielten die Waffen bei sich. Sie schliefen im Freien, jeweils mit einem als Wache. Die Zelte blieben den Kindern und Ite-ska-wih überlassen.

Die Morgensonne kam spät in das Tal; die Gipfel strahlten und glühten längst im immer neuen Wunder des Lichtes; ihre Schwere war wieder geschwunden; sie waren wie dunstige Helle. Der Bach lachte und quirlte sich über die rote Erde hinweg.

Schwer war die Frage, wer bei den Wagen zurückbleiben solle. Percival entschied, daß er sie in Obhut nehmen werde. Von der Wanderung sollte keiner der Männer ausgeschlossen bleiben, der den Talweg in die Höhe schon mit Inya-he-yukan gemacht hatte und nicht nur dem Berg aus Stein, sondern auch dem Berg der Erinnerung begegnen würde.

Mit Rücksicht auf Wakiya-knaskiya gingen auch seine Begleiter nur langsam aufwärts. Ihre Füße fanden Halt an Stein und Moos; Hanska bog ungebärdige Zweige zurück. Alle, auch die Kinder, hielten sich eng zusammen. Sie gelangten zu der Stelle, an die sich schon Erzählungen und Sagen knüpften. Der Bach fiel in Schleiern von Steinterrasse zu Steinterrasse; man konnte hinter diese perlmuttschillernden Wasserschleier treten und einander necken. Die Spur eines schweren Elches führte über eine Terrasse von einem Ufer zum andern. Hanska machte die Kinder darauf aufmerksam; sie lasen die Fährte, die im Walde verschwand, voll Eifer.

Man lagerte sich, fand weitere Spuren, sogar die eigene vom Frühjahrsbesuch her; man machte ein kleines Feuer und briet Vorräte von Frau Evelyn. Hanska zeigte den Kindern die Stelle, an der eine Bachforelle unter dem Uferüberhang stand und leicht mit der Hand zu fangen gewesen wäre. Doch der Proviant von Frau Evelyn war reichlich, und die Beobachter ließen den Fisch am Leben. Es war das Tal des »kleinen Fisches«. Hanska wollte noch hinauf zu dem Sumpf, wo der alte Inya-he-yukan als junger Mann seinen sagenumwobenen Falbhengst gefangen hatte mit Hilfe seines Freundes Donner vom Berge, des Siksikau, und wo er vor wenigen Jahren auf der Adlerjagd fast ungekommen war, als er die in das Sumpfloch gefallene Beute holen wollte. Hanska schaute sich um, sein Blick blieb an Harry Kte Ohitaka hängen. »Komm du mit, damit du die Wege unseres Vaters kennenlernst.«

Wakiya blieb bei Ite-ska-wih zurück. Sie genossen miteinander den Tag der Ruhe, des Stillschweigens und Nachfühlens; die Kinder spielten am Wasser. Einmal in Stunden hörten sie von sehr fern ein Geräusch, das nicht ein Ton der Natur war.

»Jetzt hat er geschossen«, sagte Wakiya. »Vielleicht bringt er einen Adler mit. Es gibt viele hier.«

Nachmittags gab es wiederum etwas zu erlauschen. Die leisen Geräusche, die nicht verborgen wurden, aber neben dem Wasserrauschen kaum hörbar blieben, kamen von unten herauf auf das Lager zu. Ite-ska-wih horchte mit unruhiger Aufmerksamkeit, aber Wakiya beschwichtigte sie und lächelte.

Er hatte recht gehabt, wenn er nichts Böses erwartete. Aus dem Walddickicht traten Rote Krähe und Percival an das Bachufer heraus.

»Hay!«

Ite-ska-wihs Wangen wurden warm.

»Keine Sorge«, beruhigte Rote Krähe. »Der alte Geheimnismann ist bei den Wagen geblieben; unser Tipi steht bei euren Tipis.« Es wurde von nun an englisch gesprochen, das alle verstanden. Das Wort Tipi — teepee — fand sich auch in dieser Sprache als Fremdwort.

Percival und Rote Krähe badeten im Wasser um die perlmuttfarbenen Schleier, die Kinder lachten aus vollem Halse und plantschten mit. Ite-ska-wih freute sich, daß auch Percival nun das Tal bis an den Berg herauf kennenlernte. Sie freute sich stets mit, wenn andere Grund zur Freude hatten. So blieb sie trotz aller Sorgen und Nöte ein Mensch der Heiterkeit.

Die Stunden liefen, die Sonne stieg und sank. Die Zungen lösten sich allmählich. Wakiya-knaskiya begann von California zu erzählen, das er allein von allen Anwesenden kannte, von der bunt-lauten

Stadt San Francisco, von der Insel Alcatraz, die der Bai vorgelagert war; verlassen und nutzlos lag sie wieder da, nachdem die Indianer sie hatten verlassen müssen, weil ihnen die Süßwasserleitung abgeschnitten worden war. Die Kinder wollten viel von dieser Insel hören, von den Gefangenen, die dort geschmachtet hatten, von den Wirbeln im Meer, die die Schwimmer hinunterschlangen, von den Männern und Frauen, die es gewagt hatten, an der Insel des Nachts im Kanu zu landen. Fast ein Jahr lang hatten sie sie besetzt gehalten und Wasser im Schiff herangeschafft. Es war eines der Fanale im Freiheitskampf der Indianer gewesen. — Wakiya erzählte auch von den Riesenbäumen in California, die größer waren, als sonst je ein Mensch einen Baum gesehen hatte, und älter als die Zeit, in der die Watschitschun nach California gekommen waren. Sie wußten und rauschten noch von den Tagen und Nächten indianischer Freiheit und von denen des Goldrausches der Watschitschun. Wakiya erzählte von den vielen schönen, fremdartigen Blumen und von den vielen fremdartigen Menschen, die in California ihr Glück suchten. Er erzählte, daß es auch dort Indianer gab, Indianer auf dem Lande und Indianer in der Stadt. Sie hatten in demokratischen kleinen Republiken gelebt, wie andere Stämme auch. Diese friedlichen Menschen waren verfolgt und beinahe ausgerottet worden. Auch unter ihnen fanden sich aber solche, die tranken und sich bestechen ließen, indianische Freiheitskämpfer zu überfallen.

Es gab noch viel zu tun.

»Das wird einmal auch eure Sache sein«, sagte Wakiya zu den Kindern. »Wir werden noch nicht damit fertig.«

Die Kinder horchten auf. Mary verstand schon voll und ganz, was Wakiya-knaskiya sagen wollte.

»Werdet ihr in San Francisco nur deinen Rencho besuchen?« fragte Rote Krähe. »Oder wollt ihr euch noch etwas weiter in California umsehen?«

»Ich hoffe, Rote Krähe, denn wann kommen wir wieder dorthin? Ich weiß aber nicht, wie lange es Hanska aushält, nichts von seinen Pferden zu hören.«

»Nicht zu lange, denke ich«, vermutete Percival und erinnerte sich dabei ohne Zweifel auch an den Rappen.

»Ich nenne euch aber den Namen einer Siksikau in Santa Barbara, falls ihr so weit südlich fahrt«, teilte Rote Krähe mit. »Sie ist eines unserer tüchtigsten Mädchen.«

»Erzähle«, bat Ite-ska-wih. Sie spürte, daß Rote Krähe etwas auf dem Herzen hatte, was nicht nur die unternehmenden Reisenden betraf.

Rote Krähe lebte auf. »Sie war schon als Kind ein wenig anders als die anderen. Sie dachte viel nach; manchmal stellte sie Fragen, die ich nicht beantworten konnte. Das Baccalaureat machte sie als die Beste ihrer Klasse. Schön ist sie auch geworden, als sie heranwuchs.«

Rote Krähe bemerkte in dem Eifer, mit dem er sich aussprach, selbst nicht, wie persönlich er wurde. So hatte ihn Ite-ska-wih noch nicht erlebt, nicht einmal, als er um sie warb. Aber damals hatte er an dem Recht dessen, was er tun wollte, gezweifelt. Jetzt brauchte er wohl keinen Zweifel zu haben.

»Sie hat ein Stipendium für eine Collegeausbildung erhalten und ist medizinische Assistentin geworden. Ganz allein und einsam ist sie in der weißen Welt und hat sich doch als Indianerin behauptet. Sie ist ein paar Jahre älter als ich.«

»Ihr schreibt euch Briefe?« fragte Ite-ska-wih.

»Manchmal schreiben wir uns einen Brief. Wenn es etwas Wichtiges zu sagen oder zu fragen gibt. Sie verachtet mich nicht, obgleich ich nie auf ein College der Watschitschun gehen werde. Ich verachte sie nicht, obgleich sie es getan hat. Verschlungene Wege können zu dem gleichen Ziel führen. Meint ihr nicht?«

»Wir meinen es«, antworteten Ite-ska-wih und Wakiya.

»Wo ist sie jetzt?«

»Eben in Santa Barbara. Ein berühmter Chirurg der weißen Männer hat sie als seine Assistentin angenommen. Bringst du ihr einen Brief von mir, Ite-ska-wih?«

»Ja, dann müssen wir wohl bis nach Santa Barbara fahren.«

»Sowieso«, gestand Wakiya, »damit Percival eine neue Nase erhält.«

»Was soll das nun wieder heißen?« schalt Percival.

»Ganz einfach ist das«, erklärte Wakiya dem Ahnungslosen. »Deine Narben sind Zeichen deiner Tapferkeit und der Niedertracht deiner Feinde. Du wirst sie immer mit Stolz tragen. Aber du brauchst eine neue Nase, damit du wieder besser atmen kannst. Ich meine, eine vervollständigte Nase.«

»Das geht doch überhaupt nicht«, bestritt Percival, sachlich, als ob er von einem Fremden rede.

»Es geht, du wirst sehen. Wir haben die Empfehlung von Rencho an diesen Doc Raymund. Übrigens — wie heißt dein Mädchen, Rote Krähe?«

»Elizabeth Peck.«

»Sie soll unser Vorhaben unterstützen. Kann sie das? Dann werden wir ja sehen, was sie für ein Mensch ist.«

»Ein guter, Wakiya. So gut wie Ite-ska-wih, nur anders. Besser ist keine.«

»Doch älter ist sie.«

»Ja. Ich sehe aber, daß ihr Alter nicht richtig zählt. Alter, das ist für euch nur eine Zahl der Winter und Sommer. Alter ist aber auch ein Gewicht der Winter und Sommer. Die Winter und Sommer, die ich in der Lehre, in den Übungen des alten Geheimnismannes verbracht habe, ohne Eltern, ohne Geschwister, zählen doppelt und dreifach; ich habe sie oft als schwere Last getragen, dabei wurde ich aber stärker. Ich bin nicht mehr jünger als Elizabeth Peck.«

Ite-ska-wih wollte Rote Krähe in die Augen sehen, doch dieser gestattete es nur für den Bruchteil eines Augen-Blicks, dann wanderten seine Pupillen wieder weiter.

»Elizabeth Peck«, wiederholte sie.

Percival hielt den Kopf zur Seite geneigt, als ob er das, was Rote Krähe gesagt hatte, aus einer weiteren Blickrichtung überprüfen wolle. »Es kommt ja darauf an«, meinte er schließlich, »welche Art von Gewichten man trägt. Manchmal sind es nicht einmal Gewichte, sondern Stricke.«

»Die Zivilisationsnetze«, fügte Ite-ska-wih hinzu, weil sie an Joan Howell dachte.

»Oder ein Alleinsein«, sagte Percival, als er die Zeit überdachte, in der er durch die Entstellung seines Gesichtes von anderen getrennt war.

Die gewandten Sprünge, mit denen Hanska und Harry Kte Ohitaka im Bachbett, an den Ufern, in natürlichen Waldschneisen zu Beginn der Nacht zurückkehrten, waren schon von weitem zu hören. Sie mußten beide müde sein, aber davon war nichts zu bemerken, wahrscheinlich merkten sie es nicht einmal selbst, da der Erfolg sie beflügelte. Hanska hatte einen alten großen Adler erlegt, ohne Zielfernrohr, mit einem einzigen Schuß, wie einst Inya-he-yukan. Harry hatte ihn zuerst gesehen. Er besaß Vogelaugen, Falkenaugen. Die schönsten Schwanzfedern sollten dem Grab des Ahnen gehören.

Jubelgeschrei empfing den Jäger.

Niemand hatte Lust, in dieser Nacht noch zum Abstieg aufzubrechen. Am rauschenden Bach, in der vom Wasserstaub geschwängerten Sommernachtsluft, beim Standquartier des kleinen Fisches lösten und streckten sich Körper und Glieder zum Schlaf.

Mit dem folgenden Morgen, an dem die Sonne aufwärts stieg, hieß es für die Besucher des Bergtals abwärts gehen. Jeder paßte auf Schritt und Tritt auf, keiner hing einem abschweifenden Gedanken nach, jeder fühlte die Frische und Köstlichkeit dieses Tals, das noch Zeichen und Mahnung war, was der Indianer einst besessen, genossen und geliebt hatte an seiner Mutter Erde.

Die Begegnung mit dem alten Geheimnismann, die Freundschaft der Familie Collins, das Aufladen von Tschetansapas Zelt schloß den Besuch in Kanada ab.

Die Motoren sprangen an und surrten leise, während die Fahrt hinunter zur fernen Küste Californias ging.

Das erste Ziel war die große Stadt San Francisco. Schon bei der Einfahrt begann Ite-ska-wih zu vergleichen. Diese Stadt war anders als Chicago, das sie von ihren Kindheitstagen her kannte. Schmutzige und verfallende Zeugen einer überholten Vergangenheit fehlten. Wells Fargo, die Versicherung, deren Beauftragte einmal die Pferdepostwagen zu Pferd mit dem Colt beschützt hatten, kratzten jetzt mit ihrem himmelhohen Bürohaus die Wolken. Die Fabrikgebäude waren sachlich-kalt, die Häuser, in denen sich die armen Leute verkrochen, hatten bei der Ausbreitung im letzten Kolonialzeitalter mehr Platz gefunden. Unmodernen steinernen Prunk gab es auch hier, aber es gab auch Straßen und Treppen zwischen Blumen. Eine Straßenbahn klingelte als Kuriosität bergauf, bergab zum Kai und zurück zum Stadtzentrum. Die Brücken spannten sich gewaltiger, als Ite-ska-wih je eine Brücke gesehen hatte, und zeugten für die Baukunst der Watschitschun. Die Reklamebilder der Gogogirls und der Spelunken, in denen sie auftraten, waren schamlos. Bunte kleine Gemüse- und Obstgeschäfte gab es, in denen fremdartige Männer freundlich verkauften. Einen Strand gab es nicht. Nur viele Cafeterias und Restaurants, Händler mit Fischen, Muscheln und Brot.

Das alles glitt vorüber, bis Hanska schließlich bei den Piers einen Parkplatz gefunden hatte. Er schloß die Wagen ab und steckte die Schlüssel sorgfältig ein. Man war in die Sphäre allgemeinen Mißtrauens gekommen, nicht eines persönlich geprägten Mißtrauens, sondern einer allgemeinen Ungewißheit gegenüber den Mitmenschen, wie sie in den großen Städten herrschte. Wakiya führte auf die Schiffslandebrücke, die den Blick auf die Insel Alcatraz erlaubte. Da war sie, vom Meerwasser der Bai umspült, vom Bau des alten Gefängnisses, das nicht mehr benutzt wurde, gekrönt. Ungenutzt, einsam mitten im Trubel lag sie da. Die Touristendampfer fuhren darum herum. Die Indianer waren daraus vertrieben. Sie gehörte aber zu dem Land, das ihr Land war. Ite-ska-wih hatte bei einem Fisch- und Ansichtskartenhändler drei alte Ansichtskarten aus den Fächern des Standes herausgekramt. Auf der einen war Alcatraz abgebildet mit dem ironischen Spruch: »Wish you were here«, das konnte bedeuten: »Wünsch dich ins Gefängnis, wo ich sitze«; auf der zweiten war im Himmelsblau der Kopf eines Indianerhäuptlings zu sehen, der Spruch lautete: »Das ist unser Land«. Die dritte zeigte ein Schild: »For sale or lease«, »Zu verkaufen oder zu verpachten«. Die Indianer hätten die unfruchtbare Insel kaufen können, aber besetzen durften sie ihr Eigentum nicht.

»Daheim müßt ihr Tatokala befragen oder Ken, wenn er wieder einmal kommt. Sie sind damals dabeigewesen«, sagte Hanska den Kindern.

Es war Zeit, ins Quartier zu gehen. Wakiya übernahm die Führung der Wagen. Er steuerte nicht zu dem Büro der Rechtsanwälte, wo er nach einem schweren epileptischen Anfall entlassen worden war. Die Fahrt ging in die Fabrik- und Armenviertel. Er stoppte vor einem schmucklosen Haus und trat ohne Zögern mit Hanska zusammen ein. Rechter Hand führte vom Hausflur eine Tür in eine Wohnung von zwei Zimmern und Küche. Ein Eskimo mit Namen Martell Ingalls begrüßte die Eintretenden. Seine Frau stand am kleinen Elektroherd; fünf Kinder hängten sich an ihren Rock, als die Fremden hereinkamen.

»Kommt wieder einmal einer von euch«, empfing Martell. »Wie geht es Hugh Mahan?«

»Noch immer am Leben.«

»Das muß man wohl dazu sagen, so wie es bei euch rund geht.«

Martell wandte sich an seine Frau. »Sophia, sie essen alle Fische«

— das war das billigste, was sich auftreiben ließ — »und Percival haben sie auch dabei.«

Martell arbeitete noch immer als Drucker bei der Volkszeitung, aber die Preise waren schneller gestiegen als die Löhne, und fünf Kinder aßen viel.

Ein Zimmer wurde den Gästen zur Verfügung gestellt; sie konnten sich darin niederlassen, in den Decken gut nebeneinander verpackt wie die Heringe. Müde waren sie alle. Draußen begannen bei Dunkelheit die Sirenen der Feuerwehr, der Polizei und der Sanitätswagen zu heulen. Ite-ska-wih kannte diesen Nachtgesang der Stadt. Die Kinder horchten auf; aber bald überwältigte sie der Schlaf ganz.

Hanska lag an der Tür. Er blieb länger wach und schlief endlich nur im Halbschlummer. Das Geräusch, das er gefürchtet hatte, ließ sich nach Mitternacht hören. Er erhob sich lautlos und schlich hinaus. Die beiden jugendlichen Diebe waren überrascht. Sie standen bei dem Ferrari, bemüht, ihn irgendwie zu öffnen.

Hanska machte kein Federlesen und keinen Lärm. Er riß seine beiden Pistolen heraus und legte an.

»Ab mit euch!«

Die beiden verschwanden in der Dunkelheit. Hanska bezog für die restlichen Nachtstunden sein Quartier im Wagen. Percival kam heraus und nahm den Jaguar für sich in Anspruch. Dieser Platz war bequemer als der im Zimmer.

Die Sommersonne weckte um 4.a.m. Martell kam um 6 Uhr von der Nachtschicht nach Hause. Man frühstückte Brot und Fische, trank dünnen Kaffee, tauschte Nachrichten und die weiteren persönlichen Pläne aus.

»Santa Barbara? Mit zwei Wagen?«

»Indianer verschwenden, das weißt du doch.«

»Ihr habt also Wichtiges vor. Wann fahrt ihr?«

»Ich gehe erst zu Rencho. Nicht zu ihm ins Büro, sondern in seine Wohnung. Er steht früh auf. Ich mache mich gleich auf den Weg. Kommst du mit, Ite-ska-wih?«

Sie nickte und machte sich bereit.

Rencho wohnte in einem der Villenviertel oberhalb der Bucht, inmitten von Blumengärten, in denen die Blüten sich jetzt unter der Morgensonne noch weiter öffneten. Die Eingangstür war einfach in der Form, kostbar im Holz. Wakiya klingelte. Ein Hund schlug an;

seine Stimme ließ auf seine Größe schließen. Eine Frau kam, man hörte ihren Schritt, sie öffnete.

»Mister Byron Bighorn? Ja, Mister Rencho erwartete Sie schon gestern.«

Ite-ska-wih wurde mit eingelassen.

Das Zimmer, in dem die beiden warteten, schien ein Wohn- und Empfangszimmer zu sein. Rechtsanwalt Rencho erschien.

»Hallo, Byron! Gut, daß Sie noch kommen. Morgen reisen wir in die Ferien. Sie holen das Geld ab, wenn ich Ihren Brief recht verstanden habe? Fünftausend Dollar?«

»Ja.«

»Bitte.«

Rencho hatte die Summe schon bereit. »Okay?«

»Okay. Konnten Sie mit Doc Raymund sprechen?«

»Leider nicht. Leider. Er nahm mit seiner Familie den Sommeraufenthalt auf den Philippinen. Jetzt ist er zu einer Ärztetagung in New Orleans. Ein sehr stark in Anspruch genommener Mann. Aber dieser Tage kommt er wohl zurück. Das beste ist, Sie fahren einfach hin.«

»Das denken Sie?«

»Ja, ich halte dafür, daß dies das Beste ist. Raymund ist noch relativ jung für seinen großen Ruf. Er ist einem Gefühl, ich meine einem Mitgefühl noch nicht ganz unzugänglich. Sie haben Ihren Patienten dabei?«

»Ja.«

»Gut.«

Rencho setzte Gebäck und einen Café vor, der die französische Schreibweise verdiente; mit dem üblichen amerikanischen Kaffee konnte er nichts gemein haben. Wakiya und Ite-ska-wih fühlten ihr Herz belebt. Das tat ihnen wohl, aber was sie eben erfahren hatten, war erschreckend für sie.

»Was kann ich noch für Sie tun, Byron? Wie geht es auf der Reservation? Wie man hört, fällt Ihr Killerchief bei der nächsten Wahl mit Sicherheit durch. Das ist das Ende der Killer bei Ihnen. Ausgezeichnet. Aber es gibt weitergehende Pläne. Schon davon gehört? Nein? Ah, Sie sind schon längere Zeit unterwegs. Die Regierung brütet ein großes Ei aus, das schon stinkt, ehe es gelegt wird.« Rencho machte eine Pause. »Ich will Sie nicht verschrecken, aber es ist besser, Sie wissen es vorher, Aufhebung der Reservationen.«

»Was heißt das?« fragte Wakiya, steif, mit halb abgewürgter Stimme.

»Nichtigkeitserklärung aller Verträge, auf die Sie sich mit steigender Intensität berufen haben. Vertreibung vom Reservationsland. Uran, Kohle, Öl und was sich sonst noch auf Reservationsboden befinden könnte, fällt dem Meistbietenden zu. In diese Richtung gehen regierungsseits die politisch-ökonomischen Spekulationen. Sie werden natürlich protestieren . . .«

»Wir allein?«

»Sie werden Freundesstimmen hören. Alles in allem . . . lassen wir das. Es ist noch nicht soweit, es wird nur darüber nachgedacht. — Sie müssen jetzt das Nächstliegende in Angriff nehmen. Die Fahrt nach Santa Barbara.«

»Ja, Mister Rencho, die Fahrt nach Santa Barbara.«

Wakiya und Ite-ska-wih erhoben und verabschiedeten sich.

Ite-ska-wihs Hand zitterte. Sie mußte sich zusammenraffen. Sie durfte sich selbst nicht nachgeben. Wakiya-knaskiya war leichenblaß geworden.

Im Quartier schlief Martell Ingalls noch; sie wollten ihn nach der Nachtschicht nicht stören. Frau Sophia stillte ihr jüngstes Kind. Die übrigen Kinder waren dabei, sich untereinander anzufreunden.

Auf einem Wandbrett lag die neueste Nummer der Volkszeitung, die Martell aus dem Nachtdienst mitgebracht hatte. Wakiya nahm sie sich. Ein Artikel war angestrichen. Er trug die Überschrift: »Vertreibung der Vertriebenen? Neue Völkermordpläne«.

Wakiya las und reichte die Zeitung an die anderen weiter. Auch Harry und Mary lasen sie schon ohne Mühe.

Schweigen legte sich wie Frost mitten im Sommer über alle.

Wakiyas Züge wurden blutrot.

»Also auf, Hanska, nach Santa Barbara. Alles, was ein Indianer noch für sein Leben tun kann, muß jetzt gleich getan werden.«

Die kleine Gruppe besuchte auf Martells Rat noch einen alten Indianer. Er hatte ein großes Werk vor sich, er sammelte die Stadtindianer, die zerstreuten, verlorenen, trinkenden, arbeitenden. Sie konnten eine neue Macht werden, eine zweite Macht. Niemand vermochte sie zu vertreiben. Sie standen auf einem letzten uneinnehmbaren Posten im Lärm, zwischen Steinen, umgarnt von Branntwein — aber sie standen noch, und sie konnten sich Rücken an Rücken stellen. Ite-ska-wih, das Kind aus dem dunklen Keller, fühlte sich auf einmal wieder enger mit ihnen verbunden. Aber das Band konnte sich nur von der Prärie aus um sie beide schlingen, die auf der Erde unter der Sonne und die in den Steinschluchten im Staub. Mit Nägeln und Zähnen wollte sich Ite-ska-wih um jeden Grashalm wehren, über den der Fuß ihres Kindes einmal laufen würde.

Dann ging die Fahrt aus der Stadt hinaus. Ite-ska-wih sah weder Fabriken noch Arbeiterhäuser, noch Blumen, noch Villen, noch Krebse, Fische und Ansichtskarten. Sie sah noch Alcatraz. Endlich war auch das entschwunden, aus dem Gesicht und auch aus den Gedanken.

Das Nächstliegende tun. Dann heim und beraten mit Wasescha, mit Morning Star, mit den Indianerführern im Zentrum von New City.

Die Küstenfahrt war lang. Das Meer rauschte in machtvollen Wellen. Kahle ausgetrocknete Berge begleiteten es, in denen noch Berglöwe, Wolf und Kojote hausten; Obstranches gürteten den Fuß der Berge. Alle Bäume waren unfaßbar alt, unfaßbar hoch, unfaßbar umfangreich ihre Stämme. An den Stränden sonnten sich die weißen Einwohner und die Touristen. Schön war das Land, fruchtbar; feuchte Nebel zogen umher und schützten vor der Sengeglut der Sonne.

Hanska, Percival, Wakiya und Ite-ska-wih fuhren an einer einzigartigen Küste vorbei, aber sie dachten zunächst an ihre Abschiedsgespräche in San Francisco, nicht an das mit Rencho, dem Freund, der in einer anderen Sphäre lebte, sondern an das mit jenem alten Indianer.

Santa Barbara wurde erreicht. Die Gedanken an die Ferne rissen ab, das Nahe rückte noch näher. Rencho hatte versagt. Es war nicht seine Schuld, daß Doc Raymund auf den Philippinen seinen Urlaub genoß und daß er zu einer Tagung nach New Orleans fuhr. Aber Rencho hatte auch jetzt keine empfehlende Zeile mitgegeben und kein Telefongespräch angemeldet. Er hatte das Geld ordnungsgemäß aufbewahrt und ausgehändigt. Dies war kein honorarpflichtiges Rechtsanwaltsgeschäft.

Die letzte Hoffnung in Percivals Angelegenheit blieben Elizabeth Peck und ihr Chef Doc Raymund. Die Hoffnung war dünn. Ite-ska-wih gestand sich das ein. Aber auch dünne Fäden konnten halten. Es kam auf ihre Eigenschaften an.

Auf dem Brief Rote Krähes an Elizabeth stand deren Adresse und auch die Adresse von Doc Raymund. Er war mit seiner Familie wieder zu Hause, das war leicht festgestellt. Elizabeth wohnte in einem Appartement in der Nähe des Krankenhauses. Dort konnte man sie wohl des Abends antreffen.

Die Vermutung traf zu. Spät kam sie nach Hause. Zu viert standen die Gäste vor ihrer Tür, drei Indianer und eine Indianerin. Hanska hielt den Brief deutlich sichtbar in der Hand. Elizabeth warf einen Blick darauf, erkannte offenbar schon auf der Adresse die Handschrift und lud die unerwarteten Gäste ein, mit ihr zu kommen.

Das Eß- und Wohnzimmer, durch eine halbhohe Wand von der Küche getrennt, war zweckmäßig und mit Geschmack eingerichtet. Ein Bild von Gipfeln der Rocky Mountains erinnerte an die Heimat. Elizabeth bat, sich zu setzen, und las den Brief. Sie nahm sich Zeit, vertiefte sich in den Inhalt, der sie stark zu beschäftigen schien, denn sie las dreimal. Rote Krähe hatte einen erstaunlich langen Brief geschrieben.

Ite-ska-wih betrachtete Elizabeth unauffällig von der Seite. Sie war ernst. Sie war abgespannt. Aber unzufrieden wirkte sie nicht. Um ihre Mundwinkel lag noch der freundlich heitere Zug, der sonst in diesem noch jungen Gesicht kaum mehr einen Platz fand. Dieser Zug wurde jetzt deutlicher.

»Moment«, sagte sie schließlich und verwahrte den Brief sorgfältig. Sie öffnete den Kühlschrank und brachte Essen auf den Tisch. Aufschnitt, Brot, Früchte; dazu bereitete sie Tee, der sanft duftete.

»Ich verstehe alles«, sagte sie, nachdem die erste Tasse die Gäste und sie selbst erfrischt hatte. »Ich verstehe. Diese Nase ist für Doc Raymund kein Problem. Er hat eine Zauberhand. Das Geld ist sein Problem. Bist du mit mir verwandt, Percival?«

»Nein.«

»Ich denke, Rote Krähe wird mit mir verwandt sein. Der alte Inya-he-yukan — Ochguchodskina sagen wir — hatte eine Siksikau zur Frau, sie hieß Sitopanalu ›Ihre Füße singen, wenn sie geht‹. Ihr Geschlecht war verwandt mit dem Geschlecht, aus dem Rote Krähe stammt. Rote Krähe bittet mich, seine Frau zu werden. Das sagt er zum erstenmal. Ich will seine Frau werden. Er wird mein Mann sein, das ist mein Verwandter. Dich, Percival, nennt er seinen Bruder. Dagegen läßt sich nichts einwenden. Doc Raymund wird meinen Verwandten behandeln, als ob es sein Verwandter sei. Verwandte bezahlen nichts. Okay. Doch der Doc muß viel Geld für seine Operation nehmen, weil seine Kollegen das von ihm verlangen. Er schwimmt in Dollars. Er wird mir einen Wunsch erfüllen. Verwandte bezahlen nichts. Doc Raymund ist ein freundlicher Mann für alle seine Angestellten, die tüchtig arbeiten. Er glaubt, ich sei tüchtig gewesen; so sagt er.«

»Gewesen?«

»Ich verlasse ihn ja jetzt und gehe zu meinem Stamm zurück. — Percival, willst du nur deine Nase in Ordnung bringen lassen oder alle deine Narben und deine Kopfhaut?«

»Die Nase. Für den Atemzug. Die anderen Narben sind mein Stolz. Ich war bei den Aufständischen im Ring. Deshalb wollten mich die Killer ermorden.«

Man saß die halbe Nacht beisammen. Nur Hanska war schnell zum Strand gefahren, um die Kinder und den zweiten Wagen herauf zu holen.

»Kommt morgen alle zu Doc Raymund, des Abends«, schloß Elizabeth. »Er wird sich für euch interessieren. Das ist etwas Neues für ihn. So viele Indianer auf einmal. Keiner betrunken, alle sauber. Schöne Menschen. Menschen, die arbeiten. Seine Kinder werden euch auch sprechen wollen. Sie machen sich Gedanken. Percival bleibt dann gleich bei uns. Aber mit ein paar Wochen mußt du rechnen, Percival, bis die Indianerhaut und die Knorpel verpflanzt und angewachsen sind. So lange bist du mein und Rote Krähes Gast. Du bist unser Bruder.«

Elizabeth behielt Ite-ska-wih und die Kinder für die Nacht bei sich. Die Männer schliefen wieder in den Wagen. Harry rechnete sich zu den Männern.

Ite-ska-wih lag bei Elizabeth im bequemen Bett. Sie hörte den regelmäßig werdenden Atem der Einschlafenden und dachte noch, ehe sie selbst einschlummerte: Was für ein Mensch. Sie wird Rote Krähes Gefährtin sein, nicht ihm untertan. Sein zweites Selbst kann sie werden; die beiden werden voneinander lernen, während sie kranken Menschen helfen. Sie wird eine Frau werden ähnlich wie die stolze Evelyn Collins, von der ihr Mann sagte, sie habe auch ihre eigenen Gedanken. Rote Krähe wird nicht mehr einsam sein.

Ite-ska-wih überkam ein glückliches Gefühl der Ruhe. Ein solches Volk konnte nicht untergehen.

Morgens ging Elizabeth zum Dienst ins Krankenhaus; sie war Operationsassistentin Doc Raymunds. Raymund war erst des Abends zu sprechen, dann, wenn er wahrscheinlich erschöpft von Operationen und schwierigen Besprechungen nach Hause kam. Bis dahin war der heraufziehende Tag für die Gäste frei.

Ite-ska-wih kaufte in einem chinesischen Geschäft eine fertig zubereitete Mahlzeit, sogenannte Chinese food, für neun Personen ein. Sie war nicht teuer und sättigte für den ganzen Tag. Der Inhaber, der zugleich der Verkäufer war und von 6 Uhr früh bis 12 Uhr nachts im Laden stand, zeigte sich freundlich. Auch seine Haut war nicht weiß.

Was konnte man in Santa Barbara, der Stadt der vermögenden Leute, an einem freien Tag tun? Man konnte wieder an den Strand gehen, in der milder werdenden Sonne liegen, dem Rauschen des Ozeans lauschen, sich in den Sand wühlen, im Wasser spielen, die kleinen Kinder und Ite-ska-wih aber nur am Rande, denn sie konnten noch nicht schwimmen und durften nicht in Wellen geraten, die sie hinausreißen konnten. Die Männer sowie Harry und Mary wagten sich in das große Wellenspiel; sie hatten im Schwimmbad der Reservation Schwimmen gelernt und übten es jetzt unter ganz anderen Bedingungen. Der Strand war nicht stark besetzt, die Gruppe hatte einen Platz gefunden, wo sie allein war und Percival nicht angestarrt wurde.

Die Zeit verging schnell. Über dem Ozean sank die Sonne in überwältigend glühenden Farben wie daheim in der Prärie. Das Rauschen der Wellen wurde sachter. Sie schillerten in der Dämmerung. Die Besucher des Strandes räumten das Feld. Ite-ska-wihs Gruppe hatte sich im Sande trocknen lassen. Nur das dichte schwarze Haar war noch etwas feucht. Die Kinder hatten Muscheln gesucht, die sie mitnehmen durften. Wakiya erzählte noch von den Wundern und Gefahren des Meeres, in dem es auch Haie gab.

Man schlüpfte wieder in die Wagen und den Anhänger und fuhr die breite Straße hinauf zu dem Haus Doc Raymunds, das auf der Uferhöhe lag und einen weiten Rundblick bot. Es dunkelte schon. Die Vögel gingen zur Ruhe.

Am schmiedeeisernen Gartentor drückte Ite-ska-wih die Klingel.

Ein Hund schlug an. Eine sehr schlanke Frau erschien und öffnete. Offenbar war es Mrs. Raymund selbst, die die angemeldeten Besucher begrüßte und auch alle Kinder hereinbat. Einen Diener oder eine Haushälterin hatte sie nicht; vielleicht eine Küchenhilfe für große Gesellschaften und stundenweise zu bezahlende Kräfte für das Reinigen der vielen Räume. Hausangestellte waren auch für viel Geld nicht zu haben. Auch durch die große Zahl der Arbeitslosen wurde diese Tatsache nicht aus der Welt geschafft. Vielleicht erinnerte Haushaltsarbeit in der Familie zu sehr an die ehemalige Sklavenarbeit. An Haushaltstechnik fehlte es allerdings nicht.

Die beiden Wagen und Anhänger konnten in die große Garage gefahren werden. Durch den Garten führte der plattenbelegte Weg zur Haustür, die aus schwerem Holz gearbeitet war. Die Diele war geräumig. Endlich tat sich das Zimmer auf, das die Hälfte der Hausfront einnahm und dessen breit angelegte Fenster den Blick auf die grünen blühenden Uferhänge und auf Strand und endlosen Ozean frei gaben.

Platz für zwölf Personen und mehr war auf gepolsterten Wandbänken, Sesseln, Stühlen und Hockern sehr leicht zu finden.

»Mein Mann wird gleich kommen.«

Ite-ska-wih wunderte sich, daß Elizabeth nicht gekommen war. War sie nicht mit eingeladen worden? Doch, sie kam nach und ließ sich etwas abseits in einem Eckstuhl nieder. Gekleidet war sie nicht schlechter als die Hausfrau, von der sie mit betonter Achtung behandelt wurde.

Getränke waren erst gefällig, als der arbeitsgeplagte Hausherr, wahrscheinlich nach einem eilig eingenommenen frugalen Dinner, endlich selbst hereinkam.

Er war von mittlerer Größe, schlank, beweglich. Sein blondes, etwas lockiges Haar wich schon von der Stirn zurück. Aus blauen Augen schaute er seine Gäste nicht ohne Erstaunen, mit ermutigender Gastfreundschaft an. Kinder schien er zu lieben; er ließ sich gleich die Namen nennen und erfuhr sie in der Stammessprache, womit die Kinder ihn ihrer Auffassung nach hoch ehrten; nicht einem jeden sagten sie, wie sie auf indianisch hießen.

»Sie haben ein Anliegen, ich weiß«, sprach der Arzt Percival an. »Wir haben heute Freitag; morgen und übermorgen ist freies Wochenende. Kommen Sie am Montag früh in die Klinik. Ich denke, es läßt sich etwas tun. Haben Sie unbegrenzt Zeit? Wichtig ist das

ungestörte gute Zusammenwachsen der alten und neuen Gewebe —
die ich natürlich Ihrem eigenen Körper entnehme.«

»Unbegrenzt nicht«, antwortete Percival gelassen. »Ich bin ein
einfacher Cowboy und will zu den Pferden zurück.«

»Also wie lange haben Sie Urlaub?«

»Ich habe keinen Master über mir. Wir arbeiten als Verwandte
zusammen.«

»Keinen Master, nur die Pferde über sich. Das ist gut.« Raymund
unterbrach sich, da seine drei Kinder hereinkamen, ein auffallend
schönes großes Mädchen, blond wie er selbst und, wie sich im
Laufe des Gespräches ergab, Studentin. Sie war offenbar die Älteste. Ihr folgte der ernsthafte Bruder, der noch auf die Highschool
ging und bemerkenswert stabil wirkte in Körperform und Haltung.
Der Jüngste hockte sich gleich vor den Fernseher, der ohne Ton im
Gange war. Raymund fuhr fort. »Cowboy zu Pferd somit?«

»Cowboy zu Pferd für Pferde. Pferderanch.«

»Oh. Das ist selten. Sie sollen einen hervorragenden Hengst besitzen. Im Radio war schon davon die Rede. In einer Rodeolifesen-
dung. Thomas hat sie gehört.«

»Der Hengst gehört mir nicht.« Percival wurde wie ein Igel, der
seine Stacheln stellt. »Unsere Pferde passen auch nicht nach California, da wäre ihnen die Luft zu weich.«

Raymund lächelte. Er hatte sofort begriffen, was in Percival vor-
ging. Der Indianer glaubte wohl, er solle den Chirurgen mit einem
edlen Pferd bezahlen.

»So war es nicht gemeint, Mister Percival.«

Harry Kte Ohitaka schämte sich bei dem Verlauf des Gesprächs
auf einmal vor sich selbst. Percival hatte sich das Fohlen erarbeitet,
hatte es zugeritten und vieles gelernt. Er liebte den Rappen. Aber
Hanska hatte ihn billig gekauft, und Krause hatte gesagt, Percival
müsse das Tier dem Waisenkind Ohitaka lassen. Das paßte alles
nicht zusammen. Es gehörte sich nicht, daß Ohitaka jetzt etwas
sagte. Indianerkinder wußten oder fühlten nicht erst mit zehn, sondern schon mit vier Jahren, wann sie zu sprechen hatten und wann
nicht. Aber wiederum konnte es einmal notwendig sein, das Ungehörige zu tun. Ohitaka machte den Mund ein paarmal auf und zu,
und Elizabeth gab dem Doc ein Zeichen, daß das Kind etwas zu sagen habe. Raymund wandte sich dem Buben zu. »Ja?«

»Der schwarze Hengst wird immer Percivals Mustang sein, so

338

wie ein Kind das Kind seines Vaters bleibt, auch wenn es in die Fremde verschickt wird. Wir besitzen den Rappen übrigens zusammen, und mein Vater und ich würden ihn auch nicht verkaufen.«

»Ein kluger Junge und ganz Indianer«, bemerkte der Doc zu Hanska. »Also im Familienbesitz befindet sich der Teufelshengst. Jetzt wird es interessant. Nur vorweg, ehe wir auf ein paar Probleme kommen, die mich sehr beschäftigen. Verwandtschaft gilt auch bei uns Weißen. Sie bezahlen natürlich gar nichts, Percival, weder mit Dollars noch mit Pferden. Sie sind der Bruder des zukünftigen Mannes von Miss Peck. Wir bedauern sehr, daß sie uns verläßt.«

Nach einer kleinen Kunstpause setzte Raymund hinzu: »Meine Tochter hat eine Frage mitgebracht. Hier in Santa Barbara kennen wir keine Indianer, aber die Indianer in der Prärie haben von sich reden gemacht. Also —«

»Ich habe indianische Studenten in San Francisco-Berkeley kennengelernt, Navajo. Glauben Sie auch, daß Ihr Volk eine Zukunft hat?« fragte die Studentin gespannt.

»Ja, natürlich«, antwortete Hanska.

»Ja«, sagte Wakiya.

»Selbstverständlich«, antwortete Percival. »Wieso nicht?«

»Auch mein Kind wird als Indianer leben«, erwiderte Ite-ska-wih.

Das schöne blonde Mädchen freute sich. »Siehst du, Dad!«

Die Frage, die jetzt zur Debatte stand, ließ die anwesenden Weißen noch aufmerksamer die anwesenden Indianer messen nach den Maßstäben, die Elizabeth am Abend vorher schon angedeutet hatte: nicht betrunken, sondern sauber, groß, schön, klug, der Arbeit verpflichtet. Waren das alles Ausnahmen? Oder gab es noch andere Regeln für indianisches Dasein als arbeitslos, arbeitsunlustig, betrunken, widersetzlich, schmutzig, verzweifelt?

Um die Lippen der drei jungen Männer legte sich der zynische Abwehrausdruck. Ite-ska-wih fühlte eher eine Möglichkeit, sich verständlich zu machen. Sie fixierte den Doc, der von ihrem Blick festgehalten wurde. »Wovon hängt es ab, Doc, ob ein Volk eine Chance hat?«

»Ich denke, Missis Mara, von tausend Umständen; aber vor allem davon, ob es selbst die Chance sucht und wahrnimmt.«

»So, wie wir hier sitzen, Doc — wir suchen sie alle. Auch unsere Kinder. Nicht wahr, Mary Wable-luta-win?«

»Ja, Ite-ska-wih.«

»So, wie wir hier sitzen« — mochten der Doc, seine Frau und seine Kinder in Gedanken wiederholen. Da saßen zwei auffallend große, kräftige junge Männer, die mit jungen Stieren und widersetzlichen Hengsten fertig wurden, sich zudem Gedanken machten und stolz waren, neben ihnen ein krank aussehender junger Mensch mit einem von Leiden, Fühlen und Denken geformten Gesicht — eine sehr junge reizvoll zuversichtliche und intelligente werdende Mutter — und fünf Kinder von wohlerzogener Haltung.

»Nun, die tausend Umstände«, fragte Ite-ska-wih währenddessen den Doc, »müssen sie alle günstig sein oder nur einige wichtige?«

»Haben Sie studiert?«

»Nein, Doc. Ich bin fünfzehn Jahre alt. Ich bin in Chicago in eine armselige Schule gegangen. Dann habe ich auf der Reservation auf die Männer meines Stammes gehört.«

»Bemerkenswert. Ein Autodidakt sind Sie. Was halten Sie selbst für wichtig?«

»Unsere Erde in unserem Besitz haben, lieben und pflegen. Wissen, wofür man lebt. Bruder und Schwester sein. Sich Zeit nehmen, um nachzudenken. Nicht nur nach dem Profit jagen.«

»Damit wollen Sie zum Erfolg kommen?«

»Dad!« Francis war ärgerlich. »So höre doch mal auf Leute, die sich nicht schinden wollen für Profit und Erfolg. Ich werde da auch nicht mitmachen, jetzt nicht und künftig nicht.«

»Über das ›künftig‹ reden wir in zehn Jahren, Francis. Was soll aus unserer Welt ohne Erfolg werden, meine Liebe?«

»Eine bessere Welt, weil sie den Erfolg der Humanität haben wird. So denken auch meine Navajo-Studentenkollegen.«

»Da hören Sie, Mara, wie weit solche Ideen schon gedrungen sind. Ich glaube aber immer noch, daß die Leistung entscheidet.«

»Wie Rufus Myer«, sagte Hanska.

»Wer ist das?«

»Ein Mißerfolgs-Rancher, der an den Erfolg glaubt. Wir arbeiten mit ihm zusammen.«

»Weiß und Rot zusammen?«

»In diesem Falle ja.«

»Sie müssen doch endlich heraus aus den Reservationen! Da ist Stickluft.«

»Sie haben uns ja darin eingesperrt.«

»Und jetzt?«

»Können wir gehen. Aber wir wollen nicht.«

»Ein bedeutender Fehler.«

»Natürlich, weil wir auf Uran, Öl und Kohle sitzen. Das merken Sie jetzt erst.«

»Und darum werden Sie jetzt die volle Freiheit erhalten.«

»Die vollständige Zerstreuung, Verelendung, Vernichtung als Volk. Wenn es nach den Weißen geht.«

»Was heißt ›als Volk‹? Sie sind Glieder der amerikanischen Nation so wie auch ich.«

»O nein, Doc Raymund«, warf Wakiya ein.

»Aber warum denn nicht?! Doch nur, weil Sie nicht wollen.«

»Sie sind ein egoistisches Volk und wünschen, uns zu Egoisten zu machen. Das wollen wir nicht.«

»Francis! Hältst du das für richtig?«

»Ja, Dad.«

»Auf diese Weise kommt ihr in Amerika nie zu etwas. Meine Frau und ich sind Einwanderer. Wir kamen aus Europa, allein, arm, auf ein Stipendium für ein Medizinstudium her. Als Assistent habe ich für dreihundert Dollar monatlich gearbeitet wie ein Erdbeerpflücker. Meine Frau machte die Verkäuferin im Supermarket. Als meine Assistenzzeit zu Ende war, habe ich auf eigene Rechnung gehungert, gearbeitet, nach Patienten gesucht. Heute habe ich sie. Ich habe auch eine Grapefruit-Ranch als Sonntagsbeschäftigung. Die würde ich Ihnen gern zeigen. Ranch mit mexikanischen Arbeitern. Eine Laufbahn wie die meine steht in Amerika noch immer jedem offen, wenn er nur tüchtig ist.«

»Jedem einzelnen, nicht wahr?« fragte Ite-ska-wih.

»Wie meinen Sie das?«

»Sie haben Ihr angestammtes Volk verlassen, Doc, nicht wahr? Entschuldigen Sie, wenn ich das so offen frage.«

»Es kommt mir heute noch komisch vor, daß ich ein Amerikaner sein soll.«

»Dad«, rief Francis, »das sagst du immer wieder. Du sollst es aber nicht mehr sagen. Wir sind Amerikaner.«

Raymund lächelte, verzichtend, unverstanden. »Sie also, Missis Mara, möchten Ihr angestammtes Volk nie verlassen?«

»Nein, nie. Wir alle hier sind entschlossen, unser Volk nicht zu verlassen. Denken wir so, Wakiya-knaskiya?«

»Hau. Verstehen Sie uns bitte, Doc. Sie sind ein Einwanderer, wie Sie selbst sagten. Wir sind die Ureinwohner. Das ist ein Unterschied.«

»Nicht doch«, bestritt Thomas. »Ihr seid auch eingewandert. Über die Beringstraße.«

»Sagen die Weißen. Aber vor vierzigtausend Jahren saßen wir schon in Texas. Der Unterschied bleibt. Oder nicht?«

»Wenn ihr ihn nicht aufgeben wollt, ja«, nahm Raymund wieder das Wort. »Aber was wählt ihr? Gemeinsam Arbeit und gemeinsam Unterworfensein oder ein hohes Lebensniveau für jeden Tüchtigen von euch?«

»Ein gemeinsames Leben der Tüchtigen, die die Erde und einander lieben, unter allerdings harten Bedingungen, aber nach eigenen Gesetzen«, formulierte Hanska. »Das ist es, wofür wir uns erhoben und auch gelitten haben.«

»Wer ist euer Chefideologe für solche Ideen? Der Medizinmann?«

»Nicht jeder Medizinmann und nicht nur ein Medizinmann. Wir arbeiten auch an unseren Gedanken gemeinsam.«

»Aber einige können das besser?«

»Natürlich. Zum Beispiel unser Wasescha Hugh Mahan, der Lehrer war; wir nennen ihn den ›Mann, der die Wahrheit spricht‹.«

»Ein großes Wort, das zu der Pilatusfrage reizt: Was ist Wahrheit?«

»Die nächsten hundert Jahre werden es zeigen; wir stellen uns, auch unter den unfairen Bedingungen, die die Regierung uns aufzwingt.«

»Die Praxis wird die Probe sein. Einverstanden. Prost.«

Der Doc hob das Glas. Die Indianer, Raymunds schweigsame Frau und seine Kinder stießen mit ihm an. Bei Elizabeth Peck hielt der Arzt dabei einen Augenblick an. »Sie wollen nach Maras Direktive Ihr Volk und die Armut wählen. Offengestanden, ich hatte nicht erwartet, daß Sie uns verlassen. Aus Liebe zu Red Crow? Das wäre ein auch uns Weißen verständliches Motiv.«

»Aus Liebe, Doc, und in der Freude, heimfahren, mithelfen und mitlernen zu können.«

»Als Entwicklungshelfer? Verstehen wir. Lernen werden Ihre Medizinmänner, Ihr junger Stamm von Ihnen. Aber Sie — von Medizinmännern?«

»Sicher, Doc. Es gibt Kräuter — Naturheilkunde — und es gibt psychische Beeinflussung.«

»Unbestritten. Vielleicht besuchen wir Sie einmal.«

Zum Abschied wurde beschlossen, daß die Gäste am nächsten Tag mit der Familie auf die Ranch fahren sollten, Thomas begleitete die Indianer in die große Garage hinaus, weil es ihn interessierte, was sie für Wagen fuhren.

»Ferrari und Jaguar!« meldete er seinen Geschwistern. »Habt ihr so was schon gesehen? Amerikanische Fabrikate gibt's für die wohl nicht. Alte Wagen, aber gut gehalten. Die sind nicht so arm, wie sie tun. Die müssen Erfolg haben mit ihren Pferden. Reisen von Nebraska nach Alberta, von Alberta nach California . . . überlegt euch das mal!«

»So hast du dir das mal wieder ausgedacht«, kritisierte Francis, »du möchtest wohl Honorar kassieren?«

»Blödsinn.«

»Hast du ›die‹ etwa gefragt, wie sie das machen?«

»Denke nicht daran. Denn dann macht Mama ihr Gesicht und sagt, ich benehme mich daneben, und ›die‹ sind imstande und geben mir eine freche Antwort.«

»Aber ich hab' sie gefragt.«

»Das sieht dir ähnlich.«

»Willst du die freche Antwort hören?«

»Mit welchem hast du denn gesprochen?«

»Mit dem Mädchen natürlich.«

»Dann rück raus.«

»Sie leben auf unfruchtbarem Land, auf Mini-Ranches, sie wohnen in einem selbstgebauten Blockhaus wie die ersten Pioniere Amerikas, sie zahlen für Besitz und Lohn auf der Reservation keine Steuern, sie zahlen keine Miete und keine Heizung, denn sie gehen mit der Axt los und holen sich Feuerholz. Sie essen Bohnen und Mehlklößchen und an hohen Feiertagen Fleisch; manchmal schießen sie sich einen Fasan. Sie haben zwei oder vielleicht drei Kleider und ihre Tracht. Sie trinken nicht. Sie haben keinen Fernseher, sondern nur ein japanisches Radio für zwanzig Dollar. Auf der Reservation gibt es nur ein mieses Café, keine Diskothek, kein Kino und kein Theater, keine Bibliothek, außer in den Schulen. Fußball und Hockey spielen sie auf ihrer Präriewiese. Ein Schwimmbad haben sich die Stammesangehörigen selbst gebaut. Ihre Kulttänze kosten keinen Eintritt, so wenig wie die Kirche. Heimlich lernen sie indianische Geschichte auf ihre eigene Weise. Sie haben Waffen und Munition; wenn es ihnen gefällt, fahren sie mit einem Jaguar und einem Ferrari von Nebraska nach Alberta und Kalifornien. Ihre wenigen Pferde sind Prachtpferde. Beim Rodeo gewinnen sie selbst erste Preise. So, nun weißt du es. Die vier armen Schlucker hier sind Champions ihres Volkes.«

»Volk sind sie überhaupt nicht. Stämme sind das.«

»Warum nennst du sie dann alle Indianer?«

»Weil sie so heißen.«

»Logik schwach. Weil wir sie so nennen. Sie sind aber Amerikaner. Uramerikaner.«

»Unsinn. Ein anderes Volk sind sie.«

»Das ist es ja, was sie fortwährend sagen. Uns betrachten sie als Besatzungsmacht. Aber zwischen Völkern könnte Freundschaft sein. Du kannst ja mit Harry reden. Dagegen hat Mam bestimmt nichts.«

Die Fahrt zur Grapefruit- und Avocadoranch war weit. Hanska und Percival hatten volltanken müssen, eine Ausgabe, mit der sie nicht gerechnet hatten; aber die fünftausend Dollar wollten sie keinesfalls angreifen.

Die Straße lief zwischen Küste und Bergen, eine reizvolle Strecke. Harry hatte Thomas in den nicht eben bequemen Anhänger gelotst, um sich von ihm informieren zu lassen. Er erfuhr, daß Wolken und Nebel ihre Nässe an Küste und Berghängen niederschlugen, das Gebirge selbst daher vollständig trocken, man konnte sogar sagen, ausgetrocknet war, nur ein Reich für Raubtiere. Die Rancher kämpften sich mit Pumpanlagen mühsam vom fruchtbaren Ufergelände in diese unwirtliche Wüstenei hinein. Sie mußten sich Hundemeuten zum Schutz gegen die Wildtiere halten, die in trokkenen Sommern zum Wasser vordringen wollten.

»Es sind jetzt schon Jäger und Fallensteller unterwegs«, erzählte Thomas. »Das wäre doch auch ein Indianerberuf. Oder?«

Harry hörte aufmerksam zu und schwieg vor sich hin. Jäger — ja. Wäre ein Beruf. Jäger, wozu? Um den letzten Berglöwen zu erlegen, damit die reichen Leute Grapefruits und Avocados essen konnten? Pfui. Nein.

»Nein«, sagte er nur, und Thomas konnte nicht begreifen, warum denn nicht. Er wartete vergeblich auf die Erklärung.

»Leben möchte ich schon da«, sagte Harry Kte Ohitaka auf einmal. »Ich meine, zwischen den Wildtieren.«

»Du bist ja kindisch.«

»Wieso? Das würdest du dich nicht trauen?«

»Quatsch. Trauen schon. Als Jäger.«

»Mit dem Standplatz auf einer Ranch, wo du dich hinter den Hunden verkriechst?«

»Du kennst das hier nicht. Du kannst auch nicht zwischen Raubtieren leben wie ein Raubtier. Tarzan gehört in den Filmschmus.«

»Kenne Tarzan nicht; euren Filmschmus sehe ich mir nicht an. Du kennst mich eben nicht.«

»Nein, ich kenne dich nicht.«

Damit war das Gespräch beendet.

Gegen Mittag wurde die Ranch erreicht. Ein weites, durch Bewässerung fruchtbar gemachtes Gebiet von Bergen und Tälern. Das Ranchhaus stand auf einer der Höhen und gab den Blick in die Runde frei.

»Da ist ein Pferd«, sagte Harry zu Thomas. »Wie viele habt ihr?«

»Das eine, genügt ja. Francis reitet nicht mehr ohne Sattel, und Mike ist noch zu klein. Es ist mein Pferd.«

Harry verbiß sich jede Bemerkung darüber, daß er das Pferd mager und unansehnlich fand. Die Weide sah miserabel aus. Bewässert wurden nur diese Grapefruits und Avocados. Wer daran etwas finden mochte! Er nicht. Der Schecke und der Rappe auch nicht und die Appalousa schon gar nicht. Doch mußte er vor sich selbst zugeben, daß Grapefruitsaft zumindest besser schmeckte als die Milch, die er bei der Schulspeisung zu trinken hatte. Ite-ska-wih trank solchen Saft anscheinend sogar mit Vergnügen.

Na ja. Aber Berglöwen dafür abschlachten — nein. Das nicht.

»Wenn ihr an das Pferd herangeht, ihr beiden«, der Doc meinte Harry und Thomas, »dann seid heute vorsichtig. Fernandez« — das war der mexikanische Vorarbeiter — »hat es eine Woche lang mit Hafer aufgefüttert. Es gebärdet sich verrückt, sagt er.«

Thomas zuckte die Achseln.

»Wird man ja sehen«, sagte Harry. Diese Redensart hatte er Wasescha abgelauscht. Da es sich um eine Angelegenheit handelte, in der er sachverständig war — wahrscheinlich sachverständiger als der Doc —, fühlte er sich auch berechtigt, die Bemerkung zu machen.

Die beiden Buben durften losziehen, während alle anderen noch in dem Ranchhaus sitzen blieben und sich über die Ranch, vor allem ihre Bewässerungsanlage, sowie über die Arbeitsbedingungen mexikanischer Arbeiter unterhielten. Wer illegal als »nasser Rucksack«, wet bag, durch den Rio Grande geschwommen war, mußte sich in den Büschen verstecken, um nicht entdeckt, denunziert und ausgewiesen zu werden. Die Arbeiter mit Arbeitserlaubnis, die der Doc jetzt nur noch beschäftigte, waren aber relativ gut bezahlt und hatten ihr eigenes Haus.

Der Doc soll jetzt nur nicht sagen, das sei auch für Indianer eine Chance, dachte Percival. Zum Glück sagte er es nicht.

Draußen entstand der Lärm von Hufschlägen, Hundegebell und Geschrei der Kinder, die alle hinausgelaufen waren. Harry brauste mit dem hafergestachelten Klepper auf dem ungepflasterten Weg daher und fing den großen Schäferhund, der ihn bellend verfolgte, mit dem Lasso. Er stoppte das Pferd kunstgerecht und schaute nach seinem großen Bruder, um eine Beurteilung zu erhalten.

»Absitzen, den Hund freigeben«, sagte Hanska. »Wir sind nicht im Circus.«

Harry schoß das Blut in Wangen und Schläfen.

Er glitt vom Pferd. Den Hund freizugeben war nicht so leicht, wie ein gefesseltes Kalb frei zu machen, das sofort flüchtet. Der Schäferhund war wütend.

Thomas half ohne Spott. »Dein Bruder hat ja keinen Humor«, sagte er.

Darüber wurde Harry noch zorniger und war für den Rest des Tages nicht mehr zu genießen. Er beachtete auch nicht, daß Thomas einmal vom Pferd fiel.

Der Abend kam.

Im Ranchhaus war Raum für viele Gäste, die keine Ansprüche auf gepolsterte Schlafplätze stellten. Es ging um elf Personen. Francis war nicht mitgekommen. Sie wollte das Wochenende mit ihrem Freund verbringen, der auf Ranch-Weekends keinen Wert legte. Mike war zu einem kleinen Freund spielen gegangen.

Harry und Mary wollten im Haus des mexikanischen Vorarbeiters schlafen. Das sahen der Doc und seine Frau nicht gern, aber da Ite-ska-wih bat, den Zwillingen die Erlaubnis zu geben, und sich bereit erklärte, mit ihnen zu gehen, gab der Hausherr schließlich nach und erklärte sich endlich einverstanden, daß Wakiya-knaskiya als schützender Begleiter, zudem der spanischen Sprache mächtig und von San Francisco her sogar mit spanischen Dialekten vertraut, an Ite-ska-wihs Seite blieb. Die Mexikaner sprachen zwar alle auch englisch, aber wer ihre Gespräche untereinander verfolgen wollte, mußte ein volkstümliches Spanisch kennen.

Die vier wollten keinen Wagen nehmen, sondern zu Fuß zu der mexikanischen Großfamilie hinübergehen. Es regte sich weiter kein Widerstand, obgleich auch dieser Wunsch recht ungewöhnlich erschien.

Das Haus der Mexikaner, an einem geschützten Hang in Sichtweite des Ranchhauses erbaut, war hübsch und stabil. Der Vater, Vorarbeiter, von Wakiya auf spanisch angesprochen, empfing seine Gäste mit sichtlicher Freude und einiger Verlegenheit, die sich aber rasch legte. Seine Frau, sein Bruder und seine Kinder begannen sofort mit den Vorbereitungen im Hause, während Fernandez auf Wunsch seiner Gäste noch mit diesen umherschlenderte und ihnen das alte Versteck zwischen Büschen zeigte, das aus den Anfangszeiten seines illegalen Aufenthaltes stammte. Er berichtete von Arbeitslosigkeit und Hungerlöhnen in seiner Heimat und von seinem Wunsch, im Alter doch einmal dorthin zurückzukehren. Der Doc habe ihm versprochen, ihm einen Teil der Ranch zu vererben, da hätten die Kinder dann ihr Auskommen, während er selbst mit seinen Ersparnissen sein Leben in Mexiko, ohne Not zu leiden, beschließen könne. Bürger der USA — nein, Bürger der USA sei er nicht; er halte sich nur mit Arbeitserlaubnis hier auf, als ein Privilegierter unter vielleicht hunderttausend oder hundertfünfzigtausend mexikanischen Arbeitern. Kalifornien sei einmal spanisch gewesen, auch Texas sei spanisch gewesen, ja gewiß. Es gebe da Indianer, die das Land wieder zu Mexiko bringen wollten. Aber das seien wohl vergebliche Hoffnungen.

Harry Kte Ohitaka wollte etwas über die Kojoten, Wölfe und Berglöwen wissen. Fernandez schaute nach dem Himmel, der dunkelte. Er dunkelte in eine sternklare, mondlose Nacht hinein, endlos gespannt über Berge und Täler, Ranches und Wildnis. Es schien, daß Fernandez über etwas nachdachte, hin und her überlegte, ohne sich aussprechen zu wollen. Wütendes Gebell der großen Hundemeute erscholl in der Ferne, dazwischen Kojotengekläff.

»Da sind sie schon«, sagte er. »Sie haben Durst und riechen unser Wasser. An unseren Teich da unten wollen sie, aber das schaffen sie nicht. Unsere Hunde sind stärker.«

»Wölfe?« fragte Mary.

»Die Wölfe, ja, die haben sich schon mit unseren Hunden angelegt und haben zwei Kühe gerissen. Nachts ist das nicht ungefährlich bei uns. Die Wölfe sind schlau. Sie arbeiten nach Plan. Einer lockt unsere stärksten Hunde heraus, und dann fallen die andern aus einem Hinterhalt über sie her. Ein schlauer alter Wolf ist dabei, den habe ich noch nie fassen können.«

»Ein Häuptling«, sagte Kte Ohitaka. »Berglöwen?«

»Ein paar. Heute nacht sollte ich sie jagen, aber nun wird es ja nichts damit.«

»Warum nicht?«

»Du wolltest nicht etwa auf Löwenjagd gehen?«

»Nein. Nein. Aber beobachten möchte ich sie.«

»Das ist zu gefährlich. Das kann ich nicht verantworten.«

»Du meinst also, die kommen zum Teich heute nacht?«

»Kann sein.«

Fernandez horchte auf. Mit ihm alle anderen. Das Gebell und Gekläff hatte sich noch verstärkt und ging jetzt in die Geräusche wütenden Fletschens, Reißens, Knurrens und Heulens über.

»Auf, auf«, rief Fernandez. »Wir müssen sofort heim!«

Im Trab ging es zum Mexikanerhaus. Die Räume waren erleuchtet. Eine Mahlzeit mit Mais schmeckte, obgleich man bereits satt gewesen war. Innerhalb des Hauses waren die Geräusche draußen viel schwächer zu hören.

Aber der mächtige Schäferhund, den Harry mit dem Lasso gefangen hatte, erschien an der Tür, blutend, mit einem zerrissenen Ohr. Die Meute war bei ihm.

Fernandez schaute sich die Schar der unterlegenen Vierbeiner vom Fenster aus an. »Heute hat er mal den kürzeren gezogen«, erklärte er. »Wenn er aber Wolfsohren sammeln könnte wie unsereiner, würde er uns schon eine schöne Kollektion vorweisen!«

Der Leithund leckte sich seine Wunden. Die bevorzugte Hündin lag bei ihm. Die wilden Geräusche waren verstummt.

»Was machen die Wölfe und die Kojoten jetzt?« wollte Wakiya wissen.

»Die saufen sich voll an unserem Teich, so recht nach Herzenslust. Dann hauen sie ab in ihre Wildnisverstecke. Die zwei Kühe, die wir noch besitzen, habe ich schon bei Tag in Sicherheit gebracht.«

»Kommt der Löwe noch?«

»Wär' schon möglich. Aber ich geh' nicht raus. Ich schlaf' bei euch. Wenn er an den Teich, aber an die Kühe nicht ran kann, säuft er und zieht dann auch wieder ab.«

»Durst ist eben Durst«, sagte Wakiya.

Fernandez lächelte halb. »Schon. Sie sind für die Wildnis? Gefällt Ihnen unsere Ranch nicht?«

»Doch«, besänftigte Ite-ska-wih. »Aber warum muß sie immer größer werden? Auch die freien Tiere sind von Gott geschaffen und brauchen ein Stück Erde und Wasser.«

»Das verstehen die Amerikaner nie.«

»Nein, nein.«

Fernandez lauschte wieder. »Das war er. Habt ihr sein Fauchen gehört? Ganz fern. Er ist am Teich. Vielleicht hat er einen Wolf oder ein paar Kojoten verjagt.«

Es wurde wieder ruhig. Die Nacht selbst schien einzuschlafen. Aber es dauerte eine Stunde, bis die Menschen im Hause alle einschlummern konnten.

Der frühe Morgen fand Harry vor der Tür. Fernandez traf ihn da.

»Schon frisch?«

»Ja. Sehen wir uns die Spuren an?«

»Das will ich eben. Kommst du mit?«

»Ja.«

Fernandez und Harry rannten auf Pfaden durch die Pflanzungen, die Hänge hinunter zum Teich.

Dort erkannte Harry, daß Fernandez ein guter Jäger war. Er wußte alle Spuren zu erklären und zu erraten, was sich abgespielt hatte. Der Berglöwe, von dem Tatzenspuren zurückgeblieben waren, hatte offenbar in Ruhe gewartet, bis sich Wölfe und Hunde müde gekämpft hatten. Die Kojoten hatten unterdessen schon ihren Durst gelöscht. Endlich kam der Berglöwe und beherrschte das Revier, bis er sich vollgepumpt hatte.

»Wie lange hält er jetzt aus?« fragte Harry.

»Ein paar Tage sicher. Bis dahin fängt es an zu regnen. Unsere Regenzeit steht bevor. Vor nächstem Sommer kann ich den Burschen nicht mehr aufspüren.«

Harry Kte Ohitaka atmete auf.

»Du liebst ihn?« fragte Fernandez verwundert.

»Natürlich. Er ist immer verfolgt wie wir, nur weil er seinen Durst löschen will.«

»Verfolgt wie ihr Indianer?«

»Ja.« Harry betrachtete noch einmal die Spuren, und auf einmal sah er Ite-ska-wih neben sich. »Du auch?«

»Ich auch. Ich habe von dem Löwen geträumt, der eine Löwin und ein Kind hat, und von dem großen alten Wolf. Auch der große Hund muß kämpfen, aber als Sklave. Er ist unglücklicher.«

Fernandez hielt sich die Ohren zu. »Der Doc verdient viel Geld; er macht damit Land fruchtbar, und wir haben unser Auskommen dabei. Ist das nicht gut?«

»Das ›zuviel‹ ist es, was nicht gut sein kann«, sagte Wakiya. »Das wird er selbst noch erleben müssen.«

»Aber er hilft Percival«, schloß Ite-ska-wih. »Wir sollten für ihn beten, damit er den Weg nicht verliert.«

Harry Kte Ohitaka und Mary Wable-luta-win dachten nur noch an den Berglöwen, dessen Spuren sie gesehen hatten. Alle Pampelmusenstauden Kaliforniens waren nichts dagegen. Aber im Ranchhaus schwiegen die beiden. Harry schwieg auch darüber, daß er allein zum Schluß noch Spuren an einer sandigen Stelle gefunden hatte, die von einer Löwin und ihrem Jungen stammen mußten. Familie Löwe hatt in dieser Nacht einen Schutzengel gehabt. Nun konnte das Löwenkind aufwachsen. Harry liebte den alten Löwen, aber mit dem jungen identifizierte er sich. Der Name »Tapferes Herz« paßte gewiß auf sie beide.

Harry behielt beim Abschiedsessen einen Kotelettknochen übrig und sammelte zwei weitere ein, obgleich das unschicklich sein mochte; er brachte sie heimlich dem großen Hund, dem er die Schande angetan hatte, ihn mit dem Lasso wie ein Kalb zu behandeln, und der so tapfer gegen die Wölfe vorgegangen war. Er konnte nichts dafür, daß er ein Sklavendasein führen mußte.

Über den Montag blieben die indianischen Gäste noch in Santa Barbara bei Elizabeth Peck. Sie erfuhren, daß Percivals Operation ausgeführt und alle Aussichten für eine gute Heilung vorhanden seien. Die Voruntersuchungen in bezug auf Blut und Herz hatten ein ausgezeichnetes Bild vom Gesundheitszustand des Patienten ergeben. Ite-ska-wih durfte Percival kurz sehen. Sein Kopf steckte nun wieder in Verbänden; seine schwarzen Augen schauten ihr zuversichtlich entgegen. Der Arzt hatte mit Lokalanästhesie gearbeitet; das dazu benutzte Adrenalin hinterließ weder Brechreiz noch Herzschwäche, vielmehr eine zeitweise Hochstimmung.

Doc Raymund hatte photographische Aufnahmen vor und nach der Operation anfertigen lassen. Entgegen seinen ursprünglichen Entscheidungen hatte er nicht nur die Nase mit Knorpel und Haut vervollständigt, sondern auch die Muskelstränge, die die Bewegung der Lippen regierten, neu durchschnitten und vernäht und versicherte, daß Percival künftig nicht nur das Sprechen wieder leichter fallen werde, sondern mit seinen Lippen auch wieder innere Regungen werde ausdrücken können.

Auf Ite-ska-wihs hellem Gesicht stand die Frage: »Und das alles ohne Honorar, weil er der Verwandte von Elizabeth Peck sein soll?« Der Doktor lächelte mit einem Anflug freundlich-offener Verschmitztheit: »Ja, rote Lady, aber doch nicht nur. Die Operation war schwierig und sehr interessant, der Gesundheitszustand des Patienten garantiert mir den Erfolg, und einen besseren Ausweis für meine Erhabenheit über Rassismus hätte ich kaum finden können. Francis wird mit ihrem Vater zufrieden sein.«

Wie lange sollte das Krankenlager dauern? Etwa acht Wochen, dann bestehe Sicherheit vor allen denkbaren Komplikationen. Solange werde Doc Raymund auch seine ausgezeichnete Assistentin behalten und habe Spielraum, eine entsprechende neue zu finden.

In den späten Abendstunden des Operationstages machte man sich ohne Percival auf den Weg. Er wollte nach Abschluß der Behandlung mit Elizabeth zu den Siksikau fahren und von da aus als zahlender Anhalter nach Hause. Mit einem nicht mehr abschreckenden Gesicht mußte das sicher möglich für ihn sein, obgleich er ein junger starker Indianer war und als solcher nur ungern mitgenommen wurde. Ite-ska-wih hatte ihm fünfhundert Dollar gebracht. »Schon gut, Percival, darüber reden wir später. Wenn du etwas davon übrig behältst, so kauf dir noch ein Pferd.«

Percival hatte mit der Hand bejaht.

Der Abschied Harrys von Thomas verlief ernsthaft, nicht unfreundlich.

»Im Namen meines großen Bruders lade ich dich, Thomas, ein, dir unsere Ranches anzusehen.«

»Reiten kannst du ja, Harry, das muß dir der Neid lassen.«

»Das Baccalaureat mache ich auch, du wirst sehen.«

»Werd' ich das sehen?«

»Das liegt ja an dir. Vielleicht hat uns euer President der USA bis dahin wieder einmal verjagt, aber das überlebe ich. Unsere ersten fünfhundert Jahre mit euch sind vorbei, die nächsten fünfhundert fangen an. Du kannst das dann feststellen, und Francis wird eine Doktorarbeit über uns schreiben. Aber wir sind es, die es schaffen müssen. Ich habe gesprochen. Hau.«

Die beiden auffallenden Wagen mit Anhänger setzten sich in Bewegung. Hanska fuhr den Ferrari, Wakiya den Jaguar. Das tief sitzende Gefühl, Ziele erreicht zu haben, ließ ihn im Augenblick an keinen möglichen Krankheitsanfall denken.

Daheim schien sich die augenblickliche Glückssträhne fortzusetzen.

Die Pferde waren alle wohlauf, die Bewohner des alten Blockhauses und des Ranchhauses Myer auf der ehemaligen Mac-Lean-Ranch ebenfalls. Ganz neu war ein niedliches, von der Verwaltung gestelltes Häuschen auf der bisherigen Booth-Bighorn-Ranch. Mississ Carson hatte mit Unterstützung von Miss Bilkins diese Errungenschaft als Abschiedsgeschenk vor ihrer Pensionierung bewirkt. Rons Braut und das junge Ehepaar Tom Bighorn mit Frau waren schon eingezogen und hatten eine lebhafte Kunsthandwerksarbeit für das Hotel in den Black Hills aufgenommen. Tom war gleichzeitig für die Sommermonate dort als »showman« angestellt; man mußte für die Touristen einen Indianer vorweisen können, der gut aussah und in Kunst und Geschichte der Prärie-Indianer Bescheid wußte. Tom sammelte schon fleißig geschichtliche Fakten, Anekdoten und Kuriositäten, um seinen alternden Vorgänger mit Würde abzulösen.

Joan Howell war bereits in Kanada gewesen und hatte ihre beiden Kinder beim Großvater abgeholt. Sie wohnten mit Sarah Bighorn, mit deren kleinen Kindern und vorläufig auch mit Ron im alten Boothhaus, das Ite-ska-wih in der denkwürdigen Nacht der Siegesfeier zum erstenmal besucht hatte.

Percival war noch nicht zurück. Darum machte sich niemand Sorgen. Er konnte Vater Beaver noch einmal besuchen und sich auf der Heimreise das Land ansehen.

Eine einzige schlechte Nachricht fand sich an.

Kingsley wollte die King-Büffel entweder billig kaufen oder nicht mehr auf seiner Weide behalten. Hanska sollte sich noch vor Einbruch des bevorstehenden Winters entscheiden. Whirlwind hatte bereits die Lippen gespitzt, um anzudeuten, daß er sie nehmen könne, aber bis dahin noch nichts gesagt, um den Preis nicht etwa in die Höhe zu treiben. Hanska hatte keine Lust, sie ihm zu lassen, er wollte sie überhaupt nicht verkaufen. Aber Büffelhaltung machte Arbeit und Kosten. Ja, er wollte die Büffel trotzdem zurücknehmen. Sechsunddreißig waren es jetzt. Viele Kälber hatte Kingsley als Bezahlung für sich behalten. Aber auch für die verbleibende Zahl von sechsunddreißig Büffeln vermochte Hanska in der kurzen Spanne Zeit bis zum Beginn des gefürchteten Präriewinters nicht die notwendigen Vorbereitungen zu treffen. Sicherheit, daß nicht noch einmal ein tödlicher Unfall geschah wie mit Mary Booth, hätte er der Verwaltung geben müssen und auch dem Killerchief. Solange der Killerchief die Macht in der Hand hatte, konnte von Büffeln keine Rede sein. Verkaufte Hanska aber für den Spottpreis, den Kingsley bot, so konnte er dafür höchstens zwölf Büffel wieder erwerben. Kingsley schien sich geändert zu haben. Gegen Joe Inyahe-yukan hatte er sich noch wie ein Gentleman verhalten — oder was war damals in ihm vorgegangen?

Mit Percival hatte Hanska eine Adresse verabredet, an der er ihn auf der Durchfahrt telegraphisch erreichen konnte. Hanska telegraphierte von New City aus. Die Verwaltung und Whirlwind brauchten nichts davon zu erfahren. Damals, als Inya-he-yukan die Büffel von der Reservation wegschaffen mußte, hatte Whirlwind nicht geholfen. Also schied er jetzt als Bewerber endgültig aus.

Eine Woche später kam ein Antworttelegramm von Percival, aufgegeben auf einer Reservation von Stammesverwandten.

»Sehe Möglichkeit.«

Hanska wurde unruhig, sehr gespannt. Mit zwölf Jahren hatte er geholfen, die Büffel wegzutreiben. Den Leitstier hatte Inya-he-yukan erschießen müssen. Es war ein schwarzer Tag, die schwärzeste Nacht auch für Hanska gewesen.

Endlich kam Percival zurück. Er ritt eine schwarze Stute. Wie hätte es auch anders sein können.

Als ob er nie ein anderes Pferd unter sich gehabt habe, ritt er beim Booth-Bighorn-Ranchhaus des Abends vor, hängte das Tier an und ging ins Haus.

Im großen Raum am großen Tisch saßen Sarah und Joan, Ron und die jüngeren Kinder, Tom und seine junge Frau, ein junges

Mädchen, auch Harry und Mary, die oft bei den Nachbarn zu Gast waren. Percival wurde eingeladen, sich in Isaacs Patriarchenstuhl zu setzen, was er nur sehr ungern tat. Er, ein Twen, in diesem Stuhl? War es nicht lächerlich? Schließlich verstand er sich doch dazu.

»Seid ihr alle von der Ranch oder nur auf Besuch bei Tom?« fragte er geradezu. In der Zeit, in der er nur schwer hatte sprechen können, hatte er es sich ganz und gar abgewöhnt, viele Worte zu machen.

»Von der Ranch hier«, antwortete Sarah für alle.

»Gut. Wo soll ich nun bleiben, bei euch oder droben im Blockhaus bei Hanska?«

»Wo du willst«, sagte Joan, »aber nötiger bist du hier. Tom ist immer noch eine Wackelfigur, eine Art Hampelmann, und je nachdem, wer ihn anstößt, hampelt er nach dieser oder jener Seite, ist es nicht wahr, Tom? Deine Frau steht allerdings grade. Vielleicht wird noch etwas aus dir.«

»Du kannst das hier alles in die Hand nehmen«, sagte Tom zu Percival, nicht mit Ärger, sondern mit Erleichterung. »Bleib nur gleich auf Isaacs Stuhl sitzen, da gehörst du hin. Ich tue, was du sagst. Bei Vater Patrick paßt es mir nicht mehr. Mit Joan mußt du eben fertig werden.«

»Muß ich dann wohl«, Percival sprach frei heraus. »In deine Tanzpferde, Joan, rede ich dir nicht hinein.«

»Ich dir nicht in deinen Rappen und eure Kinder.«

»Essen wir erst mal«, entschied Sarah. »Mich soll ja wundern, ob aus dieser Ranch, die sogar einen natürlichen Brunnen hat wie nur wenige und nicht eine teure Motorpumpe wie die Kings, ob also aus der nicht wieder etwas wird wie zu Zeiten von Mary Booth und Joe King.«

»Unser Brunnen steht auch den Kings zur Verfügung«, warf Ron ein, in knurrendem Ton wie ein bissiger, noch nicht überzeugter Hund.

»Hat das Gericht entschieden, ja.« Sarah sprach abschließend. Sie mochte die Streitereien nicht, weder die alten noch etwaige neue. »Deshalb ist er auch gegen die Kings nicht abgezäunt und sieht aus wie ein öffentlicher Brunnen. Aber für die Weiden der Kings hinterm Berg ist unser Brunnen viel zu umständlich zu erreichen und zu weit. Soll'n sie jeden Tag in der Hitze die ganze Herde über die Straße treiben?«

Das Essen war ausgeteilt. Es gab genug für alle, wenn auch keine leckeren Dinge, sondern nur ein Bohnengericht. Jeder beschäftigte nun seinen Mund lieber mit Bohnen als mit Worten.

Um die Zeit, als man erwarten konnte, daß fertig gegessen war, tauchten Hanska und Ite-ska-wih auf. Herzlich begrüßte man sich. Obgleich Ungeduld nicht indianisch war, konnte Hanska bis zu der Frage: »Was für eine Möglichkeit für die Büffel?« nicht allzulange warten.

»Hanska-Mahto! Ein Viehtrieb, ein Büffeltrieb bis zur nächsten Reservation der Stammverwandten. Die haben schon welche! Seit vorigem Jahr. Geht alles gut. Sie nehmen die unseren vorläufig mit auf. Zu besseren Bedingungen als Kingsley. Morgen reiten wir zwei dahin! Mit Rappen und Schecken ist's nicht weit. Und ein Stück von Joans Geld tun wir gleich in unsre Tasche. Als Anzahlung. Recht?«

»Recht so!« rief Hanska überwältigt. »Wenn's klappt, gleich weiter zur Kingsley-Ranch. Freust du dich, Büffel zu treiben, Percival? Ohne Stampedo?«

»Wenn du dabei bist, Hanska, schon.«

»Gut.«

Harry Kte Ohitaka konnte nicht mehr an sich halten. »Und ich? Hanska!«

»Du hast zehn Winter gesehen.«

»Und du, großer Bruder, hattest zwölf gesehen, als du zum erstenmal . . .«

»Ja. Es ist wahr. Du kommst also mit, nimmst die Appalousastute. Hau. Zu dritt ist es besser.«

»Könnt ihr nicht auch Philip Myer mitnehmen?« fragte Tom.

Ein allgemeines Gelächter antwortete ihm. »Nein, Tom. Und dich auch nicht. Sonst trinkst du unterwegs noch eine Flasche, und die Büffel sagen dann, du stinkst ihnen.«

»Philip ist wieder ganz ordentlich. Er ist heimgekommen. Sie haben doch jetzt die MacLean-Ranch. Weißt du schon, Percival? Die King-Ranch ist wieder King — King-Bighorn.«

»Habe ich schon bemerkt beim Herreiten. Aber ordentlich sein und Büffel treiben, das, mein lieber Tom, ist zweierlei.«

Der Abend wurde lang, denn die Anwesenden vertieften sich gleich in die Besprechung aller Einzelheiten.

Als man um Mitternacht auseinanderging, schlenderten alle noch durch die Wiesen, schauten im Sternenschein hinauf zu den weißen

Felsen und hinüber zu dem dunklen Blockhaus, neben dem schon Tschetansapas prächtiges Zelt stand. In der Entfernung und in der nächtlichen Dunkelheit konnte man es für das Zelt des alten Inya-he-yukan halten, neben dem es einst im Zeltdorf der Jagdgruppe gestanden hatte.

Es bildeten sich Paare; Ite-ska-wih ging eng Seite an Seite mit Hanska, Tom mit seiner jungen Frau, Ron mit seiner Braut. Sarah war von der Kinderschar umgeben.

Joan stand allein ein wenig abseits.

Percival trat wie ein guter Schatten an sie heran, schlug seine Lederdecke, ein Geschenk Rote Krähes, um sie und sich selbst und sagte: »Joan, meine Frau.« Er sah ihr Gesicht im Sternenleuchten, den abgewandten Verzicht in ihren Zügen, über den sich ein leises Leuchten von innen her legte. Sie umschlangen und küßten sich unbefangen.

Sechsunddreißig King-Büffel stießen nach einem tollen Viehtrieb, der die Männer viel Schweiß und Gefahren kostete und von Kte Ohitaka auf der Appalousastute jauchzend mitgemacht wurde, zu der großen Büffelherde der Stammverwandten. Die gehörnten Kraftstrotzenden tobten sich im wahrsten Sinne des Wortes stoßend aus und in die neue Herde ein. Der Wahrheit entsprechend und immer wieder mußten Hanska, Percival und Harry Kte Ohitaka von ihren Abenteuern beim Büffeltrieb erzählen.

Dann begann für Harry und Mary die Schule. Der Winter brach mit mächtigen Schneemassen herein und machte Mensch und Tier das Leben schwer. Wakiya-knaskiya ging auf festgestampftem Pfad wieder oft zum Grabe des alten Inya-he-yukan, um ihm zu erzählen, daß mitten in Kälte und Schnee ein Kind geboren werden würde in seines Freundes Tschetansapa Zelt und daß Ite-ska-wih sogar den lieben Doc Eivie weggeschickt hatte, da sie ihr Kind, wie einst jede Indianerin, allein gebären wollte. Sie kannte die tragische Geschichte Magasapas, der ersten Frau Waseschas; sie wußte um Roberts Tod; es war ihr nicht unbekannt geblieben, wie viele junge Frauen im Hospital gegen ihren Willen sterilisiert worden waren. Sie wollte ihr Kind heimlich und ohne Hilfe der Weißen gebären. Als Untschida ihr Hilfe anbot, widersprach sie aber nicht.

Es wurde Weihnachten. In jedem Ranchhaus brannten die Kerzen an einem kleinen Kiefernbaum, dem Weihnachtsbaum; die Kerzen leuchteten bei der Familie Myer, die an die Heiligkeit des

Abends glaubte; sie leuchteten im großen Haus der Booth-Bighorn-Ranch für Joan und Percival, Sarah, Ron, Tom und ihre Angehörigen; sie verbreiteten ihre sanfte Helle im alten Blockhaus. Die Kinder schluchzten, weil sie an Vater und Mutter dachten, die sie verloren hatten. Für die Indianer war auch der Baum selbst heilig, darum hatten sie die Sitte, den Weihnachtsbaum aufzustellen, so leicht angenommen.

Am ersten Feiertag kam Ite-ska-wihs Stunde.

Die Flammen in der Zeltmitte züngelten, das Holz knisterte und Tücher waren ausgebreitet, Gefäße mit Wasser standen bereit.

Tapfer hielt sich Ite-ska-wih während der Wehen. In den Pausen zwischen den Schmerzanfällen verstärkte sie die Gedanken, die sie ihrem Kinde einmal mitgeben wollte. Im Anfang waren die Pausen noch lang. Als sie kurz und kürzer wurden, hatte Ite-ska-wih ihre Gedanken zu einem festen Knoten ineinander verschlungen, der sich zu dem einen vereinte, daß ihr Kind leben möge. Tapfer kniete sie nieder, und endlich lag sie am Boden, um ihr Kind mit Schmerzen zu gebären. Sie stand mit Untschidas Hilfe ihre Nöte durch. Als der braunhäutige Knabe an ihrer Brust lag, lächelte sie wieder. Sie nahm Hanskas Hand in ihre beiden Hände.

»Hanska-Mahto, unser Sohn ist gesund und kräftig, gewiß, und wir werden noch viele Kinder haben, Töchter und Söhne, Hanska. Wir wollen darum kämpfen, daß die Füße unserer Kinder über Gras gehen können, wie es unsere eigenen tun, daß ihre Augen Sonne, Mond und Sterne sehen, wie die unseren sie sehen dürfen, und daß ihr Atem frisch ist vom fern her wehenden Wind der Prärie. Mögen sie unsere Mutter Erde ehren, ihre Brüder lieben und über die Geheimnisse mit Ehrfurcht nachsinnen.«

»Ja, Ite-ska-wih. Wir wollen darum kämpfen und nicht schwach sein, wenn wir verfolgt und gefangengenommen werden. Der gute Geist in der Welt ist nicht sterblich. Laßt uns einander erkennen, statt uns zu töten. So hat unser Geheimnismann gesprochen: Rot ist das Blut des Adlers, rot ist das Blut des braunen Mannes, rot ist das Blut des weißen Mannes, rot ist das Blut des schwarzen Mannes. Wir sind alle Brüder.«

CIP-Kurztitelaufnahme der Deutschen Bibliothek
Welskopf-Henrich, Liselotte:
Das Blut des Adlers/[Liselotte Welskopf-Henrich]. —
Weinheim: Beltz und Gelberg
NE: HST
Bd. V → Welskopf-Henrich, Liselotte: Das helle Gesicht
Welskopf-Henrich, Liselotte:
Das helle Gesicht: Roman/Liselotte Welskopf-Henrich. —
Weinheim: Beltz und Gelberg, 1985
(Das Blut des Adlers/[Liselotte Welskopf-Henrich]; Bd. 5)
ISBN 3-407-80660-4

Beltz Verlag Weinheim und Basel 1985
Programm Beltz & Gelberg, Weinheim
Lizenzausgabe für die Bundesrepublik Deutschland,
Berlin (West), Österreich und die Schweiz
© Mitteldeutscher Verlag Halle · Leipzig 1980
Alle Rechte vorbehalten
Einband von Willi Glasauer, Frankreich
Printed in the German Democratic Republic
Gesamtherstellung: Karl-Marx-Werk Pößneck V 15/30
ISBN 3-407-80660-4